SHU TU TONG GUI

殊途同归

景一　云溪◎著

景一 安徽省网络作协会员。毕业于清华大学经管学院，高级工程师，就职于大型央企上市公司，金融从业经历十余年。

云溪 安徽省网络作协会员。毕业于清华大学经管学院，曾在国家部委、四大银行、头部券商、私募股权基金工作，金融从业经历近二十年。

SHU TU
TONG GUI

景一　云溪 ◎ 著

殊途同归

时代出版传媒股份有限公司
安徽文艺出版社

图书在版编目（CIP）数据

殊途同归 / 景一，云溪著. -- 合肥 : 安徽文艺出版社，2024.9

ISBN 978-7-5396-8059-0

Ⅰ．①殊… Ⅱ．①景… ②云… Ⅲ．①长篇小说－中国－当代 Ⅳ．①I247.5

中国国家版本馆 CIP 数据核字(2024)第 078460 号

出 版 人：姚 巍
责任编辑：宋潇婧　　　　　　装帧设计：张诚鑫

....

出版发行：安徽文艺出版社　　www.awpub.com
地　　址：合肥市翡翠路 1118 号　邮政编码：230071
营 销 部：(0551)63533889
印　　制：安徽联众印刷有限公司　(0551)65661327

....

开本：710×1010　1/16　印张：38.25　字数：550 千字
版次：2024 年 9 月第 1 版
印次：2024 年 9 月第 1 次印刷
定价：98.00 元

....

（如发现印装质量问题，影响阅读，请与出版社联系调换）

版权所有，侵权必究

目　录

第一章 / 001

第二章 / 023

第三章 / 044

第四章 / 065

第五章 / 087

第六章 / 107

第七章 / 127

第八章 / 151

第九章 / 170

第十章 / 194

第十一章 / 216

第十二章 / 238

第十三章 / 261

第十四章 / 282

第十五章 / 307

第十六章 / 333

第十七章 / 356

第十八章 / 378

第十九章 / 400

第二十章 / 423

第二十一章 / 447

第二十二章 / 472

第二十三章 / 493

第二十四章 / 514

第二十五章 / 535

第二十六章 / 557

第二十七章 / 577

第二十八章 / 597

第一章

"Merciful God, you have summoned the soul of the deceased to enter into an eternal, bright, and joyful existence. We bury her body here, and let the earth return to the earth, the ash return to the ash, and the dust return to the dust...（慈悲的上帝，逝者的灵魂已蒙您召唤，进入永恒、光明、快乐的所在，我们将她的身体长埋于此地，使土仍归于土、灰仍归于灰、尘仍归于尘……）"

纽约长岛阴云密布，一个白人牧师一边祷告，一边将泥土撒在墓穴之内。一行亲人、好友缓缓步行随后，将泥土撒在棺盖之上，发出萧索的簌簌声。跟在队伍最后的是一个年轻的华人，神情肃穆，看着棺盖上的香槟色玫瑰逐渐被泥土覆盖，心中充满了惋惜和不舍。那曾经耀眼的星光，就这么短暂地划过天空成了流星。葬礼接近尾声，听着耳边的啜泣声，他不由得重重叹了口气，加快脚步回到亲朋的队伍行列，和逝者的家人拥抱致意，便离开了墓园。

回到车上，年轻人马上扯开黑色领带，深吸一口气，拿起电话：

"Hi, Charles, I wasn't able to answer the phone earlier.（你好，Charles，我刚刚不方便接电话。）"

"The MIT Alumni Foundation has just contacted me. I believe that the establishment of the new fund will speed up. The board of directors has decided that you and Richard will serve as the fund managers of the new fund. You will become the largest fund manager in the management scale of BD Fund. Congratulations！（美国麻省理工学院校友基金会刚刚联络我，我想新的基金组建会加快进程，董事会决定由你和 Richard 担任新基金的基金经理，你将成为 BD 基金管理规模最大的基金经理了。恭喜你！）"

年轻人沉默了几秒钟，说道："Thank you, but … I think I should start sailing on another channel.（谢谢，但是……我想我该在另一个航道上重新起航了。）"

中年人却仿佛并不意外，说道："Lee, it's just as I thought. However, you are my best student. Tell me, where do you want to go? No matter where, I hope to be your cornerstone investor.（Lee，果真如我所想。然而，你是我最优秀的学生。说说吧，想去哪里？无论哪里，我希望成为你的基石投资人。）"

年轻人眼神坚定，看向远方的乌云，那锐利的眼光仿佛想看穿乌云后的阳光："China! I want to go back to China. I believe that is the new land of milk and honey.（中国！我要回到中国去。我相信那里是新的奶与蜜之地。）"

五年后。

阳光明媚的下午，时间来到 14:00。如同每一个股票交易日一样，在高楼林立的金融街上，最核心的写字楼里的一层，一群人正在忙碌着。

交易员 Kevin 眉头紧锁，盯着屏幕，红红绿绿的成交数据正在屏幕上闪动。

突然，电脑屏幕下方弹出"交易指令"的邮件。Kevin 习惯性地抬头看了看对面办公室里的基金经理，对方向他眨了眨眼。

双方心领神会。Kevin 的手指立刻在键盘上飞快地敲打数字。

而发出交易指令的基金经理从办公室里走了出来，他叫李世伟，是半岛基金的资深基金经理。研究员陈凯迎面过来向李世伟汇报着工作。

"李总，刚刚得到消息，肯尼新他们的产品被国外的欧瑞公司看中了，可能马上就要签合同。欧瑞是全球知名的包装公司，要是能稳定供货，肯尼新每年的收入能增加 30% 以上。"

"消息可靠吗?"李世伟顺势回问。

陈凯回答道:"应该可靠!今儿中午我跟他们董事会秘书刚一起吃了个饭。"

李世伟兴奋起来:"你可以呀!肯尼新的董秘你都熟!他们家这两年在市场上可是炙手可热,市值都快上千亿了吧?"他转头大声问道:"Kevin!肯尼新现在什么价?"

"26块2!调整三天了。"

"这么高了?!"说着,李世伟不自觉地摩拳擦掌。然后他向陈凯摆了下头,递了一个眼神,两人一起走向深处的办公室。

陈凯快走了两步,敲了敲门。

"进!"里面传来低沉但颇具磁性的声音。

推门进去,一个身着修身西装的男人正坐在办公桌前。并没有因为他们的到来而抬头,依然翻看着手中的文件。

"利总,小陈刚得到消息,肯尼新可能要跟知名包装公司欧瑞签合同,业绩还会再涨,咱们……加仓吗?"李世伟先是轻声问道。

"你怎么看?"此刻,男人才抬起头看着两人发问。此人正是半岛基金创始人利慎远。利慎远五官深邃、眼神锐利,和国内的二级市场①大佬一样,利慎远身上有一种蓬勃的生气,但海外回来的江湖传言,总给他带来一种神秘的氛围。更让人意外的是,利总虽然是完全的海外背景,中文却是洒脱不羁的大院腔,让人更为好奇。李世伟和利慎远相处也近两年的时间了,但每当利总薄唇一抿,摆出质询的态度时,李世伟心中总不免打鼓。

"肯尼新最近在市场上比较热门,大众认可,概念好,这几年的业绩有增无减,现在又有利好还没公布,我们要不要这两天再追加两成?"李世伟试探着说。

---

① 二级市场一般指证券交易市场,是指已发行的有价证券买卖流通的场所,是有价证券所有权转让的市场。

利慎远沉默不语。

李世伟又赶紧补充道:"之前两年我们陆陆续续建仓了有 5000 万股吧?现在市值大约 13 亿,目前浮盈超过 5 亿了。如果他们的收入能在现在的基础上每年增加 30%,他们的净利润就可能增加 45% 以上。"他一边说,一边关注利慎远的表情变化。但利慎远的表情平静,完全没有波澜。李世伟只好给出自己的结论:"所以,我判断还是有空间的。"

利慎远看了一下陈凯,问道:"你怎么看?"

陈凯附和道:"我同意李总的想法。"

利慎远想了想,继续问道:"肯尼新过去三年盈利多少?"

"10 亿,14 亿,19 亿。"陈凯回答迅速,明显有备而来。

"现在账面上有多少资金?"

"接近 180 亿,他们肯定是有能力承接这些合同的。"陈凯解释道。

"实际控制人李珏的股票质押比例现在多少了?"利慎远没有理会陈凯的解释,只是继续问问题。

……

陈凯看了看李世伟,发出求助的眼神。李世伟耸了耸肩,皱了皱眉,表示他也不知道。

利慎远见两人没有答复,继续发问:"怎么得到的消息?"

"我跟肯尼新的董秘冉总刚一起吃了饭。"陈凯赶忙回答,略显兴奋。

"谁约的局?"

"万洋证券的化工行业首席研究员张凡。"

"他主动约的你?"

"是!"

"就你们三个人?"

"还有华科基金的人,还有一位是张凡的朋友。"

"你们上次吃饭是什么时候?聊的什么?"

"上次没有肯尼新的人,只有张凡。快一年了吧?"

利慎远沉默了一下,然后才说道:"李珏现在股票质押的比例是97%,按照他质押时的价格,他至少向证券公司借了50亿。但是他的账面上现在就有180亿,每年还有十几亿的盈利,那这50多亿干什么了?你们知道吗?"

"听说是搞新型材料去了。"李世伟淡定地回答。

"他放着上市公司账上180亿不用,为什么要去借钱搞新材料?什么新材料需要50多亿这么大的资金量?"利慎远继续反问。

"也许是想另起炉灶,将来再搞个上市公司?或者等新材料产业成熟,将来估个好价格再装进肯尼新?据说他们搞了一个新材料的产业园,想要打造全球最大的基地。"

利慎远拿起手机,拨通了电话:"回来了吗?到公司直接来我办公室。"

时间慢慢流逝着,陈凯虚坐在椅子上。李世伟有点坐不住,起身想帮利慎远续杯水,陈凯马上起身接过李世伟手上的水杯,帮两个人都续了水。

时间来到14:40。

这时有人敲门,一位穿着精干的职场女性风尘仆仆地走了进来,显然是刚刚出差回来。

陈凯立刻起身称:"方总!"

方奇杰是公司里唯一的女基金经理,在二级市场这样一个群雄并立的工作环境里,她习惯以中性的打扮凸显自己的职业性,但精干的短发也难以掩盖成熟、知性女性的魅力。

李世伟跟方奇杰点了下头,方奇杰也微笑点头。然后她面向利慎远说:"利总,我回来了。"

"坐吧,说说看,什么情况?"

陈凯起身,给方奇杰让了个座,自己又拎了把小椅子坐下。

"我在李珏的新材料产业园里考察了一下,总面积应该能达到对外宣称的2000亩。但是,厂房里有一多半都是空着的。然后我在外围观察了每天出入的车辆,全天也就四五辆重载货车出去,肯定达不到所谓的出货量全球前三水平。所以我觉得,您的判断是对的。肯尼新有问题!"

利慎远看向三个人,缓缓说道:"李珏的股票质押已经两年多了,也就是说这笔钱早就到手了,现在产业园的建设不如预期,钱哪儿去了呢?这笔钱需要支付高额的资金成本,而肯尼新账上就趴着不要成本的资金,为什么不去用呢?他们家正处于风口,每天屁股后面追着调研的投资机构,张凡为什么会主动帮我们牵线?这后面很可能是肯尼新主动要求的,想放出收入增长的风,推高股价。但目的是什么呢?"

几个人彼此看了看,有人疑惑,有人想要和别人确认心中的答案是不是一样。

空气凝固了两秒。方奇杰刚想要回答。利慎远似乎心中已经有了答案,继续说:"无论目的是什么,我们都不做这个推手。我们只赚认知以内的钱。当年我是看好肯尼新打破外国对我们的技术垄断,这部分的收益也的确兑现了。现在,是时候了。奇杰,通知其他人,两天之内清掉各基金池里所有肯尼新的股票。动作要小,不要引起市场关注。"

"我们是不是也留一点,观望一下?毕竟只要市场认可它,它就有上涨空间。"李世伟再次试探地问了一下。

方奇杰悄悄流露一丝丝嘲笑,但又赶紧控制好表情。

"我倒很想了解,留一点的目的是什么?如果你认可那就应该都留着,如果不认可,你还留它干什么?"话闭,利慎远似乎有点生气。

"好的,利总,我马上去处理!"方奇杰打破僵局。

"好!"李世伟也回答,似乎想刷刷存在感,"我现在就去出掉我手里的股票。"

陈凯赶紧去开门,李世伟让方奇杰先走,自己才顺势出来,陈凯最后把门关上。动作一气呵成,大家也都非常默契,似乎每一个动作都是提前排练好的。

出门后,方奇杰和李世伟加快步伐,以最快速度来到交易区。李世伟低声跟 Kevin 说了几句话。Kevin 的手指马上快速敲打键盘。

方奇杰回到办公室,开始发交易指令给她的交易员,然后才到其他几位基金经理的办公室通知他们利慎远的决策。

时间来到 14:50,只见多个交易员的屏幕上闪现交易指令的弹窗。交易员们瞬间进入紧急状态,键盘敲打声也密集起来。

李世伟突然神情紧张地走过来,找到方奇杰说:"肯尼新的成交量很异常,从下午开始多空两边的量都很大,绝不止我们这一点。会不会真的错过机会啊?"

"听老大的,清!"方奇杰回复得很坚定。

李世伟比了个 OK 的手势,心领神会。

……

时间来到 15:00,收市了。所有交易员都松了口气,一天内压力最大的工作时间终于结束了,有人伸了伸懒腰。Kevin 起身去倒了杯水,回来说:"敬今天的第一杯水!"

此时,大家纷纷起身去手机收藏柜拿自己的手机。在交易时间,这些手机都是锁起来的。

李世伟推门进到方奇杰的办公室:"晚上请你喝一杯,给你接风!"

"少来!你这酸的呀!"方奇杰笑着说。

"什么酸?"

"我还看不出来你那点小心思?"

"我是要答谢你今天在利总办公室救我一命!"

"知道就好!不过你要请顿大餐也行,或许下次……我可以更快、更早地救你。"说完,方奇杰轻蔑地一笑。

"没问题!吃什么,随你挑。"

"好!顺便给你答疑!"

"什么答疑?"李世伟嘴上不承认,心里却非常诧异,竟然又被这个女人看穿了。

方奇杰得意地说:"你这脑门子上都写着问号呢!"

利慎远的秘书亓优优敲门走进了他的办公室:"利总,华科基金的曹总想约您吃饭。"

"帮我推掉吧,跟他说我最近晚上都有安排了。最好推到下周,这周我不见他,我估计他是要跟我讨论肯尼新的事儿。"

"好的。您在燕大的课是下午4点,上课的PPT按照您的要求已经改好发您邮箱。另外,我筛出了九个人的作业,完成得比较好,您看一下。"说着亓优优将一沓文件递给了利慎远。

"好,谢谢。"利慎远翻看起刚递给他的文件。

"时间差不多了,您得出发了,是否让司机送您?"优优例行发问。

"我自己开车过去。"

"好的!"优优已经预料到了答案,只要不是跟别人出去喝酒,这家伙都是自己开车。

燕大的校园里,一个女孩儿悠闲地骑着自行车。女孩皮肤白皙,一头乌黑的秀发散落在肩头,秀气的鼻尖微微凝着汗珠,一双美目顾盼生辉,有一种特别的灵气。造物主似乎格外偏爱,把钟灵毓秀都给了这个女孩儿。她享受着从树叶的缝隙中洒下来的阳光,欣赏着地上斑驳的光影。女孩儿一路面带微笑,与堪称最美大学的校园融为一体,来到教学楼前,停好车。

手机响起,她稍显犹豫,还是接起电话:"妈……"

"同文,你爸让我问你,你跟密歇根大学的李教授联系了没?offer(录取通知书)什么时候能拿到?"电话对面正是女孩儿的母亲,旁边坐着女孩儿的父亲,他正看着书。

"还没呢!急什么呀?"女孩儿一边打电话,一边向教学楼内走去。

"你抓点紧!磨蹭什么呢?你爸已经跟他说好了,你尽快联系!让他先远程跟你聊一下,尽快给你offer。"女孩儿的母亲一边打电话,一边看女孩父亲。

"我知道啦!最近导师拿到了国家级课题,我还得帮他做课题呢!我都忙死了!再说,这不是有我爸嘛!Dr. Lee(李博士)不要我,我就马上回家守着你们,嘻嘻嘻。"

"什么课题?你可别骗我,等会儿我问问你爸就知道了。"

"妈,我这还有事儿!挂了!拜拜。"女孩儿母亲刚想说话,电话挂断了。

"都让你宠坏了!"女孩儿的母亲这边对着坐在旁边的父亲吐槽,"机会来得太容易,你看,她都不珍惜。"

"要说宠,你更变本加厉!总把她当三岁小孩儿。咱俩半斤八两,谁也别说谁了。"说完女孩父亲转身去了书房。

学校这边女孩儿走进教室,选择了一个角落的位置坐下。

教室的中间,两个男生聊着天。其中一个男生在人群中分外显眼,185厘米的身高,面容分外秀气,却自带一种桀骜不驯的气质,就是特奖演讲台上那种 buff 加满(指最佳状态)的校草学霸,他叫林昊风。另一个男生叫郑晗,长相普通,但自带一种乐观豁达的气质,也乐于担当着僚机的身份。

"欸,林昊风,我就一直想知道,你怎么也选这门课?你们经管每年请那么多金融大牛给你们上课,还来公共选修课跟我们抢资源。"郑晗打趣地问。

"我为什么不能选?"林昊风得意地回答。

"你一天又是学生活动,又是大机构实习的……还在这儿浪费时间?"

"你这觉悟有问题呀!居然说学习是浪费时间。"林昊风打趣地说,然后又突然严肃起来,"你知道吗?我查过咱们这个老师,他从 MIT(美国麻省理工学院)毕业,是华尔街的美洲豹(BD)基金最会赚钱的基金经理之一,赌对了美国金融危机后汽车行业复苏,all in(满仓)汽车板块,一战封神。最牛的是,他居然是 Charles 的得意门生,可以说是华人在华尔街的天花板了。"

"这么牛?但是他看起来也就 30 岁吧?"

"他只比我们大 10 岁。"

"厉害!那他怎么回国了?"

"大佬的思维我哪懂？我只知道，他五年前突然回国，特别低调，搞了个私募基金。但神奇的是，所有业内私募排行榜里都找不到这家公司，到底多大规模、收益怎么样，外界都不知道。"

"难道大佬在普度众生，带我们起飞？居然在燕大给我们开课。是不是希望我们将来也能成为金融大鳄？"郑晗开心地幻想。

林昊风大笑，然后说："国外的资本大佬什么专业都有，所以他才开这种全校的公共选修课。顺便普度一下你们这种理工男，将来不懂别瞎投资，害人害己害全家。"

"哟哟哟，才去经管不到两年，你就不是理工男了？忘本呀！你别忘了在我们生命科学待了整整四年！等我回去跟程教授说一声，他的爱将虽身在经管，但心飞了。"

林昊风假装要打这个男生。

这时利慎远走进教室："好，同学们，时间到了，我们开始上课。"教室瞬间安静了下来。

"今天正式上课前我先来总结一下上节课作业的完成情况。我点到名的同学请起立。王小川。"

"到。"

"罗依依。"

"到。"

每一个同学站起来后利慎远都顺势抬头看一眼。

"郗同文。"

"到！"

角落处的女生站了起来。利慎远抬头看了一眼，突然愣了一下，然后马上又继续点名。

"林昊风。"

"到。"林昊风也顺势站起来。

"李佳。"

"到。"

利慎远再次看了看这几个人。

"好,这几位同学请坐下吧。'惑而不从师,其为惑也,终不解矣。'作为你们短暂几节课的老师,我很愿意与各位同学一起交流问题,利用我过去的一些经验和知识,为你们答疑解惑。但你们今天学习的知识有多少未来能直接拿来使用的呢?并不多。所以我希望帮助你们提高的是学习方法而不是结论。同学们发给我的邮件我基本看了。很多同学都在问我怎么看未来的资本市场,我很乐意与你们交流意见。但我今天能够告诉你们,未来你们都要持续问我吗?然后再跟我抢饭碗吗?那你们还能抢得过我吗?"

同学们哄堂大笑。

利慎远继续说:"在座的同学都是在攻读研究生了吧?学习研究技能才应该是研究生阶段的主要目标。与其每天发邮件或者课后围着我问这种没有意义的问题,不如把你们的精力放在学习方法上。刚刚我点名的几位同学都是作业做得很好,分析报告要素齐全,观点新颖的,当然最重要的是我看出你们用心做了。我记住你们了,期待你们以后有更好的表现。"话闭,利慎远将目光落在了角落里那位女学生身上。

"好,我们从今天开始讲关于企业未来业绩预测中要考虑的因素……"他的目光却久久无法从郗同文的身上移开。

"郑晗郑晗,4点钟方向,窗边……刚刚站起来那个女生长得挺漂亮呀。"林昊风拨了拨旁边的郑晗说着。

郑晗悄悄回头看过去说:"她是社会学系的系花呀。去年咱们学院跟社会学系联谊的时候我见过,叫郗同文。"

"你们现在趁我不在,还有这样的好事儿?还联谊?"林昊风假装羡慕。

"那是啊,咱们学院基本是男生,你那会儿当学生会主席,身边姑娘那么多,哪顾得上我们死活?现在可不一样了,研一的学弟李亮管事儿,那肯定与我们这群光棍儿感同身受。社会学系也算是咱学校女生最多的地方之一了吧?哪像你们经管,男女比例那么好。"

"但是我们经管这几年可没有这么高的水准!"林昊风一边说话,一边忍不住回头再看两眼。

"你天天组织学生活动,还不了解吗?这么高水准的,就算是去联谊,那也是被拉去撑场子的。人家明显对我们都不感兴趣……你林大才子不在,我们这些相貌普通的理工男哪敢去追人家系花呀?行了行了,别看了,赶紧跟咱眼前这位大佬学学投资吧!被你刚刚那么一说,他的课可是千金难买!"郑晗说着拍了拍林昊风的肩膀,暗示他赶紧看前面。

……

"好,今天的课就到这里吧。还是那句话,希望大家能认真完成课后作业,我会看的。"这堂课结束时,利慎远又忍不住再次远远看了一眼这个叫郗同文的女生,转身离开教室。

"他真的是华尔街大佬吗?这么有空,居然还会批改作业。"郑晗问林昊风。

"你信他的?肯定都是他秘书或者手下人看的。他的时间那可真是'一寸光阴一寸金'!人家那是立良师的人设呢!"林昊风看着远去的利慎远。

突然想到了什么,转身看了看窗边,郗同文已经离开了。

"同文!这边!"教室门口,一个可爱的小女生摆了摆手。她正是郗同文的舍友,也是学校里她最亲密的朋友——张小西。

郗同文快跑两步。张小西挽起郗同文的胳膊一起有说有笑地走进食堂:"咱们学院也就你会去选投资学的课。你一个女生怎么对金融感兴趣?你听得懂吗?有这个时间不如陪我去西门吃小火锅。"

"同学!你这是用社会性别对我进行歧视呀。女生怎么就不能对投资感兴趣了?再说了,基本的学习能力总是有的吧?而且我发现财务金融的概念并不难理解的,嗯……不过我也确实是瞎学的,皮毛而已。"郗同文若有所思地说。

"我只是不理解,那些东西哪里有意思?"

"你看那些书里、电视剧里,每天操盘几千万、几亿的人生,多刺激呀!每天翻手云覆手雨,好精彩! 只是这辈子我入了社会学的法门,搞金融是没戏了,所以权当听故事,过过瘾呗。"

"想不到你这个小绵羊的外表下,有一颗狼子野心呀!"张小西打趣说。

"是啊,所以你半夜睡觉时可得小心点,说不准我这只狼月圆之夜变身,吃了你这个表里如一的小绵羊!"郗同文边说边假装咬张小西的脖子。两人嬉笑打闹着走进食堂。

"同学你好!"林昊风和郑晗不知何时站在了郗同文的面前。

郗同文看着面前的两位男同学并没有说话。

"同学你好,我是林昊风,这位是我朋友郑晗。"

郗同文还是没有说话,用"有何贵干"的眼神看着林昊风。

"林同学,你好!"张小西打破了僵局。这种场景,张小西太熟悉了。郗同文一向都是以这副表情对待这些紧追不舍的男生。

"同学你好,你叫什么名字呀?"林昊风以退为进,转而与张小西攀谈起来。

"我叫张小西,是郗同文的朋友……林同学你有什么事儿吗?"

"没什么,我跟郗同学选了同一门选修课。刚刚下课,这么巧在食堂又遇到了。真是缘分啊。咱们认识一下,以后有什么学习问题也能互相交流。今天课上的老师不是也说了,要期待我们今后的表现吗?"说着,林昊风又将目光转回郗同文的身上。

郗同文对着林昊风假笑一下。"小西,咱们走啦,一会儿酱骨头卖光了!"一边拉走张小西一边说,"你去占座位,我去排队打饭,要是今天又卖光了,我就把你酱了。"

张小西找了个座位坐下,郗同文买了饭。两人一边吃饭,一边聊天。

"他是林昊风哎!"张小西一脸花痴地跟郗同文解释着,"学校的风云人物,特奖获得者。之前是生命科学学院的,本来能保送读博,结果自己跑去考研,第一名考进经管学院读金融。学霸在哪都是学霸……"

"我知道!"郗同文说。

"你知道?"张小西非常惊讶。

"你都说了是风云人物,我连本带硕,都在这儿生活六年了,我要是不知道,他还能算哪门子的风云人物?"

"知道怎么还这么对待我们的林同学?你这让多少女生羡慕嫉妒恨……咦……难道你这是欲擒故纵?"

郗同文白了一眼张小西:"张小西啊张小西,你是不是傻?你忘了,上次就因为我没有及时拒绝机械学院的那个男生,结果搞了那么大阵仗的表白仪式,害得现在全机械学院都觉得我是'绿茶'。也是,毕竟当事人不是你,你肯定是忘了。但是我想忘都难,但凡公共选修课遇到机械学院的人,那看我的眼神儿都不对!同样的错误我可不能犯两次。既然没可能就别走那么近,免得大家误会。"

"你说那个男生呀!……他怎么能跟林同学比?林同学人长得帅,还是学生会干部,最最重要的是,他的学习成绩在生命学院和经管学院都是一骑绝尘的呀!妥妥的学霸花美男一枚!怎么就没可能?"张小西说得兴奋。

"美男?没看出,花……倒是有点!"

"花?哪里花?难道你们还有我不知道的故事?"

"你想得太多了!看来你这信息量还不如我呢。林昊风身边从来都是一堆女生,据说是'中央空调',海王一个!今天我也算领教了,这海王的搭讪能力不咋样,理由也是够白痴的。"郗同文一脸嫌弃。

"哪家的海王靠搭讪技巧啊?那都是靠颜值!"

"别说这些了,晚上演出的衣服你帮我带了吗?"

"带啦!要不然我怎么好意思来吃你的酱骨头呢?不过你也太忙了吧,把自己整得这么累,还去跟学姐参加那个舞社的活动呀?"

"唉,我也就是这点点爱好是我爸妈支持的了。再说,跳舞就是锻炼身体呀!"

"好羡慕你精力这么旺盛,我还是安安心心跟着咱导师一起做研究吧,将来他能给我推荐一下,去个研究所我就谢天谢地了。"

两个小姐妹边吃饭边聊天。

李世伟结束了一天的工作,目光投向方奇杰的办公室。方奇杰和秘书丽丽站在办公室里,还在讨论着今天的工作。

"方总,今天我们出掉三分之二,好在有人接货,要不我们这个量级的卖单可能要把整个盘子都砸下来了。"

"肯尼新这么大的盘子,咱们这点股份还不至于吧?还是要快!另外一定要控制消息范围,否则真有可能出不掉。"

李世伟隔着办公室的玻璃向方奇杰招了招手,方奇杰看了看李世伟,李世伟比了个手势,示意她一起走吧。

丽丽看到了方奇杰的眼神漂移,顺势看过去,问道:"李总晚上约您出去?"

"是啊。"

"李总总是明里暗里看不起我们职场女性,老实说,真挺讨厌的!您居然能忍受了他。"

"你得学会和所有讨厌的人和睦相处,尝试去了解他。"方奇杰笑着跟丽丽说,然后轻蔑地看了一眼李世伟,跟李世伟比了个OK的手势。

"了解之后呢?您了解李总吗?"丽丽赶紧追问,以为能挖出什么八卦。

"了解之后,你就会发现……他确实很讨厌!"方奇杰大笑,穿上外套,拉上今天出差的行李箱,潇洒地走出去。

李世伟和方奇杰一起搭电梯到地下车库,李世伟赶紧接过方奇杰的行李箱,又帮方奇杰开车门。

"李总今天怎么这么客气呀?"方奇杰明知故问。

"为方总服务是我的荣幸呀!可不只是今天,我是天天如此!"李世伟也装傻,附和着。

随即,两人开车离开。

"李总打算请我吃什么呀?"

"既然请你,当然听你的!"李世伟开着车回答。

"我哪知道李总今天要放多少血?去哪都没定,这么没诚意。那你还是送我回家吧。"方奇杰看向车窗外,此刻华灯初上,金融街的写字楼依然灯火通明。

"你看,大家都还在拼搏,咱们基金经理几乎是这条街上最能准时下班,但背负压力最大的人了。"李世伟的这句话也正是方奇杰此刻内心所想的,"话说回来,我肯定先定了个位置,这不是怕方总有别的想法嘛。"

"李总天天到处吃喝,我肯定相信你的品位。"

"你别说得我好像饭桶似的,只知道吃喝。咱们老大可不养饭桶,你这话是要砸我饭碗呀。"

"谁能砸了李总的饭碗?股灾那年,李总英明神武,押注北明商业,可是救公司于水火呀。"

"好汉不提当年勇,都过去三年了。我就没点儿别的业绩让方奇杰总印象深刻的了?"

"还真没有!"方奇杰好似开玩笑地回答,但也是她内心的真实想法。

……

说着话,车开到了一个胡同里,在一个四合院前停了下来。

"你看,我就说相信李总的品位吧,这种地方还是李总能找得到。"

"你先别夸,尝尝再说。"李世伟虽然嘴上谦虚,其实对自己的品位很自信。

走过了影壁墙,里面是个巨大的院子,这是一家坐落在四合院里的规格很高的餐厅。

"李总来了啊!"大堂经理笑脸相迎,显然李世伟是个熟客。"两人位帮您留好了,现在起菜吗?"

在大堂经理的引导下,两个人走上二楼。原来二楼是一个露天的平台。

上楼的一刻,扑面而来一阵阵微风,北京四合院的夜景映入眼帘,不远处成群的写字楼灯光闪烁,虽然近在咫尺,但与四合院娴静的生活又那么不同。隔了一个街区,却像隔了很远。

"起菜吧,然后帮我们开瓶红酒。"李世伟熟练地对大堂经理说。

"好的。"大堂经理回应了一声便撤身下楼。此时露台上只留下方奇杰和李世伟。

"一看李总就是熟客,我就说要相信李总的品位,也只有李总能在北京找这么个静谧的小院,同时享受这种现代与传统融合的夜景实属不易。"方奇杰说话时并没有看着李世伟,而是自顾自欣赏夜景,至于那些恭维话,只是职场人例行公事,方奇杰说起来完全不用过脑子。

"这家是我一个好哥们儿推荐的,我也就来过两回,只有请方总这么重要的朋友我才舍得贡献这家宝藏餐厅,我还真怕知道的人多了,影响了这儿的清静。尤其今晚,你看啊,夜景配美人,绝了,大饱眼福的是我呀!"对方奇杰说恭维话,也早已是李世伟的日常。

说话间,服务员将红酒端了上来。

"李总,您看这瓶可以吗?"服务员说着拿起红酒放到了李世伟的眼前。方奇杰瞄了一眼,嘴角上扬笑了笑,心想李世伟还真是下血本请自己吃饭,波尔多的2000年拉图,要上万元了吧,这反倒让方奇杰感到了些许压力。想到这里,她又看向了远处的夜景。

"打开吧。"李世伟轻声对服务员说。

服务员动作熟练地打开红酒后,李世伟赶紧接了过来:"我来吧。"

"您两位慢慢品尝。"服务员识趣地走了。

李世伟帮方奇杰倒好后,又给自己倒了一杯,说道:"今天主要是感谢方总的解围之恩。"李世伟说着,举起了酒杯。

李世伟这句话才将方奇杰从欣赏美景的思绪中拉了回来。她知道,这才进入今晚的正题。

"那我就却之不恭了!"说着两人碰了下杯,一饮而尽。

"你今天还真得感谢我。要不是我,你怎么'死'在利总办公室的都不知道。我也是很好奇,你跟着利总这么久,比我都长好几年,怎么还在犯这种低级错误?你应该知道利总最讨厌你这种优柔寡断、瞻前顾后、三心二意的投资人吧?咱公司从来都是下手果决,出手更果决。还留一点?亏你张得开嘴。"

"行行行,你直接用仨成语把我说得跟个渣男似的。但是啊,利总怎么看我不重要,我今儿必须跟你解释一下。我当时的意思是——"李世伟刚想吐槽,话已到嘴边,可想到对方毕竟是同事,都是基金经理,多少有点竞争关系,还是再委婉一下吧,说道,"我先声明啊,利总价值投资那套理论肯定是没错,特别厉害!我深感佩服!但是我的意思呢……纯属个人想法啊……市场嘛就是大家一个对未来预期的一种共识,大家都觉得好了,自然涨,大家都觉得不行,那就跌呗。也就是说,我们觉得肯尼新怎么样不重要,重要的是只要市场觉得它是好公司,就会有好价钱,我们留一点去追求最后一点利润有什么问题呢?苍蝇蚊子都是肉啊。"说话中,李世伟一直在看着方奇杰,想要确认一下她的眼神,希望自己的观点得到认同。

但方奇杰看着李世伟,丝毫没有认同的意思,说:"这根本就不是盈利多少的问题。去年,你重仓一文传媒,亏了那么多,利总一句没训你吧?那是咱们公司对一文传媒的认知不够全面,这不是你的问题,不是一文的问题,也不是市场的问题,是我们对传媒未来发展趋势把控能力的问题。所以当利总意识到这个能力缺陷时,果断清仓,然后转头就高薪挖来万洋证券传媒行业首席研究员。我们只赚认知范围内的钱,所以也能承受认知不足导致的损失。但如果明明知道认知不足,还恋战,那你可真是碰到了利总的逆鳞了。"

说着说着,两个人的手机屏幕都亮了,同时收到了财经新闻推送的消息《肯尼新被爆涉嫌财务造假》。

李世伟读着新闻:"经同新财经记者调查,肯尼新或可能存在虚增收入和利润的行为。交易所已根据市场传闻向肯尼新发出问询函。具体情况等待肯尼新回应……这、这什么情况？陈凯这个二百五！糟了，明天估计要跌停板上开盘了吧？幸好今天没听陈凯的，这要是买了，真的要亏大了。方总英明，挽救我们，咱公司至少少损失1亿吧？"

"是利总的决定。不过，市场很难说，明天再看吧。"

"不行！我得骂骂陈凯这小子！"说着李世伟就要拨陈凯的电话。

方奇杰摆了下手，提示李世伟不要打这个电话："你混迹市场这么多年，陈凯说什么你都信？你还骂陈凯？同样的信息，利总就做出了不同的判断。你这个电话打过去，只会让大家觉得李总太低级了，遇到问题首先想到的是推卸责任。"

"那正好，方总，帮我解释解释，利总为什么安排你去肯尼新？"李世伟终于切入今天晚餐的正题。说着他倒了一杯红酒，双手递到方奇杰的面前。

"那肯定是因为利总喜欢我呗。"方奇杰笑着说。

"咱别卖关子了，方总！方姐！我跟你说吧，这两年利总对我的态度就不太对！我怎么了？我业绩不错呀！当然啊，和你比这两年是差了点，但是张涛……我比张涛他们每年收益至少多出7个点。结果你看，这么高强度还有点危险的调研工作，利总首先想到的是派你这个女将去，也不怕你发生危险。这是不信任我呀。"

每次聊天，这个李世伟都会拿方奇杰是个女人说事儿。但他在公司耕耘多年，业绩、人脉圈子都很好，身为职场人，大家都是利用关系。方奇杰虽然内心非常反感，但只能暂且忍着吧。想到这，她说道："你也别猜了，之所以让我去，是因为我最先发现肯尼新的问题。周二复盘手里几个票的时候，我就发现肯尼新有大量的现金流和存款，但还在不停地贷款和股票质押。这件事儿不符合基本逻辑。我跟利总说了一下，他也觉得有问题，打算让人去深入调研。公司押了十几个亿在肯尼新上，别人去我不放心，我相信利总也不放心。所以我是主动请缨，利总当然也不会反对了。你也别酸了，下回你也早点发现，就派你去了。"说罢，方奇杰轻蔑地一笑。

"那……"

李世伟刚想继续问,就被方奇杰打断:"答疑结束,你的这顿饭,我也就只能说这么多了,如果再想问,下顿!"虽然方奇杰说话时面带笑容,但是内心实在懒得跟眼前这个直男多废话。

郗同文和张小西愉快地吃完了饭。在食堂外,两个小姐妹发现,暮色已至,天边出现了金灿灿的火烧云,倒映着大礼堂宝石绿的大屋顶,分外美丽。两个女孩子不约而同地拿起手机拍起了美景,聊起天来:

"你说还是咱们中国人的语言美,燕京十景说金台夕照,隔着几百年,都砰地一下击中我的心。"

"真是临到走了才觉得咱们学校确实有那么一丢丢好看,怪不得静安先生能在咱们学校写那么多散文。"

同文突然生起了一种离愁别绪,难得和闺密撒起娇来:"小西,你晚上有课吗?咱俩去绮春园转转吧。"

小西十分遗憾:"大小姐,能不能对我上点心?'东邪'的课是能随便逃的嘛,你自己去溜达溜达,再去跳舞吧。"

同文应了一声,看着时间尚早,决定乘着这难得的闲情逸致,去绮春园转一转。燕大原是在皇家园林的基础上扩建的大学,在苏式建筑环绕的庞大校园中央有一座几百年历史的园林叫绮春园,按照学校建筑系老先生的考据,这是京城"样式雷"亲自摆样设计的五大名园之一。考虑到非遗保护的需要,学校把校长室之类最核心的行政功能室放在此处,这片小小的园林成为燕大最幽静的所在。

郗同文和张小西告别之后,就信步来到了绮春园。绮春园坐落在岸芷零洲,静安先生的名作让这一片小景成为和剑桥的康桥月影齐名的名胜。同文每次逛到这里都有一种格外宁静的感觉,她伸手触及的仿佛是百年前的月、百年前的风,仿佛时间和空间在这里凝结在一起。

同文逛到西花厅外,发现里面灯影摇曳,原来是校领导在招待客人。同文对这些并不陌生,燕大声名远播,这些年知名校友回馈母校的数不胜数,校领导也颇为重视,每次捐款会后必安排宴请。最近学校收到一笔大额的匿名捐款,大家都猜测是哪位互联网新贵,不知道今天是不是宴请这位大佬。

西花厅内觥筹交错,利慎远坐在左手主宾位,好友柯文韬坐在他的下首,正在向叶校长引荐。回国发展这几年,他对这类饭局早不陌生。但这次能在绮春园与叶校长一晤,利慎远知道自己的人脉经营又进一层,也不禁向柯文韬投去一个感谢的眼神。叶校长是燕大精仪系主任出身,柯文韬的爷爷正是老精仪系的主任,对柯文韬一直以自家长辈自居,对于柯文韬引荐的利慎远,也生出了几分亲近之心,和利慎远聊起来更有一种长辈的殷殷之感。

叶校长说道:"小柯年少有为,青出于蓝,没想到同学也这么优秀。利总是青年才俊,心系教育,令人感动,还匿名捐赠,不图虚名,连我都佩服。"

利慎远暗自腹诽,这老校长大张旗鼓地宣传匿名好几个星期了,宣传效果拉满,还好不是互联网风头人物,不然迟早露馅。他举起杯说道:"叶校长,不敢当,叫我小利就行。我的祖辈父辈都是燕大校友,虽然少年起就在美国求学,但我对燕大自小就有孺慕之思,在 MIT 读书的时候还在燕大交换过,所以也算是为母校贡献点微薄力量,叶校长谬赞了。"

叶校长一听惊讶不已,也是颇为得意:"原来还有这样的渊源,不愧是咱们燕大校友培养的孩子。年轻人又谦虚又低调,前途不可限量啊,下次毕业生典礼非得请你来讲一讲。"

叶校长对利慎远一脸赏识,旁边何副校长也在打趣:"叶校长,我虽然不懂啊,但听小柯说,慎远回国时间不长,但对咱们资本市场这块还真是挺明白的,业绩也不错,咱们校友基金会不在筹建嘛,让慎远也帮忙参谋参谋。"

叶校长沉吟一刻:"慎远啊,这事我让经管学院院长和你对接对接,你有什么好的经验可要倾囊相授啊。"

利慎远十分高兴,这真是意外之喜:"放心,这事包在晚辈身上"。

何副校长没想到叶校竟能同意,连忙说道:"慎远,叶校长对你真是青眼有加啊!其实咱们燕大校友在你这一行的也不少,你作为半个燕大人,以后也可以团结合作啊。——叶校长,我们电子系的杜建民您也见过,现在管的也几百亿了,前段时间也一直说想为母校多做贡献,还给我们电子系设了奖学金,资助了好几十个贫困生。"

叶校脸上闪过了一丝不易察觉的愠色,瞬间就云淡风轻地说:"建民不错,这两年听说公司的发展快得很,也是媒体红人,给咱们燕大长脸了。慎远啊,以后碰到杜总,你也多请教请教。"

利慎远赶紧举杯,说:"感谢叶校长、何校长,在国内咱们燕大校友圈的能量那可是首屈一指,以后还请两位师长多多提点,多引荐咱们燕大的精英。"柯文韬从小就是酒席上的常客,这个时候也赶紧笑嘻嘻地举杯感谢:"多谢叶校长、何校长垂青,我和慎远那以后行走江湖感觉都多了几分底气,爷爷总埋怨我没在燕大念个本科,我这也算是对得起老爷子了。"

说到这儿,大家哄堂大笑,主客尽欢,宴请也进入尾声。

同文怀着一腔好奇,正在树影下张望,这时西花厅的正门咿呀一声,宴会结束了,叶校长正和利慎远握手道别,原来竟是他。

绮春园因为是文物古建,一应车辆都只能停在远处,利慎远再三谦辞了叶校长要送出园子的好意,打算穿过岸芷汀洲往停车场走去,没想到叶校长拉着柯文韬问候柯老身体,他只得先行往前慢慢踱步等柯文韬同行。刚迈步,突然发现柳树下站着一个顾长秀美的身影,月色皎洁,正好洒在女孩的身上,他不由得愣住了神,一丝回忆涌上了心头。

同文没想到利慎远突然停下脚步,遥遥相望了起来。她十分吃惊,这样一个让叶校长出门相送的大佬,难道想起了自己是他的学生?正在踌躇要不要赶上去打个招呼,不知道为什么突然生出了一丝怯意。

就在这时,利慎远竟向自己这边走来……

第二章

燕大的绮春园，月色皎洁，郗同文没想到利慎远突然停下脚步，与她遥遥相望了起来。她十分吃惊，难道他认出自己是他的学生？这样一个能和校长握手道别的大佬，要不要赶上去打个招呼呢？郗同文生起了一丝怯意。

微醺的利慎远看到树影下的女孩身影，心中却浮现出了多年以前在纽约长岛那样一个温婉古典的身影，树影幢幢，月光倾洒在女孩的长发上，扰动了如精密运行机器的自己，但终归是佳期如梦。利慎远不由得自嘲地摇了摇头，白天上课一瞥时的心动，现在如堕梦中的怔忡，难道是年纪大了，情绪控制能力弱化了？也许是多喝了几杯，他不由得松了松领带，加快了脚步向停车场走去。

郗同文正在踌躇要不要赶上去打个招呼，利慎远突然沿着岔路向停车场走去。郗同文也舒了一口气，看看时间，离舞团训练时间很近了，赶紧骑上自行车往剧场赶去。

早晨，方奇杰刚好和利慎远的秘书亓优优一起抵达公司楼下。两个身着职业装、光鲜亮丽的美女在大厦的门口遇到，着实为沉沉的写字楼增添了一抹亮色。

"方总，早啊！"优优虽然是利慎远的秘书，但半岛基金除了利慎远，就是这些基金经理的地位最高，所以优优识趣地先打招呼。

"Hi！优优。"

两人边走边聊,彼此完全没有放慢脚步的意思。

"方总总是这么早!"

"你也是呀!"

"我这是没办法,谁让老板是个自律狂人?每天第一个来!我这个当秘书的也不能太晚吧?况且我还得给他带早餐。"说着,亓优优拎起手里的三明治和咖啡给方奇杰总看了看,继续说道,"打工人的生活艰难啊。所以我每个周末都必须睡到下午,补上我这五天工作日的早起。"

"你那是周末蹦迪到早晨6点,当然要睡到下午了。"方奇杰面带微笑,用看穿一切的眼神看着亓优优。

"方总,别老是说实话嘛!"亓优优语气中带着撒娇,然后开始转移话题,"方总,您怎么总是打车啊?都说去年年终奖,全公司您最高!不是刚换了一辆大G吗?怎么都没见您开呢?"

"唉,没办法,打工人总有饭局要喝点,最后发现车反倒成了累赘。你不是也没开吗?"

"没想到,我与方总的苦恼一样呢!"

"我是工作需要!"

"我是生理需要!"说完亓优优大笑起来。她是个海归富二代,明明也是金融专业出身,但每天只想着享受生活,跟方奇杰完全是两种类型的人,反倒因为两个人没有竞争关系,所以相处更融洽。

说话间,两个人走到电梯前,亓优优很自然地帮方奇杰按了电梯。由于两个人来得太早,电梯很快就来了。方奇杰先上了电梯,亓优优随后进入,摁了32层。

沉默片刻,方奇杰看似随意地问道:"利总下班还会给你安排工作吗?"她忍不住想要向亓优优打听利慎远的信息。

"您说的工作是指……我可不提供额外服务哈。"虽然是句玩笑话,但亓优优有秘书基本的敏感度,她早就发现方奇杰总对利慎远的情感不一般,绝不止上下级和同事之间的关系。

"感觉利总一下班就像消失了，好奇而已。"方奇杰也觉得自己问得突兀，内心略有尴尬，但职场基本素养让她应付得很快。

"像利总这种单身……成熟……有型……魅力男士……其实吧……我……也好奇！"亓优优故意大喘气说话，说完再次爽朗地大笑起来。方奇杰也只能随之跟着笑了笑，玩笑归玩笑，亓优优还是回答了方奇杰的问题："不过他确实下班就消失了，几乎不会找我，就冲这一点，我可太爱他了！"

下了电梯，两人走进公司。

"方总，那我过去了啊。"亓优优示意自己要去工位。

"好的。"

亓优优向利慎远的办公室方向走去，作为秘书，她的工位就在利慎远的隔壁。而方奇杰在自己办公室门口停下脚步，看了看走廊尽头，然后推门进了办公室。

坐在办公桌前，方奇杰思索着，终于眼前的一份研究报告让她似乎想起了什么。

她拿出镜子整理了一下妆容，走出办公室向走廊尽头走去。在利慎远办公室的门口，方奇杰放慢脚步，深吸了口气才敲了敲门。

"进！"

方奇杰推门而进。

"利总。"这句问候，是方奇杰在等利慎远能够抬起头看一下自己。然而利慎远并没有抬头，依然喝着咖啡毫无表情地盯着电脑屏幕。就这么寂静了两三秒钟，方奇杰只能再次打破沉静："利总，我最近看好一家公司，今天想建仓，用这只股票把我基金的仓位加到八五成，想跟您汇报一下？"

"权限范围内，你决定就好，不用跟我汇报。"利慎远又一想，方奇杰肯定也知道这是她权限范围内的，这么说好像有点不妥，利慎远抬起头看着方奇杰，缓缓说道，"当然，如果你觉得这家公司很好，一会儿晨会的时候跟大家分享一下。"

"好的。"方奇杰说话的语气虽然是积极的,但在内心叹了口气,她还是想再与利慎远多说几句,想了想又说道,"昨天我们肯尼新只出了三分之二,剩下那些怎么处理?您觉得今天会直接跌停吗?"

"你怎么看?"利慎远很少直接回答下属的问题,总是再将问题丢回来。

"我认为,现在还是传言阶段,这一两个交易日肯尼新的股价肯定会大幅下挫。但肯尼新之前毕竟是解决了国产替代问题,而且很多基金都下了重仓,不会这么坐以待毙,下挫之后,造假坐实之前,可能会有多空之间的博弈,或许是我们出货的机会。"

利慎远严肃的表情终于有了舒缓,欣慰地笑了笑说:"就按你说的办吧。"

方奇杰也明白自己的答案是对的,顺势笑了起来:"好的,利总……"

方奇杰刚想再说点什么,就被利慎远的话打断了:"有事儿一会儿晨会上再说吧。"利慎远这么一说,方奇杰再明白不过了,这是下了逐客令,再留在这,只会惹人反感。

"好。"

方奇杰失落地转身离开。利慎远重新聚精会神地看研究报告。

方奇杰回办公室的路上遇到了刚到公司的李世伟。

"肯尼新今天怎么操作?"李世伟问道。

"不知道。"方奇杰淡定地回答。

"今天老大晨会上肯定又让发表意见。快,给点意见呗。"

"你又不是第一天遇到这种事儿,你可是我司的老牌基金经理,肯定能应付。"方奇杰冷言冷语地说着,就进了自己的办公室,把李世伟关在了门外。方奇杰在利慎远那边受到了挫折,气儿正不顺,此时李世伟找上门,自然要碰钉子。

李世伟透过玻璃看着方奇杰一屁股坐到座位上,一脸严肃,死盯着电脑。李世伟一脸蒙。

"这女人又怎么了？昨晚还好好的,今天一大早怎么就这样了？"李世伟自言自语道。

此时陈凯看到了李世伟,转身就想跑,无奈已经被李世伟看到了。

"陈凯!"李世伟大叫一声。

"李总,早上好!"

"你小子是不是想跑啊？"

"怎么会？我是突然想要去茶水间冲杯咖啡提提神。"

"你有谱没谱!昨天害死我了!我要是真听你的,我今天就完了!"

"李总睿智,没直接加仓。您请教了利总,咱们也算因祸得福是不是？"陈凯自己说得都很心虚。

"行了!下回有好的股票还是先告诉我哈!给你将功补过的机会。"李世伟也知道这不是陈凯的问题,他毕竟还年轻。只能怪自己大意,火速原谅他也算是留个人情。

"好嘞,李总!听说……您昨晚跟方总私人约会呀!"

"你们一天天报告不好好写,研究不好好做,关心八卦能力都很强。"

"研究八卦的能力都没有,怎么能研究好上市公司呢？您说是不是？"陈凯刚说完,李世伟就比画着要揍他,陈凯赶紧接着说,"别别别……其实我就是想知道,利总怎么发现肯尼新有问题的？为什么让方总去蹲点儿,没派您去啊？"

"因为利总知人善用!市场动荡,我还是适合坐镇公司!"李世伟并不想让别人知道自己在业务上不如这个女人,把发现肯尼新问题的功劳都扔给老板总是没错,"别瞎八卦,抓紧提高一下你的业务能力吧。"说着他挥挥手,让陈凯赶紧走。

亓优优敲开利慎远的门:"利总,晨会要开始了。除了潘总在出差,电话接入,其他人都到了。"

"好,我现在过去。"说着,利慎远放下手中的文件,起身向门外走去。

利慎远准时走进会议室,方奇杰、李世伟和公司其他几个人都已经坐好等候。

利慎远坐下后便说道:"开始吧。"

投资研究部总监刘智明起身,开始在屏幕上播放着PPT。"我先介绍一下公司重仓股的情况,截至目前已经有7家公司发布了三季报,从结果来看还是很乐观的。但有一点也要注意,就是幸存者偏差,丑媳妇常常拖到最后见公婆,没披露的几家更要重点关注……"刘智明熟练地做着投资分析,其他人听得认真,时不时拿笔记录一下。"然后要说一下肯尼新,想必各位昨天也都关注到新闻了,毕竟我们还有一定的仓位,预计这几天可能会波动比较大,提示各位谨慎操作。最后要说的是,受美联储加息周期影响,美股的波动将不断加大,A股也难免受到波及,所以提示各位注意风险,建议增加避险资产的配置。以上就这些。"说完刘智明看向利慎远,又扫了一眼其他人,示意大家是否有什么补充或者疑问。

"谢谢智明,最后的提示非常有必要。其他人有什么想法吗?"利慎远说道。

李世伟想着还是先发言吧,主动出击弥补一下昨天的过失:"我说一下啊,肯尼新今天肯定会大幅下挫,如果我们开盘清掉可能要受到大幅损失,毕竟我们的仓位不大了,还能承担一定风险。所以我的建议是,买卖双方会有博弈,过两天或许才是我们清仓的时机。"

一番话下来,方奇杰惊讶地看着李世伟,这家伙刚刚还一脸不自信地问自己,现在这不挺明白的吗?这是在我面前装傻啊,她的眼神又从惊讶变成了鄙视。

"你和奇杰想的一样,就按你们说的操作吧。但不要恋战,尽快清掉。"利慎远缓缓说道。

"好的,利总!"李世伟赶紧答复,内心松了一口气,这次总算是说对了一回,不容易啊。

利慎远又看向了方奇杰,说:"奇杰,你还有什么补充的吗?"

"我最近在看一家公司,也同时发现了零售业里面一个细分领域……"方奇杰认真且非常专业地表述着,其他人也认真地听着,"所以我最近打算用这只股票加仓到八五成。"

"零售虽然是传统行业,但是有互联网的加持,总是能擦出创新的火花啊。"利慎远顺势点评了一下。

刘智明见利慎远给了正向的点评,赶紧也附和几句:"方总是我们公司明星基金经理,这肯定是需要时刻保持学习和研究精神的。资本市场就是博弈,你死我活,我们如果不天天刻苦点,就只能给别人当韭菜喽。"

方奇杰对刘智明的捧场笑笑,以示礼貌。但她还是看向利慎远,毕竟她只在意他的想法。

然而利慎远并没有回应,而且表情也严肃起来。这种晨会,他要的不是刘智明这种无聊的互捧对话,而是专业有用的干货。沉默了几秒钟后,他看了一圈在场的人,只是问了句:"谁要补充吗?"

其他人马上明白了老大的意思。如果没有点干货拿出来,还是闭嘴吧。全场再次陷入沉默。

"老潘,你那边消费行业的占比有点大,节日行情已经过去了,控制比例,适当调整一下。"利慎远见没人说话,自己做了补充。

"好的。"电话连线的潘总在那边回应。

"今天就到这吧。"说着利慎远就起身离开了。

所有人都好像松了口气,也都纷纷离开。

张小西拉开宿舍的窗帘,阳光洒落在郗同文沉睡的脸颊和眼睛上,让同文不由得秀眉微蹙,长长的睫毛微微颤动,睡饱了的小脸盈盈如同成熟的水蜜桃,小巧的鼻翼一张一合,小西不由得暗暗感慨怪不得王子拒绝不了睡美人的诱惑。窗帘拉开了好一会儿,小西见郗同文还是没有反应,大声地打开宿舍的窗户,郗同文这才醒过来,睡眼蒙眬地看着已经穿戴整齐的张小西。她一边伸着懒腰,一边问:"你怎么起这么早呀?"

"9点啦！郗小姐！你是不是忘了今天9点半有老板重点项目研讨例会啊？"

"怎么可能？我还是想毕业的,宿舍楼到研讨室就10分钟。"

"你汇报文件写完了吗？"

"当然啊,我写到凌晨2点呢！你帮我看看呗。"说着郗同文拿起手机把文件发了出去,"发了。"

张小西的手机也收到了提示,顺势拿起来,点开文件看了看。

"郗小姐,你太牛了！你这效率相当可以啊！"

"少来,每次都这么夸我,然后开会时老韦永远都是表扬你做得最好！"

"我那是没办法啊！我还指望咱老板给我推荐到研究所呢,那我肯定要尽可能做好呀。我可不像你,有你爸罩着。"

"咱俩情同姐妹,要不这样,你认我爸当干爹吧,求他以后带咱俩飞。"郗同文开玩笑地说。

"郗神？我可不敢,我估计自己见到他会紧张得腿抖。"

"他就是个老头,你紧张什么？"

"他可是郗神,咱们社会学现在的泰斗！"

"你忘了加'之一'！你这话让咱们老韦听到了,估计要吃了我爸。"

"你快点吧！一会儿迟到了！"

"遵命！"说着郗同文跳了起来。

研究组这边,刘智明从会议室里走出来,路过陈凯的办公桌,轻轻敲了敲办公桌,低声说："跟我进来一趟！"

两人进了办公室,陈凯关好门,刘智明坐下后说："坐。嗯……这次虽然有惊无险,但以后还是要机灵点,跟肯尼新这种级别公司的人有交流一定要及时跟我说。"

陈凯虚坐在刘智明办公桌前的椅子上："好的,刘总！那个……我想问一下,昨天听说肯尼新订单增加的消息时,您是怎么判断的？想多跟您学习!"

"我也是判断不出啊,所以才让你跟李世伟说的。以后多向利总学习,他才是大牛!"

"唉!这次有点对不住李总,我真没想到这个消息会有问题,张凡居然这么坑我!今年的派点①他就别想了!"

"也不全是你的问题,我和李总不也都没意识到问题吗?张凡他能这么干,肯尼新肯定少不了给他好处,咱们那点派点算什么?不过还有种可能,就是张凡其实也不知道里面的情况,也别急着定性,将来都在一个圈里混,树敌可没必要。"

"总之这笔账我得给他记着,下次我一定注意!您说,利总会不会因为这个事儿以后就对我有成见了?"

"不会的!没事儿!再说咱们做投研的,本来就是赚钱了是基金经理的功劳,赔钱了咱们也得跟着担责任。这都是我们的日常,要习惯。呵呵呵……"

"感谢刘总对我的包容!"

"没事儿了,你回去吧。"

陈凯转身开门出来,关上门回到工位。

另一个研究员何思源看到陈凯出来了,走到刘智明办公室前敲了敲门。

刘智明透过玻璃门招了招手,示意他进来。

何思源推门而入,刘智明给何思源递了个眼神,示意他关上门。何思源心领神会,关上门。

"思源,什么事?"

"刘总您太牛了,怎么单从方总悄悄去了趟威海就知道肯尼新有

---

① 派点是指买方机构对券商分析师提供的证券投资咨询服务的一种考核机制。接受咨询服务的客户(一般是基金公司等投资机构)对提供研究咨询服务的券商分析师打分。在用研究成果换取佣金的模式下,派点在很大程度上成为分析师个人工作成效的衡量标准。

问题?"

刘智明笑了笑说:"那边上市公司不多,想知道她去谁家动动脑子就知道。方奇杰这个女人从来都是吃独食,她越悄悄的,我就越觉得不对劲。"

说着,刘智明回忆了起来。

四天前,刘智明看到方奇杰从利慎远办公室里出来后,拉上行李箱准备出差。

"方总,出差啊?"出于研究员的本能和敏感性,刘智明迎面走来问问。

"嗯。"

"去哪啊?"

"山东。"

"什么好上市公司让方总亲自去调研?"

方奇杰笑了笑,没有回答,却转而说:"我赶飞机,先不聊了哈。"说完她就赶紧走了,好像在逃避刘智明。刘智明看着方奇杰的背影,深感事情不那么简单。

何思源接了句话将刘智明拉回现实:"所以您让我去打听方总去哪了。"

"是啊,我一听你说她去威海,那就大概率和肯尼新有关,如果是调研上市公司那是好事儿啊,这不正彰显她方奇杰能干吗?炫耀自己忙这点,她最擅长了,没必要这么悄悄的,只能是坏消息。陈凯昨天说他跟肯尼新董秘吃饭,还有利好消息,我就更奇怪了。肯尼新现在在市场上炙手可热,之前他家的董事长和董秘我约都约不出来,怎么可能突然跑去跟陈凯吃饭?完全没道理。我呢,是悟不出这背后的事儿。所以我呢,就不去踩这个雷了,谁蠢让谁去吧……"说完刘智明意味深长地笑了。

在教学楼的讨论室里,郗同文和张小西的导师韦教授带着社会学系的几个老师和学生刚刚结束讨论。

"今天就到这里吧。"韦教授说完,大家都开始收拾东西准备离开。

郗同文和张小西结伴走到门口的时候,韦教授叫住了她们。

"郗同文你发我那篇论文我看了,总体不错,可以投出去了。你天天跟张小西一起,也跟她学学啊,有点学术追求!别老想着凑够能毕业的文章就行了。我怎么听说你还跑去听投资的课程?有这工夫你多做做学术好不好!"

"我好奇嘛,搞社会学研究就是应该了解大众的心理啊,也得包括大众的投机心理嘛!"

"我不管你这些乱七八糟的理论,如果你还想顺利毕业的话,就尽快把你毕业论文的开题报告和文献综述做好!"

"您就放心吧。韦老师再见!"说完郗同文就想走。

"别走!我问你,你爸是不是要送你去美国读PHD(哲学博士)?"

"呃……嘿嘿嘿。"郗同文尴尬地笑了笑,表示默认。

"去吧,密歇根安娜堡的社会学不错。只是这个老郗总是挖我墙脚,我找机会得跟他好好聊聊。"

"嗯!韦老师,您一定好好跟他聊聊!这个老头在我家太强势了!他指哪我就得打哪!"

"走吧!"韦教授挥了挥手。

"韦老师再见!"郗同文拉着张小西就跑了,生怕再多待一会儿韦教授又要多训她一会儿。

韦教授在原地看着这两个爱徒,不禁无奈地笑了笑。

方奇杰离开办公室,出门时,轻轻地与秘书打了个招呼。

"丽丽,我中午有个午餐会,可能晚点回来,如果利总找我,你马上电话通知我。"

"好的。"丽丽爽快而职业性地回答。

李世伟透过茶水间的玻璃看到方奇杰要走，嬉皮笑脸地追了出来，问道："方总，去哪啊？"

"有事！"

"约了哪家研究员啊？"

"保密！"方奇杰刚想走，又转身补充了一句，"哦，对了，你知道咱们这个行业就是赛狗游戏吧？我跑不跑得赢大盘没关系，跑赢你们就行了。人事部今早的消息，张涛已经被开了。李总，你要想想以后你打算跟谁比了哦。"说完方奇杰笑着转身，大步离开。

李世伟留在原地说了一句："你要这么说，你不也是狗？"

半岛基金的写字楼前，一辆黑色轿车停下，后排车门打开，下来一个身着高级西装的职场男士。他是半岛基金的客户总监蒋飞扬，如同他的名字一样，行事略显浮夸张扬，连下车都恨不得摆摆 pose（造型）。下车后蒋飞扬敲了敲副驾驶的车窗，车窗随即落了下来。

"我行李先放车上吧。你先别走，一会儿我还要出去。"

"好的，蒋总。"

随后，蒋飞扬迈着自信的步伐，快速进入写字楼。

蒋飞扬来到利慎远办公室的门前，敲门后推门进入。

"利总，我回来了。"

"还顺利吗？"利慎远起身，走到沙发处坐下，摆了下手，示意让蒋飞扬也坐下。

蒋飞扬随即坐下，说道："谈妥了，很顺利，他们知道是您操盘的基金，3亿美金基本没犹豫。如果顺利的话，RK资本那边应该6月份资金就能到位了，后续我会继续盯着外资入境的手续。"

"好。"面对这样体量的资金，利慎远依然平静地回答。

"另外，这次在美国我特地还跑了一趟纽约，见了 Mark，似乎 BD 对中国市场非常重视，一直在关注我们所有的重仓股。而且还要求我们将所有内部的 A 股投研报告同步给他们。"

"定期翻译几个发他,应付一下就行了。"利慎远缓缓地回答。

"我懂!"

"这次辗转了几个地方,你辛苦了。国内的客户还是要抓紧推进。"

"咳!这就是我日常工作嘛。您放心!国内的几个我已经谈得差不多了。另外,我们与世辉资本的杜总约的是下午 2 点,咱们该走了。"

"好。我一会儿下楼。"

"好的!要不要叫上方总?"蒋飞扬试探着问。

"叫她干什么?"利慎远严肃地反问道。

"没什么,毕竟方总是咱们公司的明星基金经理,人又漂亮,见世辉资本这种大金主有个女同事作陪,关系也更好维护嘛。"蒋飞扬赶紧解释道。

"RK 你不是也自己搞定的吗?"利慎远再次反问。

"明白,明白。"蒋飞扬顿时明白,老大的意思就是有他本人在就够了。自己还废话什么,赶紧转身离开。

利慎远也起身,将衣服整理了一下。

利慎远走出大楼的时候,蒋飞扬和司机已经等待多时。蒋飞扬看到利慎远赶紧打开车门请利慎远上车,自己坐到了副驾驶。在利慎远面前,即便蒋飞扬已经是半岛资本的客户总监,也只是个小咖,不能也不敢与利慎远并坐后排。

车辆快速驶出。

方奇杰与几个人用餐结束,正在一家酒店门口握手道别。

"今天感谢崔总攒局啊。"方奇杰朝着其中一个人说。

"哪儿的话?您能赏光前来我就很感谢了。"这位崔总也是客气地回答。

方奇杰目光飘移,看到公司的车来到酒店的门口缓慢停稳,蒋飞扬赶紧下车开了车门,利慎远随即下车。

方奇杰赶紧跟其他人说:"我还有点事儿,先不聊了啊。"她匆忙摆手告别,几乎没等其他人回应。

她迎到利慎远面前:"利总……"利慎远的到来让方奇杰的神情立刻开始紧张又兴奋起来,全然没有了刚刚与其他人一起的泰然自若的感觉。

"在这吃饭啊。"利慎远面无表情地回应,但脚步并未停止。

"跟几个券商的分析师聊聊。"方奇杰连忙跟上脚步,回答道。

蒋飞扬看到方奇杰抑制不住地开心,马上说道:"方总,我们要去见世辉的杜总。要不你也一起见见?"他虽然问的是方奇杰,却看向利慎远,希望得到老板的认可。

"如果可以的话,那我当然荣幸之至了。"方奇杰也用期待的目光看向了利慎远。

"既然都赶上了,就一起见见吧。"利慎远依旧平静地说。

"好的,利总。"方奇杰和蒋飞扬的脸上都难掩开心,但每个人心里打的算盘不一样,三个人顺势都走进了酒店。

而被方奇杰留在酒店门口的崔总和其他几个人讨论着。

"刚才那个人是谁啊?"

"半岛基金的老大利慎远啊。"

"他就是利慎远啊!难怪方奇杰看到他,表情都变了。"

"肯定啊,据说他行事果决狠辣,在资本市场杀伐果断,在公司换基金经理跟换衣服一样。"

"那方奇杰能干这么多年,也是够牛啊!"

"那是啊!方奇杰管了30多亿的基金,他们可是私募啊。但是没人知道半岛到底管了多少,据说不少外资都追着送钱。"

"那为什么?"

"你不知道?他华尔街回来的啊,曾经是 BD Charles 的爱将!"

"BD?Charles?他看着也就30多岁吧?"

"是啊。"

"同样是三十好几……唉,收下我的膝盖吧。"

几个人对视笑了笑。

利慎远三个人进入一个包间,但是不是一个餐厅,而是一个茶室。世辉资本的老总杜建民已经坐在那里等着他们了。

杜建民看到他们三个人到来并没有起身。

蒋飞扬赶紧先开口:"杜总,您好!我们是半岛基金的,我是蒋飞扬,这位是我们的总经理利慎远。利总,这位是方总。"

杜建民看了看三个人,并没有说别的,只是说了声:"坐!"

利慎远先在杜建民的对面坐下,方奇杰和蒋飞扬坐在了两侧。

"我听思川资本的郭总说了,你们基金的业绩一直不错,我可以出点资金给你们试试,你们觉得多少合适?"杜建民说道。

"取决于您对这个'听说业绩不错'的信任程度。"利慎远面带微笑,缓缓说道。

"好!就冲郭总,我可以先给你5亿试试。"杜建民笑着说道。

利慎远看着杜建民,轻轻一笑,并没有说话。

蒋飞扬打破僵局,赶紧说道:"感谢杜总的信任,上次我跟您那儿的投资总监聊过,您看金额上是否再商量一下?"

"这位美女是……?怎么刚刚都没介绍一下呢?"杜建民看向方奇杰。

方奇杰立刻起身,介绍道:"杜总您好,我是半岛的基金经理方奇杰。"说着,方奇杰职业性地伸出手。

杜建民抬起头,用轻飘飘的眼神上下打量了一下方奇杰,略有轻浮地说了声:"你好!"然后握了一下方奇杰的手,笑眯眯地盯着方奇杰,在要松开手的一刻,杜建民突然用拇指在方奇杰的指尖上滑动了一下。这一下让方奇杰心中一惊,收回了手,但以混迹职场多年的经验,这种事儿也是偶有发生,方奇杰依然保持着礼貌微笑。

"方总是我们公司的明星基金经理,不但人漂亮,业绩更漂亮,去年市场平平,但方总基金池的收益率超过60%!"蒋飞扬继续介绍着。

"好……好呀!那不如我的这5亿就交给方总?"杜建民笑眯眯地盯着方奇杰,又再次强调了额度就是5亿。

方奇杰在职场中摸爬滚打多年,早就对这种男人见多了,依然礼貌地看着杜建民:"感谢杜总信任,但还是看我们利总的安排吧。"说着方奇杰看向利慎远。

"我争取安排好。"利慎远面无表情地说着。

蒋飞扬接上了利慎远的话,说道:"杜总放心,我们公司的基金经理都是多年资本市场打拼下来的,能在我们公司存活下来的基金经理个个都很厉害。"他太知道利慎远的风格了,这5亿资金还不足以让客户跟利慎远谈条件,如果他不接话,势必陷入尴尬。

"收益分成呢?"杜建民问。

"就按照郭总的标准给您。郭总已经跟我们合作多年了,这个标准非常有诚意了。"蒋飞扬回答。

"好!我们都是冲着郭总的面子,希望合作愉快!"说完杜建民站起身来,向利慎远伸手,其实也是在送客。

利慎远慢慢起身,慢慢系上扣子,轻轻握了一下杜建民的手,说道:"合作愉快。"

说完利慎远一行人准备离开,这时杜建民补了一句:"下次有机会,一起去我的俱乐部坐坐,方总一定赏脸啊。"

"好的。"方奇杰笑着回答,身体却很诚实,向利慎远身后撤了一步。

三个人出了酒店的门。

蒋飞扬赶紧先开口:"利总,我没想到杜建民亲自出面见我们,居然才出5亿,这是逗我们呢。"

利慎远向前走着,并没有说话。

"但是世辉这么大的金主，只要第一期的投资赚钱了，后面肯定少不了要追加的。"

蒋飞扬见利慎远还没有反馈，赶紧打开车门，利慎远坐上了车。方奇杰快跑了几步，到车的另一侧，自己上了车，与利慎远一起坐在后排。

蒋飞扬坐上了前排，车上三个人都没有说话。

很快，车开到了公司楼下，下车前利慎远终于开口："下次再见这个杜总，不要让奇杰去了。"说完利慎远自己开了车门，下了车径直走进了公司大厦。

蒋飞扬和方奇杰也都赶紧下车，方奇杰刚要去追利慎远，却被蒋飞扬拉住。

蒋飞扬问道："利总怎么了？是不是5个亿太少？"

"你觉得是钱的事儿吗？明显是态度有问题，杜建民是没瞧上我们。外资天天追着给我们送钱，他却说是看郭鑫面子。郭鑫的思川资本全副身家都在咱这了，还不够咱管理资产的二十分之一，他有什么面子？"

"唉，我也没想到会这样。之前我跟世辉的投资总监见过好几次，他当时说，就冲利总，至少10亿。但是如果这次5亿收益率足够高，以世辉的体量下次肯定就是几十亿啊。"

"有没有下次也不光是世辉资本说了算。还有，今天为什么拉我去？你最好不是故意的！"方奇杰盯着蒋飞扬问道。

蒋飞扬眼神马上躲闪开："我哪知道他是这样的人啊！方总，千万别生气！我错了！利总都发话了，下回绝不让您去！这个老男人，我来应付！"

方奇杰瞪了一眼蒋飞扬，转身进了大厦。但是转身后，她却忍不住笑了，只因为利慎远临走时撂下的那句话。

留下的蒋飞扬自言自语道："装什么？你自己刚刚不是也挺想去的吗？没靠过男人，你能有今天？"

学期即将结束。课堂上，利慎远正在上课。

"我的这门课即将结束。但身在中国金融业快速发展的今天,我相信你们与投资的缘分远远没有结束。我知道,你们当中学金融的很少,学什么的都有。但投资这件事情,与专业无关,与年龄无关,甚至与资产的多少也无关。人生的每个阶段,甚至每次选择,都有投资的思维逻辑。我就不是学金融的,我是一个完完全全的工科男。但是这并不会影响我投资的专业性,反而给我带来理解一些复杂问题的优势。我的团队里学什么的都有。甚至有人学哲学,拥有哲学的大智慧或许更能做好投资。但也不要学点知识就盲目自信,这样的人更可怕。我所经历过的巨亏,都是因为在没有掌握全面信息的情况下盲目自信导致的,这比不自信还可怕。《金刚经》云'若见诸相非相,即见如来',我的这门课只是投资的表象,给大家创造一个管中窥豹,可见一斑的机会,希望你们发挥所学所长,去找寻投资的真相,悟透投资的奥义……好,下课!另外,我点到名的同学下课先别走,到我这儿来一下。刘楚、林昊风、卢鸿杰、郗同文。"利慎远说完,学生们开始收拾东西离开。利慎远则是将电脑收好,本能地扫了一眼郗同文,又将目光转向了其他人。

四个同学陆陆续续地走到了利慎远的面前,分别向利慎远说了句:"利老师好!""利老师好!"

"把你们留下来是想问你们,这个寒假是否有兴趣到我的公司去实习?当然,如果表现合格,而你们又愿意,将来或许可以留下来。"说完利慎远望着这四个人。

四个人既惊又喜,互相看了一眼,一时不知该说什么。倒是林昊风,接受 offer 这件事已经习以为常,回复了一句:"感谢利老师给予的机会,我们一定加倍珍惜。"

"公司会有一定的实习工资满足你们日常交通、餐费之类的基本费用,你们可以考虑一下。如果你们想来,下周一上午 9:00 准时到这个地址,找这个人报到上班。"说着利慎远将他秘书亓优优的名片分别递给四个人,"没有按时来的,我就默认你放弃这个机会了。"

利慎远再次看了看四个人:"期待你们的加入。"说完,他拎起包离开了教室。

郗同文正在向外走去,林昊风还是忍不住跟了上来,问道:"郗同文,你会去吗?"

郗同文没有理会他。林昊风见郗同文没有回答,继续说道:"我先声明啊,我肯定会去。半岛基金啊!那可是私募基金界的翘楚,咱这位老师可是华尔街大牛。就冲他们在盛泰金融中心里办公,已经是我们所有金融人的梦想之地了。"

郗同文回应道:"那恭喜你梦想成真,我再想想吧。"说完郗同文快跑了几步,只见张小西已经在教学楼前等着郗同文了,两个人一起向食堂走去。

林昊风看着郗同文远去的背影,笑了笑。

郗同文和张小西在食堂一边吃饭,一边聊天。

"刚刚林昊风跟你说什么呢?"张小西问道。

"投资课的老师邀请我和几个同学去他公司实习。"郗同文说。

"啊?他是什么公司?让你去实习干什么?"张小西非常惊讶。

"基金公司,也没说干什么,应该就是与投资相关的吧。"

"投资?你会吗?你上一学期课就会了?"

"不怎么会啊,皮毛都没学到吧!"

"你应该不会去吧?"

"没想好。"

"同文,你可别冲动啊,马上就毕业了,你密歇根的 offer 都拿到了,那儿的博士不那么好读下来的,你别浪费时间在与学术无关的事情上了。"

"我吧,完全就是好奇,特别想去那样的公司长长见识。今天林昊风跟我说,这个老师的公司特别牛,说得我真有点心动了。"

"郗同文,你可别犯傻啊,老韦和你爸要是知道你去一家基金公司实习,肯定是要把你抓回来,或者立刻送你去美国的。"

"你放心吧,我就是去看看。而且我毕业论文基本差不多了,毕业前这段时间也确实有空当。学术一辈子都做不完,但这个机会,我这辈子就这一次,我现在不去,以后就再也没机会感受金融的世界了。按照我的水平,我估计很快就要被淘汰了,时间不会很长的,我爸他们不会发现的!"

"我真没发现你这么疯狂。"

"你可不准出卖我哦!"郗同文对张小西比了一个嘘的手势。

"那是当然。如果每周请我吃一顿大餐的话……"

"等我拿到实习补贴……好说……好说……"

另一边,林昊风跟郑晗吃饭。

"林才子,你刚刚追着郗同学说什么呢?还恋恋不舍啊?"

"你小子上次把我受挫的事情到处说,我还没跟你算账呢!"说着,林昊风拿起筷子敲了一下郑晗的头。

郑晗哎哟一声,摸了摸头。

"你一向在女生圈里所向披靡,好不容易受挫一回,那我不得宣传宣传啊。"

"那你这次要失望了,利慎远让我和郗同文去他公司实习。"林昊风得意地说。

"你会去吗?我怎么听说你都好几个 offer 了,每个都特牛。"

"当然要去!我不是上次跟你说了吗?他可是天花板式的人物,向我抛出橄榄枝,不去,我是有多想不开?而且半岛基金在圈内传得神乎其神的,就算是为了学习或者满足我的好奇心,我也要去看看。反正就一个假期,不行就走呗。"林昊风似乎看得很明白,也说得很轻松。

"那你不就错过你们这行找工作的最佳时间了吗?我听说这个假期,你们很多人基本把工作都定了。"

"什么定了啊?充其量只能是候选人,谨小慎微、勤勤恳恳给人家打杂大半年,熬到快毕业,领导觉得你行那才能给正式 offer,前提还是没有关系户突然安排进来。不过有了半岛基金的实习经历,还有我本人的魅力,工作 offer 那不有的是?"说着,林昊风夹了盘子里的一块肉到郑晗的餐盘中,炫耀之后不忘安慰一下他。

郑晗毫不客气，夹起肉塞到嘴里，又问道："但是利慎远让郜同文去干吗？她一个社会学系的小姑娘。怎么，他们那儿缺打字文员啊？让我去还差不多，我还能跟你一起做医药行业研究。"

"你怎么还专业歧视和性别歧视了呢？社会学系怎么了？人家会统计学，你会吗？人家懂社会心理学，你懂吗？"

"我不懂，看样子，林大才子看上人家的系花之后，竟然还无师自通了社会学啊。"

"少贫嘴！我这下倒是明白利慎远为什么来学校开课了，普度众生是假，挖掘工具人是真啊。他不是说了吗？他那儿还有学哲学的呢！"

"问题是，郜同文会去吗？"郑晗问道。

"本来可能不会，但是我今天特意在她那儿把这家公司吹了一通，我看着她是有点心动。而且她能来上这个课，还认真做作业，就说明她肯定是对这行感兴趣啊。"

"你可以啊，手段挺高呀。"郑晗边说边露出看穿一切的笑容。

"我只是阐述事实。就看郜同文怎么选了。"林昊风目光投向了坐在远处的郜同文，得意地笑了起来。

第三章

时钟刚刚指向早上 6:00。利慎远准时在公寓中醒来,起身拉开窗帘,阳光瞬间洒落进来,照在他健硕的身上。从窗外不远处金融街的天际线景色看得出,他就住在金融街附近的高级住宅中。先是打开手机里全球股市财经新闻,站在阳台上做了做简单的拉伸运动,一边听美股新闻,一边开始在窗前的跑步机上跑步,保持运动是所有华尔街精英的基本素养。利慎远跑完步已经大汗淋漓,放慢跑步机的速度,一边擦汗一边好像在思考着什么。过了一会儿,他走下跑步机去洗了个澡,随便穿了身西装,走出门去。像往常一样,他依然第一个到达办公室,很快连通了电话,用流利的英文与海外的投资人进行着对话。

"Hi, Mark. (你好,迈克。)"

……

"You are very informed. (你消息很灵通啊。)"

……

"Yes!(是的!)"

……

"I am planning to increase my position in this stock. (我最近是打算加仓这家公司。)"

……

"Your funds are already with me, so you have to trust my judgment…(你的资金已经在我这了,你只能相信我的判断……)"

……

"Take care of yourself!（你顾好你自己吧！）"

……

"The US stock market is not stable recently, it may affect the sentiment of the Chinese market, I will pay attention to it.（最近美股的市场不太稳定,可能会影响中国市场的情绪,我会格外关注。）"

……

"Don't worry!（放心吧！）"

……

"OK.（好的。）"

……

"Bye.（再见。）"

挂掉电话,利慎远打开电脑,看着昨天全球市场的走势。

此时,郗同文刚走出宿舍楼的大门。

"郗同文!"不知是谁大叫一声。

"啊!"郗同文吓了一跳,顺着声音看过去,在宿舍楼门前一堆自行车处,林昊风穿着羽绒服,背着双肩包,半坐在一辆自行车的后座上。

"你怎么在这?"

"等你啊。"

"等我干什么?你怎么知道我会出来?"

"因为我就猜你会去半岛基金实习。"

"但是……"郗同文刚想说话,却被林昊风打断。

"边走边说吧,第一天别迟到了!"说完林昊风又从怀里拿出一个煎饼果子递给了郗同文,"给你的,还是热的哦!"

郗同文一脸蒙,但还是接过煎饼果子,说道:"这么贴心!还知道我没时间吃饭了。但是你怎么知道我几点出门的啊?"

"是啊,我怎么知道你几点出门啊?所以我从 6 点半就在楼下等着你了啊。"

"你等我干吗?"

"怕你不熟悉怎么坐车,迟到了,这机会就没了。金融街我熟,带你去。"说着林昊风用那双到处留情的桃花眼看着郗同文。

可郗同文完全没看他:"那要是我不去实习呢?"

"我猜你会去的。"

"为什么?"

"就冲你一个社会学系的跑去听投资的课,还认真做作业,就冲半岛基金是家这么牛的公司!再说你去实个习,又不会损失什么,为什么不去?不去太蠢了!"

"没看出来,你还挺懂我啊。"

"我那是对你上心,这都没看出来?再说,我大冬天在楼下等了你 1 个小时,你都不感动?"

郗同文没有回应,而是咬了一大口煎饼果子。

"小心点,别掉在衣服上,形象很重要!"说着林昊风从包里拿了包纸巾,抽出一张递给了郗同文。

郗同文接过纸巾,说道:"怎么,我这形象不行吗?"

"那绝对是咱学校顶级水平!但是吃了我的早饭,以后可别老不搭理人,上次在食堂……我太没面子了。"

"行啊!但是约法三章啊,第一,咱们就是同学关系,别把你那套到处追女孩儿的手段用在我身上。直接跟你说,我对你这种类型的不感兴趣,你别浪费时间。第二……"

"等等,等等,到处追女孩儿?你听谁说的?"

"全校都知道你是海王吧?"

"我在同学们眼中是这种人?"

"那你以为呢?"

"难道你不觉得,仅仅是因为个人魅力让我很受欢迎吗?"

"咱学校女生可都是精英,你如果不到处搭讪,释放爱心,谁会主动找你?"

"释放爱心?"

"是啊,比如这个……"郗同文指了指手中的煎饼果子。林昊风顿时感觉到无言以对。没错,这的确是他惯用的方式。

"第二是什么?"

"第二嘛,既然是同学,那互相帮助就是必须的哦,我对金融确实不懂,请你多多帮忙呗。"郗同文对着林昊风笑着说,"第三……"

"别别别、别第三了,这两条说下来,我怎么都觉得我亏了。"

两人说笑着走出校园。

林昊风和郗同文来到盛泰大厦的门口,林昊风指着面前的大厦说道:"这就是盛泰大厦。你知道吗?这可是我们金融人心中的梦想之地,这里有很多世界最牛投行设在中国的分支机构,还有很多有名的私募,别管里面的哪家,只要能来这里上班,足以让同行羡慕。"

"租金一定很贵吧?"郗同文满脸憧憬地仰望着这栋大楼,不知是不是被林昊风这一通吹捧影响了,她觉得这栋大楼越看越觉得比周边的高级。一直以为自己这辈子只会在学校和研究所里度过,从没想过能够来这样的地方上班,哪怕只是实习,郗同文也从没想过。

"在这谈租金这点小钱,太低级了!这里的机构没有考虑租金的。进去吧,时间快到了。"

两人进了大厦大堂,发现另外两个同学也都已经到了,站在大堂的门禁前。

四个人面面相觑,相互笑了笑点了点头。

亓优优从电梯里面走了出来,来到了大堂,看着这几张稚嫩的脸,基本猜到就是自己要接的人。

"你们四位是燕大的学生吗?"

"是的。"四个人都给予了回应。

"都很准时嘛。"

说着亓优优递给四个人每人一张门禁卡："跟我来吧。"

电梯里五个人都没有说话，林昊风率先打破了局面："您好，我叫林昊风，该怎么称呼您？"

"我叫亓优优，我是利总的秘书，不用您您您的，叫我优优就行，咱们没差几岁。"

说着话，电梯停在了 32 楼，电梯门打开后，"半岛基金"四个大字映入眼帘。

林昊风虽然早已经在很多大机构实习过，但是难以掩盖脸上的得意之色，能来到半岛基金，可以说是他选这门课的最得意最意外的收获了。

郗同文则是一脸的憧憬，终于来到了她一直好奇的地方。

"跟我来吧。"亓优优将几个人引入了公司，四个人参观着这里的一切。

现代而简约的装修，充满了设计感和格调，加之这里的人，穿着光鲜，职业又不失审美和品位，都在忙碌着，没人关注这几个人的到来。这不就是电影里的样子吗？郗同文努力克制自己激动的心情。

亓优优将四个人带进一个会议室。大家纷纷脱下大衣坐下，只见郗同文和其他两个学生清一色的白衬衫黑西装，再配上略显局促的表情，俨然像个卖保险的新人或者房产中介。而林昊风，同样穿着黑西装，但就是显得那么合体有型，与这家公司极为融合。

亓优优一改以往嘻嘻哈哈的做派，非常认真和职业性地向他们介绍公司："欢迎你们来到半岛基金实习，我相信你们应该都多少在网上查过或打听过半岛基金，所以我就不多做介绍了。而且以后有很长的时间可以慢慢体会我们是一家什么样的公司。我简单介绍一下公司构成和运作机制。公司主要有前台、中台和后台三个部门。前台有股票投资部、境外投资部、投资研究部、交易部、客户服务部，中台是风险管理部，后台有信息技术部、人力资源部、财务部和行政部。你们未来是要从事投资岗位的，所以一般来说都是从投资研究做起。但是为了能够让你们快速学习成长,你们大部分人暂时不在投资研究部。利总特意为每个人安排了一位 mentor(导师),他们每一位都是公司精英中的精英,可见利总对你们期许颇高哦。mentor 的意见将成为考核你们的重要依据,当然最终是利总来定。实习期为半年。寒假每周的到岗时间不少于 5 天,也就是每一个交易日你们都要来。开学之后呢不能少于 3 天,具体可能需要你们跟自己的 mentor 协商。我们会有相应的实习补贴,相信我,半岛的实习补贴对比大部分金融行业来说都是很可观的。这些人力资源部会跟你们具体对接。我们每天 8:30 上班,8:30 是每天晨会时间,当然你们现在还不用参加,但周例会、深度报告会以及季度策略会和年度策略会实习生也是可以参加的。利总对你们期望很高哦,希望你们加油!那么各位有什么疑问吗?现在可以问我。"

林昊风率先发问:"优优,以前咱们的实习生也是这样的吗?"

"我们没招过实习生,这是第一次。因为你们有幸选了利总的课程,而他又选中了你们。当然,如果你们足够优秀,给你们的师弟师妹打个样儿,或许以后会常态化。"说完亓优优看了看大家,"还有其他问题吗?"除了林昊风之外,其他人依然处于很拘谨的状态,似乎也不太敢多说什么。"没有问题的话,我就带你们去找各自的 mentor 报到喽。"

说着亓优优带着四个人走出门。

先是来到刘智明的办公室,亓优优敲了敲门。

"进!"刘智明说道。

"林昊风,你跟我进来吧。"亓优优和林昊风两个人走进刘智明办公室。

"优优,什么事儿呀?"刘智明笑脸相迎。毕竟亓优优来找他,几乎都是带着利总的"圣旨"的。

"刘总,这就是之前跟您说过的实习生。我把人给您带来了哦。他可是利总钦点给您的,这拨实习生里最有投研经验的一个了。"

听着亓优优介绍,林昊风非常诧异。怎么自己这么个小实习生,还劳烦利总亲自安排 mentor,而这小秘书居然对自己的背景还很清楚。

"放心吧，我一定好好培养。"说着刘智明起身走到林昊风跟前，拍了拍林昊风的肩膀，"加油啊！利总看上的人，可别让利总失望。"

"刘总是咱们公司投研部总监，那可是公司的灵魂人物，投什么不投什么都是要听刘总建议的。"亓优优也对林昊风进行了补充。

"刘总，我一定努力！您有什么工作随时安排，我保证完成任务。"林昊风连忙回答。

"好！小伙子挺精神的！"

"那我先走了哦，其他的事情你就听刘总安排吧。"亓优优对着林昊风说道。

"好！"林昊风连忙答应了一句。

投资研究部的何思源走到陈凯办公桌前，低声说："看到没？公司来新人了。"

"这些人是……?"陈凯问道。

"全是燕大的实习生啊。听说利总现在在燕大讲课，这些实习生全是他的学生。"

"我也听说利总去开课了，还想说，哪天咱们也去听听，捧捧场呢。"

"你可算了吧，你以为真是去上课的啊？人家那是招门生在资本市场组建嫡系部队呢。再说了，你去听课，利总瞧得上吗？金融圈是最看名校背景的，各个学校都有自己的圈子。"

"无所谓了，多个实习生，至少这段时间有人可以帮干杂活了。再说，就算都是燕大的，咱老板这么严厉，能不能留下来也要看他们本事吧。"

"你就别做梦了，据说这些人利总直接指派导师，全是咱刘总这个级别的，多重视，你敢给他们杂活干?"

两人正说着话，亓优优出来了，看到两人正交头接耳，对着两人笑了笑，似乎在告诉他们，我知道你们聊什么呢。陈凯和何思源也笑了笑就转头开始工作了。

亓优优又以同样的话术将另外两个实习生刘楚和卢鸿杰分别引荐给了

李世伟和潘建文。

最终,她将郤同文带到了方奇杰的办公室门口。

此刻方奇杰正在与丽丽安排工作,见到亓优优到了门口,笑着说道:"优优,进来吧。"

"方总,忙着呢?"

"没什么事儿。怎么,利总有安排?"

"上次跟您说带实习生的事儿,我把人带来了。这次实习生中唯一的女生,就交给咱们公司最漂亮最专业的方总啦!"

"别吹捧了。我上次跟你说了吧,我这儿真没有时间和精力带实习生。"

"方总,这是利总亲自交代的,连人选都是利总定的。"说完,亓优优压低了声音凑到方奇杰的耳边悄悄地说,"外面还有三个,其实都是我按顺序推荐给各个老总的,我骗他们是利总定的,只有这个女生是利总亲自交代,让我一定要交给您带。"

"我怎么觉得你是在骗我呢?利总哪有时间关心这种事?"

"我哪敢骗您?要不您自己去问?"

"这点小事儿还用去问利总?我就当是你安排的了!优优交办的任务,我一定完成。"方奇杰笑着说,但其实她心中明白,这事一定是利总安排的,亓优优没必要说谎。

"别别别,真的是利总安排的。人我交给您了,我先走啦!"说完,亓优优又对郤同文说,"方总的要求很高,要努力哦!"

郤同文一边赶紧点头,一边说:"我一定!"

亓优优走后,方奇杰上下打量着这个一身"卖保险"套装的小姑娘。女人的敏感度让她从一进门就感受到,这个女孩儿长相是如此出众,气质却和券商的金牌销售迥然不同,有一种浓浓的书卷气,又是利总亲自定的人选,让她不知怎的就有一丝丝不安。

"你叫什么?"

"方总您好,我叫郗同文,是燕大研二的学生。"

"那你跟方总是校友啊。"丽丽在旁边附和了一句。

"是吗? 学姐您是几字班的?"

"我8字班的。"

"我是6字班的,可您看起来太年轻了!"

方奇杰对这种恭维的话早就习以为常,完全没有理会,而是继续发问:"你学什么的?"

"社会学。"

"哦,你是人文学院的啊。"方奇杰非常惊讶,怎么现在连社会学的都要来搞投资了? 她嘴上不说,但内心已经非常无语地发笑了。

"现在分立出来叫社会科学学院了。"郗同文丝毫没有察觉方奇杰对她专业的惊讶,还在笑着解释学院改名。

而方奇杰则完全不在乎学校某个学院改名这种事儿,转而问道:"你怎么去上利总的课了?"

"我对投资很感兴趣,一看公共课有这个,就选了。"

方奇杰打量着眼前这个漂亮的女孩儿,想着:"会是这么简单吗?"她很不解,却又很想知道为什么,但无论怎样,还是先观察看看。"这样,你先坐门口那个空着的位置等一会儿,我跟丽丽说点事儿,以后你就听她安排吧。"

"好的。"说完,郗同文走出了方奇杰的办公室。

丽丽知道方总这是有事儿要安排,紧随其后把门关上。

"方总,什么事儿呀?"

"现在这学社会学的都能进金融圈了?!"方奇杰嗤之以鼻。

"难道是什么大客户安排的?"

"不会,利总向来只满足客户赚钱这一个愿望。"方奇杰沉思了片刻,丽丽这句话倒是提醒了她,让她想到了那次跟蒋飞扬见世辉资本杜建民的场景。想到这,方奇杰似乎突然明白了什么,对丽丽说:"你先带带她,估计她也干不了什么,技术含量低的杂活就先交给她干着。"

"好的。"丽丽回答。

"没事儿了,你先去忙吧。"

"好的。"说完丽丽出去了。

方奇杰忍不住透过玻璃,再次看了看坐在门外的郝同文。

郝同文坐在椅子上,看着每个人都在忙碌着,有点不知所措,只能低头随意翻看着手机。

这时丽丽走过来说:"郝同文,每天交易时间,手机锁到那边那个柜子里吧。"郝同文顺着丽丽手指的方向,看过去,已经有人在陆续存放手机了。

"哦哦,好的。"郝同文赶忙起身准备去存手机。

"欸,你知道交易时间是几点到几点吧?"丽丽半开玩笑地补问了一句。

"哦哦,知道。"这么低级的问题问出来的一刻,郝同文知道,这是对她不懂专业的一种蔑视了。虽然她感受到了来自对面这位女士的嘲讽,但毕竟初来乍到,只能轻声回答。

存好手机回来后,看着空空的办公桌,全新空白的电脑桌面,郝同文更加无所事事了,她只能环顾四周。

这时,方奇杰、李世伟和其他几个基金经理都在电脑上写着今天的交易指令。

在交易区,交易员电脑上陆陆续续弹出交易指令提示框。整个交易组都紧张起来,键盘声哗哗作响……屏幕上红红绿绿闪动不停,页面也不断被交易员们切换。

而郝同文与这忙作一团的环境显得格格不入。思来想去,终于按捺不住,起身走到丽丽跟前,小心翼翼地说道:"丽丽姐,您看,有什么需要我做的吗?"

丽丽看了一眼郝同文,又继续看了看自己的电脑,似乎有些为难地说:"嗯,这样吧,你先整理一份零售行业所有 A 股上市公司的数据,有主要财务数据就行,最好是有他们互联网在线销售单独的数据,挑主要的。"

"好的。您说的主要财务数据都有哪些呢?"问出来之后,郝同文知道自己又要被嘲笑不专业了,所以又补充了一句,"我怕我理解的跟您想要的不一样。"

丽丽此时看回郗同文,略有不耐烦地说道:"那你理解的主要财务数据都有哪些呢?我觉得利总上课这些就算没讲过也会在各种案例中用到吧。"

"好的。那我先按照我的理解去整理。"

"行,你先弄弄看吧。"

"那您什么时候要呢?"

"越快越好呗。"

"好,我尽快。"

郗同文回到工位上,虽然被丽丽看不起,她这个小天之骄子很少经历,但起码自己终于有事可做了。郗同文告诉自己别想太多,一定要用成绩说话。

办公室中利慎远正看着研究报告,亓优优端了杯茶走了进来,放到了利慎远的办公桌上。

"利总,实习生已经到位,并且都分配好了。"

"好。四个人都来了吗?"

"都来了。"

利慎远停顿了一下,想了想,说道:"好,安排一个午餐会吧,中午我跟他们一起吃饭。"

"好的。"

亓优优走出利慎远的办公室后,利慎远突然有点无心工作,他起身走到窗前,思考再三后,又坐回椅子上。

中午,利慎远与四个实习生一起坐在一家西餐厅里,他们靠窗而坐,外面就是金融街繁华的街道。

"欢迎你们来到半岛基金,四个人都来了,我很高兴。"利慎远一边说一边用目光打量着四个人。

"利总,我们也都觉得非常荣幸。半岛基金和您本人在燕大经管的学生眼里是神一样的存在。"林昊风率先打破沉默奉承道。

"那可能是因为你们没有做好功课,没有看到我给公司带来巨大损失的时候。"利慎远笑着回答,"资本市场里没有神,只有人。是人就会犯错误,只是有人对得多错得少,有人错得多对得少,慢慢产生了结果上的差距。"

"那怎么能做到对得多错得少呢?"另一个实习生刘楚问道。

"这是个终极问题,我至今也在摸索,圈内的人也都在摸索。投资的决策只有买入和卖出,简单直接,但是也非常残酷,就像棒球的击球,你只能抓住现场的风向、球扔出的角度,甚至现场观众欢呼的气氛,去迎来你的一击,迎接击中与否的命运,所以我相信学习和思考的力量。当你的击球练习足够多时,你对对手发球的信息和球场的风向了解得足够多,你的胜算就总是比大家多一点,我相信未知之神的眷顾也会多一些。"利慎远耐心地解答。

"利总,我很想知道您在华尔街那么厉害,为什么回国?"卢鸿杰问道。

"我是中国人,难道你不该问,当初为什么要留在华尔街吗?"利慎远笑了。

郗同文看着眼前这个中年男人,虽不是林昊风那种一眼惊人的大帅哥,但无时无刻不散发着成熟男人的气质。郗同文想着林昊风跟她说的关于利慎远的事,她感觉这个男人眼神中充满了资本市场中的各种故事。一直在社会学圈子里打转的她,第一次这么近距离地接触一个金融人士,想象着,却又因为自己的无知无法想象他在金融市场中经历的那些故事。

片刻沉静之后,利慎远看向郗同文,这个女孩儿一直盯着自己,却一言不发。"同文,你没有什么问题吗?"

这句同文叫得郗同文有点不好意思,她没想到这个大佬居然记得自己的名字:"他们问的都是我想问的。"

"一个合格的研究员,就是要从会问问题开始学起。"

"那您觉得我这个学社会学的,能成为一个金融行业研究员吗?"

"能不能成为一个好的研究员,跟你学什么专业没关系。一个成功的金融决策，依赖的是你对这个行业底层逻辑的认知，这和你们社会学想了解社会运行的普遍规律是一样的。你能做好社会学研究，就能做好投资研究。社会学里你用各种数据统计和访谈实录这些证据去发现某些规律，证明你的结论是否能立住脚。而投资，你也是在用同样类似的各种证据去找出这个行业生存和盈利的规律性经验。证据的搜集是否充足、有效，不是金融专业的范畴，而是你研究能力如何的范畴。"利慎远一边说，一边用温柔的目光看着这个女孩儿。

郗同文似乎感受到了利慎远那温柔的目光，电视剧里的资本博弈不都是你死我活吗？为什么这么和蔼的他能够叱咤金融圈？这让她对面前这位金融大佬更加感兴趣。

这时，远处走来一位中年男子。利慎远抬起头看向他，眼神瞬间没有了刚才的温柔，转而变得像在办公室一样犀利和敏锐。

"利总，在这吃饭？"

"是啊。"说着利慎远起身，四个学生也都赶紧跟着站了起来。

"我跟朋友在那边聚聚，看到你在这，过来打个招呼。这几位是……？"

"哦，我公司的实习生。"

"能去半岛基金实习，都很优秀啊。"

"这位就是华科基金的曹其，曹总。"利慎远向实习生介绍眼前这位。

"曹总好！"四人纷纷问好。

"别客气了，都坐下，坐下吧。你们都是未来的精英，能在利总这儿实习，前途无量！"

这句恭维的话让四个实习生有点尴尬，竟然不知道该说什么，见利慎远还站着，也没人敢真的坐下，只能站在那傻笑。见状，曹总继续问："利总，咱们聊两句？"

利慎远跟着曹总走到一边，两人低声聊起来。

"利总，肯尼新的事儿，你有点不够意思啊，这么重要的消息你怎么不知会朋友一声啊？"曹其说道。

"哎呀,我还真没太关注这事儿,是公司的方总判断准确。能躲过一劫,纯是运气。"利慎远手插在西裤兜里,表情凝重,语气一如既往地平淡,让人无法判断他的情绪。

"谦虚了啊。还是你们半岛基金的人研究做得透彻。同样一起跟他们董秘吃了饭,我这边的研究员给我的结论却是加仓,让我损失惨重啊。"

"唉,资本市场就是这么无常,我也经常遇到这种事儿,理解。"

"哪天带上团队咱们一起聚聚,让我们华科的基金经理也都跟着取取经?"

"取经谈不上啊,多交流吧。"利慎远平静地回答,眼睛却一直看着旁边那桌实习生。

"还有个事儿,我听说,世辉资本要跟你们合作?"

利慎远此刻才将目光转向曹其,他知道,过去的事都过去了,接下来才是曹其找他单独聊天的目的。"嗯,只能说有这个计划吧。"

"我跟杜总很熟,要不我给你牵个线?"曹其故意试探性地问了一句。

"好啊,那我可得好好谢谢你。但是这个事儿我都不知道进展到哪了,回头我让客户总监跟踪一下。"虽然利慎远嘴上说好,但曹其知道,后面的那句,其实是委婉地拒绝了他的帮忙。

"好,那你先吃,我那边还有朋友。"

"好。"

短短的几句话看似平淡,实则两个大佬各有深意。

利慎远坐回来继续与实习生聊着天。

曹其这边坐回来,一起吃饭的朋友问道:"这是半岛基金利慎远吧?"

"是。"

"他可是狠角色,金融危机后在华尔街一战封神。"

"是啊,不但狠,上次还跟我玩阴的,肯尼新暴雷前,他抛了10亿,我买了10亿,我给他当了接盘侠,让我一周损失了4个亿。"

"他怎么知道肯尼新暴雷?有内幕消息?"

"肯尼新自己都不知道要被曝光,我估计内幕消息还不至于,当然也不排除给媒体透露信息的是他。但不管怎么说,还是得承认利慎远不是一般人。同样的信息,他就是能发现问题所在。刚刚还跟我说是方奇杰清仓的。扯淡!我就不信10亿的交易量,利慎远不拍板,他们半岛的人谁敢一下清仓。"说着话,曹其一直远远盯着利慎远,微微叹口气,说道,"不过,也是我大意了,愿赌服输吧。"

"这几年半岛基金虽然看着低调,但据说利慎远没少帮美国资本赚钱,好像最近还拿到几家国内机构的钱。"曹其的朋友说道。

"是啊,野心不小,我听说他们最近搭上世辉资本了。"曹其依然盯着利慎远。

"世辉一直跟华科深度合作啊,杜建民杜总跟您关系特好吧?"

"呵呵呵,还行吧,经常一起喝点。"

"您刚刚找利慎远说什么?"

"打个招呼,顺便给他一个忠告,最好不要不自量力去搞世辉的钱。"曹其笑了笑,"不过,他这么有能力的人,还是要想办法成为朋友,以后也好互通有无。"曹其接着补了一句。

"曹总,以后利慎远给您什么消息,您一定想着我啊。"

"那你刚刚怎么不跟着我一起过去认识一下啊?"

"算了吧。我就不说谁了啊,上次有个头部券商的研究所所长约他,都没约出来,老没面子了。我这小喽啰,就算上赶子加个微信,也是让他为难,也没意义,何必呢?您看曹总您就特别平易近人的,您得罩着我啊,有消息多跟兄弟说说呗,您有什么需要,直说,能帮忙的,我一定尽力。"

"好,好……"

两人谈笑风生。

办公室里,丽丽在茶水间遇到了亓优优,酸酸地说:"听说中午利总请实习生们吃饭了?"

"是啊。"

"利总的学生,果然不一样,我入职两年了,除了加班开例会的时候在会议室一起吃盒饭,还没跟利总一起吃过饭呢。"

"唉,可不是嘛,我也没吃过。"

"啊?你也没吃过?"

"是啊。你不觉得他很恐怖吗?他吃饭也都是聊工作,总问别人'你怎么看',这你还吃得下去吗?"亓优优好似吐槽,其实她怎么会没跟利慎远吃过饭?只是为了让别人感觉到心理平衡罢了,同时还能借机与别人成为同一战线的吐槽盟友。虽然亓优优是个玩世不恭的大小姐,但在家庭的耳濡目染下,对人情世故的洞察力似乎是与生俱来的。她知道老板的这一举动势必引起很多人的不满,而她能做的,就是尽量别让这种不满继续发酵。

"那倒是,我可太怕他问问题了。不只是我怕,我看总监们都怕。"说着,丽丽嘬了一口咖啡压压惊。

"你们方总除外。"

"我太佩服方总了!优优,你听说过利总有女朋友之类的吗?我觉得要是做他女朋友或者老婆好矛盾啊,他太严肃了,好吓人,而且心里全是工作。和这种男朋友怎么相处啊?但是他太有钱了,外貌也不错,挺让人动心。"

"那我哪知道?这是隐私,美国人互相都不问的。"

"那有没有什么绯闻女友之类的?"

"好像也没听说。"

"我估计,利总就是有女朋友,也至少要是方总那样的,美貌与能力并存。而且咱公司也就方总不那么怕他。"丽丽说道。

"哈哈哈,全公司的人都好奇吧?要不,你问问你们方总,考虑一下利总?"说完,亓优优转身向茶水间门外走去。

"我疯了吗?"丽丽回应道,也走了出去。

李世伟敲了敲方奇杰的门后推门而入。

"方总!"

"什么事儿?说!"方奇杰看了一眼李世伟回应道。

"没什么。哎,老板好像最近在加仓琨奇控股。"

"好像是吧。有什么问题?"

"没什么,咱们老板高屋建瓴,永远是对的!"

方奇杰轻蔑地看了一眼李世伟,完全不想接话。

李世伟见状,接着说:"咱们公司从成立开始就拿着琨奇的股票,现在浮盈有10多倍了吧?"

"你到底想说什么?"这时候方奇杰站了起来,倚靠在办公桌边看着李世伟。

"我就是想说吧……我知道,琨奇现在如日中天,谁都看好,但是吧,你不觉得市值已经体现得淋漓尽致了吗?股价已经500多了,咱们拿着早期股票不减持套现就罢了,这时候增持是不是有点冒险啊?"

"你都说了,老板永远是对的,你在这跟我说这些是想……"方奇杰知道李世伟对增持琨奇有不同意见,想拉她站在同一战线上,去跟老板谈谈。但方奇杰一直是对利慎远的所有判断笃信无疑,因此只能假装没听懂李世伟的话,告诉李世伟放弃拉拢自己的这种想法。

李世伟也明白方奇杰的意思,但还是想再争取一下:"我这就是跟你探讨探讨,向方总学习学习。你看你总是对我这个态度。要不晚上我请你吃饭?"

"晚上没空,有约了。"

"好吧!方总就是这么受欢迎!大家排着队请你吃饭。"说完李世伟看了一眼门口,又说道,"利总和实习生吃饭还没回来?"

"利总和实习生?"

"对啊,今天中午利总和那四个实习生午餐会。"

"哦。"方奇杰听了有点不太高兴,自己如果不是应酬都很少有机会和利慎远吃饭,这几个小屁孩儿刚来公司就有这个待遇。

李世伟完全没看出方奇杰的一丝丝不高兴,继续说:"给我分的那个,别提多逗了,小白一个。但是啊,怎么说也是你们燕大毕业的,很聪明,说了就能秒懂。你这个呢?怎么样?看着是够漂亮!"

方奇杰为了掩盖自己的不满,故意拿起手头的文件,一边看一边轻描淡写地说:"不知道,我交给丽丽带了,利总是想给公司招个'花瓶'吧。"

"呃,这倒是有可能。那应该派给蒋飞扬带啊。"

"那会不会太明显了?利总还是要面子的吧。"

李世伟想了想,又说道:"不过咱公司最漂亮的还是方总!"

"行了行了,你还有事吗?没事就回你办公室待着吧。"

"好,改天请你吃饭啊。"

说完,李世伟走出方奇杰办公室,结果迎面碰到了利慎远和实习生们回来。利慎远正拿着一份文件,面色严肃,李世伟赶紧打了声招呼,就快步走回办公室了,生怕利慎远问自己什么。

郗同文坐在工位上一家一家查询着上市公司的数据。一个数一个数在excel表格里粘贴。

不知不觉中夜幕降临,办公室开始陆陆续续有人离开。

这时,丽丽起身来到郗同文面前:"还没弄完呢?"

"是啊,数据量有点大,我抓点紧。"

丽丽瞟了一眼郗同文的电脑,说了一句:"行,你继续弄吧,我晚上还有事儿,我就先走了。"

"好的,丽丽姐再见。"

丽丽转身离开前又看了一眼郗同文的电脑屏幕,脸上却充满了嘲讽和得意的笑容。

方奇杰拎着包准备离开,看到门口工位上郗同文还没有走,好奇心让她走了过来问了一句:"你怎么还没走?"

郗同文赶忙站起来回答:"哦,方总,丽丽姐让我找一些数据,我在找呢。"

"第一天实习就让你加班?不太合适呀,我回头跟丽丽说一声。"

"不用不用。我自己也很想多干点活,多学习。"

"这只是实习,没必要搞得这么辛苦。而且你的专业也不是金融。当然啊,我不知道利总对你是怎么安排的,但是我觉得呢,其实你了解了解就行了,金融这行各有分工,也不是都要去做投资。"

"嗯,方总,我能有机会来实习,我真的特别珍惜。所以我肯定会努力的。"

"成!你是得努力,别给燕大丢人,那你继续干活吧,我先走了。"

"好的,方总。"

方奇杰走的时候看了一眼走廊深处的办公室,灯还亮着,她犹豫了一下,还是转身离开了公司。

"郗同文,干吗呢?"

"嗯?"郗同文抬头一看,是林昊风。

"就算要表现也不至于第一天就打算通宵加班啊。"林昊风开玩笑地说。

郗同文看了一眼林昊风,又看了一眼电脑上的时间已经21:05了,说道:"你不是也没走吗?"

"我那是有工作任务啊,顺便等你一起回去。不过,如果再不走,咱们可就坐不上末班地铁了。"

"瞧不起谁呢!我也有工作任务啊。但是我才弄了20%,我也在纠结要不要明天再继续。"

"他们交给你什么工作了?第一天就这么大任务量?需要我帮忙吗?"说着林昊风走到郗同文身后,看着电脑。

"让我整理零售行业的上市公司财务数据。"

林昊风看了看郗同文和她电脑上开着的excel文档,惊讶至极:"你这个怎么整理的?一个一个复制粘贴?"

"是啊,不然呢?"

"大姐,你知不知道有个软件叫 Wind?"

"听过这个名字。没具体了解过。"

"你可真行!不知道你问我啊!这么一个一个粘,你得干到周末。你就没琢磨一下人家怎么会给你这么大的工作量?"

"我以为这就是大家的常态。"

林昊风被这个傻白甜同学的想法惊呆了,竟有点对牛弹琴的感觉,无言以对。

"但是你知道零售行业都有哪些公司吗?"

"我上网搜了几篇报告,我把里面所有提到的零售公司都列上了,就是数据量太大,有点费时间。"

"你还真有办法。但是,你知道机构和小散户的主要区别吗?"

"是什么?"

"就是信息不对称!我们有专业的数据库以及专业的人脉资源网络,能够获得更多支撑我们做出正确判断的信息!你这连数据库都不了解的,直接瘸了一条腿。"

"你别教育我了,你就告诉我怎么弄吧。"

"行!一会儿学校门口,请我吃夜宵。"

"没问题!你快说吧。"

"看着啊,打开这个软件。"说着林昊风凑过来,开始一边操作电脑一边给郗同文讲解,"它和其他几个数据库软件一样,都是每个金融机构必备的,功能很强大,你回头慢慢研究。我现在先解决你眼前的问题。看到了吗?点这里……然后输入行业……再选几个指标……你看你要的财务数据就都在这了。"

郗同文傻傻地看着:"这么简单?"

"就这么简单!"林昊风起身,像是看一年级小朋友一样,看着郗同文。

"那丽丽为什么看到我这么一个一个粘,就没提醒我?"

"你以为这里是学校吗?没有人有义务教你任何东西。"

"我倒是不指望她教我,但是提示一下有什么呢?"

"你太理想化了吧?人家为什么要提示你?何况,我今天已经感受到了来自各方的敌意,似乎很多人正在等着看咱们笑话呢。"

"看笑话?为什么?"

"回头再跟你说吧。"

"欸,你有没有发现公司里的人都特别怕利总,但是今天中午吃饭时我觉得他人很和蔼啊。"

"郗同学,我看你要补习的可太多,看来以后我得慢慢调教你啊。所以,第一,你要庆幸有我,这个人情你必须还!第二,先抓紧把你这点工作弄完,咱们好去赶末班车。"

"太感谢你了!一会儿请你吃麻辣烫。"

夜晚的办公室里只剩下两个人。而此刻办公室深处,利慎远正看着这两个充满干劲儿的年轻人,这一幕似曾相识……

第四章

清晨,郗同文已经精神百倍地站在盛泰大厦楼下,接到了林昊风的电话,"我已经到公司了。"

"这么早!你至于吗?"林昊风此刻还在校园里。

"这叫外行的鸟儿得先飞。以后你别等我了,从今天起我要996。"

"太卷了!遵守一点游戏规则好不好?"

郗同文没理会直接挂断了电话,径直走进大厦。刚到电梯口,就遇到了正在等电梯的利慎远。

"利总,早上好!"郗同文大大方方地与利慎远打了招呼。虽然感觉公司的人提起他都显得格外谨慎和害怕,但昨天一餐午饭,让郗同文深感利慎远是和蔼的,甚至对大家口中所谓"可怕的利总"充满了疑惑。

利慎远转过头看到了郗同文,一身白色羽绒服,扎着高高的马尾,为严肃而沉闷的办公大楼带来了一丝青春的气息,也让他心头莫名愉悦。"早呀!"利慎远依然沉稳而和蔼地向郗同文打了个招呼。

此后双方陷入了沉默。电梯到了,郗同文虽然初入职场,但也有样学样,让利慎远先走,自己跟在后面。进电梯后,两人都按向32楼的按钮,不经意间的触碰让郗同文赶紧缩了回来。换作平时,只要是有公司的人在,利慎远自己几乎很少按电梯,但今天他不知怎的,竟没有把郗同文当作自己的员工。指尖的触碰,让利慎远迟疑了一下,还是按下按钮。

站定之后,利慎远先开口说话打破刚刚的尴尬:"这么早就来公司?"

"可能是第一次实习,有点兴奋,很早就起来了。"

"以前没实习过?"利慎远好奇地问道。

"我们专业,大家毕业后一般都是去研究所,很少有去企业实习的,倒是有一些社会实践,不太能跟半岛基金这么厉害的公司比了。"

"呵呵呵,半岛也只是金融街普通的一员。但是年轻人是该拼一拼,看看自己的极限在哪里,希望你最终能够通过实习,成为半岛的一员。"

"谢谢利总您的鼓励,我试试看……"郗同文嘴上应承着,心里想的却是"本姑娘只是来看看热闹,我要是留下来,那六年社会学苦读就白费了,家里的老郗和老韦估计要五花大绑把我送去美国了"。

"做事情要坚定一点,不要把这场实习当作一种体验生活或者职业生涯的备选,无论哪一行都不是短暂的兴奋或者抱着试试看的心态就能成为佼佼者!"利慎远突然有点激动和严厉。

什么情况?郗同文一下蒙了。难道他知道我的背景?知道我在想什么?

"好,利总,我一定努力。"郗同文战战兢兢地回应了一句之后,两人陷入沉默。郗同文抬起头看着电梯显示楼层的液晶屏一点点地变化,感觉尴尬癌都要犯了。她脑子里想着旁边的这位毕竟是公司老板,是不是应该再说点什么?但是自己确实又无话可说。为什么要在32楼这么高?电梯为什么还不到?郗同文想:要不假装看看手机?会不会让老板觉得自己无视他呢?……还是把手机放回去吧。

而利慎远一如既往地泰若安然。终于电梯门打开,利慎远走了出去,郗同文这才松了口气。

利慎远走进办公室,站在窗前,看着窗外回想着昨天……

利慎远与几个实习生吃午餐后回来,刚刚走到方奇杰办公室的门口,陈凯走过来说:"利总,这是您上午要的数据。"

利慎远接过文件,站在原地翻看起来。此时方奇杰和李世伟正在聊着关于他招实习生的事儿。

方奇杰说着:"不知道,我交给丽丽带了,利总是想给公司招个'花瓶'吧。"

"呃,这倒是有可能。那应该派给蒋飞扬带啊。"

"那会不会太明显了?利总还是要面子的吧?"

……

这些话确实刺痛了利慎远,他虽然懒得解释,但也让利慎远开始怀疑自己,到底为什么让郗同文来公司呢?只是因为她很聪明,作业做得好吗?还是像方奇杰说的,想招一个漂亮的花瓶?不,不是的,她绝不是花瓶。还是那个原因?又想到刚刚在电梯里对郗同文发脾气,自己是怎么了?为什么在这个小女生面前变得敏感,高兴的、悲伤的、气愤的情绪都变得难以控制?可能自己从心底怕她真的应了方奇杰的话,变成花瓶吧。想到这,利慎远叹了口气,苦笑一声后,走到办公桌前,努力把自己拉回到工作状态。

郗同文已经开始了一天的工作,陆陆续续才有人上班。

方奇杰到了,看了一眼这个小姑娘,昨晚走得那么晚,今天居然比自己来得还早,虽然精神可嘉,但又觉得一切都是徒劳……方奇杰看着郗同文,稍有迟疑,推门进了自己的办公室。

丽丽来到工位,看到郗同文已经到了,想到昨晚她那傻乎乎一个一个粘数据的样子,忍不住逗逗她。

"同文,这么早啊。数据怎么样了?"

"已经弄好发您邮箱了,您看看。"

"辛苦了。"丽丽有点不可思议,按照郗同文昨天那套做法,怎么也得好几天吧。打开文件后,丽丽笑了笑,大致就明白了,这是有人给指点了。"同文,数据不够,EBITDA 和现金流之类的关键指标也得有啊。"

"好的,我现在就补上。"郗同文赶紧回答道,然后快速敲打着键盘。

……

"丽丽姐,重新发您了,您再看看。"

"毛利率和存货周转率呢？你别我说一样你补一样啊，有点思考行不行？"丽丽有些不耐烦。

"好的。"郗同文弱弱地回答。

"另外，我给你发了一篇分析报告，你校对一下数据和文字，还有方总中午约人在昆玉餐厅吃饭，你订个位置。另外，既然你到得早，以后每天早晨，方总一来，你记得倒一杯咖啡给她，双倍浓缩，不加糖不加奶。"

"好的，丽丽姐。"

郗同文赶紧拿起小本子记录，然后忙碌起来。

林昊风拿着文件，敲门进了刘智明的办公室。

"刘总，这是我做的风特医疗的深度研究报告。"林昊风说着将手里的报告递给了刘智明。刘智明接过研究报告随意地翻看着。林昊风则继续做着解释："我觉得这家公司很有投资价值。他们的生长激素产品一直在国内领先，我预判增长前景很可观，具体的您看一下研究报告。"

刘智明翻看着研究报告，林昊风就站在原地，用期盼的小眼神看着刘智明的表情，希望窥探出领导对自己这篇研究报告的想法。

"不错啊，有理有据！"刘智明边看边说道。

"感谢刘总，还差很多，有什么不足之处请您多指导。"林昊风嘴上谦虚，但心里实则十分自信。

"你之前在券商研究所实习过吧？"刘智明问道。

"是的。"

"看出来了。在哪家啊？"

"金信证券。"

"医药组？"

"是的。我本科学生命科学，研究生去的经管，所以对这块熟悉点。"

"金信的医药组好像在金鼎财富排行榜前几吧？到处都需要你这种复合型背景的人才呀。"

"咱们半岛的研究团队的综合实力圈内才是真的有名的。"林昊风赶紧奉承地说。

"咱们半岛是利总和基金经理们的业绩在圈内有名,咱们投研部的存在感不行哦。不过,你这个报告呢,还是偏卖方分析师的思路,结论不够坚定。我们的服务对象是公司内部,是基金经理们……你原来在券商研究所,服务对象是所有投资人,研究报告都是公开的。你不能像在券商一样,结论不痛不痒,在基金公司这里,如果推荐的话,就明确告诉基金经理应该买还是不买,目标股价是多少,措辞上不能老想着给自己留后路。"

"好的,刘总,我是很看好这家公司的,这不是刚来嘛,自己的思路也不一定成熟,所以没太敢直接给买入的结论。"

"行,我知道了,你先发给何思源吧,让他先看,他审完再给我。"

"好的。"林昊风稍显失落,本来是想表现表现,没想到却被打了回来。

从刘智明办公室出来后,虽然有点失落,犹豫再三,他还是将报告发给了何思源。

"何哥,我写了篇研究报告,您帮把把关呗。"林昊风小心翼翼地跟何思源说。

"你都能自己写研究报告了?厉害啊!好,发我邮箱吧,我看看。"

四个实习生刚刚吃过饭,在回公司的路上。

卢鸿杰抱怨地说:"唉,我在想,来这是不是浪费时间,每天就坐在那,完全没人理,也没人给我派工作。"

"我还行,李总人挺好,对我也不错,刚来那天还特意带我参加聚餐,但还是林昊风你最牛,都能自己写研究报告了。"刘楚则是一脸轻松。

"我就是学金融的,上手快也正常。你们熟悉一段也都没问题的,没什么难的。"林昊风虽然嘴上安慰其他人,脸上却很是得意。

郗同文想着丽丽交给的那些工作,若有所思,没有说话。林昊风追上郗同文问道:"同文,你怎么了?怎么都不说话?"

"没什么。"郗同文刚一说话,此刻电话铃声响了,"喂,丽丽姐……"

丽丽在电话那边没好气地说道:"郗同文,让你给方总订的位置,你订在哪里了?"

"昆玉餐厅,我订了呀。"

"你订的是大堂!"

"您是要订个包间?"

"那你觉得呢?大堂还需要你预订吗?"

"哦,我没理解清楚。我现在马上联系一下餐厅,看看有没有包间。"

"不用了!我已经安排完了。不过拜托你上点心好不好,不要总是帮倒忙,增加我的工作量!"

"不好意思啊丽丽姐,下次我一定问清楚。"

郗同文挂断了电话,叹了口气。

"怎么了?出错了?"林昊风关切地问道。

"是啊,让我订位置,那我理解就是大堂啊,要订包间的话怎么不直接说订包间?而且预订短信明明上午就发给丽丽姐了,她应该能看出来是大堂,这会儿来质问我。"

"你这个思想可是很危险哦!同事没义务给你的工作把关,还有,你怎么知道她是不是故意没看到的?"

"不至于吧?我就是个实习生,至于这么整我吗?"

"我跟你说,我上班第一天就听到了各种传闻,而且也感觉到了敌意。"

"对啊,那天你也没把话说清楚。什么敌意?"

"半岛基金里的燕大校友可不少,咱们这批实习生据说利总还挺重视的,所以公司里很多不是燕大的人都眼红着呢,恨不得咱们全军覆没。所以你做事小心点,别老让人抓住把柄,暴露你笨事小,给学校丢脸事大!"林昊风说完大笑起来,生怕郗同文揍他,赶紧快走了几步。

"你说谁笨?!"郗同文大叫一声,然后还是快跑了几步凑了上去,好奇地问,"在你们金融圈,学校也这么重要吗?"

"当然了,金信证券里几乎都是燕大和其他几个名校毕业的。"

"我以为就学术圈讲究师门呢。"

"到哪里都重要！"

"好吧，看来我还得感谢自己高中刻苦学习了。"

"那当然了！"

说着话，四个人走进了大楼。

方奇杰来到蒋飞扬的办公室说道："飞扬，世辉资本的5亿我可是没少下功夫，现在的收益率远超其他产品，你跟我吹的后面的那几十亿是不是也该兑现一下啊？"

"方总的事，你即使不说我肯定也要尽全力办妥的，而且世辉资本现在有的是钱！只是，最近他们投资总监跳槽了，我现在还没对接上新人，还不知道是谁呢。再说几十亿他们投资总监肯定是做不了主，不如直接找杜建民。"

"那就拜托你啦！"

"杜建民那里，我的面子肯定不够啊！但是上次老大不是发话了吗？不让你去！"

"那你刚刚都是给我画饼来着？"方奇杰假装埋怨道，但她知道蒋飞扬说的也都是实话，只是自己还是需要用小鞭抽一下这位客户总监，毕竟大家的利益都捆绑着。

"要不这样，咱们俩现在去跟利总沟通一下，让他出个面？"蒋飞扬给出了首选的解决方案。

"好啊，但是找利总你自己去不就行了吗？"

"我可不敢，不是不得已，我从来不单独去他办公室！方总，您可是利总的得力干将，你要是帮我去撑场子，那我肯定赴汤蹈火！而且你跟着一起去，那世辉后面的钱，利总顺理成章就得交给你管理啊。"

"行吧。"方奇杰嘴上答复得很勉强，心里却有自己的算盘。她对一切能去利慎远办公室的机会都是愿意抓住的，而且蒋飞扬最后那句话不无道理。一举两得，何乐而不为？

两人说完话就来到了利慎远的办公室。

"利总,世辉资本那块,您看是不是让他们考虑追加投资了?但是我……"蒋飞扬刚想解释自己咖位不够要请利慎远出面,可话还没说出口就被利慎远打断了。

"先不用。"利慎远表情凝重,严肃地回答。

方奇杰见蒋飞扬不成,赶紧补充了一句,试图说服利慎远:"利总,是这样的,这几个月咱们给世辉创造的收益远高于同行,现在要求对方追加投资是个不错的时机……"

"暂时先不要动。"

"您是想等业绩再好点,重新谈条件?"方奇杰问道。

"这事儿回头再说吧。"利慎远言语开始变得不耐烦起来。

"世辉现在……"蒋飞扬刚想说话,再次被利慎远打断。

"飞扬,最近慧庭投资那边的资金谈得怎么样了?"利慎远明显是不想多废话,开始转移话题。

"还在谈,对方对超额收益分成那块的比例接受不了,利总,您看是不是稍微调低一点?"

"这事儿不要商量了,下周如果还签不了约,就不要再浪费精力了。"

"好。那利总,没什么事儿,我们就走了。"蒋飞扬一听利慎远提到慧庭投资,竟突然有点忐忑起来,看了看方奇杰,使了个眼色,示意方奇杰别再说了,草草结束了谈话。

出来后方奇杰边走边不解地看着蒋飞扬,问道:"你怎么了?"

蒋飞扬出了门才回归淡定,回答道:"利总做决定总是有道理的,咱们别跟他硬杠了。"

"我不是在说利总,我是问你,怎么一说慧庭你就着急出来?"

"咳,磕了快一年的客户,还没磕下来,我怕利总又训我。"

"下周如果你还拿不下慧庭,不如赶紧拿下世辉,也能将功补过。"说完,方奇杰笑了笑进了自己的办公室。

晚上,办公室的人都走了,郗同文还在查找数据,校对报告……

时间不知不觉很晚了,郗同文伸了伸懒腰,环顾四周,好像公司已经没人了,看了看电脑屏幕,快10点了,心里想着,再不走就赶不上末班车了。正打算收拾东西,听到有人说话:"还没走呢?"

郗同文回头一看,是利慎远。

"是啊,利总,您还没下班?"郗同文赶紧又站了起来。

"忙什么呢?"利慎远边问边看了看郗同文的电脑屏幕。

"哦,整理一些数据。"

"搞到这么晚?这不是半岛的风格哦。我看的是业绩,可不是谁能加班。"

"是我自己想多学学。"郗同文刚说完,但转念一想,利慎远是自己的老师,为什么不请教一下他呢?"利总,能向您请教一下吗?"

"当然可以。"

"丽丽姐让我根据自己的理解整理零售行业的数据,但是我已经提交了好几版了,每次都达不到要求。我有点不知道该怎么弄了,总不能把所有的财务指标都粘上吧?"

"就是这个问题让你加班到现在?"利慎远惊讶,又觉得好笑。

郗同文则是很认真地点了点头:"嗯!"

"那你是怎么理解的呢?"

"我就是按照您上课常用的那些数据来整理的啊。"

"那你了解她要这些数据的目的是什么?跟我上课时的案例一样吗?"

"她没说。"

"在基金公司所有的数据一定都是为投资决策做支撑的,那你是不是就应该去了解丽丽和方总要这些数据的目的是什么呢?她们想通过数据做出什么样的推理,得出哪些结论,这应该是你们社会学擅长的领域啊。而且不是这一件事,每一项工作都首先要了解目标,才能更好地去实现。"利慎远娓娓道来的同时,用温柔的眼神望着眼前这个小姑娘。

"我明白了！谢谢利总！"郗同文恍然大悟。说着话,突然郗同文的肚子叫了一声,她尴尬至极,瞬间涨红了脸。

"还没吃饭？"

"吃了一点。"

"你这么努力给我打工,我请你吃夜宵吧。"利慎远笑着说。

郗同文有点犹豫,要是吃夜宵末班车就赶不上了。而且这么晚,谁知道这个男人有没有什么别的想法。可是他是利慎远啊,还是校长的座上宾,跟他吃顿饭,应该能收获不少吧。郗同文正在左右为难时,利慎远看出郗同文的犹豫,接着假装看了一眼手表,说道："不过今天好像有点太晚了,还是改天吧。"

"哦……好。"郗同文见利慎远帮自己做了决定,就应承了下来。她感觉到这个男人虽然是个金融大佬,但心细如丝,自己才稍稍迟疑就被他看出来了。

而利慎远则是觉得自己很好笑,这十年来,或许除了那些商界大佬,第一次邀请别人吃饭被拒绝了。

利慎远在一个日式居酒屋吧台边独自喝着清酒。

这时从厨房里走出一个身穿厨师服饰的人："今天想起我这了啊？"他是这家居酒屋的老板柯文韬。

"呵呵呵,我今天请别人吃夜宵,结果人家给我拒了,这才有时间来你这。"

"谁这么牛？"

利慎远默不作声,嘴角上扬,继续喝着酒。

那人继续问道："你又看上哪家资本的钱了？我看看能不能帮你推推。"

利慎远一改往日在公司的那副严肃面孔,虽被拒绝,但还美滋滋地微微一笑,依然默不作声。

白天,亓优优找到郝同文,轻声说:"一会儿有周会,利总让你们实习生都参加,你跟其他人也说一声吧。"

"好的优优姐。需要我们做什么?"

"以后不准叫姐,我哪有那么老!你们什么都不用做,带上耳朵听就行了,一些投研部的研究员会给基金经理们介绍他们最近的深度研究结果,推介好的股票。"

"是吗?太好了,我特别想听,谢谢您。"

"利总安排的,不用谢我。"

"优优,利总会经常请大家吃饭吗?"

"哦,你是说上次午餐会吧?悄悄告诉你,上次你们四个实习生跟他吃个中午饭,公司很多人都眼红哦,除了陪客户、调研和年会,他从来都是板着脸,更不跟我们吃饭闲聊的。"

"哦,这样啊……"郝同文语塞,陷入沉思。她还以为昨天只是老板为了凸显自己和蔼,慰问加班下属的惯用手段呢。

"所以,他下次跟你们吃饭可就不知道是什么时候了哦。"说完,亓优优笑着走了。

郝同文坐下来,情绪复杂起来,自言自语道:"郝同文,敢拒绝老板,你完了!但是他为什么要请我吃饭?先不管了,别想太多了……"郝同文实在想不明白,利慎远这样的人物怎么会请自己吃饭,索性且走且看吧。

会议室里,四个实习生已经在会议桌的后排坐好,陈凯、何思源等一些研究员也都满脸严肃地等着,基金经理们陆陆续续来了,方奇杰进门看到实习生们都坐在后边,竟有些诧异。大家都到齐了,利慎远才缓缓走进来坐下。虽然一屋子的人,但利慎远忍不住第一时间看了一眼坐在后排的郝同文。

郝同文来公司这么多天,还第一次看到这种阵仗,这几天林昊风给她八卦的公司精英们悉数到齐。基金经理们都一脸轻松,几个研究员却是面部凝重。

利慎远坐定后,说了句:"开始吧。"

刘智明向何思源递了个眼神,何思源马上起身站到大大的演示屏幕前,开始做展示。

当第一页 PPT 在屏幕上打出来的时候,林昊风呆住了。

《生长激素驱动发展,长效占比持续提升》。

接着何思源开始熟练地做讲解:"利总,各位基金经理和同事,这是我最近在研究的一家公司——风特医疗。近年来,身高焦虑一直在困扰很多孩子家长,生长激素在医疗领域广泛应用……"

何思源讲得认真,眼睛却一直在观察利慎远的每一个微表情,下面的基金经理和几个实习生听得也很认真。郗同文也是时不时记录着,她第一次听到一个分析师的深度报告是怎样的。而林昊风完全无心听何思源讲了什么,心烦意乱,很是气愤,但又无从发泄,只能用笔在本上画横线,越画越用力,几乎要戳漏几页纸。

"这个产品的毛利率超过 80%,盈利能力非常强……"何思源介绍到这里,郗同文刚想与身边的林昊风感慨这个行业毛利 80% 太夸张了,却看到林昊风心不在焉地戳本子。

"你干吗呢?"郗同文用非常小的声音问道。

"这个报告是我写的。"

"难怪你不认真听。你好厉害啊!"

"厉害什么呀?厉害的话,刘总就让我上去讲了。我还跟他汇报过,他明明知道是我写的,还让何思源上去讲,而且完全没跟我说过!"

"哦。那是有点过分。"

"唉,谁让咱们是实习生呢?本来也没咱们露脸的份儿,但是是不是起码告诉我一声。"

何思源做完了报告。

方奇杰表情严肃,率先开始发问:"你说风特医疗的市场占有率已经达到 70%,那是不是意味着未来成长空间也有限?"

"他的空间不在市场占有率,而在孩子家长对身高的追求。我判断整个市场的容量将会有一个爆发式的增长。"

另一个基金经理潘建文也开始发问:"但是这个行业毛利这么高,其他竞争对手会不会以牺牲毛利的方式去抢占风特医疗的市场?"

"这个行业门槛高,临床获批的周期少说也有四五年,企业能保持相当长的先发优势。退一万步说,即便竞争加剧,互相抢占市场,在市场容量爆发式增长的时候,他们也都能收获比较好的成长。"

"哎?这个东西现在在医保范围内吗?"李世伟问道。

"现在不同省份的政策不同,有些在,有些不在。预计陆续都会纳入医保,到时候的受众群体会更大。"

"但同时也可能纳入集采,那到时候价格可能就大打折扣了。"利慎远缓慢说道。

"这个确实……但考虑到目前还属于创新药的范畴,这次暂时没有考虑集采的因素。"何思源有点面露难色,此刻房间内也陷入寂静。

"还有问题吗?"利慎远看向其他人,沉默片刻说,"下一个是谁?"

另一名分析师起身走到前面。

……

会议结束时,林昊风走到何思源面前,何思源正在收拾电脑。

"何哥,那个报告,我这还一直等您给指导指导呢!"林昊风语气略带讽刺。

"哦,你写得挺好,对我也很有启发。只是还是太浅了,很多问题思考得还不够深入。中午一起吃饭吧,我跟你说说……"何思源像没事人一样,还摆起了公司老人的架子。

明明何思源用的资料几乎都是自己做的,改改结论就叫思考深入了?林昊风心里都快气炸了,但也只能笑脸相迎:"好,谢谢何哥。"

鄀同文和卢鸿杰、刘楚在回工位的路上。

"刚刚气氛好紧张啊!"卢鸿杰说。

"是啊,你看基金经理们一发问,那几个研究员就直出汗。"刘楚附和着。

"尤其是利总,看问题好犀利,每次都给研究员问哑火了,好可怕!"

"是啊。"

郗同文找到丽丽:"丽丽姐,您要的报告已经校对完发您邮箱了,您收到了吗?另外,关于零售行业数据,我想了解一下,您这些数据主要是为了研究什么?您能跟我说说吗?我多了解点,或许能满足您要的。"

"哦,报告我收到了。零售那个?不用了,我已经写完报告给方总了。按你这效率,早被方总骂死了。"

"哦哦,这样呀,您怎么没告诉我呀?"郗同文虽有不满,但为了缓解尴尬,强颜欢笑地说。

"一天到晚事儿这么多,我还都得跟你汇报一下?"丽丽略带嘲讽的语气。

郗同文只能压抑着内心怒火,小心翼翼地说:"那,您的报告能给我看一下吗?我想学习学习。"

"我都给方总了,怎么给你呀?不过你可以去投研部要,他们有的是研究报告。网上也特别多,我这没什么好学的。"

这搪塞理由真是太随意了,傻子都知道可以发电子版,可以再打印。

"哦,好。"郗同文只好转身回到工位坐下,此刻她内心却是无比委屈,眼泪在眼眶里打转,如果不是在办公场所人来人往,肯定会哭出来。她知道丽丽是不想让自己知道太多,学习太多,但是我是谁?我是郗同文,这点伎俩就想让我放弃学习,不可能。想到这里,郗同文拿起纸巾揠干了眼泪,起身走向研究部。

丽丽远远看着郗同文走进研究部,与陈凯说说笑笑起来,很是不屑。

一会儿工夫,郗同文就开开心心地回来了。

中午郗同文在餐厅与陈凯吃饭。

"陈总,您是几字班的呀?"

"别叫我陈总了,我也就比你们早来一年,就叫我陈凯吧。"然后,陈凯突然有点不好意思地说道,"另外,我不是燕大的。"

"哦,我看您特别亲切,以为是校友呢。"

"我倒是想呢!羡慕你们啊,学习好,智商高,还有学哥学姐们罩着。"

"哪里啊,我以后想多跟您请教呢。您一毕业就来半岛了吗?"

"不是,我毕业先是去了一家军工研究所,后来感觉自己技术能力不太行,在里面估计也混不出来了,就转行去一家小证券公司当了分析师,后来做了首席,去年跳槽到咱们公司。"

"做证券投资的分析师比在军工研究所有意思多了吧?"

这时陈凯电话响了起来,他说:"抱歉,我先接个电话。"

"嗯!"郗同文答道。

陈凯接起电话:"嗯,他们家今年的增长空间有限,预计今年的净利润也就5000万左右,目标市值最多50亿,100倍的市盈率,已经很乐观了。嗯……嗯……好,拜拜。"

挂了电话,陈凯看着郗同文有点不好意思地说:"证券投研这个行业真是冷暖自知,好像谈着几十亿几百亿的买卖,有时候还看不上那些盈利几千万的小上市公司。唉,其实都是浮云,我才拿几万块的薪水,有什么资格看不上人家?细想想甚至有点讽刺。"说完,陈凯笑了笑。

"但是我倒是觉得多少钱的薪水不重要,如果能为投资人创造百万千万上亿的价值,这是多大的乐趣啊!"

"你还真是不食人间烟火。赚钱不重要,什么重要?我有房贷车贷要还呢!"

"那要这么说,我连还房贷车贷的资格都还没有呢!"

"看你这个拼劲儿,那些东西只是时间问题!聊到这,我倒是有一点点理解利总为什么选中你来实习了。一腔热血,有理想,有前途!"

"嘻嘻嘻,我就当您是鼓励我了!我会继续加油的!对了,正事儿要跟您说,您发我的研究报告我都看了,写得好好呀!我也想尝试着去写写报告,回头您指导指导我?"

"你的 mentor 方总才是公司最牛的基金经理,你让她教教你啊。"

"她太忙了,我来公司好几天了都没说上几句话。"郗同文说到这里有点不高兴,低下头,摆弄着手里的饮料。

"正常,方总管着公司最大的基金池。没事儿,你有什么问题跟我说也行,但是我也就比你多干了几年,不一定能教你什么。"

"太感谢了!"

"别光口头感谢啊。"

"放心,以后你的咖啡包在我身上了。"

有了陈凯的指点,郗同文兴奋不已,摸索着想要自己写写研究报告。

不知不觉又到了下班时间,林昊风走了过来开玩笑道:"我们郗同学的皮肤都被屏幕晒黑了,系花可能要降级成班花了。"见郗同文完全没理他,又说了一句:"你真 996 啊?"

"嗯。"郗同文头都没抬,还在码字。

"看来你是打定主意毕业要留在半岛了?"

"并没有。但是,跟你有关吗?"说着话,郗同文依然没有放下手里的工作。

"你这样让其他实习生很难做,他们是不是也得跟着你加班?刘楚早就对你这种行为不满了。"

郗同文抬起头,看着林昊风:"首先我的工作并不是方总和丽丽姐安排给我的,是我自己想试着写写研究报告,我也没打算要跟你们谁比。我来这实习为的就是多去了解这个行业,不是在这浪费时间,混人情社会的。而我现在也只是在做一件我很喜欢的事情,就跟有人喜欢打游戏,有人喜欢刷偶像剧一样。不可以吗?"

"同文,其实你怎么做,我都无所谓,拿下 offer 的这点自信我是有的。只是友情提示你,这是职场,你应该考虑一下周围其他人怎么看你,你可以不在乎,但这会影响你的人际关系,人际关系不好,你觉得你在这里还会舒服吗？"

"有道理！"郗同文竟然果断接受了林昊风的意见，然后继续说道，"那我回学校做！"说完她就关上电脑开始收拾东西。

林昊风看着这个直来直去的美女，有些无奈地笑了笑。

深夜，郗同文穿着大睡袍在宿舍里挑灯夜战……

"同文，你还不睡啊？"张小西半夜醒来，睡眼蒙眬地说。

"嗯，写点东西。"郗同文轻声回答。

这种通宵写东西是郗同文的常态，张小西早就见怪不怪，又转身睡去。

不知不觉，天亮了，郗同文伸了伸懒腰，合上电脑，上床睡觉。

不知过了多久，郗同文的手机铃声突然响起来，郗同文完全没反应。铃声还在持续，似乎在告诉手机的主人：只要你不接我就一直响。终于郗同文迷迷糊糊中摸到手机，强睁开眼睛接了起来："喂。"

"同文，睡午觉呢？"此时已是午后，电话那头，郗同文的妈妈居然以为她在睡午觉。

"嗯。"

"你哪天回来啊？你爸想你了，你早点回来过年吧。"

"学校还有事儿，还定不了。"郗同文还闭着眼，似乎还没睡醒。

"现在还有什么事儿啊？你不是毕业论文都差不多了吗？韦晓明不能为了他自己的重点课题就不让你们回家过年吧？而且你毕业就去美国了，那美国人都是过圣诞节的，你这几年春节都回不来了……"说着郗同文的妈妈竟然哽咽了。

此时郗同文这才真的清醒过来："您这么舍不得我，让我去美国干什么呀？"

"那还不是想让你镀金，回国发展得更好吗？"

"我在国内搞社会学还需要镀金吗？外有老韦，内有老郗，学术圈顶配啊！"

"我说不过你。你赶紧回来!"

"好。我尽量。"

挂了电话,郗同文虽然依然闭着眼睛,但有点睡不着了,一面是康庄大道,在她爸爸的帮助下,未来几乎可以预见的一马平川;一面是自己现在极度感兴趣的领域。如何选择呢?但现在想这些似乎太早了,毕竟现在自己在金融圈还只是个参观者,还没资格参与呢。想到这里,她按捺不住跳下床,打开电脑又开始写起报告来。

此时张小西正好回到宿舍,问道:"你醒了?你是天亮才睡的吧?还写啊?"

"嗯。"

张小西一边脱下大衣,一边看了看郗同文的报告:"你写什么呢?这么废寝忘食。"

"研究报告啊。"

"这个公司这么压榨你们啊?周末还不让休息。"

"是我自己想写,我觉得看别人写好的,看多少都没用,就得先照葫芦画瓢写几个,熟能生巧,然后再追求深度和专业度,就跟咱们刚开始写论文一样。你说呢?"

"我哪知道?不过我发现,你是认真的啊。"

"当然了,要么不做,要么认真做。不然我为什么要把美好的寒假浪费在这种事情上面?"郗同文紧盯着电脑屏幕,严肃认真地说道。

"这是什么啊?这个看起来好厉害,都是什么意思?"张小西指了指一张大表格。

"这个是估值模型,就是说我们不但要看一个公司好不好,前景好不好,还要判断这个公司大概值多少钱。好企业大家都爱,但如果现在的市值已经超过了合理范围,也就赚不到钱了,也不值得被推荐。所以,这个模型就是看看它的价值是被低估了还是高估了,然后才能判断要不要推荐给基金经理。当然,这些都是每个做研究的人非常主观的看法,不同的人对同一个企业的估值都不一样,所以会做这个表不厉害,谁判断得准才厉害!"

"嗯,不明就里。你是什么时候学会的?"

"老韦召唤之外的所有时间呗,你要学一段时间你也会。虽然咱是文科,但怎么说当年高考也都是数学140多的人。这些看着挺复杂,其实只有加减乘除,只要理解了内涵,就没什么难的。"

"我不行,看不懂这些词儿什么意思。"

"你只是不喜欢!你已经沉浸在 Socialization(社会化)、Social layer class(社会阶级)当中了……我将来可能也会,但这两个月,我想为爱好献身!"

张小西感慨道:"我就一直佩服你,又理想又实际。愿意在自己喜欢的事情上付出时间,哪怕别人觉得很不值得。你不喜欢的事情,连敷衍都懒得敷衍。"

郗同文突然转过身,严肃地说:"嗯,小西,或许即便我不承认,你们肯定也觉得是我矫情吧?老郗头给了我实际的大道和理想的退路,我遗传了他的智商,享受了他的资源,理想与实际,只要别走歪了,我无论怎么选,结果都不会太差。但是我也不希望别人只看到了这个原因而忽略了我的努力,或许别人觉得我可以躺赢,但我不要躺赢,我要努力创造价值,让结果变得更好。"

"你突然这么严肃地说这个,我都有点不适应了……"张小西错愕地看着郗同文,第一次听她认真地说这些。

"嗯,看到我亲爱的小西,有感而发。嘻嘻嘻……"郗同文如切换了频道一样,又不正经起来。

"嗯,你刚刚是不是忘说了一样?"张小西却是一脸严肃,一本正经地说道。

"什么?"

"郗神还给了你这张漂亮脸蛋啊!"说完张小西双手捏住郗同文的脸蛋

笑了起来。

"那明明是我妈遗传给我的!"

"你今晚是不是还有演出?你这熬夜浮肿的脸,化妆的学姐又要骂你了吧?"

"晚上呢,总该消肿了吧?"

两个小姐妹再次回归正常,有说有笑起来。

郗同文正在快速飞奔进一家剧院。门口的宣传海报上写着"清风舞剧团——《诗经·七月》"。

郗同文进门时,一个女生迎向她:"同文,你又是最后几个到!快点换衣服,然后赶紧去化妆间!"

"好的好的!"郗同文熟练地跑进后台更衣室。

此时,利慎远停好车,走进电梯。

电梯门刚一打开,一位上了年纪的老师已经站在电梯门口迎接利慎远:"慎远,我还怕你这个大忙人不来呢!果然是成功人士,就是守时。"

"李老师,您客气了。您送的票,那我说什么也要来看看!"利慎远赶紧走上前,主动伸出手与这位李老师握手。

两个人一边聊天,一边向剧场内走去。

"这个剧团都是燕大的学生,作品也是他们自创的。票可不好弄,知道你喜欢中国古典文化,我找了两层关系才给你弄两张。哎?你怎么自己来了?柯文韬呢?还是他一直嚷嚷问我要票。"李老师边说边向左右看看,是否漏掉了其他身影。

利慎远解释道:"这么好的表演,他不来也好,以免我们两个人身上的铜臭污染环境。"

"总是这么谦虚,柯文韬跟我说,你在中国传统文化上的学问可是不比一些专家差。"

"别听他瞎忽悠,充其量能去个偏远县城小学教教语文而已,我听说现在大城市的中小学老师都得博士学历了。"

"呵呵呵,这个作品,是用舞蹈反映《诗经·七月》中对周代农业生产情况和农民的日常生活情况的描述,还是很有想法的。"李老师介绍着。

说着话,两人走到剧场的中间位置坐了下来。

灯光渐渐暗下,幕布渐渐拉开。

音乐响起,一群女孩身着中国古代服饰登上舞台,此刻一个熟悉身影进入利慎远的眼中……

利慎远脑海中一个女孩儿正在舞台上跳着芭蕾,只是她的面孔和身影逐渐模糊……

此刻舞台上,一群舞者身着中国古代服饰,演绎着中国周朝时期人们在丰收时欢呼雀跃的场景,其中一个女孩儿的身影在利慎远的眼中逐渐清晰起来……

虽然整场表演几乎都是群舞,但利慎远的目光锁定在这个女孩儿的一颦一笑、每一次上场、每一次谢幕上。

舞蹈结束散场,剧场内的灯光亮起,李老师的发问将利慎远重新装进了社会人士的罩子中:"慎远,怎么样啊?"

"感谢啊!今天的表演让我印象深刻。把《诗经·七月》演绎得淋漓尽致,让我仿佛回到周朝,与当时的人们共同耕作和收获。"

"能得到你的认可,不容易啊!"

"哪里!确实直击内心。嗯,刚刚听您说这些舞蹈演员都是燕大的学生?"利慎远故意将话题向舞蹈演员的身份上引导。

"是啊!"此刻,利慎远基本确认了自己没有认错人。

"燕大果然人才辈出。嗯,我一会儿还有点事儿,得先回去了。"

"行行行,你快去忙。"

"还是感谢您,让我度过了赏心悦目的一晚。我先回去了。"

"好,但是再忙也要注意休息!"李老师临走时嘱咐道。

"我会的!您有好的演出还是要想着我啊。那我去车库开车了。"利慎远示意自己与李老师的方向不同。

"好。"说完李老师先走了。利慎远向电梯走去。

郗同文卸了妆,换好衣服,跟几个学姐一起有说有笑地从剧场门口走出来,利慎远的车就停在剧场门口的路边,满眼深情地看着人群中的女孩儿,郗同文从利慎远的车旁走过。利慎远在后视镜中看着郗同文的身影逐渐远去,才驾车而去。

第五章

晚上在宿舍,郗同文美滋滋地写着研究报告。

"同文,我刚刚看到林同学在操场上打篮球了,特帅!"张小西回来说道。

"嗯。"郗同文敷衍地回了一声,完全没有继续追问的想法。

"你说林同学人长得帅,还是学霸,还经常护送你上下班,给你带早点,你不考虑一下吗?"

"那你不觉得有我这个美女陪他上下班,是他占了便宜吗?嘻嘻嘻。"郗同文边说还边故意对张小西搔首弄姿一下。

"难道说,你们俩正在进展中?"

"可算了吧!我都说了,林昊风是个海王,见谁撩谁,恨不得全世界女人都喜欢他,他不是我的菜,而且我也跟他说过了。"郗同文满脸嫌弃的表情。

办公室里,林昊风正跟亓优优在办公桌前有说有笑。

"这周末还去吗?"林昊风问。

"行呀!你推荐的地儿还真不错!调酒师也蛮帅的。"

"我推荐的,必须不错啊。不过,你觉得我跟他谁帅?"

"都还行吧。"

"啊?只是还行?伤我心了啊……"

林昊风和亓优优聊完之后,兴高采烈地到工位,刘智明正站在办公区跟陈凯说话:"小陈,中午我约了万鹏实业的董事长和董秘,你跟我一起去吧。"

"好嘞!"陈凯欣然答应。

林昊风想了想,主动问道:"刘总,万鹏实业董事长是那个知名女企业家李慧君吗?传奇人物。"

"是啊,就是她。"刘智明看向林昊风。

林昊风赶紧露出憨憨的笑容,说道:"我能跟您一起去吗?我特别崇拜她。"

"可以啊!你们俩11点半在楼下等我。"

"好。"两人齐声回答。

蒋飞扬正在跟慧庭投资老板吃着饭。

"蒋总,和半岛的协议什么时候能敲定啊?"

"唉,别提了,利慎远那边咬死了超额收益,半岛就是按照20%比例提成。半岛内部的规矩是10亿以上的可以商量一下按照15%收,不够这个体量的,就是按照20%来。你资金量不够大,我已经尽力了。"

"别啊,蒋总,咱们当初可是说好了就15%,你放心,你的那1%,肯定少不了。"

"我再想想办法,实在不行,我再找个金主,你俩凑10亿,这事儿就容易办了,不过还是要保密啊。"说完蒋飞扬和慧庭投资的老板诡异地笑着碰了个杯。

这时蒋飞扬的电话响了,掏出手机一看,是方奇杰,他起身走到了包间外接起了电话。

方奇杰说:"你没在办公室啊?"

"是啊,在外面跟客户吃饭呢。方总什么指示?"

"世辉的事儿,估计利总可能对上次见面的那个情况还有成见。要不这样,你约一下杜建民,我去见他。"

"这个时候见杜建民合适吗？感觉利总是不是觉得时机不成熟？"蒋飞扬抑制住心中的喜悦，假装严肃地问道。

"我觉得现在时机可以了，我相信能说服他，没有谁会跟钱过不去。"

"那好啊！但是上次利总可说了，不让你去。"蒋飞扬故意试探一下方奇杰的决心。

"没事儿，我心里有数，基金经理见投资人，很正常。不过，没谈成之前，先不要跟利总说。"

"好嘞！放心，肯定给你约到！"蒋飞扬顿时眉开眼笑，方奇杰愿意出面去找杜建民，那简直就是业绩送上门了，毕竟就像方奇杰说的，没有人会跟赚钱过不去。再加上上次杜建明显对方奇杰很感兴趣，这女人既然要亲自送上门，也必是做好了准备。

"好！我等你消息。"

挂了电话，方奇杰虽然对上次见杜建民的情景还有点心有余悸，但自己是帮他赚钱的，想到这又充满信心。

刘智明带着陈凯和林昊风与万鹏实业的李董事长吃着饭。这位董事长是一位50岁左右的女企业家，贵气十足，旁边坐着的董事会秘书林玲更是一位成熟女性。

席间刘智明正在与上市公司董事长寒暄着："半岛基金一直对像李董事长这种实干派的企业家非常推崇，非常愿意做您的长期投资者。"

林昊风趁着间隙，起身拿上酒杯走到李董事长面前："李董事长您好！我是半岛基金的林昊风，一直久仰您的大名，看过您好多篇财经报道，这次终于见到真人了。非常荣幸，敬您一杯。"

"小林是燕大的，非常专业。"刘智明故意解释了一下，也顺便抬高一下自己和公司的身价。

李董事长礼貌地点头与林昊风碰了杯，林昊风一饮而尽。

刘智明与李董事长聊起公司情况："李总，我觉得您的看法是对的，很多有特色的城市……"

而林昊风回到座位上坐定后，拉了拉椅子，凑向董事会秘书林玲说："林总，您这么年轻就做了上市公司董秘啊，太牛了！"

"不年轻了，而且现在董秘都有很多90后了。"

"但是像万鹏实业这么大规模的企业，30多岁的董秘太少了。"

"哪啊？我都四十好几了。"林玲嘴上不承认，但是难掩心情愉悦的表情。

"不能吧？我以为您30出头呢……"说着，林昊风装出一脸不敢相信的表情，然后继续说，"能不能加您微信？以后多跟您请教。"

"好。"林玲被林昊风几句话哄得开心，欣然拿出手机。

没几句话，林昊风就和林玲熟络起来，两人开始交头接耳，有说有笑。

回公司的路上，林昊风对刘智明说："刘总，刚刚林总跟我说，他们最近看中了一块地，想要拿下，他们已经知道当地政府要在那边规划开发区，所以打算做一次非公开发行募集资金25亿，募投项目就是拿下并开发这块地。"

刘智明眼睛立刻亮了起来："哦？那好啊！这样吧，这个项目你持续跟进，做一个深度研究报告给我吧。"

"好嘞！"

"昊风，我发现你很有潜质做一个优秀的研究员啊。"

"哪里，还得多跟您学习。"

"小陈，你看在人际这方面，你还是应该多加强，不要光埋头研究，很多重要信息就是隐藏在各种饭局中。"

"好的好的，可能是一朝被蛇咬，十年怕井绳了，上次肯尼新的事，想想都后怕。"陈凯解释道。

"这可不行。信息拿到了，咱们要像利总一样有判断力，但首先你得先拿到啊！"

"是，是，您说得对，我一定多出去走走。"

方奇杰来到刘智明办公室。

"调研回来了?"方奇杰问道。

"是啊!"

"有什么好消息吗?"

"还真有!但是现在还不确定消息的准确度,等我确定了,先给你推荐!我跟你说,我们这个实习生,真是不错!要不说利总还是有眼光的,他一顿饭就搞定了万鹏实业的董秘林玲,我看那林玲眉开眼笑的,这小伙儿有前途啊!"

方奇杰笑了笑:"那说明利总偏心你啊,好苗子交给你带了。我那个社会学小姑娘真是什么都不会,丽丽天天手把手教呢。"

"利总看人不会错的。不过你们那个小姑娘挺漂亮的,有前途。"刘智明的潜台词方奇杰是一下就听出来的,并没有接话。刘智明这才接着问:"怎么,找我有事儿?"

"有只股票,我想听听你的意见。"

"好,坐下聊聊。"

郗同文远远看到陈凯回到公司,赶紧拿着已经买好的咖啡,跑到投研部。

"什么事儿?"林昊风还以为是找他,所以先问了起来。

"没你的事儿。"郗同文都没看一眼林昊风,转而走向陈凯,递上了咖啡,"凯哥,请喝咖啡。"

"给我的?"陈凯有点受宠若惊。

"是啊!凯哥,我写了一个鼎汇商业的研究报告,发你手机上了,抽空帮我看看呗。"

"就冲这杯咖啡,我现在就看!"陈凯打开手机翻看起来。

"你怎么不发给我看看?"林昊风问道。

"你哪有凯哥专业呀？"郗同文说。

"我也不专业，刚刚刘总还让我跟昊风多学学呢！"陈凯酸酸地说。

"凯哥您是很专业的，研究报告的水平，咱们研究部除了刘总，我最佩服您，刘总只是给我机会让我锻炼一下。"林昊风瞬间感觉到了这股来自老员工的敌意，迅速解释。

陈凯继续低头看着手机，片刻之后说："同文，我觉得你这个报告模式基本是对的，数据也整理得很漂亮，逻辑也是通的，但现在用的一些内容还是各种新闻报道和公司的公关稿，这些有些可以信，有些需要验证。另外，现在报告里还是以摘抄别人的观点为主，自己的观点太少了。不过，总体呢，我觉得你一个新人做到这样，已经非常不错了！比我刚转行那会儿好多了！"

"您是谦虚，您对军工还有那些技术的专业理解可比我深多了！这可能是我跨不过去的鸿沟。"

"行了，咱都是买咖啡的交情了，别互相吹了。你加油吧！"

"嗯！只要模式是对的，那我就万里长征走了第一步。下一次我争取能够参与调研，慢慢地再有自己的观点。"

陈凯笑着伸出大拇指，示意点赞。

一天，已经临近下班，丽丽看了看时间，对郗同文说："同文，有一篇报告我发你了，校对一下吧，今晚务必弄完发我，千万别出错，否则方总要发飙的哦。"说完，丽丽有些得意。

"好的。"郗同文打开文件，看了看报告，嚯！居然有三十页。这是又要干到半夜的节奏了，再一抬头，丽丽已经收拾好东西美美地下班了，留下郗同文只能轻轻地叹了口气。

晚上，郗同文还在独自加班。

Kevin 从交易区走了出来，倒了杯水，走到郗同文工位前："还没走？"

"是啊。"郗同文赶紧站了起来，毕竟自己就是个实习生，林昊风告诉她，对这里的每一个正式员工，都应该捧着点。

"方总真是一如既往地严格要求,用人狠啊!这么漂亮的女孩这么晚回家很危险的。"

"不是方总,是我自己欠缺太多了,还得努力。"

"嗐!你一个女孩儿,把自己逼那么狠干吗?你和丽丽别都效仿方总啊。我要是像你们这种美女,将来嫁得好就行了!在这吃着苦,没必要!"

为什么女孩儿嫁得好就行了?郗同文内心真想用着自己的那些理论知识回击他,但她还是忍住了,可又不想在这个话题上继续下去,只能转移话题:"您怎么也这么晚?"

"我在复盘外围市场的情况,顺便等美股开市,看看今天大概是个什么行情。"

"哦。能问你个问题吗?"郗同文看向 Kevin。Kevin 没有说话,只是笑着看她,意思就是你问吧。郗同文接着问道:"你们交易员是做什么的?以前我都没听说过基金公司还有这个岗位,你们和基金经理是什么关系?"

"哈哈哈,我们这么没存在感?"

"我在美剧里总能看到交易员,但是感觉好像都是证券公司的交易员。"

"呃,这么说吧,基金经理是决定基金池里买什么股票、多大比例和数量的,通过交易指令的方式告诉交易员。而交易员的工作就是执行基金经理的交易指令,也就是说公司买卖股票都是交易员来操作完成的。"

"不是手机上点一点就能买卖了吗?"

"呵呵呵,和散户不同,我们专业投资者的交易量很大,挂单买卖的同时也会扰动市场,怎么能无声无息、低成本地把基金经理的指令执行到位,那就是我们的本事了。市场瞬息万变,所以交易员也需要很多专业知识,也需要掌握各种财经信息来判断市场动态,才能很好地完成交易指令,而我们与基金经理是要随时保持沟通的。"

郗同文听着入神,这里的每一个岗位对她来说都是陌生的,她都充满了好奇。

"行,你继续干活吧,早点弄完,早点下班!"

"好的。"

Kevin 回到交易区,而郜同文则坐下继续干活。

郜同文完成工作,把邮件发给丽丽之后,给丽丽发了个微信:"丽丽姐,报告核对好了,发您邮箱了。"她收拾了下东西,离开了公司。

走在路上,郜同文看了看手机时间,已经快 11 点,回去的末班车肯定没了。

她正准备打开打车软件,突然一辆车停在了她的面前,吓了她一跳。车窗缓慢落下,郜同文低下头一看,开车的是利慎远。

"利总,您……"郜同文刚想说话,利慎远直接打断。

"上车吧。"

"我叫车了。"说着郜同文挥挥手机,表示自己已经下单了。

"上车吧。"这一次利慎远的语气并不像是商量,更像是命令。

郜同文只好开门上车。

虽然郜同文以前也坐过不少好车,但宽敞的空间、高级的配色、舒服的座椅,以及淡淡飘来的檀木香气,让郜同文感受到这车十分高级。然而这些并没有让郜同文感觉到舒适,而是在时刻提醒她旁边开车的这位可是金融街大佬,想到这,她莫名地有些许紧张。

"又加班到这么晚?看来我要和方奇杰聊聊了。"利慎远严肃地说。郜同文不知这句是开玩笑还是来真的。

"不用,不用。"她边说边挥舞着小手,"是我自己效率低,我还在努力进步中……"

"哦,那问题是在你。"果然是小朋友,开玩笑的话居然没听出来,利慎远嘴角上扬,强忍着不让自己笑出来。

沉默了一会儿,郜同文还在思考要说点什么呢,利慎远突然说了一句:"舞跳得不错啊。"

"嗯?"郜同文对利慎远这句没头没尾的话问得一愣。

"国风舞剧团,《诗经·七月》"

"啊……啊……哦……您看过?"郜同文顿时知道利慎远居然看过自己的演出,忽然感到很不好意思。

"学校的一个老师送我的票。"

郜同文又突然想起那天早晨利慎远在电梯里的一番教育,赶紧解释:"这就是我的一个业余爱好,只占用一点点周末时间的。"

利慎远笑而不语,突然他将自己的手机解锁后递给了郜同文,说:"把你电话存上吧,另外把微信加一下,我在学校代课,教务处那边有事儿可能需要你帮我跑个腿。"

郜同文接过手机:"好!但是您不怕我窥探您的隐私和商业秘密啊?"

利慎远笑而不语。

"加好了,'社会园里的美小郜'就是我。"

"这名字……有点长。"

"好的。我帮您备注上了,您看一下,这个 X 就是我,这个短。"郜同文略有不开心地说。

"挺怕人说啊。"

"既满足您的需要,我又不损失,何乐而不为?"郜同文略有讽刺地说。

利慎远笑了笑,默默地开车。虽然已经是深夜,但北京的夜晚依然灯火通明,就这样穿过了繁华的大街,穿过立交桥,穿过人来人往的十字路口,两人沉默无语。郜同文时不时看着旁边这个中年男人,他眼神深邃、神情淡然,眼里似乎充满了故事,可面部表情永远如平静的湖水。

时间在不知不觉中流逝,车子像赛车一样在公路上飞驰,让郜同文不禁吓得抓着把手,很快车子开到了学校门口。

"您把我放前面吧。"郜同文心想终于到了,松口气。

车子停下。"利总,再见!"说完郜同文就快速下了车。

利慎远头也不回开车离开了,郜同文则留在原地看着利慎远的车一溜烟地不见了。

利慎远这才拨通电话：

"Hi, Mark. Sorry, I'm late.（你好，马克。抱歉，我上线晚了。）"

"Is it really you? I can't believe it.（你居然也会不守时？简直无法相信。）"Mark 打趣地说。

"Sorry.（抱歉。）"

"Well, let me guess, there must be something quite important just now!（好吧，让我猜猜，刚刚一定是有非常非常重要的事!）"Mark 故意加重了语气，得意地笑着说，然后才进入正题，"Lee, Charles wants to ask your opinion, What about Kunqi Holdings?（利，Charles 想问问你的意见，你觉得琨奇控股如何?）"

"My opinion is clear. I think you should trust my judgment.（我的看法很明确。我觉得你应该相信我的判断力。）"

"OK.（好吧。）"Mark 早就料到利慎远是这个态度，也是无奈。

一天快下班时，蒋飞扬来到方奇杰的办公室。

"方总。"蒋飞扬笑而不语。

"有好消息？"

"杜建民我帮你约好喽，今天晚上。"

"今晚？你这效率可以啊！"

"这不是因为方总您有面子嘛！"

"在哪？你可别跟我说在他那个什么会所啊。"

"放心吧！这点数我还是有的，我约在了新桥饭店，一会儿让助理把地址和房间号发你！"

"好！"

蒋飞扬离开后，方奇杰拨通了丽丽的电话，迟疑了一下，又挂断了。

郗同文受林昊风之前那套说辞影响，只要没有工作到点就走，此刻正在收拾东西准备下班，被突然到来的方奇杰吓了一跳。

"这么早就下班了?"方奇杰略有不屑地问。她想的是郗同文前几天还装模作样加加班,这么快就到点下班了,可见真是三分钟热度。

"哦,方总,我……"郗同文想找个理由解释一下。

但方奇杰显然懒得听她解释,而是直接打断说:"你晚上陪我去见个客户。"

"哦哦哦,好的!"郗同文为这突如其来的工作安排感到受宠若惊,这么多天,方奇杰第一次给她安排工作。

丽丽见状,赶紧起身:"方总,需不需要我陪您一起?"

"今天不用了,我带她去就行了。"她再次看了郗同文一眼,"你去联系一下蒋总的秘书,问问地址,然后收拾一下,十分钟之后跟我走。这次是重要客户,你要发挥优势,别给我丢人。"

"好!"郗同文第一次接到重要任务,还能见识见识资本大佬们之间觥筹交错,竟有点兴奋,但她不知方总说的发挥优势到底是什么。

丽丽则是一脸的不高兴,不懂方奇杰为什么要让这个新人陪她去。

利慎远从办公室里走出来,对坐在门口的亓优优说了句:"让司机在楼下等我一下,一会儿送我去个地方……"正要说别的,抬头刚好看到方奇杰不是带丽丽,竟然和郗同文一起离开公司。利慎远稍作迟疑,继续说道,"哦,还有,我刚刚发了你一个文件,打印两份放我桌上。"他说完便向丽丽走了过来,见到丽丽面色有些难看。原本他是很少观察或者过问下属这些小事,但不知怎的,好像凡是有关郗同文的事儿,他就总想多了解一些。

"丽丽。"

"利总。"丽丽立刻站了起来回话。

"方总出去啦?"

"是啊,她晚上约了客户吃饭。"

"什么客户啊? 你怎么没去?"

"方总没说,就说挺重要的客户,这次让郗同文陪她去的。"

利慎远点了点头。

"蒋总也跟他们一起。"

新桥饭店的包间里,方奇杰对杜建民说:"杜总,感谢您抽空赏光,敬您一杯。"

"美女邀请,那我必须有时间啊。"杜建民笑眯眯地看着方奇杰。

有了上次的教训,方奇杰也是知道杜建民是个什么路数,只求速战速决,赶紧切换正题:"您太客气了。这几个月,您的资金我可是倾注了很多心血,现在的收益至少跑赢大盘 25 个点。"

"没错啊,杜总,您可是没见,方总为了您的基金,那可是每天都在加班。"蒋飞扬附和着说道。

"那倒是我不好意思了,让美女为我这点钱累憔悴了啊,哈哈哈……"杜建民一边是那种场面上假笑,还不忘直勾勾地看着方奇杰。这让方奇杰有些不舒服,但她什么大风大浪没见过?她依然镇定自若。

郗同文则是一脸蒙的状态,也只能听着各位大佬言语间的字面意思,更是没察觉到这个杜总有什么问题。

方奇杰继续说道:"哪里,这就是我的本职工作,基金经理不就是吃这碗饭的吗?给投资人创造价值,辛苦点也是应该的,按照规定不能跟您承诺什么收益,但是我个人有信心跑赢大部分基金。所以,杜总您看,是不是也考虑追加一些投入?"

"好啊,这个咱们可以慢慢聊。"杜建民举起酒杯,继续用那双色眯眯的眼睛盯着方奇杰。

"好,我敬您。"方奇杰一饮而尽。

随后蒋飞扬端起酒杯走到杜建民的身边说道:"杜总,感谢您选择了半岛,真心期待我们能够加深合作,敬您!"杜建民瞥了一眼蒋飞扬,都懒得看他,敷衍地碰了一下杯,蒋飞扬一饮而尽,杜建民则是微微抿了一口。

方奇杰看郗同文一直置身事外,跟没事人一样看着他们在这觥筹交错,瞪了一眼郗同文,然后使了个眼色,意思是让郗同文也去敬酒,郗同文这才懵懵懂懂，赶忙起身，举起杯："杜总，我也敬您。"

这时杜建民才把目光落到这个小姑娘身上，问："这位美女是……？"

"她是我们公司的实习生，现在暂时给我做助理。"方奇杰解释道。杜建民笑眯眯地点了点头，好似在说这个不错，我也喜欢。方奇杰对郗同文说："同文，赶紧过来敬杜总一杯。"

"好的。"

郗同文走到杜建民的身边："杜总，我敬您！"

"就这么喝啊？那我不能喝啊……"杜建民边说边大笑起来。

郗同文一脸蒙地站在原地，完全不知杜建民的言外之意，她看向方奇杰和蒋飞扬，用眼神寻求帮助。

蒋飞扬赶紧举起酒杯起身说："杜总，您想怎么喝，我就陪您怎么喝！"

"我不跟你喝，跟你喝有什么意思？我就跟她喝！但是，咱们不能这么喝。规矩不能坏啊！怎么也得从小交杯喝起，你们说是不是啊？"杜建民哈哈大笑起来，看着眼前这个面容秀美、未经社会浸染的女孩儿，和平时金融圈武装到牙齿的都市丽人迥然不同，杜建民顿时起了兴致。

而郗同文站在杜建民身边，因为杜建民的话让她瞬间满脸绯红，感觉一直红到发根。方奇杰却低头喝了口茶，逃避了郗同文的眼神，而蒋飞扬似乎司空见惯了这种场面，刚想劝劝："同文你看……"

就在此刻，郗同文的电话突然响起，她犹如看到了救命稻草，赶紧拿起电话，一看手机屏幕，居然是利慎远。

这一瞬间，她甚至有点不敢相信自己的眼睛，老板居然亲自打电话给她，还是在这个时刻。这不正给了她一个非接不可的理由吗？

"利总的电话，我得接一下啊。"

杜建民立刻面露不满。而蒋飞扬和方奇杰一脸惊讶，利慎远居然会给这个小姑娘打电话？

"喂，利总……"

此刻利慎远已经在新桥饭店的楼下，他透过车窗，盯着新桥饭店二楼的玻璃窗里,隐隐约约透出的一个小姑娘的身影,举着酒杯久站在餐桌旁,他怒火中烧!

原来……

利慎远从公司离开坐在车里,他思索着……突然他想到了方奇杰的那句话:"利总是想给公司招个花瓶吧。"

他心中为之一惊,拿起手机拨通了电话:"优优,马上给我查一下蒋飞扬和方奇杰今天晚上约的什么人,在哪?立刻!"

片刻之后电话响起,优优说:"利总,方总他们今天约的是世辉资本的杜总,在新桥饭店,房间是月宴。"

"好,我知道了。"

利慎远盯着新桥饭店二楼包间的玻璃窗,完全没好气地在电话里对郗同文大声说:"你把电话给方奇杰!"

"好。"郗同文被利慎远的语气吓得只敢轻声作答。

她转身将电话递给方奇杰:"方总,利总让您接电话……"

方奇杰十分错愕,但只能接过电话,然后起身走到房间角落:"利总……"

"你们三个!马上给我出来!"

"利总,我们……"

"马上!"虽然利慎远在公司一直很严厉,但对方奇杰,一直以来都尽可能照顾她的感受,而这次他完全不给方奇杰说话的机会。这突如其来的状况,让方奇杰脑子蒙了。

挂了电话,方奇杰虽然还没有缓过神,但毕竟混迹商圈多年,还是很礼貌地对杜建民说:"杜总,是这样,公司有件非常重要的事儿,我们必须马上回去,真是不好意思啊。"

"什么重要的事儿?咱们追加投资事儿还没具体聊呢!"杜建民本想喝

的交杯酒还没喝,略有扫兴,故意又提起追加投资的事儿,想要引诱方奇杰留下,又瞄了一眼在他眼里秀色可餐的郗同文。

"追加投资的事儿,我们一定再约。您放心,您的资金在半岛这,我们一定尽力创造最大的价值,半岛的业绩您是了解的。不过,今天公司确实有很重要的事儿,真是抱歉,蒋总已经买过单了。"

"啊,对!"蒋飞扬也赶紧接话。

说完三个人离开。杜建民表情严肃地起身,自己身为世辉资本的老板,半岛基金算个什么东西?竟然被这么耍。想到这,他有些坐不住,起身走到窗前,半拉开窗帘,看着窗外,竟然看到利慎远坐在车里看着这边。两个人就这么对视着……

方奇杰三个人不知所措地走出新桥饭店。

利慎远冲他们喊了一声:"你们三个,现在回家!"他说完又看了一眼二楼正在目睹这一切的杜建民,车窗慢慢升起,利慎远坐车离开……

郗同文回到宿舍,对张小西讲述着今天发生的一切。

"你知道吗?我们老板太帅了,直接让我们都回家,当时方总和蒋总都傻了,我第一次见方总这种表情。我当时特想给利总一个大大的拥抱!救我于水火之中啊……"

"你们老板要是没来电话,你真的要和一个老头子喝交杯酒?怎么金融圈也这么乱啊?"

"我觉得应该也不会吧,大不了不干了呗,本来就是个实习,不至于让我牺牲这么大吧。再说了,即使是正式工作,也不能让员工去陪酒吧?不过,这不是有利总救我嘛!"说着郗同文竟犯起花痴来。想到之前利慎远送自己回学校和刚刚给自己打电话的场景,不知怎的竟突然觉得很甜蜜。

"咦?同文,这个利总该不会对你有什么特殊想法吧?"张小西突然好像想到什么,赶紧惊讶道,"该不会想潜规则?"顿时张小西想到的是一个大腹便便的50岁男性,开着豪车,色眯眯地看着郗同文这个年轻漂亮的女孩儿，而他的家中还有一个糟糠之妻和已经上学的女儿……她顿时吓得一激灵："同文，你可别犯傻啊！莫名其妙给人当了小三……"

"你可别瞎想了，他还没结婚呢。他虽然长相不算帅，可特别有那种儒商的气质，再加上他这个身家，追他的人简直不要太多哦！要什么美女没有啊！就算是女明星也是配得上的！人家肯定瞧不上我……"

"我听着，怎么感觉你也仰慕他了？他会不会是那种海王啊，所以女同事都喜欢他？"

"海王的前提是到处释放爱心，就跟林昊风一样的。利总可不是，我们对他都是只可远观不可走近。在他身边的都知道他是特别凶的。你没见过他你不知道，公司同事跟他一起开会时都是吓得直流汗的。"郗同文虽然嘴上说着利慎远如何严肃，但她的表情抑制不住地有点憧憬。

早晨，郗同文刚到公司还没走到工位，发现办公室内气氛异常，只听到阵阵训斥声从利慎远的办公室中传来……

虽然经过一晚，但利慎远依然怒不可遏，看着眼前的方奇杰和蒋飞扬，虽然都是公司高层，他却毫不顾忌地大声呵斥："我说没说过暂时不要碰世辉？！方奇杰，你就这么急不可待？吃相难看！你居然还拉个小姑娘帮你挡酒！我给你们配实习生不是让你们这么用的！你就这么教你的校友、师妹？都是些什么龌龊东西！蒋飞扬，我不管你以前都是怎么在这圈混的，但是我半岛基金在这圈吃的是专业这碗饭。我说过多少次了，基金经理凭本事吃饭，我不需要你们莺莺燕燕的那套！还有慧庭投资，为什么一年多谈不下来？你我心中有数，我没戳穿你，是给你最后的机会，但是现在你不需要了……马上收拾东西滚蛋！你想两面通吃？我就看慧庭收不收你！"

办公室其他人也都时不时看向利慎远的办公室，氛围异常地紧张。

林昊风和亓优优两人在茶水间闲聊，拉住正打算给方奇杰冲咖啡的郗同文，亓优优问："你们昨天晚上什么情况？我听说你也去了？"

"怎么啦？"郗同文也远远望着利慎远的办公室。

林昊风说："今天一早老板把方总和蒋总叫到他办公室，一直骂到现在。蒋总被开了!"

郗同文惊呆了:"就因为吃了一顿饭?这不是给公司拉业务吗?怎么就开了?!他可是总监啊!"

"昨晚到底发生什么了?"亓优优接着问道。

"吃饭到一半,利总打电话让我们出来。"郗同文心有余悸,弱弱地说。

"为什么?"林昊风又发问。

"我也不知道!"虽然不知道利慎远为什么发这么大的脾气,但是她对于挽救自己这件事还是心存感激的,可也不想跟其他人分享自己差点被要求喝交杯酒的丢人窘境。

"不够意思啊,跟我们还藏着掖着?"

"真的!我真不知道为什么,就是我们正在跟那个杜总敬酒,突然利总打来电话让我们离开,就把那个杜总晾那了。大家都蒙了。"

"啊?!那可是世辉资本的老板啊。"林昊风也被利慎远昨晚的行为惊呆了。

"是啊!"郗同文很惊讶。

"这倒有点不像利总的风格。"亓优优淡淡地说道。

林昊风赶紧追问:"利总什么风格?"

"利总一般不会这么跟别人正面硬杠,何况对方还是大财团的老总。而且他也很少这么训斥下属,一般都是不废话,直接干掉!"

三人边说话边向办公区走去。蒋飞扬灰头土脸地出来,再没有了公司客户总监的神采。

方奇杰严肃地走过来,看向郗同文,甩了句:"到我办公室来。"

郗同文灰溜溜地跟着方奇杰进屋后,把门关上,把手中的咖啡放到方奇杰的办公桌上,似乎有预感自己要被训斥,虽然她也不知道为什么。

方奇杰率先张口:"首先,我为昨晚的事情跟你道歉。"

"方总,我……"郗同文刚想说话,被方奇杰举手制止。

"我想跟你说的第二件事就是,我再次声明,如果不是利总强行安排,我不会做你的 mentor,而且我不觉得投资这行适合你。我从没听说过学社会学的能够做好投资。"

"但是利总跟我们说,咱们公司还有学哲学的基金经理。"

"他说的是潘总,但是潘总首先本科学的是金融,然后读的哲学博士,所以他本来就非常专业!公司还有很多理工科转行来的,他们的优势是对行业有深刻的理解。但是社会学呢?我看不到你的优势在哪里。"

"我可以学习的,我觉得专业知识都是可以通过学习掌握的。"郗同文有些不服气地说。

"我没必要跟你在这争执。你们实习期也快结束了,春节后,公司会有最终考核,一篇报告,推荐一只股票,根据报告内容的专业度和股票 2 个月涨跌幅度综合考评,到时候公司会决定是否给你们发 offer。嘴上说多少没意义,我拭目以待,你去准备吧。"

"好的。"

郗同文回到工位上,打开电脑,对着屏幕自言自语:"郗同文,你可以的!你可以的!你可以的!"

晚上,方奇杰找李世伟喝酒。方奇杰其实并不想说话,只是想找个人陪陪,没想到此刻第一个想到的竟然是李世伟这个她一向看不惯的人。

"难得方总赏光,但是你倒是跟我聊聊天啊,别光一个人喝啊。你还想早晨那事儿啊?你这么多年,也就被说这么一次,我天天被训,都习惯了,要不我怎么怕利总呢?全公司也就你不怕他!当然,方总业绩这么好,以后也肯定是不怕的。"

"业绩好有什么用?今天对我用的词儿也够难听的。"

"不过你带个实习生去跟杜建民吃饭是有点过啊。杜建民他……"李世伟还想继续说,就被方奇杰打断了。

"行行行,你别说了,我知道。"方奇杰内心也是觉得有点懊恼,这事儿确实是自己考虑不周,说着她也觉得不好意思,让她第一次不敢直视李世伟,转头看向外面。

"但陪客户吃饭喝酒这也很正常啊,你是不是有什么事儿戳中利总的逆鳞了?你最懂利总,你再想想。"

"唉,这次我就是没想出是为什么,所以,算了,没什么意思。"

"那我跟你说点有意思的事儿。"

"什么事儿?"

"我最近谈了个女朋友。"李世伟得意地说。

"哦。"方奇杰现在完全没心情听这个。

李世伟却得意地说个不停:"我跟你说,我女朋友是实验中学的,将来我们要是有了孩子可以直接上实验小学和实验中学,学区房都省了。"

"哼,我就知道,你们这帮金融男,连结婚都比别人会算账。我绝不找你们这种人。而且我要是你女朋友,找你?也真没那个必要。"

"她找我可不亏啊,我负责赚钱啊,我就不信她能找到别的更会赚钱的老公。"

"懒得理你!"

已是深夜,郗同文还在公司,她想着白天与方奇杰的对话,虽然方奇杰的话很刺耳,但好像燃起了她的斗志。不,绝不能输!想到这,郗同文继续开始各种目标公司的搜寻工作。

利慎远在居酒屋里喝着酒,对面坐着居酒屋的老板柯文韬。

柯文韬问:"到底怎么了啊?一直丧着个脸。你再这样我不陪你了!"

"唉,有点烦。今天我把客户总监开掉了,还把公司最优秀的基金经理训斥了。"

"开掉个人,你至于吗?你手里开掉的人还少吗?都知道你利慎远换基金经理跟换衣服似的。"

"唉……"利慎远喝了口酒,继续说,"本来不用处理得这么激进的,默默开掉就完事儿了,没必要让彼此不爽。最近情绪有点失控。"说完利慎远搓了搓自己的脸,似乎想让自己清醒一点。

"我也发现你最近不太对啊。有事儿跟哥们儿说说呗！投资不顺？不至于吧？你什么风浪没见过？总不能是谈朋友了吧？不可能,能让你放下工作去谈恋爱的人还没出生。要不春节夏威夷走走？我收留你这个单身的可怜鬼。"

"不去！你还是说正事儿吧。"

"哦,对。前几天我家老头跟徐伯伯打球,顺便帮你问了啊。跟你判断的一样,世辉资本确实有问题,据说他们最近卖得最好的理财产品好像叫康利宝,有点擦政策的边,上面要严控这类理财,他们宣传的高收益如果没有股神给操盘,肯定兑现不了。如果后面康利宝不能卖了,他们的资金也就跟不上了,爆雷估计是早晚的事儿……"

利慎远"哦"了一声,似乎一切都在意料之中。

"你挺淡定啊！现在给我说说,怎么发现世辉有问题的?"

"上次跟叶校长吃饭,我就觉得别人在提到杜建民的时候他表情有点不太对,对杜建民管理学校基金会的事儿,不置可否,转移话题。叶校长消息资源那么广,肯定是知道什么。后来我跟杜建民见过一次,他亲自说给我5亿试试水,但资金毫无理由地拖了好一阵才到位,可见他们流动性上有问题。然后就是他的投资总监在公司发展最迅速的时候突然主动辞职了,我就更觉得不对。"

"你要是不在金融圈混,当个经侦也能屡破大案。哪天你不行了,想转行的时候,我让我家老头给你推荐推荐！"说着,居酒屋的老板给利慎远和自己倒满了一杯清酒。

"你盼我点好吧！我要是在金融圈混不下去了,你在我这儿的钱也飞了！"

"我怎么忘了这事儿了?"

两人相视一笑,碰了个杯,一饮而尽。

第六章

已是深夜，郗同文还在公司，继续着目标公司的搜寻工作。

"怎么还没走？"一个深沉而熟悉的声音突然出现。

郗同文抬起头一看，正是利慎远。一身酒气，衣冠已经略有凌乱的他，光是站着都略有不稳。

郗同文刚想起身回答，利慎远轻轻地按了按她的肩膀，示意她不用起身，而他自己则是拉了一把椅子，一屁股坐到郗同文的面前。

"利总。"郗同文礼貌性地叫了一声。这是她第一次见利慎远这个样子，每次见到这个人，好像都展现了很不同的一面。

"加班呢？"利慎远问。

"嗯，快要实习期最终考评了，我在想该推荐哪只股票，已经看了几十篇研究报告了，还没有思路。"

"要不我推荐你一只？"利慎远看着郗同文，故意表情严肃认真地问道。

"不用不用！"郗同文赶紧摆摆手。

看着郗同文受到惊吓的样子，利慎远心中感到好笑，但还是继续假装严肃地说："要不你闭上眼睛，随便在屏幕上指一只？可能结果也会不错。"

"啊？"郗同文惊讶地看向利慎远，心想这是教导学生的言论吗？

利慎远并没有理会郗同文的惊讶表情，而是娓娓道来："1973 年，普林斯顿大学的经济学家 Burton G. Malkiel 在他的文章中说，让一只蒙住眼睛的大猩猩扔飞镖选股，他觉得最终的业绩不会逊于专家选出的投资组合表现。当时华尔街基金经理们勃然大怒，觉得人格和专业尊严受到了羞辱……"

郗同文听得认真："然后呢？"

"后来《华尔街日报》就组织了 100 场比赛，给基金经理一个证明自己能力的机会。一边是基金经理给出的投资组合，另一边是工作人员假扮大猩猩蒙上眼睛扔飞镖选股票。结果基金经理以 61∶39 的成绩打败了大猩猩。"

"呃……胜率好像有点讽刺，名校毕业且经验丰富的精英对阵大猩猩，胜率居然还这么低。"

"是啊，所以这个结果让华尔街的基金经理们颜面扫地。而且基金经理们挑选的股票投资组合收益只是勉强跑赢了美国道琼斯工业平均指数。"

"哦？那我真的可以蒙上眼随便选一只？"郗同文继续天真地问道。

利慎远看着郗同文认真的样子大笑起来，然后说："这个故事虽然是真的，但你当然不能随便选了。因为这个故事中的前提设定是很多的，首先得是有效市场，而我们的市场是不是有效呢？这就很复杂了。而且故事中是多只股票投资组合，考核期还很长，和你现在面临的处境完全不一样，你现在需要的是发现一个短期内就能被市场认可的公司。另外，我可不想花钱养一群猩猩。"利慎远说完再次笑起来。

"哦……"郗同文失望地低下头，心想，搞半天原来你是逗我玩呢。

利慎远看出了郗同文的失落，说："刚刚的故事只是想告诉你，基金经理能跑赢大盘其实是件很不容易的事情。投资这条路有时候天很黑，有时候路很滑，有时候一马平川，有时候坎坷崎岖，想要成功，天分、勤奋和运气，少一样都不行。"

"那还要专业做什么呢？"

"它能帮你……尽量别输得太惨。"

或许是酒后的原因，利慎远一改往常的少言寡语，竟侃侃而谈起来。郗同文看着反常的利慎远，不知该如何回应，只能盯着他看。

利慎远笑了笑，最后抛出了一句："如果实在没思路，就不要从众多的研究报告下手了,不如把目光放到你能掌控的事务上,比如身边的人和事……"

郗同文似懂非懂地点了点头。

"以后不要走得太晚,很不安全,要有自我保护意识,知道吗?早点回去吧。"利慎远故意强调自我保护意识,是在埋怨她之前随便参加饭局,使自己陷入险境。

"好的,我知道了。"郗同文也大概明白了这层意思,略有不好意思地低下头。

利慎远起身径直地回办公室了。

郗同文看着远去的利慎远久久回不过神,这个男人好像有着多面,时而凄然似秋,时而温暖如春。哪个才是真的他?无论哪一面,都散发着一个饱含智慧与阅历的成熟男人的魅力,这个男人似乎已经在慢慢走入郗同文的心。

元旦假期,郗同文回到南京的家中,整个人窝在爸爸书房的沙发上玩着手机,郗爸爸则端坐在书桌前看书,父女两人享受着假期温暖的午后时光。

"你签证搞定了吗?打算几月走?"郗爸爸随意地问。

郗同文顿感无比心虚,她的心似乎在投资这个领域越陷越深,早已摇摆不定:"嗯,面签还早,不着急,等毕业论文差不多了再说吧。"

"没什么事儿就早点去玩玩呗。我让一个UCLA(加州大学伯克利分校)的学生带你去转转。"

"看情况吧。老韦的那个重点课题,我想尽量跟得差不多再走。"

郗同文正费劲地编着不想早早去美国的理由,张小西突然发来视频邀请,郗同文赶紧和爸爸解释了一下:"同学电话。"她拿起手机就跑回了自己房间,生怕爸爸再多问。

接起视频邀请,郗同文撒娇地说:"亲爱的,你这两天怎么消失了?才想起我啊?"

"唉,最近有点堕落。"

"都干什么啦?"

"跟我的两个姐妹一起沉浸于一款游戏不能自拔……"说着,小西有点不好意思地嘿嘿笑了起来。

"你居然开始玩游戏了?"

"我也是第一次玩,真的好玩。我跟你说,这是一个角色扮演游戏,你在里面扮演女主,可以和几个帅哥人物谈恋爱,但都是有剧本的……剧本写得特别唯美!看似是游戏,其实像读一本身在其中的爱情小说一样。这游戏现在特别火。"

"你还真是堕落。"

"嘻嘻嘻……对了,你那个实习报告的事儿弄好了吗?"

"没有呢,最近看研究报告看得都快吐了,可还是没想好推荐什么公司……"

"要不你也下载一个我刚刚说的游戏玩玩啊,你就当是让大脑休息一下,真的特别好玩,然后咱们还可以交流交流。嘻嘻嘻……"

"好呀,那你发给我吧。"

挂了电话,郗同文开始研究这款游戏,发现真的很有意思,而且也是停不下来,吃饭、睡觉时都念念不忘。

这天,林昊风打来电话:"你干什么呢?微信也不回。"

"哦,你有事儿?"

"没事儿就不能找你啊?想你了行不行?"

"你是不是有事儿没事儿就拿起通讯录打一圈电话,挨个想一遍啊?"

"差不多,你是第十九个。"林昊风顺杆爬,开起玩笑来。

"那不好意思,你是今天第二十个打来电话说想我的人。没事儿我挂了。"

"别啊,我是来关心你的,报告怎么样了?"

"完全没思路。"

"需不需要帮忙啊？"

"谢谢！但我还是靠自己吧，就当是阶段性自我检验了，要是没这金刚钻，将来也不揽那瓷器活了。"

"郗同学很有志气嘛！要不咱们俩打个赌？我让你10个点，如果你推的股票能赢我，我以后任你安排；要是我赢了，你就做我女朋友。怎么样？"

"瞧不起谁呢？赌就赌！"

"说好了？"

"说好了！"

本来玩游戏玩得兴致勃勃，可林昊风这通电话让她想起报告还没弄，全然没了兴致。

"到底该写什么呢？"郗同文盯着手机发呆思索着。

突然想到了利慎远的那句话："如果实在没思路，就不要从众多的研究报告下手了，不如把目光放到你能掌控的事务上，比如身边的人和事……"

郗同文如梦初醒，茅塞顿开，抓起手机和包包就出门了。

在商场门口，在校园里，在人来人往的大街上，郗同文犹如推销员一样与来来往往的人做交流，发问卷，从白天到夜晚……

她火速地从南京回到北京，继续在学校、商场和大街上做着问卷调研。

回到学校，郗同文在宿舍里和图书馆没日没夜地挑灯夜战，全然忽视了身边人的来来往往……

终于到了实习考核的日子。公司会议室中，基金经理、刘智明还有资深投研悉数到齐，齐刷刷地坐了一排。利慎远表情严肃地坐在中间，虽然这场景每周例会都会有，但是毕竟原来实习生都是旁听，而这次是唱主角，个个面部凝重，难免紧张。

林昊风一身精致西装，神情自若，似乎早已习惯了这样的考核场景，首先走到大屏幕前，介绍着自己推荐的公司。

"万鹏实业，抓住科技产业基地风口，项目空间可期……根据调研，万鹏实业正在积极推进常海市开发区的1669号地块项目……常海市是我国重要的科技产业基地之一,为了响应国家科技强国的号召,常海市规划了科技开发区……"

基金经理们大都面无表情,唯有刘智明面带微笑地频频点头,算是对徒弟的鼓励。林昊风发挥稳定,思路清晰,熟练地阐述着自己的观点。提问环节,他更是对答如流,基金经理们对林昊风的表现颇为满意,考核现场的气氛这才略有缓和,让其他几个实习生也松了口气。然而当大家看向利慎远时,他若有所思,还是那副让人看不透的表情。

其他两个实习生演示完毕,最后才轮到郗同文。在等待中,看到其他人都做得很好,快到自己时,郗同文竟开始紧张起来。这次实习她已经付出很多,今天也不过是对过去半年的一个检验,毕竟自己也不是非留在半岛不可,站在这里只是出于好胜的执念,不想输而已。但即便输了又能怎样?她想到这里,紧张的情绪才有所缓解。

郗同文走到屏幕前开始阐述。

"《众悦科技:恋爱游戏,风口已在眼前》,近日女性向的恋爱体验类型的手机游戏在市场上风靡,针对这一风口,我对10个城市中1000个18—40岁的受众群体进行了调研,年龄、城市、职业的分布可以看这张图。"

郗同文侃侃而谈,正如同她在学校做学术成果展示一般……

"……经过调研结论,恋爱游戏作为全新的角色扮演游戏品类,DAU(日活跃用户数量)和MAU(月活跃用户数量)持续攀升,随着推广力度的加大,用户层有由18—24岁女生向大年龄段女生蔓延破圈的趋势,而且玩家氪金的热情较高,ARPU(每用户平均收入)值持续提升。从市场占比来看,目前《你好,先生》和《恋爱初体验》两款游戏的市场份额是最高的,而《恋爱初体验》并未在上市公司中,我们可以持续关注其是否有被某家游戏公司并购的可能。因此,考虑到目前恋爱游戏的爆发式发展趋势,我们应重点关注《你好,先生》游戏的开发公司众悦科技,从目前的股价表现看,市场尚未完全体现这款游戏可能带来的成长空间,而我通过自己体验和市场调查的交叉认证，认为这是一款非常吸引女性的游戏，将为手游领域带来全新的女性客户群，有望在今年半年报为其公司贡献巨大利润。因此，对于众悦科技，我给出'买入'的建议。"

郗同文说完，用期待的小眼神望向大家，尤其是利慎远和方奇杰，或许她更在乎他们的看法。

全场一片寂静，沉默之间，郗同文似乎只能听到自己心脏的跳动声。

终于，李世伟打破了寂静："你认为《你好，先生》相比其他几款游戏的优势在哪里？"

"首先是画面精美，其他几款大家在玩的游戏我都下载过了，我觉得从画面上看，《你好，先生》和另外一款是比较精美的。大家可以看一下这张PPT，这里面是目前市场上的几个产品的图片，可以明显看出《你好，先生》中人物刻画得更为精致，这个对于重视颜值的女性用户来说极具吸引力。其次是剧情，剧情上《你好，先生》和《恋爱初体验》更占优势。大家可以看一下，这是在调查问卷中大家对剧情的评价情况，剧情的精彩可以给客户带来更好的沉浸式体验，用户黏性会更强。所以，《你好，先生》更有综合优势。"

"你这个调查问卷的设计和调查对象是否就能够代表市场？"方奇杰低沉着脸，问道。

这个问题正问到了郗同文的专业范畴，她心中为之一喜，而后慷慨作答："基于我自己社会学专业的设计、分析和判断，以及我对问卷信度和效度的检验，该问卷是有效的，以此问卷得出的结论，我认为是可信的。"

利慎远在不经意间低下头，嘴角闪过一丝笑容。

此刻，会场又再次陷入了寂静。利慎远这才开口："还有问题吗？如果没有的话，散会吧。"

两个月后，到了考核期的最后一天，其他人都如往常一样忙碌着，而四个实习生尤为紧张，紧盯着股票的走势。

晚上，四个实习生一起吃饭。"干杯！"他们举杯庆祝自己的实习期即将结束。

一杯酒下肚,林昊风看着郗同文说着:"其实这圈也未必适合每个人,即便将来留不下来,也肯定大有前途!"

"说得没错!咱们还怕找不到工作吗?"卢鸿杰也看着大家说。

郗同文则是默不作声,低头思索。

"但……还是要恭喜你们俩啊,都顺利地拿到了 offer!"卢鸿杰有点落寞地对着林昊风和郗同文说,"尤其要恭喜你,同文,你真是挺拼的,我是自愧不如,最后那次演示,特别好。"

"是啊,厉害哦!"刘楚在一旁附和道。

"咳!我也是运气好,碰巧朋友推荐了那款游戏。"郗同文略有不好意思地说。

"别谦虚了!"

"对啊,别谦虚了,你把林昊风这个经管一哥都干掉了,还这么谦虚。"

林昊风只能在一旁苦笑。

酒足饭饱,林昊风送郗同文回宿舍的路上,郗同文若有所思地说:"跟你说件事儿。"

"什么事儿?"

"其实,这次我能成功,也并不完全是我自己的成绩,所以我也在自我怀疑,可能我胜任不了投研的工作。"

"哦?你可别告诉我是陈凯帮你搞的。"

"不是啦。其实是利总提示我放弃那些研究报告,从身边的人和事下手,所以我才想起游戏公司。某种程度上说,如果没有利总的提示,我自己根本想不到要写哪家公司。"

"咳!这算什么啊!咱们当中哪个人没找自己的 mentor 指导一二啊?也就是方总,放任你不管罢了。再说,利总其实给刘楚和卢鸿杰也都提示过啊,他们才写出了像样的报告。"

"真的?!利总对他们也都说过?你怎么知道的?你不会是安慰

我吧?"

"有一次我们中午吃饭,他们告诉我的,而且利总还是特意把他们叫到他办公室说的。你也想得太多了,同文,这么点事儿居然让你自我怀疑了?这可不像你哦。在我心里,你可是集美貌、智慧、自信于一身的燕大女神呀!"林昊风吹捧女生似乎是他刻在骨子里的,总是能张嘴就来。

那天晚上利慎远酒后在办公室对郗同文一通输出,第二天清醒后,深感自己又在偏袒郗同文,忍不住给这个小丫头开了小灶。一向处事公正的他竟觉得有点心虚。为此,他犹豫再三,突然灵光一现,索性将刘楚和卢鸿杰分别叫到办公室,假装关心一下实习考核的进展,实则是为了给他们做同样的提示:"如果实在没思路,就不要从众多的研究报告下手,要把目光放到你能掌控的事务上,比如身边的人和事……身边的人和事!一定记住了!"提示完,他还再三让两个实习生确认一下,生怕自己没有做到公平公正。

然而,正当他想找林昊风来办公室的时候,想到深夜林昊风还在和郗同文加班,他心中就有种说不上来的不爽,就是不想提示这个每个下属都赞不绝口的阳光大男孩儿。

这时候林昊风与郗同文谈起此事,竟也有点不爽:"你说,这利总还真是偏心,怎么就不指导一下我呢?"

"可能利总是在帮助我们这些困难户吧。"郗同文发现利慎远并不是只关心自己,而且也关心其他人,先是为自己不是依靠他的帮助才成功而感到高兴,但不知怎的,却也有些许失落。

林昊风这时也严肃起来:"同文,你会留在半岛吧?"

"呃……没想好。我爸妈应该不会同意我转行。"

"听说你爸在学术圈内很厉害,肯定对你有其他安排吧?你自己怎么想的?"

"我再想想吧。你觉得半岛基金这个机会怎么样?"

"有时候真羡慕你。你知道吗？我从没想过你能赢过我,毕竟我在很多机构实习过,我掌握的资源和信息远超过你。但就是这么巧,被你发现了众悦科技,还是这么巧,你刚推荐买入,他们就在大平台的春晚里做了大规模植入,搭了破圈的东风,成了爆款。真不得不说,你到底是运气好呢,还是真的有天赋呢？经管的同学们努力三年,甚至六七年,拼命学习、实习、刷简历,都未必能够拿到的 offer,就被你这么一个只听了一门选修课,连数据库都不会用的外行,短短几个月就拿到了。更让人气愤的是,你居然还在犹豫要不要去。"

郗同文听完林昊风的话,心中对自己的成绩有些暗中窃喜,然后还是关心地问了一句:"那你会留下吗？"

"我？那自然还有一堆这种顶级 offer 让我权衡了,哈哈哈……"林昊风半得意半开玩笑地说,"咦,你也开始关心我了？要不你还是当我女朋友吧。"

"你怎么愿赌不服输呢？别忘了,以后你还得听我安排。"

两人走到郗同文宿舍楼下道别时,林昊风一改嘻嘻哈哈的样子,语重心长地说道:"半岛确实是个不错的机会,你真的可以考虑一下。这次的成功,运气也好,偶然也罢,也许就是上天给你开了另一扇门,为什么不试试呢？"

"嗯……好,我想想吧。"郗同文回答道。

林昊风听罢转身离开,刚走几步,郗同文突然大声喊了一声:

"林昊风!"

"嗯?"林昊风顺势回头。

"这段时间,还是谢谢你!"

"客气什么？咱们是哥们儿啊!"

"分明是姐妹。"

两人相视一笑。

不知不觉中,已经到了实习期的最后一天,其他人已经将郗同文和林昊风视作未来的同事,毕竟半岛基金的 offer 几乎没有人会拒绝。同事们下班如同往常一样与郗同文打着招呼,而郗同文知道,这或许是自己最后一天坐在这里了。她坐在工位上久久不愿离去,看着人来人往,看着公司的样子,看着自己的工位。

突然亓优优走了过来,笑嘻嘻地说:"同文,明天开始回学校准备毕业了吧?"

"哦……啊……是啊。"郗同文尚没有勇气告诉别人她的选择。

"那我们三个月后见喽。"

"嗯,好。"郗同文硬挤出些许笑容回应道。

"再告诉你一件事!"亓优优趴到郗同文耳边悄声说。

"嗯?"

"投研部的几个男同事,自从听说你拿到 offer 了,都兴奋得要睡不着觉了。我可是听说,他们把最好的工位留给你了哦。"

"啊?"郗同文先是一脸错愕,又顿感羞涩地低头笑。

亓优优刚走,方奇杰下班离开前走到郗同文工位边,淡淡地说:"要回学校准备毕业了?"

"哦,是啊,方总。"郗同文起身回答。

"之前一直没有恭喜你,未来我还会拭目以待!希望你不要让公司感到失望。"说完方奇杰也走了。

郗同文看着方奇杰的背影,原来她是最讨厌这个对她横眉冷对,甚是看不起她的 mentor,但是不知是不是要离开了,竟觉得方总都变得不那么讨厌了。

天色渐暗,办公室窗外,金融街的灯光渐渐亮起。郗同文收拾好东西,走到窗前,看着这华灯璀璨,久久不愿离去。真的要走了吗?以后我一定会怀念这里的吧。

利慎远从办公室里走了出来,看到郗同文桌子收拾得异常干净,若有所思，他轻轻走到窗前，站在郗同文身边，问了句："看什么呢？"

郗同文回头一看，竟是利慎远。"利总！"然后她看向窗外说道，"这儿的夜景真好看。"

"好看，可以留下来慢慢地看。"

"哦，利总……我……那个……"郗同文不知该如何说出口。

利慎远打断了吞吞吐吐的她："给你看样东西吧。"

"嗯？"还没等郗同文反应过来，利慎远就向交易区走去，到了门口，利慎远用门禁卡刷开了交易区的门。

"利总，我没有权限进交易区的……"郗同文心想，自己马上就要走了，这会儿进来，看到了公司的机密，那将来可说不清了。但她又对这里充满好奇，来公司半年了，都不曾进来。

"我带你进来的，你还担心什么？"说完，利慎远坐在了一台电脑前，手指飞快地敲击着键盘，然后起身，对郗同文说，"来，坐下，你看一下。"

郗同文有点犹豫，基金池持仓是公司的机密，她不知道自己是否应该看，而且老板站在旁边，自己坐下合适吗？

利慎远见郗同文没有挪动，缓缓走了过来，突然将手放到了郗同文的后背，慢慢地推着她走向电脑前，轻轻地按下她的肩膀，让她坐下。

郗同文定睛一看，屏幕上显示的正是公司的一个交易账户数据。利慎远躬下身体，摆弄着鼠标，轻声对郗同文说："你看这是什么。"

"众悦科技！"郗同文惊讶地说。

"是。"

"盈利……个十百千万十万百万千万……5000多万！"郗同文用纤细白净的小手在屏幕前边数边惊讶地说。

"是的！"利慎远笑了笑，"而且这只是一个账户上的数字。"

郗同文转头想对利慎远说话，却突然意识到利慎远的脸就在她的耳边，距离是如此近，甚至能感受到他呼吸的气息，瞬间涨红了脸，连忙站起身来。

起身后，郗同文兴奋地说："就是说，我帮公司赚了5000多万，对吗？"

利慎远微笑着说:"是帮我们的投资人。"

"Yes!"郗同文紧紧握着拳头,兴奋到难以自已。

"感觉如何?"

"开心!我太开心了!"

利慎远看着郗同文,笑而不语。

郗同文则是像一只兴奋的兔子,就差没蹦起来了。

"利总,你们真的是因为我的研究报告才投的吗?"

"不然呢?"

"我好开心!真的!"

"所以,这就是投资的快乐!"

"嗯!"郗同文兴奋地频频点头,表示赞同。

"所以,你愿意加入我们吗?"

郗同文一时竟不知道该如何回答。

利慎远接着说:"我知道你原来一定已经对未来的人生有着很好的安排,学术可以为社会创造价值,但可能需要漫长且曲折的过程,但投资所创造的价值就是这么真刀真枪、简单直接,而且我相信未来你可以创造更多。"

"嗯!"郗同文激动到无以言表,只能频频点头。

利慎远看着眼前这个兴奋到快要跳起的小女生,不禁多看她一会儿,或许他也在担心,未来可能将不再相见。

回到校园的郗同文,重新开始了写论文、做研究的日子。

讨论会上,韦教授在台上讲着那些模型和研究内容,郗同文在下面却频频走神。

"郗同文!"

"同文,韦老师叫你呢!"张小西在桌下碰了碰郗同文。

"在呢!"郗同文这才回答。

"你那部分的阶段性成果,你来讲讲。"

"哦哦,好的。我负责的这部分主要是在照顾赤字的情况下,针对中国家庭的抉择而设计的调查问卷,目前初稿已经完成,现在给大家看一下……"

散会后,郗同文刚想赶紧走,老韦就叫住了她。

"同文,你留一下。"

"哦。"

"你最近状态不行啊!是不是马上就要去美国了,我这课题你就不想搞了?"

"没有,没有!怎么会呢?国家重点课题,您能让我参与,我感谢您还来不及呢!"

"知道就好。签证下来了吗?"

"下周面签。"

"怎么拖到这个时候啊?"

"哦,预约晚了。呃,不是……主要还是想再跟您多学习一段时间嘛!"郗同文又撒娇地说。

"行啦行啦,赶紧走吧!在那边努努力,争取回来留在燕大跟着我干!别跟着老郗!"

"好嘞!我就耗上您了!"

师徒二人边走边谈笑风生。

郗同文平静地完成了学校毕业论文的答辩,晚上在宿舍,郗同文蜷在凳子上,对着电脑上的社会学课题发呆。

"同文!同文!"张小西喊道。

"嗯?"郗同文这才缓过神。

"你怎么啦?老是魂不守舍的。"

"没什么,可能是前段时间有点累吧。"说着郗同文伸了伸懒腰。

"那你早点休息吧,明天不是还要去大使馆面签吗?等你回来,我们去吃小火锅给你庆祝吧!"

"好。"

郗同文躺在床上夜不能寐,回想之前林昊风的一番话,无论是鼓励还是安慰，都让她又多了那么一点点勇气和斗志。再回想利慎远与她在交易室的那个场景，当知道自己能够创造巨大价值的时候，那种感觉至今想来依然还觉得兴奋。这是她第一次脱离爸爸的庇护，在另外一个领域获得的傲人成绩。回想过去的几个月，仍历历在目。虽然有艰辛，有不甘，有气愤，自己却一直乐在其中。难道这就只是生命中的小插曲，是一场梦吗？梦醒了，就真的要永远离开那儿，离开这个行业，回到原来的生活轨迹中了？郗同文，你甘心吗？

清晨，郗同文走到美国大使馆前，这里早已是人潮涌动，每个将要成为留学生的人脸上都有着对未来的憧憬与期许，而或许只有她在光明前途面前踌躇不前。这时，清晨的第一缕阳光穿过高楼大厦，照在了郗同文的身上，她闭目仰头，阳光照在她白嫩的皮肤上，阳光下的她好像在发着光，她深深地呼吸着新鲜的空气，仿佛身边的人声鼎沸与她无关。突然，她睁开眼睛，脸上洋溢出轻松的微笑。

晚上，郗同文与张小西吃完火锅，正在回宿舍的路上，电话声响起。
"你先回去吧，我接个电话。"郗同文对张小西说。
"好。"
张小西离开后，郗同文看了看四周，特意走到没人的角落里，她似乎知道这个电话可能将是一场腥风血雨。
"喂？"郗同文接起电话，略有战战兢兢地说。
"同文，你是怎么回事?！到底什么情况？为什么李教授和你爸爸说，你今天写了封拒信给他？"郗同文的妈妈在电话那边激动地说，郗同文的爸爸坐在旁边，紧锁眉头，一言不发。
"妈……"郗同文刚想说话，又被妈妈打断。
"你有更好的地方，你得告诉我们啊，让你爸帮你把把关。是不是韦晓明给你找的？"
"妈，您先听我说。"

"好！你说！"

"我不想做学术了。"

"什么?!"郗妈妈情绪激动起来,郗爸爸则是一脸淡定,示意妻子听孩子把话说完。

"对,我不想做学术了。我拿到了一家基金公司的 offer,我想去那里上班。"

"什么?你为什么会去基金公司上班?你什么时候去面试的?"

"说来话长了,总之就是,我之前有机会去一家业内非常知名的基金公司实习,现在我能留下了,我要留下来！"

"老郗！你看看你闺女说什么呢?"

"你不要激动,听她说完。"郗爸爸倒是显得格外淡定,郗妈妈则是一脸的不敢相信。

"我喜欢这个行业,我想转行。"

"你喜欢基金公司?不就是投资、炒股票赚钱吗?你是缺钱吗?家里从没缺过你物质吧?"郗妈妈无法抑制自己的激动与气愤。

"我就是喜欢这种能够创造价值的快感！在投资领域每天都是不一样的,这比那些社会学术让我开心,更让我有获得感。所以这次让我自己做主吧。"

"同文,这么多年来,爸爸一直是尊重你的选择的,虽然你被我们宠着,有时也会有些娇气和傲气的小问题,但我一直觉得你是一个思想成熟、有能力分析利弊得失的孩子。社会学这条路是我们共同商量后一起做的选择,这条路上,有爸爸在,再加上你的灵性,我保证你一定能有个不错的未来。等你学成归来,爸爸可以帮你,将来甚至可以去顶级学校和研究所做学术。对于一个女生,这就是最好的选择了。可如果你去了金融圈,就没有人能像爸爸一样帮助你、保护你了。"

"为什么女生就应该选择这样的路?为什么爸爸觉得我就一定需要保护呢?这次没有爸爸的保护,我依然拿到了 offer,而且我是最优秀的那个。"

"我当然知道我们的女儿很优秀,但是我希望你将来过得好,而且是让我们都放心的好。"

"所以归根结底,你们是希望自己放心。"

郗妈妈听到这句,终于忍不住咆哮道:"你怎么能这么说呢?"

"妈,我不是那个意思。我知道你们一直都很爱护我,但是这次我真的遇到了我想做的,你们就让我去吧。"

"不行!绝对不行!"郗妈妈声色俱厉。

郗同文见妈妈没商量的架势,想了想,家里爸爸虽然说话少,但是都是一言九鼎,再加之一直以来对自己的宠爱,还是得从爸爸那边找突破口。"爸,我最亲爱的爸爸,我知道,您最懂我和爱我,我还这么年轻,为什么就不能多一些尝试呢?更何况,我有爸爸您呢。"

"你就知道你爸宠你,青春才有几年啊?妈妈是过来人,青春一晃就过去了,你未来还要结婚生子。这次你如果不去美国,就再难回头了。"

"是啊,青春就那么几年,人生就这么一回,你们就忍心让我遗憾终生吗?试都没试,我一定会遗憾的。"

"人生本来就是取舍,哪有那么多选择?"郗妈妈依然激动。

"那我就没有权利取舍我的人生吗?"郗同文也据理力争起来。

"你……"郗妈妈刚想继续争吵,却被郗爸爸按下。

郗爸爸缓缓说道:"你先别说了。同文确实还年轻,况且事已至此,我们就当这是她人生的 gap year(间隔年)吧,让她为自己的选择付出几年,或许她才会真正回头。"

"爸爸……"郗同文想要感谢郗爸爸,竟不知从何说起。

"同文,既然选择了,那你就努力做好吧。但我只给你三年时间,如果到时候你没有交出一份让我们和你自己满意的答卷,你就必须全力以赴地跟着我做学术,把这三年补回来。当然,你也可以现在就选择放弃你所谓的喜欢和理想。"

"我一定会努力的!给我三年时间,让我证明给你们看,女儿可以的!

我知道爸爸最爱我、尊重我。"

"是证明给你自己看。"郗爸爸声轻语重地说。

虽然郗老头在家很少发表意见,但是郗妈妈也知道,郗老头开口定下来的事情,是难以改变的。既然如此,想必他也一定心中有数,能够保证女儿的前途,也就无奈地、酸溜溜地说:"行了行了,你们俩父女情深,就我最不讲道理呗。"

"不是,我知道妈妈您就是怕我吃苦,但是这是我自己选的,如果吃了苦,我一定不抱怨,自己面对。"

"同文,遇到困难,一定不要自己扛,有爸爸妈妈呢,就算什么都没有了,你回来,爸爸妈妈养你!"郗妈妈虽然不同意郗同文的选择,但既然已经决定,也生怕自己女儿真的有苦不说。

"嘻嘻嘻,你们再这样宠我,我可能真的想回家当啃老族了。"

"你也就是这么说说,从小你就要强好胜,你要是甘心啃老,我倒是省心了。"

挂了电话,郗妈妈死死地盯着郗老头,郗爸爸则一言不发地回书房了。

郗同文这边深深呼吸了一口夜晚校园的空气,开心得如小兔子般蹦蹦跳跳回了宿舍。

晚上,林昊风在宿舍里对着电脑发呆。舍友张乐天突然使劲拍了一下林昊风的肩膀:"想什么呢?"

"啊,吓死我了!"这一下确实让林昊风差点跳起来,他大叫道,"什么事儿?"

"是不是在想郗妹妹呢?"舍友的一番话,让另外两个舍友也提起了兴致,他们纷纷放下手头的事儿凑了过来。

"你瞎吗?你看我干什么呢?"林昊风直接回怼,这种说话风格已是男生宿舍的日常。不过众人还是好奇心作祟看了过来,只见林昊风电脑屏幕上正是写了一半的医药行业研究报告。

"这点东西能难倒我们林才子吗？不能够呀！生物工程加金融双料学霸，写个医药行业研究报告，那必定游刃有余。"张乐天继续调侃道。

另一个舍友则问道："我听说你已经拿到5个offer了，你打算去哪个头部券商还是半岛基金呀？"

"没想好。不过，张乐天，你们家早就帮你铺好路去几大投行了吧？确定哪家了吗？"

张乐天轻松作答："咳，就是信华证券投行部，但是这种级别的offer，昊风自己就能搞定。"

林昊风答道："但在券商里，只有卖方的分析师才是我这种人想要逆袭的正道啊，投行这种需要背景的地方不适合我。"说到这里，林昊风内心也是很羡慕张乐天。这家伙家世甚好，父母让他读金融，就是将来要安排他进大机构，年收入百万的。

"你还谦虚？你让我们怎么活？"另一个舍友气愤地反驳。

说着话，电话响起，屏幕上显示着"林老头"。林昊风下意识地将手机抓起走出宿舍楼后才接起。

"喂，爸，什么事儿？"

"没什么，好久没打电话，问问你怎么样了。"

"挺好呀！最近忙毕业，没怎么给您打电话。您生意忙吗？"

"还那样，挺好的。你别操心我了。倒是你，趁年轻要抓紧一切时间，抓住一切机遇。机会都是留给有准备的人，爸妈在这小县城，能力有限，帮不了你什么，但是我相信我儿子肯定行！"

"您怎么又说这个？我觉得我生活够好的了，衣食无忧。"

"好，我不说了。你妈要和你说话。"电话那头传来了林昊风妈妈的声音。

"儿子，妈跟你说，今天你姑姑来咱家说了你将来工作的事儿，我可是说了你要去大公司，你一定不能让妈妈失望。"林昊风对他妈妈的这番话早有预判，所以每次接到父母的电话都出来接，就是不想让其他人听到。

"妈,这话您都说无数次了。如果没别的事儿,我真的要写研究报告去了,报告写不好,什么大公司也去不了!"林昊风为了少听妈妈啰唆,故意这么说。其实他对自己的未来还是充满希望的,虽然不能与那些"带资进组"的同学比,但自己现在掌握的机会在同学中已经非常给力了。

"好好,我们不打扰你!"

"挂了啊。"林昊风赶紧挂断了电话,然后叹了口气。每一次在电话中,父母说的内容几乎都一样,让他倍感压力。

清晨,郗同文站在盛泰大厦的楼下,她看着盛泰大厦,看着大约32层的位置,这里将是自己未来战斗的地方。如今,她不再是第一次来到这里的小姑娘,她的心比任何时候都坚定。郗同文就这样看着,脸上挂满笑容,那笑容,是喜悦,是憧憬,是兴奋……

而此刻,在高高的32层楼上,有一个人在紧盯着大厦门口,当看到好似自带光芒般的身躯出现时,清泉般的笑纹从他嘴角洋溢出来,漾及满脸。

第七章

郗同文乘坐电梯来到 32 楼,她在半岛基金的 logo 前驻足,心潮澎湃。或许从第一次来到那天开始,半岛基金就已经在她内心平静的湖面投下一颗石子,竟不知溅起的浪花再难平复。

这时,陈凯恰巧路过:"同文!"

"凯哥!"

"正式报到啦?"

"嗯!"郗同文开心而坚定地点点头。

两人说着话,向投研部走去。

"我真没想到,最后唯一留下的实习生是你!"陈凯说道。

"嗯?林昊风呢?他不是拿到 offer 了吗?"郗同文一脸诧异。

"你不知道?他不来了,去华康证券了。"

"华康证券?为什么?"郗同文一下子被惊到了。

陈凯也略有不解地说:"不知道这小子怎么想的,放着好好的买方研究员不干,非要去什么卖方,而且还不是金信证券这种头部券商的金鼎财富研究团队。华康证券最多也就是个二流券商,但据说给了他行业首席分析师的位置,他走的这步风险有点大呀!我可是在券商做过卖方分析师的,在那边需要八面玲珑,不但要与上市公司搞好关系,拿到一手资料做投资研究,而且要服务好基金投资机构这些证券公司的大客户,这样才会拿到派点、投票,他们才能参加金鼎财富的评选,成为金牌分析师,才真正可能赚到钱。当然了,林昊风这小子还挺有卖方分析师潜质的,将来要是真的成了金鼎财富第一的首席分析师,那确实比咱们私募基金的一个小研究员赚得多。"

"那有多少钱啊?"

"嗯……看他的造化吧,每年拿大几百万的分析师也是有的,但是一年只拿几万、十来万的分析师也到处都是,呵呵呵。"

"差距这么大?"

"所以啊,你可不要以为进了金融圈就成金融白领了,大部分还只是金融民工。"

"有凯哥带着我,我对未来那是充满信心呢!"

"我看你,骨骼清奇,天赋异禀,将来定能叱咤金融圈!哈哈哈!"陈凯笑着说。

"承让承让!一起叱咤,一起叱咤……"郗同文还摆出作揖的姿势配合陈凯的玩笑。

两人走到投研部的办公区,刘智明已经在等着,旁边站着一个面庞稚嫩的年轻人。

刘智明说道:"都到了啊,我给大家介绍一下新同事。郗同文我就不多说了,大家都认识了,燕大的高才生,实习期表现优异,未来就在咱们部门与大家共事,你们几个男士要多照顾照顾女同事啊。"

"那必须的呀!"陈凯说。

"我们工位都给同文留好了,咱部门,好几年都没见过女同胞了!"何思源附和道。

"同文啊,你就先看互联网文化传媒和消费板块吧,女生嘛,这些搞搞文化买买买的板块更适合你们。"刘智明对郗同文的工作做了分工。

"好的,刘总。"郗同文虽然对刘智明的这番言论颇为反感,但也只能听从安排。

刘智明看了一眼站在旁边的年轻人,接着说:"我再介绍一下另一位新同事,这位是我们今年校招从理工大学招来的,先跟着陈凯看看机械和军工板块。你做个自我介绍吧。"

"嗯！各位前辈好，我叫王灿，刚从理工大学毕业，我本硕都学的自动化，修了经管的双学位，以后多向各位前辈学习，请多多指教。"

"欢迎欢迎。"何思源说道。

"思源，你带着他们俩在公司转一圈，熟悉熟悉情况，跟大家都认识认识。我先去开晨会了。"

"好的，刘总。"

郗同文坐在工位上，抚摸着工位，看了看窗外的天际线，看了看身边已经开始忙碌的同事，打开电脑，微微一笑，开启了自己在金融行业的职业生涯。

中午，利慎远走出办公室与亓优优说道："我约了谢林华吃午饭，几点回来还不确定，下午金信证券的团拜让方奇杰替我接待吧。"

"琨奇控股董事局主席谢总来北京了？"

"是。"

"好的。"

利慎远在餐厅的包间，等待了许久，谢林华才走了进来，身后还跟着一众人员。此人面容温和，戴着金丝眼镜，穿着黑色西装、蓝色衬衫，却并没有扎领带，商人气质中还透着些许高级知识分子的书卷气。谢林华作为国内互联网巨头的创始人，早已经是商业领域和资本市场的风云人物，走到哪里自然也是众星捧月般跟着一群人，利慎远看了看身后这五六个人，也能理解。

"哎呀，慎远，抱歉抱歉，刚刚行程耽误了……"谢林华边说边慢慢伸出手与利慎远握了握。

"谢总来北京还能想起来约我，已是不胜荣幸了！"利慎远也稍作客气。

"哪儿的话呀！当年我IPO（指首次公开募股），是你力挺我，Charles才会做我的基石投资人，才有琨奇的今天啊！你在我这可不是一般的投资人，这个情我永远记着。"

"琨奇在您的带领下，发展迅速，也成就了我。"

"咱们互助共赢！"说完众人笑起来，谢林华这才转头说，"都坐吧！"他若不说坐下，大家还真就只能站着聊天。

利慎远坐在谢林华身侧，缓缓说道："谢总现在是风云人物，业务触角涉及颇广，我看前段时间杂志封面几乎被琨奇承包了，如日中天啊！"

谢林华谦虚地说道："唉，没办法，影响力对于互联网企业来说尤为关键。"说完谢林华又低声与利慎远悄悄且真诚地说，"但是你是知道我的，技术出身，最喜欢的还是沉浸在代码的世界里，所以，现在的每天我是如芒在背啊，我怎能不知谦谦君子、卑以自牧的道理？"

"那谢总是否考虑过企业转型升级，毕竟在互联网社交领域，琨奇的市场已经饱和，未来还要向哪块领域拓展呢？"

"你说的这个问题我一直也在考虑，只是，巨轮转向，在稳定与效率之间难以取舍。"谢林华说得有点无奈。

利慎远笑着点了点头。

晚上郗同文、张小西、林昊风和陈凯聚在一家餐厅吃饭。

"干杯！"四人碰杯庆祝。

"今天是我第一天上班，必须得感谢你们！我的好闺密、好师傅，还有你，林昊风，好姐妹！"

林昊风说道："今天必须痛宰你一顿，你能留在半岛，我可是厥功至伟！"

"别往自己脸上贴金了，凯哥才是帮我最多的。还有小西，我最最最好的朋友，之前保密工作做得到位，还帮我干了不少老韦的活，爱你哦！也恭喜你愿望达成！老韦还是疼你这个爱徒的，给你推荐到了社科院做研究员，最近真是太开心了！"

"不过啊，同文你这次可是伤了老韦的心了，听说郗神上次在学术会议上跟老韦因为你的事儿,两人差点戗起来了。"

"唉!这也是没办法,谁让本姑娘是个全面的人才,人人都想要呢?"

"前几天还在那自我怀疑,怎么转头就自称全面人才?郗小姐,你到底是太要脸还是不要脸啊?"林昊风说。

"闭嘴吧你!"郗同文瞪了一眼林昊风。

四个人说说笑笑,把酒言欢。

饭后,几人在门口告别,陈凯说:"我住在东边,你们都住哪?有顺路的吗?我捎你们一程。"

"我住在西边,小西就住在社科院的宿舍,跟你顺路,你帮我把她护送回去吧,一定要安全送到哦。"

"好,交给我!昊风呢?"

"我不顺路,我跟同文坐地铁吧。"

"好!"

张小西虽坐上陈凯的车,由于两人仅是一"饭"之缘,并不熟悉,还是略显不好意思。

"安全带。"

"哦,哦。"张小西正要系上安全带,一拉扯,竟然卡住,怎么也拉不动。

陈凯见状,俯过身子,帮忙将安全带整理了一下,这才算系上。从没和男生如此接近的小西竟然有点不好意思。

路上两人只能有一搭无一搭随意聊着天。

"你在社科院工作?还挺稳定的吧?"

"还行,不像你们工作那么刺激,还赚得多,就是份旱涝保收的工作吧。"

"呵呵呵,我们也看年份,行情好的时候还行,不好的时候,大家也都不好过。"

两个不熟悉,生活和工作完全没有交集的人,气氛顿时陷入了尴尬。

沉默片刻后,陈凯再次打破尴尬的氛围,没话找话地问:"社会学都是研究什么的啊?"

"挺杂的,就是研究人类社会结构和活动的。嗯……听着有点抽象吧,嗯……社会学中有一些比较有意思的研究和理论,我举个例子吧,比如比较经典的一个理论,加拿大社会学家欧文·戈夫曼的拟剧论。他把社会比作舞台,把我们比作演员,把日常跟我们互动的人呢比作观众。拟剧论的核心就是我们每个人都很关心自己如何在观众面前塑造好的形象,会用自己的行为去影响别人对自己的印象,这就是印象管理,所谓人生如戏就是这个意思吧。舞台的剧本呢,就是我们心中预想的方式,有时候我们就按照心中的剧本去演,有时候呢就要随机应变,边演边创作剧本。而且,也有台前和幕后。比如一对夫妻平时经常争吵,这是幕后,但是如果客人敲门,打开门的一瞬间,就变成了台前,可能就要扮演恩爱夫妻,都是维护别人心中的良好形象……"张小西为了缓解无话可说的尴尬,只能用最通俗的事例解释自己的专业,这方法倒是很有效果,陈凯也给她讲述了投资圈的趣事,两人一路竟谈笑风生起来。

"我以前就一直想学人文,但是家里非让我学理科,你看像你这么博学多才,多好!"

"哪里啊?我还一直觉得你们能学工科的才厉害。像你说的,你原来在军工研究所,能够护送火箭上天,听着就让人崇拜。"

"嗨,我也只是负责几万个技术点中的一两个。"

"那么一个庞然大物精准升空,哪个环节都不能差呀!"

"你如果对这方面感兴趣,回头有航展,我带你去呀。"

"真的吗?那太好了,我先提前谢谢您!"

"呵呵呵,小事儿。"陈凯边开车边看了一眼这个满怀期待盯着自己看的女孩儿,夜色下,竟觉得她有点好看。

林昊风和郗同文走在去地铁的路上,郗同文边走边问:"为什么选择去华康证券?我以为你至少会去金信证券。"

"买方的生活太安逸了,不适合我。半岛虽然在业内知名,但利慎远的那套价值投资,在我看来,在国内很可能水土不服。国内投资想要赚钱,需要圈子和资源。他自己是那套老思想,对公司掌控力又超强,我这种风格,在他手下很难出头。至于去华康证券,因为他们的医药行业首席分析师刚好辞职了,这次直接给我首席,我想靠自己打拼,试试看吧。"

"但是我听说华康证券在行业内的地位没法与金信证券比呀。"

"是啊,所以才更有机会和挑战。如果在金信证券,我就要在首席的光环下打拼很久才可能打拼出自己的天地。"

郗同文开玩笑地说:"我只知道,你把我忽悠来了,你却不来半岛。"

"相信我,你的选择是对的,你一个女孩儿,在买方做研究员,肉体压力小。"

"肉体?!"郗同文紧抱身体看向林昊风,"难道你……还要……出卖肉体?!"

"要不,我向你献身?其实你也算我客户……哈哈哈。"

郗同文没有接林昊风的玩笑话,而是继续问道:"不过,难道价值投资不对吗?"

"当然对,但可能这就是代沟吧,利总对价值投资与我的理解并不一样,我认为无论企业好坏,只要市场觉得有价值,那就是有价值。风格不同而已,没办法判断对错。"

郗同文还无法评判林昊风的这些话是否在理,也就只能沉默不语。

一日晨会上,大家依然面色凝重,似乎一举一动,说每句话都在看着利慎远的眼神和反应。

李世伟说道:"目前琨奇控股的投资占比已经达到公司整个资金池的25%。已经是单股持仓的上限,而且远超过公募基金的10%上限。也就是说,琨奇的走势对公司收益的影响太大了。近期琨奇的涨势较好,我们是不是可以考虑落袋为安一部分,以避免一旦出现风险对公司业绩的冲击?另外,最近房地产的贷款政策宽松,是否可以借机对配置进行适当调整?"

方奇杰说道:"我同意李总的看法,琨奇控股现在持股量太大,对公司来说既是机遇也是风险。但我认为转投地产板块还是略微保守,并且很多地产公司对市值维护的动力不足,不利于我们的投资收益。倒是通安科技,专门从事网络安全的公司,这两年用户增长非常快,市场占有率已经接近4成,如果调整仓位,我觉得可以考虑增持通安科技。"

利慎远看向刘智明,问道:"智明,你怎么看?"

"琨奇近年来虽然发展势头良好,一直在互联网社交领域傲视群雄,但是因为依靠巨量用户资源,扩张得太快,抢了别人的蛋糕,近两年在行业内和用户端口碑都在下滑,而通安科技的产业不错,市场占有率突飞猛进,但创始人在创投圈是颇有争议的人物,如果是二选一,有点难说。"

"老潘,你怎么看?"

"我年纪大了,对互联网公司也看不太懂,我就不给意见了吧。呵呵呵。"潘建文说道。

利慎远面色凝重地说:"投资就是这样,少有各方面都完美的公司,即便有,市值表现也早就兑现了。智明,你再做一篇深度分析报告给我,我也再想想。"

"好,利总。"

"散会吧。"

其他人都起身离开会议室,唯有利慎远还坐在那里,紧锁眉头,面色凝重,似乎还在思考和纠结。方奇杰见状,虽有犹豫,却离开了。

不一会儿,方奇杰倒了一杯热茶,再次走了进来。

方奇杰每每单独见到利慎远,都是一改平时冷面美人的神态,语气变得温柔可人起来:"利总,看您脸色不太好,这是我从英国带回来的黑茶,您试试。"

"谢谢。"利慎远依然紧锁眉头,翻着手里的文件。

利慎远出席一个投资策略会时,邀请他来的研究所副所长赵家豪迎上前来说道:"利总!难得您亲自来参加我们万洋证券的策略会啊,我给您打电话时,以为您会派几个基金经理和分析师来呢!"

"赵所长亲自联系我,我当然要来了。"利慎远缓缓说道。

"上午主会场主要是有几个大咖演讲,我电话里跟您说过的,这次我们邀请到了通安科技的董毅,董总来做上午开场的主讲人之一,他现在可是圈内红人、业内大咖。虽然通安科技是在美国上市的,但毕竟业务都在国内,所以通过他的演讲能够了解国内市场的重要发展趋势。另外我们所长和几个首席分析师也会讲讲我们所对市场的观点。下午还有六个分会场。"

"能请到董总这个炙手可热的人物,赵所长这次很用心啊。"

"都是为投资人服务!"赵家豪在券商服务多年的经验,瞬间明白了利慎远此行的目的,继续说道,"一会儿,我帮您引荐一下董总?我相信董总也希望公司能有半岛这样的金牌投资人,您看方便吗?"

"好啊!"利慎远笑着说。

会议结束,赵家豪带着利慎远走到通安科技董毅的身边,此刻一群人正围着董毅,都试图从这个业内大咖处打听到一些内幕。

"通安科技在网络安全领域的市场占有率已经超过40%,在PC领域遥遥领先,请问通安科技下一步打算怎么发展呢?"

"精耕细作、普惠大众是我们通安的使命,未来我们的发展战略势必要围绕这一使命来制定。"董毅面带微笑,空话连篇,利慎远冷眼旁观。

这时,赵家豪打断了其他分析师的提问,对董毅说道:"董总,我给您引荐一下,这位是半岛基金的利慎远利总。"

董毅打量了一下利慎远,语气略有不屑:"哦,你好。"

利慎远伸出手,说了句:"董总,您好。"

奈何对方并没有要握手的意思,利慎远只能笑了笑,尴尬地将手放下来。

赵家豪见状,赶紧对董毅解释道:"利总是华尔街归来的新贵,当年琨奇成功IPO,利总代表的BD基金是基石投资人。"

"赵所长过奖,就是一个普通的投资人而已。"

"现在谢林华风光无限,利总居然有空来听我们这种小辈的演讲,诚惶诚恐,但互联网行业也该转转型了。"董毅言语讽刺,态度轻蔑。

利慎远只能笑了笑,看着董毅。

一日,公司的周例会,郗同文做着演示,推荐自己最近看中的一家公司。

"新年和春节档历来是兵家必争之地,经过我对四大视频平台和卫视定档综艺、剧目的调研和分析,星河卫视和他旗下的视频播放平台即将上线的王牌综艺和新剧,从明星阵容和制作团队实力来看,都是最具优势的,我判断活跃用户数量有望大幅提升,因此我对星河超媒给出买入建议。"

"同文现在的研究能力突飞猛进了啊!"李世伟听罢先开启了夸奖模式。

潘建文附和道:"是啊,奇杰和智明教得好呀!"

郗同文害羞地笑了一下。

方奇杰则是立刻无情地撇清了干系,说道:"现在主要是刘总教得好!不过综艺和新剧能不能真的创造流量,明星阵容和制作团队只是一方面,雷声大雨点小的也不在少数,我认为还是有风险的。"

郗同文对方奇杰的反驳也是无力回应,心想着:"哪有没有风险的投资?本来都是一切皆有可能,我们不就是依靠经验去判断成功的概率吗?"

刘智明见状说道:"方总说的有道理。同文,你得加油啊!多向方总学习,方总最近业绩可是傲视群雄啊。不对,不是最近,应该说一直都是,最近尤为出类拔萃!"虽然嘴上夸奖,但刘智明心中对方奇杰这个女流之辈是不屑一顾的。

利慎远则是淡淡地说了句："还有问题吗？"

片刻沉默之后，利慎远缓缓说道："星河超媒和刚刚魏峰推荐的伟辰股份放到公司股票池里吧。"这句话相当于对刚刚各方的争执下了结论。

方奇杰仍想反驳："利总……"

利慎远却直接给了句："散会吧。"

散会后，方奇杰跟着利慎远来到办公室。

"利总，刚刚……"方奇杰本来想要继续对刚刚的事情与利慎远进行理论，却被利慎远笑着打断。

"奇杰，最近辛苦了。琨奇的市场表现平平，确实有点超出我的预料，但是好在你管理的那部分资金帮公司带来了不少收益。"

"都是为了公司嘛。不过，利总，那您是不是该请我吃个饭，以示鼓励啊！"

"我以资鼓励，资金的资。"

"好啊，但是饭还是要请的。"

利慎远想了想，说道："好！"

方奇杰顿时喜上眉梢。

从会议室出来，李世伟对郜同文说："同文，加油啊，我支持你，明儿我就建仓。"

李世伟的这句话，虽然简短，却是基金经理对投研的最大认可，让郜同文倍感温暖："谢谢您，李总。"

刘智明则对推荐伟辰股份的另一个分析师魏峰说："小魏，不错啊，分析得很透彻，数据也很全面，如果伟辰股份未来三年的复合增长能达到你预期的30%，奖金我帮你去争取！"

"那我先提前感谢刘总了啊！其实，今年150%的增长，妥妥的！"魏峰小声而得意地说。

"哎呀,这马上就年底了,你确定?"刘智明眼睛一亮,顿时引起了他的兴趣。

"嘿嘿,有消息啊。"

"哦?"

"伟辰股份的财务部部长,是我朋友。"

"啊,呵呵呵……"刘智明笑了笑,并没有深说什么,然后回应了一句,"低调哈……"

"我懂,我懂,我谁也没说。"

终于到了与利慎远约定晚餐的这天,方奇杰一番精心打扮,一身黑色连衣裙,硬朗的职业女性外表下,凹凸有致的身材透着熟女的魅力。她满目期待地来到餐厅,服务员引导她来到预订好的位置时,发现竟聚集了公司十几个同事,而利慎远坐在中央。

"方总!""方总!""恭喜方总!""方总威武!"众人纷纷起身。

方奇杰看到此景,心中咯噔一下,犹如有人在心脏处重击一拳,站在原地面如死灰。但毕竟自己是久经职场的方奇杰,只能在片刻之间管理好表情,与众人强颜欢笑地打着招呼。

利慎远则坐在中间,对方奇杰说道:"奇杰,坐吧,今天投研部和交易部的同事们都想一起来为你庆祝。"

此刻,方奇杰虽内心极度抗拒这些人,可也只能慢慢在利慎远身旁坐下。利慎远举杯说道:"我代表公司感谢方总,而你们则更要向方总学习。年轻人,要有方总这种拼劲儿,越努力的人才会越幸运。"

"好的,利总!"

"是,利总!"

郗同文作为新员工,坐在离利慎远和方奇杰最远的位置。虽然大家纷纷上前去向老板和方奇杰敬酒,推杯换盏,但她则只顾盯着桌上的饭菜,心里想着:"哇,龙虾!什么时候能转到我面前呀?""那个看起来好好吃,嗯,一会儿一定要多搛一点……"她一边吃,一边看着另一道菜,心中念叨着:"为什么还不转到我面前?""何思源,你给我松手,不要摁着桌子,快让菜转起来呀!"她目不转睛地盯着菜,嘴上也完全没闲着,大快朵颐。

这时,刘智明突然说:"同文,你怎么不敬一下方总呀?方总可是你的mentor,公司有此殊荣的,只有你一个呀。"

突然被刘智明叫到,郗同文差点噎到,赶紧喝了口水,这才跟跟跄跄站起来,举起酒杯说道:"方总,我敬您,以后一定多向您学习!"之后,她一饮而尽。

方奇杰没有说话,只是略带无奈与嘲讽地笑了笑,敷衍地端起酒杯,随便喝了一口。

席间,利慎远电话响起,起身走出去接电话,其他人仍在继续觥筹交错。

何思源说道:"方总绝对是咱们公司的专业担当和门面担当……"

陈凯说道:"是啊,有利总和方总在,公司一定飞黄腾达!"

魏峰则附和道:"欸,你们觉不觉得刚刚方总和利总坐在一起感觉是一道风景啊!要不干脆在一起算了!大家说是不是啊?哈哈哈!"

"在一起!在一起!在一起!"同事们纷纷附和道。

方奇杰嘴上说着"别乱讲哦",脸上却难以抑制喜悦。

而亓优优在一旁看着方奇杰,脸上则闪现出尽在掌握的笑容。

郗同文看着方奇杰,又漂亮又有能力,甚是羡慕,听到大家的呼声,心中竟有一丝酸楚地想:"能与利总携手相伴并肩前行的,恐怕就是方奇杰这样的佳人了吧!"想到这里,郗同文人生中竟第一次有了嫉妒别人的心情,搛起面前的食物,猛塞入口,却似乎不如刚刚好吃了。

宴席在热闹的氛围中结束,众人纷纷离场,有些人不忘在利慎远和方奇杰的面前多客套几句。

陈凯跟郗同文边走边小声八卦道:"难得利总跟大家一起吃饭,还这么平易近人啊,果然利总只有对待方总时才最温柔。"

"嗯。"郗同文有点不高兴地回应着。

"欸,你说利总和方总……"

"凯哥,地铁站在那边,和你不顺路,我先回去了哈。"郗同文实在不想再继续听陈凯八卦下去,索性打断了他的话,转身走了。

"好,路上小心啊。"陈凯则是一点没看出郗同文的异常。

郗同文自己低头走在去往地铁站的路上,突然一辆熟悉的车停在她的身旁,郗同文一愣,这不是……?

后排的玻璃落下,正是利慎远,他说道:"上车吧,我送你。"

"不用,不用,我住得很远,跟您不顺路。"

"你去哪?"

"我住四环外。"

"上车。"

郗同文看了看利慎远,心想:"上就上呗,怕什么?"刚要拉开副驾驶的车门,利慎远突然开门下车,将她直接摁进了后排,关上车门后,自己快步走到另一侧,上了车。这动作一气呵成,郗同文全程迷糊,再清醒时,利慎远已经坐到了自己的身旁。

"利总。"郗同文内心竟有些忐忑。

"住哪?"

"大成花园。"

这时,远处的亓优优正站在路边打电话与朋友约下一场酒。

"我这边结束了,对,卡座已经订好了,你们到了报我名字就行。"亓优优打着电话,抬头竟看到了老板将郗同文按进车里,还帮她关车门,自己跑到另一侧上车的这个场景。亓优优差点以为是自己刚刚喝多看花眼了:"你们先去啊,我先挂了。"挂掉电话,亓优优站在路边看着远去的车辆愣了一会儿。

　　给利慎远当秘书的这两年,原来无论对谁,是男是女,利慎远都摆出那种无欲无求的表情,更不可能与一个女孩儿有身体上的接触。

　　"我是不是看到了不该看的呀?"亓优优自言自语,过了一会儿,她又面露喜色,"有好戏喽!"

　　郄同文与利慎远在车上先是沉默,郄同文很想问问利慎远,他觉得方总怎么样,但又不敢,因此用蚊子般的声音说道:"那个,利总……"看着利慎远一直在低头看手机,好似在处理工作,完全没有理会自己,想想一旦听到的答案不是自己想要的呢,还是算了吧。

　　不知过了多久,利慎远才收起手机,先开口问道:"现在还经常跳舞吗?"

　　"不跳了,我经验和专业都差得太多,现在还是想把精力放在工作上。"

　　"这就是人生吧,不同的阶段有不同的事情要做的,也就要有所取舍。"

　　"嗯,我一直想感谢利总,您之前一直鼓励我,还给我机会留在半岛。"

　　"嗯,那为什么'一直'想感谢我,今天才说?"利慎远故意强调了这个"一直"二字。

　　"啊?"郄同文被这句突如其来的话惊呆了,难道他不应该夸夸我,说我也很优秀吗？这个人怎么不按套路出牌?

　　正当郄同文绞尽脑汁思考该如何回答时,利慎远突然对司机说:"在这停车吧。"

　　"还有一段路程呢。"司机回答道。

　　"靠边停车。"利慎远命令道。

　　"好的,利总。"

　　车子刚刚停稳,利慎远对郄同文说:"下车吧!"

　　"啊……哦……"郄同文不知道老板到底要干什么,只能一脸蒙地下了车。

利慎远也下了车,说道:"我送你,走回去吧。"

郗同文一脸不解地看着利慎远。

利慎远这才解释道:"你刚刚吃了不少吧,晚上吃得太多不好,我陪你走回去,消消食吧。"

利慎远这句解释,让郗同文顿时意识到自己今晚狼吞虎咽的场景,竟然被他全都看见了。

实则也的确如此,这顿饭上,利慎远控制不住自己不时去看这个只有满眼美食的女孩儿。别人吃饭是社交,她倒好,全程就盯着桌上的饭菜,可自己偏偏就觉得这副做派甚是可爱。

而此刻,郗同文回想自己刚刚的所作所为,瞬间羞愧地想找个地缝钻进去。她只能将脸转到另一边,嘿嘿嘿,嘿嘿嘿,尴尬地笑了起来。谁知,可能因为着实吃了不少,竟开始打嗝不止。

利慎远边走边看着在一旁因为吃得太多而一直打嗝的郗同文,可为了照顾小姑娘的面子,就只能让自己强行憋着笑容。

两人终于熬到了小区门口,郗同文说道:"利总,我到了。"

"嗯。郗同文,你明天不要来公司了!"利慎远突然非常严肃又感觉略有气愤地说。

"啊?"郗同文顿时倒吸一口凉气,惊呆在那里。利慎远则是眼神犀利地盯着郗同文。沉默片刻,郗同文极力回想着自己犯了什么错。难道多吃也是错?难道老板送我回来就是要开掉我?郗同文刚想问利总为什么,这时,利慎远问:"你打嗝好了吗?"

郗同文这才发现,刚刚被利慎远语出惊人这么一吓,竟然真的不打嗝了。

"您是为了吓我?那明天……"

"明天早晨不去公司,9点到凯利传媒,跟我去调研。"利慎远淡淡地说了一句,就转身走了。

郗同文则呆呆站在原地,对刚刚发生的一切一头雾水,不明所以。

晚上，郗同文竟有点睡不着，翻来覆去，思索着……

"利慎远到底是个什么样的人？难道我看错了？他其实才是海王？不会的，一定不是！同事们都说他不近女色，从没传出过任何绯闻。可是他为什么对我这么好，两次送我回家，难道，他喜欢我？"

想到这里，郗同文将自己完全蒙在被子里差点乐出了声，可又突然坐起来，拍了拍自己的脸，自言自语道："清醒点吧，郗同文，你们俩的差距太大了，年龄、背景，甚至性格，完全不是一种人啊！他是金融圈明星般的人物啊，怎么可能喜欢你？别犯花痴了……"

"可是那他为什么对别人总是冷冷淡淡，好像对我还挺和蔼可亲的？"

"是不是我自己想多了，其实他对别人也这样，只是别人不觉得他和蔼而已……"

郗同文就在不断的纠结与自我否定后，不知不觉中睡去。

清晨，利慎远依然精神百倍地跑步、洗澡，穿上几乎每天都一样的衬衫、西装，打上领带，而今天，他似乎有那么一点点在意岁月在自己的身上是否留下了浓重的痕迹。虽身处金融圈，保持运动和充足睡眠的他，或许看起来比同龄人的状态更好，依然有着光泽的皮肤，只是过去多年资本市场拼杀，起起伏伏、生生死死的经历让他的眼神尽显沧桑。

在凯利传媒，公司董事长用最高的礼遇接待了利慎远和郗同文。

"利总亲自来公司，真是蓬荜生辉呀。"

"薛总客气。"

"哪里是客气？三年前利总来的那次为我们企业转型提供了特别好的建议，才有了今天凯利传媒的蒸蒸日上呀。"

这还是郗同文第一次和利慎远一起出来调研，想不到他不但在金融圈享有名号，上市公司也这么给他面子。

她看着利慎远与凯利传媒的老板时而谈笑风生，时而表情严肃，时而侃侃而谈,时而聚精会神,每每聊到对资本市场的判断,都不禁让郗同文感觉到,果然是利慎远,业内的明星人物,看待问题的高度和维度就是与众不同。

回公司的路上,郗同文坐在前排,通过后视镜时不时瞄着利慎远,利慎远则是表情严肃地看着手机,虽然一路无言,却也没觉得尴尬。郗同文没意识到的是,自己的眼中已经全是这个男人。

两人刚回到公司,刘智明已经神色紧张地等在电梯口。
"利总!"
"到我办公室说吧。"
说着两个人快步向走廊深处走去。
郗同文不解地看着两人远去,问陈凯:"凯哥,什么情况?"
"还记得前几天魏峰推荐的伟辰股份吗?"
"记得啊,不是说预计业绩会有较大涨幅吗?"
"是啊,但是今天他们刚刚发布了业绩预告,计提资产减值,非但今年不盈利,账面上还是亏损了 5000 多万。"
"啊?那股价呢?"
"估计之前有大量投资机构都是预期会有增长,所以潘总和方总的基金建仓之后本来都是有浮盈的,现在预期破灭,今早直接跌停了。唉,形势不乐观呀!"

刘智明在利慎远的办公室里汇报情况。
"伟辰股份的早间公告一发,开盘就跌停了。公司的持仓大约 3 亿,刚刚 Kevin 回忆,建仓的那两天,其实成交量是异常的,但是因为我们的仓位并不大,所以他们也就没特别在意。"
利慎远低沉着脸,沉默不语。
刘智明见状,又补充道:"看样子,很可能之前所谓的增长是伟辰股份的大股东故意放假消息出来的,目的是……"刘智明越说声音越小,目不转睛地盯着利慎远,期待能够看出他一丝丝态度。

"继续说。"利慎远命令道。

"目的可能是为了让某些人能够高位出货,也就是说,我们可能给别人抬了轿子……"说完,刘智明再不敢出声。

利慎远沉默片刻,刚想问:"魏峰……"

刘智明立刻明白了利慎远的担忧,只好坦白:"魏峰今早跟我坦白了,之前是他朋友——伟辰股份的财务部部长,给他业绩预期增长的消息,魏峰得到的消息是今年的增长可能达到150%,他报告里的调研数据和信息有些是伟辰提供的,有些是他为了逻辑自洽而伪造的。他也是想通过这单让公司大赚一笔,没想到……没想到就这样了。"

听到这里,突然利慎远眸底闪过一道凌厉的光芒,寒风般眼神让刘智明内心一紧,顿时语塞。

"如果这些数据和资料都是真实的,那后果呢?"利慎远轻轻说了一句。

"是、是我失误了,魏峰是老分析师了,我没想到他会这么蠢。如果是真实的,公司可能就涉嫌内幕交易。"

"你的失误?你的失误可能将公司推向险境!"利慎远突然狂吼一句。这一句吓得刘智明不敢说话,办公室外的人也都吓了一跳,所有人都看着利慎远办公室。

过了片刻,刘智明表情严肃地出来了。回到投研部,看到所有人都在看着他,他慢慢走到魏峰旁边,面无表情地说道:"到我办公室。"

魏峰在刘智明办公室待了片刻之后,灰头土脸地走出办公室,径直走到办公桌前收拾东西。

何思源假装关切,实则八卦地问:"怎么了?"

"没怎么,江湖再见吧。"

"别啊,说说,到底怎么了?"

"我奉劝你,这种假清高的公司待着真没什么意思,亏了钱就将责任都推给我们分析师,要是次次都能赚钱,我还在你这个地方蹲着?"

"兄弟,别乱说话哈,咱以后还得在圈里混,和气生财,和气生财……而且公司的赔偿金肯定少不了你的,其实想想也不亏。"

"行吧,我就说一句,给利慎远卖命,你多保重!"

魏峰走后,何思源对着众多研究员冷嘲热讽地说道:"赶紧加把劲干活,下次再推错票,走的就是我们了。"

这已经是郗同文第二次看见同事离开,不禁感到一阵寒意。虽然别人告诉过她很多次利慎远为人狠绝,但不知为何,郗同文偏偏不这么认为。可看着才刚到公司十分钟,就开掉一个人的这个情景,况且还只是因为推荐错一只股票,郗同文像是被打回现实。是啊,也许是我之前在幻想,他是利慎远,半岛基金的利慎远啊!

亓优优来到利慎远的办公室,此时怕也只有亓优优敢来了。

"利总,您的咖啡。"

"放这吧。"利慎远冷冷地说,显然还没有从刚刚愤怒的情绪中走出来。

"嗯……利总……昨晚您难得请大家吃饭,同事们都很开心呢!"

"你们开心就好。"利慎远依然面无表情。

"但是……可能呢……有人欢喜有人愁。"

"你想说什么?"利慎远抬起头,严肃地看着亓优优。

"没什么……您别生气了,想想昨天那么美好的夜晚,心情有没有好一些呢?"亓优优笑着话里有话地说。

被亓优优这么一说,利慎远紧锁的眉头竟真的散开,但还是故意不耐烦地说:"你这么闲,就赶紧去找刘智明,催一下琨奇控股的研究报告。"

"好嘞!"亓优优微笑着看着利慎远,爽快回答道。

这天,郗同文等电梯时,遇到利慎远,想到他之前的狠辣决绝,顿觉与眼前的男人充满了距离感。

"才下班?"

"是，利总。"

"吃过晚饭了吗？"

"我最近减肥。"

"怎么回去？"

"地铁。"

几句对话下来，敏感的利慎远已经感觉到，原本已经略微熟络的两人，好像被这个小女生又拉开了距离。利慎远自己想来也觉得可笑，自己怎么会被这个黄毛丫头的一言一行左右？理智告诉他，或许两人是应该保持距离。

晚上方奇杰和李世伟在酒廊里边喝酒边聊天。

在两人碰杯之际，方奇杰眼角一亮，竟看到李世伟左手的中指多了一枚戒指。

"哟！这是什么情况？"说着方奇杰给了李世伟一个眼神，暗示他手上的戒指。

李世伟顿时眉开眼笑地说道："哦，哈哈哈，就是这么个情况，我订婚了。"

"和之前说的那个实验中学老师？"

李世伟边得意地笑边点头。

"什么时候领证？"

"等我把房子一步到位换好了就领！"

"你们这群金融男，结个婚，脑子里都写满了经济账。"

"嗨！娶谁不是娶？总得考虑经济效益的，你说是不是？"

方奇杰满脸写着不赞同，但也懒得跟眼前这个男人废话。

李世伟话锋一转，开始聊正题："真不知道老大怎么想的，怎么就是死抱着琨奇不放啊？我看老大爱琨奇，胜过爱女人！"

方奇杰假笑一下，并没有说话。

"我的方总,你倒是说句话,评价一下啊。我知道,你是利总的死忠粉,但在琨奇的事情上你也认同他?今儿这顿我请,想喝什么随便开!我就求方总再给我解解惑,利总到底是怎么想的?"

方奇杰看着李世伟期待的小眼神,想了想,沉默片刻,冒出一句:"我也看不懂……"

"呀!"李世伟大叫一声。

方奇杰则是一脸疑惑,这哥们儿一惊一乍做什么?

"呀呀呀呀!今天是什么日子,也有方大女神看不懂的时候了。赶紧赶紧,我敬你一杯,庆祝一下,跟我待久了,方总的能力终于向我看齐了。"

方奇杰一脸嫌弃地看了一眼李世伟,勉强碰了个杯。

李世伟继续说道:"你说老大是不是感情用事啊?我知道,当年他在华尔街时就力挺琨奇,让 Charles 成了琨奇上市前的基石投资人,给 BD 大赚了一笔,这一单也算咱老大的'成名作'。而且,利总回到国内第一件事就是建仓琨奇,到今天确实没少赚钱。但都十几年了,公司都有生命周期,更何况琨奇还是个互联网企业,这行业流量和用户就那么多,不是你死就是我活,这些年琨奇的第二赛道都没能实现突破,几乎是互联网的夕阳红企业了,老大还死守着不放,是不是想把之前的盈利再吐回去啊。这么看咱老大将来要是谈恋爱也肯定是个长情的主儿呢!"

"这次我也不明白了,通安近两年发展势头极好,我之前推了几次,利总都不感兴趣,如果能在我第一次推荐的时候就建仓,现在浮盈也有 150% 了。"

"就是啊!唉,你都看不明白,我也别费劲了。"

白天在办公室,刘智明突然找到郗同文,说道:"来我办公室一下。"

郗同文跟着刘智明来到办公室。

"坐。"

"好。"

"同文啊,之前推荐的星河超媒表现不错啊,基金经理们对你的评价越来越高了。我听说,世伟和老潘都买了不少,没少赚呢。"

"谢谢刘总给我机会,也感谢您平时教我很多。"

"是你自己努力,我看你来公司这几个月,几乎天天加班吧?"

"我起步晚,所以得弥补回来。"

"嗯,看得出来,你现在的研究成果比早期成熟很多。但是呢,现在你看的项目周期还都太短期了,要多提高自己的长期价值投资能力,这才是半岛的基因。这就需要你去理解更深层次的投资逻辑,提高对市场长周期的判断能力。"

"我懂了,感谢您。刘总,您能及时指出我的不足,这样我才能有的放矢,快点进步。"

"嗯,我倒是理解了利总当初看中你的原因了。"

"什么原因?"郗同文也一直疑惑自己到底为什么能被看中。

"你虽然是个女生,但足够理智和冷静。知道自己的劣势,说明你不盲目自信,能接受批评,说明你又足够自信,这都是投资人的基本素质。"

"谢谢刘总的鼓励,我一定加油!"

"行,你去把陈凯找来吧。"

陈凯刚一坐下,刘智明说道:"小陈,前段时间推荐的票,表现都不太理想啊。"

"是,刘总,可能现在整个市场军工和机械都不是主旋律……"

"这些都是客观理由,你得从主观上想想为什么。"

"刘总,我现在也在平衡短期收益和长期走势,所以可能……"

"你别跟我解释,多下功夫,知道吗?有时间多跑跑公司,别总是当个老好人,还指导郗同文,她是燕大的,在这圈光校友就够吃好几年的,用得着你指导?这姑娘一看心气儿就不低,将来势必要跟你竞争的,你长点心眼儿吧。"

"谢谢刘总,我知道了。"

"出去吧。"

陈凯面容凝重地离开。刘智明倒是一副尽在掌握的表情,因为他并不希望自己的下属太过和睦,这是刘智明的驭人术之一。

第八章

陈凯略微低落地坐到工位上,郗同文凑了过来:"凯哥,你说我怎么能找到那种有长期投资价值的公司呢?"

"哦,我也不太清楚,我还有事啊,先出去一趟。"

"好。"看到陈凯不像以前那般热情和熟络,郗同文一脸疑惑,却完全不知道发生了什么。

被刘智明略加点拨的郗同文,深感自己确实还欠缺很多,再次开启了精进不休的模式。

她参加会议,认真做着笔记,希望能从资深研究员和经理身上学习到更多。在公司,在家中,她都手不离电脑,不断研读别人写的研究报告和PPT。

为了学习更多,她不断央求着刘智明和李世伟在企业调研时能够带上自己,参加午餐会也成了郗同文的日常。

一个周末,张小西来到郗同文家中,两个小姐妹窝在床上聊着天。

"同文,我发现你对金融是真爱啊!自从你去基金公司上班,我们聚在一起的时间都变少了。"

"唉,谁让我是半路出家呢?再说我也不想瞎混着,要是瞎混还不如跟老郗头混呢。"

"那倒也是。"

"你最近怎么样啦?"

"我不像你,我未来几十年的人生可能都差不多吧,搞搞研究,写写论文呗。"

"那你是不是该考虑一下个人问题了?"

"现在生活圈子很封闭,还没遇到合适的。"

"我不封闭啊,我身边优秀男同志有的是。欸?你觉得陈凯怎么样?就上次送你回去的那位,他人长得还行吧?关键是,通过我这一年多的观察,他绝对是个善良和靠谱的人。"

说到这里,张小西竟有点不好意思:"别说我了,那你呢?"

"我?我不知道……"嘴上说着不知道,郗同文心里却不受控制地想起了利慎远。她憧憬般的表情,让张小西瞬间捕获。

"咦?你这个表情……"

"嗯?"

"你有情况啊!"

"什么情况?"

"少装傻!我都认识你7年了,你从没有过这副表情!肯定有情况。快说说,是谁让我们郗大美女春心萌动了?"

"真没谁。"

"还是不是好姐妹了?你不说我可生气了!"

"那我说了,你不准惊讶,也不准嘲笑我,正好也帮我分析分析。"

"好!别卖关子了,赶紧说。这么多年,我眼见你拒绝了那么多优秀男生,迫不及待想知道到底是谁征服了我们郗同学!"

"征服谈不上啦,关键是我自己也不知道怎么想的。就是我们公司的老板,利总。"

"啊?"张小西一脸惊讶,然后生怕郗同文不说了,又赶紧管好表情,"没事儿!你继续说。"

"嗯,我吧,感觉现在就是忍不住地关注他,想了解他的一切,喜欢听他讲话,喜欢跟他待在一起。哪怕开会时,能看到他目不转睛地看着我汇报,我的心都会幸福得怦怦直跳。"

"不得了哦,你沦陷了啊……"

"但是,他挺让人琢磨不定的,有时候我觉得他对我很特别,会送我回家,教授我投资理念,但有时候我又觉得他对我没什么特别,他也会指导别人。有时候觉得他特和蔼,根本没有别人说的那么恐怖,但是有时候他怒目横眉训斥下属和不由分说开掉同事,又觉得他很可怕。我喜欢关注他的一言一行,但我不知道这是下属对老板的崇拜还是男女之间的喜欢,总之就是很复杂。"

"听起来确实很复杂。我之前一直听说你老板是那种特别严厉的人,你该不会是斯德哥尔摩综合征吧?"

"当然不是!这点我还是分得清的。"郗同文一脸憧憬,继续说道,"小西,你说,我该不会骨子里也是个拜金女吧?所以才会对他有所幻想。"

"那简单啊,你就想象一下,公司不是他的,他就是个普普通通拿工资的人,那你还会喜欢他吗?"

听了张小西的建议,郗同文脑子里也在做着这种假设,而后又瞬间坚定了自己的想法:"嗯,如果他还是那个能对市场判断精准的利总,我依然还是会觉得他在工作中好有魅力!"

"这该不会是精英主义吧?"

"我也不知道,你就别拿那些社会学和心理学套用在我身上了。"

"嗯,同文,其实我也不懂喜欢一个人到底是什么感觉,也给不了你什么建议,但是我总是觉得,你漂亮、善良、聪明、果敢,将来一定能找到对的人!"

"小西,爱你哦!你也肯定能遇到对的人。"说着,郗同文撒娇式地搂住张小西。

一天,郗同文正在工位上加班,亓优优下班路过看到她,走了过来:"同文,加班呢?"

"是啊,如果不努力可能就做不了你的同事了。"郗同文撇着小嘴,假装跟亓优优卖惨。

亓优优立刻明白了郗同文的意思:"你是说魏峰那事儿吧?"

郗同文默认,继续说道:"优优,你守在利总身边,能活到现在,真是厉害啊!"

"其实利总没有那么严厉,开掉的人也都是自食其果。"

"我们研究员也不能保证给出的建议就都正确啊。魏峰推错了一只股票就被开了,想到这里,我都不敢下笔写报告了。"

"那是你误解利总了,怎么可能只因为给公司赔了点钱就开掉?你也太小看利总了。魏峰当时拿的是假内幕消息,为了出业绩,硬编了一个研究报告,骗过了大家,最后害得公司赔钱不说,还有可能被证监会调查。"

"啊?"郗同文简直不敢相信。

亓优优则再次点了点头,示意这些都是真的。而郗同文听到这个消息,心头竟泛起一丝丝喜悦的暖意。

亓优优又继续说:"行了,不跟你闲聊了,我还约了林昊风喝酒,一起啊?听说他入围了金鼎财富。"

"在一个二流券商研究所,一年就能入围金鼎财富?"郗同文又惊讶,又觉得好像也能理解,继续说,"这家伙果然更适合在卖方做分析师啊。"

"听说他是华康证券研究所里'唯三'入围金鼎财富排行榜的,今年年终奖这个数。"说着亓优优用手比画了一个1。

"100万?"郗同文无比惊讶!

亓优优点了点头,继续说道:"所以,咱们今晚一起呗?怎么也得让他放放血。"

"唉,我这还有工作没弄完,真的不去了,你们喝吧,帮我预祝他明年能进前三,这样以后咱们一起饭局的账单就都归他了。"

"你果然是工作狂,跟你这个萌妹子的外表可真不搭。那成吧!"亓优优想了一下,又看了一眼利慎远办公室的方向,笑着说,"哦,对了,利总估计今晚又要很晚,要不,一会儿你帮我送杯茶给他?"

"啊?这不合适吧。"

"合适呀!放心吧,别把他想得那么可怕,其实他就是表面装得那么酷,我走了,别忘了,茶……"

还没等郗同文答应,亓优优就开心地走了,脸上露出了诡异的笑容。

郗同文泡了杯茶,忐忑地敲了敲利慎远的房门。

"进。"

利慎远以为是亓优优,头都没抬,便说了句:"还没走呢?放这,你就下班吧。"

"好的。"郗同文小声回答了一下,准备放下茶杯就离开,声音虽小却让利慎远瞬间抬头。

"怎么是你?"

"优优有事先走了,她让我给您送杯茶。"

利慎远一向紧锁的眉头顿时展开,但想到之前郗同文与自己划清界限的样子,利慎远也只是淡淡说了句:"放下吧。"

郗同文放下杯子后,想跟利慎远像以前一样多说几句:"利总您……"

"出去吧。"利慎远面无表情地直接打断,让郗同文本来就不坚定的信心瞬间瓦解,只好转身离开。

郗同文出去后,利慎远坐在椅子上,看着郗同文的背影,端起郗同文倒的茶喝了一口。这是什么味道?竟然不是那种苦涩的茶水,而是香香甜甜的果茶,这味道香如兰桂,味如甘霖。大家都以为利慎远行事果敢沉稳,一定喜欢那些高级又苦涩的红茶、绿茶,但其实,今日的果茶才是他心中所好。

利慎远起身走到玻璃墙,看着郗同文的背影,脸上不自觉地浮现出难得的笑容。

一日清晨,公司几个高层突然紧急聚集到了会议室开会,外面的人也都紧张地看着会议室。

利慎远最后走进会议室，还没坐下就说道："智明，说一下目前的情况。"

"好的。昨天晚上通安科技突然发布对所有用户全部免费的通知，同时在各大网站都发布了通稿，承诺未来都可以免费使用他们的网络安全软件。截止到现在，通知发布 12 个小时，通安的用户增加了 2000 万，有专家预测，以这个速度，通安应该很快就能拿到全国 60%PC 端用户的市场占有率。但对我们来说，影响最大的，不是错过了通安科技这只股票，而是通安科技在免费安装产品的同时打包安装了他们开发的社交软件，其外观和功能酷似琨奇，也就是说矛头直指琨奇的客户市场，因此，我们预计今早开盘琨奇的股价将可能有所反映。"

"都说说，什么看法？"利慎远看了看众人问道。

众人面色凝重，沉默不语。过了一会儿，李世伟先打破了沉默："我一直就说，应该卖掉一些琨奇！"他早就对利慎远抱着琨奇不放积怨颇深，如今更是按捺不住情绪，这倒也符合他有什么说什么的性格，只是这次他全然没顾忌利慎远的脸色，毕竟这个看似错误的决定是利慎远做的。只是，李世伟刚想继续吐槽，见利慎远狠狠地盯着自己，瞬间又把嘴边的话噎了回去。

为了解围李世伟也好，或者是为了缓解尴尬，方奇杰看着利慎远试探性地问道："或者我们适当建仓通安科技，做一下风险对冲？"

刘智明却不以为然，说道："我觉得，两个互联网巨头的对阵，必将引起市场动荡，我们减持一部分琨奇，降低一些风险更合适，还有两分钟开盘……"刘智明说着就将会议室的大屏幕切换到了琨奇的股价走势上。

三人都言简意赅地表达了自己的想法，在这个场合，其他人如果没有更新颖的观点，都不敢说话，以免被伤及无辜。利慎远双手交叉在胸前，紧锁眉头，沉默许久……

"开盘了！"刘智明说道。

此刻港股开盘，琨奇股价开盘就跌了7%，并且还在持续走低，所有人先是盯着屏幕，然后你看看我，我看看你，再看看老板，都在等待利慎远的抉择。

就这样寂静了十几分钟，利慎远缓缓说道："再等等吧，琨奇是我们十几年的合作伙伴。这些年来，多少次竞争对手对它发起的冲击，我们都陪它挺过来了，没道理刚有一些波折我们就放弃。"一向说一不二的利慎远竟对自己做这个决策的原因解释起来，这倒让众人有点不适应。虽然有人持有不同意见，但毕竟他是老板，只能他说什么就是什么了。

郗同文中午去商场里的餐厅吃饭，见前面人头攒动，似乎很多人在排队。走近一看，是一家名叫 B&B 的店铺，郗同文好奇地上前，发现这是一家卖小玩偶的店铺。

她找了一个正在排队的女孩儿问道："你们排队买什么呢？"

"限量版的新款啊。"

"什么新款？还需要排队？"

"这次的新款是知名设计师的合作款，每人一次只能买一个，我已经是第三次排队了。"

郗同文走到店铺里，看到琳琅满目的小玩偶，每一个都是那么精致、漂亮和可爱，也忍不住选了几个，正排队结账，被路过的方奇杰和丽丽看到。

"方总，那不是郗同文吗？"丽丽说道。

"是吧。"方奇杰面无表情地回答。

"这大中午的还有时间排队买玩具？果然人家是刚毕业的大学生，还童心未泯呢！"丽丽酸溜溜地说。

"我看叫玩物丧志比较合适。"方奇杰表情严肃地说。

下午，郗同文敲了敲方奇杰的门。

"进！"

"方总。"

"什么事儿?"

"我听说您重仓了连连食品。"听到了连连食品,方奇杰才开始认真听郗同文说话,"嗯,是这样,我中午参加了一个午餐会,一个研究员说连连食品在多个地方都被食品安全部门调查。然后我通过法院执行信息网站查询发现,近半年,连连食品的诉讼明显增多,虽然涉案金额不大,但侧面印证了连连食品有一定的风险,所以我觉得应该跟您说一声。"郗同文边说边看着方奇杰有什么反应。虽然一直以来对方奇杰,郗同文恨不能都是绕着走,但是自己是研究员,得到了消息,无论于公于私都应该提示方奇杰。

"哦,这样啊,谢谢你的提醒。我会关注。"方奇杰原本严肃的脸顿时舒缓了很多。

回到办公室,郗同文摆弄起这些玩偶,时不时在电脑上查询着什么。

晚上,同事们纷纷下班,郗同文仍在工位上不知在忙些什么,方奇杰下班路过,见状本想不予理睬,可看了看郗同文满桌的玩偶,再想想刚刚她善意地提示可能让自己少损失很多,还是想要走过去提醒一下这个小姑娘。一方面她是燕大的,还曾是自己的实习生,这么玩物丧志有损学校的形象;另一方面,她也是公司少数的女性,如果让别人觉得她只爱玩乐不爱工作,也会加固别人对女性的刻板印象。

想到这里,方奇杰走了过来。

"郗同文!"

"方总。"

"还没走?忙什么呢?"方奇杰边问边看了看桌上的玩偶,同时也看到郗同文电脑屏幕上的PPT,方奇杰批评的话已经到了嘴边,又咽了回去。

"哦,方总,我在研究这个B&B的潮玩,这家公司最近发展非常快,门店数量猛增,而且产品非常受青少年的欢迎。当然啦,我也很喜欢。我就在想这家是不是值得我们投资呢。然后我发现他们正在打算在港股上市,所以我在研究半岛做 B&B 的基石投资人是否可行。正好,方总,您帮我看看呗,这个报告的思路是否可行?"

"好。"方奇杰想到自己之前还误解郜同文玩物丧志,想想也觉得自己对她过于苛刻了,就算是出于补偿心理吧,也要指导她一番,况且如果真的有投资机会,自己也没有损失。

方奇杰坐下仔细看了看报告,说道:"同文,这里,还有这里,需要再补充数据,国际市场的分析再充分一点。嗯,差不多就这些。"

郜同文虚心地接受着方奇杰的意见。

"总体感觉不错,你继续吧,成稿之后可以再拿给我看一下。"

"好的,谢谢方总。"

方奇杰走后,郜同文想到以前对自己那般冷淡的方总,今天居然破天荒指导自己了,虽然不解,却也很兴奋。毕竟能得到方总的认可,总归说明自己一年多来进步颇快。

利慎远正与柯文韬在酒吧里边喝酒边聊着天。

柯文韬问道:"叶校长跟你说了吗?过几天校庆,邀请你去参加个论坛。"

"说了。"

"我听说这次论坛,何副校长出面主持,级别很高啊。"

"我也听说了,大概是请的几个专家级别比较高吧。"

"你看吧,我就说,你这捐款捐得值啊!燕大核心圈的入场券,这不就到手了吗?"

"闭嘴吧你!都是你'忽悠'的,5 个亿啊,我多久能赚回来?"

"能够帮助学校培养人才,你这钱可不是乱花的。"

两人正说着,利慎远的手机响起,拿起一看,是刘智明。

"喂,利总。"

"怎么了?"

"琨奇反击了,琨奇发布了一款与通安类似的安全软件,也打出免费的旗号,不知是疲于应付还是围魏救赵。"

"过去几天琨奇损失了多少客户?"

"因为社交软件的群蜂效应很重要,用户已经习惯了使用琨奇,所以暂时还没有受到很大影响。但是通安的社交软件目前安装数量已经超过了5000万人次,要是按照这个速度,很快就可能形成自己的用户集群,到时候给琨奇带来的影响就很可能是瓦解式的了。"

"好,我知道了,注意关注琨奇这轮反击后用户的反馈。"

"好的。"

挂了电话,柯文韬问道:"琨奇有动作了?"

"是,但是这种头痛医头的反击,我预判效果不会理想。"

"那你打算出货?"

"没想好……"利慎远叹了口气,略有愁容。

"这还是你吗?你怎么也优柔寡断了?"

"我这是谨慎判断,对你的钱负责。"

"也对,你如果是那种有点风吹草动就上蹿下跳、一通操作的人,你就不是利慎远了,我也不会把钱投给你。"

两人相视一笑,碰杯,一饮而尽。

郗同文在办公室遇到陈凯,兴致勃勃地主动上前打招呼:"凯哥!"

"哦。"陈凯则依然是那副保持距离的做派。

"凯哥你最近怎么了?都没空理我了。我有篇研究报告,你帮我看看呗。"

"最近有点忙,可能没什么时间。"话已出口,但陈凯性格善良温和,又觉得不合适,这才补充了一句,"要不你发我,我慢慢看吧。"

"你忙什么呢?"

"在研究一家机械上市公司。"

"哪家啊?"

"贵云机械,一家做自动化设备的。"陈凯本来不想回答郗同文的问题,但又觉得表现得太过冷淡,好似一般同事都做不成了,还是吞吞吐吐地回答。

"我知道这家,我有个校友师兄,是他们公司的技术总监,要不我把他介绍给你认识认识? 或许能从侧面帮你了解一下这家公司。"

"哦,好啊,谢谢。"

"这样吧,后天我们校庆,我看能不能帮你约上那个师兄。"

"好! 谢谢你,同文。"陈凯听到这,顿觉有点感动,想想最近或许是自己小人之心了。

燕大校庆日,每年这个时候许多校友都会回学校。在众多天之骄子之中,学校还会邀请一些知名、重量级的校友参加活动,论坛、演讲、座谈、体育赛事、午餐会等等,活动层出不穷,也成了每年校友的聚会。

在燕大自动化系的大楼门口,郗同文带着陈凯走了过来。

"罗师兄!"

"Hi,同文!"

"师兄,好久没见啦。"

"是啊,你怎么样啊? 电话里说,你去一家基金公司了? 我倒是没想到啊。"

"说来话长了,我先介绍一下吧,这位是我的同事,陈凯。凯哥,这位是罗师兄,现在是贵云机械的技术总监哦。"

"罗总您好!"陈凯问候道。

"陈总您好!"

"师兄,陈凯有些关于行业的问题想咨询您,咱们也好久没见了,要不我们请您喝个咖啡,咱们慢慢聊?"

"好啊!"

三人在咖啡馆相谈甚欢。

利慎远此刻正在学校大礼堂的舞台中央,与几个云计算的专家对云计算发展前景进行讨论。

主持人何副校长说道:"感谢闻教授和张教授两位专家校友深入浅出,带我们设想云计算的未来。那么下面我们请半岛基金创始人利慎远利总,从投资人的角度,说说他如何看待云计算的前景。"

利慎远接过话筒娓娓道来:"云计算可以说是继计算机、互联网之后,信息时代的又一次变革,已成为推动数字化转型的重要引擎,企业上云,以及云计算全球化都是不可逆的趋势。目前国内很多企业都在采购外国公司产品,而我们希望未来会有中国云计算龙头企业。对于投资机构来说,首先金融服务实业的底层逻辑不会改变,助力产业革新和搭建中国的云设施是我们的使命。而云计算领域必将成为兵家必争之地,在没有硝烟的战场上会充满机遇和风险,需要投资人擦亮眼睛。但是,无论谁能成功,我认为对于中国的经济和软实力来说都是好事!"

说完,台下响起了热烈的掌声。

"好,那我们今天的论坛就到此结束。"何副校长说道。

散会后,何副校长对闻教授、利慎远和其他几个专家说道:"我在学校门口的餐厅订了位置,咱们边吃午饭边聊吧。"

几人一边走一边聊着天。

路上学生、校友纷纷与何副校长打着招呼。大家都知道,在校庆这种日子还能够跟何副校长同行的人,想必都是某个领域最牛的人了。

来到了学校门口的餐厅,利慎远等人刚进包间,就发现世辉资本的杜建民已经等在里面。

"建民,你已经到了呀。"何副校长说道。

"何校长,跟您和几位专家吃饭,我哪能迟到呢?"

"来,我跟你介绍一下,这是云计算专家闻向民教授、张强教授。"

几人握手,稍作寒暄。

"这位……?"何副校长刚想介绍利慎远。

"半岛基金的利总!"杜建民先向利慎远伸出手。

"杜总!"利慎远也伸出手,两人握了握手。

"利总可是资本市场这几年的新贵,上次小试牛刀,帮我们世辉赚了点钱,我还没想好怎么感谢呢。"

"承蒙杜总看得起半岛,那段时间市场好,运气而已。"

"我怎么听我投资总监说,你把我们的资金退回了?"

"我是听说杜总那边有更大的项目,需要回流资金呢,服务投资人是我们的本职嘛。不过,还是我们盘子太小,没办法管理世辉这么庞大规模的资金。"

"利总真会说笑啊,怎么会呢?"

两人对视,虽都面带微笑,眼神却是意味深长。

席间,何副校长端坐中央,大家觥筹交错。杜建民明明后加入,却俨然成了饭局的主人,挨个敬酒,接着又故意开玩笑地说道:"我跟你们说,利总的艳福不浅,公司里美女成群,那我可是见识过的。"

利慎远并没有回应,只是礼貌性地笑了笑,并不急于否认,只是坐看杜建民自导自演。此刻,其他人也都觉得杜建民在这样的饭局上开启这样的话题略有不妥,只能尴尬地附和着笑了笑。

杜建民见状,也只能笑着向何副校长和其他人敬酒。利慎远则继续与闻教授低头聊天,时而严肃探讨,时而谈笑风生。

郗同文几人也聊得差不多了。

"今天真是感谢罗师兄,给我们讲了这么多行业知识。"郗同文说道。

"郗师妹请教,那我当然要认真对待了。"

"感谢罗总,贵云机械有罗总这样的专家在,在行业里肯定是佼佼者呀。"陈凯说。

"陈总客气了。"

郗同文看了一眼时间："抱歉啊，下午我们系还有一个职业分享会，我就不陪你们两位了。凯哥，中午一定请罗师兄吃个饭哦。"

"好嘞，那是必须的呀！"陈凯也一改之前的冷漠脸，郗同文这么积极帮他牵线，把校友资源贡献给自己，这让陈凯对之前的行为竟有点自惭形秽了。他在羡慕燕大校友圈资源的同时，与郗同文的关系又好似回到了从前，人与人之间的关系或许真诚才是最好的润滑剂。

"学院请你做职业分享？说明在大家眼里你现在混得不错啊。"罗师兄说道。

"哪里啊，罗师兄抬举我了，我就是个职场菜鸟。这次是学院怕马上毕业的师弟师妹们无法适应职场环境，学生会搞了一个职场新人分享会，范围很小，我只是作为一个跨界转行的职场新人去做分享。真是汗颜啊，我能顺利转型，那是因为运气好，有凯哥帮忙呀。"

"同文，你一定要把你这套彩虹屁小技巧推荐给你的师弟师妹哈，职场新人的必备工具。"陈凯开玩笑地说。

郗同文笑着说道："彩虹屁就像是白糖，不加不足以提味，但多了，可就有碍身心健康了。"

宴席散场，利慎远和何副校长一行人向酒店门外走去，边走边聊天。

利慎远说道："闻教授，今天真是受益匪浅，改天我再登门拜访详聊。"

"好……好……"

随后利慎远又与杜建民握了握手，互相瞥了一眼。

与众人分别后，利慎远慢慢地走在燕大的校园里，享受着难得的午后悠闲时光。虽然大家都说，秋季的燕大校园是最美的，但春日的校园颜色更加斑斓，虽然少了碧云天、黄叶地的那种最高学府的庄重美，却别有一番花团锦簇、欣欣向荣的美。

走着走着,社会科学学院的大楼映入眼帘。原本社会科学学院对于利慎远来说只是燕大二十多个学院中普通的一个,尤其社会科学在燕大这个以工科为主的学校中,存在感甚小,但如今不知怎的,它又好似有了另一番意义。利慎远想到这里,不由自主地走了进去,他在一楼大堂随意地走了走,看了看,心里想着:"这就是她学习的地方啊。"

这时,两个男生走过,聊着天:"听说郗师姐今天回来做交流啊。"

"哪个师姐?"

"郗同文啊,之前的系花,她老爸是郗神的那位……"

"哦哦哦,她啊,听说后来去了一家基金公司。"

"是啊,人家那真是有才任性,放着老爸在圈内这么牛的资源不用,据说是拒了密歇根安娜堡读 PHD 的机会,跑去干金融。密歇根安娜堡啊,我们搞社会学的谁不想去啊!"

"唉,都是人,差距真大。要不咱俩去听听吧,看看系花也赏心悦目啊。"

"走走走……现在去,占个前面的位置。"两个人说笑着远去。

利慎远站在原地,再看了看海报上的宣传,不禁引起了他的兴趣。

郗同文此刻正在一个教室里与十几个学弟学妹聊着天,他们将郗同文围坐在中间。

"我能够转行,只是一种机缘巧合,不具有代表性,所以在职业选择方面,我并不能给大家很好的建议,但我还是觉得要找到一个自己喜欢的领域。你看,我和你们的张小西师姐,我们俩虽然选择的路不同,但是我们每天都很开心,因为能够在喜欢的领域拼搏。所以工作对我们来说,就不仅仅是一份赚钱的差事,还是一件能够同时带来精神价值和物质价值的事情……"

郗同文正侃侃而谈,只见教室的后门打开,利慎远轻轻地走了进来,竟还在最后一排坐了下来。郗同文一时间以为自己看花了眼,怔了一下。

这时一个学弟问道:"那郗师姐在初入职场方面,有没有什么建议或者注意事项能够给我们这些师弟师妹的呢?"

郗同文看着利慎远,回过神,想了一下,突然嘴角上扬,说道:"嗯,关于这方面还真有。作为职场新人,首先我们就是要多听、多看、多问、多学习。我们都是燕大毕业生,自认为天之骄子,所以在做很多判断时容易主观地以为自己的想法是对的。但是职场不是在学校学习理论知识,老师教给我们的知识都是系统性和全面性的。职场是由人和信息组成的,作为新人,掌握的信息可能是片面的。比如我现在的老板……"说到这里,郗同文的目光移向利慎远。

利慎远跷着二郎腿,看着这个女孩儿,看看她到底想要说点关于自己的什么事情。

"从表象看来,我的老板是一个行事狠绝且独断专行的人,看似非常不好相处。"说到这里,郗同文赶紧以强调的语气,继续说,"但是其实他是内外皆方的人。他内心正直而有主见,对外也是杀伐果决。如果你不掌握全面的信息可能会觉得他是一个无情的人,对他的决策产生误解,甚至恐惧他。但是如果你了解背后的原因,就会知道他是一个有底线有原则的人,是一个值得追随的人。因此我说,多听、多看、多问、多学习。"

说到这里,利慎远笑了笑,起身转头径直离开。

"各位师弟师妹还有问题吗?"主持人说道,"没有问题的话,我们就感谢学姐的分享。"

大家掌声响起。郗同文则笑了笑回应,快步向门外跑去。

只是,当她追到学院大楼外,早已不见利慎远的身影。

清晨,郗同文快跑几步进入电梯,随着陆陆续续有人下了电梯,竟只剩下郗同文和利慎远两人。

突然,利慎远站在后排的角落,说了句:"看不出来,马屁拍得一套一套呀!"

郗同文吓了一跳,定了下神,说道:"利总,早呀!怎么是拍马屁呢?我说的都是亲身的经历和经验呀。"

利慎远看着郗同文,笑了笑,并没有说话。

"欸?利总,您怎么会来我们学院?"

"我不去,你哪来的机会吹捧我,还让我知道呢?"

"不是吹捧,我是真心的!魏峰的事儿……"郗同文正说着,电梯门打开了。

利慎远没等郗同文说完,直接走了出去,郗同文追上继续说:"上次魏峰的事儿,我还以为您是因为推荐错了股票就把他开了……"

利慎远突然在半岛的前台前站定,郗同文只顾着自己说话,没反应过来,竟撞到了利慎远的后背,利慎远轻轻回头,瞟了一眼郗同文,快步向办公室走去,似乎并不准备给郗同文解释的机会。

郗同文站在原地一头雾水。

利慎远回到办公室,自顾自地笑了起来,并不是不给郗同文解释的机会,而是郗同文一提魏峰的名字,机敏如他,就已明白了之前的一切。

公司例会,刘智明做着介绍:"从目前看,琨奇的反击并没有取得很好的效果,他们仓促之间开发的安全软件并不成熟,与通安的软件一并运行还会导致用户的电脑速度严重下降,因此很多用户选择了卸载。这一回合,琨奇应该是输了。而通安方面,社交软件的安装量超过了1亿人次。再这样下去,琨奇可能真的堪忧,这几天琨奇的股价也下挫了15%,这导致公司的阿尔法收益,也就是超额收益的部分,收窄很多。"

说完大家都看着利慎远,期望得到老板的反馈。

"好,今天就这样吧,散会。"

"利总,我们真的就这么坐以待毙吗?"李世伟实在按捺不住自己的情绪,"我们最近为了业绩都拼了,但收益全被琨奇吃掉了。"

利慎远看了一眼李世伟,收起笔记本电脑就走了。

方奇杰走到李世伟跟前,笑着说道:"厉害哦,魄力见涨,够爷们!"

刚刚还颐指气使的李世伟,顿时尿了:"我是不是完了?"

方奇杰顿时无语。

回办公室的路上,亓优优向利慎远走了过来说:"利总,刚刚 Mark 打了好几通电话给您,让您务必散会就给他回电话,看起来是问琨奇的情况。"

"嗯。"利慎远表情严肃,回到办公室,拨通了 Mark 的电话。

还没等利慎远开口,Mark 就迫不及待地说:"Lee! Please! Have you reduced your stake in Kunqi? Charles' patience is limited.(利!求你了!你到底有没有减持琨奇的股份?Charles 的耐心有限。)"

"Don't forget that you are just my investors, and I am the fund manager. I don't need your guidance on what to buy and sell.(别忘了,你们只是我的投资人,我才是资金管理人。我不需要你们指导我买什么、卖什么。)"

"You know Charles well.(你是了解 Charles 的。)"

"Mark, You know me well, too.(马克,你也是了解我的。)Now you have two options. One, appease Charles and convince him to trust me. Two, file a redemption request with me. Up till now, you still have a substantial profit.(现在你有两个选择。一、安抚好 Charles,让他相信我。二、向我发起赎回申请。至少到目前,你们还有丰厚的盈利。)"

"Okay. Take care of yourself.(好吧。照顾好你自己。)"

"Take care, too.(你也是。)"

林昊风已在餐厅,郗同文姗姗来迟。

"郗同学,你请我吃饭,你还来这么晚。"林昊风抱怨道。

"谁说我请你?"

"不管啊,反正你晚到了,今天你请。"

"我可没答应。"

"你干吗去了？"

"买这个，没想到要排那么长的队。"说着郗同文拎起手里 B&B 玩偶的袋子。

"你居然喜欢这个，果然还是小姑娘啊。我认识他们的创始人，你想要哪款，我可以问问看，能不能走走后门。"

"真的吗？你怎么认识童飞霖的？"

"你还知道他们创始人叫童飞霖？"

"是啊，你以为我真是玩物丧志啊，我最近在研究他们家。我听说他们有去港交所上市的计划，想看看我们是不是有机会提前参与一下，做个基石投资人。"

"你们公司还投港股 IPO？"

"利总可是从华尔街回来的，配置更灵活，只要价格合适，只要有的赚，哪里都可以考虑。"

"这才短短一年，同文，你真的成熟了！"

"谢谢夸奖，可我还是需要你帮我牵线啊！你怎么认识童飞霖的？"

"咳，在青年创业协会认识的。"

"是不是也是个大美女啊？"

"懂我哦！"

"那……我都这么懂你了，你也懂我什么意思吧？"

"没问题，我来约她！如果有半岛基金做 B&B 的基石投资人之一，B&B 港股发行还愁吗？这事儿，双赢！促进两方双赢的事儿，我最喜欢了。"

郗同文摆出作揖的手势。

林昊风顺势说道："这顿饭你请哈。"

"我请，我请……"

这天林昊风和郗同文一起来到 B&B 的办公楼，一个充满二次元元素的美女迎面走来。

第九章

B&B的创始人童飞霖是一个充满了二次元元素的美女,大大的眼睛忽闪忽闪,面貌可爱,扎着高高的马尾,身材凹凸有致,如同从虚拟世界中走出的一样,却比虚拟世界的人更有气质和气势。

"欢迎来到B&B,潮玩的世界!"童飞霖的声音也甚是甜美。

"童总,您好,我是半岛基金的郗同文。"

"我听昊风说了,别那么客气啦,叫我童童吧。我们这没什么总,都是朋友。"

"好。"

两人跟着童飞霖一起参观公司,这是一家非常年轻的公司,人年轻,装修年轻,到处充满了卡通元素,公司里到处放满了公司的产品,很多还是限定款,有些外面甚至从来没有见过。郗同文眼花缭乱,有种畅游在动漫世界之中的感觉。而童飞霖对待下属,时而撒娇卖萌,时而强势严厉。

参观完,三人来到童飞霖的办公室。她的办公室中只有一张巨大的工作台,桌面放满了潮玩的同时,还有很多效果图、电子画板,等等。几个人就坐在工作台前聊着天。

"这是您的办公室?"

"对!准确地说,是工作室,我不需要办公,我需要的是工作。"

"好特别。"

"我的理想呢,就是设计出我想要的完美潮玩,所以保持战斗在设计一线,是我对自己的要求,也是奖励。"

"我听说您打算在香港上市,您募集的资金主要是用于……"

"买IP(知识产权)和聘请最好的设计师啊,毕竟这两样现在都是最贵的。我们已经有成熟的生产端和销售端的链条,只要有好的产品,我们就能做出来并卖掉。现在需要的就是把那些大家都喜欢的IP的正版授权拿到,同时还要设计出大家都喜欢的产品。当然,继续拓展门店数量,也需要大量的资金。我的理想是让B&B成为商圈的招牌,我希望是商圈来找我,而不是我找他们,所以在开店方面,我不会投入太多。"

"门店数量是衡量零售业企业价值的重要指标。"郗同文说。

"但我要的是质量,我相信以B&B目前的影响力,只要有好的产品一定会得到市场的认可,就会有好的盈利,有好的盈利还怕没有资金开店吗?"

林昊风说道:"但投资人可以让你无须等待盈利,现在就能够开设大量门店,直接实现利益最大化,这样更有效率。"

这时,一位B&B的员工敲了敲门,走进来。

"童童,苏州那边工厂说如果我们想要JJ系列下个月底上市,今天必须把设计稿发过去。"

"好,我已经改过了,你过来……"童飞霖招了招手,员工走到她跟前,童飞霖继续说道,"整体设计得非常漂亮,爱你哦。但是,这里,这里,我稍微做了一点点修改。另外跟厂家说,材料和颜色必须按照你的设计稿来,这个版本我传给你。一周之内我要看到样品。"

"这恐怕有点赶吧?"员工说道。

"JJ系列是今年我最寄予厚望的产品之一,交给你设计,我最放心啦。让工厂加加班喽,如果下周拿不到样品,我们就换东莞的厂家了哦。"

"好的,另外刚刚东莞的厂家说S系列他们正在追加生产第二批,但是其中睡眠喵的那款,您要的那个织物原材料已经断货,是否可以用PVC材料替代?"

"缺货就去找货喽,或者让他们找出类似质感的织物,但一定一定给我看过才能替换哦,PVC绝对不可以的!"

短短几句,童飞霖的声音和说话语气虽然感觉是软萌妹子,但也体现了她的专业能力,对产品的热爱和对质量的坚持,更能看出她说一不二的领导力。

童飞霖的下属走后,郗同文说道:"看得出您非常热爱您的工作。"

"那当然喽,B&B 是我的终生追求。"

在例会上,郗同文做着演示:"……综上呢,基于我对市场调研、公司调研以及与创始人的交流,我认为我们可以参与 B&B 在香港交易所 IPO,可以作为他们的基石投资人。"

"我觉得这个项目可以做。"方奇杰这次竟然第一个站出来支持郗同文,"这个项目,我之前与同文也讨论过,我这边也侧面了解了一些文创潮玩行业以及 B&B 的情况,我认为目前资本市场中对这类项目还没有充分认可,现在进入一方面可以获得一个比较好的价格,另一方面有了半岛的加持,B&B 港股 IPO 也会更为顺畅,这个是双赢的合作。"

"这东西行吗?就是个做玩具的,能有多大市场?"李世伟问道。

郗同文解释道:"李总,我认为我们不能用玩具零售来看待 B&B,它属于文化创意产品,在设计、版权上都是有很高的附加值的。B&B 的产品除了购买已经成熟的 IP,他们还有自己的设计,这些设计都深受青少年的喜欢,甚至很多产品远销海外,在潮玩最为盛行的日本也有很多受众群体,这也是一种中国文化的输出。"

"对外出口他们是贴牌还是使用自己的品牌。"利慎远缓缓问道。

"全部产品都是以 B&B 的品牌进行销售,创始人童飞霖的目标就是打造一个全世界都认可的潮玩帝国。"

"海外销售占比有多大?"潘建文问道。

"基本稳定在 12% 左右,但是他们在国内处于快速发展期,近三年的增长都超过 200%,能够维持住这个比例就足以证明他们在海外的增长也非常可观。"

"你看,我就说,让小女生负责这些买买东西的行业最适合了。"刘智明说道。

郗同文对刘智明的说辞,面露尴尬。

"既然刘总都说,我们女人只适合买买买,那利总,基石投资人的事,交给我吧。"方奇杰说道。

"那就方总带着同文继续对接吧。"利慎远回答。

散会后,方奇杰走到郗同文跟前说:"干得不错!不要听那些男人的话,技不如人就拿性别说事儿。还有,上次连连食品,我也要感谢你,幸好你提前提示我,我做了止损处理,否则可能要损失很多。"

第一次听到方奇杰对自己的夸奖,郗同文竟有点不知所措,心里却是美滋滋的。

这天,郗同文的父母来到北京,一家三口在餐厅里吃饭。

"爸,这次您来北京是参加韦教授组织的学术会议?"

"是啊,你妈妈也想来看看你。自从你工作了,电话也少了,也不张罗着回家。"郗爸爸说道。

"工作太忙。上次让您帮张小西看看的文章,您觉得怎么样?"

"不错。我看啊,她比你专业,而且一看就是个认真的孩子。"

"您别光顾着夸别人呀。您知道吗?前两天我推荐的一个项目,公司采纳了,而且之前一直觉得我不专业的基金经理都认可我了。"

"看来,新工作你很适应?"郗爸爸问道。

"非常适应!"郗同文回答得斩钉截铁。

郗妈妈则顺势说道:"工作适应就好,所以,你身边有没有合适的男同事,或者同学啊?你也毕业了,眼看着就往30奔了,要抓紧考虑结婚生孩子的事儿。"

"妈!我现在要以工作为主,半路出家,工作上很多东西已经让我很吃力了,哪有时间想那些事儿?"

"哪些事儿？女孩子还有什么比终身大事更重要的吗？"

"当然有啊！事业、爱好，都很重要！况且，我一直觉得，事业都搞不明白的女人，婚姻也未必能搞得好。事事都是相通的嘛！"

"这叫什么话？你看我和你爸，我也没事业有成，我们照样不是过得很好？"

"我怎么之前听您说，您当年在单位也是核心骨干啊？正好，我也想问问，当年您可是班花，您看上我爸什么了啊？"

"你们先聊，我去趟洗手间。"郗爸爸对于这种话题不知是不好意思，或是觉得无聊，总之是先避开为好。

"看，我爸还不好意思了。妈您快说说，当时到底看上他什么了？"郗同文开起了老爸的玩笑。

"嗯，我也忘了，但是欣赏你爸爸的学识那是肯定的。当年他讲课时，风采无限啊。"

"现在依然风采无限啊！您不知道，每次学术会议，爸爸主持的 session（会议）都是最热门的呢。"

"所以啊，可能就是看上他这个了吧。"郗妈妈也有点不好意思。

"那您就是慕强喽？"

"博学多才，在专业领域有建树，这就是他的一部分啊。这就像有人长得高，有人长得帅，有人多金，有人善良，有人敦厚，都是一样的。这些都是一个人的组成部分。总有人说，喜欢一个人没有理由，那是自欺欺人。潜意识中，喜欢一个人，就说明他一定有某个方面是吸引你的，而且足以掩盖他其他的缺点。当初很多人都说你爸是因为我漂亮才找的我，别人觉得我以色侍人，可我没觉得有什么可羞耻的，长得漂亮也是我的一部分，它是我和你爸爸建立关系的敲门砖，这有什么不好？就像有人拿了大学文凭也只是找工作的敲门砖，有什么区别？但之后，总归还是要看自己经营。而且，你爸爸，他除了那些长处，也有很多缺点，但这也是他的一部分。"

郗妈妈的这些话让郗同文若有所思，这是妈妈对喜欢一个人的理解，本以为妈妈是个没有思想,每天都是家长里短的中年妇女,没想到却如此有自己的想法,想来也是,妈妈也是 80 年代的大学生啊。

突然郗同文又一脸看热闹不怕事儿大的样子,笑嘻嘻地问道:"我爸什么缺点是您特讨厌的?"

"嗯,你爸也曾经因为醉心学术,犯过很大的错误,但是妈妈喜欢这个人,也要接受他缺点带来的后果,所以我选择原谅他。"说到这里,郗妈妈竟然有点眼泛泪光。

"啊?什么错误?他出轨啦?"

"你什么脑子?我都说了醉心学术犯下的。算了,你太小了,不跟你说了。"

"刚刚还说我快 30 了,让我结婚生子,这会儿又变成我太小了。妈您这双标得有点明显啊。"

"那你赶紧结婚,结婚了我就告诉你!"

"您还怕我嫁不出去吗?要知道,我可是遗传了您的美貌和爸爸的智慧。"郗同文得意地说。

"我当然知道我的女儿一等一的优秀了,但是恰恰是这样,我才怕你眼高于顶,最后把自己耽误了。"

"那您就不怕我自轻自贱,随便找个人嫁了?"

"就你?又自信,又要强,绝对不会,我的女儿我会不了解?"

"还是妈妈最懂我。不过您放心,我将来肯定领回一个您和爸爸都满意的人。"

"这会儿又不是你爸最懂你了?"

"我爸不是没在嘛!"郗同文说完嘻嘻地笑起来,郗妈妈假装要揍她。

一日早晨,公司的交易区气氛异常,利慎远亲自站在 Kevin 身后,一改往常那种面无表情,紧蹙着眉头看屏幕。

郗同文问陈凯:"凯哥,现在是什么情况?"

"昨晚凌晨,通安科技升级软件,并对外公布已经有超过 2 亿社交软件的日活跃用户。今天早晨港股刚开市,琨奇直接下挫 9%,咱们公司有大量的琨奇股票,损失惨重啊。"

郗同文继续问陈凯:"为什么利总一直这么坚持持有琨奇控股?"

"大家都不知道为什么。我只听说利总和琨奇的老板谢林华关系不错,早在十年前,利总还在美国的时候,那会儿琨奇要上市,利总就非常支持他。这些年,琨奇发展势头很好,成为行业巨头,股票翻了好多倍,公司也跟着赚了不少钱。但天下没有不散的筵席,公司所有的基金经理都想劝利总出掉琨奇的股票,但是利总……很坚持啊。"

"我相信利总有他自己的理由吧。"郗同文远远望着利慎远说道。

"可能吧,但是再这么下去公司受不了啊。欸?我听说 B&B 前几天通过港交所的聆讯了,今天股票上市了吧?"

"是啊,刚刚看了一下,目前上涨 5%。"郗同文先是得意地说,然后又有点担心,"本来我跟方总昨晚应该去香港的,今天参加 B&B 上市的敲钟仪式,但琨奇的事儿,方总不放心,所以今天早晨还是先来公司了。改成今天下午飞香港,参加 B&B 的上市晚宴,这么看,也不知道能不能去了。我这项目跟琨奇比太小了,上市后基石投资人的锁定期还有半年,到底能不能赚钱也还不确定,即便是赚钱了,对咱们公司这么大的资金规模来说,也是杯水车薪啊。"

"咳,公司的事情有利总和基金经理们操心,我们做好自己的工作就行了,你就踏踏实实去香港吧。无论如何都要恭喜你,这么短时间就能搞定 5 个亿的项目,我怎么感觉今年年终奖你有可能超过我哦。"

"怎么可能呀?听说,前段时间在你的推荐下,李总重仓贵云机械,赚不少哦!"

陈凯得意地笑了笑说:"我不管啊,香港回来,你得请我吃饭!"

"没问题!不过,我好像欠了你和林昊风很多顿饭呀!欠的速度比还的速度快呢。"

交易室里，利慎远眉头紧锁地站立在 Kevin 身后，李世伟、方奇杰和刘智明则站在他身旁。

李世伟说："利总，别再犹豫了，及时止损吧，琨奇这次真的可能遇到大麻烦了。"

方奇杰说："是啊，利总，是时候止损了。"

利慎远问："到达风控预警线了吗？"

"还有 6 个点，快要击破了。"Kevin 回答。

利慎远依然紧锁眉头，没有说话，突然他转身离开，快速回到自己的办公室。其他人则透过利慎远办公室的玻璃，看着他的一举一动，只等待老板发出指令。

利慎远打了几通电话，突然穿上西装，收拾东西走了出来，对亓优优说道："马上给我订去香港的机票，在我没有给出交易指令之前，任何人不准买卖琨奇的股票。"

"好的，利总。"

方奇杰听说利慎远要去香港，迎面走来："利总，我今天也要去香港，我跟您一起去吧。"

"好。"利慎远看了一下表，继续说道，"5 分钟后出发。"

接着，方奇杰走到研究部办公区对郗同文说道："同文，收拾一下，5 分钟后出发。"

"好的，方总！"

琨奇的高层在琨奇总部会议室中，互相对视，沉默许久。

谢林华缓缓说道："琨奇已经到了生死攸关的时刻，之前的反击已经失败，如果我们无法做到釜底抽薪，放任通安继续下去，我们将可能真正流失掉客户，那时的琨奇就无力回天了。"

按照公司的规定，利慎远和方奇杰坐头等舱，两人在值机口和登机口出双入对，穿着有质感，气质有内涵，哪怕是面无表情，都是那么一致。郗同文在经济舱这边排着队，远远地看着那两个人无论从年龄、外貌、气质等都甚是般配，让人极为羡慕。

三人刚抵达香港机场，利慎远的电话响起。
"Mark, are you still up so late?（马克，这么晚还没睡？）"
……

"I don't think this is a good time, I will go to Hong Kong to meet Xie Linhua, I will make decisions after meeting him.（我不认为这是一个好的时机，我现在去香港见谢林华，一切等我见到他之后再决定。）"
……

"Tell Charles that he can only trust me.（请你转告 Charles，他只能相信我。）"
……

"Even if you apply for a huge redemption now, I can only guarantee that you will get all the funds back within 10 trading days.（即便现在申请巨额赎回，我也只能保证在 10 个交易日内让你拿回全部的资金。）"

挂了电话，利慎远看了看方奇杰，沉默片刻，突然说："奇杰，你去美国吧，就现在。"
"利总……"
"无论用什么方式，都要拖住 Mark 和 Charles。"
"好的！"虽然对利慎远的安排有所不解，但出于多年来的信任和默契，方奇杰还是斩钉截铁地答应了。

方奇杰独自返回机场。利慎远和郗同文站在机场门口,四目相对,这次竟意外地变成了两人第一次一起出差。

"车呢?"利慎远面带疑问地看着郗同文。

"哦哦,对……车……车……"郗同文赶忙拨通电话,"对!对!我们已经到了,应该是A出口,您开过来吧,我们就在门口站着呢。"

挂了电话,两人站在原地有点不知道说什么。

郗同文开口说道:"那个……利总,方总走了,晚上B&B的晚宴怎么办呀?我怕我代表不了公司。"

"我跟你一起啊。"利慎远回答得理所应当、坦然自若。

"您?"郗同文感到不可思议,利慎远在公司存亡的这种时刻,居然还会参加一个小项目的酒会。

"你觉得我也代表不了公司?"利慎远笑着说。

"当然……当然不是!"郗同文挥舞着手,然后低头自言自语道,"你要是代表不了,谁还能代表?"

"你说什么?"

"没什么,没什么,会不会耽误您见琨奇的谢总?"郗同文尴尬地说。

"我与他约的是明天早晨。"

郗同文点了点头,不敢再多问。

终于车来了,郗同文刚想自己拎行李箱,利慎远突然快走两步,拎起郗同文的行李箱放到了后备厢里。

两人在车上,利慎远看着手机里琨奇控股的股票走势。

"利总,我能问您一个问题吗?"利慎远没有回答,郗同文还是继续问道,"公司里的人都想知道为什么您这么坚持琨奇控股。"

"都想知道?那怎么没人来问我?"

"呃……"郗同文心想,还不是因为你太吓人了,"可能……呃……"

"你支支吾吾地干什么呢?"

"那我说了啊,您别生气。"

利慎远看着郗同文没有说话,郗同文则继续说道:"您平时太严肃了,大家都怕您,而且每次问您问题,你总是反问'你怎么看啊?',我们要是知道答案,那还问您干吗呀?"说到"你怎么看啊?"时,郗同文故意放低声音,有模有样地学利慎远平时讲话的样子。

利慎远心里觉得又滑稽又可爱,他一本正经地看着郗同文说道:"那琨奇控股……你怎么看啊?"

"您看,您又这么问。嗯,我觉得呢,只要您记得原来为什么投琨奇,如果当初您投资琨奇的理由不在了,您就不该留恋。"

利慎远听罢,想了想,点了点头,轻松地说:"嗯,有道理!"

这时利慎远电话响起,是华科基金的曹其:"曹总。"

"慎远啊,不在国内?去哪了啊?"

"见个投资人。"

"最近战况如何啊?"

"还行吧。"

"我就不兜圈子了,琨奇控股的事儿,你怎么看呢?吃一堑长一智,关键时刻我还是想听听慎远你的意见。"

"曹总客气,我的确还没有想好,如果有想法了,一定与曹总多沟通。"

挂了电话。曹其的下属问道:"曹总,咱们要不要等等利总的消息?"

曹其看着琨奇股票不断下跌的走势,想了想,叹了口气,斩钉截铁地说:"想来琨奇应该难以翻盘了,咱们成本比半岛基金要高,不等了,抛吧!"

晚上,B&B 的上市庆功晚宴上,利慎远一身西装地站在晚宴大厅,看着来来往往的人。与其他的晚宴不同,B&B 的晚宴更像是一个 cosplay(角色扮演)大会,每个人都装扮成了 B&B 产品 IP 中的人物。利慎远看着这个五彩斑斓的晚宴,也觉得甚是新奇,有意思。这时,宴会厅的一扇大门打开……

郗同文出现了,她粉色、卷曲的长发扎着两个软萌的辫子披落双肩,一双大眼睛水汪汪,飘着无辜的眼神,一身学生装扮,超短的裙子,配上蕾丝手套和长袜,白皙的皮肤在灯光下甚是耀眼。

一时间利慎远并没有认出这是郗同文,直到她走到利慎远身边:"利总!"

利慎远通过声音才辨别出,惊讶道:"郗同文?!"利慎远吓了一跳。然后打量起眼前这个软萌妹子,竟有点不敢相信自己的眼睛。他问道:"你这个眼睛?"

"美瞳啊。"

"你头发?"利慎远有点面露尴尬。

"假的啦!我现在是无敌美少女!"

利慎远只好无奈地笑了笑说:"你倒是入乡随俗,应景啊。"然后他细细端详起眼前这个百变少女。

这时童飞霖走了过来,也是一身二次元的装扮,问:"同文,这位是利总吧?"

利慎远打了声招呼:"童总,你好。"

"叫我童童吧,想不到半岛基金的利总竟然这么年轻哦。原来我都不了解金融和资本市场,后来还是林昊风告诉我半岛基金在金融圈的地位。真的要感谢利总和半岛基金的支持呢,有了你们的加持,B&B IPO 才能发行得如此顺利,今天利总能亲自来,B&B 很荣幸。"

"我对文创潮玩理解不深,这次主要是同文在公司力推 B&B,但如果能够支持中国文化输出,半岛基金倒是愿意尽一份薄力。"

"中国的文创能走向世界,这也是我的梦想哦。为梦想干杯!"

三人碰杯而饮。

童飞霖走后,利慎远看着美少女装扮的郗同文,意味深长地说道:"林昊风哈。"

"是啊，这次还是林昊风介绍我和童童认识的。"

利慎远点了点头，表情也变得不自然，心中不知为何竟泛起一阵醋意。

酒会中，利慎远代表半岛基金在舞台上致辞："很荣幸也很幸运，半岛基金能够成为 B&B 的基石投资人。其实我作为一个工科男，对 B&B 所代表的年轻人的文化一无所知，但正是这次的合作，让我了解了你们，我相信 B&B 一定会应势而兴、未来可期！"

郗同文在舞台下看着台上的利慎远，虽然他今天与在场的人们的装扮显得那么格格不入，但郗同文的眼睛难以离开。

童飞霖走了过来，看了看郗同文的表情和眼神，说道："利总年轻有为，帅哦！"

"童童……"

童飞霖搂住郗同文，在她耳边轻轻地说道："美少女，遇到欣赏的男人，就要争取哦！享受当下，才是生命的真谛！"

晚宴散场后，郗同文和利慎远走出酒店，站在酒店门口。利慎远看着这个少女装扮的粉红色头发小姑娘，有点无奈地问："你确定不换套衣服？"

"您觉得我这套不好看吗？"郗同文故意卖萌地对利慎远眨眨眼。

这倒让利慎远觉得不好意思，眼睛看向别处，说了句："你随意。"

这时郗同文的肚子叫了起来，她难为情地笑了起来。

"一起吃点东西吧。"利慎远淡淡地说。

"好呀！刚刚宴会的东西都是冷餐，我不喜欢，现在好饿呀。"

"想吃什么？"

"是利总请客吗？"

"你请！今天 B&B 涨了 9 个点，不出意外的话，奇杰和智明会给你发年终奖的。"

"啊？您是金融圈大佬，还让我请客。B&B 项目您赚得更多吧？"郗同文小声嘟囔着说。

"别磨蹭了，走吧！"

利慎远带着郗同文来到了一家面馆坐下。

"两碗云吞面。"利慎远用流利的广东话，对着服务员说道，一看就是常客。

"您经常来这家？"郗同文问道。

"偶尔吧。"

一个中年男人带着一个粉头发软萌妹子本是格外惹人注意，店里的客人和服务生都时不时用异样的眼光看着这一对儿，难免不被别人联想成一个老男人拐骗小女生，或者是大家认知中的一种见不得光的"交易"。想到这里，利慎远甚感难堪。

面对面的距离让利慎远难以避讳地看着眼前的女孩儿，秀美的嘴唇小巧而丰盈，微微张着，嘴角略向上扬，流露出憨态可掬的神情，颈部白皙的皮肤在灯光下格外耀眼。

这时，一个服务员端上两碗面放在两人面前，还不忘用异样的眼光看了看这两位，利慎远更觉尴尬，赶紧拿起筷子低头吃面。

郗同文吃了一口，感慨道："好好吃呀！利总……"

利慎远打断了她，尴尬地说道："快点吃。"他只想快点逃离这个场合。

郗同文则是一脸蒙，然后狼吞虎咽吃起来，与一身美少女的装扮甚是违和。

柯文韬正在夜店与几个朋友开心地喝酒，这时手机振动起来，柯文韬走了出来，接起电话。

"郭总，你怎么想起给我打电话了？"

"柯总，我找不到利总，就想着您跟他最熟。"电话那边说话的是思川资本的郭鑫。

"您找他干吗？"

"还不是琨奇的事儿吗？我知道半岛持有大量的琨奇股票，我看最近股价跌了不少呀。"

"咳！这事儿啊，您急什么啊？既然把钱交给慎远打理，您就得相信他呀。"

"资金量有点大，最近市场又不好，我压力也很大呀。"

柯文韬笑了笑，略有不耐烦："行吧，我帮您问问他什么情况，但是他经常跟我玩失踪，我也未必能找到他哈。"

挂了电话，柯文韬又顺势拨通了利慎远的电话。

"哪呢？"

"香港。"

"见到谢林华了吗？"

"你怎么知道我是来见谢林华的？"

"你现在去香港，就是用膝盖想，也是去见他的啊！"

"不该你操心的别瞎操心。"

"欸！什么叫不该我操心？大哥，我可是你的投资人啊。"

"但我才是基金管理人，普通合伙人，我是承担无限连带责任的，所以，我说了算。"

利慎远直接挂断了电话，柯文韬这边却轻松地笑了笑，他既没有提起思川资本的郭鑫，也没有再回应郭鑫，而是继续回去喝酒了。

利慎远和郗同文吃过饭，走出面馆，郗同文说道："利总，这离香江边很近了，我想去看看维港的夜景。要不您先打车回去？您明早还约了琨奇的谢总呢。"

利慎远看了看郗同文的这套衣服，问道："你确定？你这身……"

"您就放心吧。"说着刚好来了一辆的士，郗同文招手叫停了的士，看着利慎远继续说道，"利总，您早点休息！"然后示意利慎远上车。

利慎远慢慢走向的士,打开车门,郗同文则转身离开。

利慎远看着郗同文的背影,突然关上车门,在车外与司机说了句:"抱歉啊。"然后快走几步追上了郗同文。

"利总,您……"

"吃得太饱,我跟你走走吧。"

郗同文点了点头,利慎远则心想着:"穿成这个样子,真不叫人放心啊。"

两人漫步在香江边。

利慎远说道:"B&B项目成功,感觉如何?"

"当然是开心和兴奋啦,但是也很担心,不知道半年锁定期结束的那个时候,我们会不会有盈利。"

"会有的。"利慎远说得坚定。

"您怎么这么确定?"

"因为我看得出童总是一个有才华且干练的女性,更重要的是她有梦想,即便短期内不盈利,从长期看,我相信B&B能成功。"

"是吧?您也看出来了,对不对?"郗同文对利慎远的认同感到兴奋和激动,继续说道,"本来我是通过市场调研发现的B&B,但是从我第一次去B&B公司见到童童,我就觉得她一定能成功。您别看她看起来像是个不经世事的小女生,实际上她不但很有设计天赋,在公司的领导力也非常强,他们团队的执行力也让我印象深刻。我还记得,您跟我们说过,投资就是投人,靠谱的团队甚至可以把一个没前途的业务做成有前途的,更何况B&B的文创产业本就是非常有市场前景的领域。所以当时我就非常坚定。不过,还是利总和方总您两位更慧眼识珠,居然支持了我的想法。"

"是你工作做得出色。"

"谢谢利总夸奖,那……到时候年终奖您兑现一下哦。"郗同文笑嘻嘻地说着。

"刚刚是我买单……你还想要年终奖？"

"利总，您怎么能这样？刚刚才 90 港币，您就想省掉年终奖？"

利慎远笑而不语。两人沉默了一会儿，郗同文看了看利慎远说道："利总，关于琨奇，其实您压力也很大吧？"

利慎远依然笑而不语。

郗同文继续说道："公司的人虽然有很多异议，但是大家之所以没有去问您，我想还是因为对您的充分信任，他们都相信您一定会做出正确的判断。"

利慎远顿了顿说："你知道冯·诺依曼吗？"

"知名的数学家，现代计算机之父。"

"嗯。20 世纪波尔和爱因斯坦的量子之争，爱因斯坦为了反对波尔的量子力学，提出了隐变量诠释。冯·诺依曼是站在波尔一边的，他用纯数学推理证明了隐变量理论不存在。由于当时的冯·诺依曼实在太有名了，所以大家都没有去验算，或者说也不敢对他进行质疑。甚至连大名鼎鼎的物理学家德布罗意在知道冯·诺依曼的结论后，都放弃了自己的观点！这直接导致隐变量诠释在之后的二十多年中都无人问津。直到三十年后，英国理论物理学家贝尔指出了冯·诺依曼在数学推理中的错误，这时科学界才意识到，冯·诺依曼的证明是错误的，而且这个错误非常低级且愚蠢。"

"这三十年间科学界都没人质疑吗？"

"有，但那些人的影响力相比冯·诺依曼差太远，都被淹没了。"

"所以，您期望的是公司有更多声音，并不因为您是利总、是老板就附和您？"

"人人都会犯错，但一个人犯了错没有人质疑，这是机制的问题，也是人的问题。"

"历史总是在不停地重演，是因为人性都是一样的。如果您希望别人敢于质疑，是不是对大家和蔼点呢？"

"你都教育到我头上了，我对你们还不够和蔼吗？"利慎远笑着说道。

两人在香江边上,伴随着维多利亚港的夜景,有说有笑地走着,利慎远似乎很久没有这么开心了。

亓优优和林昊风两人正在酒吧喝酒聊天。
"你今天怎么看起来这么轻松?"林昊风问道。
"老板去香港了,所以今天我准时下班!"
"他是去参加 B&B 的庆功宴吗?"
"别老打听商业机密!"
"B&B 项目可是我给郗同文牵的线,回头你们是不是得给我提成啊?我这可是干了 FA(财务顾问)的活儿啊。"
"你问郗同文要中介费呗。"
"郗同文……对啊,她今天也去香港了吧?不过,想不到 B&B 这么小的项目,利总还亲自去啊!方总也去了?"
"方总去美国了。"
"那还有谁去了?"
"没谁了。"亓优优似笑非笑地说。
"你这表情……有情况。"
"没什么啊。"亓优优假装轻松。
"嗯?该不是利慎远对郗同文有什么图谋不轨的想法吧?"
"你说谁图谋不轨呢?"
"不对,肯定有问题!我原来就觉得利慎远对郗同文跟对我们其他实习生就不太一样。他该不是要在香港对郗同文下手吧?不行,我得打电话提醒一下郗同文!"林昊风刚要拿手机,就被亓优优夺了过来。
"你怎么那么爱多管闲事儿呢?"
"利慎远多大了啊,他在金融圈混这么多年,我才不觉得他是什么不近女色的高冷总裁,他只是玩得隐蔽大家没发现而已。可郗同文还是没经历金融圈洗礼的小女生,利慎远稍微使点手腕,郗同文肯定沦陷啊……"

"你就放一百个心,我跟了利总两年了,我爸跟利总熟识十多年了,他什么样,我可太清楚了,你就别拿你那套标准和眼光看他了。放心,利总要是真看上郗同文,那也是特长情那种,我看男人,不会错的。"

"我才是男人,我看男人才不会错。"

"你以为谁都像你一样啊?到处送温暖。"

"你怎么也这样说我啊?郗同文也这么说我。"

"是吗?那我得跟同文好好交流一下,没想到,我俩看男人的眼光原来那么一致啊。"

"你什么意思啊?话说回来,你就不觉得利总对同文不太对吗?"

"就不告诉你!"亓优优心中窃喜,回想着那天……

在方奇杰的庆功宴上,宴席散后,亓优优正在给朋友打电话,准备约下一场酒局,在路口正好看到了利慎远将郗同文推进车里的那一幕。

从那一刻开始,敏锐的亓优优就已经察觉出利慎远似乎对这个女孩儿格外不同,或许老板这次真的心动了。让亓优优没想到的是,金融圈出名的高冷男神、钻石王老五,竟然喜欢的是郗同文这样的。但她从方奇杰之前屡屡碰壁,也早就大致明白了,老板至少是不喜欢御姐型的女人。

清晨,利慎远已经与琨奇控股的创始人兼董事局主席谢林华在琨奇总部办公室见面。相比二人上次见面,此刻的谢林华略显疲倦,显然已经很多天没有休息好。

"谢总的办公室还是老样子,一点没变。虽然这些年咱们一直在全国各地见面,但上次来您办公室,还是我刚回国那会儿。"

"是啊,我还记得,那次你拉着我聊到半夜,对吧?回去就拿你回国的第一笔资金建仓琨奇。"

"想想有六七年了吧?时间过得真快!"

"那说说吧,今天怎么特意跑来见我?"

利慎远刚要回答。谢林华突然打断,继续说道:"我应该想到的,你会在这个时候要来见我……呃,你的来意说出口也是为难,那你就先听我说说。今天我们之间说过的话,出门我就不认了哈。保密!"

"那是自然!一定保密。"

"好,我本不应该与投资人这么说,但琨奇确实到了生死存亡的时刻,如果挺不过这关,琨奇则很可能大势已去。但是,能不能挺过去,说实话,我也不知道,至少我现在并没有更好的应对措施。所以在这个时点,如果你放弃琨奇,我也无话可说。但,我不能放弃琨奇,它是我的心血,也是我的孩子。我早就可以像某些人一样卖掉股票,享受人生了,可我的理想不是抱着现金享受人生,我卖掉琨奇就等于卖掉了理想。这些年,我在不断地转变,希望能够帮助琨奇找到新的生命和使命,但屡屡受阻,这些想必你也看到了。"

利慎远无奈地点了点头,不知如何回应。谢林华继续斩钉截铁且略有激动地说道:"但,毕竟琨奇现在仍然是行业龙头,我们有大量的资金,一定能够支持琨奇渡过难关,找到新的赛道。"

利慎远这才缓缓说道:"我还记得,当年投资琨奇的时候,您也是如现在这样有激情,有理想。但毕竟过去这么多年了,您就完全没想过套现,放自己自由?"

"你还真说着了。我想过投别的领域,传媒、旅游、机器人等等,我都想过和干过,就是没想过放自己自由,准确地说,我现在就很自由,我内心很自由地为我的商业帝国理想而奋斗,廉颇老矣,尚能一战,呵呵呵。"

"好!有您这句话,我明白了!那下面,咱们聊聊琨奇的未来?"

"好啊,你有想法?"

利慎远与谢林华开启了漫长的聊天,从白天聊到夜幕降临,从办公室聊到会议室,从两个人聊到六个人,琨奇的核心人员纷纷加入了讨论……

郗同文则独自在香港转了转,一直没有利慎远的消息,犹犹豫豫,陆续给利慎远发了微信。

"利总,您预计什么时候回北京?是否需要我等您一起回?"

"利总,我还在酒店,如果您有什么工作需要,随时安排我。"

……

都没有得到回音,她想了想还是给刘智明打了电话。

"刘总,我这边工作结束了,方总去美国了,我是等利总一起回去,还是我自己先回去?"

刘智明和蔼地说:"不用总把自己绷得那么紧,都去香港了,就购购物、玩一玩再回来呗,你们小女生应该都喜欢去香港逛街的吧?"

"但是,公司那边……"

"你刚搞定了 B&B 项目,就当给自己放个假,休整一下。再说,总要有个人在利总身边跑前跑后啊,方总不在,你要有点眼力见儿。"

"但是利总好像消失了,我已经两天两夜没见到他了。"

"这样啊,我知道了,你就在那边等着,有消息立刻告诉我。"刘智明让郗同文留在香港,目的也正是为了得到一手消息。

"哦,好的。"

挂了电话,郗同文不知道该干什么,躺在酒店里看着电视,翻了翻手机,索性拿起电脑,继续工作起来。毕竟研究员的工作无论在哪里都能做,但更重要的是,郗同文就如她自己所说的一般,工作给她带来的快感,似乎超过其他一切。

刘智明想了想,拨通了方奇杰的电话:"奇杰,你那边怎么样啊?"

"尽力安抚呗,我替利总已经夸下海口了,到时候要是真亏得一塌糊涂,咱们就一起死吧。"方奇杰那边又无奈又玩笑地说。

"不至于,不至于……不过,我听同文说利总已经两天没消息了,你觉得会不会出什么事儿?"

"我也联系不上他,最后一次联系就是让我必须拖住 Charles,但是现在通安每天对外更新用户数量,声势浩大,琨奇股价也是摇摇欲坠,我感觉我也拖不了太久了。"

"辛苦了!你说利总怎么能让美女去干这个苦差事呢?还真是不懂得怜香惜玉。"

"刘总既然这么绅士,要不您来华尔街替我吧,想必以刘总的能力,一定能完成利总的任务。"方奇杰对这种天天在嘴上挂着男女有别的人非常不屑,心里想着:"你们男人既然那么有本事,你倒是来啊。"

"方总说笑了,Charles 和 Mark 恐怕都不知道我是谁吧?"

方奇杰在电话这边笑了笑,心想:"算你拎得清。"

刘智明走到李世伟的办公室说道:"世伟,晚上去喝一杯?"

"不去!没心情。"

"别啊,你跟美女喝酒就有心情,跟我就没心情?"

"收益被琨奇拖累得都不能看了,真没心情。"

"所以才要去喝一杯!走吧,走吧……"说着刘智明就推搡着李世伟一起出门。

在酒吧,刘智明说道:"你就没想过,适时止损?起码保住你自己基金的收益。"

"怎么可能?!我不想活了啊?"

"利总到底是怎么想的?怎么对琨奇就这么执着?"

"不知道啊。"

刘智明调整了坐姿,犹豫了一下,说道:"你说利总是不是为了谢林华这个富豪朋友,不想在这个时候落井下石?但我们是基金管理人,我们的钱都是投资人的钱,他不能拿投资人的钱买自己的人情吧?"

"啊?不会吧?"李世伟说道。

"那你说说,他为什么?"

"我哪知道？但我觉得利总不是这样的人。"

"你怎么不信呢？你看 BD 基金,利总除了让之前蒋飞扬和方奇杰去对接,从来就没让咱哥俩去对接过吧？Charles 和 Mark 知道你是谁吗？他们不知道！利总都是牢牢地把投资人的资源掌握在自己手里。好不容易方奇杰自己联系上了杜建民,被利总直接搅黄了。你啊,有时候就是把利总想简单了。"

"就我！我这水平,我哪敢把利总想简单？我就是个基金经理,只要能赚钱会赚钱,自然会有投资人欣赏,自然就有资金青睐。会不会是你把利总想复杂了？但是吧,这两天,我想了一下,你说利总肯定比我们聪明、信息广、有经验吧,总觉得琨奇这事儿,他肯定另有考量,就是没告诉咱们。利总就是这种性格,少言寡语,什么都不说,让人猜不透。原来方奇杰还能猜出个一二,这次我看她也心中没数了。"

"但是,如果啊,我是说,如果这次半岛真受挫了,你有什么打算吗？"

"什么打算？"

"你真打算跟半岛一起成为业界笑话啊？我可听说华科基金曹其他们早就从琨奇里撤出来了,现在就看咱们笑话呢。"

"真的啊？那这消息你跟利总说了吗？"

"你不了解利总,他一向自负,不会因为别人怎么操作他就改变思路的。"

"虽然利总天天骂我,但是我还是觉得他是我心中最牛的基金经理。"

"哟,你还是利总的迷弟啊。"

林昊风给郗同文打来电话。电话嘟嘟声的不同,让林昊风知道郗同文还在香港。

"你还在香港？"

"是啊！有点事儿耽误了。"

"什么事儿？"

"工作上的事,你有事儿吗?"

"我听说利总跟你一起去香港了?"

"是啊。"

"他没对你有什么暗示或者其他举动吧?"

"你说什么呢!"

"我看利慎远对你不一般,你一定要小心点,千万别被金融男给骗了。"

"你别瞎说啊! 另外,你自己也是金融男呢!"

"你信我的,我是男人,我最知道他们是怎么想的,你看他为了你都跟去香港了。"

"我懒得跟你解释,我挂了啊。"挂了电话,郗同文坐在床上,似笑非笑。她虽然对林昊风不肯承认,但内心深处还是希望林昊风说的是真的,只是她知道利慎远是来见谢林华的。想到这里,她起身收拾了一下,走到酒店的门口,溜达来溜达去,虽然不知道为什么,但总觉得,也许能遇到利慎远呢。

郗同文漫无目的地不知在酒店门口晃了多久,看了下时间,已经快晚上 11 点了,正想着今天可能还是见不到他了,准备回房间,这时远处一个熟悉而疲惫的身影出现……

第十章

利慎远手里拿着西装,衬衫和头发已经非常凌乱,胡子也长出很多……郗同文又一次看到了不一样的利慎远,她看着他怔住片刻,思索着又在他身上发生了什么,然后跑了过去。

"利总!"

"这么晚,你怎么在这?"

"我在等您啊。您这是怎么了?"

"没什么,就是有点累。"

"您不是被绑架了吧?您怎么逃出来的?"

利慎远看了看郗同文,心想这姑娘脑子里都是什么乱七八糟的东西,站在原地,笑了起来,就这么看着她……

"利总,利总……"郗同文见利慎远看着她有点愣神,小手在他眼前挥舞着,希望叫醒他,"您到底怎么了?"

"没什么,早点回去休息吧,跟优优说,订明天的航班,我们回北京!"说完利慎远伸展着双臂,似乎长舒了一口气。

利慎远回到房间,洗了澡,躺在床上,这才打开手机,看到郗同文在这期间给他发了好多信息。

"利总,您预计什么时候回北京?是否需要我等您一起回?"

"利总,我还在酒店,如果您有什么工作需要,随时安排我。"

"利总,您方便时回复我一下。"

"利总,您在哪啊?您没事儿吧?"

"利总,您不会把我自己丢在香港了吧?"

"利总,我们好担心您……"

看到这里,利慎远不禁笑了。

第二天,郗同文和利慎远来到机场,这时利慎远接到了亓优优的电话。

"利总,回北京的机票,您要的航班没有头等舱和商务舱了,您看,要不要晚一班再走?否则您只能和郗同文一起坐经济舱回来了。"亓优优一本正经地说。

"就这班吧,经济舱。"利慎远说道。

"好的。"

刚放下电话,行政部门的同事说道:"优优,这显示还有头等舱啊。"

"啊?是吗?完了,那我刚刚看错行了,千万别跟利总说啊,要不我就惨了。"说完,亓优优略微得意地笑了。

利慎远和郗同文来到值机柜台。

"您好,女士、先生,请问您飞哪里?"

"北京。"说着两人将证件放到柜台上。

航空公司的小姐说道:"您好,先生、女士,本次航班的头等舱还有座位,现在升舱可以享受优惠,是否帮您升舱?"

利慎远愣了一下,刚刚亓优优还说没有了,这丫头片子搞什么呢?但是看了一眼旁边的郗同文,他淡淡地说了一句:"不需要,谢谢。"

郗同文在一旁,心里乐开了花,低头傻笑,就差没笑出声来。利慎远看了一眼郗同文的表情,先是嘴角上扬,后又控制好表情,依然摆出一种领导的气势。

飞机上。

"利总,那既然我这么幸运能跟您一个航班,能否给我指导一二呢?"郗同文拿出电脑,打开自己最新的研究报告,递给利慎远。

利慎远笑着看了眼郗同文,接过电脑认真地看了起来。

"这里,这里,我觉得可以再深入论证一下,逻辑不太顺。"

"这块的数据还不够,找一下行业对比数据……"

两人交头接耳,或低声密语,或有说有笑。

郗同文看着这个男人,深觉自己的内心已经沦陷。她想到了妈妈的那句话:"博学多才,在专业领域有建树,这就是他的一部分啊。这就像有人长得高,有人长得帅,有人多金,有人善良,有人敦厚,都是一样的。这些都是一个人的组成部分。"

郗同文想着:"是啊,眼前这个男人,他有着超过众人的智慧与经验,坚定的信念,他作为老板杀伐果断,似乎冷心冷面,可他在我眼中却温柔包容而有温度,这都是他的一部分。"

刘智明敲开利慎远办公室门,焦急地说道:"利总,通安科技再次升级软件,导致琨奇的社交软件与通安的软件不能同时运行,两个巨头直接硬杠了,几乎是让用户二选一。结果昨晚通安美股暴跌,估计琨奇今天也好不了,很有可能击破止损线。"

利慎远拎起衣服和包说:"我看到新闻了。我现在要出差,还是那句话,没有我的交易指令,谁也不准减持。"

"利总,这个时候,您不在公司……"

"你们按照我的指令去做就好!"

"好!如果击破止损线呢?"刘智明抛出了一个大家现在都想问而不敢问的问题。

"我预判不会,早盘会有短暂情绪下挫是正常的,但如果午盘收市时……"利慎远犹豫良久,缓缓说道,"如果那时击破了止损线,坚持风控基本原则,就止损吧。"

"他们怎么能这样？这是挟持用户！是绑架！"谢林华一改以往儒雅的作风,在琨奇的会议室里怒吼道。

一名下属说道:"谢总,我们可以起诉他们不正当竞争。"

"我要的不是这种被动防守！我要的是彻底翻盘！"

众人战战兢兢,不敢说话。

这时电话铃声响起,谢林华接起。"谢总,就是现在！是时候了！"电话那边正是利慎远。

以往,基金经理们早晨下达当天的交易指令之后,都会去做研究或是参加各类的策略会、讨论会,但这天,几乎公司所有人都在目不转睛地盯着琨奇的行情走势。

"同文,利总在香港到底和谢林华谈得怎么样啊？"何思源和几个研究员围着郗同文问道。

"我真的不知道,参加完 B&B 的晚宴之后,他就消失了,再见到他时他就只说回北京,其他什么都没说。"

"你也没问问？"何思源又问道。

"咱们利总,换你你敢问啊？"陈凯说道。

"你们说利总去干吗了？"何思源继续问道。

"不知道。""那谁知道啊？"大家也都纷纷不解。

"利总是不是疯了？"李世伟来到方奇杰的办公室抱怨道,"他去哪了啊？我听说他在香港也消失了好几天,你知道他干什么去了吗？"

"你问我,我问谁？"方奇杰看着电脑敷衍地回答。

"你不是利总的心腹吗？我除了问你,还能问谁？"

方奇杰看了一眼李世伟，没有说话。

李世伟继续说道："虽然我之前一直相信老大肯定有自己的考虑，但是前两天刘智明跟我说，利总是为了谢林华这个朋友，拿投资人的钱……"

"打住！"方奇杰没等李世伟说完，就打断了他，继续说道，"以后你少跟刘智明接触，更别成了他这种无稽之谈的传声筒。我看肯尼新那件事，都没让你清醒。"

"肯尼新？怎么扯到肯尼新了？"

"你是不是傻啊？"方奇杰无奈地看着眼前单纯到可笑的李世伟，继续说道，"当时陈凯拿到的消息，一定是先告诉刘智明的啊。如果有这种帮公司赚钱的好消息，刘智明会让陈凯告诉你吗？他为什么不直接去找利总？他跟奖金有什么仇恨吗？"

李世伟听了这话顿时想骂人，看了看方奇杰，还是要在美女面前收敛点，所以忍住了，然后继续问道："你为什么不早点告诉我？我得让利总知道啊。"

"你当利总像你这么傻吗？我都看得出来，他会看不出来？"

"那利总为什么还这么器重刘智明？"

"因为他只是要耍职场的小聪明，并没有损害公司的利益啊。老板对投研部总监的考核，要的是他能够游走在资本市场，掌握最全面的信息，行业动态，市场环境，能够做好投资研究。刘智明做到了，That's all right!（那就可以了！）像你这么蠢，利总还会留着你，是因为你虽然蠢，但投资眼光还不错，能帮公司赚钱！"

"奇杰，你这是夸我吗？第一次啊！我得在投资笔记里记下来。"李世伟开玩笑地说。

方奇杰又是一脸嫌弃地看着李世伟。

半岛基金的人忙忙碌碌，紧张地看着市场走势，而利慎远这边先是跑到燕大，后又跑去了香港……

终于熬到了收市，Kevin跑过来对方奇杰和李世伟说道："虽然还没有击破止损线，但就差2个点了，怎么办？"

"再等等利总的消息吧。"方奇杰说道。

"再这样下去，如果没有转机，明天早晨一开盘就会跌破止损线，我必须操作清仓了。"Kevin紧张地说道。

"利总说了，如果跌破止损线就止损，这是风险控制的原则，谁也不能打破。"李世伟说道。

"好的。"

这一夜，大家几乎无眠，却没有人能够联系上利慎远。

时间来到早晨8:00。

方奇杰、李世伟和刘智明都在交易区，摩拳擦掌等待着开市。大家心知肚明，或许一开盘就会跌破止损线，公司就要清掉所有琨奇的股票。

就在这时，在股票操作系统中，一则消息突然弹了出来："琨奇控股发布早间公告，《关于公司拟设立奇云研究院的公告》。"

"琨奇控股将在10月15日9:00召开新闻发布会，拟设立奇云研究院，聘请闻向民博士为院长，公司将在网络平台进行全网直播。"Kevin，念着新闻。

"琨奇真牛呀！他们要进军云计算领域了。这个闻向民就是美国最大云计算公司的核心科学家之一吧？"李世伟欣喜若狂地说。

"是的。"刘智明说道。

"总算不是头痛医头，脚痛医脚了。"方奇杰也松了口气，淡淡地说，"Kevin，一会儿那块屏切换到直播，随时关注琨奇的走势，如果触发止损线，马上告诉我。"方奇杰说完就先暂时离开了。

"好嘞！"Kevin也是瞬间轻松了许多。

"欸，你们看，Kevin的表情都不一样了哦。要是真的触发止损线，如何清仓,对你们交易员可是很大的考验。"李世伟拿 Kevin 开玩笑地说道。

"李总老是拿我开涮,别光说我啊,我看您现在也是一脸轻松,可要真是跌破止损线,咱们今年的奖金都得吹了。"

"是啊!但是利总人呢?"李世伟问道,而众人也在疑惑利慎远到底去了哪里。

9:00,半岛基金的人或站在交易区的大屏幕前,或在自己的电脑、手机上看琨奇的发布会直播。

谢林华慷慨激昂地做着演讲:"未来的琨奇不再是一个与同行抢地盘,相互拼杀的互联网公司,我们要做中国信息基础设施关键技术的开拓者和构建者!云计算才是下一个时代主旋律。中国企业错过了 PC 时代,也错过了黄金的二十年,但云计算的时代,现在,我们几乎站在同一起跑线,抓住这个窗口期,中国和中国企业就可以在下一个技术时代有自己的一席之地!"

而此时,在主席台下第一排的位置,利慎远正坐在其中。

"利总!""对啊,利总怎么在发布会?"众人纷纷通过手机和电脑屏幕发现了利慎远的身影。

方奇杰看到利慎远后,微微一笑,无须解释,顿时明白了一切。

晚上利慎远与柯文韬喝酒。

"今天琨奇股票大涨,把你从生死边缘拉回来了呀。"

"生死边缘?你把半岛想得有多脆弱?最多就是今年的超额收益分成没有了。我还不至于疯狂到要与一只股票共存亡的地步。单只股票持仓比例25%的上限绝不能突破,如果真到了风险控制的止损线,我也不会手软。不过,就算抛开这些不说,你刚刚也是此言差矣,是我努力帮琨奇找到了出路!"

"你怎么就能想到给谢林华这个建议,让他去搞云计算啊?"

"这次你让我捐的那5亿起了作用了。先说好啊,今年你的收益分成比例我得涨几个点,我出自己的钱铺路,却是给你们的资金收益,这买卖我不划算。"

"在华尔街这么多年,契约精神你有没有?"

"华尔街?契约精神?哼……"利慎远顿时露出不屑的表情。

"算了算了,我说错了,又说到伤心往事了。"

柯文韬话音刚落,利慎远眼神突变,看了一眼柯文韬。他顿觉自己又说错话了,立刻转移话题:"对了,跟我说说呗,琨奇的事儿,过程如何?你怎么考虑的?"

"那次论坛,我感觉云计算未来确实有很大的空间,而闻向民一看就是满腔热血的专家。投资就是投人,我去香港跟谢林华聊了几句,感觉他还是那个有理想的谢林华,所以我就跟他说了说我的想法,与其在互联网这狭小的地盘,你争我抢地拉用户,不如把格局打开,直接从顶层建设入手。结果,谢林华想都没想就答应了,他早就有此意,只是无从下手。然后,我顺势把闻向民引荐给他,我们几个人聊了两天两夜,闻向民也是希望能够建设中国的云计算巨头,谢林华愿意出钱出人,两人算一拍即合。这事儿就成了。"

"就这点,我特佩服你,所以我才放心把我老本交给你管理。先声明啊,我一直都是挺你的!你看看前几天,思川资本的老郭上蹿下跳地找你,找不到你都找到我了。还有Charles那边没少让Mark骚扰你吧?但是我就不一样了,我就知道你肯定有办法,要不你不会这么淡定啊。"

"我也佩服你!你怎么眼光这么好,把资产交给我?我跑断腿,你躺着赚钱!"

"欸?你这话说得没良心啊!虽然你老说你是普通合伙人承担无限责任,但是,拜托,钱是我们投资人出的,真亏了钱,你收的那2%管理费就够覆盖工资、房租、水电了,我们投资人损失的可是几十年攒下的积蓄啊。给你投资,我也是承担了巨大风险的!"

"行了,谁也别说谁了,我如果真给你们赔了钱,那我职业生涯也完了,你还剩点资产可以再找别人,我就只能喝西北风。"

"关键就是你不会!你就是我的摇钱树,行了吧?"

利慎远听了甚是得意地笑了笑。

李世伟和方奇杰在办公室闲聊。

李世伟终于一改前几天唉声叹气的样子,轻松地说:"利总果然是利总啊,总是能以出其不意的方式解决问题!"

"所以他是半岛基金的老板呀。"说到这里,方奇杰流露出窃喜以及爱慕的表情,毕竟自己的眼光不错。

"你说为什么利总不告诉咱们呢?还害我们这么担心。"李世伟又天真地问道。

方奇杰答道:"事以密成,懂不懂?这个消息但凡有一点点泄露,通安抢先一步,后果不堪设想。"

"有道理,有道理……"

这时手机有了新的消息:《琨奇控股起诉通安科技不正当竞争》。

"琨奇控股向法院提起诉讼,控告通安科技不正当竞争,法院已经受理……"李世伟念叨着新闻的内容,感慨道,"双剑齐发啊。"

"是啊,云计算产业落地毕竟还有很长的路,这眼前的事情也得解决啊。"方奇杰淡淡地说道。

早晨,利慎远刚走进公司,就传来了热烈的掌声,利慎远笑了笑说道:"最近,大家辛苦了!"

"利总才是真的辛苦了!"刘智明首先上前奉承道。

而郗同文此刻对利慎远更是崇拜不已。当利慎远看到郗同文的时候,也不禁嘴角上扬,面露笑容。

"利总,这次您带着公司大获全胜,是不是应该庆祝一下啊?"李世伟说道。

"对啊,利总请客、请客、请客……"大家起哄着。

"我看你们是觉得利总最近笑容多了,胆子也变大了,敢让老板请客,年终奖还想不想要了?"方奇杰说道。

利慎远对方奇杰说:"别吓唬他们了,我有这么不近人情吗?请客呢,是要请的!年终奖呢,也是要发的!"

"利总威武!"大家欢呼着。

李世伟赶紧顺竿爬地说:"那利总,这次……能不能在您的豪宅开个party啊!也让我们参观参观利总的大别墅!"

"Party!Party!Party!Party……"众人继续起哄着。

"好!"利慎远果断回答。

"我平时住在公司附近,郊区的家里可什么都没准备啊!"

"只要能去大豪宅参观,其他的我们不介意!是不是啊?"李世伟兴奋地大声说。

"是!"众人鼓掌。

郁同文跑到公司走廊里,给张小西打电话,问道:"亲爱的,你晚上有安排吗?我请你和林昊风吃饭,庆祝我B&B项目成功。"

"呃……"张小西略有犹豫和为难。

"你有安排?"

"我今天下午准备飞海南。"

"海南?你怎么突然要去度假?"

"不是啦,我去文昌看火箭发射。"

"哦。咦?我怎么记得陈凯今天也去文昌呢?你不要告诉我,你们俩是约好的哦。"

"我一直想看,凯哥说帮我搞到了票,带我一起去看看。"张小西有点不好意思地说。

"你们俩什么时候这么熟了?哦,不用解释了,我知道了哦!凯哥不够意思啊,我也想去看火箭,他怎么不带我去啊?那……我晚上自己跟林昊风吃吧。"

这时,利慎远恰巧从走廊经过。

"利总……"郗同文按住话筒,对利慎远打了招呼。利慎远则示意她继续,然后快步离开。郗同文则继续对张小西说道:"行了,我知道了,等你回来,再给我老实交代!"

"交代什么呀?"张小西有点紧张。

"不说了,挂了啊。"

回到工位上,郗同文正认真地看着上市公司的公告。

亓优优打了电话给她:"同文,利总让你去他办公室。"

"哦,好的。"

利慎远透过玻璃看着郗同文走过来,赶紧拿起手里的文件,假装阅读,故作严肃。

郗同文来到利慎远的办公室,利慎远也并没有抬头。

"利总。"

"哦,来了啊。"利慎远这才缓缓抬起头,故意漫不经心地说道,"那个……后天文昌有个火箭发射的活动,优优有事,你跟我去吧。现在回家收拾一下,今晚就走。"利慎远故意强调今晚就走,又继续问道,"不过,你晚上没安排吧?"

"哦……"郗同文先是一愣,然后顿时觉得心中一阵甜蜜,赶紧说道,"有安排也必须推掉。"

利慎远努力克制自己的笑容,又补充解释道:"那倒是,这是工作,回来记得写篇行业分析报告!"

"谢谢利总,我保证高质量完成任务!"郗同文回答得兴高采烈。

"出去吧。"利慎远赶走了郗同文,才独自开心起来。

在文昌发射中心,利慎远和郗同文下车,工作人员见两人佩戴着 VIP 的牌子,便引导二人:"您好,请您这边坐摆渡车去发射中心。"

利慎远和郗同文便坐在电瓶车上等待着。郗同文看着身旁的利慎远,穿着白色POLO衫、休闲裤和鞋子,这身装扮让郗同文第一次看到利慎远之前西装和衬衫包裹下的身材,背阔挺拔,手臂肌肉线条分明,显然健身已久,丝毫不见年近不惑的岁月痕迹。

突然郗同文看到何思源的身影,一边大叫,一边摆手:"何总!"

"同文!"何思源顺着声音发现了不远处的郗同文,顺势跑了过来,走近才发现利慎远也在摆渡车上。"利总,您也在啊!哦,您是主办方邀请的哈,我是一个券商分析师给我整的票,陈凯也来了,他是原来老东家给的票。"说完,何思源冲着不远处的陈凯喊道:"陈凯!"

陈凯见状也走了过来:"利总。"

利慎远看了看他们,没有回应,回头对工作人员说道:"这是我的员工,让他们也坐这个车吧。"

"好的,但是到了发射中心大堂,请您按照门票的区域就座。"

"好。"

何思源见状就拉上陈凯上车,陈凯连忙说:"我还得等一会儿那个……"

"放心吧,你的美女朋友丢不了,我们在这等着她,到了咱们再一起走!"何思源对陈凯说完,转头又对利慎远说道,"利总,我们还有一位同行的美女在洗手间,咱们再等一会儿?"

郗同文知道他们口中的美女朋友定然是张小西,就没有多说什么,只是忍住不笑。

利慎远轻轻"嗯"了一声,则依然是面无表情地看着手机里的工作邮件。

何思源突然打破沉默,在后排对着陈凯开始闲聊:"陈凯,哥们儿善意提醒啊,咱们这行,婚姻改变命运,你正是事业上升期,至少得找个能够推你一把的老丈人……"

陈凯深知，何思源的这番话实在不宜在这个时候说，况且还是在郗同文面前说起，赶紧试图打断："思源，你手机还有电吗？充电宝借我用一下吧，我手机好像没电了。"

"有！给你！"何思源并没有理解陈凯的意思，拿出充电宝给了陈凯，继续说道，"你看看我老丈人，上市公司高管，将来真有一天咱们这圈不好混了，至少可以去上市公司混啊。刚刚那姑娘，长相倒是不错，什么家庭，你了解不？不了解的话，玩玩可以，可别认真，也别让人缠上了！"

何思源说着起劲，陈凯听得紧张不已，郗同文则是气愤难耐，克制着自己不要发作。她转头看向利慎远，只见他还是那副让人看不透的神情，似乎对何思源的话并没有反驳或是反感的意思。这让郗同文陷入了沉思，她想着："或许所有金融人士都有这番考虑吧？"

这时，张小西从洗手间里走了出来，陈凯难为情地叫道："张小西，这边！"

张小西跑了过来，一看竟然还有郗同文，惊讶地说道："同文！你怎么也来了？"

郗同文听了何思源的一番话，全然没了之前轻松愉悦的心情，笑了笑，尴尬地说道："我临时陪老板过来，先上车吧。"

发现郗同文也认识张小西，而且二人看起来似乎很熟，何思源也略显尴尬。

利慎远则是稍微看了一眼这个也认识郗同文的女生，转头对工作人员说："人到齐了，走吧。"

几人分别在不同的观众区观看了气势磅礴的火箭发射。

陈凯为张小西讲述："这是我们老东家的产品，每年承载很多的发射任务，我当时只是负责画很小很小的一个组件的图纸。"

"好棒哦！多希望我也有这样的能力！"张小西投来欣赏的目光。

"唉！棒什么呀！我在人才济济的航天系统实在是太不起眼了。"

傍晚，郗同文独自走在酒店附近的沙滩上，想着何思源的话，想到利慎远听到此番言论那稀松平常的表情，她在想："或许利慎远也觉得何思源是对的。利慎远单身至今，或许也期待有一天能够找一个能帮他大展宏图的女人和老丈人，至少也是像方总一样，能与他并肩同行的人吧。"

利慎远此刻也在沙滩上，享受海风拂面，这时电话响起，是柯文韬。

"喂？"

"什么事儿？"

"有海浪声啊，你去哪逍遥了？"

"文昌，参加一个上市公司的活动。"

"你终于找到点国内投资圈的节奏了，就是要多走动嘛，多个人脉，多个资源，别总像以前一样，光盯着人家的财报、技术、产品、市场那套东西。"

"你有什么事儿？"说着话，利慎远看到了远处的郗同文，晚霞下，纤细弱小的身影，独自落寞地走在沙滩上。

柯文韬在电话那边回答道："找你喝酒呗，我能有什么事儿？既然这会儿你不在，那咱周五晚上？"

"周五晚上我和公司员工聚餐，在我郊区的家里。"

"呀！你最近变化真不小啊！那这样吧，你就别让优优张罗了，交给我的餐厅吧。"

"有人请客当然好了！"

"就当我谢谢你帮我赚钱了，年底不准给我涨管理费！"

"那不可能！"

挂了电话，利慎远再远远望去，郗同文已经不见踪影，他叹了口气，略微失望。

晚上，郗同文和张小西在酒店里，躺在床上，做着面膜聊着天。

"同文，你怎么都没告诉我你也来文昌啊？"

"临时决定的,老板的助理有事来不了,所以我跟着来了。"郗同文情绪不高地说。

张小西倒是很兴奋,继续说道:"我今天还是第一次看到你们利总,好有气场啊!不过我没想到你竟然喜欢这种类型的。"

郗同文敷衍地假笑。

张小西似乎并没有察觉郗同文有心事,说道:"我看他对你不错啊,看你的眼神不太一样哦。"

"是吗?但是他这样的人,真的会喜欢我吗?"

"同文,你怎么了?怎么感觉你好像有心事?"

"没什么,可能最近频繁出差,有点累。"

"唉,看来金融圈光鲜外表下,还真是辛苦。"

"还没说你和陈凯怎么样了。"

"我和陈凯真的只是朋友。之前我一直说对航天的东西很感兴趣,他老东家的同事送了票,所以带我来看看。"

"哦,真的就是朋友?慢慢来也好,咱们女生不要头脑一热全身心地付出,还是应该看清了再交往也不迟。毕竟金融圈的人诱惑太多,他们想事情也喜欢考虑投资收益,太理性未必是好事。"郗同文一改以往对陈凯的吹捧,反倒理性分析起来。

张小西听着郗同文不明所以的一番话,似懂非懂地点了点头。

周五,方奇杰来到利慎远办公室。

"利总,琨奇三个交易日已经涨回到前期水平。另外,上次陈凯推荐的翎羽高新我觉得不错,最近打算重仓。"

"好,我知道了。"利慎远笑着说。

"您最近心情不错?"方奇杰试探性地问了句。

"是啊,琨奇的事情能够妥善解决,自然轻松许多。你也辛苦了,最近我都没接 Mark 电话,你没少替我听 Mark 唠叨吧?"

"应该的,不过公司客户总监空缺得太久了,我们是不是考虑请一位回来?这次我去美国,我觉得BD那边有个年轻人不错,中国留学生留在那里的,看起来也想回国,如果请他回来,未来与BD关系也能处理好。"

"这个……再说吧。"

"您有其他考虑?"

"我还是想在国内找一个客户总监,未来要以在中国发展为主。"

"我懂了。晚上您真让李世伟他们去您家里胡闹啊?"

"大家既然高兴,那就闹去吧,房子空了许久,增加点人气。"利慎远笑着说道。

"您就没想过给它找个女主人?"方奇杰趁着利慎远心情不错,才敢问出这句。

"想啊,但是不容易啊!"利慎远嘴上说着不容易,神情却是十分轻松,好似志得意满。

"利总,我觉得这一两年您变了好多。"利慎远看着方奇杰,方奇杰继续说道,"您变得有温度了,也爱笑了一点,跟同事们也走得更近了,如果……"说到这里,方奇杰有些犹豫,而利慎远还是继续和蔼地看着她,并没有说话,但温柔的眼神坚定了方奇杰的信心,她继续说道:"如果您的一些想法能够多与大家交流一下,哪怕只跟我说说,您可能就不会这么辛苦,我可以帮您分担,我永远都支持您,我也希望您能信任我。"

"你已经帮我分担很多了,你是我们最金牌、最会赚钱的基金经理,这次也是你,亲自去美国帮我扛住压力。"

"我觉得不够,我希望,而且我相信我有能力做得更多!"

"我也相信。"利慎远说完,微笑地看着方奇杰,方奇杰也看着他。只是两人的眼神中流露出的情感并不如他们工作中配合的那般一致。

晚上,公司所有人都来到了利慎远在郊区的别墅。这是一幢地上三层、地下两层的独栋建筑,丽丽、何思源和几个同事将车子停好,边走边讨论着。

"这小区真气派,那边有个大湖泊,还有高尔夫球场。"
"你们看到了吗? 刚刚门口的保安都那么帅!"
"我听说这里的别墅每栋都要 2 亿以上哦。"
"但是利总说他不住这边,住在公司附近。"
"暴殄天物啊,不如借给我住,我愿意住这么远!"
"如果能让我在这住,给利总当司机我也愿意啊,我每天接送他上下班。"
"你想得美,我也想做司机。"
"我还是想做利总的太太,天天躺在这里,老公又那么会赚钱,多幸福啊。"
"你做梦吧。欸? 你们说,利总这么大产业,他不结婚,也不生孩子,为什么呀?"
"难道他是……?"
"不会吧?"众人一边走一边八卦着。

同事们陆续到齐。郗同文和陈凯一起走进利慎远的豪宅,虽然大家都轻松愉悦,不知怎的她竟有点高兴不起来,她再一次感觉到自己离老板的距离原来是这么遥远,自己还在为搬到几环而发愁,他却已经能够拥有顶级的豪宅。

Party 上,大家三三两两地聊着天。一些人围着利慎远和柯文韬,或请教投资心得,或敬酒说着客套话。

郗同文四处走着,看着,别墅的装修一看就是设计师精心设计的杰作,但不知怎的,却没有家的温暖感。走着走着,她来到了利慎远的书房门口,有点犹豫进去是否妥当,却好想知道这个金融大佬都读什么书。在好奇心的驱使下,她大胆地走了进去。

来到书架前看着书架上一排排或陈旧或崭新的书,从历史到天文,从物理到文学,郗同文自言自语道:"读的书好杂呀。"

随便抽出一本,展开后,她惊讶地发现满是标记,时不时还写点心得,字如其人,利慎远的字苍劲有力、笔锋尖锐,下笔如他本人做决策一样果决。郗同文笑着点了点头,心里想着这就是自己喜欢的类型啊。将手中的书合上,小心放回后,她继续看着书架上的陈列,发现在书架上摆着一幅三尺见方的画作——一个女人立于山间,面色忧郁,看着天上的燕子。

郗同文驻足在画作面前看了许久,全然不知利慎远和柯文韬已站在书房门口。两人打算来书房聊聊天,却看见一个小女生独自在书架前流连,两人便观望了她许久。柯文韬更是一脸惊讶。

终于利慎远打破了郗同文的思索,走了进来说:"认识这幅画?"

"啊,利总,我……那个……就是随便走走,就走到这了。"郗同文对自己闯入利慎远的书房颇感难为情。

"没关系,都让大家来了,就没什么藏着的。这边我也不常住,只是公司附近的公寓太小,我会把看过的书送到这里。"

"利总,您看过的书真多啊。"

"打发时间而已。"

柯文韬这时才回过神来,上前问道:"这位美女是……?"

"我公司员工,郗同文。同文,这是柯文韬,咱们的投资人。"

"柯总您好!"

"你好!"柯文韬边说边用眼睛直勾勾地盯着郗同文,看得郗同文有点不知所措,只能将目光转移,恰好又落到那幅画上。

利慎远则继续说:"你还没回答我刚刚的问题,认识这幅画?"

"哦,这是蔡公的《燕归图》,怎能不认识?背后还隐藏着蔡公的爱情故事。"

利慎远笑着心想:"小姑娘懂得还不少。"

郗同文继续说道:"您这幅好像不是印刷品,应该是高手临摹的吧?临得真好,燕子和女子忧郁的眼神都栩栩如生。"

"只是看着好看,路边随便买的。"利慎远说得随意,柯文韬看了看利慎远,露出不明所以的表情。

"利总眼光不错,是蛮好。"郗同文说道。

"喜欢?那就送给你吧。"利慎远说道,柯文韬在一旁表情震惊。

"那怎么好意思?我看看就行。"

"就当是 B&B 项目对你的奖励。"

"那年终奖还给我吗?这个可不能抵年终奖,否则我就亏大了。"郗同文说完,柯文韬在利慎远身后不禁咳了几声,差点没喷口鲜血出来。

利慎远无奈地笑着说:"这是我个人对你的奖励,一年多来你很努力,成长很快,值得嘉奖。放心吧,年终奖公司会给你的!"

"真的啊,谢谢利总。那我就却之不恭了……我真的拿走啦?"

"拿走吧。"

何思源与陈凯在别墅院子里的角落聊着天,何思源问:"上次那个姑娘,怎么样了?了解清楚了吗?"

"真的是普通朋友,你别多想了。而且那个是同文的好朋友,你这么说,同文肯定对我有意见了。"

"那你更得保持距离了!一旦出事儿了,你俩怎么做同事啊?哎!不过其实你可以考虑一下同文,我看你俩走得挺近。我跟你说个内幕,她老爸,社会学圈内大神,虽然不是咱们行业的,也不是什么上市公司老板,但是人家起码有社会地位,那保不齐将来就有什么资源能用上!"

"你别瞎说,我跟同文,纯革命友谊。"陈凯略有低沉地说。虽然陈凯对张小西确有好感,但是上次听了何思源的那番话,再看看自己的背景,似乎也确实应该为自己的事业考虑考虑。

这时,郗同文走了过来:"你们聊什么呢?"

"瞎聊聊!"何思源说道,"你们聊啊,我去跟利总打个招呼。"说完何思源起身离开。

"凯哥,我搬家了,周日中午请你吃饭,来我新家暖房啊。"

"周日啊……"

"张小西也来哦,我还叫了林昊风。"郗同文故意强调张小西会来。

"那个,同文,我周日有点事儿,我就不去了,你们玩吧。但是乔迁的礼物,我一定送到!"

"这样啊……"郗同文若有所思。从陈凯的言语间,她对他与张小西之间的关系和态度已有了答案。

郗同文在院子自助餐台前,一边被陈凯的态度气得猛塞食物,一边不屑地看着同事们觥筹交错。

这时,柯文韬朝她走了过来,问道:"美女,金枪鱼好吃吗?"

"嗯,不错。"郗同文回答。

"什么时候来的半岛基金?"

"一年多,快两年了吧。"

"哦……"柯文韬意味深长地笑了笑,继续问道,"刚毕业就来半岛了?小姑娘,运气不错啊!"

"是啊,利总在燕大给我们上课,把我招进来的。"

"哦,上个课就能挖到你这么一个大美女!他这运气也不错啊。"

"柯总,我是靠智慧的好吗?当然,美貌也是我的一部分!"郗同文开玩笑地说。

"有男朋友了吗?"

"哪有上来就打听这么私人问题的呀!"

"你觉得你们利总怎么样?"

"您问哪方面?"

"各方面。"

"都很好啊,利总殚见洽闻、卓尔不群、强毅果敢……"

"行行行,我知道了,一会儿成语不够用了。总而言之呢,他是金融圈出了名的钻石王老五！你们小女生都喜欢这样的吧？要是能找个他这样的,那将来在金融圈发展可以说是一马平川啊。"柯文韬故意挑衅地说。

郗同文却毫不示弱:"柯总这话问得很有意思。社会心理学中有个概念叫作刻板印象,是指有些人对某个事物形成的一种概括固定的看法,并把这种观点看法推而广之,认为这个事物或者整体都具有该特征,而忽视了个体差异。您这个问题,首先,犯了刻板印象的错误。其次,让人无法回答。无论我回答是或不是都落入您问题的陷阱,喜欢与否都被您归为因为他这个钻石王老五的身份了。我倒是有点明白利总为什么一直单身,因为身边有您这样一位轻视女性的挚友啊。"

柯文韬竟被郗同文几句话挣得无言以对。

晚上,众人散去,柯文韬餐厅的员工正收拾着 Party 之后的残局。

柯文韬与利慎远在书房里边喝酒边继续聊着天。

"我说最近利总怎么春光满面啊……"柯文韬故意话里有话地说。

利慎远笑而不答。

"身边有美女陪伴,那自然是不一样。"

"就是一个员工,你别话里有话地讽刺我。"

"《燕归图》就这么送啦？"柯文韬显得有点激动。

"都说了,路边买的。"利慎远笑着说。

柯文韬则是盯着利慎远,无言以对,定了定神,语重心长地说:"你说路边买的就是路边买的吧。但是,慎远,你是当我瞎吗？按理说啊,你能开展一段感情,哥们儿应该替你高兴的。可是……可是……我看姑娘肯定比你准,刚刚这姑娘虽然我俩没聊几句,但是她绝对是那种心志坚定,眼里不容沙子的主儿。我更看得出来,她现在对你那是充满了崇拜加爱慕啊。"柯文韬停顿了一下,继续严肃地说,"我必须提醒你,就这姑娘,你如果招惹上了,以她的心性……你懂我在说什么。所以,我也不多说了,就是奉劝你一句,你想清楚了,问问你自己的内心,你是认真的,还是……嗯……你想好了就成。"柯文韬欲言又止。

听了柯文韬的这番话,利慎远愉悦的神情慢慢消失,一动不动,看着书架上空出的一块,思考良久,然后将酒杯中的酒一饮而尽。

郗同文独自在家,盘腿坐在床上,对着放在床头柜上的《燕归图》发呆许久。

第十一章

周末,林昊风和张小西来到郗同文的新家。

林昊风边打量着装扮精致的小家,边说:"我就说你适合金融圈吧,这么快就能搬进三环了啊。"

"咳,都是租的房子,多付点房租,少付点路费而已。"

"郗神怎么没帮你一把,给你买房啊?"张小西问道。

"郗老头也就在咱们社会学圈还成,学校开的工资还没我现在多呢。他出的那些晦涩难懂的书,能卖多少呀?也就是知识分子给他点面子。我还是靠自己吧。"

"唉,行业差距啊!"张小西叹气,想着自己所在的行业即便到了金字塔顶尖也不过就是郗神这样的人物,可还不如刚入行不到两年的郗同文收入高。

郗同文看出了张小西的失落,赶紧补充说道:"各行有各行的好,只要自己喜欢就行。你看我爸,虽然赚不了什么钱,但这辈子还不是过得很开心很滋润?金融圈,虽然赚得多,可花钱的地方也多。如果你不穿名牌、坐头等舱、喝红酒、打高尔夫,别人就会怀疑你的能力,谁还放心把资金交给你呢?所以那些维持高品质生活的投入,实际上是生产资料。再看你们,关注的就是谁发了什么paper(论文),谁做了教授,没人在意谁穿什么衣服、背什么包、打什么球,那些标榜身价的消费品就没有意义了!"

"行啊,才转行两年就一套一套的了。"林昊风开玩笑地说。

"比起你,我差得远着呢。虽然我不看医药行业,但是咱们圈就那么大,早就听说了你林昊风的大名了,刚毕业一年,能在一个二流券商入围金鼎财富排行榜,声名远扬呀!而且我还听说,你今年有望进行业前三。怎么样,林总最近拜票还顺利吗?我要不要提前恭喜你一下啊?"

"金鼎财富到底是什么啊?我总听你们说起。"张小西好奇地问。

"就是一个权威的排行榜,尤其是针对我们证券公司的股票分析师,如果能上榜,那就是说分析师有含金量,证券公司一般也会以此作为对我们的重要考核标准。"林昊风解释道。

"那怎么才能上榜呢?有什么要求呢?"张小西继续问。

"当然,首先就是要有推荐优质股票的能力,也就是说投资机构听了我们的建议赚到钱了。"林昊风轻描淡写地解释着。

郗同文接着说:"你怎么不说重点啊?小西,我跟你说,其实他们更重要的是伺候好有投票权的客户,也就是各种投资机构。比如咱们林总的服务意识,那在业内是妇孺皆知啊,尤其是女客户,口碑甚佳。"郗同文讽刺地说道。

林昊风一副欣然接受的表情,说:"我就当你是夸我了,但是你不能因为我一个特长太耀眼,就忽略了我另外的特长啊!你忘了 B&B 项目谁帮你搞定的啦?你忘了当年实习我怎么帮你的啦?我在燕大专业第一好吗?!"

"对对对,林总的专业素养也是不容小觑的!"

言罢,几人笑作一团。

清晨,郗同文漫步在金融街上,聆听着最爱的音乐,欣赏着金融街上人们行色匆匆,有人精神百倍,对未来充满希望,有人疲惫不堪,似乎又经历了不眠之夜,看似不同,却又相同无异,那就是金融街人士的眼中对金钱和价值的执着。

郗同文却像是这里的一个奇葩,或许此刻只有她还有心思欣赏着周遭的美景,高楼林立间星星点点的郁郁葱葱。看着路边购物中心摆出的玩偶,她也能观摩良久,神情中透着一种悠然与惬意,或许家庭优越的她对金钱并不如饥似渴，可对胜利的执着却可能超过周围所有的人。这种个性似乎与生俱来，完全无法从她的成长环境中找到蛛丝马迹。

走进盛泰金融中心，刷了门禁卡，来到电梯前，此刻尚早，只有利慎远正在等电梯。

"利总早呀。"一早就看到了利慎远，郗同文心中不禁一喜。

"早。"利慎远却是表情严肃，只用余光看了一眼郗同文。

"利总，您送我的画，我可是摆在我家最显眼的位置哦。"郗同文愉悦地闲聊。

利慎远并没有回应，依然表情严肃。

两人走进电梯，利慎远径直走到后排角落，郗同文则是对利慎远一改常态的做派有点不解，但也跟着走了进来，按下了32层的按钮。

沉默使二人陷入一种尴尬的氛围之中，郗同文时不时回头看看他，期待着他能够像以往一样与自己聊聊天，但利慎远并没有这样做。沉默的尴尬让时间变得无比漫长，郗同文如同以前一样，抬头看着电梯里楼层数字的变化，心中默数着，希望这种尴尬早一点结束。利慎远在后面则虽面色阴沉，但也忍不住看着郗同文纤细的背影，看着她被秀发遮挡若隐若现白皙的肩颈，想起了二人在香港那次面对面的交流。电梯叮的一声，让利慎远回过神来，他赶紧将目光转移，面无表情、头也不回地快步走出电梯，回到办公室。

郗同文慢慢走出电梯，回想之前在别墅的书房中，利慎远还甚是和蔼地与之交流，不知为何现在变成这样。她一脸疑惑，看着利慎远快速远去的背影，很是不解。

公司周例会上，何思源做着股票推荐的演示："他们的研发投入持续增强……产品未来应用空间较广，因此我给出买入的建议。"说完，何思源看着在座的基金经理。

"分析得很透彻。"刘智明先表扬了一下，其他人并没有继续问什么问题。

这时利慎远表情严肃，问道："产品未来应用空间广阔？这个广阔的空间目前没有落地的原因是什么？这些所谓的应用中，客户的痛点是什么？或者说有痛点吗？竞争对手都有谁，在这些领域是如何布局的？"

何思源见状，脸上的笑容顿时收了起来，说道："公司的董秘说……"

"我不要听他说，我要听的是，在推荐之前，你都做了哪些方面的研究和分析？"利慎远完全没等何思源说完，就立刻打断并质问道。

"好的，我下去再深一层地分析。"何思源的经验告诉他，此刻不宜与老板多做纠缠，不如早早认怂，免得一顿骂。

刘智明见利慎远今日的气场略有不对，想了想说："同文，下一个你来做演示吧。"直觉告诉他，老板对郗同文的印象是不错的，此刻派个女将，或许能缓解一下紧张的氛围，也让老板愤怒的心情平复点。

"好。"郗同文见状赶紧走上前，接上电脑，做着演示，"捷立股份目前储备的影视作品都有较好的制作团队，且其中一个IP早期在互联网中非常热门，男女主角都是口碑较好的影视明星，有望成为爆款，另外……"郗同文做着演示，跟以往一样，她的目光在不断扫描着每一个参会人员，只是停留在利慎远的身上是最多的。以往利慎远大多抬头看着郗同文演示，这一次，他选择低头看着电脑，全程没有与郗同文做任何眼神上的交流，只听得到郗同文的声音："……综上，我对捷立股份给出买入的建议。"

郗同文演示完毕，利慎远依然没有看她，而是盯着电脑说："这个公司正在筹备和拟上市的影视作品，这些信息只有我们能够掌握吗？你看看它的股价，近半年已经上涨了60%，比同行业的平均涨幅多了50个点，目前既不是行业旺季，也不是收益兑现时点，这说明什么？说明市场对它的预期和你是一样的，并且比你早了半年！时机！时机很重要！我说了多少次了！你最近的研究都太浮于表面，完全没有拿出像样点的成果。"

突如其来的一通批评，让郗同文站在原地，涨红了脸，不知如何作答。

利慎远看了一眼她，淡淡地说了一句："今天先到这里吧。"说完合上手中的电脑，起身离开。

众人纷纷长舒了一口气。

李世伟离开会议室时路过郗同文身边,说道:"没事儿,本来也不可能每次都看得准。再说了,研究员只是给投资建议,剩下的还是看基金经理的判断,不要有压力。"

"你劝了等于没劝!听着更让人生气。"方奇杰路过,在一旁淡淡地说道。

"那你倒是说句好听的呀!"李世伟边说,边追着方奇杰走了出去。

郗同文则站在原地露出僵硬的笑容。

被利慎远在会上当着众人的面批评,这还是第一次,让郗同文有点不知所措,她坐在工位上,对着电脑发呆良久。她想了想,还是继续工作吧。

不知不觉中,已经很晚,郗同文回过神时,办公区已经只剩下她一个人,伸了伸懒腰,准备去泡一杯咖啡。这时,她见利慎远正要离开。

郗同文快走了几步,上前说道:"利总,您下班了呀?"

"你也早点走吧。"利慎远淡淡地说。

"那个,今天例会上,您说的……"郗同文想对自己在例会上差强人意的表现做一些解释。

利慎远直接打断:"我还有事儿,有什么事儿,你跟刘智明说吧。"

利慎远的一句话犹如在二人之间空降一堵墙,让郗同文的心痛了一下,笑容僵持在脸上,目送着利慎远离开。她怎么也想不出利慎远为什么突然像变了一个人。

一日,李世伟在利慎远办公室汇报工作:"琨奇与通安的诉讼案已经结案了,琨奇赢了。其实这个案子本来就很简单,通安科技明显是不正当竞争,拖拖拉拉这么久,估计也是因为影响太大,法院判的时候比较谨慎吧。"

利慎远抬头看了一眼李世伟,面无表情地说:"我有手机,能看到新闻,不需要你复述,我发现你们最近废话都很多。有这工夫,我请你把业绩搞好,你看到你这两个月的收益率了吗？是不是最近太安逸,想要考虑新环境了？"

李世伟慌忙回答："那哪能呀？"

"这个月如果还是跑不赢市场,我建议你开始投投简历。出去吧！"

方奇杰此刻正站在亓优优的工位前聊着天,看着利慎远办公室的门,方奇杰问道："利总最近心情不太好？"

"好像是。"

"知道为什么吗？"

亓优优双手一摊,露出一副莫名其妙的表情。

这时李世伟从利慎远的房间里走了出来,见两人在聊天,也凑了上来,说："利总什么情况啊？前段时间好好的,这怎么又回归魔鬼模式了？"

"又被骂了？"方奇杰笑着问道。

李世伟看着方奇杰幸灾乐祸的样子,不想回答。

方奇杰继续说道："你知道你最大的缺点是什么吗？"

"什么？"

"看不出形势！谁都看得出来利总最近心情不太好,大家都躲着走,偏偏你有事儿没事儿往前凑。"

"也不光是我啊,他刚刚还说,咱们大家最近都废话太多。这还不是因为,比起他以前那副让人恐怖的神情,现在和蔼多了,那我们当然想多跟老板取取经了。现在又嫌我们废话多,怎么都不对。"

"我看你是因为利总前些日子好相处了,有事没事往前凑,想表现吧？以前让你去利总办公室,跟上刑场似的躲着,最近倒是跑得勤快,这下傻了？"

李世伟的小心思又被方奇杰看穿,让他觉得很没面子："你怎么老戳穿我啊？"

"我劝你有这工夫赶紧想想怎么提高收益率,我听说最近你好像几次换仓失败,收益率堪忧啊。什么情况啊?"

亓优优在一旁看二人斗嘴,看得津津有味,眼尖的她突然问道:"咦?李总,您订婚戒指呢?"

"啊?什么?"李世伟假装没听见,正要走,方奇杰眼疾手快地拉住了他。

"别装傻了,戒指呢?怎么,想在外面装单身啊?"方奇杰也调侃起来。

"唉,我就只跟你俩说了啊,不准声张,要不没面子。我俩吹了。"

"啊?为什么?"方奇杰和亓优优异口同声地问道。

"性格不合。"

"原来你结婚还看性格?你不都是看性价比吗?"

"总之,就是不合适。"

"怎么不合适了?当初谁说来着,一个人负责在外面赚钱,一个人负责子女教育和学区,多合适啊。"

"我俩都太忙了。最近房子装修的事儿,什么都让我去处理,老说什么上课走不了。她一个中学老师,搞得比我还忙,害得我天天跑工地,都没时间研究市场。就这,还好意思让我给她在房子上加名字。钱和力都我出了,她就负责享受,没意思,散了也罢。"

"哦,说来说去,还是性价比不高了呗。"方奇杰讽刺地说。

"我不跟你说了,对同事毫不关心,不是讽刺就是嘲笑,你就不能有点女人的样子?白长这么好看了!我走了!优优,你离方总远点,别让她把你带坏了,不像女人。"李世伟边说边向自己办公室走去。

留下亓优优和方奇杰相视而笑。

郗同文正在愁眉苦脸地写着研究报告,近期的市场行情不好,调研了多家公司也没看到让她眼前一亮的,突然电话声响起。

"喂,江总。"

……

"最近市场一般啊,我这边也没什么好的想法,您是行家,肯定都知道呀。倒是您那边有什么好公司推荐吗?"

……

"是啊,市场太差了,除了前段时间几个游戏公司借壳,让那几只股票带着行业指数涨了点,其他都不行。"

……

"对!那您那边有推荐的一定一定告诉我啊。"

……

"嗯、嗯,好呀!"

……

"拜拜。"

郗同文经过2年的历练早已经适应了行业里每天的这类勾兑信息、勾兑股票的电话,也没有早年的青涩,现在的她已经驾轻就熟。

挂了电话,郗同文有点沉闷。

何思源见状,问道:"怎么了?心情不好?"

"没什么。"

"因为之前利总会上说的那些话?"

郗同文轻轻叹了口气,又不好意思地笑了笑。

"你来公司还是太短了,现在这情形才是利总的常态啊。以前他都是这样,我们谁都被骂过,习惯就好了,别太在意。在半岛,只要有业绩其他都好说。你看李总,天天被骂,但是他管理的基金收益率,除了方总,谁也比不了,在公司快十年了,天天被骂也没事儿。不过,听说最近李总的业绩堪忧。"

"唉,我现在也是业绩堪忧啊。"

"别谦虚了,入行两年,都已经跟我们这入行好几年的拿的钱差不多了吧?放心吧,你可以的。不过你天天窝在公司可不行,多出去跑跑呀。"

"我最近都调研好多家上市公司了,好公司市值太高,市场预期都提前兑现了。市值低的公司业绩太烂！唉，难啊。"

"谁说让你去上市公司调研啊？我是让你多跑跑分析师的饭局，多认识认识，好勾兑勾兑消息。"

"但是上次魏峰因为涉嫌搞内幕交易就被开了呀。"

"那是因为他消息不准，还让公司亏钱了！只要消息可靠，让公司赚钱了，怎么，利总还能开了你呀？那都是做给别人看的，能赚钱才是硬道理，总是不出业绩，那公司才会干掉你！"

郗同文若有所思地盯着电脑，继续发呆，突然问道："陈凯中午跑哪去了？"

何思源看了看郗同文，想了想说道："他啊，相亲去了。"

"相亲？"郗同文一脸不可思议的表情。

"是啊，别人给他介绍了一个妹子，据说家里有点背景，老爸是一个保险资产管理公司的高管。"

郗同文冷笑一声，不屑地重重敲打着键盘，发泄着自己的不满。何思源看着郗同文气愤的表情，却得意得很。一直以来，他对陈凯和郗同文之间的友好关系就很介意，如今陈凯放弃郗同文的这个好朋友，转而去相亲，这个消息当然要告诉郗同文。这才是他何思源的一贯作风。

一日晚上，利慎远带着方奇杰与曹其和他手下的基金经理觥筹交错。

曹其客气地说："慎远啊，你看你身边都是精兵强将，像方总这种金牌美女基金经理，我怎么就挖不到呢？"

"曹总客气了，华科基金有曹总您这种以一当十的王牌基金管理人本来就足矣，再看看这几位年轻有为的基金经理，您夫复何求啊。"利慎远说着场面话。

"呵呵呵，你客气了，我跟你比不了了，我年纪大了，但是我敢于用新人，要相信年轻人，未来都是他们年轻人的。过几年等我女儿结婚生子，那我就索性回家带孙子了。"

利慎远笑而不语。

曹其接着说:"慎远,你还没结婚吧?有女朋友了吗?"

利慎远略显尴尬,但犹豫再三,还是说了句:"还没。"说完喝了口红酒。

"哦?我有个侄女,也是海归,也在金融圈,长相就俩字——漂亮!她爸爸还是财政厅……"

"呵呵,曹总,这么优秀的侄女可以给这些年轻人介绍介绍,我习惯一个人了……"利慎远略难为情地说。

这句话让刚刚在一旁略微紧张的方奇杰不知开心还是难过,她既怕利慎远真的接受曹其的保媒拉纤,但利慎远的断然回绝也让她不知道这个男人心中到底对另一半做何打算。

"哈哈哈,男人还是要早点成家,这样更有助于专心拼事业。不过你身边就有这么一位漂亮又能干的方总,利总的眼光自然就高了。方总也没结婚吧?"

方奇杰见状,心中竟有些欢喜,心想:"这老家伙,总算说句人话。"但方奇杰没有回应,只是笑了笑,转而用期待的眼神看向了一旁面无波澜的利慎远。

曹其顿时就看出了方奇杰的想法,继续说道:"慎远,你和方总强强联合,搞个夫妻店也不错啊,哈哈哈。"

"曹总,我听说杜建民这段时间日子不好过,那他们在您这儿的资金,这两年是不是也都在陆续抽调回去?"利慎远此刻略显不耐烦,索性将话题转移到曹其最不想提及的事情上。

方奇杰原本的欢喜和期待也被利慎远无情的回应瞬间扑灭,尴尬地端起酒杯一饮而尽。

曹其这边也只能顺着说:"唉,是啊,世辉资本的主要资金来源就是康利宝,现在银保监会不让卖了,他们的现金流也就断了。最近市场动荡,他们对外承诺的高利率根本兑现不了。这两年不好过啊!"说着曹其叹了口气,继续说,"不过这么看,他不该抽回你们那 5 个亿啊,按照今年的行情,也就半岛能够达到世辉的要求。你们当初怎么没再争取一下,挽留一下世辉的这个大金主?虽说现在远不如从前,但瘦死的骆驼比马大,对你我这样的私募基金来说,他们的体量还是值得争取的。再说了,有钱就成,管他是谁呢。"

"合则聚,不合则散,人是这样,财更是如此。"利慎远依然面无表情地说。

曹其接过话:"好!咱们之间一定是合则聚!来干一杯!"

郗同文与林昊风也在餐厅吃饭聊天,郗同文假装抱怨地说:"这顿算是我还你 B&B 和之前的人情了啊,你都年薪百万了,还总抠我这几顿饭。"

"行行行!"林昊风笑着说。

这时郗同文的电话响了,她看了一眼接起。

"喂,江总。"

……

"真的吗?化梦娱乐要借壳[①]?哪家公司?最近游戏公司借壳上市的项目好多,也算大势所趋吧?"

……

"消息可靠吗?"

……

"这倒是,泰诚科技目前的状况倒是符合壳资源的标准,市值小,股价低。最重要的是,目前原有的业务已经不足以维持经营了,如果不想退市,早晚是要被借壳的。"

……

[①] "借壳"是"借壳上市"的简称,是指一家公司通过把资产注入一家市值较低的已上市公司,得到该上市公司一定程度的控股权,利用其上市公司地位,使自己的资产得以上市。

"好嘞！谢谢江总。"

挂了电话，郗同文一直踌躇的心情总算有所缓解，不禁嘴角上扬。

"化梦娱乐要借壳泰诚科技①?"

郗同文笑而不语，毕竟公共场所讨论这种内幕消息，尤其还是在金融街附近的餐厅，着实要注意点。

"这种消息，可要慎重，来源可靠吗？"

"我跟金信证券TMT（数字新媒体产业）行业首席江涛很熟，他也算这行的专家，人脉资源也很广，我估计靠谱吧。"

"江涛啊，他是挺牛，去年TMT行业排名第二的分析师吧。但我还是提醒你，要慎重，借壳这种事情变数太大了。上市公司原来的大股东和要借壳的公司双方且得博弈呢，价格、估值、对赌条款，还有借壳上市后谁说的算，董事会席位怎么给，经营层怎么安排，这些变数太多了，哪个条款没谈拢可能就吹了。根据我以往的经验，从有传言到真的能成功，不超过十分之一，几乎都是传着传着就没动静了，甚至很多都是上市公司故意放出来的消息，就为了有人拉股价，为他们出货抬轿子。"

"这么玄乎？"

"所以你一定要慎重！"

"但是你以前都是鼓励这种多交流、多勾兑的方式，今天怎么又风向转变了？"

"交流和勾兑消息当然重要了，因为我是卖方啊！你是买方，最终是要投真金白银的，消息来源靠不靠谱你得有判断能力，你入行太短了，判断得未必准。而且，我个人更喜欢的是通过多重消息挖掘别人没看到的价值，可不是赌这种重组啊、借壳啊之类的事件，太没谱了。"

"可是我和江涛认识很久了，平时也是当朋友处，他去年金鼎财富我也

---

① 这里指华梦娱乐通过将资产注入泰诚科技这家上市公司实现上市的目的。

一直帮忙投票来着,不至于坑我吧……而且投不投我说了也不算,由基金经理判断呢。总之,我心里有数,回头再说吧。"郗同文被林昊风的这盆冷水泼得有点不开心。

宴席散场,利慎远和曹其一行人向酒店门外走去,边走边聊天。

"慎远,我们今天没喝尽兴啊,怎么这么早就走呀?"

"抱歉啊,曹总,我一会儿还有一个电话会议,真的得走了。"

"好!下次,必须喝好了才让你走。"

"好,好!"利慎远正敷衍地回复着曹其,正在这时,却见门口两个熟悉的身影,正是郗同文和林昊风两人刚吃过饭,正要离开。

方奇杰叫了一声:"郗同文。"

郗同文回头见是利慎远和方奇杰,赶紧走了过来打招呼:"方总,利总。"

"吃饭?"方奇杰问道。

"是啊。"

"你和林昊风,你们俩……"方奇杰笑着问,暗示两人关系不一般。

"您别误会,B&B项目他帮我牵线,非让我请他吃饭。"郗同文赶紧解释,这话既是解释给方奇杰听的,更重要的是解释给利慎远听的。可利慎远依然面无表情,站在原地,既不反馈,也不作声,好似一切与他无关。

这时林昊风也走了过来,说道:"方总好、利总好,好久没见。"

"昊风还是那么帅,现在更是稳重加帅气了啊。"方奇杰笑着说。

"方总也是更漂亮了,离开半岛我觉得损失最大的就是不能跟着方总混了。"

"还是这么会聊天!我给你介绍一下吧,这是华科基金的曹总,这几位是华科基金的基金经理,都是你的客户哦!"

"曹总好,各位老总好,我是林昊风,华康证券生物医药组的首席研究员。"

这时,华科基金的一个基金经理说道:"林昊风,我听过,也看过你的报告,很专业,入行一年就上榜金鼎财富,好像还是燕大的高才生,未来大有前途啊。"

"您过奖了!为各位服务,我荣幸之至呀!"

"小伙子不错!挺精神呀!"曹其笑着说道。

"曹总,我看您那个侄女可以考虑一下!"方奇杰开着玩笑。

林昊风先是一愣,但马上明白,对曹其说道:"曹总,您看方便加您一个微信?未来有什么活动和消息也好给您分享一下。"林昊风总是能够把握好各种时机与客户建立联系,对待客户也从不羞于启齿。

曹其也不好当面拒绝,笑着道:"好,好!"林昊风顺势又加了华科基金其他人的微信,顿时感觉此行不虚。

曹其的车来了,众人一阵离别前的客套,便与华科基金的人一并离开,只留下了四人,面面相觑。利慎远冷眼看看郗同文,又看看林昊风,似有不悦,然后看向远处开过来的车,头也不回地上车走了。

"我也走了哦。"方奇杰也跟着离开了。

郗同文目送二人上车,心中一阵酸,回过神来才对林昊风说道:"咱们也走吧。"

林昊风捕捉到了郗同文失落的眼神,心里也好似明白了什么。

林昊风和郗同文两人慢慢向地铁站走去。

郗同文问:"你怎么也不买辆车?还坐地铁。"

林昊风笑着说:"我们不配!到处拜访,就怕迟到,打车和地铁灵活点。"

"今天说好的我请,怎么又是你结账啊?"

"我得让你欠着我点,这样下次才能有足够的理由约你出来啊。"虽然林昊风总是喜欢这么开玩笑,但人们就是喜欢听这些,最近也确实只有林昊风能让郗同文这么开心地笑了。

郗同文笑着说:"咱们是姐妹,约我出来不需要理由。但是今天的饭,你请客也不亏,认识了曹总,还加了微信,看样子还要介绍侄女给你认识啊。"

"咳!要不怎么说,你就是我的幸运女神?跟你在一起,我就能遇到好事!"说着林昊风想要一把搂过郗同文,郗同文一脸嫌弃地躲开了。

利慎远并没有直接回家,而是来到一间酒吧,独自买醉。看到郗同文与林昊风见面,自己就只能站在一旁,什么也做不了,也没有立场去阻止,这种无助感是他在资本市场里很少体会到的。

此刻电话响起。"喂?"利慎远听着电话那边的阐述,他面部肌肉逐渐僵硬,眼睛瞪得溜圆,眉头也皱起来。

一日假期,张小西和郗同文约在咖啡厅闲聊。

"最近研究还顺利吗?"郗同文问道。

"还好吧,不过现在搞的东西是我感兴趣的,就算不顺利,也是自找的。"

"我爸都夸你文章写得好,放心吧,将来你也能成为业内牛人!"

"真的吗?真的吗?"张小西激动地问。

"当然是真的了,上次你找我爸帮忙看的那篇文章,我就告诉你了呀。"

"我只是不敢相信。嘻嘻嘻……"

"我看你是想再听我夸你一遍吧。"郗同文顺势搂住张小西的肩膀,靠在了她的身上,笑容慢慢淡去,而后沉默不语。

张小西说道:"亲爱的,你最近看起来很疲惫啊。"

"嗯,压力有点大。"

"利总怎么这么不怜香惜玉啊?把我们郗大小姐都累憔悴了。"

"唉,别提他了。"

"怎么了?"

"可能之前是我误会了,我以为他对我和对别人有什么不同,其实是赶上他前阵子心情好。最近他已经完全不理我了,对我很冷淡,甚至还不如当初实习的时候。"

"为什么呀?"

"或许本来就是我自作多情呗,其实我自己都不相信他会喜欢我。"郗同文一边靠着张小西,一边摆弄着桌上咖啡杯里的勺子,有些怅然若失。

"那说明他没眼光!你是我见过最完美的女孩儿!家世好,人善良,又聪明,还漂亮,最重要的是工作能力还这么强,这样的女孩儿上哪找去!"

"对啊!幸好,我还有工作!"说着,郗同文顿时坐了起来,"我要好好工作!不跟你聊天了,我要回家写报告!"说着郗同文起身就想走。

张小西拉住郗同文央求着:"不要啦,陪陪我嘛!"

"不行啦,我真的有个报告要赶紧弄完。不过你啊,现在的主要任务就是赶紧找个男朋友,这样就有人陪你了!"

郗同文说完,张小西竟有点不好意思。郗同文明白张小西这是还在惦记着陈凯,但陈凯那小子居然跑去相亲了,想起这郗同文就生气,横眉冷对地继续说道:"不过你千万别找金融圈的,首先是没时间陪你;其次呢,他们精于算计,在两性关系上从不吃亏。听见没?我走了!"

郗同文回到家里,写着研究报告,可脑子里总是不断浮现出利慎远对自己冷漠的样子,但理智又告诉她,应该认真工作,不该想东想西。她用双手拍了拍自己的脸,自言自语道:"醒醒吧,好好工作,好好工作!"

郗同文对刘智明阐述自己的研究结论:"化梦娱乐是国内知名、优秀的网络游戏企业、文化出口重点企业,近年来,他们的三款核心游戏产品得到了市场的广泛认可,已经进入成长期,投入少、回报大,未来业绩可以保障。除了这三款核心游戏产品外,他们开发的多款小游戏在上线当天就创造了App游戏榜第一名的好成绩。海外部分,公司储备有十款产品,其中两款在韩国和美国市场都跻身TOP5。而泰诚科技,原来从事软件外包行业,近年来市场占有率逐年下降,连续两年亏损,现在已经 *ST(退市风险警示),如果今年无法实现扭亏,明年发布年报后则可能启动退市程序。泰诚目前的市值仅有 32 亿,从各方面来说,泰诚科技都是一个很好的壳资源。目前游戏公司走 IPO 这条路太长,跟不上他们快速扩张和研发投入的节奏,借壳成了他们普遍选择的道路。双方诉求吻合,成功率应该极大。因此我建议建仓泰诚科技,如果能够被化梦娱乐借壳成功,根据之前几个案例借壳后股价表现,我预计将会至少有 3 倍收益。"

刘智明非常惊喜地问:"消息可靠吗?"

"我觉得可靠,而且我认为,以泰诚科技目前的状态,即使不被化梦娱乐借壳,也可能成为其他公司的目标。"

"好!"刘智明斩钉截铁地说,然后又有点犹豫,他在飞速思考,应该将这个消息透露给谁,"这样吧,同文,你约一下李世伟,就说今天中午我们一起吃个饭!"

"好!"郗同文见刘智明非常认可自己的观点,也是喜上眉梢。

郗同文走后,刘智明想了想,拨通了电话。

"喂,老吴啊,最近忙什么呢?怎么都没见你来打球啊?"

电话那头正是泰诚科技的董秘吴辰旭,说道:"最近有点忙呀!"

"我劝你啊,别折腾了,还不如把你手里泰诚的那点股票卖了,直接财富自由了,别等哪天退市了,鸡飞蛋打。"

吴辰旭不假思索地说道:"我可不卖。"

"怎么,你们公司有好消息啊?"

刘智明这通电话,就是来交叉印证郗同文的消息是否准确,单凭郗同文的渠道让他还不能确定消息的准确性。但他与吴辰旭也就高尔夫球场上的几面之缘,对方几次想要让半岛基金建仓泰诚的股票,都因为业绩太差被刘智明以老板不同意为由拒绝了。吴辰旭也预想到了刘智明定是得到了什么消息,才会打电话来,便有点吞吐地说:"哪有什么消息?还那个样子,你们半岛看不上的。"

"嘻！我们老板走的路子是那套老掉牙的价值投资！有时间你还是要来打球啊，我前几天 85 杆！"

"好，好，一定去！"

两人挂了电话，刘智明更加笃信，泰诚科技一定有事！

郝同文、李世伟和刘智明三人在餐厅，郝同文阐述完后，李世伟想了想说："这事吧，有点棘手。"

"所以我只告诉了你，方奇杰肯定不同意，但是咱干吗跟业绩过不去啊？我听说你最近的收益不太好吧？"刘智明深知李世伟现在急缺业绩，这才是他找到李世伟的主要原因。公司里的每个基金经理什么风格、什么处境，刘智明都了如指掌，这也是他这些年在公司中游走的杀手锏。

而李世伟最近也着实在为业绩发愁，前期因为与未婚妻吵吵闹闹、分分合合，导致他多次换仓的决定都出现了失误。虽然之前方奇杰告诉他刘智明这人不简单，但此刻李世伟心想："刘智明无非就是在职场上耍耍小聪明，想多拿钱，少担风险而已，或许这真的是个机会呢？"想到这里，李世伟说："利总知道了肯定要骂人。但是，这么好的机会，不搞点感觉有点亏啊！"

刘智明则说："对啊！不搞就亏了！利总现在又不在，再说了，咱也不多买，少买点，一旦成了，那收益率肯定是好几倍呀……"

郝同文打断了二人问道："两位领导，利总好几天没出现了，他去哪了呀？"

刘智明淡淡地说："利总妈妈生病了，去美国了，看样子要待一阵子了。"

"他妈妈病得严重吗？"郝同文有点担心利慎远。

"这都是老板的家事，别乱打听。"刘智明说道。

郝同文继续问道："哦，那……公司这边现在怎么办？谁来决策呢？"

刘智明说："李总有自己的权限，权限范围内自己定就成。所以，世伟啊,这事儿你自己定就成!机不可失啊。"

郗同文在一旁默默地点了点头。李世伟想了想,笑着比了个 OK 的手势。

刘智明则补充道:"这次要是赚钱了,年底我们投研部的考评……"

"放心吧。"

李世伟回到公司,思考片刻后还是去找方奇杰说了此事。

"风险太大!我不同意!"方奇杰斩钉截铁地说,"抛开借壳这种变数很大的因素不说,前期多家游戏公司借壳,都是在公布预案之前就有很大的涨幅,说明消息多数都被泄露了。大家都知道这里面有内幕交易的嫌疑,监管部门迟早是要秋后算账的,只是现在没下手而已。另外,化梦娱乐还是业内的明星公司,大家都盯着,监管部门更会加倍关注,风险太大,我们不能冒险。"

李世伟反驳道:"就算没有化梦娱乐的这则消息,泰诚科技是壳的这件事,圈内皆知,我们赌它重组和借壳都是正常的,也不能就说是内幕交易吧。"

"我再次提醒你啊,利总不在,你别瞎搞!"

李世伟则说:"我只在权限范围内,小规模,试试水,你别这么紧张嘛。"

"我话是说到了,随你吧。"

李世伟走后,方奇杰想了想,还是拨通了利慎远的电话。刚接通,丽丽便敲门来找方奇杰,为了怕其他人知道此事,方奇杰迅速挂断了电话。

"方总,这个文件需要您签一下。"

"好。"

丽丽拿起文件刚要走,方奇杰说道:"最近利总不在,多跟 Kevin 走动走动,盯着点李世伟,有什么异常交易,我要知道。"

"好的。"

丽丽走后,方奇杰盯着手机,她不知此刻是否该去打扰利慎远。最终她选择放下电话,可心中又隐隐期待利慎远看到未接电话能回复自己。

Kevin 正在工位上,突然电脑下方弹出交易指令:"泰诚科技,1000 万股,市单价。"备注里写着"尽快成交"。

Kevin 打开 ST 泰诚①的界面,对李世伟要建仓有风险警示的股票略显惊讶,这似乎不是他以往的风格。他抬起头,透过玻璃看了一眼李世伟,这家伙倒是一脸轻松。Kevin 一如既往,手指飞快,敲了敲键盘执行了李世伟的交易指令。

方奇杰气冲冲地跑到李世伟的办公室,推门而入,上来就质问道:"你真建仓 ST 泰诚了?1000 万股 7000 多万啊!你干脆直接买到 5%,举牌算了。"

"它股价低,市值小,随便买买就这么多了。"李世伟倒是一脸的若无其事。

"你疯了吗?"

"我没有啊,我管 20 亿的资金池,花 7000 多万买只股票,怎么就疯了?"

方奇杰顿时无语地指了指冥顽不灵的李世伟,夺门而出!

李世伟则在后面还补了一句:"你怎么知道我买了?这个 Kevin,等我收拾他!"

方奇杰从李世伟的办公室里出来后,特地走到郜同文的办公桌前,说道:"来我办公室一趟!"

郜同文见方奇杰似有不快,战战兢兢地跟着她进了办公室。方奇杰上

---

① ST 是"特别股票"的缩写,是指中国大陆 A 股市场上一种特殊的股票交易状态。ST 股票一般因为公司发生了财务或其他异常情况,是对投资者的一种风险警示。而 *ST 则表示该股票有退市风险。

来就说道:"泰诚科技是你推荐的?"

"是。"

"你知不知道我们半岛的理念?"

"我知道,只是我觉得能被借壳也是一种价值,所以也算是价值投资,您觉得呢?"

方奇杰看着振振有词的郗同文,想了想说:"我相信,这不是利总想看到的。急功近利只会害了你。言尽于此,你自己想想吧。"

一日,何思源神神秘秘凑到郗同文身边,非常小声地说道:"听说世伟总前几天建仓泰诚科技了?而且是你推荐的?"

"好像是吧。"郗同文淡淡地说。

"这几天可是没少涨啊,连续四个涨停了!"

"涨跌也不是看这一时的,还是要看长期。"

"你现在厉害啊!"

郗同文虽然之前被方奇杰说得有点犹豫和担心,但看到李世伟建仓后,给公司盈利不少,再加之何思源的这番话,竟也有点得意起来。

陈凯这时也凑了过来:"聊什么呢?"

"聊你相亲相得怎么样了。人家的高管老爸还够格吗?"郗同文冷言冷语,大声说道。

陈凯一头雾水:"什么跟什么呀?谁相亲了?"

"敢做不敢当呀?"说完,郗同文懒得听陈凯继续解释,拿起水杯向茶水间走去。

在茶水间恰好遇到亓优优正在泡咖啡,郗同文想了想,还是上前试探性地问道:"利总的妈妈怎么样了?严重吗?什么病啊?"

"嗯……这么关心利总啊?"亓优优笑着问。

"是啊,公司的人都关心吧,没有利总在,大家心里都没底。"郗同文则有点不好意思。

"那你可以发个信息关心一下呀!"

"啊?我哪好意思?我不敢!"郗同文紧张地说。

"有什么不好意思?你别看利总那么严肃,其实他是嘴硬心软。而且这个时候正需要人关心,以前他那么照顾你,没少给你指导吧?这时候你关心一下不是很正常吗?"被亓优优这么一说,好似郗同文如果不发信息,就是忘恩负义一般。

从茶水间里走出来,郗同文拿起手机,犹犹豫豫,删删改改,最终,还是给利慎远发了一条信息:"利总,听说您妈妈生病了,严重吗?请您一定注意休息。"

利慎远此刻正在美国医院病房中,时差的原因,美国此时已经是晚上,他已经在病房中守了两天两夜,疲倦不堪,手机亮了一下显示有新的消息。利慎远猜测此刻一定是有重要的工作,才会有人给他发信息。疲惫的他并没有立刻打开手机,而是沉默片刻后,才慢慢拿起来,打开一看竟是郗同文发来的信息,他不禁嘴角上扬,盯着手机屏幕发呆许久,但并没有回复。

他看着躺在病床上已经奄奄一息的母亲,拉起母亲的手,攥在手心里,回想自己回国的五年,把母亲独自留在美国养病,他不算是一个称职的亲人和儿子。如果此刻妈妈还清醒着,她会支持自己做出的选择吗?

第十二章

在半岛基金的交易区,李世伟满面笑容地站在 Kevin 身后,看着屏幕。

"李总,泰诚已经连涨了 12 个交易日,因为是 ST,所以每天最多只能涨跌 5%,即便如此,现在咱们的收益率也超过 60% 了!"Kevin 兴奋地说。

"嗯,再看看吧,最关键的还是消息是否能够落地。如果真能被化梦娱乐借壳,我估计能涨 500%。"李世伟憧憬着。

刘智明与泰诚科技的董秘吴辰旭在高尔夫球场上边打球边聊天。

"吴总最近是大忙人啊,大家可都知道了哈,泰诚要被借壳,看看最近的股价。"刘智明淡淡地说道。

"市场总是充满了传闻嘛,再说我们家是个壳,谁都知道,赌借壳的不在少数。"吴辰旭更加淡定。

"辰旭啊,你这就是拿我当外人了不是?"刘智明见吴辰旭不接招,只能从称呼开始,拉近二人的距离。

"哪能啊!我们一直都非常期待能跟你们合作,有半岛的背书,很多事情自然是好说。但是,你们利总的投资风格跟我司不合拍,你说我能怎么办?"

刘智明一听,这是还记着之前没合作的仇啊,看来只能增加诱饵了。他笑了笑说道:"合作嘛,时机很重要。你真打算借壳之后,抱着你那点股票退休啊?你的那些股票,借壳之后还有锁定期,锁定期之后能不能卖出好价钱还不一定呢。抛开这些,就算是没有锁定期,那才多少啊?眼界打开,不如趁这次借壳彻底实现财富自由！"

刘智明这番话，让吴辰旭原本已经要准备挥杆的双手迟迟未动。他是上市公司的董秘，深知刘智明的这番话意味着多大的收益和风险。思考良久，他果决挥杆，打出一记好球。刘智明鼓了鼓掌，两人心领神会，相视而笑。

在高尔夫球场的停车场，告别前，刘智明又给吴辰旭吃了一颗定心丸："你什么也不用管，一切交给我就行，任何交易记录中都不会有你的痕迹，只要最终借壳成功，你我就都可以提前退休喽。"

"已经涨得太多，现在进场会不会太冒险了？"

"不会，我会说服半岛继续加仓的，放心，肯定能维护住股价。"

"但是我记得利慎远不太做这种交易啊。"

"他最近回美国了，看样子需要一段时间。现在都是各个基金经理自己做主。"

"那你不怕他回来，秋后算账？他做事决绝，我也略有耳闻啊。"

"我给他赚钱，大家共赢，他跟我只能算算年终奖怎么发的账。你还真以为他不食人间烟火啊？资本市场，谁不逐利？他利慎远也不例外。但前提是，泰诚必须要被成功借壳，这点可就靠你了。"

"这个你放心，双方目前主要条款谈得七七八八了，如果有分歧，我就算是为了自己，也肯定尽力说服董事会。而且就算有变故，我也得让咱们先跑啊。"

刘智明、何思源与郗同文在公司附近的餐厅里吃着工作餐。

何思源说："刘总，这次世伟总真得好好感谢您和同文呀，这么好的消息，您就只告诉了他。"

刘智明则是附和地跟着夸赞郗同文："这次主要是同文的功劳，居然挖掘出这么好的票，后生可畏，巾帼不让须眉呀！"

"刘总,您这么夸我都不好意思了,我也就是提议,最终还是您和李总的英明决策!"郗同文这个彩虹屁小能手又上线。她不知道的是,刘智明背后的一系列操作,已经将她推入了险境。

Kevin 在李世伟的办公室,说:"最近地产行业走势太差了,咱们有 40% 的仓位都是地产,损失有点多。"

"我看看再做调整吧。"

"好的。"说完 Kevin 便走出李世伟的办公室,恰好遇到刘智明。刘智明见 Kevin 面色有些沉重,加之他早知李世伟最近业绩欠佳,心想自己果然来对了。

刚走进李世伟的办公室,刘智明就说道:"怎么了?我看 Kevin 脸色不太好啊。"

"最近地产太差了!我预计它能反弹,加仓都加到了四成,但市场迟迟没有转向的意思。"

"你老在这些传统行业使劲,那增速能有多少啊!"

"也不能这么说,食品饮料也是传统行业,你看白酒还不是一骑绝尘地涨?"

"你也别太担心了,我预计地产肯定有反弹的时候,只是周期会比较长,公司会理解的。"刘智明先是安慰了一下李世伟,然后顺势继续说,"但是,你也要考虑一下短期收益率。"

"短期现在就泰诚还凑合,但这票也就是小打小闹还成,收益再高也影响不了大局。"

刘智明见李世伟自己提起了泰诚,心里更是得意,赶紧说道:"你现在太保守了!才 1000 万股,要我说啊,咱们保证不举牌就可以,起码还可以买 1200 万股。"

"之前成本才 7 块,现在买成本可就要 11 块多了,1200 万股,那要 1.3 亿啊。"

"可如果借壳成功,你今年的业绩可就不愁了。而且之前浮盈那么多了,你怕什么呀?"

"风险太大,容我再想想。"

"我提醒你啊,再想想利总就回来了。"

过了一会儿,Kevin的电话响起,电话这边李世伟对他说:"再买1200万股,交易指令已经发给你了。不要让其他人知道,尤其是方总!"

"但是风控是能够看到所有交易的。"

"这是我权限范围内的,持仓不到一成,也没有举牌,风控不会说什么。但如果让方奇杰知道了,那利总就知道了!"

"李总,这样会不会太冒险?"

"我是基金经理,就听我的吧!"

一日,刘智明看着泰诚科技每日递增的股价,心中虽很是愉悦,但也有些担心。这时,吴辰旭打来电话,刘智明按掉了电话,跑到地下车库的车中,换了一个手机拨了回去。

"不是说了吗?不要给我这个手机打电话,咱们俩不能有电话往来。"

"好好好,但最近涨得太猛了,现在股价已经16了,我看了最新的股东名册,新进的游资很多,我有点担心,咱们也赚不少了,要不先出来吧?"吴辰旭说道。

"担心什么?!"刘智明有点不耐烦。

"再这样涨下去,化梦会嫌股价太高,最近他们那边主管谈判的副总就提过。我最担心的还不是这个,我是担心这么涨会引起证监会关注。"

"怕市值太高影响交易的话,你可以尽快停牌,把股价锁住,安抚住对方,双方再慢慢商量细节,剩下的交给我。你放心,我建仓的账户跟我们俩一点关系也没有!"

"那就好。"

"没要紧的事儿,不要打电话,尽量每周六早晨高尔夫球场见面说。"

"好,我知道了。"

挂了电话,刘智明打了另外一通电话。

"你什么情况?别太过分了。扫货也得控制点节奏,再这么涨下去他们借壳也得吹,我们还可能被查。"

一日,Kevin打电话给李世伟,激动地说:"李总,泰诚停牌了,说要筹划重大资产重组!"

"今天收盘时什么价格?"

"17块3毛2。"

李世伟和Kevin都松了口气,悬着的心终于有所放松,混迹资本市场多年,他们知道,停牌意味借壳的双方已经基本达成一致,这件成功率不到十分之一的事情,现在的成功率几乎过半。

郗同文与林昊风约在金融街附近的餐厅吃午餐。

林昊风说道:"没想到泰诚科技还真停牌了呀。"

郗同文笑而不语。

林昊风又泼了盆冷水:"不过以半岛以往的风格,不会建仓吧?"

郗同文依然笑而不语,可脸上却泛起得意之情。

林昊风见状,惊吓地说:"不是真的买了吧?你的运气真是好啊!这么个破消息,资本市场每天恨不能传出几十个上百个假的,怎么你看中一个就成了?郗同文,你上辈子到底为人类造了什么福?"

郗同文笑着说:"不要技不如人,就把我的成绩归为运气嘛。"

此刻,刘智明、李世伟和Kevin也在酒吧里举杯庆祝最近的优异业绩。

过了两天,方奇杰急匆匆地来到李世伟办公室。

进门后见李世伟竟悠然自得地看着行情,方奇杰也慢下节奏说:"李总最近春风得意啊,泰诚停牌了,很开心吧?"

"这话说的……看吧,奇杰,当时你就应该跟我一起建仓。"

"那我来呢,可就得说几句李总不爱听的了。我证监会的朋友跟我说,证监会马上会对之前风来和青铜两家游戏公司借壳的上市公司和股东进行立案调查,你也知道,现在都是大数据时代了,想要查很容易的,谁在什么时点建了仓,谁与内幕消息知情人有电话、短信、E-mail通信往来,一目了然。"方奇杰说得轻松,李世伟却变了脸色,原本还略有得意的神情,在方奇杰短短几句话间慢慢消失,转而变得凝重起来,因为他知道方奇杰这番话对他现在处境的深远意义。

"这两家借壳不都是去年和今年年初的事儿了吗?怎么这会儿才调查?"李世伟试探地问道。

"证监会也是有工作流程的。再说了,现在交易数据都是永久保留的,人家想什么时候查就什么时候查,过去几年的案子也有翻出来的。"

"我又不是内幕交易,我也不认识什么内幕知情人。泰诚科技业绩不好,可能被借壳,这是资本市场都知道的明牌,我怕什么?"

"我担心的,不是你涉嫌内幕交易。"说着,方奇杰慢慢走近李世伟的办公桌,然后身体前倾不断凑近李世伟,继续说道,"我是在担心你会给公司亏钱。"说完方奇杰默默地看着李世伟。

李世伟眼神一定,好似突然明白了什么,说:"你是说……"李世伟欲言又止。

方奇杰笑着点了点头,这才直起身体,转头就离开了李世伟的办公室。

李世伟坐在座位上,神情有些紧张。

李世伟想了想,拨通了电话:"同文,你来我办公室一下。"

郗同文面带笑容地走了进来:"李总,您找我?"

"坐。"

郗同文坐下,李世伟慢慢悠悠地问:"最近有什么新的进展吗?"

"您说泰诚?"

"对。"

"还真没有。"

"多打听打听呀,尤其是预计什么时间复牌。"

"李总,其实咱们也不是就只赌这一单,无论泰诚科技被谁借壳都可以,退一万步讲,就算这次不行,下次能成功也成啊。而且都停牌了,咱们还担心什么?等着一发布重组预案,复牌了肯定是好几倍的收益。现在是17块多,就算这单不做,您才7块钱的成本,担心什么呀?"显然郗同文并不知道,李世伟的"赌注"已经追加到了2亿,而每股的成本也远高于初始的7块钱。

李世伟面露难色,笑了笑,以缓解尴尬。

一日晚上,李世伟正在健身房跑着步,许久不锻炼,刚跑20分钟就已累得气喘吁吁。在健身是标配的金融街人士中,像李世伟这种只在有压力的时候才会来跑跑步的人并不多,所以相比健身房里其他人的状态,李世伟显得有点格格不入。

这时电话声响起,电话那头Kevin紧张地说:"李总,糟了……"

此刻李世伟早已经快速跳动的心脏,瞬间咯噔了一下,好似停跳了一般,问道:"怎么了?"

"交易所对泰诚科技发了问询函,由于它在停牌前涨得太多,股价有异动,要求其核查是否有内幕交易的情况,这个信号可不太好啊。我之前跟您说过的,泰诚科技的换手率非常异常,以我的经验肯定有很多机构和游资正在炒作它,我担心真的有内幕交易,那这波核查很可能会影响他们重组的进程。"

"好,我知道了。"

挂了电话,李世伟坐在健身器材上擦着汗,久久回不过神。

郗同文正在回家的路上，电话铃声响起，她接起电话："江总……"随着对方娓娓道来，郗同文慢慢放下脚步，直至站在原地，无法挪动。

李世伟正在开车往回走的途中，郗同文打来了电话，她沉重而紧张地说："李总，金信证券的江涛告诉我，由于泰诚科技的市值从32亿涨到了停牌前的78亿，云梦娱乐觉得借壳的成本大大增加，所以谈判出现了重大分歧。再加之监管机构已经盯上了他们，这个交易可能要暂停。"

方奇杰的提示、Kevin的消息，再加之郗同文的这通电话，李世伟知道，自己这次恐怕要栽了，但李世伟毕竟有多年资本市场的经验，他定了定神："好的，同文，你辛苦了。"

"李总，我真的没想到会这样……"

"没事儿，不怪你。"

挂了电话，郗同文不知所措。她在街上游荡着，想给林昊风打电话，至少能分析出如今是个怎样的局面。可想到林昊风势必会嘲笑自己，想了想，她还是放下电话。

打给张小西呢？说了她也不懂。

思索半天，她唯一想到的竟是利慎远。好胜心强大的郗同文，或许只有在利慎远这里，愿意承认自己的失败。在巨大的差距之下，再要强的人也敢于承认自己的不足，毕竟在一个强人面前谁都是那么弱小，也就无所谓被他鄙视。

但仅仅是这样吗？不，不是的。郗同文对利慎远专业能力的崇拜和认同，让她在内心深处某个角落期待着利慎远能够妥善地处理和解决这件事，哪怕她知道利慎远一直最痛恨的就是这类交易。

美国病房里，利慎远母亲的情况很不稳定，急转直下，被医生和护士推进了抢救室中。

利慎远则在门外守候。

而他的手机放在母亲的病房中,此刻,他早已无暇顾及周遭的一切。

利慎远长时间没有接听电话,让郗同文有些失望……

而李世伟挂断了郗同文的电话后,颤颤巍巍地拨通了方奇杰的电话,说道:"奇杰,你得救我……"

早晨,郗同文刚到公司,就感受到众人异样的目光。她有些忐忑地坐到工位上,刚想问何思源什么情况,没等郗同文张口,何思源赶紧逃避了郗同文的眼神,然后直接走开了。其他人也都在议论着什么,郗同文的直觉告诉她,大家议论的事情一定与自己有关。这时丽丽走了过来,似有些开心地说:"郗同文,方总让你现在去会议室。"

"哦,好的。"郗同文连忙答应。

已经与郗同文多日没有聊天的陈凯,看出了郗同文好像还什么都不知道,走了过来,说:"同文,你早晨没看手机?"

"啊?什么消息?"郗同文赶紧掏出手机。

陈凯说道:"泰诚科技发布早间公告,宣布终止重组,今天开始复牌了!而且,李总买了2亿,据说成本10块多。"

"什么?!"郗同文此刻也看到了新闻,虽有惊吓,但也在意料之中,毕竟双方要终止合作的消息她之前就已经得到,这已是悬在头顶的达摩克利斯之剑,只要没有奇迹,就迟早要落下。只是没想到,即便有了心理准备,郗同文还是惊出一身冷汗。更可怕的是,她没预料到李世伟竟然买了2亿,而不是之前的7000多万,成本也远远高于她所知道的。这意味着公司因为她的这个消息,损失很可能破亿。

这时丽丽在会议室门口对着郗同文摆了摆手,示意她赶紧进去,脸上似乎并没有公司可能要遭受重大损失的紧张感,倒是带了些看热闹的神情。

郗同文此刻完全没有精力去理会丽丽的状态,慢慢地向会议室走去,她不知道等待她的会是什么。

走进会议室中,除了利慎远之外,所有的基金经理都在,方奇杰和潘建文坐在中间,刘智明和李世伟有点像犯错的小孩,神情有些紧张。Kevin也在一旁等待着大家讨论的结果。

郗同文站在门口,还没有坐下,方奇杰就淡淡地说道:"各抒己见吧。"然后给了郗同文一个眼神,让她坐下。郗同文赶紧在会议室门口的位置,欠着身子坐下,大气不敢喘一下,等待着随时有人向她发问。

大家沉默片刻,刘智明一改往常的淡定姿态,今天竟有点坐不住的感觉,打破沉默,说道:"只是重组失败,未必就一跌到底吧。而且李总建仓的成本也不高,还有很大的空间。"刘智明虽然故意强调是李世伟建的仓,但这番话一出口,他突然又后悔了。

方奇杰则是好像抓住机会,马上说道:"好,那既然投资是参考了刘总的建议,那我们现在就还是相信刘总的判断,让Kevin尽快出货吧!你看这样可以吗,李总?"她转头假模假式地问了李世伟的意见。

李世伟知道,方奇杰这是在帮自己,低声地说了句:"好。"

"如果没什么可说的了,咱们散了吧。"方奇杰说完起身离开,路过郗同文时,淡淡地说道,"这不是你想要的结果吧?但这就是结果!"

此刻,在美国,利慎远的母亲已经永远地离开了他。

在墓地前,他沉默不语,回想着母亲临走时,在病床前对他说的那番话:"慎远,妈妈现在唯一希望的就是你要幸福,忘记过去,放过自己。人生很短暂,稍纵即逝,没有那么多时间去追忆过去,要珍惜现在……"

郗同文从会议室里出来,丽丽在郗同文身旁冷嘲热讽地说道:"一个研究员能给公司带来这么大损失的情况也是不多见啊。"

"你别这么说,同文也是为了公司,但毕竟不是专业出身,看问题有局限性,也能够理解。"何思源看似为郝同文说话,但话中也是带着贬低之意。

郝同文心中虽有委屈和气愤,但也无力反驳,毕竟令公司发生重大损失的人就是自己,她只能强忍住泪水,准备向工位走去。

这时刘智明在她身边低沉地说了句:"同文,来一下我办公室。"

在刘智明的办公室,刘智明坐在椅子上,并没有让郝同文坐下,倒是像个审判官一样,端详了一下站在面前的郝同文,然后才说:"同文啊,从你来公司,我就非常看好你啊。但你怎么会犯这样的错误,没有坐实的消息就推荐给公司?当初你就在这个位置,怎么跟我说的?你说是消息可靠。"

"刘总,我觉得我的判断……"

刘智明直接打断了郝同文,继续说:"不要解释。年轻人要有担当,犯了错误就要承认,不要说那么多客观原因。尤其是我们这行,你犯一点错误,给公司带来的影响可能是不可估量的。"

"刘总,我……"

刘智明根本不想听郝同文的解释,他此刻要的就是郝同文承担起所有的责任,让他能够在这件事上全身而退:"这样吧,你把这件事的前因后果,写个说明给我。"

郝同文顿时也明白了刘智明的意思。

从刘智明的办公室里走出来,看到大家异样的目光,看到乱作一团的交易区,郝同文第一次感到如此无助,或许职业生涯即将走到尽头,她拎起包……

陈凯拉住她的胳膊:"你去哪?"

郝同文看了看陈凯,此刻公司里关心她的竟然只有陈凯,她挣脱了陈凯,离开了公司。

郝同文就这么无声地在街上游荡。

这时林昊风的电话打了进来。郝同文看了看手机,按掉了电话。她此刻并不想说话,只想一个人静静。林昊风再次打了过来,郝同文索性不理睬了,任由电话不停地响着。

郗同文漫无目的地游走,而脑海中闪现着她听利慎远的课时的懵懂,第一次来到盛泰金融中心的憧憬,实习期结束的那场成功的展示的开心,利慎远带她在交易区看账户后的雀跃,说服父母决定留在半岛时的兴奋,B&B项目成功后与利慎远漫步在香江边上的温暖……一切的美好就在眼前,但美好的过往又在自己的一念之差中瓦解,郗同文难掩心中的难过,此刻只有她自己,再不用撑起坚硬的外壳,可以肆无忌惮地流泪。

刘智明拨打着利慎远的电话:"您拨打的电话已关机……"
方奇杰则站在亓优优的工位前,问:"老板什么时候到?"
亓优优看了一眼手机:"今晚7点多到,还有8个小时吧。"
"他会来公司吗?"
"不好说,但是泰诚的事情,昨晚我跟他说了一下基本情况。"
"他什么反应?"
"咱们利总能有什么反应啊!他就'哦'了一声。"
"好……"方奇杰第一次显得有点焦急。
"方总,您什么风浪没见过?再说这事儿跟您关系也不大,您急什么?"
"哦,呵呵呵……"方奇杰没有回答,反倒是想了想说,"优优,千万不要告诉刘智明利总的航班,如果他问利总什么时候到北京,一定要告诉他今晚8点以后。"

亓优优先是不解,然后又笑着说:"好!放心吧。"亓优优知道,方奇杰这是要抢占先机,先和利慎远就泰诚科技的事做汇报,保护她想保护的人。但亓优优更知道,利慎远为人冷静客观,所以无论谁先谁后,都不会改变利慎远对一件事判断的结果。

傍晚,方奇杰一直没有看到郗同文,问陈凯:"郗同文呢?"
"她上午出去就没有回来,刘总也在找她,但是一直没有找到她……"
"给她打电话了吗?"

"打了，没人接，这会儿再打关机了。"

"她不会出什么事儿吧？陈凯，你再找找，无论如何把人找到，别出什么事儿！"

"好。"

利慎远的飞机着陆，刚打开手机，刘智明的电话就打了进来。

利慎远看一眼，思索了一下，面无表情地直接按掉。

刘智明自言自语道："这个优优，还告诉我8点，这不7点多就到了吗？但是怎么不接我电话呢？"

原来，刘智明并没有听亓优优的话，整个傍晚几乎一直在给利慎远打电话，只为了能够抢在方奇杰和李世伟的前面，第一时间联系上利慎远。

方奇杰看了看时间，差不多了，这才拨通了利慎远的电话。

"利总，您到北京了啊？"

"刚上车。"

"那个，关于泰诚的事，我想跟您汇报一下。"

"我听优优说了情况，早间公告我刚刚也看到了，我有判断，明天到公司再说吧。"

"好。"方奇杰有点担心，但也相信利慎远的决定。

刚挂了电话，刘智明的电话又打了进来，利慎远还是直接按掉了电话。

他思索了一下，拨打郗同文的电话，电话那边却提示已关机。他自言自语道："小姑娘这会儿在哪躲着哭呢？"

原来利慎远这么着急回国，正是因为昨晚亓优优的电话。

"老板，您什么时候回来？您还好吧？我听我爸爸说了……"

"差不多了，如果公司没有什么事，我休整两天就回去了。"

"但是，公司好像真有件事儿需要您处理……"

"什么事？"

"郗同文推荐了泰诚科技，李总买了，结果好像不太好，公司……"

亓优优这边说，利慎远那边马上打开电脑看了看泰诚科技的情况。

"利总，您在听我说吗？"

利慎远了解了泰诚的情况后，他知道，郗同文这次真的闯祸了，斩钉截铁地说："帮我订明天一早的航班！"

利慎远联系不上郗同文，又拨通了亓优优的电话："优优，郗同文现在在公司吗？"

"利总，您到北京了啊。"亓优优心想，果然啊，这刚一到北京，第一反应就是找郗同文，然后故意用很严肃和紧张的语气说，"听说她早晨从刘总办公室出来后，就不见了，也联系不上了，不知道会不会出什么事儿……"

听亓优优这么说，利慎远竟然有点紧张起来，说道："把她家现在的地址告诉我。"

"好！"利慎远言语间的紧张，不知怎的竟让亓优优有点兴奋。

利慎远来到郗同文家，先是轻轻地按了按门铃，甚至还有点紧张不自然，不知道郗同文打开门后，他应该说点什么。但里面并没有动静，他使劲敲了敲门，还是没有应答。

他快步来到楼下，再次拨通了亓优优的电话："她没在家，我现在需要所有她可能会去的地方。"

利慎远来到金融街附近，开着车在路上游荡，期待能够看到郗同文的身影。

但几乎把金融街每条大街小巷，以及购物商场里的每个角落都找遍了，依然没有那个身影。

利慎远纠结这个小姑娘到底能去哪，也为自己这么大的一个男人，到处找一个犯了错的黄毛丫头而有点难为情，又担心，又觉得好笑。忽然，他想到了什么……

陈凯并不知道郗同文会去哪，联系上了张小西，简单地说了说公司的情况,两人也开始结伴寻找起郆同文。

林昊风看到了泰诚科技的早间公告就知道大事不妙,打了一下午电话,直到郆同文手机没电关了机。见晚上还没有消息,无比担心的他只好在郆同文家楼下等待着。

此时已经渐入深夜,在燕大校园岸芷零洲的树下,郆同文独自坐着。整整一下午,她愣是从金融街走到了燕大,或许这里是她内心的港湾,此刻无助的她不能找父母,不能找朋友,唯有她生活多年的校园让她有一丝丝温暖与安全感。她有委屈,但更重要的是为自己愚蠢的行为感到懊悔。林昊风、方奇杰都曾提醒过她,她竟罔顾这些人的善意,给出错误的建议,让公司损失惨重。再想想利慎远之前对自己冷漠且严厉的态度,或许就是发现了她不是个可用之才吧。想到这里,郆同文就更加绝望和难过,眼泪不受控制地流下来……

这时,远处跑来一个身影,已是气喘吁吁,但慢慢地停在她的面前。她站起身来,借着微弱的路灯,感受到了熟悉的气息。

"利总?"郆同文有点不敢相信自己的眼睛,是自己哭得太久,眼睛花了,还是自己太想念他了,出现幻觉了?这个时候他不应该是在美国吗?

利慎远看着郆同文眼睛已经哭肿成桃子一般,慢慢地走过去,还没等郆同文反应过来,直接将她揽在怀中。本来他还在想,自己看到郆同文应该说点什么,但看到她憔悴和可怜的模样,原来的那些矜持、那些犹豫都阻挡不了他此刻想要抱住她、保护她的心情。

郆同文顿时感觉整个身体都融进了一个宽厚而温暖的肩膀中,一开始有点不知所措,但随着被利慎远的双臂搂得越来越紧,郆同文难过、委屈的情感再一次爆发,与白天默默的哭泣不同,竟放声大哭起来。

利慎远轻轻拍打着郆同文的后背,许久之后,才低沉地说了句:"没事,我回来了。"利慎远此刻内心非常自责,如果不是自己当初那么冷淡地对待她,如果不是自己放任她不管,她也不会犯这么大的错误。

郗同文边大声哭,边说道:"我以为您再也不会理我,也不会管我了。"

利慎远抚摸着郗同文的头发和身躯,再也不想放手。

两人在月色下,在岸芷零洲有着百年历史的大树下,就这么相拥着。

深夜,利慎远将郗同文送到她家的楼下,说道:"今晚什么都不要想,好好睡一觉。"

"可是,利总,我真的……"郗同文想起自己犯下的错,还是深感懊恼和自责。

利慎远摸了摸郗同文的头,笑呵呵地说道:"一切有我。"

如果这句话换成别人说,以郗同文的骄傲与脾气定然不会相信,也不愿妥协,但偏偏是利慎远说出来,让郗同文既安心,又心甘情愿将一切交给他处理。她点了点头,依依不舍地向楼上走去。

利慎远微笑着目送郗同文上楼,看到灯亮了,又观望许久才转身离开。

坐在车上,利慎远突然觉得自己到处找人时,竟像是20多岁的小伙子,觉得自己甚是可笑。可是可笑之余,却有心花怒放之感,这种感觉好久没有过了,他坐在车上细细品味,久久不愿离去。

而这一切,都看在一直等候在郗同文家楼下的林昊风的眼里。他内心五味杂陈……

陈凯和张小西两人找了好几个小时,不知不觉已经是深夜了。

张小西站在马路上,忽然饿得胃痛,她不经意间摸了摸胃部。

陈凯见状,说道:"太晚了,我们先吃点东西再找吧。"

张小西太紧张郗同文了,说道:"还是再找找吧,我担心同文出事。"

"也别太担心了,毕竟她这么大的人,应该会有基本的安全意识吧。而且我们这么漫无目的地找,其实找到的希望很渺茫。"陈凯见张小西并不愿意去吃饭,看了一眼远处,说了句"等我一下",就跑开了。

过了一会儿,陈凯拿着汉堡和饮料跑了回来:"先吃点吧,然后我们去同文家楼下等着她,说不定她已经回家了。"

张小西接过汉堡和饮料,说道:"真想不到你们金融圈这么残酷!"

"所谓欲戴王冠,必承其重。虽然我们没戴什么王冠,可拿钱多是实打实的,没有业绩要被淘汰也是实打实的,这次同文也是压力太大才会走了歪路。"

张小西刚咬了一口汉堡,电话铃声响起,一看是郜同文,她兴奋地接起:"同文!你在哪?急死我了……"

"……"

"好,你早点休息吧!"

张小西挂了电话,看看陈凯:"她之前手机被大家打没电了,这会儿已经回家了。"

"那就好。那……我们现在是不是可以去好好吃顿晚饭了?"陈凯试探地问道。

张小西笑着点了点头。

早晨,大家都在等待利慎远到公司解决问题,可他快到中午时才姗姗而来。

郜同文敲了敲利慎远办公室的门。

"请进!"

郜同文进来后,回想昨晚的情形,她不知道自己该用什么态度来面对利慎远,又害怕,又有点羞涩。

利慎远笑呵呵地说:"坐吧。"

郜同文慢慢坐下,身体坐得笔直,像是一个等待训斥的小孩儿。

"说说吧,我不在的这段时间你都干了什么?"利慎远假装以严厉的语气问道。他又怕郜同文再次受惊吓,故意演得过于夸张,让郜同文知道自己在演戏。

可郗同文对自己的过失确是真心自责:"我听了券商分析师的建议,相信了泰诚科技是个壳,还把它推荐给了公司,最终导致李总投资失败,给公司带来了巨大的损失……"

"嗯,知道自己错在哪了吗?"

"我不该在有一点业绩压力的时候就走旁门左道,也不该不听方总善意的劝告还自以为是。我也不知当时怎么就鬼迷心窍,您一直强调的价值投资,我竟然全忘了。"

"不是这样吧?我听方总说了,你当时振振有词地说,借壳也是一种价值啊。"

"我错了。"郗同文羞愧得恨不得缩在利慎远的办公桌下。

利慎远见状,也就不再开玩笑了,而是严肃地问:"你就没到处勾兑勾兑内幕消息?"

"没有!真的就是经过分析师的提示,我觉得泰诚科技是个壳资源,有被借壳的可能和价值,所以才推荐给公司的,绝对没有主动打探内幕消息。请您相信我!"

"好,我知道了。"

"那利总,公司会怎么处理我?"

利慎远看着郗同文,没有说话,心想:"这小姑娘脑子里都是什么?经过昨晚那一幕,她不关心我俩的关系,居然还在关心我要怎么处理她。"

郗同文被利慎远看得有点发慌,弱弱地问道:"利总……"

"先把手头的工作放一放,等公司的处理意见吧。"

"哦,那个……"

"想说什么?"

"那个……昨天晚上……嗯……那个……没事儿,您先忙着,我先出去了哈。"

郗同文昨天的这个时候还以为自己肯定要葬送职业生涯了,而利慎远的突然归来,以及他态度的一百八十度大转变,确实让她感受到了一丝丝转机。此刻,她确实想知道利慎远到底是什么意思,怎么想的。无论是对工作还是对感情,这家伙的谜之行为让她摸不着套路,可是又难以开口去问。

利慎远则看着郗同文充满疑问却犹犹豫豫、战战兢兢的样子,不禁暗自发笑。

郗同文出来后,透过玻璃,看到利慎远分别把方奇杰和刘智明叫了进去,每人都是表情严肃、神色紧张,与刚刚郗同文在里面感受到的情绪和氛围并不一样。

这时,郗同文不经意地看到身边的陈凯,她拉着陈凯进了茶水间,这才开口说:"凯哥,我听小西说了,昨天你和她一起到处找我……"

"昨天你走的时候神情太吓人了,从没见过你那个表情,感觉眼睛都没光了,你还好吧?"

"还好,等着公司处理吧,我已经做好心理准备了。"

"这事儿你虽然有点责任,但关键还是李总,他有点激进。这跟魏峰那事儿性质还不太一样,魏峰是做假数据骗了公司。我觉得还是有缓和的余地,你也别太悲观。"

"希望吧,希望还能继续和凯哥你做同事。"

"必须的!你忘了?你入职那天,咱俩立下 flag(目标)要一起叱咤资本市场呢!"

这时候,陈凯的这番话,让郗同文心中暖暖的。

方奇杰从利慎远的办公室里一出来,李世伟就赶紧追上来问道:"利总说什么了?他没叫我?"

"没有。"方奇杰淡淡地说。

"为什么啊?不会直接让人事部联系我吧?"

"想知道啊?自己进去问啊。"

"我不敢。"

"现在知道怕了？我当时怎么说来着？"

"我错了,我真错了！方总,帮我想想办法吧。"

"我觉得利总是明白人,他会合理地处置。你就等消息吧！"

"可是我着急啊！"

"那你就自己去找利总！"方奇杰说着就进了办公室。

"别啊,方总！奇杰！方奇杰！……"李世伟追着进去。

刘智明的备用手机响了,刘智明悄悄看了眼,是吴辰旭,赶紧又到了地下车库,打了回去:"行行行,我知道了。现在每天跌停,我也没办法,只能等什么时候开板了。"

……

"这事儿能怪我？还不是你掌控力不足？怎么能让交易终止呢？"

……

"行了行了,到时候看情况操作吧,少废话。"

挂了吴辰旭的电话,又一通电话打了进来。刘智明接电话时的态度明显不如刚刚强硬。

"是我……"

……

"我知道,如果不是你们操作得太水,也不会推高股价,我告没告诉过你注意控制节奏,你现在搞成这样我也没办法……"

……

对方的话似乎激怒了刘智明,他一改以前老奸巨猾、老谋深算的样子,激动得怒吼起来:"现在别跟我说这些没用的！如果不想被证监会查,我劝你还是不要再联系我了！咱们就自己管好自己吧！"说完,刘智明就挂断了电话。这时另一通电话又打了进来,刘智明气愤地摁掉。

一日晚上,张小西在郗同文家里,两姐妹蜷缩在沙发上,边看电视边聊天。

"你到底问了没有啊?"张小西笑着问。

"没有。"说到这里,郗同文顿时显得情绪低落。

"为什么呀?突然从美国跑回来抱你,算怎么回事儿?必须问清楚!"

"他是利慎远啊,基金圈的风云人物!他比我大那么多,社会地位也高那么多,是叶校长的座上宾,你说我怎么敢问他,'你!利慎远!为什么抱我?什么意思?是不是要当我男朋友?'!"

"同文,你怎么突然这么没自信呀?那你还是我们系花呢!再说,他就没给你点什么暗示?"

"没有暗示,永远都用那副表情看着我,真是猜不透大佬心里都在想什么。"

"我上次见他,他确实气场好强大,让人看着怕怕的。我听陈凯说,你们公司的人都躲着他走。"

"是啊,但是……我有感觉,在他眼里,我可能跟其他人不太一样吧。可是……"

"那还可是什么呀?"

"我还是不敢问。再说,再说凭什么要我问啊?他要是真有想法,也应该是男人主动些吧。就算他是利慎远,那也不能勾勾手指,我就送上门吧。"

"那倒也是,要不你就等吧。是你的也跑不了;不是你的……那要被自己戳破还真有点难为情。"

"唉,别说这事儿了,烦。欸,你和陈凯怎么样了呀?我的事儿你可千万千万不能告诉陈凯。"

"放心吧,当然不说。"

"你俩……嗯?"郗同文一脸吃瓜的表情,看着张小西。

"我俩就那天找你,后来一起吃个饭,就再没见了。"

"真的吗?!我可是什么都跟你这个好姐妹说了,你要是对我隐瞒,别怪我……"郗同文故意露出一脸的不信任。

"嗯,再加上偶尔发发微信。"
"偶尔吗?"
"嗯,可能每周?"
"嗯,每周吗?"
"每天?"

而此刻,柯文韬来到利慎远的别墅,两人在书房里喝酒聊天。
"你还好吧?阿姨走得平静吧?"
"还好吧。"利慎远想到母亲的离世,还是心中酸楚,不禁嘴角下沉。
"主要还是不放心你吧?"
利慎远抿了一口红酒,没有回应。
柯文韬见状,转移话题说道:"我听说,你们居然买了2亿的泰诚科技。"
利慎远叹了口气。
"保守估计,这次损失可能超过1亿吧?"
利慎远点了点头。
"这种事情不应该发生在半岛基金啊。谁胆子这么大,敢挑战你的理念?"
"李世伟和……郗同文。"
"这小丫头可以啊,上来就挑战权威,闯这么大的祸。"
"主要责任是李世伟,但我觉得对她来说也算是好事!"
"好事?"
"她之前走得太顺,未必是好事。尤其在金融圈,一犯错带来的损失就可能是巨大的。早点认识到这点比晚点好。之前几个项目她做得很好,刚入行两年就有这样的成绩不容易。但是恰恰因为这一点,令她过度自信。过度自信和过度不自信在投资领域都是致命的弱点。去美国前我训斥过她,但说教总是不如现实教训来得深刻。现在好了,她这辈子都能记住了。"

"欸！你这么着急回来不会因为这个小丫头吧？摆平一切，来个英雄救美，让她感动得一塌糊涂，然后投怀送抱？你这手段可以啊！"

"我就算要下手也不至于现在乘人之危。这事儿还得她自己消化和解决。我俩的事儿，过段时间再说吧。我现在担心的不是郜同文，而是李世伟！"

"说起李世伟，据我所知，他不是这风格的啊。是不是你给他太大压力了，把他逼的吧？"

"可能吧。"利慎远再次叹了口气。

"那你打算怎么处理？真把他俩开了啊？不过他俩也不用担心。李世伟业务能力我知道啊，估计想要他的基金公司少说也有百八十家吧？至于小丫头，有你养着就行了！"

"我不打算处理。"

"这不是你的风格啊！怎么跟公司交代？以前你开人可从不心慈手软，打算就此换个人设？"

"再等等。或许会有人跳出来承担责任的。"

"谁？"

利慎远笑而不语。柯文韬早已熟悉他这副样子，还是静观其变吧。

第十三章

泰诚的事情已经过去了快一个月,这段日子刘智明几乎不让郗同文参加任何外部调研和内部会议,她或是在会议室直接被赶了出来,或是找刘智明吃了闭门羹。刘智明在关键时刻想要把责任全部推给自己,这让郗同文也基本看透了他的为人,虽有所不满,但想到毕竟还是自己的失误导致了这一切,也没脸与他争执。既然刘智明故意排挤她,公司又没有下最后的定论,她索性趁着工作空当看看专业书给自己充充电,过着到点上班到点下班的日子。

这天,林昊风与几个燕大的同学聚会,郑晗、张乐天,还有几个舍友悉数到齐。

张乐天说道:"昊风现在可是我们当中最牛的啊,也太风光了,这才毕业两年多,就金鼎财富生物医药行业第三了。昊风,年终奖得这个数吧?"张乐天边说边比画了个"2"。

林昊风有些得意,但还是谦虚地说:"赶上了,这两年医药行业还可以。"

"你小子谦虚得一点不诚心,金鼎财富是同行业内分析师的竞争,行业好,你们都应该好啊!"

林昊风赶紧举起酒杯,说道:"谢谢兄弟们啊,我干了。"

郑晗说道:"还是你们金融圈来钱快,200万,我得十年才能赚200万吧。"

一个舍友感慨道:"也就昊风这么能干,你看我,在投行当金融民工。外面一听投行以为能赚多少钱呢,其实我也就是昊风的一个零头。在我们这,没有资源,拉不来项目,光靠干活,只能慢慢熬资历喽。不过,乐天,以你们家的背景,你在投行的日子肯定好过吧?"

舍友的话没错,但张乐天还是隐藏了锋芒,一句话搪塞了过去:"也就那么回事儿吧,大家都差不多!都没法和这个家伙比!"说着,张乐天狠狠地拍了拍林昊风的肩膀。

"你现在是职场得意啊!情场呢?还继续游戏人间啊?"郑晗问道。

"谁游戏了?"

张乐天赶忙说道:"你啊!欸,我跟你们说,就上次啊,我给他引荐了一家上市公司的董秘,一大美女!他几下子就跟人家混得那叫一个熟啊!我是真佩服你这个能力。"

"业务需要。"

"你啊,别老把你那套哄女人的手段都用在工作上,赶紧找个好姑娘,谈谈恋爱,再结个婚,给我们兄弟做个表率呀!"

"没合适的。再说,现在工作还忙不过来呢!"

"欸?社会系那个系花,你们还有联系吗?"郑晗问道。

"她还在半岛基金,偶尔联系联系,最近她工作出了点问题,还不知道怎么样呢!"说到这里,林昊风也有点担心。

"出了点问题?严重吗?那你正好乘虚而入啊,安慰安慰,说不定就拿下了,赶紧的呀兄弟!"

"不说这个了,喝酒喝酒……"

晚上,林昊风回到家,躺在床上,再次想到了利慎远送郗同文回家的画面,不自觉地坐了起来,给郗同文发了条信息:"美女,后天请你吃个饭呗。"

此刻郗同文刚洗完澡,擦拭着头发上的水,漫不经心地回复道:"好。"

"餐厅地址我一会儿发你!"

"好。"

两天后,快下班时,郗同文提前开始收拾着东西。

陈凯好奇地问道:"约了人?"

"是啊,约了林昊风。"

"要我说,你俩就校友之间内部解决吧。都是又有才又有貌,这要是走在一起,真是羡煞旁人啊!林昊风今年可是进了金鼎财富前三了,你想想,入行第一年入围,第二年进前三。这是什么火箭节奏啊?难怪他当年不留在半岛,卖方果然最适合他!我好几个基金的朋友对他都是赞不绝口!而且我看这小子一直对你图谋不轨。同文,别犹豫,赶紧拿下吧!"

"算了吧。他同时图谋不轨的姑娘可太多了!"

"你把他搞定了,他就不这样了啊。"

"我走了啊。"说完,郗同文背上包就离开了。

"还不好意思了啊?这就走了啊?"陈凯则是对着郗同文的背影大叫着。

郗同文走后,突然有人叫了声:"陈凯!"

陈凯顿时觉得声音甚是熟悉,但身体对这个声音似乎有生理反应,不禁打了个激灵。叫他的正是利慎远。陈凯赶紧起身跑到利慎远面前:"利总。"

"我需要一篇机器人产业链的深度研究报告,明天上班前给我。"

"哦,好的。但是明天会不会太赶?我怕写的质量和深度不够。"

"那我就要重新评估一下你的能力是否适合继续在半岛工作了。我看你最近挺闲的,精力还是要放在工作上!知道吗?"利慎远最后的"知道吗"带着些许威胁的语气,让陈凯一脸蒙。但谁让利慎远是老板,再难陈凯也只能赶紧点头"好的,好的",然后灰溜溜地通宵赶报告。

原来,刚刚陈凯与郗同文的对话被路过的利慎远全部听到了,这让利慎远甚是不快。

过了一会儿,亓优优来到郗同文的工位上,见郗同文已经下班离开了,问一旁正在忙活写报告的陈凯:"郗同文呢?这么早下班了?"

"是啊,她约了林昊风吃饭,一下班就跑了。唉,真羡慕她现在啥活不用干啊!我怎么这么命苦?今晚估计又要通宵了。"

亓优优一听郗同文去和林昊风吃饭了,笑了笑,说道:"你羡慕她?这话说得不真心啊。真是只见贼吃肉,忽略贼挨打。想想同文最近多惨啊,同事们都躲着她走,我怎么听说,刘总连会议都不让她参加了?"

"唉,那倒是。欸,你找她有事儿?"

"没事儿,她那个很好喝的水果茶放哪了?"

"哦,就在她桌上。"说着,陈凯起身在郗同文桌面的角落里找到了,递给了亓优优,然后说道,"好喝吗?也就你们小女生喜欢喝这个吧?"

"那也不一定哦,谢啦!"亓优优笑着走了。

郗同文来到一家高级的法国餐厅,地方是林昊风选的,座位在窗边景观位置。这里能够一览国贸的夜景,再加之餐厅个性化装修的风格中带着欧洲古典的元素,配以昏暗的灯光,确实是个适合浪漫约会的好地方,所以这里来来往往的几乎都是情侣。

这次竟是林昊风姗姗来迟,他手持着一束精致小巧的鲜花到了餐厅,稍微环顾就看到坐在窗边的郗同文,她正托腮凝望着窗外夜景。林昊风笑了笑,箭步走了过来,将花突然递到郗同文的面前。

"送你的!"

郗同文先是吓了一跳,一看是林昊风,一脸不屑地说:"跟我不用来这套吧?"她还是接过了花,但无心欣赏,顺手把它放在了桌上。

林昊风在郗同文的对面坐下,说道:"来很久了?"

"我也刚到。"

"想吃什么?"

"这么高级的餐厅,我哪敢点菜啊?你点什么我吃什么,反正也是你请客。"

林昊风拿起菜单,转身叫了声:"服务生!"

一个身着黑色马甲的帅气小哥走了过来,林昊风熟练地点餐:"我们要羊肚菌芦笋、炭烤布列塔尼蓝龙虾、澳洲M9西冷和牛,最后甜点要两个焦糖烤布蕾。"他一口气说完,才问郗同文,"你还有什么特别想吃的?"

郗同文瞪大着眼睛,看着林昊风,赶忙摇摇头。

"二位喝点什么吗?"服务生问道。

"来瓶卡农古堡吧。"林昊风说完把菜单还给了服务生。

郗同文说道:"你这一顿够我一个月工资了。"

"那不至于吧,半岛的工资怎么着也够吃好几顿啊。"

"我已经被停职了,这个月也就拿个基本工资吧,年终奖更是没戏了,唉……"

"不听老人言吧,都告诉你了,什么重组啊、借壳啊之类的消息,先不说真假,就算是真的,受到干扰和影响的因素太多了,十单有九点九单成不了。当时我还以为你走了什么狗屎运,看吧,就算是郗大美女这种幸运女神,到了资本市场,那也得按照资本市场的规则来,也有马失前蹄的时候。"

"我很奇怪,你也就比我多那么两年经管学院学习经验,怎么好像比我多干了大半辈子一样?"

"终于承认我很优秀了吧?"

"是是是,你很优秀,能在燕大里被称作学霸的,那是一般人吗?"

"知道什么叫天才吗?我就是!"

严肃不过三秒,林昊风恢复了与郗同文嘻嘻哈哈的样子。郗同文见林昊风又顺杆爬了,一脸嫌弃地假笑了下。

"我说啊,你干脆做我女朋友得了,别再挣扎了……"林昊风看似开玩笑地说,眼神中却有些许认真。

"打住!说多少次了?你不是我喜欢的类型。"

林昊风面对郗同文果断的拒绝,有点生气,直接反问道:"那你喜欢什么类型的?成熟的?多金的?还是海归派?"

"反正不是你这个类型的!"郗同文则丝毫没有察觉到林昊风的负面情绪,还是笑嘻嘻的。

林昊风沉着脸,沉默不语,郗同文这才看出他有些异样,只好开启新的话题:"刘智明让我对泰诚事件的原委写个说明给他,真不知该怎么写,他已经催我好几次了,怎么办呀?"

林昊风想了想,问道:"那利慎远对这个事儿什么态度?"

"奇怪就奇怪在这儿,利总没态度!完全避而不谈,也没有给我和李总任何处罚或者警告。"

"还真有点怪……既然那个认罪书不是利慎远让写的,你就拖着。"

"你也这么觉得吧?还说是什么说明,分明就是让我写认罪书。"

"用脚趾想都知道啊。不过,他是你领导,如果非让你写,你也不好就是不写。要是实在拖不过去就给他一个,避重就轻,只说基于泰诚是壳资源的判断,不要再说其他的。"

"本来也确实没有其他的呀。"

"那不正好?!但是……"说到这里,林昊风似乎仍有些担心。

"但是什么?"

"但是我觉得这件事儿肯定没那么简单,总觉得这类交易是利慎远最反感的,这种处理方式更不是利慎远的风格。既然利慎远都已经想息事宁人了,刘智明又为什么着急让你认罪,这么迫切把责任推你身上?估计啊,这事儿没完,还有好戏看呢!你要做的就是拖着刘智明,跟他斡旋……"林昊风勾勾手,郗同文凑了过来,林昊风在她耳边窃窃私语。

利慎远在办公室里越想越气愤,突然站起来,想了想觉得不妥还是坐下,这时亓优优敲门进来:"利总,您的茶!"放下水果茶,她又故意小声悄悄地说道,"这是同文的同款水果茶哦。"

"哦,放着吧。"利慎远听了是郗同文的水果茶,这才看了一眼面前的茶杯。

"同文跟林昊风约会去了,我趁她不在偷拿的。"亓优优边说边看着利慎远的表情,"那……我就下班了哦。"

"走吧走吧。"利慎远满脸烦躁。

亓优优刚想走,利慎远好似想到什么,说了句:"等会儿。"

"嗯?您有什么吩咐?"亓优优转回身,笑着问道。

"嗯,我问你啊,你们年轻人约会一般去哪?"

"那可太多了,高级法国餐厅啦,高档日本料理啦,当然了,我的最爱还是三里屯的酒吧,吃什么不重要,和喜欢的人在一起才最重要。"

这时,利慎远的电话响了起来,他草草地与亓优优说了句:"行行,我知道了。你赶紧下班吧,我接个电话。"

"拜拜。"亓优优离开了。

利慎远接起电话:"喂?什么事儿?"

电话那头正是柯文韬,他说道:"没事儿就不能找你了啊?晚上出来喝一杯?"

"不喝!喝酒不重要,和喜欢的人一起喝才最重要。"

"嘿!你是病了吧?精神还正常吗?我这消息还告诉你吗?"

"行了行了!回头请你吃饭,今晚确实有安排了。赶紧说,什么消息?"

"证监会已经立案了,预计马上会开始调查和问话,你要有心理准备。"

利慎远顿时表情严肃,轻声答复:"嗯,好,意料之中。"

晚上,林昊风送郗同文回到楼下。

郗同文说道:"我就说你别送了,我又不是你女朋友,真没必要送到家。"

"没良心啊,我还不是怕这么晚,你这个酒后的大美女被人劫了色?要是那样,还不如让我劫。"

"半瓶红酒而已,跟你喝酒,我还不至于把自己喝多了。"

"我发现啊,你真不是我想象中的那种书香门第养出的娇滴滴的女孩儿,工作拼命,好胜心强,还这么能喝!"

"本来也不是,是你们觉得我应该是那样而已。今天谢谢你请我吃大餐啊,不过你也没说,到底什么事儿呀?"

"我都跟你说了啊,做我女朋友啊。"林昊风还是一如既往半开玩笑半认真地说。那些逢场作戏的情话,不知怎的,在郗同文面前,他反倒说不出来了。

郗同文似乎也感受到了林昊风的那半份认真,略微严肃地说道:"你今天不对劲啊,这事儿咱们早就翻篇了,怎么今天总拿出来炒冷饭?你要是再开这种玩笑,咱们还是保持距离吧。"

林昊风笑了笑,犹豫片刻,刚想说话,郗同文抢先说了句:"懒得理你,我上楼了。"说完,她转身头也不回地走了。

进了家门,郗同文长嘘一口气。

林昊风留在原地,双手插进兜里,长叹了口气。

一日,丽丽来到何思源的工位上说道:"何哥,前天说的报告,什么时候给啊?方总着急要。"

何思源坐在工位上,边码字边说道:"今天下班前吧。我正写着呢!"

"好,那……我祝你一次通过,不要反复。"

"你不如祝我中彩票,概率还大一些。"何思源此刻才抬起头看着丽丽,开着玩笑地说道。毕竟方奇杰要求高是出了名的,她跟研究员们定制的报告,几乎没有一次性通过的。随后,何思源又补充了一句:"要换作李总,那我或许能保证一次通过。"说完,他笑起来。

丽丽见气氛不错,凑近何思源,低下声调说道:"我听交易员说泰诚的股票终于清掉了,连续12个跌停,惨绝人寰。公司损失了1亿多!你说,这泰诚的事儿都过去一个月了,利总也回来这么多天了,怎么也不见他处理啊？上次魏峰才给公司损失多少啊，说开就开，怎么到李世伟和郜同文身上就黑不提白不提了呢？最近同事都在议论这个事儿。"

"谁知道老大怎么想的？我也很奇怪啊。那天我问刘总，他也是语气怪怪的，说不出什么。"

"但是这1亿多总得有人承担责任吧？就这么不了了之，也太不公平了！虽然是世伟总的基金出了问题，但是我们的年终奖或多或少都会受影响吧。"

"你没问问方总？"

"方总每次说起这事儿，也都是不置可否。以前她最看不上李世伟，我估计她嘴上不说，其实心里肯定高兴着呢。"

李世伟来到利慎远的办公室。

"利总。"

"有事吗？"利慎远对李世伟的态度还是那么冷淡。

"那个，最近地产板块开始有所反弹，我预计能够持续到年底。"

"我知道了。"

利慎远冷淡的表情让李世伟沉默了。一个多月了，李世伟多次想要问，泰诚事件利慎远打算怎么处罚他，但是始终张不开口。

利慎远见李世伟沉默不语，继续说道："还有事吗？"

"哦，没、没有了，那我先出去了。"

"嗯，好。"利慎远看着李世伟的背影，思索着什么。

会议室里，大家一如既往地开着晨会。

刘智明正在做着演示："近期换手率下降，境外恐慌指数上升……国债收益率上升，人民币升值……两融余额上升，A股资金流出，北向资金流入……化工行业的大股东减持最多，以上就是近期的情况。各位还有问题吗？"

大家沉默间，李世伟看了看，为了刷刷存在感，说道："目前PE（市盈率）水平位于行业近几年来最低水平的，依次是地产、农业以及休闲服务，但是从目前宏观环境看，部分优质地产企业的盈利能力是被低估的，我觉得还有空间。"

说完，李世伟用期待的眼神看着利慎远，期待一丝丝回应。见利慎远没有反应，这才看向其他人，其他人也依然没有任何回应。近期，大家对李世伟虽然客客气气，但是毕竟给公司造成损失的是他，见到他时总是难免让人心中有些不快，所以也就时不时在他发言之后出现冷场。

最终还是方奇杰开口打破沉寂，以缓解尴尬："确实有机会。但PE低，说明市场对这些行业抱有偏低的成长预期，我们还是应当控制好仓位。"

"是，那是当然。"李世伟赶紧附和一句。

"不过，地产开始反弹，李总最近的业绩不错吧？之前建仓的成本足够低，可见预判很准呀。"方奇杰还是帮李世伟挽回一下局面。

李世伟对方奇杰公开的夸赞显得有点不好意思，刚想笑笑缓解尴尬，但转头看到利慎远还是那副面无波澜的表情，又赶紧收住笑容。之后会议再次陷入沉寂之中。

利慎远见状才缓缓说了句："还有问题吗？没有就散会吧。"

散会后李世伟垂头丧气地跟着方奇杰一起进了她的办公室。方奇杰回头刚想关门，见李世伟竟然跟了进来，用同情和略带嘲讽的眼神看着李世伟进来后，关上了门。方奇杰不知为何，每每见到李世伟总是觉得此人甚是可笑。她慢慢悠悠坐到自己的办公椅上，这才笑着说了一句："我已经仁至义尽了啊。"

李世伟坐在远处的沙发上，一边像个主人一样，自己给自己倒茶，一边抱怨道："知道知道。但是，你说利总这是什么意思啊？到底打算怎么处置我？给个痛快呗！"

"你的意思是，现在把你开了？"方奇杰笑呵呵地说。

李世伟刚刚还理直气壮地抱怨利慎远不处理他,但听到"开了"这俩字,瞬间又怂了,声音低了几度:"那……我倒不是这个意思。"

"既然不是,你还急什么?"说着,方奇杰站了起来,走到李世伟的身旁,继续说道,"你啊,就且行且珍惜吧,说不定哪天你就不能这么舒服地坐在我这喝茶了。"

"啊?真要干掉我?你是不是知道什么消息?"

方奇杰见李世伟恐慌的样子,也就不想吓唬他了,这才严肃地说道:"我吓你的!我没什么消息。但是,我倒是觉得,没立刻处置,就说明利总还有别的考虑。放心吧,利总做事什么时候拖泥带水过?要是想处理你,还会等一个月?早就下手了。"

"但这事儿总要有个结论,什么时候能了结呢?现在大家看我的眼神都有问题,感觉我像个瘟神一样,见我都躲着。还不如直接给我点处罚,我也算有交代了。我是真的有点受不了了。"

方奇杰一副同情的表情,拍了拍李世伟的肩膀。

散会后,刘智明跟着利慎远进了他的办公室。

"有事儿?"利慎远问道。

"利总,我听说了,咱们泰诚的票已经清仓了。"刘智明试探性地问着。

"好像是吧。"利慎远则是说得满不在乎。

"咱们损失不小吧?"

"应该吧。"

刘智明一副欲言又止的表情,利慎远轻蔑地说了句:"你想说什么?"说完如同看戏般看着刘智明。

刘智明见利慎远问起,这才开口说道:"唉,这次我确实有责任,最近投研部的事多,我没有给郗同文的研究结论把好关。也是没想到,世伟竟然也这么大意,居然相信了一个小女生的小道消息。"

利慎远淡淡地说道:"我知道,最近你辛苦了。"

"都是分内的事情,应该的。"

"行,没事儿的话就去忙吧。"

"好,那我出去了。"

刘智明转身离开,利慎远看着刘智明的背影,眼神中略带寒光。

刘智明给郗同文打了个电话,说道:"来趟我办公室。"

"哦,好。"

郗同文来到刘智明的办公室,表情严肃,也很淡然。

"同文,你写的说明,显然对自己犯的错误还没有深刻的认识,这怎么能避免下次不再犯同样的错误呢?"

"哦,那我可能确实认识还不够,您觉得我应该重点写哪方面的认识?"郗同文这番话语气和顺,但内容强硬,并且她答复得颇为老江湖,完全不像是一个职场新人。原来,就在前几天,林昊风与郗同文吃饭,林昊风就已经将如何应对刘智明,一一传授给她。

就在这时,外面一阵阵骚动,似乎有什么事要发生。

刘智明赶紧起身出去,好奇地走出办公室看看发生了什么事儿,郗同文也跟着一起出来。

只见三个身着西装的人在公司办公区,带头的人大声而严肃地问道:"请问,谁是刘智明?"

"我是!"刘智明声音虽大,但有些颤抖。

"我们是证监会稽查总队的,你涉嫌操纵证券市场,请跟我们回去调查,这是通知书。"说着将一个文件打开给刘智明看了一下。

刘智明战战兢兢地看了看,公司的人更是一脸迷茫。这时,利慎远从办公室里走了出来。

"另外,谁是半岛基金的负责人利慎远?"

"我是。"与刘智明不同,利慎远虽声音不大,却一如既往地底气十足。

"你好,也请你跟我们回去协助调查。"

"好。"

郗同文想着眼前的这个状况一定和泰诚的事有关,明明是自己干的,为什么是他们被带走?尤其是利慎远,他与此事无关啊。她赶紧跑到利慎远身边,关切地说:"利总……"但又不知该说什么。

李世伟也叫了一声:"利总……"

"没事。"利慎远好似早就料到了一般,继续说道,"奇杰,中午的午餐会帮我推掉。"

"好的!"方奇杰回答得很果断。这个时候,利总思路清晰到还记得中午有午餐会,就冲这一点,她就坚信利慎远不会有事儿。

两人被带走后,众人议论纷纷,方奇杰则说道:"马上开盘了,都工作去吧。"

郗同文哪里还能平静?一天都无心看书。

第二天一早,利慎远竟然来上班了。郗同文无心做事,一直看着方奇杰等一众基金经理进了利慎远办公室,又从里面出来,似乎他们的聊天气氛还算轻松,这才犹犹豫豫地敲了敲利慎远办公室的门。

"进来!"

郗同文推门而入,支支吾吾地说了声:"利总……"

利慎远见是郗同文,眉眼间带着悦色,但还是明知故问:"找我有事?"

"您……没事吧?"

"怎么,关心我?"利慎远笑着说。

"我一直很关注您呀……"

"原来是关注啊。"利慎远略有失望。

"那个……您被带走是因为泰诚的事情吗?"

利慎远轻轻地点了点头,严肃地说:"你不来找我,我也得找你,你要做好准备,你、Kevin,还有李世伟随时可能被叫去问话。"

郗同文点了点头，利慎远则起身，走到郗同文面前，摸了摸她的头，缓缓地说："不要紧张，也不要遮掩，实话实说就行。"

郗同文看着利慎远，虽然第一次经历这样的事，但总觉得有他在就无比安心，微笑着点了点头。

这天，李世伟、郗同文和 Kevin 从证监会回来，李世伟径直走向利慎远的办公室，郗同文和 Kevin 则分别回到工位。

大家都放下工作，围了上来，陈凯先问道："同文，你们从证监会回来了？"

郗同文略为疲惫地点了点头。

研究员王灿问："配合调查什么？是跟泰诚的事儿有关吗？"

何思源也凑上来："刘总呢？怎么一直没见他来公司？他怎么了？"

郗同文看着他们，缓缓地说了句："我有点累了，咱们回头再说吧。"

陈凯说道："经历这种事儿，谁还有心工作啊？你收拾收拾就早点回家吧，好好休息。"

李世伟从利慎远办公室里出来，进了方奇杰的办公室，严肃地说道："晚上一起喝一杯吧。"

方奇杰看了看时间，说道："我没什么事儿了，现在就走吧。"她说完拎起包就跟着李世伟一起离开了公司。

李世伟与方奇杰来到他们常来的酒吧，李世伟坐在那低头不语。

方奇杰给李世伟倒了一杯酒，问："下午在证监会没什么事儿吧？"

"我被刘智明利用了。"李世伟直接将手中的威士忌一饮而尽，叹了口气。

方奇杰听了这话，似乎并不惊讶，慢慢地又给李世伟倒了一杯。李世伟又继续说道："刘智明跟泰诚的董秘吴辰旭是一伙的，他们连同几拨游资一起操纵泰诚股价，他在公司几次诱骗我加仓，帮他们抬高了股价。"

"你给他们抬了轿子?"

"不算吧。因为,他们也没有卖,也折在了里面,损失都不小。"

"他有心骗你,想不上当也难。"方奇杰这次并没有像以往一样去拿李世伟的失误打趣,反倒是安慰起他。她知道这一次李世伟在精神上和经济上都势必会遭受重大打击,现在并不是开玩笑的时机,这点尺度,方奇杰还是有的。

"我还以为你会继续讽刺或挤对我呢!不过,你也不用安慰我,这次就是我的责任。同文只是跟我传递了一个壳的价值而已,股票没停牌锁价就涨了那么多,谁会出那么高的价去借壳?壳的价值早就没有了。但是我自己贪婪了,总是想着再等等再等等。真没想到我从业这么多年,还会犯这种错误。"

"当时市场不好,你是压力太大了。"方奇杰关切地安慰着。

"奇杰……"酒过几巡之后,李世伟突然直了直身体,郑重地对方奇杰说,"我……想辞职了。"

方奇杰十分惊讶,问道:"为什么?!"

"想换个环境吧。"

"你是在逃避吧?你怕利总干掉你,所以自己先辞职?"

"不是!我跟利总聊了,他不会处理我。他好像早就知道刘智明有问题。"

"那天利总和刘智明被带走时,表情那么淡定,我就想到了,他肯定早就知道刘智明有问题,而且他对化解你犯的那点儿错误一定是心里有数。"

"我对自己挺失望的,就算有业绩压力,我也不该拿投资人的钱去冒险。但更让我对自己失望的是,我被刘智明利用这事儿,到刘智明被带走我才意识到。我就只会研究股票,手段不如刘智明,更无法成为利总那样运筹帷幄的人。所以我想辞职,让自己永远记住这次犯过的错误。再说,我知道利总对我不错,没忍心对我下手。我也不想让他为难,这事儿就算是刘智明搞出来的,但做出投资决策的毕竟是我,我总要负责的。"

"你知道,公司里那么多人,我为什么会经常跟你出来喝酒聊天吗?"

"那肯定是因为我帅呗!"

"你每天早晨起来不照镜子吗?!"

"不帅吗?"李世伟拿起手机,假装照了照镜子。

方奇杰看着李世伟的样子,无奈地笑一下,说道:"是因为你没那么多坏心眼,这在金融圈可不多见。而且我不得不承认其实你看市场有时候很准。还有,刚刚你那番话也让我刮目相看,想不到你还是个有责任感的人。"

"要不你是方总呢,看人就是这么准。不过,奇杰,那你知道为什么我喜欢和你聊天吗?"李世伟笑着说。

"那肯定是因为我美貌与才华兼备呗。"方奇杰也顺势开了个玩笑。

"是!那肯定是其中一个原因。"李世伟也笑了,继续说道,"你虽然外表强势冷艳,还老阴阳怪气地挤对我,但是其实你是个很善良的人。我心机不如刘智明,但这一点我比他看得明白,我只和善良的人交朋友。"

"想不到,你看着傻,其实挺有大智慧的呀。"

"以前老拿你是女性说事儿,抱歉啊。"

方奇杰笑了笑,喝了一口,说道:"其实男人在工作中,无论什么原因,只要提到性别因素,在我看来都是自卑的表现,给自己找个托词罢了。无论是把他们的技不如人归咎于性别差异,还是公然说女人如何如何不行,都说明他们不够自信。知道为什么我喜欢跟着利总吗?"

"难道不是因为他专业,有能力?"李世伟问道。

"资本市场里有能力的人太多了,利总是优秀的,但也没到一枝独秀,让我死心塌地的程度。咱们这行,从业人员性别比例非常失衡。那是因为,都是男人在制定游戏规则。我难道不知道,很多酒局饭局,当我坐在那里时,很多人哪里是真心在跟我谈业务,而是把我当作桌上的一盘菜,给饭局上的人消遣用的?我难道不知道,多少人觉得我业绩的背后一定站着一堆说不清关系的男人?别人怎么背后议论我,我都知道。我就只能拼命靠我的业绩证明我存在的价值,可我很快就发现,那些业绩不如我的基金经理们依然会在背后诋毁我。但是我不能因为他们议论我,就天天去找他们理论或者转行吧?直到我遇到利总,他只会因为我的业绩好而尊重我,从来没有因为我是女性就迁就我、照顾我,比如肯尼新,他明知道有危险,但不会因为我是女性就不让我去,当我犯错的时候照样不顾面子地训斥我。当然,利总也确实能力强,你确定不继续跟着这样一个能人?"

李世伟点了点头,说:"嗯,确定了!"

"利总这么长时间不处理你,也是惜才,他表面看起来冷漠,其实还是很看重你的。只是,损失了1亿多啊,你总不能要他真的像没事儿人一样,还那么热情地对待你吧?"

"你开玩笑吧?利总他要真热情地对待我,我才要被吓死了。"说着,李世伟与方奇杰碰了下杯,一饮而尽。

方奇杰知道李世伟已经做了决定,叹了口气,也一饮而尽。

一日,何思源从其他办公区域快步走回投研部,对投研部的同事摆了摆手说道:"最新消息!李总……辞职啦!"听到这种新闻,众人都放下了手中的工作,扎堆到了一起,八卦起来。

"李世伟李总?"王灿惊讶地问道。

"是啊!"何思源回答得斩钉截铁,大家随即都望向了利慎远办公室。因为此刻李世伟正在与利慎远坐在沙发上友好地聊着天,如果不是辞职了,这一幕着实很难出现。大家似乎也就相信了消息的可靠性。

"为什么?"陈凯边问边看了一眼站在一旁的郄同文,似乎潜意识中认为一定与之前的投资失败有关,对郄同文的处境不由得感到担忧。

郄同文眉头紧锁,表情略显凝重,也在等待着何思源的答案。

何思源也看了一眼郄同文,继续说道:"没说理由,但是听说是李总主动辞职的,想必也是觉得给公司损失那么多钱,待不下去了吧。"何思源话里有话,众人也都听得明白。

郄同文并没有回应,默默坐下,浏览网页以缓解这种尴尬。

陈凯则解围地说道："李总最近基金收益反弹不少,损失应该快补回来了吧?"

"但是搞内幕交易,炒借壳,这种人可都是利总最看不上的,就算不走,那也没前途了吧。"何思源依旧是话中带刺。

"别瞎扣帽子啊!什么内幕交易?泰诚科技是个壳,大家都看得出来。再说,如果利总有意见早就发作了,还用等着世伟总自己提辞职?我觉得肯定还是有了更好的去处。"

王灿也听出了这里面话锋不对,索性转移话题,化解尴尬,问道:"欸?咱们刘总怎么样了?刘总跟这事儿又有什么关系啊?这都配合调查快两个月了吧?"

"你叫师父,我就再告诉你一个消息。"

"何师傅!"王灿开玩笑地叫了一声,引得大家大笑起来。

何思源摆出要揍王灿的架势,然后转而对着其他人笑着说道:"刘总这次可能惨了,据说他在外面联系了好几个机构,跟着公司一起炒作泰诚,被证监会发现了,涉嫌操纵股价。"

"啊?那世伟总参与了吗?"陈凯惊讶地问道。

"谁知道呀!说不定就是想辞职撇清关系。"

"证监会是怎么发现的?"王灿问道。

"这么异常的波动,证监会势必会关注,关注了那就得查呀。现在都是大数据,据说通过比对交易记录的时间、账户持仓,基本都能挖出来背后是哪些人在操作。证监会想找证据还能找不到?"

"所以啊,都大数据时代了,千万别搞违规操作,法网难逃哦。"陈凯感慨道。

王灿说:"是啊,我听说现在很多内幕交易都是信息系统直接提示给监管机构的,根本不用人工看着。欸!你们说咱们公司这次会不会也被认定为参与操纵股价?"

"不好说。"何思源说。

这时,李世伟从利慎远的办公室里走了出来,众人不再继续讨论,各自开始忙工作。

李世伟回到自己的办公室,收拾好了东西。远处,方奇杰站在她办公室门口看着李世伟,李世伟对她眨了眨眼睛,就离开了办公室。他快步走到公司门口,似乎不想引起更多人的关注。在半岛基金的LOGO面前,他略微放慢了脚步,眼睛看着"半岛基金"四个字,心中没有仇恨,没有不甘,也没有意难平,仅仅是有些不舍,随即离开了公司。

晚上,郗同文与张小西通电话,说道:"唉,是不是我也应该辞职呢?"
"为什么呀?听你说来,你虽然有错,但也没到辞职的地步吧。也许你们那个李总只是找到了更好的职位跳槽呢?"
"那也太巧了吧。"
"你别想那么多了。你和利总怎么样了?有什么进展吗?"
"唉,没什么进展。对他,我总觉得怕怕的,像是财经杂志和新闻里的人物,有点不真实,也不踏实。"
"你担心……像他这样的人,对你只是一时兴起?"
"可能吧?我自己也说不好。而且我现在专业能力也不够,还闯了这么大的祸,我觉得我也没有资格站在他的旁边呀!"
这时,郗同文的电脑上弹出新的消息,她一边打着电话,一边看了看电脑,原来是陈凯发来一个网址链接给郗同文。郗同文打开后,发现是中国证监会的官方网站,一行题目字体虽不大,却如重锤一般,直接敲在郗同文的心口——《中国证监会行政处罚决定书(半岛基金及相关责任人员)》(以下简称《处罚决定书》)。
"我有点事儿,先挂了。"郗同文声音有些颤抖,还没等张小西回复,她就慌乱地按掉了电话,手指此刻有些不受控。
挂了电话,她仔细地看着《处罚决定书》的内容。

紧接着陈凯的电话就打过来,说道:"同文,我发你的链接看了吗?证监会下处罚通知书了,刘总被罚了500万,10年禁入市场!他已被公诉,估计要被判刑,咱们公司也被罚了200万,给了警告。"

"看到了。"

"公司在泰诚身上没赚到钱,所以才罚得这么少。要是赚了,也得全吐出来。唉,刘总这次很难翻身了,公司名誉也损失不小。"

"嗯,都怪我。"

"不要给自己太大压力,你充其量是导火索,根源还是刘总。不能什么责任都往自己身上揽,有些责任是咱们承担不了的。"

此时利慎远与柯文韬在酒吧里喝酒,柯文韬以看热闹的表情盯着手机,说道:"欸!新鲜出炉的消息啊,你被罚了呀!"

"早就通知我了。"利慎远淡淡地说。

"才200万,金额不大,但是吧……有点丢人。你们那个刘智明,纯是自己作,什么钱都敢赚。"

利慎远没有说话。

柯文韬见状,继续挖苦地说:"驭下不力哦!刘智明这次算是栽了。我听说李世伟也辞职了?"

"是啊。"利慎远叹了口气。

"人才来来去去很常见,半岛的人才流动已经算很低了。华科基金的邱昆你还记得吗?"

"之前跟曹其他们吃饭的时候聊过几句,挺有思路的,怎么了?"

"他让我引荐,想去你们公司。李世伟这一走,你也得补充补充人才呀。"

"好啊,来聊聊呗。对了,云夏基金的穆云国,我记得你和他认识吧?"

"想挖公募基金的墙脚啊?"

"是追求共赢!"

"行，我帮你联系，他可是明星基金经理，你想好聘礼给多少了吗？"

"只要能约出来，他开价，我还价嘛。"

"放心吧，我保证给你约出来。公事儿我不担心你，倒是你和那个小丫头怎么样了啊？上次还说这次挫折让她自己消化，我看泰诚的事儿，你也没少上心。"

"我做的都是一个老板该做的。"

"你继续嘴硬。怎么说，人家也是个大美女，赶紧行动，省得夜长梦多！我真替你着急！"

"来日方长，以后再说吧。而且，对她，我还有别的安排。"

柯文韬似懂非懂。

第十四章

早晨,亓优优来到茶水间,丽丽刚好也在,丽丽迎上前说道:"利总说什么了吗?"

"说什么?"亓优优最擅长装傻。

"处罚的事儿啊!今天基金圈可传遍了,你看看我这朋友圈。"丽丽拿出手机给亓优优看,继续说道,"看看这个人,明显是故意转发的,嘴上说引以为戒,实际上不就是在看笑话嘛!生怕大家不知道我们半岛被处罚了。"

亓优优一脸淡定地说:"咱们利总,还是那个老样子呗,什么也没说。"

这时,郗同文也走了进来。丽丽见状,声音略有放大地说:"李总因为给公司亏了钱都没脸在公司待了,他真是实在人啊。不过换作是我,也着实待不下去。"

郗同文默不作声,慢慢地在亓优优身旁倒着水。

亓优优已经泡好了茶,说道:"我先走了哈。"

丽丽则鄙夷地看了看郗同文,也离开了。

第二天,投研部都在忙碌着,郗同文无所事事地问道:"我去买咖啡,谁要,我请客。"

然而,声音如同落入了深不见底的深渊,没有任何的回音。

郗同文站在原地愣了片刻,她走到何思源身边:"何哥,您想喝点什么?我去买。"

"不用了。"何思源面无表情地说。

"王灿……"郗同文对着王灿叫了声。

王灿头也没回,直接摆了摆手,表示不需要。

郗同文又走到其他人的工位边,问了问,大家或是压根儿就不回应,或是摇头摆手,完全没有了以前一呼百应的景象。

这时,陈凯从外面刚回来,郗同文像是见到了救星般,大声说道:"凯哥,我去买咖啡,你喝点什么?"

陈凯看了看周围人,以往有人买咖啡大家都会争先恐后地蹭一杯,然而现在竟是这种完全不理会的状态,他也就明白了,大声说道:"这么好呀,我要拿铁,半糖!"

郗同文刚离开,何思源就阴阳怪气地说道:"这同文啊,就是心大,这时候还有心情喝咖啡,公开处罚,公司多丢脸呀。"

陈凯说道:"这事儿根本不怪同文呀,操纵市场,同文哪有这本事?"

路上,郗同文心情沉重,回想起自己当初意气风发地想要进入这行,成功过,有过高光时刻,没想到自己一犯错就让公司损失惨重,想到这里,她不禁叹了口气。回到公司,郗同文敲击着键盘,电脑屏幕上逐渐显示出:辞职报告。

晚上,同事们纷纷下班,郗同文时不时看着利慎远的办公室,她没有勇气亲手交给利慎远。利慎远离开时,路过办公区见郗同文还没有走,正想上前询问,方奇杰从办公室里走出来,叫住了他。

"利总,我们走吧,思川资本的郭总已经出发了。"

"哦,好。"利慎远只得跟着方奇杰匆匆离开了公司。

郗同文见利慎远离开,这才鼓起勇气悄悄走进他的办公室,将辞职信放在了他的办公桌上。

利慎远刚到楼下,突然发现手机没有带,说道:"我手机忘带了,你和司机等我一下,我回去拿。"

"我帮您去取吧。"方奇杰说道。

"呃,不用了,我自己去吧。"

利慎远回到公司,不禁先看向郗同文的办公桌,见郗同文已经离开了,心中有些失落。回到办公室,刚拿起桌上的手机,就见到一封辞职信端正地摆在那里。他似乎预感到了什么,立刻猛地跑到办公区看了一眼郗同文的办公桌,桌面出奇地干净整洁。他抽出辞职报告,无暇看里面写了什么,只见落款果然是郗同文。

他愤怒地拨通了郗同文的电话。此时,郗同文刚刚走出盛泰大厦,见电话是利慎远打来的。无论利慎远此刻看没看到那封辞职报告,她都不知道该对他说些什么,所以只能任由电话不停地响着,忍住不去接起。

利慎远猜测她并没有走远,飞奔到电梯,又拨通了方奇杰的电话:"奇杰,你先去吧,我这有点急事儿,晚点赶过去。"

"利总,公司目前的处境,急需要郭总支持,您看您那边的事情……"

"我心里有数,你先去吧,我这边尽快。"

"好。"

挂了电话,方奇杰坐上车便离开了。

利慎远则冲出盛泰大厦,飞奔在金融街上找寻郗同文的身影。

郗同文漫无目的地在金融街上走着,看着两侧早已熟悉的高楼,心中却充满迷茫,不知道自己应该往哪里去。不经意间抬起头,再次看到了那个熟悉的身影。郗同文驻足,她看着利慎远手中的信封,有些惊讶。

利慎远有点喘地问道:"这是什么意思?"

"泰诚的事情已经了结,我也是时候该辞职了。"

"然后呢?回去做学术?投资就是你一个爱好,玩玩而已,遇到挫折了,就放弃了。"

"不是的,投资是我的理想……"

利慎远直接打断她说道:"遇到一点挫折就想放弃,你不配谈理想!"

"我只是觉得……"

"你只是觉得自尊心受到打击了,曾经燕大的天之骄子却沦落到被身边的人嘲讽、排挤的地步,你要面子!辞职吧!"

"您知道?"

"我为什么不知道呢?'人心排下而进上,上下囚杀',人受到排挤、压抑时情绪会低落,受到推崇器重情绪就会高涨,正因为如此,情绪的上上下下使得我们憔悴不堪。千百年来,人,都是如此。但基金经理需要什么?就是要克服人性的弱点,保持稳定的情绪。我们不能因为市场情绪高涨或是低落就影响我们决策,也不能因为浮盈或者浮亏去影响我们的判断。市场可以有情绪,不专业的散户可以有情绪,但一个优秀的基金经理不可以。你可能觉得克服人性这件事很难。如果不难,凭什么我们可以坐在高级写字楼里喝着咖啡,就赚比别人多十倍、百倍、千倍的钱呢?如果不难,在这个充满精英人才的金融圈,为什么大多数人一辈子无法成为基金经理呢?如果你遇到这点挫折就崩溃了,被几个同事排挤就受不了,起伏的情绪无法自己消化,你怎么可能成为一个好的基金经理呢?"

利慎远说得激愤,郗同文再次看到他的另一面。

"利总……"

"看到这份辞职报告,我很难过,也很生气,但更多的是失望。我一直期待你能够成为一个优秀的基金经理,我以为你是一个坚忍的、努力的、好强的、不服输的人,没想到你在面对困难的时候最终选择了逃避。"

"我错了。但我不是逃避,我从没有想过离开这行。我只是觉得犯了错就应该付出代价,李总、刘总都为他们的错误付出了代价,我也应该承担我的那部分。"

"错误的最好解决方式是弥补。"

"我不是您,这么大的错误,我无力回天。"

"多大的错误?损失1亿、2亿?公司被处罚?你这个级别还不配犯这么大的错误。"

"您……您怎么还讽刺人呀?"

"你的错误只是你没有守住我教导你们的投资信念。并且你辞职了，公司利益也并没有得到挽回。亏了钱就想跑？这不是逃避吗？"

郗同文看着利慎远，不知道该说些什么。她本来就舍不得离开半岛，利慎远慷慨陈词之后，好不容易下定的决心瞬间瓦解，眼泪止不住地流下来，说不清是委屈、懊悔，还是感动。

利慎远走近郗同文，抬起双手扶住郗同文的肩膀说道："同文，你相信我吗？"

郗同文点了点头。

"那就留下来，听我的安排。"

郗同文不停地点着头。

利慎远笑了笑，然后看了看表，说道："怎么办？我现在还要去见投资人。"

郗同文委屈地说道："您怎么这样？刚刚还说听您安排，这么快就又抛下我。"

利慎远说道："你有你该做的，我也有我该做的。不顾一切是年轻气盛的做法，统筹兼顾才是成年人现实的选择。你的问题解决了，我该去解决下一个问题了。"

"啊？您把我当作问题？"

"是啊，而且你这个问题解决起来还不是一般的伤脑筋。"

"啊哈？"

"走吧，我送你去搭车。"说着利慎远与郗同文向金融街深处走去。

一日，公司召开全体会议。利慎远正坐在中间，身旁坐着两位生面孔。

利慎远说道："泰诚的案子和结果大家也都看到了。我们的专业是帮投资人管理他们的资产，彼此建立信任感本身就任重而道远，但是，现在因为一些人的操作而让我们失去了投资人的信任。最近我的手机几乎没停过，全是投资人打来的，公司信誉损失巨大，刘总的处罚你们也都看到了。

泰诚的事情对所有人都是一个警钟,我希望你们不要犯同样的错误,而这句提醒,我只说这一次。"利慎远看了看所有人,除了两个陌生的面孔以及方奇杰,众人几乎都不敢直视,甚至不敢抬头看着利慎远。利慎远继续缓缓说道:"郗同文对泰诚的案子负有责任,但由于你不是主要责任人,所以你从今天开始停薪,下周就去 MIT 斯隆学院 Professor Cliff Taylor 那里培训,加深一下专业知识的学习吧。当然,你愿意提交辞职报告也行。"

说到这里,众人开始纷纷低声私语,似乎对老板的这一决定感到惊讶。也有人看向郗同文,想捕捉这事件主角的看法。

郗同文听罢,内心顿时波澜汹涌,但表面上只是点了点头,略微起身,轻声回应了句:"我知道了!利总。"其实她完全不知道利慎远这是在按照什么套路出牌,对她的这个安排又是基于什么原因。

王灿低声问何思源:"这是什么套路?"

何思源小声说道:"公司与 MIT 建立了合作,定期送那些需要提升专业水准的员工去进修。一般都是能力不太行,但还有点培养价值的。但像郗同文这样,犯了错还能去的,还是第一个。利总果然还是偏爱燕大小师妹啊。"

王灿撇了撇嘴,表示认同。其他人也都不约而同地认为这一决定似乎有些值得讨论的地方。

利慎远似乎早就料到了大家的想法:"当然,如果有其他人想停薪,跟着这批学员一起学习的,公司也很乐于推荐。"

人们就是这样,总觉得对别人的安排是好的,而让自己去选择时,又觉得那未必是好的选择。利慎远补充的这句话,让众人闭了嘴,会场再次安静了下来。

利慎远这才又缓缓说道:"好,泰诚的事情就到此为止。今天给大家介绍两位新同事,这位是穆云国,这位是邱昆。穆总大家应该很熟悉了,之前云夏基金的金牌基金经理。邱昆或许很多人也都认识,都是同行,之前是华科基金的基金经理。从今天开始,他们正式加入半岛基金,希望大家一起创造价值。另外，从今天起投研部由方总管理。陈凯升为基金经理助理，协助潘总。就这些，散会吧。"利慎远短短几句话就结束了会议，并没有与谁多说几句，只是看了看郗同文就起身离开。

方奇杰对利慎远的任命欣然接受，但对他安排郗同文去进修十分不解。她看到利慎远看郗同文的眼神，夹带了一丝丝温柔，这是她这些年几乎没有看到过的。女人的直觉告诉他，利慎远对待郗同文远不像外表看到的那么简单。她坐在原地思考了一会儿。

何思源对利慎远对陈凯的安排耿耿于怀，看样子自己还是被刘智明连累了。

"方总！"何思源走到方奇杰身边叫了一声。

"啊。"方奇杰这才从思绪中抽离出来。

"以后请您多多指导。"

"嗯，多沟通，共同进步吧。"方奇杰客气了一下，脸上露出职业的假笑。

"那个，方总……"

"我们回头说，我跟利总还有事要聊。"方奇杰站了起来。

"好，您先忙，咱们回头再说。"

"好。"说完方奇杰向门外走去。

何思源想到以后要伺候这位公司最难伺候的经理，长长舒一口气来缓解压力。

郗同文正想去找利慎远问明白这又是唱哪一出，方奇杰此时从会议室里匆匆走出来，在郗同文身旁快速经过，径直向利慎远办公室走去。

方奇杰推门走到利慎远的办公桌前，说道："利总。"

利慎远刚回到办公室，还没来得及坐下，他似乎心情不错，可见到进来的是方奇杰，略有失落地问道："有事儿？"

"利总，我不明白您对郗同文的安排。公司这次损失了那么多投资人的信任，这样的处理会不会没有起到以儆效尤的作用？"

利慎远没有立刻回答,而是说了声:"坐。"两人坐下后,利慎远身体完全倚靠在椅背上,跷起了二郎腿。他似乎在用身体语言告诉方奇杰,我才是老板,所做的一切都理所应当。随后,他缓缓说道:"我还是这个观点,泰诚的事情郗同文有错误,但并不占主责。我用人的标准和不用人的标准不仅仅是有业绩或是犯了错。包括李世伟,其实他的离开我也非常遗憾。至于送郗同文去美国这件事,我认为她是有潜力的,我相信这一点你也看到了。培养人才和传播理念,这是我回国时就想做的,所以我才会去燕大讲课。我认为这有利于公司的长远发展,我不希望半岛的下一个基金经理还是从别的公司挖来的,这也是我安排你管理投研部的目标,我需要你帮公司培养出更多的基金经理。"

方奇杰此刻完全不相信利慎远的话,她只相信自己的直觉。但对面的人是老板,自己也无权质问他,况且今天利慎远愿意对她解释已经是破天荒了,所以方奇杰只能将想说的话咽了回去,转而说道:"好,我一定尽力。"

郗同文一直看着利慎远的办公室,见方奇杰终于从里面出来,她默默走到门口,敲了敲门。

"进!"利慎远声音很大,语气中也夹杂着不耐烦。

见郗同文推门进来,他刚刚已经有些凝重的表情,顿时放松了下来,笑着说:"坐吧。"

郗同文坐下后问:"进修的事儿,怎么都没听您提起过? 刚刚好突然。"

"不是说了,都听我安排吗?"

"那您也好歹尊重一下当事人的意见嘛!"

"我要的就是你刚刚惊慌失措的表现,而不是早已知情并欣然接受的感觉。不然,大家真的会觉得我偏心。"

"那您,有没有偏心呢?"郗同文似乎在期待着某种答案。

"这是公司的决定,不是我的。"

"公司的决定不就是您的吗?"

"那可不一样。公司希望你去,是为了学成以后创造价值回报公司,所以你得签培养协议,如果不回来了,那可是要赔偿巨额学费的。"

"那您呢?"郗同文小心地试探着利慎远的心意。

"我……"利慎远内心当然希望郗同文能够留在他身边,但此刻似乎说这些都不合时宜,他停顿了一下,继续说道,"我希望帮助你实现理想。"

郗同文感动地看着利慎远,久久没有说话,她不知道应该用什么语言去感谢利慎远。

利慎远见状,看了看表,笑着说道:"行了,别在那感动了,你先去地下车库等我。"

"我们去哪?"

"一会儿再说。"

在车里,郗同文看着利慎远开车的侧影,看得入神。

利慎远问道:"看什么呢?"

这句话问得郗同文有点不好意思,马上转过头看向前方。

利慎远则继续问道:"喜欢吃什么?"

"您要带我去吃饭?"

利慎远没有回答这种答案明显的问题,而是继续说道:"我听说你们年轻女孩儿都喜欢高档法餐、日料?"

"哦,不……不用那么破费,看您想吃什么吧。"

"第一次请你吃饭,你好好想想怎么宰我一顿。"

"不是第一次,上次在香港,您90块港币请我吃碗面都想省了我的年终奖,您的饭,我可不敢乱吃。"

"挺记仇呀。"

郗同文轻声嘀咕了一声:"我只是记忆力好,好的坏的我都记得。"

"你说什么?"

"啊,没什么。"

"放心,这次不会打你年终奖的主意了,因为你今年没有年终奖了。"利慎远开玩笑地说。

"要是这样,我可就不客气了!前面右转,您请我吃小龙虾吧,我饭量惊人哦,可能您真得破费不少。"

"小龙虾?你确定?"

"您不会是要反悔吧?"

"我还以为你会要求吃个高级法餐之类的呢!这么给我省钱,我是怕你后悔。"

郗同文和利慎远在一家小饭馆,一大盘小龙虾已经摆在了二人的面前。
"要不要喝点酒?我听优优说,你们出去吃饭都喜欢喝点。"

"我不太能喝酒,您想喝吗?我可以陪您喝一点点。"郗同文装模作样地说。

"哦,不用,我也不喝。那开吃吧。"

此刻,郗同文才开始有点后悔了。她犹豫了一番,说道:"我……我还没洗手,我去趟洗手间。"

在洗手间的洗手台前,她一边洗手,一边对着镜子里的自己,说道:"郗同文,你说你是不是傻,你怎么能让你的男神带你来吃小龙虾?形象还要不要了!真是每次见到好吃的,你做事就不过脑子!"

利慎远则趁这个时间,打了个电话:"优优,那个西餐厅的预订帮我取消吧。"

郗同文洗好手,回来坐下,见利慎远已经脱下了西装,衬衫的袖子也挽了起来,他见郗同文回来了,说道:"开吃吧。"

"嗯,好。"

郗同文慢慢悠悠用筷子夹了一个放在自己的盘子里,慢慢地摆弄着,从来没用筷子吃过小龙虾,迟迟剥不下来虾肉放到嘴里。

利慎远见她拘谨的样子,甚是好笑,好似看穿了一切的样子。他戴上手套,一边笑一边快速剥出了一颗虾肉放到郗同文的盘子里,说道:"吃吧,别拘着了,按照你这个速度,你平时吃一盘虾需要一天一夜吧。"

"哈?"郗同文装傻。

"别装了,你在香港狼吞虎咽吃面的形象,都在我这记着呢。"利慎远指了指自己的头,继续说道,"想装淑女,那你刚刚不该让我带你来这里啊。"

郗同文顿时想起自己在香港吃面的情况,又羞愧又后悔:"啊!哈哈哈!这都被您看出来啦?那我就不客气了啊,其实啊,我一点也不喜欢什么高级餐馆,牛排哪有小龙虾好吃呀。"郗同文看着盘子里的小龙虾,其实早就按捺不住了,既然被利慎远看穿了,索性露出本性吧,本来这就是自己的样子,何必装模作样?郗同文也挽起袖子,戴上手套,开吃起来。

"敞开吃吧!"

"这可是您说的。服务员!再加两盘十三香口味的。"

郗同文边吃边说道:"利总,我怎么感觉您好像提前知道是刘总的问题,好像对公司被罚也都有预判?"

利慎远笑而不语。

郗同文接着问道:"您怎么看出来的呢?为什么我什么都不知道?唉!"郗同文想到自己像个傻子一样在这圈里混,不禁有点前途未卜的迷茫。

利慎远笑着说:"今天教你一招吧。"

郗同文连连点头,放下手中的小龙虾,全神贯注地看着利慎远。

"我还没回来的时候,就找人买了1手(100股)泰诚的股票。"

"然后呢?"郗同文听得专心,目不转睛地看着利慎远。

"然后让那个人带着证明材料,以泰诚股东的身份名正言顺地去察看了他们的最新股东名册。"

"他们会让您看吗?"

"当然,这是《公司法》赋予股东的权利!我发现股东里有几家圈里有名的游资,但最关键的是,有一家机构背后的老板一直与刘智明关系不错。

我从来不相信巧合。"

"那您为什么不直接去上市公司打听?"

"刘智明一定与上市公司的人有联系。如果他不掌握一手信息,他不会这么孤注一掷地炒作泰诚。股东名册这么敏感的东西,我无论怎么间接去打听,都可能被对方知道我的背景和目的,那我再想知道真相就难了。没有征兆,直接杀去公司,更容易获得最准确的信息。"

眼前这个总能见微知著、运筹帷幄的男人让郗同文无法将自己的目光从他身上移开。

利慎远看着呆了的郗同文,笑了笑说道:"别看了,赶紧吃吧。"

"今天我真是学到了,您真是太厉害了!"郗同文这才继续吃着小龙虾,说道,"这家的麻辣小龙虾味道好吧?在北京算是一绝!但是吧,虾的品质比我们江苏的还是差远了。"

"你是江苏人?"利慎远非常震惊,但又强装镇定。

"我看着不像?"

"像!你父母还在江苏吗?"

"嗯,都在南京。"

"我听说你爸爸是有名的社会学教授?"

"算是吧。"

"那你妈妈呢?"

"小学语文老师,早就退休了。"

"你还有兄弟姐妹吗?"

"没有了,就我一个。我父母生我生得很晚,也不知道这两口子前些年都干什么去了。"

利慎远被郗同文逗得难掩笑容。

郗同文则继续说:"别光说我啊,那您呢?您父母是做什么的?"

"我父亲在我很小的时候就去世了,我妈妈就是在我前段时间去美国的时候去世的。"

"哦,抱歉啊。"

"没关系。"

"可是……"郏同文刚想问,话到嘴边又咽了回去。她本来想问的是,为什么大家都不知道,后来一想,他是半岛基金的老板啊,他怎么可能让别人随时掌握他的家事和情绪呢?那天他从美国回来,本来失去母亲就已经够伤心难过了,还要跑来安慰她,解决她搞出的烂摊子,想到这里,郏同文心中五味杂陈,又感动又对自己的行为感到羞愧至极。

"可是什么?发什么呆呢?"利慎远叫了她几声,郏同文才从自己的思绪中抽离出来。

"没什么……"郏同文喝了口饮料,转移话题,"那个……那您有什么爱好呀?"

"呃……"利慎远想了想。

"这事儿还得想?那您显然是没什么爱好了。"

"呵呵呵……年轻的时候喜欢踢球,现在也踢不动了。"

"怎么说的好像您都七老八十了?您还不到 40 呢!燕大里快 50 的教授还跟同学们一起踢球呢。只不过,我以为您是那种喜欢打高尔夫、爱好红酒的社会成功人士。"

"我也是从一个普通大学生走到今天的。那会儿真是特有热情,大学的时候经常和几个同学踢到半夜。高尔夫我也打,红酒我也爱,但这些更像是一项工作技能,毕竟我们对客户得投其所好,让客户放心把资金交给我们打理。"平时惜字如金的利慎远,在郏同文面前竟然滔滔不绝。

"您现在还可以继续踢啊。"

"没热情了,也凑不上球友了……"

"欸?林昊风他们有个俱乐部,每周都踢球,他跟我吹他踢得特别好,要不您……"

听到这里,利慎远突然站了起来,吓了郏同文一跳:"利总……"

"吃完了吗?吃好了我送你回去。"利慎远没等郏同文回应,拎起衣服就气愤地离开了。

郗同文不知道发生了什么,但也只能放下手里的东西,快速追了出去。

在车上,代驾司机开着车,利慎远和郗同文坐在后排,利慎远严肃地看着窗外,一言不发。

可能是刚刚的小龙虾吃得太多,郗同文突然觉得非常口渴,清了清嗓子。

利慎远从手边拿出一瓶水,拧开了,递给她。郗同文接过水喝了一口。

利慎远也从刚刚气愤的情绪里走了出来,打破了僵局,问道:"当初你学社会学是你父亲帮你规划好的吗?"

"算是吧,但也不全是。在没遇到投资这行之前,我自己也没想过将来要做什么。平时没事儿看看家里的书,也听过爸爸和其他叔叔聊学术,就觉得社会学也挺有意思,所以就去学呗。"

"那现在呢?"

"现在我的理想就是能够成为一个像您一样的,有能力、有节操、有口碑的基金经理。"

"你的理想设得太低了,不要给自己设限。"

"那我的理想就是成为一个好的基金经理,至于什么是好,没有定论!"

利慎远笑了笑,继续问道:"不过你转行,还改变了理想,你父亲同意?"

"他同意得很痛快,倒是我妈,比较麻烦,好不容易才说服她。千万别让我妈知道是您引导我转行的,那她肯定要来找您算账的。"

"呵呵呵,那我以后还真得小心点。不过,想不到你爸爸是个这么开明的人,毕竟你放弃专业,风险还是很大的。"

"我也没想到他这么爽快就答应了。其实我想过原因,我猜他一定是太自信了,觉得我怎么也超越不了他,所以干什么也无所谓了。嘻嘻嘻,您说是不是?"

"跟自信不自信无关,我觉得只是父亲对女儿的包容和爱护吧。"

"那您将来会成为这么包容的父亲吗?"郗同文漫不经心地问着,然后顺势又喝了一口水。

利慎远看着郗同文,笑着说道:"这么快就跟我探讨子女教育问题了?咱们是不是应该先从谈恋爱开始?这样顺序才对。"

话音还未落,郗同文吓了一跳,水呛进了气管,让她咳嗽不止。这时,代驾司机将车停在路边。

郗同文赶紧下车,站在马路边一直咳嗽,说不出话来,利慎远也跟着下了车。

代驾小哥忍住笑,说:"您好,已经到了。请您给五星好评。"

利慎远一边照顾郗同文,一边说:"好。"

临走时,代驾小哥还在利慎远耳边说了句:"大哥,祝您好运啊。"说得利慎远有点难为情。

等郗同文稍稍镇定了一些,利慎远拉起郗同文的手腕,将郗同文身体拉直,直勾勾地盯着她。

"您……"

利慎远看着郗同文,期待着她将问题问出来。

"您……刚刚……的意思……"郗同文问得支支吾吾。

利慎远见状完全等不及,坚定地说道:"就是字面意思。"

"那您上次在燕大,抱……抱我,也是……"

"是!我希望自己能成为你最信任的人!能够与你一起实现理想的人!但是看看你最近都干了什么?!辞职!逃跑!躲我!"

"那……那……您也没说清楚呀。"郗同文抱怨地说道。

"现在说清楚了吗?"

"现在……现在当然清楚了。"

郗同文一进家门,兴奋得直跺脚,感觉全身的每个细胞都有跳动的欢畅。而利慎远回到家虽已经是深夜,竟觉得精神百倍,站在窗前伸了伸懒腰,再无须克制笑容,愉悦地掐着腰欣赏起窗外的夜景来。

到了去美国的日子,这天张小西送她去机场。

这时,林昊风的电话打了过来,说道:"真不够意思啊,去美国这么大的事儿也不告诉我。"

"也不是什么光彩的事儿,怕你又嘲讽我。"

"我就说你是幸运女神,犯了错还有机会跟着 Cliff Taylor 学习,羡慕哦。专心学习,别瞎跟老外谈恋爱哈,回来看你专业长进了没有。"

"你就等着看吧,也许我回来了,就有人跟你抢饭碗了。"

"那你肯定没戏,修炼十年也没戏。我们券商分析师可不是光靠专业吃饭,像你这种大美女,还是老老实实待在买方吧。"

挂了电话,张小西抱着郗同文说道:"亲爱的,你一定要注意安全,晚上别到处走啊,住的地方离学校远吗?"

"你就放心吧!我回来之前,你必须把个人问题解决了!陈凯这个家伙太拖拉了,教授给你介绍的对象,该见就见。"

"嗯,我想想吧。"

"我发现,你看着柔弱,有的时候其实自己很有主见。幸福要靠自己抓住!我走啦!"

郗同文在登机口等候的时候,利慎远的电话打了过来。郗同文开心地接起电话:"喂。"

"登机了吗?"

"马上。"

"怎么办?这边的会议刚结束,没有办法去送你了。"

"能理解呀!您一直都很忙。"

"听着有点不高兴了?"

"没有,没有,我就是陈述事实。"

"哦……那……祝你一切顺利。"

"嗯!"郗同文猛地点了点头。

就这样,她踏上了去往美国的旅途。

在美国,郗同文几乎全身心地扑在专业的学习中,而当学习到的东西越多,她却越发觉得自己缺失的知识太多了。她白天上课,晚上泡图书馆,仿佛24小时都不够用。郗同文如同干涸的海绵突然浸入大海之中一样,她让自己充分吸收水分,并沉浸其中,虽然负重,却丝毫不觉得辛苦。跟她一起学习的,都是来自华尔街各大金融机构的精英,大家能够在充分竞争的职场,抽出宝贵的时间来学习,都格外珍惜,因此也都很刻苦。深夜,图书馆总是灯火通明。有时候,郗同文不知不觉学习到了天亮,环顾四周才发觉,原来图书馆里远不止她一人如此。

而中国这边,利慎远同样忙碌。他穿梭在公司、客户和上市公司之间。受到证监会处罚事件的影响,半岛的信誉受到了损失。维护投资人的关系成了利慎远这段时间最主要的工作。即便是这样也损失了一些风险厌恶型的客户。为了能够维护住现在的投资人,继续拓展新的投资人,他不得不动用了叶校长的关系,联络了几个校友。这些人都是各大资产管理公司的负责人,为的就是能够通过叶校长,重新积攒信誉,募集更多的资金。这些天,利慎远游走在各种宴席间,推杯换盏,竟成了他自己最不喜欢的样子。

一日,宴席散场,送走了所有人,利慎远到家时已经是凌晨。他瘫倒在沙发上,从未有过的疲惫,不想动。许久之后,他看看手机,似乎在期待着什么。犹豫片刻,利慎远发了信息给郗同文:"在上课吗?"

郗同文正在校园的草地上,啃着汉堡看着书,见是利慎远的信息,她自拍了张看书和啃汉堡的照片,并回复:"在吃午饭。您呢?"

利慎远看着照片上郗同文阳光般的笑容,疲惫感竟有些缓解。他直接拨了过去。

郗同文刚咬了一口汉堡,还没来得及咽下就迫不及待地接起电话:

"喂,您怎么还没休息?"

"刚回家。"

"哦,这么辛苦。"

"你怎么午餐就吃个汉堡?"

"我都被您停薪了,哪还有钱吃别的?"

"要是这么说起来,我现在每天应酬,也都是在弥补你犯的错误呀。"

"是谁说的呀?我不配犯这么大的错误!原来您打电话来就是为了跟我抱怨的呀!"

利慎远沉默了,借着酒劲,他缓缓说道:"我……是想你了。"

这突如其来的言语让郗同文心头如小鹿乱撞,幸福的笑容在脸上肆意绽放,她坚定而清晰地说道:"我也是。"

利慎远笑着说道:"继续看书吧,晚上吃点好的,我考虑酌情给你发点年终奖。"

"嗯,您也早点休息。"

"好。"

挂了电话,郗同文不禁坐在原地傻笑着。利慎远也顿时好像充满了能量般,从沙发上站了起来。

这天,郗同文与同学刚刚共同完成了一个作业,她代表小组用流利的英文做了案例分析展示。

课后 Cliff Taylor 教授叫住了郗同文,说道:"Tongwen, you have done an excellent case study!(同文,刚刚你的案例分析做得非常好!)"

"Thank you! It is my honor to have your praise.(谢谢!能够得到您的表扬,我感到很荣幸。)"

"You make me remember a girl from China. You are as excellent as her, which gave me an extremely deep expression. Moreover, I find you two looks similar. Please forgive my ignorance. I may think that every Asian girl looks similar.（你知道吗？你让我想起我的一位学妹，也是一个中国女孩儿，你和她一样这么优秀，使我的印象深刻。甚至我觉得你们长得都非常相似，原谅我的无知，我可能觉得每一个亚洲女孩儿长得都很相似。）"

"Besides, we are all clever and working hard.（相信我，我们还一样聪明、优秀和努力。）"

"Of course! I have the same feeling!（是的！我也有同感！）"

说完，郗同文就被同学叫走了，他们一起到学校附近的酒吧庆祝。郗同文将他们庆祝的合影发给利慎远，并附带了一条消息："作业得到了 Taylor 的表扬，老板有没有奖励呢？"

这时正值北京的上午，利慎远正在公司开着晨会，方奇杰正在做今天市场情况的展示："综合经济数据、景气度、产业趋势等多重因素，预计中报有一些细分领域业绩表现将比较好，并且有望在下半年成为亮点……"

利慎远见手机有信息进来，顺势拿起来看了一下，竟然是郗同文发来的照片以及附带的消息，他不禁扑哧笑了一下，并旁若无人地回了消息："再接再厉，成绩将纳入今年 KPI（关键绩效指标）考核结果。"

这副表情对于利慎远来说甚是少见，会议中几乎所有人都不约而同地将注意力转移到了利慎远的身上，即便是听得入神没有关注到的人，也都在互相提醒下看向了老板，毕竟这个景象千年不遇。回复了消息后，利慎远抬起头，见大家都在看他，迅速整理好表情，继续听方奇杰讲着近期投研部的观点。

方奇杰也第一时间捕捉到了利慎远难得的笑容，变得有些心不在焉，语速也放慢下来："首先是新能源领域，包括电源设备、新能源动力系统、通用和专用机械设备、新能源相关的汽车零部件等行业，中报仍可能有不错的表现……"

郗同文远在美国，收到了利慎远的回复，打开看了看，嘟囔道："要不你是老板呢！哼！连句关心和慰问的话都没有。"

一日，利慎远与柯文韬在居酒屋聊着天。

"怎么样？投资人都搞定了吗？"

"差不多了吧，大都理解了证监会的处罚只是一个意外，但是也有撤资的。上次叶校长给我引荐了几个资方，但大都只是看在叶校的面子上，投了3亿、5亿的意思意思。"

"我们利总的人设崩了啊！我竟然有点开心。"

"幸灾乐祸。"

"准确地讲，是。你没有其他投资人了，那你就得求我啊。只有我自己偷偷发大财，不是很好吗？我可不是那种好东西都跟朋友分享的人。"

"我说我这投资人怎么总也打不开局面，合着是你也在外面诽谤我呢。"

"我就说你天真，以为光靠业绩就能拉到投资人。彼此信任才最重要！你还是饭局参加得太少了。"

"无效的社交就是在浪费生命，有那工夫我宁愿多去上市公司走走，多看看研报。"

"你也太功利了，怎么可能次次社交都有效？我们就是要在100次无效中找到那么几次有用的，就足够了。"

利慎远懒得搭理柯文韬。这时，他的手机再次亮起，拿起手机，见是郜同文发来清晨的照片，并附带一句："你也在这样的早晨走过这样的路吗？早安！"

利慎远的脸上再次被笑容填满。

"看什么呢？面泛桃花！是那个小丫头吧？说什么了？让我们利总心花怒放……"说着柯文韬凑向利慎远的手机。

利慎远立刻关上手机，面带得意，吃了口东西。

柯文韬说道："不过，她去美国有几个月了吧？这美国现在又不是什么天高地远的地方，你都没去看看？"

"没有。"

"你也太不懂情趣了。你就算是不好意思,放不下老板的身段,美国金主那么多,随便找个借口就可以去啊。去看看 Mark 和 Charles 总是应该的吧?你就这么继续拗着,斯隆商学院这么多青年才俊,再过俩月说不准就带回来个外国小伙。"

"懒得理你。"利慎远被柯文韬说得有点不好意思,眼神飘向了别处,心中其实甚是自信与得意。

"我真是不明白你到底是怎么想的,好不容易看上个小姑娘,还亲手给送走了,你给我讲讲你这个脑回路呗。"

"喜欢是一回事儿,培养是另一回事儿。同文很聪明,在投资方面是有天分的。关键是她非常努力,如果这次教训能让她再稳重些,那就是非常难得的人才。"

"但是你现在是要找女朋友,又不是养闺女。找女朋友当然是追到手就行了呀!"

"我要找的是伴侣!伴侣当然是要两个人一起实现理想。"

柯文韬经常没办法理解利慎远的想法,可他早就习以为常了。

郗同文走着当年利慎远走过的路,体会着他曾经的人生,思念更是从心头涌起,好久没见到他了。即便是现在每天学习的任务和压力如此大,郗同文在吃饭时、上学时、放学时、睡觉时,在所有那些片刻的休憩时间,难以抑制对利慎远疯狂的想念,这跨过太平洋的距离也让她看清了自己的心。

晚上,利慎远躺在床上,与郗同文有来有往地发着信息。"我只记得这个季节的早晨很冷,我每次都是飞奔到学校,没有关注到路上的风景这么美呀。"

郗同文边吃早餐边开心地回复:"您还教导我要挖掘身边的好公司,您自己却不善于发现身边的美。"

"批评得对！我改正。"

一日，利慎远与方奇杰在办公室里正聊着工作，电话铃声响起，是 Mark，利慎远接起了电话。

"Hi, Mark."

"Lee, I think our contract should be extended. I have made some revisions on the original contract, which are also mentioned by Charles. The new version is sent to your E-mail. Check it when you have time.（利，我们的合同该续签了，我在原来的基础上做了一些修订，这也是 Charles 的意见。已经发到你邮箱了，你抽空看一下。）"

"OK."

挂断电话，利慎远打开了电脑，看了看 Mark 发来的合同，对方奇杰说道："BD 又在跟我讨价还价收益分成的比例。"

"咱们怎么应对？"

利慎远想了想，说道："我去趟美国吧。"

"您亲自去？"

"嗯。"

"我陪您一起去吧？"

利慎远看了看方奇杰，想了一下才说道："不用了，刚刚聊的事儿，你尽快去研究一下吧。另外，前两天柯文韬介绍了两个客户，我已经与他们沟通得差不多了，回头你跟他们下面的人跟进一下。是时候找一个客户总监了，奇杰你抽空物色物色，一定要在国内市场有资源的。"

"好。"

方奇杰走后，利慎远再次看了看 Mark 的邮件，笑了笑，打开手机，找到了与郗同文的聊天界面，刚想输入点什么，突然又停住了。他关上了手机，勾起嘴角，笑容如阳光般洒满整张脸。

利慎远很快来到华尔街的一个写字楼里，Mark 在 BD 基金门口迎接他。

"Hi Lee, I really didn't expect you to come here by yourself. It's been four or five years since you last came, right? I even thought you had forgotten where BD is.（我真没想到你居然自己跑来了，你已经有四年还是五年没有来了？我甚至以为你已经忘记 BD 在哪里了。）"

"I'm here to check whether BD is still running well now. I wonder why you always cut my profit in the past years?（我来看看 BD 是不是还一切正常。为什么一直压榨我这点利润空间？）"

"I'm sorry. Charles asked me to do this. He is now waiting for you in his office.（原谅我，都是 Charles 的意思，他在里面等着你呢。）"

两人来到 Charles 的办公室，门刚好开着。Charles 虽然名声在外，是华尔街乃至全球著名的基金管理人、投资人，他的投资风格虽然以价值投资为主，但老奸巨猾的程度也在业内广为人知，好多次在市场高位成功逃顶。但他外表看起来确是个慈祥的老头。

"Lee, long time no see.（好久不见。）"

"Me too.（是啊，好久没见。）"

"I wonder you have other important arrangements in this trip to US.（我猜测这次来美国，不是专程来看我的吧？）"

"No. Meeting you is the only goal of my trip.（不，我是专程来看您的。）"

"But we have made an agreement on the phone, and all important terms in the contract don't change.（但是，我们在电话里已经达成一致了，合同的条款保持不变呀。）"

"That's right. So I am here to thank you.（是啊，所以我专程来谢谢你。）"

Mark 惊讶地说道："What? You have convinced Charles! Why don't you tell me? It is no need to come to US now.（什么？你已经说服 Charles 了？你

怎么没告诉我？那你还来纽约做什么？）"

"I just said, I am here to thank BD funds.（我刚刚说了呀,专程来感谢BD 基金。）"

"I always think that China is a large market with great potentials.（我一直认为中国市场是非常有潜力的市场。）"Charles 缓缓说道。

"course, Of this is no doubt .（是的,这一点毋庸置疑。）"利慎远回答得颇为自信。

"And you have done a great job. Your excellent performance has proved this.（你也做得很棒,过去的业绩已经说明了一切。）"

"This is no doubt, too.（是的,这一点依然毋庸置疑。）"利慎远开着玩笑。

"I suggest we may pay attention to Hong Kong.（我建议我们要重点关注香港市场。）"

"No problem！（没问题！）"Mark 回应道。利慎远倒是一脸轻松,不置可否。

几个人聊了许久之后,Mark 说道："To welcome Lee, I have booked his favorite restaurant, the Jean Georges. We haven't seen each other for a long time. Let's have dinner together.（为了欢迎利,我约了利以前最喜欢的 Jean-Georges 餐厅,我们几年未见,我们一起用餐吧。）"

"Sorry, I have other affairs tonight.（抱歉,我晚上还有事。）"

Charles 笑着说道："Look, you are not here to see me as the only purpose.（看吧,你不是专程来看我的。）"

"It is not to see you only from China to United States. But it is right from the JFK airport to the Wall Street.（可能从中国到美国不是,但是从肯尼迪机场到华尔街却是的。）"

郗同文刚下课,正与几个要好的同学向餐厅走去,这时利慎远早已等在远处的大树之下,他看着郗同文逐渐走近的身影,眼中满满的爱意无法藏匿。正当郗同文快要走近时,他大声叫道:"郗同文!"声音洪亮,犹如想要全世界都听到。

第十五章

利慎远在 MIT 大学校园远远地叫了一声"郗同文",她吓了一跳,循声望去,看到了树下那个熟悉的身影。她确信那就是他,不是幻觉,不是梦境,而就是他。郗同文激动得几乎跳起来,冲向了利慎远。此刻,利慎远面带宠溺的笑容,慢慢张开双臂,郗同文毫不犹豫地扑在他的怀中。

"跑得挺快嘛!"利慎远笑着说道。

"那当然,燕大对体育要求可高呢,跑得不快怎么毕业?您怎么来了?"

"来看你啊。"

郗同文听了心中欣喜若狂,脸上却有一点娇羞。

"呃……你同学……"利慎远看了看远处几个人,他们正笑着看向郗同文这边。

郗同文这才想起还有同学,说道:"哦哦,您等我一会儿。"

郗同文跑到同学那里,交代了几句就跑了回来。

利慎远抬起手,理了理郗同文已经凌乱的发丝:"跑什么啊?"

"嘻嘻嘻……我激动呀!"

"一会儿还有课吗?"

"没有了,本来我们要一起讨论一下作业的事儿,刚跟他们说了,我不去了,我负责的部分晚点单独发给他们。"

"我是不是耽误你学习了?"

"嗯,那 KPI 给我降低点标准呗。"

"我考虑考虑吧。"

"您怎么知道我在这？"

"我还知道刚刚是 Taylor 的课。"

"哦,你是问了教授呀。你们很熟吗？"

"嗯,算是吧！"

"他也是您老师？可是看着年纪不像啊。"

"他是我师兄。"

"哦,您是来出差？"

"嗯,不然呢？"利慎远说得理所应当,看着郗同文。

"哦。"郗同文好像小心思被戳破了一般。

"骗你的,我是想你了,借故出差来看你。"

郗同文有些不好意思,继续说道："那我们现在做什么？"

利慎远顺势搂着郗同文的肩膀,边走边说："先吃个饭吧,我下了飞机,又从纽约赶到波士顿,到现在还没吃饭呢！"

"您从纽约赶来的？"

利慎远点了点头。

"您想吃什么？"

"我带你去一家饭店,就在这附近。"

"我都忘了,这里您比我熟啊。"

两人边聊天边漫步在校园中……

利慎远与郗同文一起享受着浪漫的时光。他们在哈佛广场的街头漫步,感受着这个学术之城的独特气息；他们来到波士顿公园,公园的宁静与周围的喧嚣形成了鲜明的对比,感受着安静与放松；他们沿着查尔斯河散步,享受着河边的美景,查尔斯河波光粼粼的水面和宁静的气息让他们度过了浪漫而愉快的下午。夕阳西下,利慎远看着郗同文,她的面色更加动人,慢慢靠近她,闻着她身上淡淡的香气,更近地看着她精致的五官,吹弹可破的肌肤似乎也感受到了他的温度,变得红润起来……

利慎远屏住呼吸,当双唇正要靠近时,电话铃声响起,利慎远只好接起电话,郗同文也不好意思地看向远方。

"喂,奇杰。"

"利总,后天基金的论坛,由于一个重量级嘉宾临时有事出席不了了。主办方邀请您上台做嘉宾,到时候会有很多投资人参加这个论坛。在这个时期,咱们能争取到这个机会不容易,非常有利于公司重新树立在圈内的形象,您看能否回来参加一下?"

"我明天回去。"

"好,我来安排一下。嗯……BD那边的条款怎么样了?"

"已经谈妥了,一切照旧,你直接找Mark落实细节吧。"

"好的。"

晚上,利慎远陪着郗同文在图书馆中挑灯夜战,他抱怨道:"这个时候不应该是二人世界吗?"说着利慎远环顾四周,庞大的图书馆中,坐着上百人。

"谁让我老板设置的KPI就是学习成绩呢?"

"那这样,我给你改改考核参数!"

"那怎么行?利总一向说一不二的。"

"利总也是可以商量的!"

"您就等等我吧!我怎么能拖团队后腿呢?"

利慎远搓了一把脸,让自己清醒一下,然后说道:"好!来,什么作业?我帮你一起搞!"

"真的?要不您帮我把这个案例中公司的数据整理一下?"说着,郗同文指了指电脑屏幕。

利慎远看了看,说道:"啊?这种基础工作,我十年前就不做了。"

"所以啊,要不您还是先回酒店吧,我自己也能搞定。"

"算了算了,我来帮你弄吧。"说着,利慎远拿过电脑,二话不说就操作起来。

郗同文笑了笑，翻看起作业的案例。

很快，利慎远就把电脑推到了郗同文面前，说道："搞定了。"

"这么快？"郗同文不太敢相信，顺势看了一眼电脑上数据的整理结果，惊讶地继续说道："果然是利总啊！不过这块数据我在案例中没有找到呀。"

"这案例公司的信息都是公开的，我从网上找的呀，不要局限在别人给你的信息中，你们平时写的研究报告给我，我也得拓展一下啊。"

郗同文点了点头，反问道："您不是说好多年没做这个了吗？"

"不做，不代表我不会呀。"利慎远得意地说。

郗同文撇了撇嘴，认真地看着数据分析，过了许久才缓缓说道："原来还有这个思路，有了这个数据分析，我连案例的分析结论都想好了，剩下的交给我吧！"

说着郗同文拿起电脑认真地写着作业，利慎远伏案欣赏着郗同文专注的神情……

不知过了多久，郗同文将作业完成了，她伸了伸懒腰，看到利慎远已经趴在桌子上睡着了。

她凑了过去，也将身体伏在桌子上，仔细地端详着利慎远的眉眼。她还是第一次凑这么近，这么仔细地观察他，想到他是自己的，虽然那么不真实，但幸福的神情不受控制地在郗同文的面容上尽情展现。

清晨第一缕阳光洒到图书馆的桌面上，利慎远慢慢睁开眼睛，看到面前郗同文蛾眉螓首、靡颜腻理，他微微起身，轻轻地在郗同文的额头上吻了一下，见郗同文没有反应，又轻轻地在她的唇上吻了一下。郗同文这才动了动，又慢慢睁开眼睛。利慎远瞬间坐直了身体，若无其事地看着她。

幸福的时光似乎过得格外地快，睡得腰酸背痛的利慎远和郗同文走在清晨的校园中，利慎远不停地抻着胳膊，说道："想不到，时隔这么多年，图书馆的桌子还是这么难睡。"

"我就说让你回酒店嘛！"

"你真心想让我回酒店？"

郗同文不好意思,笑着点点头,说道："嗯！"

利慎远用手快速抚了抚郗同文的头发,故意假装生气地将她的头发弄乱,继续说道："小白眼狼,昨天白帮你干活了。"

"不让您白干！"

利慎远刚想说点什么,郗同文快速踮起脚在利慎远的脸颊上轻轻地吻了一下,就加快了脚步,头也不回地大声叫道："快走啦！送您去机场！"

利慎远站在原地,笑着看向郗同文。

两人在机场,利慎远一手搂着郗同文,一手拖着行李箱,边走边说："真不想走,要不我给方总打个电话吧,论坛让她参加,我先不回去了。"

郗同文停下脚步,转身环住利慎远的腰,说道："您不是说了吗,不顾一切是年轻气盛的做法,统筹兼顾才是成年人现实的选择。"

利慎远没有说话,而是将郗同文搂在怀中,享受着她身上的温度和气息……

郗同文想了想,突然抬起头,看着利慎远的脸,说道："其实您才不会给方总打电话说不回去吧？"

"相比之下,我比较会选择把你一起托运回去。"利慎远笑着说。

郗同文生气地要推开利慎远,谁知他似乎早有准备,直接又将她拉回怀中。

基金高峰论坛上,可谓大佬云集。这里既有各大公募基金的高管和私募基金的老板们,也有很多投资人、银行、保险、信托等资本方,也有大型的资产管理公司,甚至一些知名的散户也受邀参加。

论坛还没开始,大家在会场中已三三两两地寒暄着,相互介绍着,原本比较熟悉的也会聊着近期对市场的看法。

利慎远正与思川资本的老板郭鑫低声闲聊着。

"嗯,我也觉得今年的新能源板块应该还有机会……"

"这不是半岛的利总嘛。"身后突然有人打断了他们的谈话,利慎远听声音就知道这人是杜建民。

郭鑫见是世辉资本的杜建民和华科基金的曹其,率先打招呼:"杜总!曹总!"

利慎远则缓缓侧身,看向杜建民,声音不大,淡淡地问候道:"杜总,曹总,好久不见。"

"是不是最近被证监会问询太多?慎远啊,你怎么说话声音都变小了?"杜建民故意调大嗓门,说完竟哈哈大笑起来。

"是啊,利总,几个月不见,憔悴不少啊,以后可千万别搞这种违规操作。"曹其也附和道。

"感谢两位老总的关心。刚从美国回来,可能时差有点还没倒过来。"

"我怎么忘了,慎远是海归呀。但是咱们对境外投资者的要求好像挺严格的吧?这好好的中国人不能总靠美国人吧。"杜建民继续说道。

"那是当然!所以我们主要投资人还是国内投资者。"利慎远淡定地说道。

"哦哦,对!我听说了,叶校长真是爱才,给你介绍不少客户。老郭,你收益怎么样?收益不好就找利总啊。他捐出去的5亿,不能都用来拉客户,最后得回馈投资人!你们说是吧?呵呵呵……"

"是,是。利总才俊,合作好多年了,收益是不错。"郭鑫当然明白杜建民想把自己当枪使的意思。但是毕竟利慎远捐的钱都来自半岛自己的收益分成,自己作为投资人也拿到了应得的利润,也就不好说什么。退一步讲,思川资本投在半岛这儿的收益远比投在其他基金公司的要好,也正是如此,利慎远才一直在业内这么跩。郭鑫也是精明的投资人,只讲收益,谁能给他赚钱,谁就是好样的,哪里在乎其他的?

"郭总啊,这投资吧,除了要关注收益还得关注风险,你看华科基金,非常稳健还非常合规,我就一直很放心。"

曹其接着说:"呵呵呵,杜总过奖了。我们有些年轻人也浮躁,比如原来的小邱,您还记得吗?亏了一笔,就跑了。"

"哦哦,我记得,这人现在去哪了?"

"不知道去哪了,我懒得打听。"曹其说着看了一眼利慎远。

利慎远微微冷笑一声,将手插到裤兜里,似乎在提醒自己要克制,并没有作声。

郭鑫似乎看出了其中的问题,说道:"杜总说得有道理!是要关注风险……那个我看时间差不多了,要不咱先都坐下,再慢慢聊?"

"对,杜总,我看您位置在第一排。"曹其引导着杜建民向前排走去。

利慎远完全没有看杜建民,而是看着郭鑫。郭鑫送走了杜建民,才缓缓说道:"我听说世辉资本自从康利宝不能卖了,现金流也是很紧张。要我说啊,他就应该把资金交给你管理,才能兑现他那些投资人的收益。"

"合则聚,和气才生财,就像你我一样。"

"是,是。杜建民今天看似是以投资人参加这个会,实际上也是来找投资人的。利总,看到那边了吗?"利慎远顺着郭鑫的目光看了过去,那边坐着一排比较严肃的人,会议主办单位的负责人也在那附近应承着。

郭鑫继续介绍道:"那些都是国家队了,社保基金、中央汇金、证金公司、养老基金,都是大金主。可惜啊,一般不会给私募基金投钱,毕竟都是关乎民生的,所以他们的投资策略更稳健。"

"我们都是小生意,而且操作几十亿和上千亿的套路也不一样。"

"这倒是,这就像有些散户自己股票炒得好,还真不代表能当个基金经理。有些基金经理的风格只适合管理小规模的资金,可有些基金经理的套路就适合管理百亿和千亿量级的基金。"

"时间差不多了,我们也都落座吧。"

"好,好。"

利慎远向前排走去,在杜建民的身边坐下。杜建民瞥了一眼,稳了稳身体,端坐在位置上,好似在传达自己才一直是这前排的主人。利慎远坐稳后,冷冷地笑了笑。

何思源与陈凯在观众席中。何思源说道:"一会儿论坛结束,跟我一起去个饭局哈。"

"什么局?都谁啊?"

"几个其他私募和券商的朋友,可能还有潜在投资人。"

"好啊。"

利慎远在论坛上,沉稳冷静、深入浅出地发言:"从国家的规划可以看出,我国数字经济的竞争力还将继续提高。但是数字基础设施的投入、传统意识的转变、数据和隐私保护方面的立法也是行业长久发展的重要基础……"

台下的投资人听得认真,一些人投来了认同的目光,"国家队"座席中的一个人看着利慎远,又看了看大屏幕上利慎远的署名,微微点了点头。

论坛结束,何思源和陈凯一起在会议中心附近的餐厅包间,与几个同行聊着天。这时,万洋证券的化工行业首席研究员张凡带着一个年轻女士走了进来,这个女士看起来只有20多岁,一身名牌,何思源上下打量了一下,笑了笑。

"凡总来了呀。"

"别别别,叫小张!"张凡与何思源相互打趣地寒暄着,边说边坐了下来。

陈凯见是张凡,顿时想起当年肯尼新的事儿他差点害惨自己,冷冷地坐在位置上没有吭声。

"这位美女是……?"何思源不怀好意地问道。

"这是岩东基金的投资经理,郑欣宜,郑总。"

"郑总好,我是半岛基金何思源。"何思源自我介绍的同时起身与郑欣宜握了握手,然后在桌子下面用腿轻轻碰了碰陈凯。

陈凯也只好起身说道:"半岛基金,陈凯。"

其他人也都起身做了介绍握了握手。

何思源说道:"岩东基金是做一级市场的吧?凡总人脉够广的呀!"

"多一些朋友有什么不好?"张凡笑着说。

"郑总看着好年轻,冒昧问一下,结婚了没?这是我们公司的基助(行业里对基金经理助理的简称)陈凯,也算是钻石王老五。郑总要是还单身,要不要考虑一下啊?"

郑欣宜冲着陈凯点了点头笑了笑。

何思源见状,赶紧说道:"看来郑总是单身!"

张凡笑着介绍道:"别看郑总年轻,可管着15亿的资产呢。"

"陈总主要是做什么的?"郑欣宜竟主动开口问道。

陈凯答道:"做二级市场投资的。不如郑总这么厉害,管理这么多资产。"

"我刚毕业,少管理点钱,也当锻炼锻炼自己。"郑欣宜看似谦虚实则吹嘘的话语,让陈凯心中有些反感,也就没再回应。

何思源见陈凯没回应,他回了句:"厉害哦,15亿还嫌少啊。"

这时旁边一个人问道:"那郑总主要投什么行业的公司?"

"嗯……主要是汽车行业,但也不局限。"

"是吗?我认识一家做汽车电子的企业,产品不错,我现在发您看看,有没有兴趣?"说着这人拿起手机起身,走到郑欣宜身边,将手机递了过去,您看看。

郑欣宜接过手机,看了看说道:"哦,看着不错,是给整车厂一级的供应商配套的?"

站在郑欣宜身边的人愣了一下,有些面露难色,陈凯则扑哧笑了一声,脱口而出:"是给整车厂……一级供应商(重音连读)配套的吧。"

场面顿时陷入了尴尬之中。

何思源见状,赶紧解围说道:"反正最后都是用到汽车上的哈。李总,你这吃饭的时候都不忘了勾兑啊。赶紧坐下,加美女微信,会后再联系呗。"

"好,好……"

席间,陈凯在洗手间恰巧遇到张凡,张凡凑上来,好似很熟络般地将手搭在陈凯的肩膀上说道:"恭喜啊,陈总终于升基助了。"

"谢谢。"陈凯淡淡地说道。

"还为肯尼新的事儿生气吗?其实我真不知道他们是这样的。不过好在你们公司也逃顶了啊,你看也没影响你升职,是吧?"

陈凯想起刘智明当初的话,心想,彼此什么套路大家心知肚明就好,面儿上也着实没必要树敌。想到这里,他笑着说道:"怎么会生气呢?这市场上本来就各种消息满天飞,真伪都得靠自己判断。要不怎么看得出咱们研究员的专业性呀。咱们的专业就是要在众多的信息中分辨真假,提炼出有用的。以后有好的股票还是要给我推呀。"

"必须的!我听何思源说你还单着呢?刚刚那位,怎么样?"

"连整车供应商一级二级都不知道的那位汽车行业投资人?"陈凯一脸嫌弃,嘲讽地说。

"你管她知不知道一级二级供应商呢!我跟你说,她爸是个大企业的领导,级别还不低。要不你以为她怎么能这么年轻就能管那么多钱,人家年薪也是百万起步啊,就她那身行头,都有几十万了。我真羡慕你啊,还单身。我和何思源这英年早婚,没机会了。"

"谢谢啊!"陈凯假笑一下就离开了。

宴席散场,何思源说道:"陈凯,你送送郑总。"

"我喝酒了,郑总,我给您叫辆车吧。"

"我给你叫了代驾了,送完郑总你再回家。这大晚上的,郑总这么漂亮的女士打车不安全。"说完何思源就硬将陈凯推向了郑欣宜。

"那郑总,上车?"陈凯说得有点勉强。

郑欣宜笑着拉开车门，自行上了陈凯的车。

路上，郑欣宜说道："业内都说半岛基金的待遇不错啊，你怎么没买辆好车？开这个不怕给你们公司丢人？"

"我们公司不讲这个，老板也没开什么特别的豪车。"

郑欣宜无奈地笑了笑，又问道："陈总什么学校毕业的呀？"

"工业大学。"

"怎么没出国读个研究生？"

"没有，出国太贵。"

"我听说你原来是军工研究所的？"

"是。"

"那地方肯定没现在赚钱多吧。"

"也不能这么比吧！我是因为技术水平不行，所以才转行。"

郑欣宜则毫不避讳继续问道："你父母是做什么的？"

"普通的退休职工。"

"那你未来有什么打算？"

"好好干，争取将来能做基金经理吧。"

"这目标太低了，基金经理还不容易？"

陈凯笑了笑，没有再回应。郑欣宜见状也就没再说话。

利慎远应酬中，看了看时间，看了看毫无新消息的聊天界面，终于按捺不住，到包间外拨通了郗同文的电话："在干吗？"

"看书呢。你呢？还没回家？"

"我回来有24个小时了吧？你都没关心一下我到没到！"

"那你怎么都没向我汇报一下到没到？"

"我才发现，你居然还是个杠精。"

"唉，这不是作业任务太多了嘛！为什么只是个培训，大家都这么拼啊？"说着，郗同文看向了满桌子的文件和电脑上写了一半的作业。

"职业生涯黄金年龄花半年多的时间培训,当然要拼命学本事好杀回资本市场赚钱啊。难道你以为是浪费青春去旅游的?"

"道理我当然懂。所以我从到了美国,除了前天跟您逛了逛,哪都没去过!认真学习!回来给您卖命!不能老想着给您发信息。"

"这次进修的项目也快结束了吧?"

"嗯,最后还有一个结业的大作业,然后就结束了。"

"预计还要多久?"

"不知道呀,看教授让不让我通过吧。大概一个月?两个月?半年?怎么,想让我回去呀?"

"你不着急回来?"

"呃……也没那么着急,这里挺好的呀。"

"你信不信我现在就去美国把你绑回来!"

"不太信!哈哈哈。不开玩笑啦,我估计最快三周吧。"

"好,到时候我去接机。"

这时柯文韬突然从身后将手搭在了利慎远的肩膀上,问道:"跟谁打电话呢?"

利慎远吓了一跳,匆匆说了句:"我先挂了。"他挂断了电话,转头问道,"你怎么在这?"

"我跟哥们儿在这喝酒啊。你还没回答我的问题呢!刚刚跟谁打电话啊,远远地就看你笑得情意绵绵,害我鸡皮疙瘩掉了一地!"

利慎远从肩膀上拿掉了柯文韬的手,以示不满。

柯文韬倒是不以为然,说道:"让我猜猜啊,是那个闯了祸让你扔到美国的小丫头吧?"

利慎远懒得理柯文韬,就要往包间走,柯文韬笑嘻嘻地拉住利慎远说道:"别走啊,赶紧跟我八卦一下,为了小丫头专门跑了趟美国,有点什么进展没有?"

"我是出差!"

"你蒙谁呢！你会因为跟 BD 续签个合同就去美国？"

利慎远的小心思被戳穿，这让他既甜蜜又难为情，只得说道："随便你怎么想吧。"

"我怎么想不重要，我就想知道，这次总该到位了吧？"问完，柯文韬露出诡异的笑容，看着利慎远。

"到什么位？"

"少跟我这装清纯啊。"

"什么也没发生！我就是去看看她。"

"什么也没发生？你是不是有病啊？"这时的柯文韬一改常态，反倒有些激动，继续说道，"从北京跑到波士顿，你到底去干吗了？你都多大了，还整那十几岁的高中生谈恋爱的节奏啊？不对，你连高中生都不如，充其量是初中生谈恋爱水平。"柯文韬对利慎远的爱情进度似乎有些恨铁不成钢，或许经过多年，利慎远这个好兄弟终于愿意敞开心扉谈场恋爱，他比谁都高兴吧。

利慎远耐人寻味地说道："来日方长。"

"一说投资，你是雷厉风行，下手果决。怎么谈起感情就这么费劲？要是我，甭管那些，喜欢就直接行动啊！"

利慎远先是严肃地看着柯文韬，又笑着拍了拍柯文韬的肩膀，点了点头，进了包间。

陈凯送走了郑欣宜，代驾司机问道："先生我现在送您去目的地。"

陈凯轻轻"嗯"了一声，司机便开动了车子，陈凯看着前方来来往往的车辆，眼见前面有个路口，突然说道："师傅右转。"

"导航显示直行。"

"右转！"陈凯有点急。

"好的。"

刚转过来，陈凯说："去社科院。"

"先生,您是要更改目的地吗?"

"是,去社科院。"

到了社科院门口,他拨通了张小西的电话。

"小西?"

"陈凯?这么晚了有事儿?"

"嗯,我在你们单位宿舍门口。"

"你怎么来了?等我一下!"

很快,张小西下楼开始寻找陈凯的身影。

"陈凯?"

陈凯正在宿舍附近的马路上来回踱步,见到张小西,快走了几步来到她面前。

"你怎么来了?"

"嗯,做我女朋友吧!"

"什么?"张小西虽然对两人的关系早就有所期待,但一时间被这句没前没后没头没脑的话说得愣了神。

"请你做我女朋友吧!"

"你确定?我听说,你们金融行业的男士都期待能够在事业上给予你们助力的女人,但是我……不行吧……"

"我们每个人都在追求幸福。有些人事业成功了就会幸福,有些人有钱了就会幸福,但是我发现只有和喜欢的人结伴去经营人生才会幸福。如果为了事业和金钱,天天面对一个我不喜欢的人,那样的我,无法幸福,我所追求的也都没有意义。所以,做我女朋友吧,让我的一切都变得有意义。"

"可是……我们教授给我约了明天相亲。要不你等我相完之后比较一下再决定?"张小西语气中带有一丝丝抱怨。

陈凯顿时明白,张小西是在记恨自己之前的犹豫,他赶忙说道:"不要比较,肯定是我最适合你。"

"那可不一定,听说对方是我的同行,也许会有更多共同语言呢。"

"将来过日子回家还聊工作,多没意思啊。"

"我倒觉得可能会挺有意思。"

"没那种可能。"

"嗯,那我考虑一下吧。"

陈凯趁张小西还在犹豫中,将她搂在怀中,在她耳边说道:"不要再考虑了!"

张小西没有再挣脱,慢慢抱住了陈凯。

白天,利慎远在办公室里对着手机傻笑着,方奇杰敲门进来,利慎远恋恋不舍地将目光从手机上移走,抬起头问道:"什么事?"

"最近投研部我招了两个新人,还有这两个人是客户总监的人选。"方奇杰将两份简历递给了利慎远。

利慎远接过文件,看了看说道:"投研部的事儿你自己看着办吧。倒是这两个客户总监的人选,你更倾向谁?"

方奇杰指了指其中一份简历,说道:"从过往的履历上看,他募集资金的能力比较强,业内也比较有名。"

"嗯,我认识他,是不错。"

"但是,另外一位,我猜您可能会更感兴趣。因为他前期的老东家有很多国内知名的投资人,这才是我们所需要的。而且我接触过两次,感觉为人还可以。"

利慎远将简历递回给方奇杰,面带笑容,缓缓说道:"你去办吧。"

方奇杰也笑着说道:"好的,我去跟他沟通。另外,明天去杭州调研三家上市公司的行程已经安排好了。"

"好,我知道了。"

方奇杰从利慎远的办公室里出来,走到亓优优身边,说道:"怎么感觉利总最近不太对劲?"

"你也看出来了吧?"

"好像有什么开心的事儿,是有什么大的潜在投资人吗?"

"投资人?没听说啊。您那里有什么风声?"

方奇杰摆了摆手,表示自己也不知道。

"难道是爱情的滋润?"亓优优打趣地说。

方奇杰心中一紧,笑容速冻在脸上。

在杭州,方奇杰与利慎远一起调研了三家上市公司。晚上,上市公司招待的饭局结束,方奇杰说道:"利总,时间还早,空气也不错,要不我们走回酒店?"

"好。"

夜晚的西湖更加温柔,远处的山在天边浮现出隐约的轮廓,灯光点点,夹带着些许烟火气,两人慢慢地走着。

方奇杰看了看利慎远,他已双颊染晕,有些醉意。

"利总……"

"嗯?"利慎远微笑着回应。

"您觉得今天调研的公司哪家最值得投?"

"你怎么看?"

"虽然三家的业绩都不错,但我个人觉得司武股份最好。"

"哦?这么确定?为什么?"

"老板有想法,也有前瞻性的战略眼光。"

"只有这些?"

"为了陪伴孩子和夫人,没有留下来请我们吃饭,如果不是故意演给我们看的,至少可以说他是一个有责任感的老公和父亲。而且从他讲与夫人相互扶持共同创业这段经历的神情和态度也能看出,他是个懂得感恩的人。那从长远来看,他也更值得投资人的信任。"

"有道理,所以我们要做的就是侧面证实他是生活还是演戏。"

"您……没打算找个人,一起经营事业和人生?"方奇杰问完,目不转睛地看着利慎远,想要捕捉他一丝一毫的神情。

利慎远看了看方奇杰,笑着说道:"当然想。你就是我事业上最好的合作伙伴,至少到目前为止,我是这么认为的。"

"那……"方奇杰刚想追问。

利慎远打断了她,略微严肃地说:"至于人生嘛,需要彼此的某种感觉,感觉对了就是对的。我……或许已经找到了那个人,也祝愿你早点遇到。"敏锐如他,怎能不知方奇杰这些年对自己的心意?但之前方奇杰从没有说起过这个,他也只能装傻。今天利慎远虽喝多了些,但头脑依然清醒,或许这正是向方奇杰表明自己真实想法的最好机会了。

"利总,我……"方奇杰虽也听明白了利慎远的意思,但仍然想再争取一下。

利慎远没听方奇杰进一步的想法,而是直接说道:"奇杰,我希望我们永远是事业上的合作伙伴。我有点事儿,需要打个电话,你先回去吧。"

"嗯。"方奇杰只得看了看利慎远,转身离开,她知道自己已经出局。

一日,晨会刚刚结束,利慎远叫住几个基金经理说道:"我下周去趟美国,一方面与 RK 资本谈下一期的合作,然后我有一些私人的事情要处理一下,预计需要一周左右。近期,全球外围市场有点动荡,香港那边要做好对冲仓位。A 股这边,预计也会受到冲击,尤其是热门和新兴板块要控制好仓位,可以考虑向蓝筹做适当的倾斜。"

散会后,方奇杰叫住了利慎远:"利总,我下周也要去美国,去趟 BD,与 Mark 谈一些合约的细节。"

"哦,好。"利慎远说得有些犹豫。

郗同文在培训最后的课堂上,用英文做着结业项目的演示,利慎远突然推门走了进来,坐在了后面。郗同文冲他眨了眨眼睛,更加自信地演讲着:

"According to the annual report of Kering Group over the past twenty years, the China appeared 88 times in the annual report, higher than any other countries such as Japan and the United States, which is sufficient to prove the strategic position of the Chinese market in Kering Group. Therefore, we should pay attention to the growth rate of its stores and marketing expenses in China, and we can predict its development speed based on these data...（根据开云集团过去二十年的年报显示，'China'一词在年报中出现的次数高达88次，高于日本、美国等其他国家，足以证明中国市场在开云集团的战略地位。因此，我们要关注它在中国的店面、市场费用的增长速度，可以根据这些数据来预判其发展的速度……）"

课程终于结束，郗同文与同学们做了道别。之后她走到Cliff Taylor和利慎远的面前。

Cliff说道："Indeed, you are as excellent as you said.（的确，你如你所说的那样优秀。）"

郗同文说道："Thank you! I hope to have another opportunity to learn from you.（谢谢！我希望有机会还能跟您学习。）"

Cliff看了看利慎远，说道："In fact, Lee is the most suitable teacher for you. He not only has rich professional knowledge, but also has plenty of practical experience. Moreover, he understands the Chinese market and Chinese culture. From past results, it can be confirmed that he has successfully combined the two. As an American, it is impossible for me to understand the deep-seated culture of the Chinese people, so I cannot truly understand Chinese listed companies.（其实利慎远才是最适合你的老师。他不但有很丰富的专业知识，还有很多实操经验，而且他懂中国市场和中国文化。从过往的结果可以证实，他将二者结合得很成功。作为美国人，我是不可能理解中国人那些深层次的文化，所以也无法真正理解中国的上市公司。）"

"I will continue studying.（我一定会继续学习的。）"说完，郗同文看了看利慎远,继续笑着用中文说道,"您会认真教我的吧?"

利慎远搂住郗同文的肩膀,也用中文回应道:"看你表现吧。"

"Did I miss any information?(我是不是错过了什么信息?)"Cliff 疑惑地问道。

"She's my girlfriend. Don't you know?(她是我女朋友,你不知道吗?)"利慎远说完看向郗同文,故作严肃地说道,"你在外面假装单身不太好吧?"

Cliff 兴奋地说:"Wow,Shall we have a drink together tonight?(那一会儿晚上一起喝一杯?)"

"Sure.(好啊。)"

三人走出教室,郗同文凑近利慎远,小声问道:"你怎么来美国了?"

"我说了,我来接你啊!"

"你说的是接机。"

"多接一程,不可以吗?"

郗同文心中雀跃,却又压抑着自己兴奋的心情,平静地说了句:"哦。"

"不是说光学习了,哪都没去玩吗?我休假几天陪你转转。"

"哦。"

"感动吗?感动就要表现出来,别憋着。"

郗同文不再压抑,脸上洋溢出幸福的笑容。

晚上利慎远与 Cliff 聊着他们的大学时光和这些年的经历,郗同文专注地倾听着,期待着从他们的只言片语中让自己能够更加走近这个男人。

Cliff 对郗同文说:"You know? you are the first girlfriend that he introduced to me in recent years, or to be more exact, the first female friend that I saw around him.(你知道吗?你可是这些年来利慎远介绍给我的第一个女朋友,不,准确地说,是我在他身边看到的第一个女性朋友。)"

"Really? Is he so unpopular?（不会吧？他这么不受欢迎吗？）"

"Are you kidding? Our mentor Charles admired him the most back then. Charles, you must know him, right?（你在开玩笑？当年我们的导师 Charles 最欣赏他了。Charles 你一定知道,对吧？）"

"Of course. The helmsman of BD Fund, who has created many miraculous yields and classic cases in the Puma Fund. He is now one of the objects worshipped by the Wall Street and even the global financial elites.（当然了,BD 基金的掌舵人,曾经在美洲豹基金创造了很多奇迹的收益率和经典案例。是现在华尔街乃至全球金融精英争先膜拜的对象之一。）"郗同文羡慕地说着。

"Yes! Before graduation, Charles couldn't wait to recruit Lee into his team.（没错！还没等毕业,Charles 就已经迫不及待地把利慎远招入麾下了。）But I really couldn't believe that you went back to China so resolutely at that glorious moment. After the financial crisis, you were a hot property in the Wall Street. If you didn't go back, maybe you would have more influence now.（不过,我真没想到你当年会在那么辉煌的时刻毅然决然回到中国。金融危机之后,你可是华尔街基金圈炙手可热的人物啊,如果不回去,也许你现在影响力更大了。）"

利慎远笑而不语。过了一会,郗同文竟有些困意,打了个哈欠。

利慎远拍了拍郗同文,说道:"时间不早了,我送你回去吧。"

"你们好久没见了,多聊聊天吧。这样吧,我回去收拾收拾东西,终于结束啦！可以回国吃火锅啦！"说着郗同文伸了伸懒腰。

"好吧,那你路上小心点。"

"嗯。Professor Taylor, look forward to seeing you again!（Taylor 教授,那我们有机会再见!）"

"Ok. See you.（好的,再见。）"

郗同文走出酒吧,看着纽约的夜色,晚风吹来,竟有一点点冷。还未到深夜,街头依然人头攒动,来到红绿灯前,她驻足而立。突然有人在她身后,一把搂住了她,郗同文一惊,回头一看,竟是利慎远。

"走得这么慢,其实是在等我,对不对?"

郗同文笑嘻嘻地说:"嗯,有那么一点点期待吧。"

利慎远牵起郗同文的手,一边欣赏纽约的夜色,一边向郗同文租的公寓走去。郗同文时不时欣赏着他的侧影,利慎远虽有感知,却笑而不语。

到了楼下,四目相对,利慎远问道:"嗯,需要我上去帮你收拾吗?"

"嗯?"郗同文一时间没理解利慎远的意思。

利慎远赶忙解释道:"没有……没有别的意思,就是……那个……帮你收拾一下。"

"啊,不……不用……不用。"

"哦哦,好,好,那你上去吧。我就……回去了。"

"您住哪?远吗?"

"酒店就在附近,离这不远,你上去吧。"

利慎远目送郗同文上了楼,才不舍地离开。

方奇杰来到华尔街 Mark 的办公室。

"Hi, Ms. Fang, we haven't seen each other for a long time!(方小姐,我们好久没见了!)"Mark 说道。

"Long time no see.(好久不见。)"

"The last time we met was because of Kunqi, right? Lee always hides his good plans until the last minute, making us nervous for a long time.(我们上次见面还是因为琨奇的事儿吧?利慎远有好方案总是隐藏到最后才让我们知道,让我们白紧张了许久。)"

"We have an old saying 事以密成,语以泄败, which means that the success of things is due to strict and cautious.(我们有句古话,事以密成,语以泄

败,意思就是说事情的成功是因为严密谨慎。)"

"Interesting! So Lee had already reached an agreement with Charles and even didn't tell me. What's even more annoying is that he went to the United States to show off to me. (有意思！所以利慎远这个家伙,明明与Charles已经达成一致了,居然都没告诉我。更可气的是,他还跑到美国来跟我炫耀。)"

方奇杰听了一愣,尴尬地笑了笑。

Mark继续说道:"But why didn't he come with you today? (但是为什么他今天没有跟你一起来?)"

"He has other affairs to do. (他有其他的事情要办。)"

"Oh, I remember, he needs to handle a property. This guy is finally willing to dispose of that house. (哦,我想起来了,他要处理房产。这家伙,终于肯把那套房子处理掉了。)"

"Excuse me for taking the liberty, is it his house on the Upper East Side? (恕我冒昧,是他上东区的房子吗?)"

Mark突然意识到自己似乎说得太多,笑着说道:"No. Ms Fang. Please wait a moment and I will collect the contract. (不是。方,你等一下,我去取一下合同。)"

"OK. (好的。)"

方奇杰坐在Mark办公桌前等了一会儿,见他没有回来,便起身参观起Mark的办公室。书架上的几张照片引起了她的注意,一张合影映入眼帘。

过了一会儿,Mark推门说道:"Sorry, there was a problem with the printer just now, which kept you waiting for a long time. This is the contract. You can take a closer look and we can discuss any issues later. (抱歉,刚刚打印机出了点问题,让你久等了。这是合同,你可以再看一下,有问题我们再讨论。)"

"OK. (好的。)"方奇杰回过神来,接过合同认真地看了起来。

商量好合同，Mark 送走了方奇杰，便给利慎远打了电话："Lee, Miss Fang just arrived. We have also discussed the details of the contract for the next phase between BD and Bandao, and we are just about to sign it.（刚刚方小姐来了，我们把 BD 和半岛下一期的合同的细节也讨论过了，就差签字了。）"

"OK, I will sign as soon as possible.（好，我尽快签字。）"

"Has the house been sold yet?（房子卖掉了？）"

"Yes.（是的。）"

"You are finally willing to sell this house. When Alice had an accident and the house was auctioned off, I advised you not to buy it. I didn't expect you to have such a keen eye for investment. The price has multiplied several times now, hasn't it?（你终于肯卖掉这个房子了。当年 Alice 出事，房子被拍卖，我还劝你不要买下来，没想到还是你有投资眼光，现在价格翻几倍了吧？）"

"I plan to donate this money for charity.（这笔钱我打算捐掉做慈善了。）"

"Match your personality.（符合你的个性。）But… I remember… there were a few master paintings and antiques …（但是……我记得……你好像收藏了几件大师的画和古董……）"

"I knew you were already thinking about those few things. It's all piled up in my apartment now, and tomorrow there will be auctioneers coming and taking it away. If there is anything you want, you need to hurry up and choose it. I'll give you a cheaper price based on my mood.（我就知道，你早就惦记上那几样东西了。现在都堆在我的公寓里，明天会有拍卖行的人过来将它们都拿走，你要是有想要的，抓紧来选，过时不候。我看心情，可以给你便宜点。）"

"Okay! Deal. But are you so decisive? Sell them all?（好！一言为定。不过你这么决绝？都卖掉？）"

"Maybe I won't come back again.（可能我不会再回来了。）"利慎远眼中充满了憧憬。

"What?（什么？）"

利慎远和郗同文一起离开了 MIT，离开了波士顿，来到纽约，郗同文办理好酒店入住。

郗同文说："您也早点回去休息吧！"

"我留下来不行吗？"

"不可以！"

利慎远只好失望地转身离开，突然他又回来吻了一下郗同文的额头，这才心满意足地走了。

他回到公寓，屋子里堆满了东西，一堆大大小小的画框用牛皮纸袋小心地包裹好放在门厅，几个包装严实的箱子放置在客餐厅的中间，他看看这些东西，然后回房间休息。

清晨，利慎远早早开车来到郗同文的酒店楼下，打电话叫醒了还在睡梦中的郗同文。

"我在楼下。"

挂了电话，郗同文一番精心打扮后兴奋地飞奔下楼，只见利慎远一身休闲装，上一次见他这么轻松的装扮还是在文昌发射中心，回想那时她对他还只是单方面的崇拜与爱慕……

"上车！"利慎远打破了郗同文的思索。

两人驾车来到了新泽西海岸的 Cape May。这是一个田园风格度假海滨小镇，房屋是维多利亚式装修风格，联排的建筑颜色各异，在蔚蓝的大海的衬托下更鲜艳。他们来到 Sunset Beach，这里有灯塔，有草地，有沉船，还有美丽的落日，在海风下，郗同文打了个寒战，利慎远用外套环抱住郗同文，郗同文看向利慎远，四目相对，再也没有躲闪，他轻轻吻住了她，周围一切都安静了，时间仿佛静止了一般。

方奇杰自打从 BD 出来就有些愁眉不展,漫无目的地走在纽约曼哈顿的街道上,不知不觉间已经走到了码头。夕阳的光洒落在海面上,金浪点点,粼粼闪烁。自由女神也被她背后的阳光映衬得看不清颜色,只有庄严的轮廓。

夜幕降临,两人来到一家民宿。

"Hello, I have reserved two rooms.(您好,我预订了两间房)。"

"Sorry, I didn't see your reservation information.(抱歉,我没有看到您的预订信息。)"

"But I have placed an order. This is my order.(可是我订了呀。这是我的订单。)"利慎远将手机里的信息展示给房主。

"Oh, this is just a confirmation message I sent you, but you haven't replied to me. So we didn't reserve any room for you.(哦,这只是我发您确认的信息,但是您没有回复我,所以没有为您预留房间。)"

利慎远看了看站在一旁的郗同文,有点尴尬,转头继续问道:"Can I have two rooms now?(那我现在可以要两个房间吗?)"

"We really don't have any remaining rooms, not even one.(我们的确没有剩余的房间了,一间也没有了。)"

"So, which homestay or hotel around may still have a room?(这样啊,这里哪家民宿或者酒店还可能有房间呢?)"

"It's the peak tourist season now, and it's probably difficult for nearby towns to have spare rooms. Maybe you can try Philadelphia.(现在是旅游旺季,附近的镇子应该都很难有空余的房间,或者您可以去费城试试。)"

"Okay, thank you.(好的,谢谢您。)"

两人走了出来,郗同文笑着说道:"原来利总也会犯这样的低级错误呀。"

"好吧好吧,我的错。唉,第一次带你出门,就丢人了。"

"没关系,我看了一下,现在去费城也要将近一小时,回纽约也就两个多小时,要不我们省点钱,回去吧?"

"省钱? 像话吗?"

"你看,我们多走一小时,就可以省下好几百美元,还能多享受一小时二人世界,不是更好吗?"

"呃……如果你想……其实……我们可以一直二人世界。"利慎远笑眯眯地看着郗同文。

郗同文则是羞红了脸,赶忙开门上车。

利慎远追上了车,说道:"你都瞎想什么呢? 我是说,我们可以开瓶红酒,聊聊人生!"

两人从 Cape May 驾车回到曼哈顿,利慎远将车停在路边,下车买了一瓶红酒,回来展示给郗同文,郗同文也心领神会。利慎远轻轻地用唇触碰她的额头、鼻尖,然后是舌尖,郗同文顺从地闭上眼睛,脑中一片空白,利慎远本能地抱紧她,再抱紧她……

两人如暴风雨般地拥吻着,一路回到利慎远的公寓,就连开门的时间都觉得多余而漫长,开门片刻的间隙后,二人再次陷入彼此唇齿之间……

可就在此刻,啪的一声响,将二人打断,原来是利慎远手中的红酒撞击到墙面,红色的液体洒在墙上,放在那里包裹好的几幅画作也被浸湿。郗同文顿时觉得又羞愧又好笑,赶忙将其中沾满红酒最多的那幅移开,并以最快的速度撕开牛皮纸以免里面被红酒浸染。

当郗同文撕开那幅画作的一角,里面一个女子的面容吸引了她的注意,既熟悉又陌生。

为了再次确认,郗同文瞬间将画外的牛皮纸撕开,画上的女人映入眼帘,她正在诠释芭蕾舞剧《睡美人》中的公主,眼神忧郁而温柔。

郗同文与利慎远的神情也随之凝固。

第十六章

方奇杰在曼哈顿街头酒吧独自饮酒,她掏出手机,看着手机上的照片,这是她从 Mark 办公室里翻拍的,这张合影上,除了 Mark 之外,还有利慎远和其他几个人。那时候的利慎远和 Mark 是那么年轻,笑得如此灿烂。方奇杰将目光慢慢转向利慎远搂着的那个女孩儿,这张面孔是多么熟悉而又陌生。是啊,她与郗同文是那么神似,只是看着照片的背景,方奇杰知道,这是 MIT,是利慎远读书时拍的照片。

她也终于明白,自己的直觉没有错,利慎远对郗同文从一开始就是不一样的,但没有想到竟是这样可笑的原因。想到这里,方奇杰不禁冷笑了一声。她将手机放回兜里,将手中的威士忌一饮而尽。

"我一直觉得你就像那些财经杂志封面上的人物一样遥不可及,而我就是一个刚毕业的学生,这么普通,还爱犯错,所以对于您的关心和爱护,我总是战战兢兢地接受。"郗同文没有直视利慎远,而是盯着那幅画,淡定地说。

"你聪明、努力、美丽,这样的人怎么会普通呢?"

"金融圈聪明、努力的人很多,所以长相很重要吧?"利慎远刚想解释点什么,郗同文继续说道,"但就像我妈妈说的,男人喜欢女人漂亮温柔,女人喜欢男人帅气多金,这就像喜欢一个人长得高、身材好、才华横溢、善良敦厚都是一样的,没什么可耻的。因为,这些都是一个人的组成部分。我爸爸也是因为我妈妈漂亮才找的她。可看到她……"郗同文看向那幅画中的女人，继续说道，"我却羞耻到无地自容。您教授我、帮助我、鼓励我，都是为了将我打造成为她，对吗？"

利慎远沉默了。在这幅画面前，他无论怎么解释，都会显得苍白无力。

"我成不了您曾经的沧海，您也画不出我这片巫山的云。"

郗同文走后，利慎远坐在沙发上，看着窗外的夜景，脑中千头万绪，却又无法思考，突如其来的无助感让他井井有条的思想陷入混乱。一则电话打了进来，电话那边正是搬家公司的负责人，说道："Mr. Lee, we are very, very sorry that due to the negligence of the movers, the painting you intended to donate to the art museum was mistakenly delivered to your home. We will send workers to pick it up early tomorrow morning.（利先生，非常非常抱歉，由于搬家工人的疏漏，将您打算捐给艺术馆的画误送到您家中。明天一早我们将派工人将它取走。）"

挂了电话，利慎远看着那幅画，竟不禁笑了一下。

郗同文拖着巨大的行李箱回到南京，来到家门口，正摸索着钥匙要开门，郗妈妈突然打开了门。

看到眼前的郗同文，郗妈妈吓了一跳："同文？"

"妈。"

"你怎么回来了？回来怎么不提前说一声啊？"

"我爸呢？"两人边说边进了屋子。

"老郗！你闺女回来了。"

郗爸爸闻声从书房里走了出来，也惊讶地问道："你怎么回来了？"

"你们看，你们俩怎么见到我问的都是这句话？我当然是想你们了呀。"

"进修结束了？回来怎么不提前说？"

"跟你们一说，你们肯定跑去接我，不想让你们折腾了。"

"你想多了,这么大的人了,还需要我们老头子老太太去接吗?"郗爸爸淡淡地说。

"您怎么不按套路出牌啊?这时候不应该上演父慈女孝的戏码吗?"郗同文有点哭笑不得。

"我们都年纪一大把了,是你该操心我们的时候了。你还没回答我,美国的培训结束了?"

"嗯,结束了。"

"那你不用回公司报到吗?"

"不用。"

"你没事儿吧?"

"我能有什么事儿?"

"我一直很奇怪,公司为什么平白无故送你去培训?你是不是犯什么错了?"郗爸爸问道。

郗同文被郗爸爸问得心慌,眼泪快要绷不住了,赶紧回房间放东西,实则是不敢直视父母,她慌乱地解释道:"您闺女我这么聪明,怎么会犯错误呢?公司觉得我有前途,所以让我去多学学。这不都回来了嘛!我刚坐了十几个小时的飞机,还有时差,先让我休息一下再审问哈。"说着郗同文关上了自己房间的门,她倚在房门上,眼泪瞬间夺眶而出。

"我女儿当然优秀了,看你的书去吧,让她休息一会儿。"郗妈妈被郗同文的这套说辞糊弄过去了。

郗爸爸看了看郗同文的房门,有所疑惑地回书房了。

要吃晚饭了,郗妈妈千呼万唤之后,郗同文才慢悠悠地从房间里走出来。

"你这眼睛怎么肿了?"

"可能是缺觉吧,培训强度太大,好多天没睡好觉了。"郗同文坐在餐桌边,看着以前想念已久的饭菜却毫无胃口。

郝妈妈抱怨道:"你们这个行业都干什么的呀?至于那么忙吗?你说说,我这两年就没见你几次,去美国又是大半年!这么下去,什么时候能找到个男朋友结婚啊?听妈妈一句,青春一晃就过去了,还是要抓紧。身边就没有优秀的同事啊、朋友啊之类的吗?"

"没有。"

"老郝,你学生里有没有好的?给咱们同文介绍一下。"

"我的那些学生你都认识,你看着谁好,你就介绍吧,他们跟你都比跟我亲近。"

"妈,您觉得我应该找个什么样的啊?"

"那当然是一表人才的啊!"

"哦,只要一表人才就行?"

"人也得好啊。"

"哦,符合这两条就成?"

"那你还想找什么样的?你难不成还想找那个电视里的大富豪叫谢什么来着?"

"谢林华!"

"对!就是他,还有你爸学校最近新来一个世界顶级实验室的国家引进人才。你想找,人家还看不上你呢!"

"是啊!我本来就这么普通,人家怎么看得上我呢?就算看上了,那也一定事出反常必有妖。"

以往郝同文一定不会这么消极地回复,郝妈妈看了看郝爸爸,又看了看郝同文,才发现她有些不对劲,试探性地问道:"你……没事儿吧?"

"没事儿啊!"

"以前你可不会这么说。我女儿在我心中是全世界最优秀的女孩儿,这么漂亮,还这么努力!"

"我知道,在你们心中我当然是最好的了,以前我也这么以为。但是,可能金融圈人才太多了吧,我只是其中普通的一个,应该找一个普通人。"

"同文，爸爸妈妈并不指望你找什么有钱有地位的人，我们就希望你找一个能够给你幸福的人，这就够了。但是这不代表你不优秀，只配随便找一个，婚姻是一辈子的事情，千万不能将就。"

"那要是永远没有我喜欢的呢？"

"怎么会没有？"

"我是说假如！假如没有呢？"

"要真那样，那正好，我们一直养着你！"

郗同文搂着妈妈的胳膊，将头靠向妈妈的肩膀，心里想着，有一个无条件爱自己的父母，真好！

利慎远正与Charles共进brunch（早午餐）。

"I heard you sold your villa on Long Island?（我听说，你把长岛的别墅卖掉了？）"

"Yes.（是。）"

"I have always felt that Alice's choice was quite regrettable, but leaving the United States for her is even more regrettable to me（我一直觉得Alice的选择是比较遗憾的，但是你为了她离开美国更加让我遗憾。）"

"I didn't leave the United States for her, it was my lack of trust in the market that forced me to leave.（我不是为了她离开美国的，是对市场的不信任让我不得不离开美国。）"

"In any market, we must both believe in its economic laws and remain skeptical of market mechanisms.（任何市场我们既要相信它的经济规律，也要对市场机制保持怀疑。）"

"Unfortunately, when my heart is filled with doubts, I can no longer make the most appropriate judgment.（可惜当我心中都是怀疑时，我无法再做出最恰如其分的判断了。）"

"But is China's market mechanism worth your trust?（但是中国的市场机

制就值得你信任吗?)"

"Perhaps. At least, there is a huge difference in the nature of game rule makers between the two.（或许吧。至少，二者游戏规则制定者的本质有着巨大的区别。）"

晚饭后，郗妈妈在厨房洗着碗，郗爸爸将郗同文叫到书房里，顺手带上了房门，这才问道："你老实说，公司为什么让你去美国？什么时候回公司？"

郗同文知道，想要瞒住老郗头是不太可能了，只好开启惯用的撒娇语气说道："您看您，非得让我说实话。投资上犯了点错，公司觉得我有责任，但还罪不至死，所以让我停薪，去学习学习，以免我以后再犯同样的错误。这是实话，行了吧？"

"那你这培训也结束了，怎么不回公司？"

"我想休整一段时间，这几年太累了。"

"还记得咱们的三年之约吗？三年马上到了，也没见你混出个名堂，我看啊，你别回去上班了，还是跟我做学术吧。这几篇论文你先看看，看完说说你的看法。另外，老韦当年的那个国家重点课题已经结题了，我听说他在申请新的项目，要不你去他那读个博士，跟着他继续做研究？毕竟他的领域你更熟悉一些。"老郗头的这番话显然不是随意说说，而是有备而来。

"爸！我刚只说休整一下，您这就突然给我这么多信息量，又是课题，又读博士的。好歹让我想想吧。"郗同文从来没有想过回归学术，但此刻想起利慎远，却又对未来的道路有些退缩。

这时，张小西打来了电话，郗同文也借机躲闪父亲的"追击"。接起电话，还没寒暄，张小西就急切地问道："亲爱的，我听陈凯说，你回国了，还辞职了，什么情况？为什么都没告诉我？你不是跟利慎远都好上了吗？他让你辞职的？"

"发生了很多事儿。"

"什么事儿?"

郗同文关上了房门,将这段时间发生的向张小西诉说着……

"……就是这样。"

"天啊,你最近都经历了些什么?这也太有戏剧性了。"

"我以为一切事情都可以通过努力去获得,事业、爱情都可以。我以为我努力,再努力,就可以做好投资,结果让公司损失巨大。我以为我努力,再努力,就能有资格站在他的身旁,结果,哼哼……更加离谱。在工作和爱情上,我所谓的努力,现在想来简直就是笑话。林昊风总说我是幸运女神,我还不以为然,以为眼前的一切都是我应得的,没想到被他说中了。只是人的运气总是守恒的,幸运也不可能持续,早晚要还回去。"

"别这么消极!在我眼里你就是完美的,一切都值得最好的!"

"谢谢你!亲爱的。"

"那你现在打算怎么办?"

"不知道,老郗头刚刚让我回去做学术,还让我考老韦的博士。"

"你跟他说了这些事儿?"

"没有!怎么可能?但是我感觉我爸还是见微知著的,我这两天状态不好,估计他是看出来了。"

"那你会回去吗?"

"我是从没想过再做学术,但是……但是你说我现在这个样子……哎呀,我现在脑子都是乱的,算了算了,先不想了。还是说说你吧,你怎么样?"

"唉,现在不读博士,在学术圈肯定是不行了,所以单位也派我继续读博士了。"

"真替你高兴!甚至有些羡慕你,不犹豫不纠结就能把爱好当作事业。"

"你也可以的!"

"我……不知道……"

利慎远从美国回来后,似乎开启了正常工作模式,从他的脸上丝毫看不出有何异样。方奇杰关注着利慎远的一举一动,犹豫再三,还是来到了利慎远的办公室。

"利总,新的客户总监程鹏今天入职。"

"好。"利慎远边说边打开电脑,完全没有看方奇杰。

"那个……我刚刚收到了郗同文的辞职报告。"

利慎远面无表情地看着电脑,眼神却暗了一下,停顿了两秒之后才淡淡地说:"好,我知道了。"

方奇杰看着利慎远,以为他还会说些什么,沉默片刻,利慎远抬起头问道:"还有事儿吗?有事儿晨会上再说吧。"

"好。"

方奇杰出门后,通过玻璃看了看利慎远,发现他目不转睛地看着窗外,久久未动……

新的客户总监程鹏来到利慎远的办公室。

"利总,您好!"

利慎远这才回过神来,勉强挤出点笑容,说道:"坐!第一天来?对半岛第一印象怎么样?"

"挺好的,早就听过利总和半岛在私募圈的各种传闻。"

"来了发现不过如此吧,呵呵呵。"

"哪会。我觉得特别好,大家都很有朝气和干劲儿。"

"你怎么看未来的资源开拓?"利慎远几乎没有寒暄,而是直接开启了工作模式。

"酒香也怕巷子深,在客户资源的开拓上我是这样想的……"

此后的一段时间,利慎远几乎每天游走在各种饭局中,常常把自己喝得不省人事。每每回到家中,又觉得无比空虚……

而郗同文看着郗爸爸给她的几篇论文,常常不知不觉思维就飘到了远方。郗爸爸看了看她,轻轻地咳了声,郗同文才回过神来继续看着论文。晚上回到卧室,独自一人时,眼眶总是不知不觉中被眼泪打湿。

利慎远参加饭局喝得有些醉,方奇杰将利慎远送回公寓,本想送他上楼。可走到公寓楼下,利慎远说道:"你回去吧。"

"利总,您喝太多了,我送您上去吧。"

"我真的没事儿,回去吧。"利慎远挣脱开方奇杰,稳稳地站在方奇杰面前,表示自己没有喝多,但方奇杰还是跟着他上了楼。

利慎远推门而入,看了看后面的方奇杰说:"随便坐吧。"

方奇杰虚坐在了沙发上,利慎远从冰箱里拿出一瓶水,放在方奇杰面前,然后放松地瘫坐在沙发上,说:"有话要说?"

"利总……我想……我不想仅仅做您事业上的合作伙伴。"

"想做我人生的伙伴?"利慎远坐起身体,凑近方奇杰,直直地盯着她看。

方奇杰被利慎远这么近距离看得有些不安,紧张得说不出话。

利慎远继续说道:"怎么,我理解有误?"

方奇杰的心提到了嗓子眼,没有否认。

利慎远微微点点头,然后又突然靠回到沙发上,说:"做事业上的合作伙伴不好吗?"

"好,但是……"一向善于表达、落落大方的方奇杰此刻有些说不出口。

"人生的伴侣需要的是一种感觉,那种感觉是只要在一起就莫名地开心,只要想到她也会莫名地想笑。"

"所以郗同文能够给您这种感觉?"

利慎远对方奇杰知道他喜欢郗同文这件事先是有些惊讶,然后反而释怀而轻松地说道:"没错!从我第一次看到她,我就知道就是这个小丫头了。她聪慧、美丽，傻傻努力的样子也很可爱。"利慎远想着郗同文，笑容就浮现在脸上。

这让方奇杰更是气愤，说道："这不是喜欢，这只是寄托！"

利慎远对方奇杰的言语有些吃惊。

方奇杰解释道："我在Mark办公室看过你们以前的合影，郗同文突然离开公司也是因为这个吧？"

利慎远这才缓缓说道："奇杰，圈里喜欢你的人，能从公司排到金融街尾了吧？不知道有多少人羡慕我能够有你这样的合作伙伴，呵呵呵。你非常有个人魅力，我也很荣幸能与你共事。工作时的你，在我眼中闪闪发光，我也期待能够与你在国内资本市场闯出一片天地。只是其他的，我给不了你，我很抱歉。我知道我想要什么，我相信你也是这样的人。"

"但郗同文这样的人，也永远不会允许自己只是替身！"

"是啊，你们都如此优秀，她不会接受做一个替身和寄托，你也不该成为我的将就与妥协。"利慎远言语虽犀利，可语气却异常温柔。

一日，郗同文半推半就地跟着郗爸爸参加一场学术会议，一位学者讲述着最近的研究课题："福利多元主义是西方学者在反思和检讨'福利国家'缺陷的基础上提出的一种理论思潮，认为社会福利可以由公共部门、营利组织、非营利组织、家庭和社区共同负担，而政府的角色转变为福利服务的规范者、购买者、仲裁者……"

这时，郗同文手机里的各种软件随着当天股票开盘在即，不断有财经消息和研究报告推送而来，郗同文习惯性地点开，一个一个看了起来，像往常一样，时不时在本子上记录些什么。

学者讲述完，见郗同文在很认真地做着笔记，误以为她对自己的研究课题很感兴趣，再加之她是"郗神"的女儿，便笑呵呵顺口问了句："同文对这个课题有什么见解吗？"

"哦，哦，您讲得蛮好的，我……那个……没有什么想说的。"郗同文看向了老郗头。

郗爸爸瞪了她一眼,便说道:"那下面,我们就请海大的林教授来给大家做一下交流与分享吧……"

郗同文看着本子上的工工整整的笔记,又将这些东西划掉,划到一半突然又觉得自己很好笑。

学术会议结束,郗爸爸拍了拍郗同文,没有再多说什么,就跟其他学者一起聊天去了。

方奇杰心情压抑,与李世伟喝酒聊天,却明显是自己灌自己,很快就醉意十足,说话也就开始随意起来:"为什么?为什么一个男人,宁愿喜欢一个长得像前任的替身,也不愿意看看身边的人?"

"什么男人这么没眼光?你是我认识的女人中最漂亮、最能干的了!"

"谁说是我?"

"好,好,不是你,不是你。"

方奇杰继续说道:"总是拒人于千里之外,可每天围在一个长得很像前女友的小女孩儿周围,对她笑也温柔,说话也温柔!你说!这是为什么?他就是在找替身对不对?"

"说明他就喜欢那一挂的呗!男人啊,都是视觉动物。但是看女人的眼光确实大有不同。你看啊,我!还有一堆男人,就喜欢你这样的!这五官,这身材,这气质,女人中的顶级了!欸,可有些男人就喜欢另一挂的。有人喜欢林黛玉,有人喜欢薛宝钗,你也得允许有人喜欢王熙凤,你说是不是?都是王八看绿豆,对上眼了,没什么稀奇的。什么替身不替身,你也别想太多了,可能就爱那个类型的。"

"你这是在安慰我吗?"方奇杰对李世伟的这番话显然不满意。

"我就是在安慰你呀!有人没眼光,但是我敢保证,99%的男人都喜欢你这挂的。你别非在1%的男人那里吊死啊,你也回头看看我们这片森林啊!"

"对啊！我又不是没人要,追我的人排着队呢！"

"就是就是！不过你说的这个人到底是谁呀？"

方奇杰虽然已经醉了,但是酒后的一丝丝理智或者说潜意识中的要强好面子,让她没有回答李世伟的问题,而是自顾自继续喝酒。

居酒屋中,柯文韬激动地说道:"这么离谱！怎么那么寸？"

利慎远无奈地笑了笑,说道:"我觉得这件事被戳破不是坏事,如果我和她不直面这个问题,那个人、那件事永远是我们之间的隐形炸弹,随时可能在我们人生的任何阶段炸裂。"

"只是你这个炸裂的时点太惨烈了,没有比这更坏的时机了吧？"

听到柯文韬的话,利慎远深深叹了口气。

柯文韬继续说道:"那你现在有什么打算？放弃？还是给追回来？"

利慎远沉默。

柯文韬见状,说道:"不过……跟我你就别藏着掖着了,给哥们儿句实话吧,你是真心地喜欢上这丫头了,还是……"柯文韬没有继续说,看着利慎远。

"她的外表确实很像 Alice,但是,从她来到我公司时,我就知道她与 Alice 非常不一样。"

"的确不一样,Alice 强势,钢过硬易折,人过刚易伤。不过,同文呢……"

没等柯文韬评价,利慎远便面带微笑地说:"同文很阳光,对工作对生活都很积极,对世间万物都充满了激情和憧憬,让我觉得帮她实现那些小小的目标,看到她兴奋的样子,是件特别有意思的事儿。"

"既然这么说,你就是彻彻底底喜欢上这个小丫头啊！"

利慎远听罢没有承认,更没有否认,而是脸上略带幸福,美滋滋地喝了一口清酒。

柯文韬自然心领神会,兴奋地说道:"那这事儿简单了,追回来啊。面对危机,运筹帷幄,力挽狂澜,你最在行呀！"

"面对危机,其实我的第一反应也会惊慌失措。"

"不可能!你这种人的字典里没有'惊慌失措'这个词!"

"惊慌失措是人类正常心理反应周期的第一阶段,是一种自我保护机制,我为什么会没有?"

"因为你本来也不是正常人。能做好证券投资的,怎么可能是正常人?"柯文韬没正形地说,见利慎远没理他,继续说道,"别扯这些了,我只关心你这种人心理反应的第二阶段,你打算怎么办?到底准备怎么逆风翻盘?"

"当我没有清晰的思路去解决危机时,那就让问题向着阻力最小的方向走吧,或许问题自己就能够找到答案。"

柯文韬思索了片刻,微微一笑,说道:"所以,你会让她辞职,先放开她。"

利慎远用憧憬的眼神看着前方料理台上放置的一枝梅花,微笑着说道:"毕竟投资圈就这么大。只要,她不离开……"想到这里,利慎远又有些许担心。

晚上,郗爸爸来到郗同文的房间,郗同文正在看着上市公司的财务报告,见爸爸进来赶忙合上了电脑。

"爸……"

"想好了吗?"

"我……那个……"郗同文还在想着怎么和郗老头周旋。

"其实你已经回不了头了,对吧?"郗爸爸却直接将问题戳破。

"爸……"

"曾经在风云变幻的资本市场拼杀,现在怎么还能忍受学术的枯燥与乏味呢?即便强行掉头,你也无法踏踏实实地做好学术了,那是在浪费国家的资源。你……还是回北京吧。"

"爸爸……"郗同文五味杂陈。

深夜,郗同文躺在床上,辗转难眠,她回想几年来在公司的经历,想想爸爸说的话,拨通了林昊风的电话。

"Hi,郗同学。"

"这么晚了,接电话的速度还这么快。"

"对女神,我必须24小时保持在线。"

"怎么就没有你不敢说的甜言蜜语?要不是知道你的工作节奏,肯定被你骗了。"

"唉,卖方不易啊,也就只有我们,散了酒局,回来还要深夜搞研究报告。"

"可你们赚得多呀!"

"只见我们人前显贵,不见我们人后受罪。好了,不贫了。美女找我深夜聊天,所为何事?让我来猜一猜,想让我给你做职业咨询,还是帮你介绍工作?"

"你怎么知道?!"郗同文无比惊讶。

"亓优优说你辞职了,我早就想给你打电话,但是我忍住了。我就是想看看你打算什么时候告诉我这个朋友呀。"

"还不是你总嘲讽我是幸运女神,这回让你说着了。我发现之前都是我运气太好了,但是出来混怎么可能全靠运气?现在报应来了呗。"

"怎么可能?兼具美貌与智慧的女神,在哪都能混下去。再说,我那些都是开玩笑的,你还当真啊?"

"我原来当你是开玩笑,现在觉得你说我靠运气还真没错。"

"别这么说呀!你有实力,而且很努力,这一点我也完全不否认。"

"只是很多事情,不是靠努力就行的。我觉得我这辈子也不能具备你这么强的社交能力,也永远不会像方总那么专业。"

"女神突然这么谦虚,我有点不适应了。你怎么了?没事儿吧?"

"没什么事儿,反正就是我想找工作,你有合适的推荐一下吗?"

"你为什么辞职呀?"

"别问为什么了,就是想换!"

"好,我们来分析一下啊。你呢,我还是不建议来卖方。甲方做久了,肯定是适应不了我们这乙方的节奏,而且你这过分耿直的性格,很容易得罪人。所以呢,还是应该去找一个公募或者私募。可是半岛已经是圈内顶级的私募了。你毕竟没有做过基金经理,在圈内也没有影响力,谁也不会一上来就放心把资金交给你管,所以去别的地方还得从研究员做起,估计还要重新得到认可才能升基助。可你在半岛已经干了多年,能力领导们都知道,陈凯已经是基助了,目前半岛投研部只有何思源能够与你竞争,但何思源大家都知道他原来是跟着刘智明混的,而且他的研究能力很一般,这么多年也没有推出几只牛票,利慎远从来没正眼瞧过他,我觉得竞争不过你。所以呢,综上分析,我认为你留在半岛,至少升到基助再走才是最明智的选择。"

"我知道,但是我还是想换个环境。"

"再让我猜猜为什么哈。嗯,感情受挫了?"

"你怎么什么都知道呀?!张小西说的,还是亓优优说的?"

"这还用她们说吗?我早看出来你看上利慎远了。现在又莫名其妙要跳槽,只有一种可能呀,就是失恋了呗。他什么人啊?你搞不定的!早点认清现实也很好。"

"所以你也觉得我是痴心妄想找个有钱人?"

"那你真把我想狭隘的,要真是那样,咱俩还是朋友吗?你这么心高气傲,怎么可能是贪钱?"

"你这个评价,我竟然不知道是该开心还是该难过。不过,你既然都知道,还劝我回去?"

"我这个人,不会让感情去影响我客观地分析利弊。"

"你还真敢承认啊。"

"这有什么不敢承认?日常中每个人都在时时刻刻算计着什么选择对自己最优,投研这行更需要这个基本技能了。按说我真不想劝你回去,但是作为朋友,我的建议就是,你啊,别瞎折腾了,赶紧乖乖回去报到吧。"

"多说无益,如果你有合适的机会就推荐,没有就算了,我自己找找。"

"好,你这么坚持,回头我帮你关注一下吧。"

就这样,郗同文怀揣着理想和信心回到了北京。这一次她整装出发,带着更加清晰的目标,没有了负担,没有了退路,只剩下在投资这条路上拼杀的决心与勇气。

目送女儿出门之后,郗妈妈叹了口气,缓缓地对郗爸爸说道:"看来她是在那个什么基金公司,一条道走到黑了。"

"她的路让她自己选。同文很通透,她清楚自己的选择。"

"唉,我就是担心她受了委屈不跟我们说。"

"谁在社会上混不受点委屈?你也不要总想着保护她。"

"那天她从美国回来一进门我就看出来她不对,这段时间,经常看到她眼眶都红了,我觉得啊,不只是工作上的事儿,她肯定是谈恋爱了,又失恋了,瞒着咱俩没说。"

"是吗?你看出来都没问问?"

"问什么呀?你又不是不知道,你闺女主意那么正,如果想说她自己就说了,不想说,休想问出什么。"

郗爸爸认同地笑了笑,便回书房了。

有了半岛基金的工作经历,经过了几轮面试,郗同文很快拿到了业内知名的公募基金——云夏基金的 offer,收到邮件的一瞬间,郗同文如释重负。

她约了张小西和陈凯,以及林昊风一起在一家火锅店聚会。

"同志们!宣布一个好消息,我拿到云夏基金的 offer 了!"

"真的吗?太棒了。那你是去做什么呀?"张小西赶忙问道。

"跟原来一样,还是研究员。谢谢你!林同学!"郗同文将酒杯举到林昊风的面前。

林昊风笑着与郗同文碰了个杯,说道:"客气什么呀?我也就是引荐一下,最后还是靠你自己的实力和魅力俘虏了他们,呵呵呵。"

张小西说:"云夏基金很有名气,我经常能够看到他们的广告,看起来是个很有实力的公司。"

"云夏是公募基金,业内 TOP3 之一。"林昊风说道。

"与半岛有什么区别吗?"张小西外行地问道。

陈凯缓缓解释着:"像云夏这种公募基金的客户是广泛的投资者,他们可以公开宣传和发售,投资者的门槛也比较低,一般几百、几千块就可以买基金了,所以你可以到处看到他们的广告。但是半岛这种私募,不能公开募集资金,只能小范围去找那些高净值的投资人,说白了就是有钱人和机构。所以呢,公募基金客户投资额小,但数量多,加在一起的规模大一些。但为了保护普通大众投资人,公募基金受到的监管多,信息也更透明。而我们私募,虽然客户少,总的资金规模小一些,但投资策略也更灵活一些,因为受到的监管比较少嘛。"

"那这么说,私募基金灵活,是不是应该更赚钱呀?"张小西继续问道。

陈凯继续说道:"不一定哦。虽然公募基金的运行有很多条条框框的法律法规限制,可能某种程度上会影响他们的收益,但是这些条条框框同时也降低了他的风险。"

"不太明白。"

"给你举个例子吧,如果公募的一个基金经理看好了一只股票,按照要求,他最多能用十分之一的资金去买。如果这只股票大涨,他的收益也不会太高,但是股票总是有涨有跌。如果这只股票大跌呢,他的损失也不会很多。可私募的基金经理配置的比例就可以高很多,收益可能很高,但同时损失也可能很大。"

"哦。这样啊。那同文,你现在都去更大的公司了,工资一定更多了吧?"张小西听得一知半解,还是将问题落回到郗同文身上。

林昊风笑着替郗同文回答道:"在大公司,大家都是这个大平台上的小小螺丝钉,平台的作用更重要,所以赚的未必有小公司多。而且,半岛基金的待遇在圈内本来就是数一数二的。我猜,你不如之前多吧?"说完大家都看向了郗同文。

"唉,那也是没办法的事儿。"郗同文无奈地说道。

"同文,你为什么一定要辞职呢?"陈凯依然对此不明所以,傻乎乎地问道。

可郗同文无法将真实的原因告知陈凯,而张小西也不知该如何阻止陈凯继续发问。倒是林昊风赶忙解围道:"云夏基金也是业内顶尖的,而且公募也更稳定些。即便工资低一些,体面地养活自己还是没问题的,对吧?哈哈哈。不过,这次他们派你看什么行业呀?"

"跟以前一样,还是文化传播、新媒体之类的。"说到这里,郗同文脸上难掩愉悦,这正是她喜欢的职业和擅长的行业。

张小西看到闺蜜幸福的笑容,不禁说道:"真替你开心!"

"为了未来,干杯!"

"干杯!"

亓优优来到利慎远的办公室。

"利总,刚刚同文按照培养协议,赔付了公司50多万。另外,她入职云夏基金了。"

利慎远听罢竟有点开心,可还是按捺住了情绪,淡淡地说道:"我知道了。"

只是他一瞬间兴奋的表情难以遮掩,这倒让亓优优一头雾水。她原以为郗同文的离开会让利慎远很难过,这副惊喜的样子让亓优优很是疑惑。从利慎远办公室出来后,恰巧遇到方奇杰,看到亓优优疑惑的表情。

方奇杰问道:"怎么了?"

"郗同文辞职了。"

"这不是两周前的事儿了吗?"

"公司收到她培养协议的违约金,她真的离开了。"

"哼哼,她还挺自觉。可是,你这表情是因为……"

"刚刚我跟利总说了这个事儿,利总好像还挺高兴。"

"高兴?"

"对啊,看起来很兴奋。"

对于亓优优的表述,方奇杰也有些不敢相信,不禁看了看利慎远办公室的方向。

郗同文来到云夏基金,云夏基金也在金融街上,半岛基金是租用了顶级写字楼盛泰大厦的一层,而云夏基金则是拥有一整栋楼。此时的郗同文早已对金融街了如指掌,云夏基金的大厦也路过千百次,只是她已不是当年懵懂的女孩儿,被这些耀眼的写字楼所吸引。走进云夏基金,郗同文敲了一间办公室的门。

"进!"

郗同文推门而入,微笑地说道:"张总,您好!"

坐在那里的是投资研究部门总经理张文垠,他对郗同文的到来显得漫不经心,轻描淡写地说了一句:"哦,是你啊,来报到了啊。"然后便拨通了一个电话,说道:"小顾,你来一下。"

片刻之后,进来了一个30岁左右的青年,长相斯文清秀,一身西装,没有扎领带,进门后说道:"张总,您找我?"

"是啊,这是新来的同事,以后主要负责看传媒、文化产业,你带着她转一下,也介绍大家认识一下吧。"

"好的。"

两人出门,小顾才看了看郗同文,竟还有点不好意思地开口说道:"您好,我叫顾子豪,我是跟着张总做宏观经济研究的。"

"哦哦,您好!我叫郗同文。"

"我见过你,在一次券商的策略会上。"

"哦,呵呵,是吗?"郗同文对此有点不好意思,毕竟她对眼前这个人毫无印象。

"你是半岛基金的吧?"

"是啊。"

"欢迎你加入云夏基金。"

"谢谢!云夏基金是圈内最大的公募基金,能与你们这些顶尖人才共事,我也很荣幸!"

"嗯!今年我们管理的资产规模超过了1万亿。"

"1万亿?"郗同文虽然也做过功课,却依然被这个数字吓到了。半岛基金不过一两百亿的规模,这在私募基金中已经是佼佼者了,但是在万亿级的公司面前,显得不值一提。

顾子豪继续侃侃而谈:"我们不仅有对普通投资者的公募基金业务,也有机构大客户,而且我们的机构客户中有社保基金、养老金、企业年金等等。所以我们投资的品种也更丰富一些。像半岛基金这样知名的私募大概主要投资权益类的吧?"

"是啊,我们主要关注的是A股、港股和美股。"

"我们呢,因为面对的客户不同,对资金风险和收益要求也不一样。所以除了股票这样权益类的投资,我们还有债券、现金管理这样的固定收益类的投资,也有各类海外资产的投资,也承接机构的委托投资,投资的品种非常多。"

"哦,那咱们有多少人呀?"

"我们有七十多位基金经理,负责投资研究的同事也有几十人,咱们的投资流程很规范,有完善的风控、合规、法务的管理体系,还有一支庞大的销售团队,嗯,算下来公司有一千多人吧。"

"哦。"郗同文点了点头,走进云夏大厦时没有感到什么,然而经顾子豪这一番介绍之后，郗同文再看看忙忙碌碌的同事们，倒感觉自己之前有些浅见寡识了。

顾子豪见到郗同文有些不知所措的表情后，又笑着说道："光听我吹牛了，其实我们规模虽然大，但跟半岛基金不同，我们主要是赚管理费的，而且客户越大，管理费的费率就越低。据我了解，半岛的管理费都要1%～2%吧？但是我们大都只有零点几，个别产品只有0.1%的管理费。而且你们超额的收益还有进一步的分成，所以要算收益率的话，我估计云夏比半岛可能差得很远。我听说半岛的收益率惊人地高，是真的吗？听说利慎远特别牛，他到底是什么风格的呀？"

郗同文尴尬地笑而不语。一方面是因为这涉及商业秘密，她无法透露；另一方面，更重要的是，她看似走得决绝且坦然，可她远没有外表看起来那么洒脱，每每提到半岛和利慎远，她心中总是隐隐地痛着。

顾子豪也明白自己问的问题有些敏感，只得打破尴尬，继续说道："其实咱们投研的套路还是一样的，都是做研究，给基金经理们投资建议。对公司有什么疑问，你可以随时问我。"

"好！谢谢你！"

"那现在，我带你认识一下跟我们经常打交道的部门，还有咱们投研部的其他同事？"

郗同文点点头。

这日，郗同文首次在云夏基金的投资策略例会上进行展示。与半岛基金十几个人的会议不同，云夏基金偌大的会议室里几乎坐了一屋子人。演示前，郗同文心中难免有些紧张，但当真正开始展示的时候，她依然表现得落落大方、侃侃而谈："根据权威咨询机构的统计，我国国内的文娱行业市场规模将超过5000亿。在细分赛道用户规模方面，网络视频、音乐、游戏、文学、二次元、直播等用户也都达到非常可观的规模，具体数字可以看大屏幕……太信娱乐作为国内最大的文娱产业公司，在IP储备、游戏、影视等方面都占据龙头,具体情况如下……综上,随着市场整个蛋糕的快速扩大,有储备、有能力的公司也势必会受益,因此针对太信娱乐我给出买入的建议。"

"市场是扩大了,但太信娱乐能否吃到红利,我看倒未必。"下面一个人对郗同文的观点率先质疑。

"您说得是。所以,我对太信娱乐资源和能力的储备都做了深入的调研,我认为现有的资源足以让它在未来5年之内依然保持领先的地位。那么市场扩大的红利,一定会反映在太信娱乐上。"

男人继续说道:"你所谓深入的调研,我看了,就是从他们下面的网站上找找IP,找几家小公司对比一下。你怎么知道那些IP的质量如何?其他几家也可能小而精呢?"

"因为,我本人也是这些IP的受众群体。"

"这就是问题所在,正因为你是受众群体,每个人对文化类的东西都有自己的喜好,你的喜好怎么能代表所有人的喜好呢?"

"大众的喜好通过数据也是有迹可循的。我将太信娱乐和几家竞争对手储备的主要IP在小说、动漫的评价网站上的数据做了对比,请看这张图。太信娱乐的IP在评价数量和评分上都有优势。因此我得出结论,太信娱乐的储备足以让它吃到市场扩大的红利……"

会议结束后,顾子豪走到郗同文身边,说道:"同文,牛啊!说大人,则藐之,勿视其巍巍然。"

"什么?"郗同文对这个评价感到莫名其妙,抬起头问道,"谁是大人?"

"刚刚那位啊,申照阳申总啊!"

"啊?他就是连续十二年跑赢大盘的申照阳?公司的超级王牌?"郗同文倒吸一口凉气,继续问道,"他怎么跟照片上的不一样啊?"

"咳,对外宣传的照片都是美化过的,而且申总最讨厌这种宣传,你看的那个照片上哪是笑呀,分明是咧嘴,特别逗。申总在咱们这里是出了名的脾气不好,要求高,说话直。好多研究员都会被他问得张口结舌。所以只要是听说申总参加例会,大家都会格外谨慎。你居然能与申总对话几个回合,看来半岛真的名不虚传。"

"啊？但是被你这么一说，下次我可不敢了。"

本来还觉得自己刚刚打了胜仗似的，现在顿时在权威面前泄了气。

顾子豪走后，郗同文一直坐在位置上，目送大家离开，然后合上电脑，轻轻舒了口气。

第十七章

郗同文站在张文垠的办公桌前,张文垠坐在椅子上对郗同文说道:"最近传媒股好像分化比较大,好的公司涨势很好,不好的公司跌得也很惨,所以你这边压力比较大,要做好相关研究。"

"好的。"

郗同文刚走出张文垠的办公室,顾子豪便迎上前来,笑嘻嘻地说道:"同文,晚上有空吗?"

"刚刚张总让我做好传媒行业上市公司的研究,什么事儿?"

"那些都是例行公事,不着急,晚上我请你一起吃个饭吧,你来这么久了,还没认真表示欢迎呢!"

"呃……"郗同文想到手中繁重的工作还没有做,有些犹豫,但是看到顾子豪的盛情,毕竟维护好同事关系是职场中重要的一部分,因此,她情绪一转,说道,"好呀!我是新人,你最近帮我这么多,还是我请客吧!你来定地方!"

顾子豪似乎格外地兴奋,说:"好!就这么定了。"

晚上,利慎远与几个同行一起吃饭。组织饭局的正是柯文韬,他举杯起身说道:"今天有幸请到应总,我们非常荣幸!应总是资本市场的专家,对全球资本市场都颇有心得,要多给我们指导指导呀!来,我们大家敬应总一杯。"

坐在主客位置上的男士笑呵呵地说道:"柯总过奖了,在座的都是在圈内很有知名度的人物,好多人我都见过或者听过,大家一起多交流吧。干杯。"

众人起身碰杯后纷纷一饮而尽。

之后柯文韬向应总介绍道:"应总,这是我的好兄弟,利慎远。半岛基金就是他的。"

"幸会!"

"慎远,这位是应致远应总。"

"应总您好!第一次见面,幸会!"

"不是第一次了,有一次基金论坛,我听过你的演讲。"

"啊,这样啊,那我真是不胜荣幸!"

"早就听闻过半岛基金利慎远,上次听你演讲,确实对市场的分析很有思路。"

"您过奖了,略陈拙见,请您多指导。"

"谦虚了。"

顾子豪与郗同文来到金融街附近的餐厅,两人坐下。

"想吃什么?我请客。"郗同文将菜单递给顾子豪。

"怎么可能让你一个新人请啊?我来,我来。你就点你爱吃的吧,这家你以前肯定也经常来。"

"那我就不客气啦。"

"千万别跟我客气!"

郗同文翻看着菜单,顾子豪略显紧张,喝了口水,然后才开口问道:"同文,我看你工作这么拼,经常很晚走,一定还没结婚吧?"

"是啊,忙啊,没时间考虑这个。"郗同文继续翻看着菜单,回答得很随意。

"哦,那有男朋友了吗?"

郗同文这才抬起头,略显尴尬地说道:"嗯,没有呢。"

"哦,挺好。哦,我是想说你研究生毕业有几年了吧,怎么……"

还没等顾子豪问完,郗同文便打断道:"这道菜怎么样?你吃羊肉吗?"

"啊,吃,你点吧。"虽然被郗同文打断,顾子豪依然没有放弃,继续说道,"你……"

"咱们要不来个汤吧。"郗同文再次打断了顾子豪的问话。

顾子豪此时明白了郗同文对感情之事避而不谈的意思,便没有继续问。

酒过几巡,大家开始三三两两地站在包间的各个位置聊天。柯文韬也离开座位与一个朋友在包间角落里聊着天。应致远与利慎远则坐在原地探讨着。

"听说利总是从华尔街回来的?"应致远问道。

"嗯,回来很多年了,我听说您也是美国留学之后归国的?"

"是啊,哪个华人也不想在别人地盘一直待着吧?还是回来的感觉好啊!呵呵呵。"

"颇有同感!"

两人碰杯而饮。

应致远问道:"这些年你感受到的中美资本市场最大的差异是什么?"

"要从多方面来看吧。但是我觉得最根本的差异是金融制度上的差异,这就导致了市场结构和投资者结构的不同。美国是典型的金字塔结构,纽交所都是顶尖的公司,盈利能力强,上市公司数量并不占多数,但市值却占据大多数,而美交所和纳斯达克则上市公司数量大,普遍市值偏小,形成了金字塔结构。咱们的市场由于早期上市……"利慎远侃侃而谈,应致远听得认真,频频点头认可,两人相聊甚欢。

柯文韬远远瞥过去一眼,露出得意的笑容。

郗同文一边吃东西一边问顾子豪:"我发现咱们公司好几个基金池都有视董传媒,而且持仓量都很大。"

"是啊,绝对的大白马,这几年给好几位基金经理的收益率立下汗马功劳!"

"最近几年视董的涨势确实非常好,它的广告位铺得广,一家公司的体量比竞争对手加在一起还大许多。现在几乎所有 To C(面向个人)的新兴互联网企业想要抢占市场,都要与它合作,在它的广告位上投放。"

"所以啊,视董的毛利率堪比白酒,现金流超级好!这种票,你就走个过场,去调研一圈,然后给出一个买入或者维持的建议就行了。"

顾子豪将自己的经验传递给了郗同文,而郗同文只是礼貌性地微微点了点头。

这时,顾子豪抬起头看向餐厅的门口,突然惊讶地伸手轻轻拍了拍桌子"哎,哎,哎。"

"怎么了?"郗同文被顾子豪激动的表情和举动吓了一跳。

"那边,那边,餐厅门口。"说着,顾子豪微微抬起手指了指。

郗同文下意地识回了一下头,但顿时就后悔了,赶忙转了回来。原来那群人正是利慎远一行,他们刚从包间里出来,正在送应致远等人离开。她隐约感到刚刚利慎远似乎往自己这边瞥了一眼,她心想着:"肯定没看到我……应该没看到我。"

顾子豪激动地说:"那个人是利慎远吧?我在论坛见过他。"

郗同文支支吾吾地说道:"可能是吧。"

"你不过去打个招呼?他是你前老板呀。"

"他是公司老大,哪知道我是谁呀?别看了,吃饭吧。"说着郗同文低下头,默默吃饭。这似乎是从美国回来第一次见利慎远,这段时间,她被工作充斥得满满的,本来觉得已经自愈,竟没想到刚刚瞄到他的那一眼,让自己的心又痛了起来。

"唉,算了吧,他们都走了。"顾子豪有些失落。

郗同文听到顾子豪说利慎远已经走了,这才松了口气,但心中依然阵阵酸楚,低头不语。

"金融街就这么大,基金圈更是小得可怜,大家真是抬头不见低头见呀。你……跳槽的时候没什么不愉快吧?"

"我能有什么不愉快?只是觉得他那么大的老板,我也说不上什么话。"

"那倒也是,我刚刚看,跟他在一起的有好几个圈内知名的基金经理,都是牛人啊!我读研究生的时候就听导师讲过利慎远的经历,当时就特别崇拜他。"

"不要盲目崇拜,在同龄人中你也很厉害啊!"

顾子豪感慨道:"我什么时候才能成为他们那群人中的一员啊!"

"你是云夏基金的宏观研究员,能做这个都是名校经济学博士,做基金经理那还不是迟早的事情?"

"我们做宏观的,有些偏学术,很多人后来都转行了。我将来就算是做基金经理,可能做FOF(基金中的基金)的会多一些,以后也就是帮投资人筛选筛选哪只基金更靠谱。"

"那多好呀,以后你投我!"

"以后我投你!"突然,一个低沉而磁性的声音从身后传了过来,吓得郗同文一激灵,这个声音再熟悉不过了。

"您、您是利总吧?"顾子豪直接站了起来,想伸手过去握手,又怕自己的咖位不够,还是把手缩了回去。

利慎远笑呵呵地说道:"您好。"主动伸出手与顾子豪握手。

顾子豪握着利慎远的手,兴奋而激动地说道:"利总,我早就听说过您,像您这种能在华尔街打拼出名气的,让人佩服。金融危机后,您的操作太牛了,我特别崇拜您!"

利慎远没有理会顾子豪的恭维,而是看向郗同文。郗同文现在此刻依然坐在原地,没有抬头看利慎远,不知怎的,她依然有些不想或者说不敢直视利慎远。

"同文,不给我们引荐一下?"

"同文……"顾子豪也用期待的眼神看向郗同文。

郗同文在心中琢磨如果总是这么别别扭扭的,怕是会被顾子豪看穿什么,也会让利慎远以为自己还放不下他。想到这里,她大大方方起身说道:"利总您好!这位是顾子豪,我们云夏基金的宏观研究员。"

"哦,你是跟着张文垠做研究的吧?未来的首席经济学家啊。"

"您过奖了,我刚刚博士毕业两年。您跟张总认识?"

"我们很熟!"

"真的吗?那有机会,约张总一起坐坐,哦,是探讨探讨……"顾子豪竟然激动得有点语无伦次。

"好啊。没打扰你们吧?"利慎远看了看表情有些复杂的郗同文。

"没有,没有……"顾子豪赶忙说道。

"金融街真是小啊。同文去你们那有一段时间了吧?怎么样?没给我们半岛丢人吧?"

"当然没有!同文刚过来就跟我们申总过了招,对答如流,特别厉害,我们都感慨不愧是半岛出来的。"

"是吗?那我作为同文的……"利慎远言语至此,郗同文心中一惊,生怕他说出什么不靠谱的话来,而利慎远完全没看郗同文,继续说道,"老师,她有进步我很欣慰呀。"

郗同文这才松口气。

"难怪同文这么优秀,原来是您亲自教的。同文在我们公司特别受欢迎,大家都喜欢她。我们公司基本都是男士,好不容易来了这么个又专业又能干的美女,大家都特开心。"顾子豪边说边用那兴奋且爱慕的眼神看向郗同文。

利慎远瞬间看出顾子豪的心思,醋意瞬间涌上头,但依然强装镇定地说:"哦,大家都喜欢她呀。那不错呀。"

郗同文被顾子豪夸得有点难为情,尤其又是在利慎远面前,就更尴尬了,赶忙说道:"利总应该还有事儿要忙吧?那个……我们就不打扰您了,时间也不早了,我们也要回去了。"

利慎远看了看手表,说道:"是不早了,正好我让司机送你们回去吧。"

"不麻烦您了,我自己可以回去。"郗同文拒绝得果断。

"是啊,利总,我送同文回去吧。"

"我跟同文顺路,我送吧。"

"我自己可以,两位真的不用送。"说完郗同文拎起包,独自快步径直离开。

顾子豪有些担心地看向郗同文,而利慎远则站在原地,满眼宠爱地看着郗同文的背影,面露喜色。

顾子豪走后,利慎远不慌不忙,慢悠悠地走出酒店,突然一个身影搂住了他的肩膀。

"落单了呀!"是柯文韬。

利慎远一惊:"你怎么还没走?"

"我等着看好戏呀!刚刚你着急忙慌地送走了应致远,又跑回酒店,还跟我说上厕所。我早就看到那个小丫头了!你真是小瞧了我的观察力!"

"那你观察到什么了?"

"看到你被拒了呗。"

"被拒不是正常吗?"利慎远笑呵呵地说。

柯文韬看到利慎远的这副得意的表情,顿时明白了什么:"我明白了。你真是老奸巨猾啊!你压根就不是去追求小丫头的,你是去搅黄他俩的!"

利慎远笑着拍了拍柯文韬的肩膀,然后便坐上车,柯文韬追了上去,也上了利慎远的车。

"你上来干吗?"

"唉,我为了看你好戏,让司机先走了。这么晚了,你送我回去呗。"

"滚!赶紧下车,我也困了,我要回家。"

"你这就不讲究了啊,过河拆桥,我今天这饭局可是专门为你安排的,我看应总对你印象不错,以后别总说我在外面诋毁你……"

利慎远无奈,只得对司机说:"行吧,先去他家!"
"好的。"

郗同文回家的路上,想着:"为什么这个家伙就可以当作没事儿发生一样? 自己为什么反应这么大?"想到这里,她又气又烦躁。

早晨上班后顾子豪在办公室逮住郗同文,问道:"同文,利总跟你好像很熟呀,而且我觉得他对你好像……"

"咳! 我估计就是怕我把半岛那套东西,投资思路、持什么仓都跟云夏说了吧。"

"不至于这么计较吧! 再说,你也是有职业操守的人。"

"是啊,而且我都去美国半年多了,其实什么也不知道了。我要去参加一个论坛,回公司拿点东西,马上就得走,就不跟你聊天了。"说完,郗同文拿上包包就慌忙逃走了。

顾子豪站在原地若有所思,这时另外一个做投资研究的同事凑了上来问道:"想什么呢?"

"卢山,你说同文为什么从半岛来咱们这呀?"

"咱公司不比半岛规模大多了,而且咱公司知名度也高呀,为什么不来?"

"但是据我所知,半岛的待遇很好,比咱们公司要高很多。像同文这么优秀又这么拼的,应该很适应半岛的节奏,而且她看起来也不是追求稳定的人。"

"那你觉得是为什么?"

"昨天我跟同文吃饭遇到利慎远了,你猜怎么着?"

"半岛的老板?"

"是。他对同文特别殷勤。他是利慎远啊,行事果决,做事狠辣,圈内出了名的。怎么可能对公司一个离职的小员工这么热情?"

"难道他看上同文了？"

"不可能！"

"为什么不可能？"

"除非同文脑子进水了，否则怎么可能拒绝利慎远，还从半岛辞职？他是利慎远啊，资产起码10位数，妥妥的钻石王老五，谁会拒绝？"

"郗同文也漂亮啊。"

"哪能有明星漂亮？二三线小明星要是能嫁给利慎远这样的人物，也要偷着乐了。你说，会不会是半岛基金真的有风险？你想啊，之前他们就被罚了。而同文恰巧知道他们其他的漏洞，所以利慎远怕她出去乱说。"

"别在这瞎猜测了，有工夫把刚刚说的研究报告赶紧做好。"张文垠不知什么时候走了过来。

顾子豪赶忙说道："好，张总，马上。"

张文垠看了看顾子豪，又看了看郗同文离开的方向。

郗同文在论坛上，正听着一个传媒行业的专家在分享他对行业发展趋势的看法："我认为任何行业，健康的市场环境一定不是一家企业垄断这种态势，比如某家公司目前在细分的市场份额已经达到一半，不断收割企业的资金流……"

这时坐在郗同文旁边的人嘀咕了一句："什么某家啊？不就是视董传媒嘛！大家都知道吧。"说完他看了看郗同文，寻求认同，郗同文则是礼貌地冲他笑了笑。

这时论坛会议室旁边的门突然打开，只见主办方的负责人引导着一个人进来，正是利慎远。

郗同文旁边的人说道："这是半岛基金的利慎远吧？"

郗同文回道："不知道，不认识。"

"就是他！半岛基金你都不知道？你刚入行不久吧？"

郗同文尴尬地笑了笑。

利慎远边走向座位边环顾会场，刚好看到了郗同文，郗同文赶紧将眼神躲闪开来。

利慎远虽然坐在与郗同文有一段距离的前排，但他的到来，让郗同文已经无法专心听专家的分享，总是看着他的背影出神。

终于熬到会议休息，郗同文火速收拾好东西准备离开，利慎远正站在那里与几个人聊着天，看着郗同文离开的身影，他笑了笑。

一日，郗同文去视董传媒调研，对方的董事会秘书侃侃而谈，她认真地做着笔记。回到公司她整理材料，又从网上搜集各类资料，一条新闻映入眼帘，让郗同文陷入沉思。

晚上，公司的人走得差不多了，郗同文在敲打着键盘。

顾子豪走了过来，说道："同文，这么晚还没走？我送你回去吧。"

"哦，我这还有点没弄完，你先走吧。"

"咱们公司的基金都是看大趋势的，不会逼得那么紧，不差这一天。"

"我还是想赶紧写完，你先走吧，再说我回去也不用你送啦。"郗同文笑嘻嘻地半开玩笑地试图拒绝顾子豪一直以来的好意。

"我担心你一个人回去不安全。"

"以前我也经常加班到很晚，我都习惯了一个人回家了。"

"还是我送你吧。"顾子豪依然很坚持。

郗同文见状，看了看电脑上的时间说道："现在才8点多，我马上就回家了，真的不用送，谢谢你！"她说完就关上笔记本电脑，装在包里，离开了。

郗同文回到家，继续写着关于视董传媒的研究报告。写完时，她伸了伸懒腰，看了看时间，已经是凌晨4点。早晨，她到了公司第一时间就将研究报告发送给了张文垠。片刻之后，张文垠的电话便打了进来。郗同文对自己的研究报告甚是满意，接起电话也颇为轻松。

"张总。"

"到我办公室来一下。"与郗同文不同，张文垠在电话中的语气却显得并不友好，说完便挂断了电话。

郗同文刚进张文垠的办公室，张文垠没好气儿地说："我让你做好研究，你就这么给我研究的？"

"张总……"

"你给公司的建议是什么？减持视董传媒？你疯了吗？"张文垠颇为生气。

"张总，视董传媒因为行业垄断，毛利水平超高，这种没有核心技术作为壁垒的业务是很容易被冲击的。就在最近，它的竞争对手高量传媒刚刚拿到一笔20亿的资金，而且不排除还会有第二个20亿和第三个20亿。"

"高量传媒，它才多大体量，再说你凭什么这么笃定？"

"因为我查过，给高量传媒投资的基金，背后的出资人就是几家大型互联网企业。视董传媒每年收取互联网企业的广告费高达60亿，就是因为它的垄断优势。那么这些互联网企业联合起来扶植一个竞争对手，也在情理之中。所以我判断，未来一段时间，这个领域将有一场血战。我建议公司应该规避风险，适当减持。"

听到这里，张文垠有些迟疑，他首先是惊叹这个年轻的女孩儿居然能够发现并想到这一层，同时也陷入为难。沉默了几秒之后，张文垠的语气有所缓和，说道："总之，这篇报告不能发，你出去吧。"

"张总……"

"先出去吧。"张文垠完全不想再听郗同文的解释，直接下了逐客令。

傍晚，郗同文心烦意乱地走在金融街上，自己辛苦写出的研究报告不能发出，再加之昨晚才睡了两个小时，神色有些疲惫。一愣神，高跟鞋陷进了下水井盖的窟窿里，怎么也拔不出来。郗同文略显尴尬，用力拔又怕毁坏了高跟鞋，今天穿不了了，怎么回家？不用力又怎么都弄不出来。路上行人匆匆，虽然金融街的上班族大多没有闲情逸致去看这个热闹，但这种有人出丑的场景,总会有过往的行人忍不住多瞄两眼。正当郗同文面红耳赤,又觉得自己出丑,又对这个卡住鞋跟的鞋子很无奈的时候,一辆车缓缓停在旁边。

利慎远走下车,来到郗同文面前,看到这个场景,直接弯腰用力将高跟鞋拔了出来,鞋跟不幸折断。

郗同文抬头看向利慎远:"你干吗?"

利慎远什么也没说,而是将副驾驶车门打开,一手揽住郗同文的腰,几乎是将她夹着直接摁进了车里。然后自己拎着那只高跟鞋,坐上驾驶位,将车开走。

"你怎么在这?"

利慎远面无表情地说道:"这是我下班的必经之路。"

"刚刚……我自己也可以。"

"我知道,我只是帮你在要鞋还是要面子之间快速做出决定。"

"我不用你帮忙。"郗同文看向窗外。

"为什么你不能平静地面对我呢?"

"我也很奇怪,为什么你就能这么平静地面对我呢?哦,对了,因为受到侮辱和伤害的是我,不是你!停车!我要下车。"

利慎远没有理会郗同文,而是径直开到购物中心的停车场,说道:"如果你不想让我一会儿直接找到你家去,那你就坐在这等着我。"

他说完就拎着那只断了跟的高跟鞋走了。

片刻之后,利慎远拎着一个购物袋走了回来,打开郗同文这边的车门,将鞋子拿了出来,递到郗同文面前,说道:"穿上吧。"

郗同文坐在原地,看着购物袋上印着的价值不菲的品牌,犹豫该如何拒绝之时,利慎远又说道:"哦,我懂了,需要我帮你穿!"说着利慎远装模作样准备蹲下。

郗同文瞬间接过鞋子,火速穿上后,下了车,说了句:"谢谢,我把钱打给你吧。"说着就掏出手机准备转账。

利慎远嘴角上扬,果断地说道:"好啊,这是购物小票,嗯,另外再加上我的跑腿费,我算一下哈,你说我的时薪1万,不多吧？刚刚差不多有半小时？就算你5000块吧。"

郗同文看着小票上1万多块的数字,再加上利慎远的这套说辞,气得说不出话,但依然在手机上准备转账,正输入着数字,利慎远突然一把夺过手机,然后将她又摁进了车里,关上车门,一气呵成。正当郗同文一脸蒙的时候,利慎远自己坐到了驾驶位,关上车门,边开车边说道:"你侮辱我的同时,也是在跟你自己生气。除非,你心里放不下……"

"我有什么放不下？我只是觉得我们之间没必要特意接触吧。"

"你鞋跟卡在路上,刚巧被我碰见了,就算不是你,换成是其他朋友,我帮忙也是应该的吧？哪来的刻意？倒是你,跟我算得这么清楚,有些刻薄吧？"

利慎远这套说辞让郗同文顿时哑火,两人也随即陷入了沉默。过了一会儿,利慎远试探性地问道:"你在云夏还好吗？"

"我很好。"

"金融从业者穿着职业是希望让投资人放心将资金交给我们打理,但没必要非穿这么高的高跟鞋。再说,你的腿这么长,也不需要穿高跟鞋。"

郗同文没有说话,只是默默地看着窗外。

利慎远继续说道:"我看你有点疲惫,公募基金不至于这么压榨吧？有什么困难还可以找我。"

郗同文依然不说话,利慎远见状,也没有再说什么。

到了郗同文家的楼下,利慎远将车子停在路边,说道:"所以作为回报,不请我吃个饭吗？"利慎远并没有立刻下车,而是用期待的眼神看着郗同文,以示尊重她的决定。

郗同文想了想,说道:"我觉得我没办法像您这么坦然地面对,我们……还是应该保持距离比较好。既然我到家了,也不需要鞋子了。但还是要谢谢您送我回来！"说完,郗同文脱下鞋子,光着脚,拎着包包和那双损坏的鞋,下车离开了。

利慎远坐在车里看着郗同文走远,觉得她光着脚丫离开的样子甚是可爱,心中不禁感慨这正是他所喜欢的人啊。

周末,李世伟开车在方奇杰家楼下等待着。李世伟离开半岛已经一年多了,相比在半岛,他精瘦了许多。只见方奇杰一身登山装,背着登山包,从小区里走了出来。没有了职业妆容,方奇杰像是变了一个人,已经三十多岁的她皮肤状态依然非常好,修长的身材即便穿上了登山装依然依稀看得见。这恐怕是第一次方奇杰素颜以对,看呆了李世伟。

"走吧。"方奇杰边说边将车门打开。

李世伟呆站在原地,依然盯着方奇杰看。

"看什么?怎么了?"

"哦,哦,那个东西给我吧。"李世伟这才接过方奇杰手中巨大的登山包,放到后备厢中。

两人上车后,李世伟边开车,边看了看方奇杰的侧颜,说道:"好像第一次看你这样的装扮,还有点不习惯,刚刚差点没认出来。"

"又要爬山,又要露营的,我就不化妆了。怎么,看见我这样,你该不会后悔约我爬山了吧?"

"怎么可能?你这样更好看!"

"别扯了!你一向专挑好听的说。"

"真不是挑好听的说,我觉得你素颜更有女人味。平时见你口红一擦、高跟鞋一穿,总是让人怕怕的。"

"怕怕的?"

"你没发现吗?公司的人都怕你。"

"怕我干什么?不是应该怕利总吗?"

"利总?哦,这么说,还是利总更可怕。"李世伟即便已经离开许久,可只要想起利慎远,好像条件反射一样,依然不禁起了一身鸡皮疙瘩。

到了山脚下,两人背着厚重的登山包,挂着登山杖,一路向上。到了一个平台,李世伟和方奇杰都已经很喘。

"休息一会儿吧。"李世伟见方奇杰有些疲惫。

"嗯。"

两人坐在一块巨石上休息,李世伟递给方奇杰一张纸巾,示意她擦擦汗。方奇杰接过纸巾看了看李世伟,笑着说道:"看不出来,你还挺体贴。"

"那是啊。不过,主要看对谁。"

"哼哼……"方奇杰憋不住地笑了一下,虽然方奇杰觉得李世伟说的都是恭维话,但总是让听者觉得很受用。

李世伟听出方奇杰"哼"中的怀疑,赶忙说道:"你是不是不相信啊?真的,我这主要是对你!"

"相信!相信!"方奇杰用假装敷衍的语气说。

"你看你的语气,还是不相信。不过,出来爬爬山,呼吸呼吸新鲜空气,感觉不错吧?"

"嗯,是不错。你什么时候开始爬山了?而且你现在在健身吧?"

"这么明显?看来有效果呀!"李世伟顺势摸了摸自己的腹肌,然后又看向远方的山,继续说道,"上次泰诚的事情让我也想明白了,与其每天混迹各种圈子,找寻那些不靠谱的消息,不如踏实下来,认真看看上市公司。这样酒也喝得少了,业余时间也有了,健健身,出出汗,挺不错的。"

"其实你以前只是喜欢跟那群狐朋狗友喝酒,不是那种打探小道消息的人。泰诚那件事也是你自己压力太大了,正好被刘智明利用。"

"还是你懂我呀!不过,我看你最近状态可不如以前。怎么,还没度过失恋期啊?"

"我都没恋爱,哪来的失恋期?不过我最近也想明白了,就像你说的,萝卜青菜,各有所爱,或许我确实不是他喜欢的那挂的,那也是没办法的事。"

"欸!这么想就对了!但是你忽略了我说的后面那句。"

"哪句?"说完,方奇杰瞬时起身,飞速地向山上跑去。

李世伟站在原地看着方奇杰的背影,大声地叫道:"99%的男人都喜欢你这挂的!"说完,他也向山上跑去。

方奇杰和李世伟已经爬上山顶,李世伟找了个避风的山坡搭好了帐篷。随着夜幕降临,天空如深蓝色的罗帐,满天的繁星就像镶嵌在罗帐上的宝石般闪耀着光。方奇杰站在山顶欣赏着夜景,面前是层层山脉,在夜幕中只能隐约看得见层层轮廓。

李世伟从行囊中掏出一个户外炉子和锅,煮起了方便面。

方奇杰笑着说:"装备很齐全呀。"

"那是,服务方总,我必须得全方位!"

"你怎么总能发现这些好地方?以前是餐馆,现在是露营地。"方奇杰吃着方便面,看了看星空说道。

"要么不干,要干咱就得专业呀。"

"有道理。无论做什么都要做到力所能及的最好,这好像是中产精英的基本门槛吧。"

"之所以叫中产,是因为我们没有原始资本的积累,所以只能靠出卖劳动力获取资本。如果不能把事情做好,那劳动力怎么换得到资本呢?"

"有道理!"方奇杰端起小碗,与李世伟碰了一下,表示对彼此观点的赞赏。

郗同文与张小西窝在家中,看着电影。

张小西感慨道:"男主好帅呀!"

见郗同文目不转睛地看着电影没有回应,张小西看着郗同文,继续问道:"你不觉得吗?"

"嗯?"

"你在想什么呀?"

"我在看电影啊。"

"别骗我了,你明显没在看呀。"

"唉,我在想,为什么明明知道一个上市公司未来有风险,却不让我发研究报告呢?"

"你怎么周末了脑子里还都是工作呀?"

"因为我实在想不明白!"

"想不明白就别想了,休息一下。我叫个夜宵,你想吃什么?"

"那当然是……"

两姐妹异口同声地说道:"小龙虾!"

深夜方奇杰和李世伟在帐篷前席地而坐。

方奇杰继续感慨道:"星空真是好美啊,怎么都看不够呢!"

李世伟微笑地欣赏着方奇杰这小女人的一面。在公司和资本市场职业干练的方奇杰,在浩瀚的星空之下,也如同一般小女生一样感慨自然的美。

这时,方奇杰双手环抱在胸前,似乎有些冷。

李世伟说道:"我去给你拿睡袋盖一下吧,山顶的晚上温度降得快!"边说边要起身。

"不用。"方奇杰随即拽了一下李世伟的胳膊。突如其来的触碰让李世伟心中竟有一阵悸动,他不禁看了看方奇杰那双柔荑般的手。这下意识的触碰让方奇杰自己也顿时觉得羞涩起来。

"那个……我起来运动一下吧。"说着方奇杰便要起身,或许是坐得太久,腿竟突然有些无力,再加之没有支撑,方奇杰刚起身到一半就又顺势倒了回来。李世伟赶忙抓住了她,当她回过神时自己几乎半倒在李世伟的怀中。李世伟看着夜色下,脱去了职场精英坚硬外壳的方奇杰,终于按捺不住,低下头慢慢向方奇杰靠近。方奇杰的脑中顿时一片混沌,可当李世伟足够近的时候,方奇杰突然躲开并跟跟跄跄站了起来,一边原地运动着,一边说道:"刚刚好像坐得太久了,腿突然使不上力气了。"

"哦,呵呵。"李世伟坐在原地有些尴尬,眼神尽显失落。

"运动一下,应该就不冷了。"

"嗯,好、好像时间也不早了,早点休息吧。明天早晨可以起来看日出。"

"嗯,嗯,好。"方奇杰看得出李世伟失落的神情,只是她自己还没有思索清楚。

"那……晚安。"李世伟说完,起身便回到帐篷里。

虽然理解李世伟的失落,但方奇杰目送李世伟进了帐篷,心中却有些复杂,不知怎的,她竟有一丝丝后悔刚刚的举动,甚至心跳迟迟不能恢复平静。站了一会儿后,方奇杰回到帐篷,躺在睡袋中,思索着为什么自己会对李世伟有一点点心动,自己是被利慎远拒绝后变得饥不择食了,还是真的对眼前这个李世伟另眼相看了,抑或仅仅是因为他被自己拒绝而产生了怜悯。想到这里,方奇杰烦躁不已,久久不能入睡。

一日,郗同文正在工位上整理东西准备离开。

顾子豪走了过来,问道:"同文,要出去?"

"是啊,视董传媒组织投资者调研活动。"

"视董这种行业大牛,大多数券商和基金的传媒行业分析师都会去吧?"

"是啊。"

"晚上一起吃个饭?我去视董接你。"

"哦,我晚上约了人。"

"这样啊,那你周末做什么?"

"周末也约了朋友,抱歉啊。"郗同文早就看出顾子豪对自己的心思,拒绝得很果断。

郗同文来到视董传媒的会议室时,多家券商和基金的传媒行业分析师、研究员都已经如约而至。而利慎远已经正襟在中央。郗同文见状先是奇怪,他怎么在这?可自己此刻离开又显得是自己放不下。她只好假借去洗手间,在里面待了好一会儿,见时间差不多,调研活动马上要开始了,才匆匆走进会议室,在后排角落的椅子上坐了下来。利慎远瞥了一眼郗同文,嘴角上扬,却也没有说什么。这时,视董传媒的几人走进了会议室。

其中一人说道:"欢迎大家莅临我们视董传媒!我是公司的董事会秘书林宇,这位是公司的总经理舒强,舒总。"

舒强说道:"感谢各位莅临我们视董传媒,我先带大家参观一下公司吧。"

众人便跟着视董传媒的总经理和董秘,倾听他们介绍着公司。再次回到会议室时,利慎远在董事会秘书的引导下依然坐到了中间的位置,郗同文还准备坐在角落,这时董秘林宇大声叫住了她:"郗总,郗总别坐在后面呀,坐这吧。"说着指向了利慎远身边的位置。

郗同文指了指角落的位置,推辞道:"不用不用,坐这就行。"

"别啊,您代表的可是云夏基金,我们的重要股东啊,怎么能坐角落呢?您就别客气了,坐这吧,您看,大家都看着呢。"

无奈,郗同文只得坐在利慎远的旁边,但尽量不去看他。可利慎远身上那熟悉的淡淡的爽肤水的香气让郗同文心口阵阵作痛,毕竟这熟悉的味道是属于她曾经的所爱。而利慎远依然泰然自若。

众人开始交流,利慎远提出的问题总能切中要害,给视董传媒的建议也句句鞭辟入里,引得郗同文总是不知不觉间将目光落在他的身上无法抽离。这种感觉就如同当年刚到半岛一样,利慎远总能通过各种决策和建议让郗同文崇拜不已。忽然,利慎远看向郗同文,这只是利慎远讲话时习惯性照顾全场人的随意一瞥,却让郗同文差点惊坐起,赶忙将那如痴的目光转向了其他处。

郗同文身旁其他机构的两个证券分析师小声聊着天:"不愧是利总啊,一针见血地说出了视董面临的问题,还给对方留了面子。"

"是啊,而且对行业的分析真的蛮透彻的。不过,最近半岛基金有点活跃啊,我最近好像在很多论坛、策略会、路演都遇到过利慎远。"

"估计是去年被处罚那个事儿闹的吧,刷刷存在感?"

"也兴许半岛是看好传媒行业了。你想啊,咱们参加的活动多少跟这行有关吧?"

"欸?有道理啊!那要这么说,我得回去跟我们基金经理说说这个消息……"

"好,那我们今天就交流到这,期待未来能有更多机会与各位资本市场的专家一起学习。"随着视董总经理舒强的总结性发言,交流结束了。

郗同文默默起身离开,好像生怕利慎远与她说什么。

在视董大楼下的路边,利慎远让司机将车停在郗同文的前面,他落下车窗说道:"我送你吧。"

郗同文刚想拒绝,但最近她对视董传媒也的确有很多疑问想要找人请教,想到这里,她竟爽快地说道:"好啊!"

郗同文这么爽快地答应,让利慎远先是有些惊喜,但似乎后面也想明白了其中的道理,会心地笑了。

车上,郗同文刚想说话:"利总……"

利慎远立刻说道:"有事儿一会儿再说,我先打个电话。"

说完他犹犹豫豫、慢慢悠悠地拨通了亓优优的电话。

亓优优接起电话兴奋地说道:"利总,我的消息准吗?见到郗同文没?"

电话听筒的声音虽小,可郗同文就在利慎远身边,还是隐约听到了亓优优的话。

利慎远这次来视董调研,居然是为了见自己,郗同文心中虽有些许波澜,可她有些迷惑。

利慎远赶忙咳了一声,清了清嗓子,有一搭无一搭地问亓优优:"那个,下午公司有什么事儿吗?"

这让电话那边的亓优优一头雾水,难道是公司应该有什么事发生?她只能战战兢兢地问道:"利总,您说的事儿是指……"

"哦,没事儿就好,我就不回公司了。"

"哦……"亓优优一边莫名其妙地回应,一边心想"老大回不回公司什么时候开始要跟我报备了"。

挂了电话,利慎远看了看郗同文,此刻她用奇异的眼光看着自己,想到刚刚亓优优的话,又觉得有点不好意思。

郗同文继续说道:"利总,关于视董传媒……"

利慎远毫不犹豫,再次打断她说道:"我有个工作邮件要处理一下。"

郗同文只好将问题咽了回去,低头看着手机。利慎远却嘴角上扬,好像是什么事情得逞了一般。

两人陷入了诡异的尴尬氛围之中。直到车子缓缓停到了一家餐厅门口,利慎远先开门下了车,对车里的郗同文说道:"想说什么,问什么,一边吃饭一边说吧。"

"您怎么知道我有问题要问?"

"不然你怎么会上我的车呢?"利慎远笑着回复。

郗同文每每想要藏匿的小心思,在利慎远这里却总是像是摆在超市货架上的商品一样一览无余。虽然有些不爽,可自己当初不就是喜欢这样见微知著的他吗?只是他将这些能力用在自己身上时,总是显得自己像个白痴一样。想到这里,郗同文有一丝丝的生气,严肃地说道:"所以您刚刚是故意的吧?不让我在车上问。"

利慎远没有否认,一脸得意。

两人坐在餐厅里,点好了菜。利慎远给郗同文倒了杯水,自己也倒了一杯。

郗同文说道:"那我就开始问了啊……"

利慎远笑了笑,做出一副请便的手势。

"您不觉得未来视董传媒会有风险吗?"

"你指的风险是……?"

"他的竞争对手高量传媒刚刚拿到了一笔投资,您知道投资人的背后是谁吗?"

"几家巨型互联网企业。"

"您都知道?!"郗同文惊讶地问道。

利慎远笑了笑,没有说话。

"那您觉得他们为什么投资?"

"你怎么看呢?"利慎远一如既往又再次将问题抛了回来。

"我认为,他们扶持竞争对手就是为了逼迫视董降价。"

"同文,你能想到这层,说明你成长了很多,我为你高兴。"

"您也知道,云夏基金持有大量视董的股票,我写了一篇提示风险的研究报告,可张文垠不让我发。"

"嗯,没错,是不能发。"

"为什么?!"郗同文对利慎远的反应感到震惊。

利慎远慢慢悠悠喝了一口水,这才娓娓道来:"同文,云夏是一家管理着上万亿资金的大型公司,他们的组织机构庞大,每个人都有明确的分工。在半岛你可以提示风险,建议卖掉,因为我可以决策一切,并且我会为我的决策承担后果。但在云夏以及任何一家巨型公司,投资研究部有他们的生存之道。像视董这种大家公认的好公司,你跟着说好,即便错了没人会指责你。但如果真的有基金经理听了你的建议减持了,而视董的股价没有像你分析的那样下跌,投研部首当其冲,成了基金经理指责的对象。毕竟,你们部门的绩效还是依靠基金经理们的评价。可市场走势谁又说得好呢?而且,你这一篇研究报告发出去,把上市公司也得罪了。所以,你会发现,公司里的研究员乃至整个资本市场的证券分析师,没有人会去建议减持哪家公司的股票,我们只能通过推荐更好的上市公司去影响基金经理们仓位的配置。"

"可是,我明明发现了风险,不做任何提示,就这样看着吗?"

"当然要提示,只是不能通过写报告的方式。方式很多,大家都是聪明人,想懂的人自然能懂,而懂了的人将来也不会怪你。"

郗同文恍然大悟地点了点头:"您对办公室政治也这么懂?"

利慎远笑道:"想要活出价值的前提是要先活着。"

第十八章

清晨,郗同文在电梯中刚好遇到了之前与她在例会上交手的金牌基金经理申照阳。

"申总好!"

"你好!你叫郗同文对吧?"

"申总,早就久仰您的大名,之前在例会上我……"

"专业功底不错!"

"感谢您的夸奖。"随即两人陷入了沉默,直到电梯里其他人都离开,郗同文想了想才说道,"申总,我看您上一次公布的基金持仓中,有视董传媒?"

"嗯,行业龙头。"

"您听说过高量传媒吗?"

"略有耳闻,体量不大,与视董是同行吧?"

"是的,他们最近拿到了 20 亿投资,投资方我看了看,好像有几家大型互联网企业的背景。"

"是吗?"这时电梯门打开,申照阳刚出去,又回头看了看郗同文,说道,"来我办公室详细说说吧。"

亓优优这边在办公位上悠闲地打着电话:"周五晚上我可以啊,就是好久没见同文了,她忙什么呢?要不叫上她?"

电话这边是林昊风,说道:"她周五晚上有燕大舞团二十周年的演出,她原来不是那个舞团的嘛,非要去看。我刚问过了。"

"这样啊……"亓优优正聊着电话,抬头见利慎远来公司了,她敏锐地察觉到老板似乎心情不错,她继续说道,"那换个时间吧,你等我消息。先这样,我还有事儿,拜拜。"

挂了电话,亓优优兴高采烈地来到利慎远办公室门口,敲门而入,将咖啡和三明治递到了利慎远的面前,兴冲冲地问道:"利总,昨天到底见没见到同文呀?"

"你管那么多干吗?"利慎远虽然语气不耐烦,可神情骗不了亓优优的眼睛。

"您要这么说,那下次我真不管啦!"

"看见了,看见了……"

"怎么办呢?打探消息,我也是要经常请我的各路朋友吃饭的……"

利慎远抬起头看着亓优优,面目严肃。他想了想,将车钥匙递给了亓优优。

"您要把车子送我?那倒也不至于……"

"想什么呢!后备厢里有瓶红酒,送你吧。"

"这么好!那我先谢谢喽!为了表示物超所值,再告诉您一个消息,我听说燕大有个舞蹈团,同文周五晚上要去看他们二十周年的演出。"

"我知道了。"利慎远语气很冷淡,但心中已经开始盘算了起来。

"那我出去了。"

利慎远低头看着桌面的文件,不耐烦地摆了摆手,示意她赶紧走。利慎远虽然在资本市场上游刃有余,可在情感方面却似初出茅庐。尤其在这个洞察能力超强的小秘书面前,他总觉得有些被看穿后的尴尬。

见亓优优出了门,利慎远赶忙掏出手机,拨通了一个人的电话。

"喂,李老师……"

对方正是当初送他演出票的燕大李老师,他说:"慎远啊,你怎么想起给我打电话了?"

"哦……呵呵……您最近身体还好吗?"

"挺好啊!"

"还没退休呢?"

"马上就退了!今年年底。"

"哦,那您还负责那些学生工作吗?"

"我打算战斗到最后一刻,呵呵呵。欸,你有事儿吗?"

"哦,我听说上次看演出的那个舞团有个二十周年的表演?"

"是啊,这点小活动你都知道?你还真是关心学校活动啊!"

"呵呵呵,一直对这方面的东西比较感兴趣……"

"想找我要票?"

"是啊,您看……"

"这事儿可不容易!这次的演出票很抢手!"李老师有些为难地说道,利慎远眉头瞬间紧锁,谁知老师却话锋一转,"但是,你找我就对了呀!哈哈哈,没问题!"

"您还是这么爱开玩笑!"要是平时,利慎远总能够洞察哪句话是玩笑,可一碰到与郗同文有关的事情,他总是无法冷静地判断。

"哈哈哈!生活嘛,就是要给自己找乐趣,轻松一点!回头我把票发你手机上!"

"谢谢!"

挂了电话,利慎远得意地攥紧了拳头,控制住自己的兴奋。

亓优优跑到车库,来到利慎远的车旁,打开后备厢,拎起了那瓶红酒,看了看酒庄和年份,感慨道:"大方呀!"不禁欣赏了好一会儿。

刚想关上后备厢盖,一个购物袋引起了她的注意。她一手拎着红酒,一手扒开购物袋,看见了里面的鞋盒,她又悄悄地看了看里面的鞋子,露出得意的笑。她拎着红酒,拨通了电话……

"喂,我刚收了一瓶特别好的红酒,这周末要不要一起喝两杯?"
……
"好!周六见!"

周五晚上,郝同文来到燕大的剧院,她看得专注,演出也十分精彩。

利慎远刚与公司的基金经理们开过会,看了看手表,时间已经很晚。
"利总,难得今天团队都在,要不一起去吃个晚饭吧?"公司的基金经理穆云国说道。
"不好意思啊,一会儿我还有点事。"
公司资深基金经理潘建文说道:"好久没聚了,程总来我们半岛做客户总监,给公司拉到几笔大额投资,值得庆祝啊!"
利慎远有些为难,说道:"呃,可能真的不行。这样,明天吧,我让优优订个好地方。今天你们先聚,我买单。奇杰,你招呼好大家。"
"好。"方奇杰答道。
利慎远东西都没收拾就径直离开公司,一离开大家的视线就飞奔到电梯间,焦急地等待着电梯。

演出即将结束时,竟还有人气喘吁吁地进入剧场在前排坐下。
随着演员谢幕,帷幕落下,众人开始纷纷离开。
"同文!"
郝同文循声望去,竟是利慎远。利慎远挤过拥挤的人群来到郝同文的身边。
"您怎么在这?"
"学校老师硬要送我票,我总要来捧捧场吧。"利慎远说得自己都有点心虚。
两人走出剧场。

利慎远说道:"一起吃个晚饭?"

"我吃过了。"

"那我送你回去吧。"利慎远没有等郗同文回应,便直接推着她来到车前。

临近小区时,利慎远将车缓缓停在了路边。郗同文刚想下车,利慎远这次没有像以前一样让她走,而是用那双温柔有力的大手拉住了郗同文。这个举动让郗同文有些诧异。

"再坐会儿好吗?"利慎远期待地看向郗同文。以决绝狠辣著称、驰骋资本市场多年的利慎远,露出这种眼神,似乎并不多见。

郗同文虽然没有回应好还是不好,却没有试图离开,只是看着前方的窗外。

利慎远也沉默不语,两人看着来来往往的车。他打开车里的音乐,诗意的钢琴曲让都略带紧绷与尴尬的两个人不觉地放松下来。

过了许久,利慎远才缓缓说道:"我送你回去吧。"

郗同文原本剑拔弩张的情绪好像在这段时光中被莫名其妙地消磨了许多,甚至刚刚她也如利慎远一般享受着二人独处的时光。

走在去往郗同文家的路上,他们依然沉默,直到走到楼下,两人站住,郗同文终于按捺不住,她想知道利慎远这些天来每次莫名其妙地出现是有意为之还是缘分使然。

"您……"可是话刚到嘴边,她看到利慎远的眼睛,那深情的眼神看得郗同文心跳加速。无论利慎远如何回答,她都觉得无法面对和回应,想到这里,她还是将话咽了回去,转而说道:"您回去吧。"自己也转身离开。

回到家中,郗同文瘫坐在沙发上,心中依然无法平静,她自言自语道:"我一定是疯了,我怎么能对他还有期待呢?"说完她拍了拍自己的脸,继续自言自语,"郗同文,清醒点,清醒点,都是假的,假的,假的……"随后,她躺在了沙发上,将头埋进沙发里,希望自己不要再想那个人。

周末,亓优优坐在一家酒店的顶层餐厅等人,这时她等的人到了,正是郗同文。

"同文,这边!"

"不好意思啊,刚刚在楼下接了个分析师的电话。你等很久了?"

"是啊!你一个公募基金研究员怎么比我这个24小时随叫随到的小秘书还忙?"

"夸张,你什么时候24小时在线了?利总好像下了班很少找你吧?再说,你也太谦虚了!你不是小秘书,你是公司的灵魂,全公司,我最爱的就是你了!"

"怎么,现在公募基金研究员开始考核吹捧功底了?嘴巴这么甜!"

"因为好久没见,太想你了!"说着两个女孩拥抱了一下。

"欸,林昊风还没来?"郗同文问道。

"曹操到了,那边!"亓优优边说边对林昊风挥了挥手。

"让两位美女久等了。"林昊风说着话,也坐了下来。

"是啊,那怎么补偿?"亓优优开玩笑地说道。

"要不我先自罚三杯!"

"你想得美!这可是玛歌酒庄的红酒!"亓优优边说边给每个人的酒杯都倒上红酒。

"哇喔,这么高级的红酒,优优大美女居然想到我了。"林昊风说道。

"你只是附属品,我主要是约同文。"

"能做两位超级大美女的附属品,那我也荣幸之至!"

三人碰杯共饮。

"入口绵柔,平易近人,虽然我不那么懂红酒,但是依然觉得很好喝!谢谢优优!"郗同文说道。

"那你要谢谢利总,这可不是我的,是利总的!"

"哦,是他的呀。"提到利总,郗同文不自觉地有点心虚,将酒杯向远处推了推。

亓优优抱怨道:"你们可不知道,最近真是累死我了!利总真是性情大变!以前让他参加金融圈的活动都得我和方总求着他,这几个月可倒好,参加了有几十场活动了吧!现在整得大家都觉得我们半岛要有什么大动作似的。"

"那你们准备什么大动作啊?"林昊风听到有资本市场的消息,立刻兴奋起来。

"哪有什么大动作?我看他是想在活动中遇到什么人吧?"亓优优故意看向郗同文,继续说道,"你们猜我拿红酒的时候,在利总车里看到了什么?"

"什么?"林昊风好奇地问道。

"一双鞋,一双送不出去的女士鞋。我就在想啊,那么漂亮的鞋子,怎么会送不出去呢?"

郗同文慌忙又喝了一大口红酒。

"送谁的?送你的吗?"林昊风大大咧咧,开玩笑般问郗同文。

郗同文赶忙给他使眼色,示意他当着亓优优的面不要乱说话。

"你瞪我干吗?她又不是不知道!"林昊风看了看亓优优,此刻亓优优正得意地笑。

"就是,就你们俩那点事儿,你都不知道的时候我就知道!"

郗同文瞬间涨红了脸,说道:"瞎说,我当事人都不知道的时候你怎么可能知道?除了你们俩,其他人不知道吧?"

亓优优说:"我估计大家是不敢往那方面想吧。毕竟利总在他们面前这么可怕,谁敢想象大魔王谈恋爱的场景?"

"那就好!反正都过去了⋯⋯"

亓优优立刻问道:"为什么过去了啊?我们利总不好吗?"

林昊风却不以为然,说道:"利慎远有什么好?他这种维持自己钻石王老五身份,到处撩妹子的男人在金融圈多的是。同文,不要被男人的外表蒙蔽,利慎远不适合你!相信我!"

"你是这种人,就觉得全世界都是这种人呀?同文,我跟着他四年了,我就没见他对别人有对你这么上心的,哪怕十分之一都没有!要不我为什么说你都不知道的时候我就知道,我早就发现他看你的眼神不对,充满了爱意呀。"

郗同文被说得不好意思,吃了一口沙拉里的羽衣甘蓝,虽口中有淡淡的苦味,心中却涌出一丝丝甜意。

林昊风见状有些不爽,说道:"你要爱意的眼神,我也会啊。"

亓优优不屑地说:"你那不是爱意,是爱演!"

林昊风索性转移话题:"这天没法儿聊啊。还是说点实在的吧!同文,你最近看什么票呢?"

"哦,没什么,就行业那些吧。正好,我想问问你,如果你发现一家上市公司有问题,你会写报告给你的客户提示风险吗?"

"我疯了吗?当然不会!最多是关系很好的客户,我会旁敲侧击暗示一下。"

"那写报告会有什么后果呢?"

"首先就是我把上市公司得罪了,以后不会找我们公司做业务了。然后就是一篇负面的报告出去,如果股价应声下跌,我的客户也会赔钱,我也跟着完蛋了。"

"这样啊。"

"欸,哪家公司有问题?你可千万别犯傻啊。"

"没什么,我就是想了解一下为什么资本市场上没有建议减持的报告。"

"就是我上面说的原因。不好的公司别推荐就行,没必要砸人饭碗。"

林昊风和利慎远的说辞竟然惊人地一致,其中的道理也是资本市场做投研人长久以来默契中形成的法则。

一日,郗同文来到张文垠的办公室。

"张总,您找我。"

"嗯,坐!"

"最近市场上高量传媒大举抢占广告市场的新闻很多啊!"

"是的。我觉得如果互联网巨头是冲着让视董降价去的,就会造势,给视董压迫感。"

"嗯,看视董的股价就知道了,最近市值跌了不少。"

"是的。"

"申总还有几个基金经理都跟我表扬你了!"

"感谢您和申总对我的指导。"

"同文,你的专业水准我早就了解过,很好!你也很聪明,很努力,其他方面进步得也很快!"

"张总,之前是我还不太懂一些道理,但是我知道有些话,您也不方便说得很明白。"

"你了解就好,继续努力吧!"

"好!一定会!那……没什么事儿我就出去了?"

"好。"

郗同文回到工位,顾子豪迎上前来,将一杯咖啡递给郗同文,说道:"同文,喝咖啡,坚果拿铁。"

旁边一个同事卢山讽刺地说道:"哟,你还知道同文喜欢喝什么呀,我喜欢喝什么你记得吗?"

顾子豪有点不好意思:"我跟别人在咖啡厅谈事儿,顺便带回来的,这种甜甜的东西你肯定不喜欢。"

郗同文则将咖啡递到卢山面前,说道:"坚果拿铁,你会喜欢的。"

"别别别,子豪给你的,我哪好意思喝呀!"

"我刚刚已经喝过两杯了,送你啦!子豪,你不介意吧?"

"不介意!"

卢山接过了咖啡,笑嘻嘻地说道:"那我就不客气了哈。同文,视董传媒今天又跌了,我听说高量传媒不计成本地到处跟视董抢市场,逼得视董一面加价续租写字楼和社区广告位,一面降低收取的广告费。收入降了,可成本涨了,日子难过呀!这股价已经回撤40%多了,你功不可没,帮公司少损失了好多!"

"运气好而已!但其实我觉得视董目前依然是一家很好的公司。"说到这里,郗同文陷入了思索。

卢山继续说:"同文,今年发了年终奖,必须请我们吃大餐啊!"

郗同文还没缓过神来,顾子豪见状,解围道:"凭什么让同文请啊?你今年业绩也不错吧?"

郗同文缓过神,说道:"大餐?没问题!我还有点事儿,我先出去了哈。"

"你去哪?"顾子豪关切地问。

"调研。"她说完就离开公司了。

顾子豪看着远去的郗同文,卢山则是看了看顾子豪,说道:"想追她呀?"

"不行吗?"

"行!才子配佳人!不过有个小道消息,你感兴趣吗?"

"什么?"

"我听说啊,华康证券的生物医药首席分析师林昊风可能也想追她,他托人向我打听郗同文的行程。"

"林昊风?我好像听说过,短短几年金鼎财富医药行业排名第一的分析师?"

"就是他!燕大才子,长得还特帅!"

"他还托人跟你打听郗同文的行程?"

"是啊。但你是云夏未来的首席经济学家,也是相貌堂堂、一表人才,而且他不直接问郗同文,还托别人打听,那说明郗同文没看上他,兄弟我还是支持你啊!"

郗同文独自跑了几个二线城市,走访了多个社区和写字楼,看了一些广告位的展示以及运营状态,又跑到这些社区的物业了解了一些情况。

回到公司,郗同文再次像以往一样,沉浸到了工作之中。

一日深夜,张文垠见郗同文还没走,走到她身边,问道:"还没下班?"

郗同文完全没有理会,依然在查找数据,写报告,直到张文垠叫了她的名字:"同文……"

郗同文回头见是张文垠,赶忙起身,说道:"张总。"

"加班呢?"

"嗯,是啊……"

"写什么报告呢?"

"视董传媒。"

"视董和高量在市场上竞争,利润大幅下滑,最近几个月市值已经从高位回撤了60%,这次你表现非常好。不过,你现在写视董是关于……?"

"我觉得虽然最近视董的业绩有所下滑,但它依然是一家很好的公司。首先它的市场占有率依然遥遥领先所有竞争对手,即便现在竞争激烈,可它的毛利水平依然比其他广告公司高出很多。前几天我走访了十几个视董传媒和高量传媒铺设媒体点位的社区和写字楼,我发现虽然高量对外宣称铺设点位大幅增加,但是从目前这些媒体点位的运行状态看并不好,有很多都断电了,有些被那种小广告覆盖,没有人清理维护。"说着,郗同文将手机中拍摄的照片展示给张文垠,然后继续说道,"而且,我与几家互联网公司交流过,高量传媒的转化率不高,广告的投放效果并不好。我认为这种所谓的竞争从长期来看无法对视董产生真正的冲击。所以,我对它进行了重新估值。我认为目前市值蒸发60%,这是因为市场对它有负面情绪,实际上已经远远低于视董真实的企业价值,我们判断市场迟早还是要回归理性,我现在给出买入的建议。我记得您经常说,买什么不如什么时候买重要。"

听了郗同文观点,张文垠破天荒地对郗同文笑了笑,说道:"思路很清晰,继续努力!"

"谢谢张总。"

"不过,要注意休息。我们是价值投资人,虽然股票有周期,可并不急于一时一刻。深入而仔细的研究,需要长时间不断思考,不是一天两天的激情。"

"我明白。"

"那就早点下班吧。"

一日,郗同文来到一家餐厅,张小西和陈凯已经在等她了。

郗同文放下包包,边坐下边说:"你们俩今天怎么想起请我这个媒人吃饭了?"

"因为我们有重要的事情要告诉你。"张小西笑嘻嘻地说。

"你你你……你们……是要……"郗同文激动得说不出话。

没等郗同文说出来,张小西就默契地点了点头,陈凯也有些不好意思地傻笑着。

"天啊!"郗同文虽然有些不敢相信,可也觉得这一切都顺理成章,"婚礼是什么时候?一定要那种浪漫的草地婚礼哦!"虽然是张小西结婚,但郗同文充满着憧憬。

"你们果然是姐妹!"陈凯笑着说道。

张小西拿出三家婚礼场地的宣传册,递给了郗同文说:"亲爱的,今天来一方面是告诉你这个好消息,另一方面呢,就是让你来帮我选一下,看看哪家好呢!"

随后两人便开始探讨起来,从场地到婚纱,再到蜜月旅行,完全忽视了陈凯的存在。

过了许久,陈凯无趣地说道:"我出去透透气,你们俩聊,订好了我负责落实。"

两姐妹聊了许久,张小西说:"亲爱的,你呢?你有什么打算?"
"我不知道。"
"最近就没有什么新恋情的苗头?"
"没有。"
"要不你认真考虑一下林昊风吧。"
"我跟他不合适。"
"倒也是,我听陈凯说,林昊风现在经常带不同女的出席各种活动,着实不靠谱。"
"就算靠谱他也不是我喜欢的类型。"
"其实……你还是喜欢利总吧?"
"别说这个了,我也不知道该怎么办,好烦!不过你就要结婚了,真的为你高兴!我看人没错的,陈凯绝对是值得托付的人!我听说这些年好多人给他介绍,各种有背景的千金,可是他偏偏喜欢你这样的!"

张小西害羞地低着头,幸福得嘴角不禁上扬。

公司的例会上,郗同文展示着最近的研究结果:"综上,我对视董传媒给出买入的建议。"她说完后,会议室内开始议论纷纷。
"她是跟视董摽上了?"
"我听说当初建议基金经理们减仓的是她,这会儿又推荐上了?"
"现在的视董,谁敢买呀?"
"最近高量传媒和视董正互掐,最终花落谁家还不知道,现在买风险太大了吧?"

这时,云夏的投资总监,也就是云夏基金在投资领域最高的决策者贺鹏清了清嗓子，众人这才安静下来。

贺鹏说道："文垠，你怎么看？"

"我是赞同同文的观点的，但最终还要看公司其他同事和各位基金经理如何考虑。"

"好，其他人有什么问题？"

"你对高量传媒未来的发展怎么看？"申照阳严肃地问郗同文。

"我认为视董的护城河之前修得足够宽足够深，在运营和管理的能力方面很成熟、成体系，这是高量传媒在两三年内无法超越的。如果高量要打持久战，那就要看它的投资方有多大的决心，必定不是20亿这个量级的。目前，高量已经快烧完投资方的钱，并且我从其内部打听到，他们现在从上到下都要求节约开支，就足以看出，二轮和三轮的融资谈得并不顺利。我做过的调查，高量的投资方也必然会做，我大胆猜测，商量目前的运营状态，大概率并不能使投资方满意。"

散会后，郗同文收拾着东西。投资总监贺鹏笑呵呵地跟申照阳说道："老申，这个小女孩儿挺有你当年的拼劲儿啊，一个人跑了这么多地方，居然敢在这个时候下这样的结论，像你啊。"

申照阳依然那副严肃的表情，耿直地说："像我不好吗？给你赚钱。"

"挺好，挺好……我就希望我这所有的基金经理都能像你一样。"说着刚想拍拍申照阳的肩膀，没想到他竟直接走了。贺鹏似乎早已对申照阳的脾气习以为常，笑呵呵地看着他的背影无奈地摇了摇头。

郗同文正在工位上忙碌，顾子豪走了过来："同文，你真是勇士啊！"

"什么？"

"我前两天出差了，但我都听说了，你居然敢推荐建仓视董，它可还在大厦倾塌的过程之中啊。"

郗同文起身靠在桌子上说道："就是因为市场上都是你这种情绪的人，

所以我走了六七个城市的几十个写字楼和小区,这才敢得出这种结论。"

"富贵险中求,高风险才有高收益啊!"

"No,No,No,你这种思想可不对啊。如果高风险就有高收益,那就不是真正的高风险了。什么叫高风险？有很大的可能你是获得不了预期收益的,甚至还会遭受重大损失的,那才是真正的高风险。"

顾子豪也顿时觉得自己作为研究员,刚刚说出那种话有些没有水平,随即附和道:"对对对！所谓高风险对应的高收益,是为了吸引大家去投资高风险的项目,必须给出更高的风险溢价,不然如果收益一样,谁还会投资那些风险高的产品呢？"

"不过话说回来,我们投研的职责就是通过调查和研究去寻找风险比较低,收益却可能高的标的。此刻的视董,我认为恰恰满足这个要求。当然,我也是猜测大概率有赚钱的可能性,毕竟谁也不能保证高量传媒不会翻盘,视董不会继续下跌。"

"我说你怎么失踪了好几天,弄了半天,是去各地调研了啊。"

"是啊,你看我晒得跟刚从海边度假回来似的。"

"没关系,你怎么都好看。"

顾子豪突如其来的这句话让郗同文顿时警觉起来,她竟忘了顾子豪一直对她的好感,马上向后撤了撤,尴尬地说道:"谢谢啊,阁下这么会说话,日后必定飞黄腾达。"

"同文,晚上……"

"哦,我约了人,帮朋友挑选礼物。"

"这样呀。"

"不好意思啊。"

傍晚,郗同文和林昊风在金融街的购物中心门口相约而至,两人有说有笑地向商场内走去。

而此刻,在远处的街角,顾子豪看着这一幕,不禁攥紧了拳头。

林昊风边走边说道:"虽然我觉得我眼光一向不错,但是这次送东西的人很重要,我觉得她的肤色和气质跟你有点像,你帮我试试,也给点建议。"

"你说,明明是你请我来帮忙,还这么不谦虚。"郗同文不屑地说。

两人走到一个品牌的柜台前,看着一只只由工匠精雕细琢的手表,郗同文也不禁眼中亮了起来,感慨道:"好漂亮啊!你可真舍得,这品牌好贵的呀。"

"那当然了,不是这个档次的,我哪好意思送给我的重要客户?要不,你当我女朋友,我也送你一只?"

"用不着!我自己可以买。"

看了一会儿,一只极为精美的手表映入郗同文的眼帘。深蓝色的表盘上镶嵌着星星点点的钻石,如夜空般,不禁感慨道:"这个好漂亮啊!"

郗同文抬头对售货员说道:"您好,这个能给我试一下吗?"

"好的,这是我们的经典款,纯手工打造,融合了极复杂的钻石镶嵌工艺……"售货员一边热情地介绍,一边将手表从柜台中取了出来。

"喔!你可真行,这么贵的,你就是我女朋友我也送不起。"

"你就是送了,我也不会做你女朋友。我要给自己立一个目标,如果实现了,我就奖励自己一个!"

郗同文戴上手表,欣赏良久。

这时利慎远走进购物中心,同行的人对他说:"利总,我们订的餐厅在6层。电梯在那边。"

"好。"正说着,郗同文和林昊风从商场穿行,当路过手表店铺的时候,利慎远正看见两人在其中谈笑风生,再看看郗同文正试着的手表,这让他有些不快。

而林昊风此刻抬起头,恰看到远处的利慎远,不知是占有欲的推动还是雄竞的促使,他竟故意将手搭在了郗同文的肩膀上。利慎远见状加快了脚步愤而离开。

郗同文将手表摘下,还给了售货员,然后将林昊风的胳膊扒拉开,说道:

"干吗呢?! 男女授受不亲! 懂不懂?!"

林昊风笑了笑,说道:"你先别看这些了,你看看中档价位的呀。"

一片嫩绿的草地,一个由鲜花和白纱构成的主舞台被安置在草地中心,甚至还有几只可爱的小兔子在草丛里跑来跑去。各式各样的鲜花,粉色、淡紫色的玫瑰,淡黄色的小雏菊,点缀在绿地上,为这场婚礼增添了缤纷的色彩。

这天是张小西和陈凯走入人生另一阶段的特殊日子,陈凯满脸笑容地站在鲜花搭建的拱门下。等待着他的新娘的出现。林昊风和郗同文作为这次婚礼的伴郎和伴娘各站在前方主舞台两侧,注视着新娘和新郎的方向。众人坐在草地的两侧,见证这幸福时刻。

这时张小西手捧着花束,身穿简约而优雅的婚纱,在父亲的陪伴下从远处缓缓步入草地,慢慢来到鲜花拱门下,在自然的芳香与鸟鸣声中,陈凯轻轻拉起张小西的手,两人随着音乐走向主舞台,也走向他们甜蜜浪漫的人生新旅程……

仪式过半,主持人说道:"送人玫瑰,手留余香,美丽的新娘将要把她手中这束带着寓意的鲜花送给大家,希望这份幸福能够传递,下面请现场未婚的女孩子们到舞台前来,谁接到我们新娘手中的这束鲜花,谁就是下一个幸福的新娘。"

李世伟凑近方奇杰,说道:"方总也上去啊!"

"我又没说想结婚,我不去。"

"凑个热闹呗,说不定拿到了捧花就能找到个满意的老公呢!去吧去吧去吧……"说笑中李世伟起身,拽着方奇杰的胳膊。

一向爽快的方奇杰没再扭捏,起身准备站在人群边,丽丽和亓优优见状,赶紧将方奇杰拉到中间,说道,"方总,来这边啊""方总加油哦"! 说得方奇杰有点不好意思。

一直坐在方奇杰身边的利慎远，他的眼神在婚礼全程几乎没有从郗同文的身上移开过。今天的郗同文为了能够凸显新娘张小西，穿了件非常简单的淡粉色小礼服，并且包裹得十分严实，身上甚至一点装饰也没有，穿着平底鞋，手里提着新娘的包包。郗同文今天全程都在注视着她最好的朋友张小西，时而开心，时而感动。可毕竟利慎远双眼如潭，也让她无法忽视，可也不敢直视，每每不经意间的对视，都让郗同文不好意思地转向别处。

利慎远见身旁的方奇杰都已经去等待接受新娘捧花的祝福，他也不禁关心起郗同文的动向，看看她是不是也期待能够成为下一个新娘。只见郗同文早就已经等在中央舞台下面的最前排，跃跃欲试准备拼抢新娘手中的鲜花。这场景让利慎远不禁发笑，甚至一反常态地关注起这种小游戏的结果。

只见张小西对郗同文使了个眼色，郗同文点了点头，心领神会，表示"明白"。

张小西转过身去，将手中的花球向后一抛，花球在空中划了一条长长的弧线，稳稳地落在了一双白皙而修长的手中⋯⋯

"恭喜方总！"

"方总就是下一个新娘了哦！"

众人对方奇杰表示着祝贺和祝福。

方奇杰微笑着看着手中的花，郗同文则是故作委屈地看着张小西，张小西则表示很无辜。

利慎远有些不快地叹出一口气，可一旁的李世伟则兴奋地站起来鼓掌喝彩。

方奇杰走上舞台，优雅地说道："恋爱是热烈而疯狂的，相守是温馨而浪漫的。我相信你们两位一定会幸福，而我也希望能够将这份幸福传递下去。"

"谢谢方总！"张小西和陈凯表达了感谢。

此刻主持人说道："今天的婚礼仪式到此结束！那么,现在就请各位嘉宾移步到那边就餐区吧。"

只见在不远处有几排宴会桌椅,上面的餐具和饰品也充满了细节和品位,色彩鲜艳的花瓶和蜡烛组成了适量的点缀,让所有人都能感受到这个特别时刻的浪漫和美好。众人开始纷纷起身向那边走去。

这时,林昊风走到郗同文跟前数落道："刚刚数你跳得高,还没接住。"

"张小西水平不行啊,说好的扔给我,我就在第一排,结果她扔那么远！"

"这说明什么？说明你还是应该专心搞事业,别老想着嫁人了。"

"谁说我想嫁人了？"

"那你抢什么啊？"

"我也有追求幸福的权利呀！不行吗？"

两个人有说有笑地走着。

这时李世伟对方奇杰说道："欸,你看同文和林昊风是不是挺合适呀？金童玉女,又年轻又都是精英,我看着他俩互动好像也有那么点意思。"

方奇杰看了看另一边利慎远的脸色,他整张脸上的五官都要拧在了一起。方奇杰对李世伟说道："闭嘴吧你！别瞎点鸳鸯谱了。"

"谁说是瞎点？你没看出来啊？这两人有说有笑的,在半岛的时候两人就经常一起上下班。"

此刻利慎远眼中带着尖刀般气愤地盯着那两人。

李世伟见方奇杰没有认同他的想法,转而又问利慎远："利总,你说他俩般配不？"

利慎远看了一眼李世伟,没有说话,而是继续转头盯着那两个人。

方奇杰见状,赶紧扯着李世伟西装袖子,将他直接拉走了。

李世伟还有些不情愿走,边走边问道："利总怎么了？"

"赶紧吃饭去吧。"

李世伟与方奇杰坐下后,李世伟看着利慎远,对方奇杰说道："唉,下属的婚礼上,他还是这副吓人的表情。我之前听陈凯说我辞职后利总好像变了个人,和蔼很多,我怎么一点没看出来啊?难道他主要是针对我?"

"就你这双眼睛,你能看出什么?吃你的东西吧。"

这时,几个人跑过来与利慎远打招呼,这才让利慎远从浓浓的醋意中抽离出来。

"利总,好久不见啊。"

"利总,您好!"

"您好!"

"利总最近对市场怎么看?现在市场分化得我都看不懂了,有些板块涨得太多,不敢进,可其他板块也不热门,进了也没反应。"

"我更倾向对个体公司的研究……"利慎远与几个人聊起业务来。

众人坐下后,陈凯带着张小西开始敬酒。他们首先来到利慎远身边。

利慎远站了起来,这让大家的目光都看向了这个方向,当然也包括郗同文。

陈凯说道:"利总!感谢您今天能够参加我的婚礼,我听亓优优说了,您经常是红包到了人没到,这次破天荒人也来了,我们俩真的是很荣幸!"

张小西也说道:"利总,您好!"想到这是她最好的朋友所喜欢的男人,张小西仔细端详着利慎远。

利慎远笑呵呵地说道:"你这是在怪我平时对你们的生活关心得太少?"

"哪里,我哪敢!"

"祝你们两个百年好合!"

"谢谢利总!"

"我听说你是同文的好朋友?"

此刻郗同文正看利慎远看得出神,却只见众人将目光都投向了她的方向,郗同文瞬间管理好表情,尴尬地笑了笑。

张小西笑着答道:"是啊!"

"陈凯,那你可要好好爱护张小姐啊,否则会有人找你算账的。"说完利慎远笑眯眯地瞄了一眼郗同文。

张小西笑嘻嘻地看着郗同文,话中有话地说道:"利总,他要是对我不好,您也会替我出头的吧?"

"那是自然。"利慎远见张小西一直看着郗同文,自然也就明白了她的意思。

陈凯却不明所以,抱怨道:"但是利总,好像我才是您的员工。"

"你会懂的!"利慎远拍了拍陈凯的肩膀。

陈凯不明白他们这些话的意思,以为只是相互之间的玩笑,但是对张小西居然敢和自己的老板开玩笑,感到颇为震惊。可想到今天是自己的婚礼,利总大概不会认真,也就松了口气。

宴席逐渐散场,人们也陆陆续续离开。

利慎远虽然不断被来来往往的圈内人敬酒和拉着聊天,但时不时瞟着远处林昊风、郗同文和亓优优在有说有笑。见有些人已经离开,想想自己待下去也是没趣,便要走。

亓优优叫住了利慎远:"利总!"

"嗯?"

"您要走?"

"是。"利慎远没好气地答道。

"送我和同文一段呗。"

林昊风起身,看着郗同文说道:"别劳烦利总了,我送你俩回去吧!"

郗同文有些犹豫,说道:"不用,我自己……"利慎远对郗同文的犹豫有些气愤,直接打断道:"你送吧。"她说完头也不回地走了。

郗同文心中有些后悔,林昊风却很是得意。

"我车在那边。"林昊风说道。

郗同文的犹豫以及林昊风的横插一脚,破坏了亓优优原先的打算,她也有些生气地说道:"我不用你送,我朋友来接我了,你们两个,自己看着走吧。"说完拎起包也走了。

郗同文虽然不觉得自己有什么错,可看见利慎远真的生气了,竟也有些后悔,她再看看林昊风得意的样子,说道:"我自己可以回家,谢谢!"说完她径直走了。

林昊风当然洞察到了其中所有人的小心思,他一脸无所谓地笑了笑。

一日,郗同文去上海参加视董传媒的路演活动。登上飞机时,竟看见利慎远已经坐在头等舱的位置,他正低头看着报纸。郗同文一直看着他,缓缓从他身边走过。可从始至终利慎远并没有抬头。

飞机抵达后,利慎远直接下了飞机,郗同文再次路过头等舱的时候,他的座位上已经没有人影了。

郗同文来到路演会场,不禁环顾着,想到亓优优说的利慎远为了她参加了几十场活动,心中竟有些期待能够与他相遇。但直到活动结束,利慎远也没有出现。郗同文收拾电脑的时候,心里想:"郗同文,你在干吗?对啊,我到底在期待什么?"

郗同文正懊恼着自己的期待,走出门却正好看见不远处利慎远与视董传媒的董事长从贵宾室里走了出来。

第十九章

利慎远和视董的董事长从贵宾室里走了出来,两人寒暄着。
"今天辛苦利总过来一趟。"
"哪里,双赢嘛。"
"我送您!"
利慎远说话间,眼睛不断在周围捕捉着什么。这时,他终于瞄到了从路演大厅走出来的郗同文,马上说道:"不用,您留步!"
"我送你到门口吧。"
"不用,我好像看到熟人了,我正好跟她聊聊。"
"是吗?哪位呀?"
"云夏基金的人。"
"哦?那正好,也给我引荐一下您的朋友?"
"郗总!"郗同文压根儿没反应过来是在叫她,继续向大门走去。
利慎远只好又大叫了一声:"同文!"
郗同文这才意识到有人在叫她。
利慎远快走了几步,来到郗同文面前。郗同文看到利慎远心中自然是开心的,可说出的话却不受控地冷漠:"怎么总能看到您?"
恰恰相反,向来冷漠的利慎远在郗同文面前却总是格外温和,说道:"我来谈点事情。怎么,不想看到我?"
"您每天这么辛苦地出现在我面前,您不累吗?而且你觉得有意思吗?"

利慎远被郗同文这番话说得有些不知如何回答,说道:"现在不是说这个的时候,我引荐你认识一下视董的董事长吧。"

郗同文见不远处几个商界大佬朝着自己这个方向看,觉得自己刚刚小孩子脾气耍得有些不合时宜,便跟着利慎远来到几人面前。

"我介绍一下啊,这位是云夏基金的研究员郗同文,这位是视董传媒的董事长周总。"

"周总您好!"

"你好!我的消息如果可靠的话,之前建议云夏抛掉我们股票的人是你吧?"

"周总……"郗同文有些尴尬。

周总看出郗同文的尴尬,马上继续说道:"但是我也听说,最近让云夏基金重新认可我们视董的,也是你!对吧?"

"周总,被您说的,我都不好意思了。"

"规避风险,很正常,我们能理解,不用有压力!你们的专业判断,也正是我们将企业发展好的动力!如果我做成什么样,资本市场的投资人都没反应,我们也就没有动力去做好了。你们说是不是啊?哈哈哈。"

郗同文只能跟着傻笑。

"今天我们几番邀请,好不容易才把利总约过来,也是希望半岛能够参与我们的融资项目,帮助我们走出短暂的困境,将我们的竞争优势继续拉大,把我们的护城河越修越宽!"

郗同文看了看利慎远,想想自己刚刚的言论,恨不能找个地缝钻进去。但她经过这几年的历练,也成长和成熟了许多,她定了定神,随即附和道:"多番调研后,我觉得视董的运营能力、人才储备都非常强,如果再有半岛的参与,一定可以越来越好的!"说完,她得意地看着利慎远。

利慎远有些无奈地笑着看了看郗同文,两人对郗同文刚刚那番话的用意都心领神会。

告别了视董的董事长,郗同文和利慎远走出会场。

利慎远说道:"在云夏混得有进步呀! 都学会给我挖坑了?"

"什么坑?"

"你刚刚那么说,就是想把我架在那,搞得我不认购他们股票都不合适了!"

"以我对利总的了解,如果您不想投,也不会出现在这里,除非……"郗同文话到嘴边又咽了回去,显得有些难为情。

郗同文虽然将话咽了回去,可利慎远没打算放过她,追问道:"除非什么?"

"没什么。"

"好像不是吧? 我没记错的话,你刚刚好像觉得我今天来这里是别有用心。"

郗同文被利慎远说得有些无地自容,涨红了脸,不知该如何回答,这时利慎远却转过身走到郗同文的面前,说道:"别怀疑! 就是你想的那样!"

郗同文的心中如含苞待放的花儿瞬间绽放般开心,但依然有些难为情地将脸转向了另一边。

一日,郗同文来到张文垠的办公室,办公室内还坐着一人,此人叫肖军,是云夏基金的基金经理之一。他面容和善,与张文垠严肃的样子形成了鲜明的对比。

张文垠对郗同文严肃地说道:"这次你要感谢肖总,他在你的问题上给予了很正面的反馈,所以事情才会这么顺利!"

"肖总这么认可我,我一定会努力的!"

肖军笑呵呵地说道:"是你足够优秀! 跟着我干,放心吧!"

张文垠却显得有些担心,皱了皱眉,对郗同文说道:"出去吧。"

郗同文刚走出张文垠的办公室,兴奋的表情瞬间展露无遗,终于迎来了这一天。她控制好自己的兴奋,回到工位上。

卢山凑了过来，说道："恭喜啊同文！"

"什么？"郜同文故作矜持。

"我们都知道了，你提基助（'基金经理助理'的行业简称）了，要去给肖总做分仓经理了啊！"

众人随即便围了上来。

"你怎么知道？"

"这种人事上的消息，那当然是传播最快的了！"

旁边一位同事疑惑地问道："但是怎么会是肖总？以前没见他这么关注咱们同文啊，我一直以为会是申总。"

卢山笑着说："我这有小道消息哈。最早看中同文的是申总，后来肖总跑到咱们张总这率先抢人。同文，你这一年几篇研究报告给公司几个基金的收益率贡献很多呀！光视董传媒的操作，就够一个研究员吹半辈子了。说真的，我是真佩服你啊。当初你刚来，我一看这么个大美女，还以为是个花瓶，没想到你这个花瓶是纯金的，又好看，又值钱。"

"你再说下去，我可就飘了。"

"水平高，不怕飘。"

"行了行了，难怪有人说咱们公募基金都开始考核吹捧功底了。你们就说吧，想吃什么？"

"你看，要不说你能提拔呢，一眼就能透过现象看到本质。我们已经选好了，就吃这家。"卢山将手机递给郜同文看。

"你们一个个够狠的呀！但是，没问题！就今晚！"

"喔，喔……"众人兴奋地起哄，卢山则给远处的顾子豪递了个计划得逞的眼神。

晚上，众人一起来到一家餐厅，大家落座后，郜同文大方地将菜单递给卢山。

"你挑的地儿，你来点，我买单！"

"那我可就不客气了,至于谁买单,到时候再说嘛!"

"怎么,你想替我买单?那我可没意见。"

"咱们这最不缺就是买单的人了,哈哈哈。"卢山说得话中有话。

"欸,子豪呢?"这时有人发出疑问。

这时,顾子豪捧着一束鲜花,推门而入。

众人起哄起来:"喔……""什么情况?"

顾子豪缓缓来到郗同文面前,说道:"同文,恭喜你!"

郗同文赶忙起身,有些尴尬地接过花,不好意思地说道:"谢谢!太客气了!"

卢山打趣地说道:"别光说恭喜呀!"

其他人起哄地叫道:"在一起,在一起,在一起……"

顾子豪并没有抗拒众人的起哄,笑着看向郗同文,似乎在期待着某种答案。

郗同文则在众人的起哄声中大叫道:"行了行了!别瞎说,别瞎叫了啊!你!卢山!别瞎开玩笑!赶紧点菜吧你!"

在郗同文无情的压制下,众人也都识趣地安静下来,顾子豪则有些尴尬地坐在一边,饭局气氛也从高潮下降到了水平面。

饭局散后,郗同文送走了已经酒足饭饱的同事,本想转身离开,顾子豪却拉住了她:"同文……"

郗同文下意识地躲闪了一下,然后假装没事儿般地说道:"什么事儿呀?"

"同文,其实从你刚来公司我就想对说,我一直很喜欢你……"

"子豪,其实我也一直想告诉你,我有喜欢的人了,而且是非常喜欢的那种……"

"是……林昊风吗?"

"抱歉,因为是我自己个人的事情,所以我不太想说。你这么优秀,公司未来的经济学家,一定会有非常优秀的另一半的!"

"林昊风这个人你了解吗?他在男女关系方面的名声好像不太好。大家几乎都知道他是什么样的人,专攻上市公司的女高管。"

"我没说是他,我也不太想说这个话题。"

"我是怕你单纯,林昊风这个人……"

郗同文直接打断了顾子豪,说道:"子豪,我很抱歉,感谢你刚刚没有在饭局上说出这些话,让我们彼此在公司见面不会太尴尬。今天就当什么都没发生,以后还是好同事、好战友!"

顾子豪不甘心地点了点头,说道:"回家吧。"他随后有些气愤地转身离开。

早晨,郗同文在肖军的办公室,开心地说道:"谢谢肖总的赏识,我肯定全力以赴。"

肖军依然是那副笑呵呵的表情,说道:"在我这你不用有压力,你刚刚开始,业绩说得过去就成。先这样,我手里的天壤2号基金交给你管理吧。如果做得好,我会陆续将更大规模的基金交给你管理。"

郗同文十分开心,立刻说道:"好的!肖总,我一定加油!"

回到自己新的工位上,郗同文看着办公区外围一圈一间间独立办公室,那里面坐着的都是基金经理。努力了这么多年,自己终于离他们只有一步之遥了,她欣慰地笑了笑,打开电脑开始了工作。但是,她看着肖军交给她的基金持股情况,又查了查资料,不禁眉头紧皱起来。

一日,柯文韬正在上海一家酒店大堂与朋友谈事。

柯文韬说道:"没想到,我们两个北京的,还得在上海见面……"

对方说:"我也是出差过来,这会儿刚好有空,要不咱还真见不着。"

"最近忙什么呢?"

"瞎忙。"

这时柯文韬抬起头,看见了一个熟悉的身影,他有些错愕,然后对朋友说道:"今天有点意思啊,我好像又看见了另外一个好久不见的朋友。"

"正常啊,咱们那圈人来上海不就这几家酒店换着住吗?利慎远除外,这哥们儿上次在这个酒店有些不愉快,再没来过……"

柯文韬看着远处说道:"你先等会儿哈,我过去确认一下我是不是认错了。"

柯文韬走了过来,只见美洲豹基金的Mark正在办理入住。

"Hi,Mark!(你好,马克!)"

Mark看到柯文韬,有些错愕,但马上笑嘻嘻地打着招呼:"Hi,Walter(柯文韬英文名)!Long time no see!(你好,Walter!好久不见!)"

"Are you coming to China for business or travel?(来中国出差还是旅行?)"

"Um... business trip.(呃……出差。)"Mark有些犹豫地回复。

"It's really fate to meet you here. I also live here. Would you like to have a drink together tonight?(能在这里遇到你,真是缘分。我也住这,要不要晚上一起喝一杯?)"

"I'm very honored, but I have an appointment tonight.(非常荣幸,但是我今晚约了人。)"

"So, when will you meet Lee again? Let's grab a drink together?(那你哪天见利慎远,我们一起再喝一杯?)"

"Okay, let me schedule a time with Lee.(好啊,我和利慎远约。)"

"Great! I still have friends over there. See you later.(好!我那边还有朋友,咱们回见!)"

"See you!(回见。)"

郤同文刚参加完策略会从外面回来,刚到公司放下东西,就来到肖军的办公室。

"肖总。"

"去参加策略会了?"

"是啊,马上年底了,去探探各个上市公司都什么状态。"

"有什么收获?"

"收获不大,业绩好,又跑出来吹吹呼呼的都已经涨了很多,其他的都没透露什么。"

"券商怎么分析明年?"

"虽然券商分析师一般都会宣传市场趋势向好,这样才会引导大家进入市场,他们取得更多收益,但是今天他们的投资建议都比较慎重。"

"怎么说?"

"刚刚这家的主题是顺势而为。"

"顺势而为……"肖军重复了一遍,思考了一下,好似突然就明白了,笑着说,"就是让大家别想着自己瞎折腾了,听起来颇为悲观啊。"

"我跟您的理解是一样的。而且他们觉得未来市场还是会持续分化,也就是不像以前一样市场好的时候大家都好,不好的时候都不好。"

"这几年市场分化趋势很明显,这还用他们说?不过这也是国内资本市场逐渐成熟的表现。正常!以后对大家的考验都大,想浑水摸鱼的日子渐行渐远喽。"

"嗯!"

"还有其他事吗?"

"有一个事,我想征求您的意见。"

"说吧。"

"我发现我管理的天壤2号持仓中有一成是西涛股份,那……"

听到西涛股份,没等郗同文说完,肖军就明白了,直接说道:"这事儿我知道。"

"西涛股份在三个月前,主动曝光前期有财务造假的情况,最近也被证监会立案调查。咱们现在浮亏已经超过40%……"

"亏这么多了吗？"

"目前趋势依然不乐观,您看我们要不要现在减持,及时止损呢？"

"不用！"

"肖总,您那边是不是有什么消息？咱们现在持有的份额不少……"

肖军有些得意地笑着说："西涛股份的实际控制人是谁,你知道吗？"

"西涛集团。"

"对嘛,西涛集团,千亿级别的企业,怎么可能让下面的上市公司出大问题呢？放心吧,肯定会救他的。"

"但是毕竟因为财务造假,已经 ST 了。如果今年的业绩无法扭转,可能真的有退市风险。"

"毒瘤刺破了,病就好了呀。他们自己都承认造假了,就说明他们已经想好退路了。放心！西涛集团一定会出手救它的。"

换作以前的郜同文,一定会争执到底,但是如今的她已经成熟许多,她见肖军如此坚持,便没再多言,而是笑了笑,说："您说得有道理。那……我就先出去了。"

"放心吧,没问题。"肖军不忘继续安抚郜同文。

郜同文礼貌性地点了点头就离开了。

利慎远正在办公室里看着研究报告,这时电话打了进来。

"什么事儿？"

"Mark 来中国了？"

"你消息真灵通！什么时候你跟 Mark 这么熟了？他说明天来北京,你如果有空,也一起见见呗。"

"刚刚我在上海的酒店遇到他了。"

"刚刚？"利慎远有些疑惑,继续问道,"有多刚刚？"

"半小时前吧。"

"哦……"利慎远皱了皱眉,缓缓说道,"我知道了。"

"你别告诉我,他也是刚刚约的你?"

"半小时前。"

"按说以你俩的关系,他来中国肯定早就跟你约好时间的。看来他是遇到我了,不得不约你。他是瞒着你来的中国?"

"看样子是。"

一日清晨,郗同文走进晨会的会议室,坐在肖军的身后。肖军得意地回头将手机展示给郗同文,低声说道:"看吧,我没说错,西涛集团肯定会想办法的,西涛股份昨晚发了业绩预告,预计去年是盈利的,肯定不会退市!"

郗同文笑了笑,说道:"那这几天应该会涨一拨,我们要不要趁这个时候卖掉止损?"

"止什么损?!如果不是咱们公司规定不能买 ST 股票,我加仓还来不及呢!现在手里有的一股都不能卖!"

"可是,西涛为什么可以短短三个月就将全年扭亏?其中很可能还会涉及财务操纵的问题。"

"你管那么多呢!他们敢发业绩预告说扭亏了,就说明至少跟会计师事务所沟通得差不多了。只要会计师认可,我们怕什么?"

"肖总,我还是觉得要不我们减持一些,适当规避一下风险?毕竟业绩预告只是上市公司草算出来的结果,一旦正式的年报发布出来有问题,西涛真的就面临退市了,我们可能会损失惨重,我感觉他们这步棋有些铤而走险的意思。"

"你还挺固执。我都说了,西涛集团一定会救,这次听我的,不准出!"

会议结束后,郗同文快走了几步,来到卢山身边,她低声问道:"你知道西涛股份吗?"

"前段时间财务造假的那个呗!怎么了?"卢山刚说完,看了看周围,压低了声音继续说道,"我听说肖总管理的几个基金都有不少呀,好像之前亏了很多。"

"你能联系上他们董秘吗？我想去聊聊。"

"肖总肯定跟他们董秘熟呀，你通过我去联系，不太合适吧？要不你问问肖总？"

"嗯，我知道了，谢谢！"

"同文，你别对我有意见啊，你如果需要，我肯定可以帮你联系，我只是觉得你通过我不合适。"

"不会！你说的我明白！"

已经早就过了下班时间，郗同文仍目不转睛地盯着屏幕，搜寻着关于西涛股份和西涛集团的资料，一则新闻映入眼帘，郗同文自言自语道："上面集团换董事长了呀。他又是什么风格呢？"她点开西涛集团董事长的资料，继续自言自语，"任年，学社会学的，想不到还是同行呀。南大毕业？"郗同文嘟囔着，突然她眼睛雪亮，激动地说道："南大毕业！"

她立刻拨通了爸爸的电话。

"这么晚了，打电话干吗？"郗爸爸嘴上不耐烦，实则是心疼女儿这么晚了还不早点休息。

"爸爸，您认识任年吗？南大社会学毕业的。"

"认识，我学生啊。"

"太好了，能不能……"

"不能！你不要指望我给你介绍。"郗爸爸还没等郗同文开口，便一口回绝了。

"成成成，不介绍。那他是个什么样的人？这可以告诉我吧？"

"什么样的人？"

"比如您知道他为人如何，是强硬派还是温和派，是那种原则性很强的还是那种很圆滑的？"

"他现在在一个企业里当领导吧，我听说这个人在公司里挺强硬的，为人很正派，不是个好说话的人。"

"懂了！爱你哦，早点睡吧，晚安。"说完，郗同文就挂了电话。

郗爸爸看着电话，抱怨道："也不知道一天到晚忙什么，这么晚还不睡，打电话来一句关心我们的话也没有。"

"还不是你自己惯的。"郗妈妈笑着说道。

柯文韬来到一家酒吧，Mark 和利慎远已经在等着他。

"What are you coming to China for?（你这次来中国的目的是什么？）"

"It's been a long time since I came to China and I miss you all, so I come to take a look.（好久没来中国了，也想念你们了，所以来看看）"

"So you should have come to Beijing to look for this guy, why did you go to Shanghai first?（那你应该来北京找这家伙呀，怎么先去上海了？）"柯文韬边问边有意地看向利慎远。

Mark 似乎早有准备，说道："The flight from New York to Shanghai is convenient.（纽约到上海的航班方便呀。）"

"Beijing people are not happy to hear your words.（北京人听了你这话要不高兴喽。）"

这时，Mark 的电话响了，他略有紧张地拿起电话，说道："I'll take the call.（我接个电话。）"说完就走了出去。

柯文韬看了看利慎远，说道："这小子有事儿瞒着你，他去上海肯定有事儿。"

利慎远嘴角下沉，没有说话。

郗同文正在工位上加班，林昊风的电话打了进来。

"什么事？"

"我司的年度策略会你来吗？"

"不去了，最近有点忙。再说，我就算去，你也不用管我。年度策略会这么重要的日子，多关注关注你的那些重要客户和上市公司吧。"

"哈哈，那我就不管你了哈。"

挂了电话,郗同文笑着自言自语道:"就知道你是假客气!"

不知过了多久,卢山过来打招呼:"同文,还加班呢?"

"是啊。"

"最新消息,华康证券的年度策略会,西涛股份的董秘会去,周四、周五两天,三亚。"

"这样呀。"郗同文立刻兴奋起来。

"你去吗?"

"去!那周三我就过去。"

"肖总去吗?"

"他去另一家券商的策略会,在深圳。"

"那不正好?"卢山与郗同文默契地笑了笑。

"那到时候一起走吧。"

"好,我跟你周三过去,子豪他们周四早晨才走。"

"好!"

华康证券的策略会当天,会议还没有开始,郗同文和卢山在会议大厅中与许多同行和华康的分析师聊着对市场的看法。

聊了片刻后,一人说道:"郗总这么年轻就成了云夏基金的基助,前途不可限量啊,关键还这么漂亮,你让我们这些人怎么活呀!"

"过奖啊,金融圈像我这样的太多了,比我做得好的更多,您看您现在是金鼎财富上榜分析师,赚的肯定比我多呀!"

"哪里哪里……"

这时林昊风从远处走来,喊道:"同文!"

郗同文见状,对其他人说了句:"不好意思,失陪一下。"

两人穿过人群走近后,林昊风说了句:"你不是说不来吗?"

"突然想来了,不行吗?"

"当然行!你能来,我欢迎还来不及呢!派点想着点我啊。"

"看你表现吧。"郗同文笑着说。

林昊风上下打量了一下郗同文,如今的郗同文已脱去早年稚嫩的装扮,优雅的真丝衬衫配上西裤,利落的同时也尽显傲人的身材。林昊风盯着郗同文说道:"不一样了,现在颇有基金经理的风范,要是再换成裙子就更完美了。"

"我就偏偏不想穿裙子。"

"我懂,不就是怕别人觉得你是靠露大腿上位的吗?"

"滚!没正经。"

"注意影响啊,你好歹是云夏的基助!说话不要这么粗鲁。"

"那也不能和林总比,现在可是炙手可热的明星证券分析师。今天我来都来了,有什么好的投资机会,给我普惠一下?"

"呵呵,投资机会呢可以回头再说,倒是有个你可能关心的消息,我可以给你说说。"

"说说看。"

"我们所长邀请了利慎远!"

林昊风刚说完,郗同文便不禁抬起头,四处看了一圈。

"你看你看,这么关心他。"

"谁关心了?我是躲着点。"

"行!他今早的航班,一会儿才到!但是我要告诉你的不是这个,而是我们所长金悦雯……喜欢利慎远。"

"你说什么?金悦雯和利慎远?"郗同文瞬间警醒起来。

林昊风点了点头。

"她可是圈里出了名的大美女,还是你们华康研究所历史上第一个女所长。但是她和利慎远……"林昊风说到这里被郗同文打断了。郗同文问道:"你怎么知道的?"

"只要是认识金总的都知道,而且最近只要是利慎远参加的局,她几乎都会去。也可以理解啊,到了金总这个年纪再不找个金主嫁了,可能以后都没办法上岸了。说到底我们证券分析师终究只是打工人,了不起也就是个高级中产,利慎远才是资产的主人。"

"利慎远知道金悦雯在追他吗?"

"金总都这么明显了,他怎么可能不知道?再说,如果没有他主动告知,金总怎么可能掌握他的行程?要不我怎么一直说你不适合利慎远,这人就是表面冷淡,看似从没传出什么绯闻,其实啊,他才是高级玩家。"

郗同文听了沉默许久。

"怎么,有压力了?"

"谁有压力了?"

"我早看出来了,这都回国一年多了吧?你一直就没放下他。"

郗同文理了理头发,转头向远处看了看,看似对林昊风的说法一脸不屑,可嘴上又不愿意说谎否认。此刻她看到金悦雯作为这次活动的东家,正招呼着来自四面八方的基金经理、研究员、股市大户、上市公司高管。她五官立体且精致,皮肤透白,飘逸卷曲的长发如黑色的瀑布披垂到腰间。与自己这身装扮不同,金悦雯一身连衣裙,将自己女人的特质展露无遗。她谈笑风生,在这样的场合中游刃有余,每到之处众人的目光都被吸引到了她的身上,尤其在这个以男人为主的金融世界里,更加显得她无比耀眼。

利慎远此刻刚下飞机,与方奇杰、亓优优和何思源等人在三亚的机场等着车。

方奇杰有一搭无一搭地聊着工作:"利总,看新闻了吗?华尔街一家做空机构刚发了一篇做空报告,做空港股的极摇公司。一石惊起千层浪呀。"

"所以我们在港股那边的投资更要谨慎。"

"好。"

利慎远似乎有些焦急,不时地看着手表。

亓优优说道:"利总,司机开错路了,他马上过来。不好意思,我没有安排好,让各位久等了。"

方奇杰替亓优优解围道:"策略会嘛,咱们不必太着急。"

这时,顾子豪和云夏基金的其他人也到了机场,在何思源和亓优优等人的遮挡下,他们并没有发现利慎远等人,而是边等车边聊着天。

"同文和卢山他们昨天就到了?"

顾子豪答道:"是。"

"我听卢山说华康的林昊风一直在追同文。"

顾子豪有些不爽地说:"恐怕你说反了,是郗同文一直在追林昊风。"

"啊?真的吗?你知道内幕?赶紧给我们说说。"

"没什么,郗同文亲口承认的,她一直喜欢林昊风。"

公司投资研究部几乎都知道顾子豪一直喜欢郗同文,见他这么说,对顾子豪难免有些同情。其中一人说:"啊?子豪……"

另一个同事则轻轻碰了碰他,然后抢先说道:"同文居然能亲口承认她喜欢别人,倒是跟她那种耿直的性格挺贴切。"

顾子豪冷笑一声。

这番对话下来,方奇杰看了看利慎远。利慎远虽还是用那副看不出波澜的表情看着前方,或许是方奇杰的错觉,平静之下,他的嘴角一丝丝下沉。亓优优反倒像看热闹般观察了两组人的神态。

过了一会儿,亓优优说道:"利总,我们的车来了。"

一辆商务车停在他们面前,几人上车离开。

这时顾子豪等人才发现刚刚站在身边的竟是利慎远。

"刚刚上车的是半岛基金的人吧?"

"好像是,利慎远和方奇杰。"

"听说半岛最近募资募得很凶猛。"

"激励到位呀,都是业绩说话。据说在半岛,只要能待得住的基金经理,几乎都财务自由了。"

"羡慕哦!"

"羡慕你去呀!"

"我倒是想去,但也得去得了啊。"

"欸,子豪,同文原来就是半岛的吧?"

"嗯。"顾子豪满眼崇拜地看着利慎远远去的方向。

何思源上车后,坐在最后一排笑着对前面的几人说道:"同文和昊风在公司实习的时候我就看出来了,这两人关系不一般。没想到同文真是喜欢昊风啊,还挺专情,这都多少年了。"

利慎远和方奇杰低头看着手机,不语。

亓优优坐在副驾驶的位置上,侧着头说道:"男才女貌很正常。谁都不缺喜欢和追求的人,就看谁能把握住机会了。"

何思源笑着说:"没错!男才女貌!我看好他们俩啊。"

方奇杰看了看旁边面色十分不好的利慎远,对后排的何思源说道:"你有八卦的工夫,尽快把我要的报告写完。"

何思源马上收住了笑容,说道:"我尽快。"

华康证券的年度策略会上,金悦雯作为华康证券的研究所所长在台上致辞:"首先非常感谢各位莅临本次活动,我代表华康证券对今天出席本次活动的嘉宾、朋友、同僚表示欢迎。今天我想说的是,在市场震荡的背景下,我们更要关注低估值加高景气板块……"

而郗同文这边,自从林昊风告知她金悦雯和利慎远关系匪浅,她的目光就没有从金悦雯的身上离开过。她既是在审视金悦雯,也是在审视自己与她的差距。

"谢谢大家,再次感谢大家的莅临。"

金悦雯阐述完后,面带微笑地走下主席台。刚坐稳,只见一名工作人员在她耳边轻轻说了几句,她就眉开眼笑地离开座位向会场外走去。郗同文的目光不自觉地跟到了门口,直到金悦雯消失。

会议虽然还在进行,可郗同文怎么也无法将注意力集中在专家的讲座上。片刻之后,金悦雯果然与利慎远、方奇杰等人一起进了会场。她将利慎远引导到了第一排自己身边的座位,那座位显然是为利慎远专门预留的。方奇杰和何思源坐到了利慎远身后的第二排,亓优优则是一到酒店就不见了身影。

这时在第三排的李世伟与方奇杰摆了摆手,打了招呼,方奇杰笑了笑以示回应。

之后的会议郗同文更是将目光几乎锁定在利慎远和金悦雯的身上,只见二人时而低头私语,时而四目相对微笑。郗同文不禁一直掰着手中的中性笔的笔夹,直到笔夹突然被掰断,锋利的断裂面将郗同文的手指划出了个口子。

郗同文起身走出会场。利慎远瞄了一眼会场那一开一关的门,若无其事地继续与金悦雯攀谈起来。

郗同文在洗手间冲洗着伤口,心中满是酸苦。

中午,西涛股份的董秘正在用餐,郗同文拿着餐盘走到他的身边,问道:"您好!您是西涛的王总吧?"

"是啊,您是……?"

"我是云夏的郗同文,现在跟着肖军总的。"

王总赶忙起身,笑着说道:"郗总,坐……坐……"

郗同文坐下,两人愉快地聊了起来。

席间,郗同文见金悦雯与利慎远说说笑笑地走进餐厅,两人一边取餐,一边还在聊着天,远远看去气氛十分融洽。金悦雯有意无意地靠近利慎远轻声低语,让郗同文更加气愤。

郗同文看着远处的二人,差点忽略了身边的王总。

"所以,郗总放心,我们的困难只是暂时的……"见郗同文没有回应,王总又叫了一声,"郗总?"

郝同文这才回过神来,继续说道:"哦,但是有个问题啊,刚刚您一直说西涛集团的实力,可是我好像没有看到真正能够帮助西涛股份扭转局面的具体的措施。"

"我们集团对我们是很重视的,就冲这一点,您就放心好了。"

"咱们集团刚刚换了董事长?"

"是,任总年轻有为,有魄力。"

"他怎么看西涛股份的事情?"

"集团对我们,那肯定是像对待孩子一样呵护呀。"

郝同文听罢,心想:"你自己都心虚吧,不敢说任总,只能说集团。这是人的潜意识反应,说明任总没少强硬地批评他们。"

想到这里,郝同文略有尴尬地说道:"好。感谢王总的宝贵时间。"

"哪里哪里。"

午餐结束,与王总道别后,郝同文的表情严肃起来,快速回到房间,打开电脑敲打着键盘。

策略会结束了,晚上卢山拉着郝同文、顾子豪和几个同行一起在酒店的大堂聊天。送走了同行后,卢山提议道:"咱们要不换个地方,去酒店的行政酒廊喝一杯?"

几人正准备起身离开,林昊风陪同一众客户从餐厅走了出来,林昊风走了过来没正形地搂住郝同文的肩膀,向其中一位客户介绍道:"李总,这是我同学郝同文,现在是云夏的基助,跟着肖军总。"

"哦,幸会!幸会!"

顾子豪则在一旁恶狠狠地盯着林昊风的手。这时,利慎远也从餐厅走了出来,他看了一眼这边情况,继续与金悦雯边走边聊着天。

郝同文挣脱开林昊风,笑着说道:"林同学,注意影响哈。"然后与对面的人握了握手,说道,"以后多交流!"

"你们这是去哪?"林昊风随口问道。

卢山连忙说道:"我们去行政酒廊,一起喝一杯?"

"你们先去,我跟李总再聊会儿就过去。"

"好!"

几人来到行政酒廊,只见亓优优一身黑色紧身连衣裙,性感十足,正坐在那边与一个帅哥聊着天。见郗同文和卢山等人进来,亓优优和帅哥打了个招呼:"我朋友来了。"说完便走了过来。

亓优优对卢山和郗同文说道:"同文!卢山!你们都来了呀?"

郗同文问道:"你怎么在这?"

"我求利总带我来玩啊。"

"白天怎么没看到你?"

"我都说了,我是来玩的,才不要参加那些无聊的会议呢!在三亚这么美的地方还能醉心工作的女人,恐怕只有同文你了哦!"

"谁说的?方总还不是一直在会场?而且会场还有一堆女同胞呢!欸,你们两个认识?"郗同文突然想起刚刚亓优优叫自己的同时还叫了卢山的名字。

"我们两个认识有什么不对吗?"亓优优有些得意,继续说道,"金融圈的帅哥,我几乎都认识!不过,这位帅哥是……?"亓优优看向顾子豪。

郗同文顺势引荐道:"这是顾子豪,我们公司的宏观研究员。子豪,这是亓优优,她可是半岛基金我最爱的人。"

"我也爱你!"亓优优笑着回应,然后向顾子豪伸出手,"您好,叫我优优就好。"

"您好,优优!"顾子豪也笑着与亓优优握了握手。

几人一起坐下,郗同文继续追问道:"你们俩什么时候认识的?"

"好久了吧?"亓优优笑着看向卢山。

卢山笑着说:"是啊,几年前,也是在一个策略会上认识的。同文,她还替林昊风跟我这打探过你的行程呢!"

"林昊风?"郗同文疑惑地看向亓优优。

"你怎么这就把我出卖了啊?赶紧把我请你喝过的酒、吃过的饭都吐出来。"亓优优表面质问卢山,实则转移话题。

"别吐了,今天我请你,不醉不归!成吧?"

"没问题!服务生!"亓优优就将服务生叫了过来。

方奇杰正在餐厅与另一个同行聊着天。

"方总,听说最近你们募资很顺利啊。"

方奇杰笑了笑,表示默认。

"真佩服半岛的人,留下的都是精英啊。不对,走的也是精英,我听说李世伟现在的那个基金,最近也是做得风生水起,刚刚我还看到有投资人主动拉着他聊天,管理资金的规模嗖嗖地往上涨,足以证明业绩一定也很好,他走了之后你们还有联系吗?"

"偶尔吧。"方奇杰突然脑中出现了那晚与李世伟在山顶的画面。

"干杯!"

亓优优和郗同文等人酒过几轮,大家已经有些微醺,有亓优优在,场面似乎总是热闹非凡。

"顾大帅哥,我们今天第一次认识,是不是得彼此留个好印象?但是我这个人吧,只对能喝的帅哥有好印象,要不你看看……"亓优优用下巴指了指顾子豪面前的一杯啤酒。

顾子豪笑着说道:"为了给美女留下好印象,我说什么也得喝了,是吧?"说完一饮而尽。

顾子豪刚喝完,亓优优又转头对卢山说道:"卢山,就冲你刚刚出卖我,今晚我每喝一杯,你怎么也得喝三杯吧?"

"那我今晚肯定要躺着出去了!"

"没事儿,我保证找人给你送回房间!"说完两个人碰杯而饮。

亓优优又转头对郗同文说:"同文,咱俩的关系……"

郗同文兴奋地说道:"不用你多说,我跟你喝!"说完两个人也碰杯一饮而尽。

亓优优似乎总是有无尽的理由让每个人不停地喝酒。

方奇杰吃过饭,拎了两听啤酒走到酒店海边的沙滩上。此刻天已经彻底黑了下来,借着酒店的灯光能够隐约看到大海,沙滩上几乎没有了游客,偶尔能够见到三三两两的人在散步。方奇杰走到一张沙滩椅上坐了下来,微风轻拂,海浪声声,一轮圆月藏在云间若隐若现。方奇杰打开冰镇的啤酒,畅饮一口,一股清凉从口中贯穿到胃中,让她的心情变得更加舒畅。方奇杰摸了摸啤酒罐,上面冰凉的水珠滑落在她的手指尖,令她感到凉爽宜人。跟随自己的心灵,享受这美丽的夜晚,渐渐地细品时光的美好。

她回头看了看酒店,虽然听不到声音,从灯火通明中,她却能感觉到里面的喧闹,走进去她就是方总,走出来才是方奇杰自己。不知不觉间已经一罐下肚,正打开第二罐的时候,突然有人在身后大叫了一句:"你居然自己在这偷偷享受……"

郗同文已经有些上头,她晕乎乎地走到洗手间,恰巧见走廊深处金悦雯和利慎远正聊着天。

"利总,好几个客户,今天我可是特意为你请来……"

说着金悦雯挽起利慎远的胳膊,利慎远本想躲开,恰好见远处的郗同文正看向这边,想到她与林昊风的种种,想到早晨顾子豪说的话,想到郗同文竟然在别人面前亲口承认她喜欢其他人,浓浓的醋意瞬间涌上头,索性放松下来任凭金悦雯不断靠近自己……

郗同文见状,赶忙钻进洗手间冲洗手,开会时弄伤的伤口在冷水的刺激下越发疼痛。但或许这种疼痛能够掩盖住郗同文心中的疼,所以她皱着眉头,任由冷水不断冲刷伤口。

过了许久,她走出洗手间,此刻走廊里已经空无一人。"他们去哪了?他们在做什么?这里是酒店啊……"想到这里,郗同文有些愤怒。

她回到位置上后,再不用亓优优劝说,左一杯右一杯,从啤酒到红酒,后来索性开始要威士忌。

卢山说道:"姐姐,这是五星酒店的行政酒廊啊,你这么喝下去我真的要破产了!"

"同文,你没事儿吧?少喝点吧。"顾子豪关切地问道。

郗同文低着头一言不发,突然趴倒在桌上。

"同文,同文……"顾子豪叫了两声,见她没反应,抬起头说道,"她喝醉了,我送她回房间吧。"顾子豪起身,准备架起不省人事的郗同文。

正当顾子豪要抓起郗同文胳膊的时候,亓优优突然挡住了顾子豪的手,说道:"你送……不太合适,还是我来吧。"

顾子豪有些坚持,说道:"没关系,我也有点困了,把她送回去我就回房间了,你们俩继续喝吧。"

卢山也附和道:"就让子豪送,咱们俩继续喝!"

趁亓优优有些犹豫,顾子豪准备上手将郗同文拉起来。

就在这时,突然有人从顾子豪身后快步走上前,直接将郗同文架了起来……

第二十章

顾子豪正想送醉酒的郄同文回房间,却有人突然将郄同文架了起来。
"我送她吧。"
"你怎么来了?"亓优优笑着站了起来。
来人是林昊风,他说道:"我还没来,你们就把她喝大了。我送她回房间,你们等我会儿。"林昊风边说边看着顾子豪,他的小心思自然逃不过林昊风的眼睛。林昊风眼神中透着轻蔑,看得顾子豪有些躲闪。
"你可不准对我们同文有什么企图啊!不行,还是我送吧,我可不放心你们一个一个的……"
"你省省吧,我是那种人吗?我这魅力还用等她喝醉了占便宜?"
"那可说不准,我陪你上去吧,那个,卢山,同文是哪个房间的?"
"我记得好像是1609吧?"
"成!你们俩等我们一会儿,马上下来!卢山,今天你跑不了!"
"行行行,等你们!"
顾子豪看着林昊风与郄同文如此熟识的肢体接触,嘬了一大口威士忌,让酒精在口中充分绽放,慢慢吞咽,让灼热感持续刺激着喉咙,来压抑自己当下的愤怒、嫉妒和求不得的痛苦……

林昊风搀着半醉半醒的郄同文,亓优优则是轻松自在地走在前面,三人走出行政酒廊,亓优优抱怨道:"我这才刚刚开始,她怎么就把自己喝成这样了?下次真得看着点她!"

"她属于人菜瘾大！哈哈哈……"没有了顾子豪,林昊风这会儿倒是开起了玩笑。

"没错没错！"

突然,三人面前站立着一个人。

"利总,您怎么在这?"亓优优顿时兴奋起来。

"利总。"林昊风则是轻描淡写地打了个招呼,然后看了看郗同文,露出有些得意的表情。

"把她交给我吧。"

"金所长没跟您一起吗？利总您这么忙,我送就好。"

利慎远没有多说话,而是直接走到林昊风面前,将郗同文拉了过来。

林昊风也不甘示弱,依然拉住郗同文不肯松手,利慎远用那凌厉的目光看向林昊风,像是在命令。

林昊风则说道："利总,这不合适吧？同文毕竟是女士……"

"你送更不合适。"利慎远淡淡地说。

郗同文在两人的争执下,有些清醒。

"你们在干吗？我要回房间了！"说着她想要挣脱开两人,奈何,两人的力气好像都很大,她两只胳膊用力挣脱后的结局竟是纹丝不动,她有些不耐烦,她大叫一声,"你们干吗！都放开我！"

两人这才慢慢松开。

谁知刚一松开,郗同文已经醉得站不稳了,将要倒地时,利慎远一把将她紧紧揽进怀中,并头也不回地直接走向电梯……

林昊风不甘示弱,立刻上前想要阻拦。亓优优将林昊风拦下,说道："让利总送！"

"那怎么行？"林昊风说着挣脱开亓优优。

"怎么不行？"

"他凭什么？"

"凭我是她……男朋友……"利慎远说完便进了电梯。

林昊风上前嚷嚷道:"你说是就是啊!"

亓优优瞬间激动不已,拦住他,说道:"我老板说是,那就一定是!"

林昊风呆站在原地,他对利慎远突然的官宣感到无比惊讶。林昊风知道,金融圈虽然有一些逢场作戏的关系,可像利慎远这样的人物,能公开说出"男朋友"三个字,那就足以证明他的认真程度。

方奇杰抬起头,李世伟手提半打啤酒,站在她的面前。

"你怎么来了?"

"我找了半天,原来你在这里偷闲。"

"什么叫偷闲?"

"这时候你不去跟分析师们勾兑勾兑股票,也不去找金主爸爸们沟通沟通情感,还不叫偷闲?"说着李世伟与方奇杰背靠背坐在了同一张沙滩长椅上。

方奇杰笑了笑说道:"那你不是也在这?"

"能和方总喝酒,什么工作也要丢下呀!"

嘭的一声,李世伟开了一罐啤酒,举到方奇杰面前,方奇杰看看李世伟,与他碰了个杯,算是对李世伟的闯入表示欢迎。

"听说你最近收益不错,基金规模也大了很多?"方奇杰问道。

"比起半岛,那差距还是很大的!我们整个基金的规模恐怕也不如你现在管理的基金池大。"

"那也要恭喜你!"

"同喜同喜,我也听说了,最近你们拉了不少国内的客户。现在国内的资金有一半了吗?"

"嗯……差不多了吧?"

"我估计利总还会继续调整资金结构的,他一直是想以国内的客户为主,大家都看得出来。"

方奇杰笑了笑，表示默认。

"那个……你最近去爬山了吗？"李世伟问得有些犹豫，自从上次之后，李世伟再没勇气约方奇杰。

"没有啊，不过看你这身材，好像还在保持锻炼。"

"是吗？看来爬山真的有用啊，我几乎每周末都去爬。"

"哦。"方奇杰将罐中的啤酒一饮而尽。她对李世伟每周都去爬山，却从那次之后再没约她出去，感到了一丝丝失落。

可神经大条的李世伟丝毫没有察觉到，而是愉悦轻松地说道："你喝这么快？等等我呀。"说完也一饮而尽。

利慎远站在电梯里轻轻地搂着郗同文的腰，感觉到她柔软的身体依偎在自己的怀里。他看了看怀中的郗同文，她已经醉了，几乎处于半睡半醒的状态，完全无法支撑自己的身体，长长的黑发随意地散在肩头，脸上红红的，像是从花朵间探出来的一样，带着少女般的羞涩和天真。利慎远无法回避她的美丽，不忍转移视线，就这么看着她，也激起了他心底的激情。与她在美国那次分别已经一年多了，虽然在他的"筹谋"之下，见过许多次，而这次却是第一次与她能够靠得这么近。他感受到自己的心跳加速，低头轻吸了一口气，寻求着镇静。一切都变得那样安静，在狭小的电梯间里，只有郗同文轻微的呼吸声。

突然，郗同文睁开眼睛，看了看身旁的利慎远，带着浓浓的醉意说道："你怎么在这？你放开我！离我远一点！"说着就向后挣脱开他，幸好后退几步便是电梯里的扶手，她勉强能支撑住身体。利慎远没有说话，而是走了过来，再次将她搂在怀中。

"你不是跟那个金悦雯在一起吗？为什么还来管我？"郗同文想再次挣脱，只是这次没有成功，利慎远依然没有说话，只是用力地搂着郗同文的腰。他知道，此刻的郗同文已经完全不清醒，没有必要跟她说什么。他强行将她搀扶出电梯，任凭郗同文怎么挣脱，他都毫无反应。

来到房间门口，他一手托着郗同文的腰，将她的一只手环在了自己的脖子上，打开郗同文的包，从里面翻出房卡，刷开了房门。

两人刚进房间，郗同文突然双手攀上利慎远的颈项，眼中充满了娇媚与渴望，那样子让他心中一动，他再次用力将她搂紧在怀中，让她感受到他的温暖。

郗同文看着利慎远，依然醉意十足，难过且气愤地说道："你为什么要每天在我面前晃来晃去，晃来晃去？"

"因为……"利慎远刚想回答，郗同文却直接打断了他。

"你还跟别的女人说说笑笑，你刚刚还跟金悦雯在走廊里搂搂抱抱！"郗同文气愤地说。

利慎远宠溺地看着这样的郗同文，用手拨了拨郗同文凌乱的头发，说道："哪有搂搂抱抱？我跟你这才是搂搂抱抱。"

"就是抱了！她抱你了！"

"你不喜欢我跟别人在一起吗？"

"不喜欢！"

"为什么？"虽然利慎远知道此刻郗同文已经醉了，可他还是想知道她内心的答案。

"因为、因为我喜欢你啊！控制不住地喜欢！我每天都在提醒自己不要靠近你，不要想你，不要看你！可是我做不到！每次参加活动都想看看你在不在，每次有你的地方我就再也看不到任何人，只能看到你！明明知道我只是个替身，可是我无数次想过哪怕是替身我也认了……"

"你不是对别人说你喜欢林昊风吗？"利慎远醋意十足地问道。

"谁要喜欢林昊风这种人？"郗同文看着利慎远，双唇微微上扬，嘴角露出浅浅的酒窝，继续说道，"你的眼睛好好看！里面好像住着好多好多故事和知识。我真的好喜欢啊！"

听到这些，利慎远再也无法压抑自己，只想彻底拥有眼前这个女孩儿。他再次搂紧郗同文，想要吻上去，却被郗同文推开了。

她恶狠狠地看了看利慎远,这眼神让利慎远略微冷静了下来。郗同文跟跟跄跄地来到床边,将半个身子扑倒在上面,嘟囔着:"不行不行……我是郗同文啊,我不好吗?为什么我只能做别人的影子!"说完就昏睡过去。

利慎远走到床边,缓缓说道:"你不是影子,更不是替身……你就是我爱的……郗同文。"

他盯着郗同文闭着的双眼,感受着她的呼吸,此刻多么想拥有她。他深深地吸口气,让自己从充满欲望的状态中脱离出来。他注视着郗同文,不断回忆着她刚刚的话。他的脸颊微微仰起,双眸像两颗闪亮的星星,充满了喜悦和温暖,仿佛带着无尽的阳光和欢愉。

李世伟和方奇杰聊了许久,他时而风趣,时而装傻,将方奇杰逗得哈哈大笑。

不知不觉已是深夜,沙滩已经空无一人了,风也变得强烈起来。

"好像要下雨了,星星月亮都不见了。"方奇杰看了看天空,又看了看手表说道,"时间不早了,早点休息吧,明天上午的航班,不能太晚。"

"好,我送你回去。"

"酒店就在这,还用你送?"说话间,雨点落在了方奇杰的头顶,"真的下了,快走吧。"

两人刚走两步,雨点瞬间变得密集起来。

李世伟边跑边将自己西装外套递给了方奇杰,说道:"你披上!"两人快速跑回了酒店大堂。

方奇杰将李世伟的衣服从头顶拿了下来,只见外套已经被打湿。

"阿玛尼的西装,淋了雨可能要废了。"

"没方总的衣服精贵。我送你上去吧。"

方奇杰看了看全身湿透的李世伟,没有拒绝。两人慢慢来到方奇杰的房间门口。

"我到了。"

"哦,那……你进去吧。"

"嗯,好。"方奇杰转过身,慢慢地掏出房卡,刷开房门。

李世伟的脑子也在快速思索着,期望自己能够找到什么话题。终于他想到点什么,快走两步上前说道:"那个……"

"什么?"

方奇杰立刻转过身来,但由于李世伟离她太近,这一转身,让两人的距离只有10厘米,近距离的四目相对,却谁也不想退后一步。

"你明天……几点……"李世伟原本找到的话题是问方奇杰明天的航班信息,可看着方奇杰的眼睛,刚问出几个字,他突然改变了主意,无法自拔地吻了上去。

利慎远将郗同文的鞋子脱下来,将她抱起,轻轻地端正地放在床上。他关上灯,只留下一盏暗淡的小夜灯,然后在床头席地而坐,凑近看着郗同文。想到刚刚郗同文酒后的表白,他感受到自己心头的跳跃和微微的颤动,就像是被一次又一次地电击了一样,让他呼吸急促。他知道,他早已陷入了深爱之中。他忍不住抚摸着她的发丝,看着她的额头、浓密的睫毛、尖尖的鼻梁,直到眼神落到了她微张的唇上,他慢慢凑近……

就当他忍不住想要亲吻一下郗同文的时候,他发现了她手上的伤口,他轻轻地抚了抚伤口周围,只见郗同文眉头皱了皱,即便是酒后的熟睡,她依然能够感受到疼痛。虽然这伤口不在利慎远身上,但那白皙修长的手指上的一道血红,却让他心中一痛。

一夜大雨之后,三亚的早晨艳阳高照。

方奇杰从沉睡中醒来,周围宁静得仿佛一根针落地都能听得见,她睁开眼,看着眼前的李世伟,先是一惊,然后用手捂住自己的眼睛,对自己昨晚的行为感到无语。

再次睁开眼睛的时候,李世伟已经在盯着她看。

"早啊。"

"早。"

两人礼貌地向彼此问好后,就只剩下了尴尬与沉默。

李世伟努力想要说些什么打破这种尴尬,但似乎什么都说不出口。方奇杰看着他,漫长的凝视中有着混杂的情感和恍惚的心情。她也不知道该说些什么。

终于,李世伟想了想,此刻让方奇杰先起,她肯定难为情,还是自己率先起来吧。

"那个,你几点的航班?"

"9点。"

"哦,我也是那班。"李世伟看了看时间。

"那个……还早……你再睡会,我回……回……房间收拾一下。"李世伟紧张得磕磕巴巴。

这种紧张的情绪瞬间传递给了方奇杰,方奇杰紧张地回应着:"哦……哦……好!"

李世伟起床的瞬间,方奇杰赶忙将头转到了另一边,闭上眼睛。直到听着李世伟打开房门又关上后,才敢再次睁开眼睛。

郗同文醒来,感到剧烈的头痛,她伸出手,抵着太阳穴,缓解头痛。她看了看远处自己的行李箱,确认这是自己的房间。郗同文看了看时间,赶忙起身收拾。洗漱时发现自己手上的伤口不知何时已经贴上了创可贴,床头上还放着一盒拆开的创可贴,这让郗同文有些疑惑。

郗同文来到酒店餐厅吃早饭,刚走进餐厅,就看见亓优优和林昊风坐在入口不远处。看到亓优优,郗同文想要过去一问究竟,可也有些犹豫,不知道昨晚自己到底做了什么丢人的事儿。这时亓优优也发现了她,兴奋地大叫道:"同文!这里!"

郗同文尴尬地笑了笑,随便拿了几样吃的,来到座位上。

"昨晚睡得好吗?"亓优优笑嘻嘻地问了一句。

"哈?"郗同文一惊,然后说道,"可能……还好吧,那个昨晚是谁把我送回去的?"说着郗同文不自觉地摸了摸手上的创可贴。

亓优优却没有回答她,一脸无辜的表情,看了看林昊风。

"是你吗?"郗同文转头问林昊风。

林昊风一改往常见到郗同文殷勤的样子,头都没抬,一边大口吃东西,一边淡淡地说:"不是我。"

"那是……?"郗同文又看了看亓优优。

亓优优再次摆出那副不关我事的表情,笑而不语,喝了一口咖啡。

这时方奇杰和李世伟不约而同地到达餐厅,方奇杰赶忙躲闪开来。

方奇杰取了几样东西,为了怕与李世伟独处,她来到郗同文等人这边,在亓优优的身旁坐下。

亓优优随口问了一句:"方总早啊!昨晚睡得好吗?"

"啊?"方奇杰也是为之一惊,不自觉地整理了一下领口,说道,"还好吧。"

"欸,李总跟您一起下楼的?"

"没有啊。怎么可能跟他一起?"方奇杰紧张得连忙否认。

这倒让亓优优脸上浮现些许若有所思的表情,而郗同文和林昊风全然没有看到方奇杰的不寻常……

说话间,李世伟也坐了过来,坐在了方奇杰的对面:"大家早啊!"然后又小声对方奇杰说了句,"早啊!"

方奇杰没有理会他。

亓优优又随口问了李世伟一句:"李总,昨晚睡得好吗?"

"很好呀!"李世伟不禁看了看方奇杰,方奇杰却深低着头,生怕与他有眼神上的交集。

之后五个人便陷入了沉默。

方奇杰回想着昨晚她与李世伟狂风暴雨般的鱼水之欢,羞愧感瞬间涌上头,她不禁抚着额头,叹了口气。

李世伟回忆着昨夜方奇杰那么柔软可人,再看看对面的方奇杰,似乎觉得她格外好看,甚至很可爱。要知道,换作以前他是断然不会将"可爱"这个词与方奇杰联系在一起的。

郗同文则仔细回想着昨晚,她只隐约记得是一个拥有宽厚肩膀的人将她扶进了电梯,却有些想不起这人是谁,会是他吗?

林昊风的脑中则是不断地闪现利慎远从他手中夺走郗同文,和他进电梯前"凭我是她……男朋友"的那个场景。

亓优优左右看看身边这几位充满了"心事"的人,悠闲地喝着咖啡。

大家沉默了一会儿,李世伟打破尴尬,问道:"利总呢?"

李世伟的这一问,让郗同文瞬间抬起头,看向亓优优和方奇杰,她也期待起这个问题的答案。

"利总和何思源最早的航班飞上海,这会儿应该快到机场了。"

郗同文有些失落,林昊风将这她的表情看在眼里。

李世伟则跟没事儿人一样,说道:"利总还是这么自律啊,来三亚风景这么好的地方出差都没好好休息一下。"

郗同文来到机场,接到了一个电话。

"郗同文,谁允许你下交易指令,卖掉西涛股份的?"肖军一上来就质问道。

"肖总,我昨天在策略会上偶遇西涛股份的董秘,跟他聊了一下……"

"你去参加策略会就是为了堵王总的吧?"

"肖总,不是的,我觉得西涛新任董事长任年不会为西涛股份之前犯下的错误买单和妥协的……"

没等郗同文解释完,肖军就已经气愤地挂了电话。

郗同文叹了口气,这时电话又响了起来,郗同文以为是肖军,结果一看是她的爸爸。郗同文平复了一下情绪,接起了电话。

"爸……"

"我来北京了,今天没什么安排,见见吧。"

"好啊,我现在在三亚机场,一会儿回北京,要不,晚上一起吃个饭?"

"可以。"

"您这次住哪?"

"交通大学附近。"

"那离我家不远呀,我约个餐馆,地址一会儿发您。"

"你是不是从来都不做饭,每天都在外面吃?"

"怎么会?我不是怕我做的您嫌弃嘛!"

"我不嫌弃。"

"那好呀,我买点菜,晚上在家里吃。欸,我妈没来吧?"

"她没来。"

"太好了!要不然她一定吐槽我做的饭难吃。"

利慎远和何思源抵达上海下了飞机,坐车来到一家茶楼。利慎远下车后,转身对原本兴冲冲的何思源说道:"你不用上去了,在附近等我吧。"

"好。"何思源显得有些失落。

利慎远上楼时,柯文韬悠闲地坐在里面等他。

"来啦。"

"你要求的,我敢不来?"

"扯淡!最近约你多少回了,不是去这就是去那了。看来还是监管机构有面子啊。"

"今天来的什么人?"

"证监会的一个副处长。你别紧张,这只是一个私下的见面,喝喝茶,了解了解情况。"

利慎远冷冷笑了一下。

柯文韬看到利慎远这副表情,说道:"是我多虑了,你什么时候紧张过呀!"

"知道什么事儿吗?"

"说是电话里不太方便说,我估计多少跟你的圈子有关,要不怎么点名跟你喝茶?不过你肯定不是他们要查的核心人物,否则就不是在这里喝茶了,而是到会里(指证监会)去喝了。"

两人正说着话,服务员带着一男一女进到了包间。

"薛处!"柯文韬赶忙起身迎上前去。

利慎远在原地站了起来。

"柯总,好久没见。"

"好久不见,好久不见,这边坐。我给您介绍一下啊,这位是半岛基金的利慎远利总。慎远,这位是薛处长。"

"您好,久仰利总大名,这位是我们的主任科员小张。"

"薛处长好,张老师好。您坐。"

几人坐下后,柯文韬沏茶。

利慎远笑着说:"薛处长以前就知道我?我竟不知道该不该高兴。"

薛处长说道:"您真会开玩笑,我们虽然是监管资本市场的,但首先是要向资本市场学习先进经验,是吧?"

柯文韬笑着说:"这就好比警察抓小偷,起码要知道小偷的手法。"

"哈哈哈,不贴切,我们期待的是一个更规范的市场,监督违规行为是无奈之举。"

柯文韬附和道:"对对对。"

利慎远单刀直入地问:"不知今天薛处长想了解什么问题?"

"那我就不绕弯子了。据我所知,半岛基金的主要投资人之一是美国的BD基金吧?"

"目前差不多占半岛总盘子的三分之一吧。"

"听说 Charles 是您的导师?"

"算是我入行的领路人之一。"

"你们很熟?"

"当然。您有什么问题可以直接问,没关系的。"

"那您知道 BD 半年前在上海间接设立了一家基金吗?"

"这个……我不是很清楚。"利慎远有些惊讶,正了正身体,更显认真。

"通过我们的观察,这家基金长期做空国内股指期货。而半岛是其在国内的另一个重要分支,所以我们想知道你们之间是否有着某种默契……"

"薛处长,我想先澄清一下,半岛基金虽然有三分之一的资金来源是 BD,但我们的运行是完全独立的。按照协议,每一个投资决策都是由我们公司的基金经理来决定的,他们将资金交给我,是源于对我们的信任,只有中国人更能够理解中国公司的价值。因此呢,我不会接受 BD 的任何投资建议。"

"可往往信任比纸面的协议更重要。"

"没错,Charles 是我的导师,对我的支持和帮助也很大。但我之所以选择回国,而不是留在华尔街继续跟着他,说明我已经做出了选择,我对中国的市场更加信任。"

"据我所知,您在华尔街的时候与 Charles 配合得非常默契。"

"是的。但是目前,我们只沟通对宏观经济的看法,除此之外,并没有过多的交流。"

"他就没有对您表示过看空中国市场?"

"没有,恰恰相反,他一直对我表达的是看好中国市场。如果您说的做空股指的事情属实的话,那更说明我与 Charles 并没有信任可言了。"

"好的,希望我们不会在另一个场合见面。"

"我当然也这样希望。如果你们有想进一步了解 BD 基金,我也很乐意分享一下我的看法,或许没有哪个中国人比我更了解它。"

"哦？"利慎远这样配合的态度，倒让证监会的这位处长有些诧异，露出欣慰而惊喜的笑容。

　　晚上，郗爸爸坐在郗同文家的餐桌前，看着眼前满满一桌吃的，再看看餐桌中央的火锅，淡淡地说道："这就是你的手艺？吃火锅？还怕你妈嫌弃你手艺？这有手艺吗？"
　　"洗菜也是手艺呀。"
　　"我就说，你应该做学术，跟在我身边。"
　　"跟在您身边？您还不如我生活能自理呢！"
　　"我有你妈妈，你呢？"说完郗爸爸环顾看了看郗同文的房间，继续说道，"你就自己。"
　　"不要晒幸福啊，我将来也是要嫁人的。"
　　"是吗？毕业好几年了吧？你有嫁人的意思吗？"
　　话题聊到这里，郗同文突然变得认真起来，说道："爸爸，您觉得我找一个我喜欢的，但是……他……可能……不那么喜欢我的，可以吗？"
　　"这人的人品怎么样？"
　　"人品嘛，当然不错，否则我怎么会喜欢呢？"
　　"那你自己决定就好。你做什么选择，有什么样的后果，至少我和妈妈都会在你身后。"
　　"我觉得，有你们这样的爸爸妈妈，我的人生一定不会选错！我上辈子一定是做了什么了不起的事，这辈子才能做你们的女儿。"
　　"嗯，我上辈子一定是个天天吃苦的人，这辈子天天听你的甜言蜜语。"

　　利慎远、柯文韬和薛处长相谈甚欢，茶水续了一杯又一杯。
　　"我真没想到，您会这么支持我们的工作。"薛处长兴高采烈地说。
　　"应该的，如果能帮助会里一起让中国的资本市场成熟起来，我荣幸之至。"

"那您就不问问,我为什么这么关注 BD 基金?"

利慎远笑了笑,说道:"我知道这不是我该过问的。"

"那您这样跟我们介绍您客户的情况,不怕口碑不好?"

"客观评价客户,这并不违反我的职业操守吧?如果 BD 确实做了什么违规的事情,我想维护公平的资本市场环境也是每个圈内人的责任。"

"跟聪明人打交道就是舒服!利总,以前只是久仰您的大名,这次我对您印象深刻!"短短一下午的交流,薛处长满脸都是对利慎远的欣赏。

"要不我们吃个晚饭吧,毕竟都这个点儿了……"柯文韬说道。

薛处长颇为谨慎地说:"不了,我们有规定。虽然这只是私下的聊天,但饭就免了吧。"

"这都 8 点多了,咱们随便吃点晚餐,不过分吧?"

"柯总的随便,我可不敢去。哈哈哈。"薛处长开着玩笑,但依然拒绝得非常坚决。

"您看,都是自己人。"柯文韬还是尝试坚持一下。

"下次吧。"

"那成!下次一定啊。"

"好。"

晚饭后,郗同文洗着碗盘,郗爸爸站在房间里四处环顾。

郗同文收拾干净,从厨房里走了出来,此刻郗爸爸正站在那幅《燕归图》前仔细端详着。

"爸爸,干吗呢?"

"在看你这幅画——蔡公的《燕归图》。"

"是啊,当然,肯定是假的了。"

"在你这摆着的当然是假的了,只是你这幅,仿的人还是很有功底的,你看啊,一笔一线都精细入微,形象生动,画面整体很有质感。哪淘的?"

"哦,一个朋友送的,他说在地摊上看着好看就买了。"

"这可不是地摊货的临摹水准。不过这种以假乱真的仿品,要真流通到了市场上,也很害人啊。"

"有这么好吗?"郗同文也端详起来,慢慢她陷入了思索。

"同文……同文……"郗爸爸打断了她。

"嗯?"

"不早了,我回去了,明天早晨还有个学术会议。"

"哦,好。我送您。"

"不用,我打车回去就好。"

"我来帮您叫车吧,送您下去。"

小区楼下,郗同文目送爸爸上车。车子刚一启动离开,郗同文就立刻飞奔回家,她开始上网搜索关于这幅《燕归图》的信息。

送走了证监会的两人,柯文韬对利慎远说道:"现在的监管机构都很专业啦,你一张嘴,人家可能比你还懂。"

"他们应该是市场上最专业的人,执法者总要保持先进性。"

"不过,你说 Charles 他们要干什么?他在上海设基金公司没跟你提过?"

"没有。"

"那上次 Mark 来会不会也跟这个基金有关?"

"很有可能。"

"那按照刚刚薛处长说的,他这边跟你说看好中国市场,那边在境外做空股指,这是什么套路?我怎么看不懂呢?"

利慎远想了想,低声说道:"再看看吧。"

"那现在走吧,吃点饭去,我都饿死了。"

"呃,我想回去了。"

"回酒店?这才几点?饭还没吃呢!"

"回北京。"

"现在？晚上8点多了。而且我明天要见一个朋友,你去不去？潜在金主哈！除非你说北京有50亿等着你,否则你今天必须留下,明天再走。"

"嗯,那就……勉强再陪你一晚。"

"你变了。"

"什么？哪里变了？"

"你开始话多了,还爱开玩笑了。你有问题！"

"没有吧？"

"说！你回北京干什么？"

"工作呀。"

"肯定不是。你们这行在哪工作不一样？是不是跟那个小丫头有进展了？着急回去见女朋友？"

"没有啊。"利慎远嘴上说着没有,表情中却有按捺不住的幸福。

"哎呀,你这个表情管理能力,我真是服了。明天中午见金主,然后你就赶紧滚。今天忍一忍哈,注意你的表情,我受不了你这样！"

利慎远没有说话,也没有否认。

柯文韬搂着利慎远的脖子,边走边说道："快点给我 update（更新）一下最新情况。"

"没情况。"

晚上,李世伟正在金融街附近的一家餐厅包间外打着电话。

"嗯,成,持续关注,有变化随时通知我。好……"

这时突然有人拍了他一下,他回头一看,拍他的正是半岛基金的前客户总监蒋飞扬。

李世伟赶忙对电话那边的人说了句："我还有事,回头说。"

挂了电话,李世伟招呼了一声："蒋总！"

"李总！"

"好久不见。"

"是啊！你说市场就这么大，咱们俩居然几年了都没遇到过。"

"这不就遇到了嘛！"

"我听说你也从半岛出来了，现在基金做得风生水起。"

"哪里？蒋总现在在哪高就？"

"我来世辉资本了。"说着蒋飞扬露出些许得意。

"世辉资本？什么时候的事儿？"

"快一年了吧。在哪都比在半岛好，你说是不是？利慎远这种人，对外宣传得人模狗样的，实际上呢？好的时候对你千好万好，觉得你没用了，就一脚踹开，毫不犹豫。就你当年泰诚的那个事儿，那叫事儿吗？哪个经理没炒过消息股？哪个基金经理没亏过钱？他利慎远也未必就干净。明明是刘智明的锅，最后逼你辞职。"

"也没有，是我自己想辞职出来看看。"

"这又没别人，别假惺惺的了。"

李世伟只好转移话题，问道："你在世辉资本做什么？"

"世辉下面的一个基金，做副总，还是负责客户关系维护呗。我跟你说，你跳槽出来就对了，半岛现在真的不行，外资的钱都不给他了。"

"怎么讲？"

"具体的，我也没法多说，总之，你就等着看半岛基金陷落吧。"

晚上利慎远和何思源送喝醉的柯文韬回到酒店房间。

"利总，那您也早点休息吧。"何思源说道。

"嗯。"

两人分道扬镳后，利慎远并没有回房间，而是独自下了楼。酒店就在黄浦江边，此刻已是深夜，江边的步道已经没什么人。他想起了当年与郗同文在香港香江边时的场景，她粉红头发，身穿着那美少女造型服装，与他分享投资成功的喜悦。再想到郗同文昨晚酒后，在他怀中的告白……利慎远驻足，紧握着栏杆，肆意地笑着，哪怕只是脑中想想，也能抹平这疲惫的一天。

他想她,疯狂地想,他拿出手机,想要拨通她的电话,可时间已是深夜,想到郜同文或许已经睡下,还是按捺住了自己的情绪,将手机揣回兜里。想想自己如同毛头小子一样想一个小丫头,这感觉真好啊……

冬季的黄浦江边,有些阴冷,利慎远却不觉得。

方奇杰刚刚结束晨会,从会议室里走出来,手机响了一声。

方奇杰打开手机,见是李世伟的信息。

"在忙吗?晚上一起吃个饭?"

方奇杰微微一笑,编辑着:"好。"刚想发送,想了想却删掉了,转而发送:"晚上再看吧。"

李世伟看到方奇杰的回复却开心不已。

这时丽丽跟着方奇杰进了她办公室。

"方总什么事儿这么高兴?"

"我高兴了吗?"

"您刚刚在笑呀。"

"我笑了?"

"是啊。"

"哦,刚刚看了篇文章,确实挺逗的。"

"哦,这么好笑,您推我一下啊。"

"我关了,找不到了。"

利慎远跟着柯文韬来到一家餐厅的包间,有几个人已经到了,大都是陌生面孔,金悦雯在其中。

柯文韬打着招呼:"给你们介绍一下,这是我兄弟,利慎远。半岛基金的老板。"

"久仰!久仰!"众人寒暄着。

柯文韬和利慎远来到金悦雯面前,柯文韬打趣着说:"这位美女在金融圈都不能叫风云人物了,得叫风韵人物,华康证券金悦雯金所长。"

"有您这么介绍的吗?我怎么听着这么别扭呢?利总,您说他是不是有点欺负人?"

利慎远微笑着说:"确实不合适。"

柯文韬有些惊讶:"你俩认识?"

"我们何止认识?我们两个肯定比跟你熟。"金悦雯来到利慎远身边,笑着说,"利总,那天您怎么突然就走了?之后也没联系我。我还说帮您对接投资人呢,结果都找不到您的人影。"

利慎远下意识地躲了一下。

"哟?这里有故事啊!"

"那天我女朋友喝多了,我担心她,所以送她回去。"利慎远边说边给柯文韬使了个眼色,柯文韬瞬间明白。

"女朋友?我怎么没听说利总还有女朋友?我这边的消息是利总一直单身啊。"

"最近的事。"利慎远有些不好意思。

"那您女朋友是做什么的呀?是咱们这行的,还是……?"

"圈内的,有机会介绍你们认识。"

"您说说呗,咱们圈子就这么大,可能我就认识呢?"

利慎远有些难为情地笑着说:"还是等有机会遇到,我当面介绍吧。"

"看来利总把女朋友保护得很好嘛。"

利慎远笑而不语。柯文韬则是打着圆场说道:"哎呀,你是不知道,利总为了追这个小女朋友,那花的心思啊……"

金悦雯在社会上混迹多年,自然知道这两人一唱一和的劝退举动,也便识趣地笑了笑,讽刺地说道:"那就期待早日能喝上利总的喜酒!"

柯文韬说道:"这么多年了,这哥们儿就这么一个承认的正牌女友,我也拭目以待啊。"

金悦雯面色铁青。

郗同文来到金融街附近的一家餐厅,此刻亓优优正坐在一张桌前,看着菜单,还打着哈欠。

"抱歉,我又来晚了。"

亓优优看了眼手机上的时间说道:"还差一分钟,算你准时吧。"说完又打了个哈欠。

"你昨晚又去蹦迪喝酒了?"

亓优优边看菜单边点了点头。

"我真佩服你!前晚喝得这么大,昨晚还能这么喝!你哪来这么充沛的精力啊?"

"利总出差,这么好的机会我怎么能放过呢?"

"他还没回来?"

"今晚回来!你今天是找我呀,还是找利总呀?嘻嘻嘻。"

"当然是找你了。"

"我信你……才怪!"

"点餐吧,我请客。"

"那当然!难道我请吗?我为了你们操碎了心!"

"什么?"

"没什么……"亓优优诡异地笑着。

两人吃饭间,郗同文犹豫了一下,还是张口问道:"优优,你认识TR拍卖行的人吗?"

"认识啊,你有事儿?"

"如果我想知道某一个拍品被谁拍走了,你觉得可能打听得到吗?"

"我只是认识拍卖行,不是开拍卖行的,人家当然不会告诉我了。不过,你们如果只是想打听一下买家的大概身份,我倒是可以帮你问问。哪年成交的什么物件呀?"

郗同文想了想,说道:"不知道哪年成交的,是一幅画,蔡公的……"

"你不会是想问《燕归图》吧?"

"你知道?"

"你为什么想知道这幅图被谁买走了呀?"亓优优笑嘻嘻地问道。

"就是很想知道。"

"2018年,TR拍卖行,1950万成交。"

"那是谁拍走的呢?"

"你是不是见过它了?你在哪见到的,就是被谁拍走了。"亓优优说完目不转睛地盯着郗同文。

郗同文震惊并疑惑地看着亓优优,亓优优认真地点了点头。

郗同文脑中一片空白,她想说点什么,但什么都说不出。直到亓优优说道:"同文,吃饱了吗?回公司吗?"

"哦,好……"

郗同文一直不语,直到两人即将分开,她才缓缓问了一句:"利总晚上几点的飞机?"

"应该7点多到家吧。"亓优优故意透露的不是利慎远到北京的时间,而是到家的时间。

"哦。拜拜……"说完郗同文就回公司了。

亓优优看着郗同文的背影,虽然不知道郗同文为什么会问起那幅画,但直觉告诉她不是件坏事。

利慎远下了飞机,坐上车,看了看时间,拨通了电话:

"Hi, Charles. (你好,Charles。)"

"Good Moring, Lee. (早上好,利。)"Charles此刻正在他的庄园里享用早餐。

"The global market trend has been good recently, you should have made a lot of money, right? (最近全球市场走势都不错,你应该赚了不少吧?)"

"Your return rate is still the one I am most satisfied with. (你的收益率还

是我最满意的。)"

"Thank you for your compliment.(谢谢你的夸奖。)"

"How has the Chinese market been lately?(最近中国的市场怎么样?)"

"Not bad, what do you think?(还不错,你怎么看?)"

"I have always said that we must pay attention to the Chinese market, which is full of opportunities.(我一直都说,一定要关注中国市场,那里面充满了机会。)"

"I cannot agree any more. So how do you see the recent market trends?(我很认同。那你怎么看近期的市场走势呢?)"

"I'll leave these to you. I trust you, so I sleep well every night and don't need to worry about the market trends in that hemisphere.(这些就交给你们吧,我相信你,所以我每天晚上都睡得很好,不需要操心那半球的市场走势。)"

挂了电话,利慎远看了看窗外,对何思源说道:"思源,一会儿到了市里你就先回去吧,我还要去一个地方。"

"好的,利总。"

晚上,郗同文带着那幅画,站在利慎远公寓小区门口。北京的冬天,总是这么干冷,谁也不知道第一场雪什么时候来。郗同文来回踱步,时间流逝着,却迟迟没有见到利慎远的车子和身影。她回想起利慎远送她那幅画的场景,可怎么都想不透,这家伙为什么就那么轻描淡写地将一幅接近2000万的画送给她了,即便是自己让他产生了错觉和情感寄托,可那是1950万啊,多少人一辈子都赚不到这么多钱。

郗同文不时地向楼上望去,数着哪个是利慎远家的窗户,看看他是不是已经回家了。

时间已经到了晚上9点多,郗同文想要拨打利慎远的电话,看看他今天是不是还回来,可她看看怀中抱着的画,竟不知道在电话中要如何开口。郗同文思索着:"我来这里做什么呢? 看到他我该说什么呢? 扔下画就走吗?

还是我其实不是为画而来,只是想看看他?"

已经 10 点多了,利慎远家的灯却一直没有亮起,看来今天是见不到他了,或许他回了别墅,或许去了什么别的地方,再或许他已经跟其他人在一起了,毕竟离开三亚后,他一个短信或电话都没有过。这时天空中飘下了雪花。

郗同文叹了口气,拦下路过的出租车。

一路上她看着雪越下越大,这是北京今年的第一场雪,也很可能是最后一场。如同他是她第一个爱着的人,也可能是最后一个……

下了车,她低着头,缓缓走进单元门,黑暗中,低沉的声音吓了郗同文一跳。

"这么晚回家,去哪了?"

第二十一章

晚上,方奇杰还在加班,丽丽来到方奇杰办公室:"方总,您要的资料已经发您邮箱了,没什么事儿的话我就先走了?"

方奇杰看着电脑,并没有抬头,淡淡地说道:"好,早点回去吧。"

"哦,对了,方总,李世伟李总来公司了。"

方奇杰有些错愕,问道:"他来干什么?"然后又看了看时间,发现时间已经是晚上10点了。

"不知道,他都来了三个小时,也不说找谁,就在外面跟投研部那几个人闲聊,把好多人都聊下班了,他也不走。"

"哦,我知道了,你、你下班吧,早点回吧。"

"好。"

丽丽走后,方奇杰走到办公室窗边,看了看远处的办公区,李世伟正和陈凯聊着天,李世伟不断瞄着这边,见方奇杰在看他,马上招了招手。方奇杰躲闪开,回到了办公桌前坐下,她看了看手机,只见上面好多条李世伟的信息。

"奇杰,什么时候下班?我去接你?"

"我到公司楼下了。"

"还在忙吗?"

"我上去等你吧,你走的时候叫我……"

"……"

方奇杰发微信给李世伟:"你来干什么?"

"你忙完了?我来接你下班啊。"

"先到楼下等我吧。"

"好嘞!"

挂了电话。

李世伟开心地对陈凯说:"不聊了,我走了。"

"李总,您到底在等谁啊?"

"呵呵,我等一位朋友,也在盛泰大厦里面,在楼下,对,就在楼下……"

"哦,那李总再见啊。"说着陈凯起身要送李世伟。

"别送别送,我自己走就成,千万别送。"

"好。"

李世伟走后,陈凯也是一脸蒙,不知李世伟到底是何用意。

李世伟在路边接上方奇杰,说道:"加班到这么晚,还没吃饭,你该不会要走林黛玉那种病恹恹的美女路线吧?"

"你第一天入行吗?要紧的时候哪里顾得上吃饭?也没见圈里谁是走林黛玉路线的。"

"我请你去吃个夜宵……"

"这么晚,还下雪,还有地方开着吗?"

"有啊!"

车子缓缓停到一个便利店门口。

"你说的吃夜宵的地方是便利店?"

"别着急,等我一会儿,你别下车啊。"说完李世伟独自下车跑到便利店里,买了一些东西又回到车上,他掸了掸身上的雪。

"外面好像还挺冷。"

"嗯,是挺冷,要不怎么让你在车上待着?"

李世伟启动车子。

"这方向是去……？"

"你家啊。"

"我家？！"

"不然呢？这么晚了，除了24小时的快餐，你还能吃什么？"

李世伟将车子停在方奇杰小区门口的路边，拎着从便利店买来的东西，说道："我做给你吃。"

两人来到方奇杰的家，李世伟一进门，见这个家里空空荡荡，装修也极简。除了摆在门口的一双高跟鞋，丝毫看不出这是个女人的家。

李世伟笑了笑说道："方总，这是你家？"

"我家怎么了？"

"你这也太……"

"什么？"

"太干净了。"

"有保洁每天打扫，我没有那个闲情逸致打扫房间。"

"但是房间里的东西是你买的吗？"

"是啊！有什么问题？"

"女孩儿不都是喜欢粉粉嫩嫩的颜色吗？你这里不但装修得很素，连拖鞋居然都买灰色的，我还是第一次见女人的家像你家这样。"

"看来没少去女人家啊。"

"别、别、别误会，我也没去过谁家，我都是自己觉得的。"

方奇杰哼了一下，没有说话，将便利店的袋子拎起。

"我来我来，我来做饭，你就等着吃吧。"李世伟抢过方奇杰手中的食材，走进了厨房，忙碌起来。

方奇杰坐在餐桌边，看着李世伟在厨房忙碌的身影，不禁笑了笑。

郗同文刚进单元门，黑暗中突如其来的一句"这么晚回家，去哪了？"，着实吓了郗同文一跳。但她瞬间听出了这声音的主人。她背对着黑暗中的人微笑着,缓缓说道:"像某人一样,在别人家门口站到现在。"

利慎远从黑暗中走了出来,说道:"我想你了。"

没等郗同文再回应,利慎远吻了过去。他将这一年多压抑的情绪全然释放,将她抵在楼梯的墙上,一遍遍吻吮她的唇。郗同文原本还有些抵抗,可在利慎远这熟悉的味道中,她整个人无端发软,当她有意识的时候,发现她的手早已不受控制地紧紧勾住他的脖子,被他吻得全身都仿佛飘浮在空中。

利慎远喘着粗气,在郗同文的耳边低沉着说:"郗同文,我喜欢你,你谁也不是,你就是你自己。"

说完就将郗同文直直抱起,上了楼。

来到门口,郗同文有些娇羞地说道:"放我下来吧。"

利慎远这才放下她,双手却不肯离开郗同文的身体,依然环着她的腰,直到郗同文开门,两人走进来。

利慎远用脚带上房门,刚要再次吻向郗同文,郗同文捂住了他的嘴,说道:"先说清楚。"

"说清楚什么?"

郗同文挣脱开利慎远,将画放在桌上,慢慢悠悠脱下大衣,坐在沙发上,说道:"画怎么回事?"

利慎远像个犯了错的小孩儿,穿着大衣站在门口。

"这幅画,不是你从地摊随手买的……"

利慎远没有回应,而是静静地看着郗同文的双眼,想听听她想说什么。

"是你从拍卖行花了1950万拍的。"

利慎远依然没有说话。

"为什么就那样送给我?"

利慎远没有想要回答的意思。

"你怎么可以这样?!"郗同文突然大叫道。利慎远低下头,生怕郗同文因为这幅贵重的画而拒绝他,脑中飞速地思索着应该如何应对。

"这么贵的东西说送就送！要是我又送人了呢？要是我因为讨厌你就扔了呢？"

"嗯？"利慎远瞬间惊讶地抬头，原来她竟然在意的是这些。

"天啊，我原来一直身家接近2000万，竟然不自知……"

"那个……"

"我要把这幅画藏在哪呢？你有没有开银行保险柜之类的，我存进去……"

"同文……"利慎远想打断她，结果她完全不理会自己。

"我是不是应该告诉我爸妈，居然有个富豪送近2000万的画来买我……"

"嗯？"利慎远惊讶地看着越说越离谱的郗同文。

"我是不是应该把它扔回给你，显得我不为金钱所动？"

"啊？"

"那怎么行？我是干投资的，我怎么可能不爱钱呢？"

利慎远哭笑不得地看着郗同文，她自顾自地继续说道："不行不行，你得立个字据，咱们说好了，就算分手，这画我也不还了。你这是赠予的！"

利慎远听着她自说自话，突然眼前一亮："分……分手？等等，你答应跟我在一起了吗？"

"谁答应你了？"

"你刚刚说的，就算分手也不还，至少说明，我们现在是在一起的呀。"

"我说了吗？我没说吧……"

这时利慎远不由分说，直接将郗同文压倒在沙发上，居高临下地看着她，嘴角勾起一抹笑意，猝不及防地吻向她。两人缠绵片刻后，利慎远脱去厚重的大衣外套，撑起身体，看着郗同文的眼睛，然后在她耳边轻轻地说道："我希望我的燕子能飞起来。但是，现在……现在……我希望我的燕子飞回来。"

郗同文明白，利慎远是在解释当初送她那幅画的理由。她双手勾住利慎远,深深看着他,不再被动接受利慎远的爱意,而是主动吻了上去。

窗外的雪越下越大。

方奇杰和李世伟吃过了饭,李世伟起身要收拾,方奇杰说道:"别收了,太晚了。明天让保洁阿姨收拾吧。"

"哦,好,那我……"

"不早了,你回去吧。"

"好……"

李世伟来到门口穿上衣服,换好了鞋子,有些不舍地说道:"那我回去了?"

"嗯。"

"对了……"

"什么?"

"我昨天见到蒋飞扬了,他跳槽去世辉资本了,貌似对半岛还有些怨言,你……小心点,也提醒利总注意一下世辉的动向。"

"哦,谢谢,我会关注的。"

"那……我走了。"

"嗯。"

"你关门吧。"

"嗯。"

方奇杰关上门,靠在门上,默念着:"不可以,不能跟他成为每次见面都上床的关系。"

李世伟看着关上的房门,有些失望地离开了。

早晨,郗同文从睡梦中醒来,此刻利慎远已经端坐在沙发上看着书。一夜大雪之后,外面的阳光很好,通过窗子照到地板上,让人觉得暖洋洋的。利慎远不经意间抬起头看了一下郗同文,发现她正在看着自己,笑着合上了书,说道:"偷看我?"

"我没有偷看,我是在大大方方地看。"

利慎远看了看表,起身凑到郗同文脸庞前说道:"你每天都这个时间起床?"

"几点了?"郗同文惊坐起。

"7点半。"

"天啊,我早晨还有晨会!我还有工作要汇报……"说着她跳下床,冲进了洗手间。

利慎远在厕所门外说道:"吃了早饭我送你去,我刚在楼下买了早饭。"

"我哪还有时间吃早饭?"

"再忙也要吃早饭吧,一会儿路上吃,实在不行,我帮你请假。"

郗同文刷完牙,漱了漱口,说道:"请什么假?跟谁请假?"

"跟贺鹏呀,他不是你们投资总监吗?其实他是我在美国时的学长,只是他一毕业就回国了。"

"我为什么需要你请假?"

"因为我是你男朋友啊。"

这句男朋友说得郗同文有些不好意思,脸上难掩心中的窃喜,利慎远直接将她搂在怀中亲了亲。两人收拾好出门,坐上了利慎远的车。

郗同文坐在副驾驶上,问道:"你昨晚自己开车来的?你昨天喝酒了吧?"

"中午喝了一点,司机送我来的,我让他把车留下,让他打车回家了。"

"你都已经计划好要在这过夜了?!"郗同文惊讶地看着利慎远。

"这里是不是要右转呀?"利慎远尝试转移话题。

"为什么你觉得我一定不会拒绝你?"

利慎远笑着说:"我猜……你应该可能还是有那么一点喜欢我的,我就努努力呗。"

"谁给你的自信？"

"当然是你啊。"

"我？我没有吧？"

"同文,答应我一件事儿吧。"

"什么？"

"以后不要喝酒了,无论什么事儿都不要把自己喝醉,这样很危险。"

郗同文有些难为情地说："那天是你把我送回去的？"

"是啊,那你还记得你对我说了什么吗？"

"我说了什么？"郗同文顿时紧张起来。

"你说你离不开我,永远要和我在一起。"利慎远笑着说道。

"不可能！"

"那你说！你都说什么了？"

"我肯定不会说永远和你在一起这么老套、煽情的话。"

"确实是我解读的。"利慎远得意地笑着,继续说道,"你说的原话是,你喜欢我。"

"那也不可能！"

"你不承认我也没办法证明,下次你再敢喝多,我就给你录下来留证,还要发给所有人听。"

郗同文有些难为情,笑着看向窗外,不理会利慎远。

车子来到了云夏基金的门口。

郗同文刚要下车,利慎远一把将她拉回,说道："中午一起吃饭吧。"

"今天我可能会很忙。"

"云夏这么压榨员工吗？工资那么低,还挺忙！"

"瞧不起谁呢！"

"以后只要都在金融街,每天中午必须一起吃饭！"刚刚还是央求,这会儿利慎远又变成了命令的语气。

"中午都要参加午餐会的,要不我怎么搜寻市场信息呀?"

"那至少留两天给我。"

"我看看吧。"说完郗同文就要走,再次被利慎远拉了回来。

郗同文说道:"怎么啦?我要迟到了。"

"就这么走?"说着利慎远的脸就凑向了郗同文。

郗同文赶忙用手捂住了利慎远的嘴巴,说道:"这是公司门口,我跟你坐在同一辆车里,被同事看到就已经让我解释不清了……"

"为什么要解释?你不会是想玩地下恋情吧?你应该不在意别人怎么看吧?"

"地下恋情?我没想过!可我想要的是公司的认可,而不是在公司里面出名!"说完,郗同文趁利慎远不备,冲下车就进了公司。

利慎远笑眯眯地看着郗同文的背影直到消失,才开车离开。

半岛基金里,何思源跑到陈凯身边,激动地说道:"快看快看,利总的朋友圈!"

"利总的朋友圈?利总有朋友圈吗?"陈凯疑惑地问道。

其他人也都围了上来,议论起来:"利总居然发朋友圈了!"

何思源激动地说道:"刚刚别人给我打电话,问咱们公司是不是拉到超级客户了,还是重仓了哪只妖股,业绩翻倍了。"

"发的什么啊?"陈凯边说边打开手机微信,点开朋友圈,只见利慎远竟然发了一张三亚的海景,并配了三个字:"找到你!"还加了两个阳光笑脸的表情。看完之后,陈凯瞬间也蒙了:"什么情况?"

其他人也都议论纷纷:

"虽然最近业绩不错,但是没听说哪只妖股咱们重仓了呀……"

"肯定是募资有了重大进展了呀!"

……

丽丽来到方奇杰的办公室,好奇地问道:"方总,听说咱公司找到个大客户?给咱投多少钱?10亿?50亿?"见方奇杰表情疑惑,没有回应,丽丽又继续问道,"难道是100亿?"

方奇杰这才问道:"什么大客户?"

"圈里都传开了,咱们公司找到了大客户!"

"我怎么不知道?"

"您没看利总的朋友圈吗?"

"利总还发了朋友圈?"

"是啊!你快看看!"

方奇杰打开手机,看了看,也甚是疑惑。

亓优优在茶水间泡茶,何思源跑了进来,问道:"优优,利总呢?"

亓优优笑着回道:"估计快到公司了吧。"

"你看利总朋友圈了吗?跟我说说呗,什么情况?"

"你问利总呀。"

这时利慎远春风满面地走进了公司,众人都用异样的眼光看向利慎远,亓优优跟何思源招呼了一声,就赶忙尾随着利慎远进了办公室。

利慎远边将外套大衣脱下,边问道:"这两天公司有什么事儿吗?"

亓优优顺势接过来,边帮他挂好衣服边说:"公司没事儿,但是我觉得您有事儿。"

"我有什么事儿?"

"老板,您今天到得有点晚哦。"

"有问题吗?"

"有!"

"什么问题?"利慎远看向亓优优。

"您的衣服有问题。"

"我的衣服怎么了?"利慎远看了看自己的衣服,不解地问道。

"我要是没记错,这套是夏季款的,是您去三亚出差带的那套。"

利慎远看着亓优优,一脸的无所谓,笑呵呵地等她接下来的分析。

亓优优继续说道:"为什么利总昨晚从上海回来,今天还在穿三亚的衣服呢?只能说明您昨晚没有回家。"亓优优笑嘻嘻地凑到利慎远面前,问道,"利总,说说呗,昨晚去哪了?"

"我正想问你,那幅画是不是你告诉郜同文是我拍回来的?"

"是啊!她问我,我总不能欺骗好朋友吧,再说您又没告诉我不能说。那幅画怎么了?"

"没什么。"利慎远笑着说道,"出去吧!把门给我关上,然后让方奇杰10分钟后来我办公室一下。"

"您先告诉我,那幅画怎么了嘛!"

"出去!"

"再帮您我就是狗!"她说完就要离开。

"等会儿!"

亓优优笑着停下脚步,等着利慎远说话。

"那个……这两张演唱会的票,送你吧。"说完利慎远打开抽屉,拿出了两张演出的门票放到了桌子上。

亓优优赶忙回头拿起桌上的票说:"我最喜欢这个歌手了。还是内场前排票。利总,您知道我为什么最爱为您做事吗?"

利慎远假笑了笑,继续看着电脑上的邮件,完全没有想知道原因的意思。

亓优优则只好自己说出原因:"因为您就是这么大方!继续保持!"

"你也是!继续保持!"

"那是一定!"

郜同文刚到公司,在走近工位的过程中,眼睛一直盯着肖军的办公室,只见肖军皱着眉头看着电脑屏幕。她放下东西便来到肖军的办公室门口,深吸一口气,方才敲了敲门。

"进!"里面传出不耐烦的声音。

"肖总。"

肖军看了一眼是郗同文,一改往常对郗同文和蔼可亲的模样,板着脸看着电脑屏幕不耐烦地说道:"什么事?"

"肖总,我想跟您解释一下,关于西涛股份,我觉得……"

"不用跟我解释,这不是你权限范围内的吗?不过到一季度末,如果你的业绩达不到几个基助里的前 30%,你的考评我估计很难合格。你也看到了,你卖掉西涛之后,它这两天涨幅都很可观,我建议你好好想想未来两个月的投资策略,能否把这个缺口补上。"

"好的,肖总,我会努力的。"

这时肖军才抬起头,似笑非笑,轻蔑地看着郗同文说道:"别跟我说努不努力这种话,基金经理这行,人人都想做,也最好评判,想浑水摸鱼是不行的,我们看结果。"说完他又继续看着电脑上的数字。

郗同文见他这个样子,只好说:"您说得有道理,那我先出去了。"以此了结了这场谈话。

郗同文出来后,长舒了一口气,自己明明没做错,却感觉像个做错事的小孩儿。

卢山走了过来,说道:"我听说你卖了西涛股份,让肖总很不高兴?"

"嗯。"

"不过你也是,肖总不想卖那你就放着呗,何必较劲呢?"

郗同文有些尴尬地笑了笑,卢山继续说道:"你啊,就是太学院派了,每天的注意力全都放在了投研上,根本不关心公司的事情。"

"什么事情?"

"肖总这两年正想升副总,现在业绩对他来说太重要了,要不为什么强行把你从申总手里抢过来?一方面是怕申总加了你这个得力干将业绩比他好,另一方面是需要你发挥作用!"

郗同文听着这番话陷入了沉默。卢山见状,继续说道:"同文,你加油哦,最近你的业绩压力不小哦。"

方奇杰来到利慎远的办公室。
"利总,您找我?"
"嗯。最近关注一下股指期货和相关的资讯。另外,你帮我看看蒋飞扬最近在做什么。"
"好,是有什么问题吗?"
"嗯,现在还不确定,但是 Charles 好像越过我们进入中国市场了,我暂时还不确定中国这边是谁在帮他做事。"
"昨天李世伟跟我说,蒋飞扬去世辉资本了。"
"世辉资本……"利慎远思索片刻。
"您觉得有没有可能,是世辉资本在帮 Charles 做事?"
"我关注一下,你也从各种渠道打听一下吧。"
"好!"
"忙去吧。"
"利总,您的朋友圈……"
"怎么了?"
"圈内都传开了,说我们找到了大客户。"方奇杰打趣地说道。
"这样吗?"利慎远顿时露出笑容。
"那么,真的有大客户吗?"
"没有。"利慎远果断否认,然后低语道,"不过,比客户重要。"
"您说什么?"
"没什么……"
方奇杰笑着说道:"那我出去了。"
利慎远看着窗外的天际线,脸上的笑容不自觉地洋溢。

中午,郗同文还是照例参加了券商分析师搞的午餐会,听着分析师和同行讲述着对市场的看法,回去后复盘市场的走势,做着相关功课。

不知不觉到了傍晚,利慎远的电话打了进来。

"喂。"

"我在你公司楼下。"

"可是我还有工作没弄完……"

"5分钟……你没下来我就上楼去找你。"说着利慎远就得意地挂断了电话。

郗同文赶忙慌慌张张收拾好东西跑下了楼,只见利慎远就站在云夏基金的门口时不时和认识的人打招呼,后来竟还与投资总监贺鹏相谈甚欢。郗同文只好躲在里面,直到贺鹏离开,她才走了出来。

"你干吗站在这呀?"

"接我女朋友下班,我站在这里合情合理。"

"我怎么感觉你就是想让我出名呢?"

这时,张文垠和顾子豪从云夏基金的办公楼里走了出来。

"利总?"张文垠惊讶地打了个招呼。

"张总!"

"利总在这是……?"

"利总路过这,刚好碰到了,跟我闲聊两句市场的看法。"郗同文抢先说道。

"哦。你们俩的投资风格很像!"

"利总是我老师。"郗同文笑着说道。利慎远则对这个解释很不满意,不高兴地看了看郗同文。

"这样啊,那难怪了。"

"利总,您还记得我吗?"顾子豪笑着问道。

"小顾嘛,怎么会不记得?"

"是,是……"

"张总,您这是要去哪?"郗同文故意提醒了一下张文垠。

"哦,我跟小顾参加个饭局。对了,饭局上的几个人你都认识,要不要一起呀?"张文垠转头问向利慎远。

"改天吧,我也想跟你们聚聚,但是我今天约了人。"

"那成!你们先聊,我们先走了啊。"

"同文,要不你跟我们去?"顾子豪问道。

利慎远迅速说道:"她跟我都约了人。"

"那好吧,明天见。"

"拜拜。"

张文垠和顾子豪走后,郗同文笑嘻嘻地说道:"凭什么说我约了人?"

"我站在这里,你还想去跟他们吃饭?"

"金融圈,多认识点人总是好的呀!"

"认识的人不是越多越好,要懂得抓住重点,生命中只需要关键的三五个人。"

说完,利慎远试图搂着郗同文的肩膀,郗同文却快速闪躲开来。他只好无奈地指了指远处的车子,两人向车子走去。

上车后,郗同文问道:"我们现在去哪?"

"先去个地方!然后,带你见一下关键的人!"

利慎远将郗同文带到了购物中心,来到一家品牌手表店中。

郗同文有些疑惑地问道:"来这干什么?"

"先进来吧。"

两人走进表店,利慎远拉着郗同文来到她上次试戴手表的地方,对店员说道:"这块手表,我想看看。"

店员热情地将手表拿出,再次用那似曾相识的话语说道:"您真是好眼光,这是我们的经典款,纯手工打造,融合了极复杂的钻石镶嵌工艺……"

利慎远完全没有听店员如何介绍,将郗同文的手轻轻拉起,又拿起手表戴在了郗同文的手腕上。

"你怎么知道……?"

利慎远说道:"以后只能戴我送的!"

"什么意思?"

"字面意思。"

原来,那天他受邀参加饭局,看到郗同文与林昊风在手表店,这一直让他耿耿于怀。席间他在饭局中途跑了出来,与店员确认了郗同文刚刚看过的那款表,才心满意足地离开。

利慎远拉着郗同文离开手表店。

郗同文问道:"现在去见关键的人?是谁?"

他们来到了一个餐厅,柯文韬已经在等他们了。没等两人坐下,他就抱怨道:"你约我,你来这么晚。"

"我得去接她呀。"

"这就是你说的关键人物?"郗同文问道。

"算是挺关键的人物吧。"利慎远当着柯文韬的面,故意说得漫不经心。

"在一起啦?"柯文韬八卦地问道。

"点菜。"

"点过了,那个……小丫头,有什么忌口吗?有的话我再交代一下。"

"忌不好吃的,其他没有。不过,你干吗叫我小丫头?我马上就30了!"

"一上来就暴露年龄的女士,我还是第一次见。"

"说明我自信呗。"郗同文笑着答道。

"嗯,在我们两位老年人这里,你是应该自信点。那今天喝点什么?"柯文韬问道。

"不喝了,一会儿送她回去。"利慎远淡淡地说道。

"叫代驾啊。"

"算了。"

"那美女不开车吧？喝点什么？"

"她不喝。"利慎远立刻说道，生怕郗同文再像上次一样喝多。

"成，吃了饭咱就赶紧散，我去赶二场。说吧，约我什么事儿？不会就为了显摆有女朋友了吧？"

"不行吗？"利慎远笑嘻嘻地说道。

"我认识你二十多年了，你也就现在这么得意，让你得意一下吧。"

利慎远得意地牵起了郗同文的手。

柯文韬嫌弃地看着利慎远在自己面前晒幸福。

利慎远缓缓说道："说正事吧，Charles在上海的公司我查到了。"

"这么有效率？"

"现在都是信息时代了，很容易。"

"具体情况是……？"

"世辉资本。"

"杜建民？"

"我猜是蒋飞扬帮他们牵的线，目前蒋飞扬在帮杜建民做事。"

"你看吧，当时干吗那么冲动？开除就开除呗，还给人家臭骂一顿，这下把人给得罪了，一点都不像你的作风。同文，你说他是不是不对？"

"什么？"郗同文被问得一脸蒙。

"把人骂跑了，这不就撬你的客户了嘛！"柯文韬说这番话的时候还不忘看看郗同文。

"他干的就是拉投资的活，我不冲他发火，他就不撬我客户了？"

"那现在什么情况？"

"半年前，世辉与BD合作成立了一家私募基金。我今天各方打听了一下，基金的规模远超半岛。"

"比现在的半岛还大？"

利慎远点了点头。

"他们真的是做空股指的人吗？"

"这个很难查，但是我昨晚与 Charles 电话稍微沟通了一下，探了探他对中国市场的看法，他没有给我正面的回复。"

"老狐狸！"

"没有回复就是回复。"

两人默契地相视笑着点了点头。

"你们是说 BD 基金与世辉资本偷偷在上海设立了一个规模更大的基金，专门做空中国股指？"郗同文问道。

"对了，她还在这，我们这么说商业秘密，不会被你告诉云夏吧？不过，小姑娘，你就不能表现得笨一点吗？这样男人才会喜欢你。"

"再说一次，我已经快 30 了，不要叫我小姑娘！男人是不是都喜欢那种什么都不懂的小姑娘？"

"他不喜欢。"柯文韬指了指利慎远，"他就一直喜欢聪明的。"

"他以前的女朋友都什么样？"

利慎远马上咳了咳。

柯文韬笑着说道："这个话题，我们利总不喜欢。话说回来啊，谈谈朋友我们男人当然喜欢笨笨的美女，又好看又好骗，但要结婚，那当然是要找能够共进退的人了。"

"如果找老婆还看能力，是不是不自信的表现呢？"

"这是理性的表现。"

"那您结婚了吗？"

"他的太太也是燕大的，生物学博士，两人从大学那会儿就在一起了。"利慎远替柯文韬回答道。

"不好意思，让利总嫉妒了。"柯文韬笑嘻嘻地说道。

这时一通电话打了进来，利慎远拿起手机看了一眼，说道："我接个电话。"

柯文韬看着利慎远的背影，对郗同文说："你知道慎远那年为什么把蒋飞扬骂了一通吗？"

"我怎么会知道?"

"当然是与你有关,我才问你呀。"

"我?"

"蒋飞扬和方奇杰把你置于险地,差点让你吃了杜建民的亏,他控制不住怒火。换成别人,他就算是不赞成,也不会这么大动干戈。"

"我以为他……"郗同文没有说出。

"你以为他是正义的使者,会救所有小姑娘于危难之中?"柯文韬笑了笑,继续说道,"你别忘了首先他是个商人,而且控制情绪是每个成年人的基本素养,这圈里天天都在发生这种事儿,经常暴跳如雷的话,你以为他怎么混到今天的?"

郗同文远远看了看利慎远的身影,回想当年他为了自己得罪杜建民的样子,心中有些甜意,自己也是从那个时候开始喜欢他的。

晚上回去的路上,郗同文一直看着利慎远。

"看什么呢?"

"没什么。"

"今天工作累吗?"

郗同文叹了口气,说道:"前几天我清空了西涛股份。"

"自己承认财务有问题的那家公司?"

"嗯。"

"合情合理。怎么,肖军对你有意见了?"

"你怎么什么都知道? 你是不是在我们公司安插眼线了?"

"卖掉财务造假公司的股票,这么合情合理的事情,你还叹气,只能说明是肖军跟你的意见不一致了。"

"也有可能是我亏了很多,割肉难过呀。"

"不会的。我眼里的郗同文不会连这点理性和心理素质都没有。"

"肖总认为,他们业绩预告盈利,就说明风险解除了。而且西涛集团这么大体量,肯定会救上市公司。"

"你为什么卖?"

"明明刚刚宣布前些年的业绩都是造假的,居然能够这么快扭亏,本身就存在很多疑问。"

"但他们发业绩预告前大多会跟会计师沟通。"

"是的,肖总也这么认为。可我还是觉得有问题,既然我觉得有问题,还拿着投资人的钱去赌,太冒险了。而且我最近看了几家公司都不错,真的没必要用资金去博这个收益。你怎么看呢?"

利慎远笑了笑,说道:"既然有自己的想法,坚持就好了。"

"是啊,我已经卖了。我们不允许买 ST 公司的股票,所以也买不回来了。"

"很好呀,给了你一个坚持想法的理由。"

"只是,我最近的业绩压力比较大。"

"为什么?我看了天壤 2 号的业绩不错呀。"

郗同文见利慎远竟然这么关心自己,连管理基金的业绩都会关注,心里泛起一丝甘甜。

"只是西涛这两天涨这么好,有些压力。"

利慎远没有说话。

"你在想什么?"

"我知道你一定有自己的想法,我在等你说。"

"我还以为你会安慰我说,我们是长期的价值投资,几天的涨跌对我们来说并不重要。"

"这种显而易见的话还需要我安慰吗?我觉得你早就想明白了。"

郗同文得意地笑了笑,说道:"没错!嗯,那今天你们说的 BD 的事情,会对半岛有什么影响吗?"

"我还不确定,还需要进一步观察。"

"好奇怪。"

"奇怪什么?"

"我还以为跟你这样的人物谈恋爱就可以每天吃好的、穿好的,再也不用工作了呢。怎么我们三句话都离不开工作呢?"

"你是这么想的?我以为你喜欢聊工作呢?那你想聊什么?"

郗同文笑着摇了摇头。

利慎远将车子停到了郗同文家的路边。

"我到了。"郗同文说道。

"虽然北京很堵,但为什么总觉得送你回来的路太顺,红灯太少,堵车太少。"

郗同文笑着说:"你是学物理的,还这么唯心呀!"

"如果你学了物理,你就会发现这个世界的神奇与不可解释。所以很多物理学家研究的尽头,有时候就是唯心的。"

"那……我回去了?"说着郗同文解开了安全带。

"嗯!"利慎远嘴上同意,却将郗同文拉了过来,紧紧抱住。

郗同文幸福地笑着,说道:"好啦,赶紧回去吧,不然明天优优又要嘲笑你没换衣服了。"

"她也跟你说了?"

"是啊,你不换衣服她嘲笑我半天。"

"我这个小秘书,真得好好管教一下了。"

一日,郗同文刚参加完上市公司的路演,突然手机里弹出消息:《西涛股份发布业绩预告更正公告》。郗同文还在读着,突然电话响起,打进来的是卢山。

"同文,看到公告了吗?"

"刚看到。"

"天啊,西涛居然更正了之前的业绩预告,去年全年从盈利直接调整成亏4亿—5亿,这恐怕要退市了吧?你真是神了,借着之前业绩预告盈利的那拨上涨,成功逃顶呀!你这一战又要出名了。但是这次肖总惨了,他下面的两只大基金全都有很多西涛的股票,这次恐怕损失惨重。"

"我这边比较吵,我们回公司再说。"

"好!今年升基金经理了,可别忘了谢谢我啊。"

"放心吧,我什么时候忘恩负义过?"

挂了电话,郗同文长舒一口气,却也高兴不起来,她默默地走出路演活动的酒店。

这时,利慎远的电话响起。

"在哪?"

"刚参加完一个公司的路演,就在公司附近。"

"我去接你。"

片刻之后,利慎远将车停在郗同文身前,她这才挤出笑容。

郗同文问道:"去哪?"

"到了就知道了。"

"哦。"

"怎么看起来不开心?"

"西涛股份刚刚发布业绩预告的更正公告。"

"亏损了?"

"嗯,巨亏。"

"值得高兴,但也值得担忧。"

"那你说说看,我在担忧什么?"

"担忧你的英明决断会显得肖军蠢笨如猪,他提拔不了,你的日子也不好过。"

"是啊。"说着郗同文再次叹了口气。

"还是大机构锻炼人。"

"嗯?"

"想问题成熟了。不过我还是喜欢以前那个不管不顾地向前拼的你。"

"可这就是职场啊。现在想想,如果不卖,这股票本来就是肖军移交给我时就有的,现在就算亏了,也没人会说什么。反倒是卖了,之前是业绩有压力,现在是人际关系有压力。"郗同文叹了口气,利慎远却毫无波澜,郗同文看了看他,继续问道,"如果是你呢?你会怎么选择?"

"基金经理这个行业,好业绩不容易,但好业绩显而易见。"

"所以……"

"没有一个老板和领导会抗拒业绩好的下属,就如同一个公司的老板面对脾气再坏的金牌销售都会包容一样。"

"所以如果是你,你会选择业绩。"

利慎远笑了笑,没有说话。

"我不该问你这个问题,我在半岛好几年,怎么都忘了你的行事作风了?"

"那你说说看,我什么行事作风?"

"你不知道大家怎么看你?"

"我很想听听。"

"哼哼哼……"郗同文假笑了几声,说道,"有机会再告诉你。"

两人聊着天,车子向城外开去,来到了利慎远的别墅,郗同文竟有些紧张与尴尬。

利慎远停好车,快速下车,走到郗同文这边帮她打开车门。

"下车吧。"

郗同文缓缓走下车,问道:"我们来这做什么?"

"约会啊。"

他们走进别墅,只见餐桌上已经摆了小龙虾,这让郗同文瞬间两眼放光。

"洗洗手赶紧吃吧,应该还是热的。"利慎远笑着说道。

郗同文开心地看了看利慎远,利慎远对她使了个眼色,示意她快去洗手。当她回来时,利慎远已经摆好了酒杯,开了一瓶白葡萄酒。

"小龙虾配白葡萄酒？这是什么喜好？"

"你就将就吧,这边我不常来,刚刚想起没有啤酒和饮料。"

"这么贵的酒,怎么能用'将就'这个词？"

利慎远笑而不语,倒了两杯酒。

郗同文笑着说道："你不是不让我喝酒了吗？"

"那是不让你在外面和别人喝,让有些人有可乘之机。"

"我只记得,那天是我唯一一次喝多,还是你送我回去的,占我便宜,你说的是你自己吧？"

"我可没有,是你抱着我不松手。"

"不可能！"

这时,利慎远举起酒杯,说道："庆祝一下。"

"庆祝什么？拉到大客户了？圈内都传遍了,利总挖掘了一个大客户。"

"是啊,一个我要服务终生的大客户。"利慎远看着郗同文,她也明白了他的意思,与利慎远碰杯而饮。

"这个大客户什么样啊？"郗同文明知故问道。

"一个小女子,很倔强,很要强,最近,我发现她还是个小财迷。"

"那你为什么还要找她呢？"

"你说呢？"

郗同文尴尬地笑了笑,低下了头,她想着："因为我和你心中的她很像吧。"

利慎远与郗同文躺在利慎远家的沙发上。

"周末做什么？"

"周六上午约了张小西,好久没见了。"

"哦,那陈凯呢？"利慎远的言外之意是,"那我呢？"

"他啊！在姐妹面前只能靠边站了呀。"

"地位这么低？"

"开玩笑的啦！他出差了,没有跟你报备吗?"

"我从来不管这些的。"

"是啊,您老人家只看业绩。"

"那……明天我等你吃晚饭?"

"好啊,到时候我给你电话。"

"嗯,我去接你。"

"哎呀,突然觉得很得意。"

"为什么?"

"恐怕这个世界上,我的司机最高级了吧?"

"那给司机一点奖励吧。"说完,利慎远便吻了下去。

第二十二章

郗同文和张小西两人倚靠在沙发上闲聊。

"陈凯去哪出差了?"

"上海吧?或者南京?"

"亲爱的,你老公去哪出差了,你都这么含糊吗?你也太放心了。"

"他几乎一直在外面漂着,经常还去好几个地方,所以有时候我都混乱了,不知道他每天到底在哪。"

"这倒是我们的常态。不过,陈凯真是人生赢家啊,升了基金经理,还有你这么个不约束他的好太太,小日子过得可真让人羡慕。"

"我每天的学术任务也很多的,谁有工夫约束他呀?"

"所以,女人还是要专心搞事业,这样就不会天天把精力花在男人身上,彼此要求也不会那么高了。"

"有道理。"

姐妹两人背景虽然不同,价值观却惊人地一致,这或许也是她们能够成为朋友的原因。

张小西说道:"你怎么样?来,采访一下,跟利总这样的人物谈恋爱,是什么感觉呀?是不是像偶像剧里那样,过着很爽的日子?"

郗同文陷入了思索。

张小西见状,追问道:"怎么了?吵架了?"

郗同文笑着摇了摇头,缓缓说道:"每天很开心,但总觉得不真实。"

"不真实?"

"其实一直到现在,我还是会陷入那种虚幻的情感中,总觉得他那么真诚,对我那么好,期待着有那么一丝丝可能,也许他是喜欢我的,不因我长得像谁,只是因为喜欢我。可他不在我面前的时候,我的理智会告诉我,他喜欢的只是我像那个人而已,等那个人回来了,也许就结束了。"说到这里,郗同文不禁冷笑了一下,"从没想过,我会这么卑微地喜欢一个人,所以你说爱情这个东西是不是很奇怪?双向奔赴怎么这么难?好羡慕你和陈凯啊。"

张小西心疼地抱了抱郗同文:"虽然我不知道利总的想法,但是同文,你在我心里就是最好的,值得拥有最好的爱情。我一直很好奇最后是什么样的人物能够搞定我们郗大小姐,原来是利总这样的啊。"张小西摸了摸郗同文的肩膀,这让郗同文倍感安慰。

"你还没告诉陈凯吧?"

"好多次我都想跟他说你们俩的事儿,但是我都忍住了。现在我都有点期待陈凯知道你的男朋友是利总,他会多么震惊!我反正不说,最后就看看这个木头人是怎么发现的。"

郗同文有些不好意思地笑了。

半岛基金的晨会上,方奇杰一身光鲜,例行公事地做着近期市场的分析:"目前我们已经清晰地感受到,A股的股指被有计划、有组织地做空。"

潘建文问道:"主要做空渠道是什么?"

"在境内,通过QFII(Qualified Foreign Institutional Investors)也就是合格的境外机构投资者和香港的北上资金两种渠道买了大量股指期货的权重股的股票,然后在境外交易所埋伏好A股股指期货的空单。境内抛售他们手里的权重股,股指就会随之下跌,境外埋伏好的空单就会获利。"

"这么做空股指,我们在A股市场的收益也一定会被影响……"潘建文回应道。

"潘总、方总、利总,现在不止A股了,近半年,已经有三家国内在港股上市的公司被做空。"陈凯打断了对话,主动说道。

"说说情况吧。"利慎远示意陈凯做详细的解释。

"好的。"说话间陈凯起身,走到屏幕前开始播放 PPT,方奇杰则暂时回到了座位上。陈凯说道:"过去半年,包括极摇公司、融向股份、红水农业三家公司被做空,套路基本一致,就是大量机构提前埋伏好了这几家公司的空单,然后由一家叫 MY 的机构发布做空报告,基本上报告发出来,股价都应声下跌,他们提前埋伏好的空单也就获得大量收益,现在已经有两家在走退市流程了,还有一家股价也从 5 块多跌到 1 块多。"

"我们现在在港股主要重仓的股票有哪些?"利慎远问道。

"琨奇控股依然是我们的重仓股,然后就是近两年我们比较看好的笠饮集团,剩余的主要分布在科技、消费、医药等行业。"

"市场环境这样倒逼我们所有人要更谨慎,投资前的分析和研究要做得更认真,投资后的信息跟踪也要全面。奇杰,你安排一下,把持仓超过 5%以上的上市公司最新研报整理一下发我,抄送给所有基金经理。"

"好的。"

"今天先这样吧。"

例会结束,大家都离开了会议室,方奇杰也收拾好了电脑,起身准备向会议室外走去,却突然觉得一阵眩晕。她扶住桌子,下意识皱紧眉头闭上眼睛,让自己这阵眩晕平缓下来,等大家走了她才再次起身回到办公室,又投入了工作中。

郗同文正在工位上工作,时不时看看肖军的办公室,却迟迟不见他人来,自从西涛股份爆雷,郗同文就再没见过肖军。

卢山走了过来,说道:"同文,西涛股份这次彻底完了啊,连续 10 个跌停,股价跌破 1 块钱了,多维度触发退市条款,妥妥地要退市了。"

郗同文礼貌性地笑了笑,不知该说什么好。她如果顺着卢山说,等于在肖总躺倒的身体上踩两脚,可如果反着说又好似得了便宜还卖乖,矫情得很。

卢山见郗同文没说话,识趣地继续说道:"你今年厉害了,我看你阿尔法收益(基金行业里指的是超额收益部分)很可观哦,我估计转基金经理很稳了。"

"也不好说,毕竟老大们的印象分也很重要。"

卢山看了看办公区那一排独立办公室里坐着的人们,说道:"咱们这圈,哪个老大不喜欢业绩好的?其他都是虚的,只有业绩好,才能让大家都舒服。你看申总,脾气臭吧?多少次把贺总弄得下不来台,但贺总还不是对申总爱护有加,生怕哪天他出去单干了。"

"我哪有申总的水平?"

"我看你有潜质,你和子豪现在是咱们这拨人混得最好的啦。你说你们俩都是,明明可以靠脸,却非要靠能力。就你这拼搏的劲头,我是自愧不如。"

"我是能力不够,努力来凑。"

"谦虚,谦虚了不是?放眼望去,咱们这批人,除了子豪,谁敢说比你能力强?这次肖总没提上副总,咱们张总估计要上位。到时候,宏观经济这块可能就交给子豪了。"

"真的啊?文垠总看市场的能力的确非常厉害。"

"还没上位呢,你就开始吹捧了。"

"我说的是事实。"郗同文开玩笑地说着。

"但是话说回来,我看你也没跟林昊风好上。要不你考虑一下我们子豪?顾子豪不比林昊风差吧?"

"谁说我跟林昊风?我有男朋友,只是,不是林昊风。"

"你有男朋友?谁啊?金融圈的吗?不会是咱们公司的吧?你这天天加班,也看不出你有什么时间谈恋爱。"

"当然不可能是咱们公司的了!但算是金融圈的吧,有机会遇到了,引荐给你认识。"

"好!说定了哈。"

晚上，方奇杰在办公室边看研究报告边打了个哈欠。

丽丽推门进来，说道："方总，您还没走？"

"嗯，一会儿有个美国的电话会议，开完就走了。"

"好的。昨晚没睡好？怎么看起来这么困呀？"

"可能是吧。"说着方奇杰看了一眼电脑上的时间，才晚上9点钟。

"最近太辛苦了。"

"我看是年纪大了，精力跟不上了。"方奇杰自嘲道。

"您才多大啊！您看着也就30岁，真的！"

"脸可以骗人，精力和体力不会。"说着话，方奇杰再次打了个哈欠。

"看您困的，早点回去休息吧。"

"开完会就回去。"

"那要不要我给您倒杯咖啡？"

"好，谢谢！"

过了一会儿，丽丽将倒好的咖啡放到方奇杰的桌子上。

"谢谢，早点回去吧。"方奇杰说道。

丽丽走后，方奇杰端起咖啡嘬了一口，似乎又想到了什么，她打开手机上的日历看了看，陷入了思索。

一个基金论坛上，很多明星基金经理和基金公司老板纷纷上台讲述自己对市场的看法和投资理念，贺鹏、杜建民、张文垠、利慎远等人几乎都在列。

郗同文在台下认真做着笔记，不住地羡慕着他们能够成为有影响力的投资人。当利慎远上台讲述时，她用满是爱意和崇拜的眼神看着这个属于她的男人。利慎远则瞬间可以从两百多人中找到他最爱的那个，漆黑的双眸时不时望向她，纵然会场中人头攒动，他似乎只在为她讲述。

论坛结束后，利慎远目不斜视地走到郗同文身边，陈凯也跟着走了过来。

郗同文笑着说道:"利总对市场的见解依然那么独到。"

利慎远笑着回应:"能在公开场合讲这么多废话,还能获得赞许,还好似能够启发别人,靠的不是聪明才智。"

"那是什么?"陈凯问道。

"是江湖地位。"利慎远微微一笑,郗同文和陈凯则面面相觑,利慎远继续自嘲地开着玩笑,"你们细品,我和刚刚在台上说话的那些人说的哪句不是废话?"

陈凯和郗同文都好似明白了什么,笑了起来。

"利总,那一会儿的晚宴您还参加吗?"陈凯问道。

"同文参加,我就参加。"利慎远得意地看着郗同文,等待着回答。

"同文,你太有面子了。"陈凯虽然对利慎远这匪夷所思的答案感到惊讶,可他却天真地以为,这是正常商务上的互相吹捧而已。

"当然,如果同文不想参加,想回去陪男朋友,那我就不参加了。"利慎远得意地暗示郗同文,他们也可以过二人世界。

"同文你什么时候有男朋友了?"陈凯惊讶地问道。

"呃……"郗同文顿时被问得有些难为情。

"没有吗?"利慎远追问。

郗同文见利慎远这么咄咄逼人,好胜心极强的她瞬间不再忐忑,而是直视着利慎远说道:"有!但是我不打算回去陪男朋友,就想参加晚宴。"

"你确定?"

"不就是个晚宴吗?有什么确不确定的?"

利慎远得意地笑着向晚宴大厅走去。

陈凯则是一脸莫名其妙地看着两人对话,待利慎远走后,他问道:"你什么时候有的男朋友?谁啊?"

"你会知道的。"郗同文看着利慎远的背影,也走进了晚宴大厅,留下不知所云的陈凯。

这时李世伟突然冒了出来。

"李总。"陈凯赶忙打着招呼。

"陈凯啊,方总今天怎么没来?"

"本来要来的,但是我听丽丽说她上午去医院了,下午就直接回家休息了。"

"她怎么了?"李世伟赶忙紧张地问道。

方奇杰心神不宁地从医院出来,回忆着刚刚医生的话。

"看检验报告,你的确怀孕了。"

"哦,谢谢啊。"

"之前有过小孩儿吗?这胎打算要吗?"

"没有过。"

"那一定要注意休息,你现在生也算是高龄产妇了。打算要吧?"

"哦,呵呵,是。"

"那就好,要不然你这个年龄以后很难了。"

"好的,谢谢医生。"

方奇杰回到家,给自己倒了一杯水,坐在沙发上目视前方,抚着肚子。她竟然没有一丝丝不安和紧张,倒是有种很奇妙的感觉,或许她那强硬的外表之下,早已期待着生命的到来。清醒如她,自信如她,她不会像那些不成熟的女人一样惊慌失措,她如同对待工作一般沉着冷静,对现在的状况做着深入的分析和判断。

在基金论坛的晚宴大厅中,行业内形形色色的人三三两两地举着酒杯聊着天。

利慎远与贺鹏、张文垠等人聊着天,陈凯则站在一旁陪同。

远处的杜建民看见了利慎远,兴冲冲地走了过来,说道:"贺总、张总、利总,咱们真是好久不见呀。"

"是啊,好久不见。"四人寒暄一番。

"还是贺总和张总轻松自在呀,在云夏这种大基金里,不像我们,压力大呀!"

"杜总和利总是自己的老板,那才让人羡慕呢。"贺鹏笑着说道。

"我们一不小心就可能倾家荡产,你说是不是,利总?"杜建民看向利慎远。

"杜总说得是,所以才要更加谨慎。"

"不过,利总最近的收益还好吗?市场这么差,想必利总也不那么好过吧?而且年轻人都容易太激进,风险太大!"

"半岛一直很重视风险控制。但还是谢谢杜总的关心。"

"利总作为行业翘楚,我们都很关注。最近的收益,BD 满意吗?"杜建民得意的神情在他那张脸上展露无遗。

"我相信我的投资人关心的不是短期的盈亏,而是长期的投资理念和成绩吧。市场不好,大家都不好,这简单的道理谁都知道。"

"可 BD 在全球都有投资,中国的市场好不好他们不关心,他们只关心收益。"

"那我只能努力了。"利慎远看着杜建民志得意满的神态,并没有流露出他知道世辉与 Charles 在合作。

"我们也拭目以待,看看利总的能力。"

几人碰杯而饮。

杜建民抬起头突然看着远处的郗同文,说道:"欸,那位美女我记得是利总公司的吧?"

"现在在我们公司了。"贺鹏笑着说道。

"你看!我刚刚就说贺总幸福啊,云夏规模这么大,吸引人才也容易,现在就连美女也青眼有加,我们公司就没这么漂亮的!"杜建民依然本能地用那色眯眯的眼神看着郗同文,这让利慎远甚是不快。

"郗同文!"利慎远突然大叫了一声,这突兀的声音让身边很多人侧目,也让在场的杜建民、贺鹏等人惊了一下。

只见利慎远快走了几步穿过人群走到了郗同文身边,拉起郗同文的手。众目睽睽下,郗同文先是有些惊恐和躲闪,可利慎远的手坚硬而有力,让她难以挣脱。郗同文快速分析了一下这种情况,如果就这样拉扯大家都难堪,索性大大方方听凭利慎远的安排吧。就这样,她被利慎远慢慢拉到了几个业内大佬面前,利慎远笑着说道:"正好,借此机会跟各位介绍一下。"说完利慎远看着郗同文说道,"她是我的女朋友。"淡淡的几个字却让现场的人瞠目结舌,一旁的陈凯更是倒吸一口凉气。

"我就说,你总在我们公司楼下晃悠什么。"贺鹏立刻打趣地说道。

"等她下班呀!不是我说你,那么点工资还总让我女朋友加班。"

"我们跟你半岛的待遇自然是比不了。不过,我可没逼同文加班,是你让的吗?"贺鹏转头问张文垠。

"我更没有了。不过,关于同文工作拼命这件事情,她还在我手下的时候就是出了名的。所以,那天我在公司门口撞到你们在一起,你们还不承认?"张文垠也惊讶地问道。

"她脸皮太薄,不好意思说。我看呢,她是怕她即便做得好,你们也会说是我教的。"利慎远将郗同文的顾虑随口说了出来,倒是让郗同文有些难为情。

"不会!同文要真是个花瓶,你利慎远能看得上?我听柯文韬说,你就喜欢拼事业的女人!不过,弄了半天你派了个卧底到我们公司呀。"贺鹏继续打趣地说道。

郗同文立刻紧张起来,说:"绝不是啊,我可从没跟他说过咱们公司的事儿。"

"那我这卧底成本也太高了,把女朋友都搭进去了。再说,云夏基金是市场的标杆,想知道您公司的事儿,哪里用她呀!"利慎远笑着说。

"利总有点为师不德了啊,怎么能把自己的学生追到手?"杜建民则酸溜溜地说道。

"带门课而已,况且她都毕业多少年了。"

"你们到底什么时候在一起的呀?"贺鹏问道。

"刚追到。"利慎远又宠溺地看了看郗同文,笑着说。

"哎呀,要么说我们公司的小伙子都没追上,弄了半天你这钻石王老五跟他们竞争。老张,我听说那个……子豪是不是原来也追过同文呀?"贺鹏问道。

张文垠和郗同文都看向了贺鹏,他竟然对公司里这么细小的事情都知道,但想想也正常,洞悉一切本来就是一个掌控力强的领导的必备技能。

张文垠笑了笑,回应道:"我听说是对同文不错。"

"没有没有,都是同事,大家关系都不错。"郗同文笑着说。

宴会间,利慎远带着郗同文引荐给各类圈内的好友,陈凯插空将郗同文拉到一旁激动地说:"利总是你男朋友?!"

"是啊。"

"我的天啊,我到底错过了什么?我之前没在你面前说利总什么坏话吧?"

"准备好封口费吧,要不我不保证哪次一激动就说出去啊。"

陈凯故作起恳求的表情。

陈凯回到家中。

"回来啦!"张小西边看着书边问道。

陈凯快速脱下外套,来到沙发前,激动地对张小西说:"告诉你一个惊天的八卦!"

"什么八卦?"

"郗同文有男朋友了。"

"哦。"

"你知道她有男朋友?"

"不知道呀!"

"那你怎么不激动啊?"

张小西故作镇定地说:"她这年纪有男朋友不是再正常不过的吗?再说,我都不激动,你激动什么?"

"你知道她的男朋友是谁吗?你肯定猜不到!"

"等等,先别剧透,让我猜猜……"张小西故意坐起身,表示要认真思考一下。

"你猜吧,你肯定猜不到,你要是猜到了,我……我……"

"你以后就负责每天刷碗!"

"没问题!"

"我猜猜啊,会是谁呢?"张小西假装思索,缓缓说道,"是……利总吗?"

"原来你知道啊!"

"我不知道呀,我猜的。"

"不可能!你怎么可能猜得到是利总呢?"

"我不管,以后咱家的碗就归你了。"张小西得意地说。

"没问题,就算你知道,碗也归我!"说完陈凯给了张小西一个吻,然后继续说道,"快给我讲讲细节呗,你肯定知道……"

李世伟敲了敲方奇杰家的门,无人响应,他拨打方奇杰的电话,依然无人接听,他只能继续敲门。

过了许久,方奇杰才缓缓打开门。

李世伟立刻着急地问道:"你怎么不接我电话,也不回我信息?"

"你来干吗?"方奇杰直接反问道。

"你怎么了?陈凯说你上午去医院了,然后就回家了。"

"有什么问题吗?"

"有问题!你是谁?你是方总呀!你怎么可能因为生病就不上班了呢?我认识你这么多年,我就没见你请过假。"

"我都40了,生病不舒服请假很正常啊,又不需要像个新人一样拼了。"方奇杰故作不屑,边说边回到沙发上坐下。

"不对。"

"又怎么了?你要是没什么事儿就赶紧走吧。"方奇杰有些不耐烦。

"你神情也不对,你肯定是得了什么病了。你告诉我,我陪你治疗!"

"我没病!我看是你有精神病。"

李世伟突然开始在房间中搜索什么东西,终于他看到了方奇杰丢在门厅地上的包包,马上拿起,打开翻找着什么。

方奇杰立刻上前想要夺回:"你干吗翻我东西?"

这时李世伟掏出了医院的检查单和病历扫了一眼,方奇杰直接抢夺过来,期望李世伟没有看到内容。

可惜,事与愿违。李世伟站在原地有点愣神,缓了缓才尴尬地问道:"你怀孕了?"

"这是隐私!"

"是、是我的吗?"

方奇杰一时不知该如何回答,紧张地说道:"是不是你的跟你也没关系!"

"那就是我的了。"

"你别对号入座了,赶紧走吧。"说着就推着李世伟到了门口。

"这孩子你要吗?"李世伟又问道。

"跟你无关。"

"好,跟我无关。我就想知道孩子你要吗?"

"这是我的孩子,我为什么不要啊?这件事,你要是敢说出去,你就死定了。"

"我知道了。"说完李世伟就离开了。

方奇杰见李世伟一听到她想要这个孩子就跑得这么快,心中难免有些失落。可想想也是,自己与他只是一夜之欢的关系,是自己想多了。

宴会结束,利慎远送郗同文回到家门口,郗同文打开门,他依然拉着郗同文的手不肯松开。郗同文看着利慎远笑着说:"我到家了,利总今天很得意吧?"

利慎远得意地说道:"我刚刚问你了,要不要回来陪男朋友,是你选择参加晚宴的。与其让别人慢慢知道,不如这样让所有人都知道你是我的女朋友。"

"符合你的个性,下手狠绝,从不拖泥带水。"

利慎远则凑近郗同文,注视着郗同文的眼睛说道:"说得没错!这是做投资的优良品质。"说完便吻向郗同文,郗同文的身体瞬间被束缚进他有力的怀抱中,感受到他激动的胸腔,两人淹没在满是爱意的吻中。

早晨,郗同文刚到公司,卢山就第一个冲了过来,激动地叫道:"郗同文!"

这吓了郗同文一跳,赶忙问道:"怎么啦?"

"你说怎么了?"

郗同文顿时猜到,大概是两人公开的事情已经传遍了公司,可也只能装傻地问道:"什么?"

"你居然说你男朋友也算是金融圈的。"

"呃,差不多算吧。"

"半岛基金的利慎远!这叫也算是金融圈吗?你居然是跟利慎远……我早就说利慎远对你很特别,一定是看上你了,当时子豪还不相信。早知道对手是利慎远,那子豪还争个什么?"

"你别瞎说,我跟顾子豪就是同事。再说,利慎远怎么了?"

"他是半岛基金的老板,华尔街传奇人物,是我们这种小喽啰能对抗的吗?唉,子豪啊真是活该失败。"

"别瞎说,我跟子豪真的只是关系不错的同事。"

"这回你俩真是同事了,子豪也不敢有非分之想了,谁敢跟利慎远争女朋友呀！"

"夸张！"

说完郜同文便想走，这时卢山又补了一句，说道："对了，同文。"

"嗯？"

"肖总来了。"

"是吗？"

"但是听说肖总辞职单干了。"

"为什么？"郜同文有些错愕。

"天壤1号和3号的净值只有6毛多了，很多人都在赎回，很难翻盘了，你帮他做的天壤2号算是肖总唯一的遮羞布。趁着自己还有点人脉找点资金单干是唯一出路。咱们这行，看似光鲜亮丽，薪酬超高，可想要保住饭碗，却是不容出大错，一次也不行。"

"谢谢，我知道了。"

卢山回到工位上，众人迎过来议论纷纷。

"卢山，同文真跟利慎远在一起了啊？"

卢山点了点头，说道："刚刚跟我承认了。"

"同文可以啊！利慎远她都搞得定？"

"那当然了！正经的基金圈里，做投资、投研的美女有几个呀？咱们同文也算有名吧？"

"咱们这做销售的美女可不少。"

"那人家利慎远也看不上呀。"

"但是，你们说……他们俩是不是就是那种玩玩的关系啊？那利慎远40多了，都没结婚，我看压根不想结婚吧。"

"不至于吧，听说利慎远昨晚拉着她引荐给各方大佬了。有图有真相，你们看。"说着一个人拿出手机给大家看昨晚的照片，众人一片唏嘘。

"难怪顾子豪不行，跟利慎远咖位差太远了。你看那一圈大佬，哪是咱们这级别能混得进去的。"

"也难怪同文对谁都不远不近不冷不热的,弄了半天是没看上呀。"

"别这么说啊,我觉得同文挺好的,她就是太专心搞事业,总忽视人情世故。"卢山反倒维护起了郗同文。

"不过,你们说,同文之前推的好票,还有不顾肖总反对卖西涛股份,是不是都是利慎远给她支的着呀?"

"那肯定是的啊!"

"怎么样?羡慕吗?"

"您看看,人家给自己的路铺得……爱情事业双丰收。"

……

郗同文来到办公位上,透过窗子看到肖军正在收拾东西,她敲门而入。

"肖总。"

"来得挺早呀。"

"肖总,我听说……"

"嗯,我打算出去单干了,咱们这行要想赚钱还是得自己干呀。我刚刚听说了,你男朋友是利慎远。"

"也是刚刚在一起的。"

"什么年代了?谈个恋爱没必要遮遮掩掩。你看你们小姑娘找对象都选择私募老板,我出去也正常,对吧?"肖军竟然开起了玩笑。

"肖总,我一直想跟您聊聊……"

"没什么好聊的,之前呢我也琢磨,我的眼光还不如你刚入行几年的人呢,但是你背后有利慎远,我倒是释然了。不如他,很正常嘛,这资本市场能有几个人比他更敏锐呢?"

"肖总,我跟利慎远从来不会聊投资的事情,他也不会影响我的判断。"

"郗同文,没必要解释!你更没必要这么争强好胜,彰显你的能力。没有男人会喜欢有那么大野心的女人,差不多得了啊。"说完,肖军拎起包就准备离开了。

这时,两个人在公司前台的引导下,来到肖军的办公室门口。

其中一人严肃地问道:"你是肖军吗?"

郗同文站在门口看着似曾相识的一幕……

"我是!"肖军颇为淡定地回应道。

"我们是证监局稽查处的,你涉嫌利用职务便利获取内幕信息以外的其他未公开信息,违反规定从事相关的证券交易。请跟我们回去协助调查,这是通知书。"

肖军顿时神情有些紧张。

周围围观的人纷纷议论起来。

"肖总有老鼠仓?"

"看样子是啊。"

新来的实习生站在卢山身边问道:"卢哥,什么是老鼠仓呀?"

"这你都不知道?!基金经理在他管理的基金中把股票拉升股价之前,先用自己的钱私下在低位建仓,等他管理的基金把股价拉到高位后,他再先卖了。"

"那岂不是有很多利润空间?"

"所以啊,基金经理也是高危职业,管理庞大的资金,诱惑太大了。你将来可别这么干,现在都大数据时代了,通过数据比对和抓取,监管系统发现老鼠仓是很容易的。"

实习生不好意思地笑着说:"我得什么时候才能成基金经理呀?而且,会有那么一天吗?"

"要有信心!一定会的,你看你同文姐,就是靠拼,30岁不到,估计马上就要做基金经理了。"

实习生对着郗同文说道:"好羡慕同文姐啊,人漂亮,又聪明,又能干,还有个那么厉害的男朋友!"

郗同文则淡淡地说:"如果你觉得一个人什么都好,那只能说明你俩不够熟。"

实习生被郗同文的玩笑说得一脸蒙,卢山笑着说:"有道理!我就不羡慕同文。"

"为什么呀?"

"你没看到她每天都几点下班啊?就是一个工作狂。那句话怎么说来着?哦,对,没有人可以随随便便成功!"

"这是谁说的?"实习生一脸不解。

"你没听过这个歌?"

"没有啊!"

"看来是我老了,有代沟啦!"

说话间,肖军已经被证监局的人带走了。

半岛基金的例会,何思源正在台上阐述着自己的研究分析结论,亓优优轻轻进来,走到利慎远身边在他耳边低语了几句,又给他看了看手机。

利慎远神色有些紧张地走出会议室,拨通了郗同文的电话。

郗同文心不在焉地接起,说道:"喂。"

"你在哪?"利慎远关切地问道。

"在公司。"

"我听说肖军……"

"消息传得这么快?利总真的是在我们公司安排了眼线呀?"

"你没事吧?"

"没事。"

"没有叫你去协助调查?"

"还没有。"

"就跟以前一样,一切实话实说就好。"

"我是不是克老板?"

"你回半岛,我不怕克。"

"我不要,说不定我今年就做基金经理了!"

"呃……"利慎远欲言又止,转而缓缓说道,"那你加油!"

挂了电话,利慎远叹了口气,对郗同文有些担心。

这时,半岛的会议室内似乎开起了派对,众人尖叫狂欢起来。

利慎远有些疑惑,返回会议室,只见李世伟单膝跪地,手捧鲜花举在方奇杰的面前:"方奇杰,嫁给我吧。"

"嫁给他!嫁给他!嫁给他!"众人起哄助攻起来。

方奇杰有些难为情,说道:"你先起来!"

"你答应我,我就起来。"

"那你起来吧!"方奇杰笑着说道。

"你答应我啦?"

"李总,这还不明显吗?"何思源大叫道。

"亲她,亲她,亲她!"众人又起哄起来。

李世伟刚要凑近,方奇杰不好意思,立刻躲闪开,对众人说道:"别看热闹啦!你们继续开会!"

她说着就拉着李世伟离开了会议室,回到了她自己的办公室中。

利慎远看着这个场景,不禁心生羡慕起来,转而对其他人说道:"还继续开会吗?"

"利总,开什么会啊?看热闹去呀!"何思源笑着说道。

利慎远摆了摆手,示意大家可以离开了。众人纷纷跑出办公室,在方奇杰办公室外,透着玻璃门窗看着里面的热闹。

"看啊,李总也这么俗,用家底求婚呢。"何思源说道。

"你懂什么?这虽然俗,却是最浪漫的!"丽丽满是羡慕地说道。

只见李世伟正将所有的房产、车产和银行卡放到了方奇杰面前,方奇杰用疑惑的眼神看着他。

李世伟说道:"奇杰,虽然我知道我的这些资产可能对你来说都不算什么,但是你知道,我原来的确是一个喜欢算计的金融男。"

方奇杰冷笑道:"倒也不用这么实话实说。"

"你听我说完。以前,我觉得结婚就好像公司重组,那双方总要都带着资源进场嘛。但是后来我发现,原来的想法都是因为我没有遇到喜欢的人。当真的遇到喜欢的人,这些东西都是虚的,都不重要。这些东西只是让你相信我能让你过得好的证据而已。虽然我知道没有这些你依然可以过得很好,但我是真的想和你共度余生。"

方奇杰看着李世伟,看着桌上的东西,沉默了一会儿,缓缓说道:"为了孩子?"

"不不不!恰恰相反,是孩子给了我一个追求到你的机会。没有他,你肯定不会答应嫁给我;可有了他,你看在他的面子上不会直接拒绝我吧?"

"谁说我不会?"

"你要拒绝我?"

"我是说,没有他,我也可能会答应嫁给你!"

李世伟直接跳起来,将方奇杰抱起。

"小心!我的肚子。"

李世伟赶忙将她轻轻放下,说道:"忘了忘了……"

办公室外,虽然大家听不见里面的人说了什么,可从两人的肢体语言众人依然能够感受到甜蜜和幸福。大家兴奋地鼓掌和起哄,隐隐传进来的声音,两人这才发现刚刚的一切都在众目睽睽之下。

方奇杰捧着花和李世伟打开了办公室的门,李世伟大声叫道:"方总以后就是我老婆了!"

众人欢呼、起哄,方奇杰的脸上幸福与娇羞并存。

利慎远的电话响起,见是郗同文打来的,利慎远故作深沉地问道:"干吗?"

"李总是向方总求婚了吗?"郗同文激动地说。

"看来你在半岛也有眼线呀。"

"快给我直播。"

"等一下。"利慎远拍了一张李世伟和方奇杰笑容甜蜜的照片,发给了郄同文,继续说道,"看到照片了吗?"

"嗯!"

"羡慕吗?"

"嗯?"

"我很羡慕!怎么办?"

郄同文在电话这边忍住心中的幸福与笑容,说道:"我怎么知道?挂啦,上班了!"

挂了电话,利慎远看着手机,暗自发笑。

一日,郄同文上班的路上,恰巧遇到了张文垠。

"张总,早上好!"

"早上好!自己来的?"

郄同文深知张文垠的言外之意,她有些难为情地说道:"嗯。恭喜张总升了副总,您什么时候请我们老下属一起庆祝一下呀?"

"随时呀。你呢?有什么目标?"

"我的目标就是做一个优秀的基金经理呀,这个目标从我来公司,您就知道的吧?"

"我还真没想到你跟利慎远……"张文垠说道。

郄同文被说得有些羞涩,浑然没有察觉张文垠在说这话时有些担忧的神情。张文垠见郄同文没有反馈,继续说道:"嗯,肖总出事之后还有两个基金经理也辞职了,公司现在缺了好几个基金经理,上次听贺总说,最近会对你们几个基助进行考核。我觉得你最近最好和贺总聊一下你的想法。"

"好的!谢谢张总。"

两人走到公司,卢山凑过来说道:"同文,恭喜你马上就要做基金经理啊,到时候可得请客。"

"如果真是那样,我请你到金融街最贵的餐厅吃一顿,怎么样?"郗同文说得胸有成竹。

"一言为定……"

张文垠则有意打断地说道:"卢山,我要的分析报告尽快给我。"

"好的张总,马上。"

"利总,我恐怕要休息一段时间。"方奇杰在利慎远的办公室里神色淡然地说道。

"准备结婚了?还没有正式恭喜你。"

"不止。"方奇杰笑得意味深长。

利慎远瞬间明白了她的意思,马上笑着说道:"恭喜呀!"

方奇杰幸福地点了点头,说道:"我年龄不小了,这一胎很艰难,已经有先兆早产的迹象,所以我想,现在对我来说,没有什么比他更重要的了。"

"我明白,那祝你一切顺利,半岛也随时欢迎你回归。"

"那我手里负责的工作和基金?"

"投研部总监的工作我来负责一段时间,至于基金,先交给穆云国穆总吧,我回头物色新的基金经理。"

"利总,其实有个合适的基金经理就在眼前,您何不考虑看看?"

利慎远看向方奇杰,两人心领神会。

一日,郗同文刚到公司,卢山远远给她使了一个眼色,示意她看看电脑。

郗同文放下包包,打开公司的系统,发现了基金经理聘任的内部公示信息。她兴致勃勃地打开名单,结果却出人意料……

第二十三章

郗同文原本对提升基金经理的事情胜券在握,毕竟她是所有基助中业绩最好的一个。在基金公司这种业绩完全可以量化的环境中,郗同文的自信似乎也理所应当。可郗同文看着聘任基金经理的公示名单,结果却让人意外,再三确认,上面竟并没有她的名字。这让原本胸有成竹的她万般失落,呆坐在工位上,不知问题出在了哪里。

郗同文来到贺鹏的办公室。

"贺总。"

"同文啊,坐。"贺鹏显然对郗同文的到来并不意外。

"谢谢贺总。那个……贺总,我想知道,为什么我的业绩排名第一,但是公司提了三个基金经理却没有我,您觉得我距离一个合格的基金经理差距在哪里呢?"

"同文,今天你不来,我也想找时间和你聊聊。"

郗同文听见这话,心中竟然有些不安,用忐忑的眼神看着贺鹏。

贺鹏继续说道:"在现在这批基助中,你的业绩当然是最好的。但是我觉得你有更大的潜质,要不你考虑转管理岗,别在一线做投资了。"

"管理岗?我真没有想过,我一直对投资非常热爱,当初……"

"你先别着急拒绝。我给你管理岗的薪资肯定比很多基金经理都要多。"

"贺总,我没太理解您的意思。您是觉得我不太能胜任基金经理吗?您可以告诉我差距在哪里吗?"

"你很优秀呀,所以我期望你有更好的发展!"

"可我还是很想做一个基金经理。"

郗同文说完,贺鹏叹了口气,缓缓说道:"是这样啊,我呢也不太清楚你和利慎远是怎样的关系。以我对他的了解,他对你肯定是冲着结婚去的。"

贺鹏的话让郗同文露出不解的表情,她不知她与利慎远的事情与她的理想又有什么关系。更何况,她也不知道利慎远对自己有几分真情,贺鹏为何觉得他想与她结婚。

贺鹏见状,笑着继续解释道:"毕竟这么多年也没见他跟谁公开恋情。到了我们这个岁数,只有深思熟虑过了,认准了,才会公开介绍你,否则,那不是利慎远的风格。那么,我就不得不考虑这个利益冲突的问题。"

"利益冲突?"

"当然,我知道你不会!但是呢咱没必要让别人质疑,对不对?"

"可没有规定不能……"

"是没有规定,但是适当的避嫌我觉得还是应该的。"

"可是……"

贺鹏打断了郗同文的话,直接说道:"你再回去想想,像你这种人才,我肯定是不想放过的,我觉得转岗对你来说是最合适不过的。"

郗同文明白,贺鹏这话就是在给自己下最后的通牒,并且不容置疑。她只能悻悻地说道:"好的,谢谢贺总的认可。我再想想。"

"对!好好想想!"

回到家中,郗同文看着床头的那张《燕归图》,气愤难耐,直接将它摁倒。

这时利慎远的电话打了进来,她亦直接摁掉。利慎远的信息,她看也不看。

不知过了多久,利慎远来到郗同文家的门前,不断敲着门。

"同文,开门!我知道你在里面!有问题说出来咱们解决。"

郗同文将头埋进枕头里,期望不要听到这个人的声音,可她还是听到了,她按捺不住打开门,愤怒地说道:"你是不是早就猜到会怎样,所以你总说让我回半岛?"

"贺鹏这么做很符合他的位置,他刚刚跟我解释了,我不觉得有什么不合理。"

"太可笑了!受伤的人是我,可他居然只在乎你的感受,跟你解释!我郗同文走到今天,是靠自己的努力、靠业绩才得到大家的认可!凭什么你一出现,所有人都变了?他们都觉得你牛,你厉害,我就成了一路靠你才走到今天的,我的努力就变得一文不值了。更可笑的是,你非但没有给我助力,竟然还是我成为基金经理的阻力!"

利慎远走到郗同文身边想要抱一抱她,安抚一下,却被郗同文一把推开。

"你是不是觉得我在搞笑?"

"我没有。"

"我讨厌你这种泰然自若,好像什么都胜券在握的表情,尤其用在我的身上。"

"我们为什么那么在意别人的看法呢?你做投资,做基金经理,你不是享受大家对你的认可对吧?你热爱的是投资对不对?"

"你不用激我,即便如此,我也不希望所有人都说我是依靠你。"

"那你有没有依靠我呢?"

"我当然没有!"

"我知道,你也知道,你父母知道,亓优优知道,张小西知道,甚至林昊风和陈凯也知道,你在乎的人都知道你没有依靠我……"

听到这些,郗同文激动的情绪稍稍缓和了下来。

"贺鹏的想法我的确之前就猜到了。这是我们在一起之后一定会面对的问题,所以现在如果你想继续做投资,半岛随时欢迎你,我给你基金经理。"

"我不需要！"

"是我需要你。"

郗同文思考片刻，态度再次缓和，说道："你就不怕别人说你是假公济私？把自己女朋友安排到公司当基金经理，你就不怕你的投资人不满？"

"我从不在乎别人怎么看，我只在乎我在乎的人怎么看，我觉得你也一样。"

"你先回去吧，让我想想。"

"但是无论你怎么选……"说到这里，利慎远嘴角微微抽动，却还是字正腔圆地说出几个字，"别放弃我。"

这或许是利慎远十几年中说出的最卑微的四个字。

白天，郗同文独自坐在金融街边的咖啡厅，看着马路上人来人往。林昊风通过窗子看到郗同文，快步走了进来，来到郗同文身边。

郗同文将咖啡推到他面前，说道："请你喝。"

"郗同学最近春风得意吧？圈里都知道你和利慎远的关系了，最让人郁闷的是，你和利慎远好了之后竟然没有第一个跟我说，而且还跟我玩消失。"

"我俩总共也没好几天。"

"那利慎远就这么高调官宣，怎么，想绑住你？"

"这些现在不重要。"

"那说重要的吧！今天找我来有什么吩咐？"

"这次我没有提基金经理。"

"为什么？你的业绩不是一直在几个基助里面是最突出的吗？"

"贺总跟我说，因为利益冲突，让我转管理岗。"

林昊风突然明白了什么，继续说道："我怎么把这茬忘了？你如果和利慎远在一起，云夏这种大型公募基金不可能再让你担任基金经理了。"

"嗯。帮我判断一下，这事儿有解吗？"

"这……恐怕没有。云夏的管理者们没必要为了你承担这个风险。虽然我相信你的为人,你绝不会利用自己管理的基金,向半岛利益输送。但是这是金融圈,没有人会因为相信你的为人,在明知道你有利益输送动机的情况下还让你担任基金经理。"

"这一点我懂。"

"那你就转岗呀,云夏这种大基金的管理岗多少人梦寐以求?"

"我放弃大好的学术前途,选择了基金这个行业,是因为我热爱投资,不是因为我喜欢做什么管理。而且,你觉得我这种性格适合管理岗吗?"

"确实不适合,你太单纯、耿直了。所以你别无选择了……"

"你是指……?"

"离开利慎远,跟我呀。"

"滚!什么时候了?你还开这种玩笑。"

林昊风笑嘻嘻地说道:"真的只剩一条路了,找一家小私募,或许人家不会在意,或许还会因为你是利慎远的女朋友而更加想要用你。但是每天要承受的业绩压力只会更高,很多东西更加不透明也不受控。再或者……"林昊风顿了顿,犹豫再三地说道,"你回半岛基金,但是你可能要永远活在利慎远的羽翼之下了。"

郗同文默不作声,喝了一口咖啡,没有说话。

林昊风看了看郗同文,试探性地问道:"不过,为了利慎远,放弃云夏的基金经理,值得吗?其实你也可以选择放弃他,现在都还来得及。"

"我不知道,虽然我每天都在努力让自己不那么在乎他,让自己的心可以随时都能离开他,可这里……"郗同文捶了捶自己的心口,摇了摇头说道,"不听话。"

林昊风先是一愣,心里莫名发酸,转而用开玩笑的语气说道:"在我面前表现得对别的男人这么一往情深,你这样很过分哦!"

方奇杰在公司收拾着东西,李世伟站在一旁陪同。

丽丽不舍地说道:"方总,真舍不得您。"

方奇杰笑着说:"我又不是不回来了。"

收拾好东西,方奇杰见丽丽欲言又止,临走时才说道:"丽丽,你也跟着我好多年了,但是毕竟秘书工作不是长久之计,我想这一点你也很清楚。你和优优不同,优优可以一直跟着利总做他的秘书。但你是有理想和追求的,可毕竟你不是专业的,做投研,未来学历、背景这关永远过不去,所以我已经推荐你到客户服务部,到程鹏总监那里,跟着他去对接投资人吧。未来积攒了金主资源,将会成为你的核心竞争力。"

丽丽感激地点了点头,说道:"等您回来了,我还给您做秘书。"

方奇杰笑了笑便离开了。

两人在电梯间,李世伟说道:"想不到我老婆这么有个人魅力呀,回来还要给你做秘书。"李世伟故意学着丽丽的语气。

"真心还是客气,你都分不清?"

"逗你玩呢。"

"丽丽当年只是个普通的本科生,想要入这行,只能从秘书做起。这些年她肯定也一直在找转岗的机会,我如果这个时候还不放她走,那恐怕未来就要结下梁子了。"

"我媳妇就是英明!"

郜同文在盛泰大厦的楼下踱着步,只见李世伟拎着几袋子东西,跟着方奇杰从大厦中走了出来。

"那不是同文吗?"李世伟远远看到郜同文说道。

方奇杰看了看远方,转而向郜同文走去。

"方总,李总。"郜同文笑脸相迎,打了个招呼,"听说你们要结婚了,恭喜呀。"说完,她看着穿着球鞋和休闲服装的方奇杰,有些奇怪,似乎她是第一次见方奇杰这身打扮,"方总,您要去哪?"

"我要回家休养了。"方奇杰摸了摸肚子。

"您怀宝宝了？"郗同文又惊又喜地说，"恭喜呀！"

李世伟笑着说道："同文，你和利总的事儿，我还没恭喜呢！你在这里做什么？等利总吗？"

郗同文尴尬地笑了笑。

李世伟继续说道："你们两个的事情现在圈里都知道了，还有什么不好意思？怎么不上楼呀？"

"哦，我……我也是刚到。"郗同文有些慌乱。

方奇杰看出了郗同文的犹豫，说道："上去吧，别让利总等太久了。"说完方奇杰就想离开。

"方总……"郗同文叫住了方奇杰，犹豫再三，缓缓问道，"您就这么暂停事业，回家休养了？"

"是呀！"

"我一直觉得事业对您来说特别重要。"

"的确特别重要。"

"那……"

"但是，当下我非常清楚，这个宝宝是我最重要的事。"

"那您不怕别人觉得您跟一般女人一样，在家庭和事业面前，永远会选择家庭？"

"我每天忙都忙死了，只能关注什么对我最重要。爱我的自然懂我，那些无关紧要的人怎么看我，恐怕对我来说是最不重要的事了。"

"真羡慕您，这么洒脱。"

"你也一样，想清楚什么是最重要的。"

"谢谢您，方总。"

"这些年我也在关注你，你的确有投资天分，坚持住。"

"谢谢。"

李世伟也笑着附和道："我当初就觉得你行！哪天想跳槽了，来我们基金啊。"

"谢谢李总的赏识,要不现在?"

李世伟惊讶地看了看方奇杰,尴尬地说道:"现在啊……行吗?"似乎在征求方奇杰的意见。

方奇杰则微笑着缓缓地说道:"半岛、利总和我也随时欢迎你加入,而且此刻半岛需要你。"

郗同文与方奇杰相视而笑。

郗同文再次在电脑屏幕上敲下了"辞职报告"几个字,与同事们一一告别之后,她果断地离开了云夏基金。这次她没有游移,没有犹豫,没有彷徨,没有失落,眼神中充满了坚定与信念。

利慎远正在与穆云国聊着公司业务,他嘱咐:"最近一定要重点关注港股市场,那边的重仓股抽空我们再过一遍……"

这时手机上弹出一条信息,利慎远下意识地拿起手机点开看了一下,只见是郗同文的一则消息。

"我在楼下,等你5分钟。"

利慎远对穆云国说道:"呃,咱俩回头再说,我有事儿出去一趟,刚刚说的你先安排着……"

"可是……"穆云国有些错愕。

"回头说。"说话间利慎远已经穿好衣服奔出了办公室。

他一路飞奔,跑到盛泰大厦的楼下,已是气喘吁吁。

"利总,很准时。"

"32层楼,你就给我5分钟。"

"我想跟你说的话,慢了我怕我会反悔。"

"洗耳恭听。"

"爱情我也想要,理想我也想要……"

"所以你的决定是……?"利慎远深情款款地看着郗同文,等待着她的答案。

郗同文望着利慎远，突然诡笑地说道："咱们地下恋好不好？"

这一句既出，气得利慎远掉头就要走。郗同文连忙拽住利慎远，大声说道："我辞职啦！"

利慎远借由郗同文拉扯的力量，在下一秒直接转身将她抱在怀中。

两人如同新婚小夫妻一般，来到超市选购晚餐的食材。

"想吃什么？"利慎远问道。

"只要是你做的，我都喜欢。"

利慎远顺势吻了一下郗同文的额头。

来到一排货架前，郗同文拿起一瓶饮料，说道："这个！这个笠饮的橙汁品质特别好，味道也好，还能补充VC，而且多少年了，品质如一，真是难得，算得上是国货之光了吧？"

"喜欢就多拿几瓶！"

"要不我们把这箱搬走？"郗同文笑嘻嘻地问道。

利慎远二话不说，直接将整箱放到了购物车中。

"利总真是大气！"这略含讽刺的一句话，引得利慎远假装要揍郗同文，郗同文假意躲闪，利慎远最终只在她头顶轻轻抚了抚。

"半岛是不是投了笠饮集团？"郗同文问道。

"嗯。"

"利总有眼光！笠饮能够从充满了洋品牌饮料的红海市场脱颖而出，产品确实能打！"

利慎远笑了笑，说道："你果然不同凡响。"

"什么？"

"二人世界，还能聊起工作。"

晚上，在利慎远的别墅中，利慎远在沙发上搂着郗同文聊着天。

"怎么突然又同意来半岛了？"

郗同文叹了口气,说道:"唉!想开了呗。我的人生也蛮有意思,搞学术就要活在爸爸的光芒下,搞投资就要活在你的光芒下。既然如此,我就看开点吧。"

"看得这么开?你能考上燕大,后来又读研究生是你苦学来的,在金融圈能取得今天成绩也是你努力得来的,就不觉得委屈?"

"其实我也蛮幸运的,人生中能够遇到你们这么优秀的人。如果我还觉得委屈,倒显得太矫情了。与其这样,我也释然了,这个社会,谁会真的在意你是个怎样的人呢?我又何必在意别人觉得我是个什么样的人呢?我热爱投资,是享受收益带来的喜悦,又不是享受别人的赞许。"

郗同文说得很随意,却让利慎远看她的眼神更加充满了爱意。眼前这个豁达的女孩儿,从她出现的那天起就如同一道光照亮了他的生活,再也无法散去。

利慎远深情款款地说:"其实是我很幸运。"

"为什么?"

"因为能够遇到你。"

这句情话倒让郗同文有些不好意思了,话锋一转,说:"所以,利总打算给我多少钱的工资呀?激励机制如何呀?能多给点吗?嘻嘻嘻……"

"你要那么多钱干什么?"

"钱当然是越多越好呀!"

"那我给你个选择,嫁给我,我的资产都是你的。"

"这婚求得太随意了吧,再说那也只有婚后的部分才是我的。"

"我听说李世伟把他所有的资产能加的,都加上了方奇杰的名字。"

"李总这么浪漫?!"

利慎远宠溺地看着郗同文说道:"我也可以。"

"不行不行,你再这样下去,我要丧失斗志了。既然利总这么慷慨,还是多给点工资吧。"

"我得和几个合伙人一起商量一下。"

"商量什么呀？你在公司一言九鼎。"

"在你薪酬问题上我回避表决，而且考核只会更加严格！"

"凭什么？"

"你是我的女朋友，要求高一点很正常呀！如果你无法胜任基金经理，就嫁给我回家相夫教子吧。"

"那你是我男朋友，是不是也应该履行点义务？"

利慎远突然两眼放光，凑近了郗同文，挑逗地问道："什么义务？"

"可以给我讲讲你的事儿吗？什么时候去的美国、在华尔街的经历，还有你为什么回国。"

"那些事儿有什么意思？"

"我想知道！"

"为什么？"

"因为是你的经历，所以我想知道。我第一次看见你就觉得你是那种经历过好多事情的人，你的眼中都是故事。"

"我在美国二十多年呢，好长的故事，从哪里说起呢？"

"就从你什么时候去的美国说起吧。"

利慎远深吸一口气，娓娓道来："我还是小学生的时候，我爸就去世了。我妈原来只是个家庭主妇，我的爷爷又年迈，无法照顾我，爷爷就让我和我妈去美国投奔叔公。叔公在新中国成立前就去了美国，在那边经营了很多年，子女也都很争气，所以他们在当地有些社会地位。"

"然后呢？"

"然后我和妈妈就住在叔公家，我呢就是上学，妈妈在他们的帮助下经营了一家小餐馆。后来我去了MIT读物理专业，有一次听了Charles在学校做的讲座后，就改修了金融。"

"Charles只用了一个讲座，就让你改了专业？"

"如同你一样，一个选修课不就让你改了专业吗？"利慎远微笑地注视着郗同文，见郗同文有些羞涩，他继续说道，"当然因为喜欢，原本就喜欢这种随时充满了机遇、风险和挑战的事情,那个讲座只是坚定了我的想法而已,而且也让我有机会结识 Charles,他也成了我职业生涯中的领路人。"

"如同燕大的选修课,让我遇到了你,你也是我的领路人。"

利慎远看了看郗同文,低头亲吻了一下她的额头,说道:"不一样,你比我幸运。"

郗同文笑着说道:"这么自恋!那你后来就跟着 Charles 做投资了?"

"是啊,我研究生转了专业,还回到燕大交换了一年,毕业之后就去了 Charles 的公司。怎么样,我的自我介绍你还满意吗?"

郗同文摇了摇头。

利慎远有些疑惑地看着她。

"你还没说为什么回国。"郗同文内心更想知道他回国是否与那个与自己长相酷似的人有关。

郗同文的问题好似触及了利慎远那不愿提及的过往,他淡淡地说:"今天太晚了,下回再说吧。"

晨会上,大家看着利慎远和郗同文,如同"吃瓜群众"一般期待着利慎远如何介绍自己的女朋友。谁知利慎远表情严肃,淡淡地说了一句:"各位应该都知道,同文从今天开始回到半岛基金,暂时负责方总原来管理的基金。下面开始开会,穆总先介绍一下最近的市场情况吧。"

坐在一圈的吃瓜群众如同被泼了一盆冷水,即便有人想起哄,在利慎远那犀利的眼神和严肃的表情下,谁也不敢开口了,只能默默地开始开会。

会上像往常一样,大家说着最近的市场动态,分析着下一步的投资策略,利慎远如同往常一般严肃,发表自己的看法。直到开会结束,利慎远也没有与郗同文有任何的眼神交流。

"今天就到这儿吧。"利慎远起身就走出了会议室。

众人也开始收拾东西准备离开,陈凯和何思源不约而同地走到郗同文面前。

陈凯说道："欢迎！终于回来了。"

"欢迎啊！"何思源嘴上说着欢迎，但心中有些不快。毕竟自己比陈凯和郗同文资历都老，如今这两人都成为基金经理了，自己还在原地踏步。最近公司正需要人，如果没有郗同文回来横插一脚，自己未必就没有提升的机会。想到这里，何思源酸酸地说道："我们同文就是幸运女神，交个男朋友都是利总这种级别的，想做基金经理，方总就腾出了位置，真让人羡慕。"何思源虽然语气似开玩笑一般，但内容咄咄逼人。

郗同文倒显得不慌不忙，对众人的这种想法她早有预判，这也是她选择来半岛前就想明白的事情。她笑呵呵地说道："是吧，我也觉得自己特别幸运，但是压力也大啊。基金经理这行做得好坏一目了然，方总的基金，截止到现在的阿尔法收益都已经 15 个点了，别说我能有所提升，即便是守不住，那也丢人得很。"郗同文没等别人说，自己就给自己加了个码。

何思源知道眼前的人是有利总撑腰的，成熟的职场人自然是应当隐藏情绪，何思源不好再说什么，只得话锋一转，笑呵呵地说："同文的工作能力我一直都是佩服的，那我们就期待郗总能不能在方总的基础上再进一步了！"

陈凯此刻在旁边为这个略有尴尬的氛围打了个圆场："方总的业绩想维持也很难啊，再说前段时间方总基金里的几只股票都大涨了，这有涨就可能有跌，想保持阿尔法收益太难了，别说同文，换谁也说不准呀。同文，别给自己太大压力哈。"

"同文，别聊了，跟我走吧。"

亓优优突然出现，将郗同文拉走。一路上，郗同文看着这既熟悉又陌生的环境，不停地与老同事们打着招呼，有人熟络热情，有人则冷眼旁观。

"这就是你以后的办公室了。"

"谢谢优优。"

"跟我还客气什么？你发没发现这个办公室有什么特点？"

"什么？"

"利总可以从这个方向看到你!"

郗同文顺着亓优优手指的方向,果然见利慎远眉头紧锁,正在认真地看着手中的文件。郗同文有些不好意思,说道:"他要求的?"

"这种事儿怎么等老板要求呢?我们做秘书的就是要想老板之所想,急老板之所急。再说,咱们利总这么要面子的人当然是不好意思说的。"

"你真不愧是个好秘书!"

"那是当然,我先走啦,你忙吧,有什么需要随时告诉我。"

"谢谢。"

亓优优走后,郗同文坐在位置上,看着门外,一切恍如隔世。她终于成为一个基金经理,终于有了这一排独立办公室中的一间,只是没想到竟是以这样的方式,造化弄人,兜兜转转她竟回到梦想开始的地方。

她抬头通过窗子看了看利慎远,只见他丝毫没有看这边的意思,郗同文竟有些失落,索性将百叶窗帘关闭。

午饭时间,陈凯兴冲冲地走进郗同文的办公室,说道:"第一天上班,中午几个熟悉的同事请你吃饭。"

"好呀。"郗同文爽快地答应了。

几人走到办公区,恰巧遇到利慎远。陈凯上前问道:"利总,中午我们给同文接风,您……一起……吗?"看着利慎远一如既往面无表情的样子,陈凯将已经要脱口而出的"呗"在出口的一瞬间换成了"吗"。

利慎远阴沉着脸,对陈凯说道:"下午记得把港股笠饮集团的深度报告发给我。"他完全没有回应吃不吃午饭,说完竟用一种犀利的眼神扫了一眼郗同文就走了。

陈凯留在原地,灰溜溜地回应:"好的。"

利慎远走后,其他人笑着说道:"你怎么这么勇啊?居然敢问利总要不要一起。利总什么时候参加过咱们的聚餐?"

"这不是有同文在吗?我以为会不一样呢。"

另一人也附和道:"对啊,同文,你和利总到底是真是假啊?我们怎么丝毫看不出你俩之间有什么火花啊?"

郗同文摊开双手,不置可否,摆出一副你猜猜的表情。

临近下班,郗同文手机响了一下。她拿起手机,上面正是利慎远的消息:"10分钟后,停车场等。"

过了一会儿,利慎远就收拾东西离开了公司。等郗同文来到停车场时,利慎远已经坐在车里等着她了。她刚一上车,还没等坐稳,利慎远一把将她拉过来,疯狂地吻着她。

过了半晌,两人才慢慢分开。突然,郗同文猛地一抬头恰看到亓优优正直直地站在车头前,她用双手假意捂住双眼,实则在手指间露出巨大的缝隙,一副看热闹的表情。

一个大活人突然出现先是吓得郗同文一惊,发现是亓优优,郗同文羞得直接将头埋进了车里,整个人恨不能钻进车底。

利慎远则是盯着亓优优,给了她一个靠边站的手势,亓优优刚挪开脚步,利慎远一踩油门将车子开走了。

亓优优站在原地说了一句:"这么猴急?这是我这样的小姑娘可以看的吗?"说完得意地笑了起来。

车子开出了很远,利慎远才说了一句:"别躲了,起来吧。"

"刚刚丢死人了。"郗同文依然满脸通红。

利慎远笑眯眯地看着她说道:"这有什么?我们都是成年人了,这不很正常吗?"

郗同文依然害羞地笑着,突然她想到利慎远一整天对她避而远之,刻意保持距离,心中有些不快,嘴角的笑意也慢慢消失。

"怎么不说话?"

郗同文看着车窗外,依然不吭声。

"是不是想着白天为什么我不理你?"

郄同文惊讶地问道:"你是故意的?"

"当然了。"

"为什么?"

"虽然你不在意别人对你的评价,但是我在意。我希望他们能够客观地评价你,不希望你永远活在我的阴影和羽翼下,所以我只能尽我所能让他们忽略你我的关系。你知道我今天忍得多辛苦吗?"

"不知道。"郄同文极力隐藏着笑意。

"一会儿让你知道。"

两人正开着玩笑,郄同文的电话响起。

"喂,老爸。"

……

"哦……"

……

"我妈也来了?那明晚一起吃饭?"

……

"好,好,拜拜。"

挂了电话,利慎远问道:"你爸妈要来北京?"

"是啊,他们经常来,我爸经常来开会嘛,我妈要是想我了,就跟着来看看我。"

"那我约一家餐厅?"

"你要见我爸妈?"

"不应该……见见吗?"利慎远问得有些迟疑。

"我只是没想到你会想见他们……"

"为什么不见?"

"见父母这事儿毕竟还挺……"

"挺什么?"

"挺正式。"

利慎远突然将车子停到了路边,他将整个身体转向郝同文,表情严肃地看着郝同文,这表情让郝同文有些躲闪。

"你干吗?"

"我是正式地与你谈恋爱,为什么不能正式地见你的父母?"

"我没说不行呀。"

利慎远扶住郝同文的肩膀,说道:"郝同文,看着我的眼睛。我喜欢你,谢谢你没有放弃我,但请你把你的全部真心交给我,不要有任何迟疑。"

利慎远说到这里,郝同文的眼睛也不再躲闪,她看着利慎远的双眼,说道:"那你把全部的真心交给我了吗?"

"我是你的,全部都是。"

"你干吗定这么大的包间?"一个高级餐厅里,郝同文和爸爸妈妈坐在圆桌前,郝妈妈抱怨道。

郝爸爸看向郝同文,也有些疑惑。

郝同文郑重其事地说道:"爸、妈,我要郑重跟你们宣布一个消息!"

老两口彼此有些忐忑地看了看。

"我有男朋友了。"

"是吗?是谁?做什么的?"郝妈妈立刻提起了兴致。

"他叫利慎远,是一家基金公司的老板,准确地说,是我现在的老板。我刚刚换工作,回到半岛基金了。"

老两口面面相觑,虽有些语塞,但也没有感到什么异样,似乎对女儿的任何选择都显得开放和包容。

只是郝妈妈稍微问了一句:"你之前的男朋友是不是就是这个公司的?我记得上次你分手之后就辞职了。"

从小娇生惯养之下,郝同文知道父母对她很包容,也就觉得没什么隐瞒的必要,她很坦然地说道:"其实,还是那个人。"

"那妈妈能知道,上次你们为什么分手吗?这次就没有同样的问题了吗？"

"说了你们可能都不信，我遇到一个特别离奇的事情。"

"什么事？"

"他的前女友居然跟我长得特别特别像。如果不是有年龄差，我甚至会以为我们是孪生姐妹！所以，之前我对他喜欢我这件事也有些疑虑。"

郗妈妈和郗爸爸再次互相看了一下，脸色竟变得凝重而紧张起来。

"但是，我真的真的很喜欢他，所以我纠结了很久。自从和他分手，我就没办法喜欢别人。"郗同文还沉浸在自己的情绪之中。

郗妈妈声音有些颤动，激动地问道："你见过他之前的女朋友？"

"没有，我只在他家看到过一幅油画，那上面的人看起来就是我，可是我知道那不是我。"

"那个女孩儿多大了？"郗妈妈问得有些焦急。

"我不想问那么多。"

"那你的男朋友多大了？"郗爸爸问道。

"比我大了10岁，爸爸妈妈我觉得年龄真的不是问题，而且他看起来也没那么老。"郗同文看着父母紧张的神情，生怕他们反对，拼命地解释着。

郗妈妈下意识地在桌下拉住了郗爸爸的手，手不住地颤抖着。郗爸爸抚了抚她的手，定了定神，问道："他一会儿过来吗？"

"嗯！但是他晚上有个推不掉的饭局，他说结束了就立刻赶过来，我们先吃。这家菜真的特别好吃，很难订到的。"

菜慢慢上齐，郗同文说道："你们怎么都不吃啊？这个特别好吃！"郗同文起身夹起排骨，分别放到了父母的碟子中。

郗妈妈颤抖着手想要夹起排骨，却夹不起来，说道："我路上有点累，没什么胃口。"

"您是不是不舒服呀？要不您稍微吃点，我先送你们回酒店？"

"没关系，就是有点累，等一会儿吧。"

"不用等他，没关系的，我跟他说一声就行。"

"不用,我们等着。"郗妈妈放下筷子,端坐在那里。

郗爸爸看了看,问道:"他的家庭什么背景?"

"他出生在中国,但是很小就去了美国,前些年回国的。"

"那你是在美国看到的那幅油画?"

"是啊,咱们别说这个了,先吃点吧。"

郗同文每每想起那幅油画就心中隐痛,不想多说什么。

过了许久,利慎远姗姗赶来。郗同文已经在餐馆门前等着利慎远,两人刚一见面就如同其他恩爱情侣一样牵起了手,十指紧扣。

"你怎么出来了?"利慎远问道。

"我爸妈好像有点不太高兴,你可要小心应对哦。"

"放心吧。"说完利慎远将唇轻轻压在郗同文的唇上。

两人说笑间,来到了包间门口,四目相对管理好表情才推门而入。

"叔叔阿姨,不好意思,我来晚了,今天真的是有个推不掉的应酬。"

"没关系,你坐吧。"郗妈妈态度有些冷淡。

利慎远坐下,看了看桌上几乎没有动的饭菜,说道:"怎么都没吃?不用等我的。"

"我妈路上有点累,不太舒服,没胃口。"

"那我送你们回去吧。"利慎远说话就要起身。

"不用,利先生,你坐下吧。"

"好。"利慎远被郗妈妈不冷不热的态度搞得有些局促不安。

"同文,你先出去,我和你妈妈跟利先生聊几句。"郗爸爸严肃地说道。

"你们干吗呀?别搞得这么严肃。你们该不是要反对吧?"

"同文,听话,先出去吧。"郗爸爸带着些许命令的语气,这反常的态度让郗同文稍为不安。

利慎远看向郗同文,给了她一个坚定的眼神,表示这里都交给他没问题的。她知道利慎远是经历过各种场面的,想到这里也就放心地离开了。

"利先生,我听同文说你曾经有一个与她非常相像的女朋友?"

"呃,叔叔,其实,这是我和同文之间的一个误会。我的确曾经非常欣赏一个学姐,她和同文很像,但是……"

"她多大年龄?现在在哪里?"郗妈妈等不及利慎远说完便激动地问道。

利慎远被郗妈妈的反应搞得有点措手不及,迟疑了一下,缓缓说道:"她差不多比我大2岁。"

郗妈妈看着郗爸爸,满含眼泪,轻轻地说:"老郗……"

郗爸爸再次抚了抚郗妈妈的手,说道:"不好意思,利先生,你能稍微再说说,她叫什么?她是哪里人?现在在哪?"

郗爸爸和郗妈妈反常的神态,再加之并没有过多询问自己的情况,而是一直在追问他的前女友,这让利慎远心中划过一道闪电,使他的心不禁抽动了一下。利慎远的脑子飞速地分析着当下的状况,他似乎摸到了什么事情的真相,可这真相又让人匪夷所思,他在一丝丝不安中期待事情不是想象中那般。他试探地答道:"她叫Alice,中文名字叫姝姝。"

可仅仅听到两个名字,就让原本镇定的郗爸爸的声音变得颤抖起来:"她现在在哪?"

"她是个孤儿,2岁时被领养到了美国……"

"那现在呢?"郗爸爸激动地问,郗妈妈已经满脸泪水。

利慎远史无前例地有些紧张和彷徨,在这种问答之下,加之那若隐若现的可怕的真相,他在犹豫。可一向果断的他看着面前郗同文父母的反应,他猜测今天如果不说出实情,或许谁也过不去。他顿了顿,压低了声音说道:"她已经去世了。"

此话一出,郗妈妈瞬间眼前一黑,昏死了过去。

利慎远马上拿起手机,拨通了120,喊道:"我需要救护车……"

郗爸爸在急诊病房里安抚着已经醒来的郗妈妈。

门外郗同文问道:"你们说了什么？我妈妈这么激烈地反对我们吗?"

利慎远坐在长椅上一言不发。

"到底怎么了?"

利慎远起身,轻轻地抱住郗同文,他颤抖的身体让她第一次在他的怀中感到这么忐忑和没有安全感。

郗爸爸走了出来,两人这才分开。

"利先生,很晚了,你先回去吧。"

"阿姨她……"

"她没事儿了,观察一晚就好。"

"你先回去吧。"郗同文也说道。

"好。"利慎远没有拒绝,也没有多说话,而是转身慢慢向外走去。

郗同文看着利慎远那落寞的背影慢慢远去,心中的不安更甚,直到父亲的声音将她的目光拉回。

"同文……"

"爸。"

"我觉得有必要告诉你一件事。"

郗同文看看父母,想想刚刚的利慎远,聪明的她似乎也摸到了真相,只是这真相可能太伤人。没等郗爸爸开口,她试图用玩笑的语气说道:"爸,您可不要告诉我,利慎远的前女友是……"郗同文刚说到这里,只见郗爸爸已经默默地点了点头。这反倒让郗同文话在嘴边的真相变得难以启齿,她的表情也变得僵硬起来。

第二十四章

在医院走廊的长椅上，郗爸爸面色沉重，郗同文紧张地抠着手指。郗爸爸舒了口气，才开口缓缓地说道："那会儿我刚毕业在大学里任教，精力都在工作上，但是你妈妈又要上班，就请了一位保姆阿姨照顾你的姐姐……"

四十年前一个普通的下午。

郗爸爸上完课从学校回来，一个邻居迎了上来，说道："郗老师，下班啦？"

"是啊。"

"你们家保姆挺能干，就一个人，带着妹妹，还能做饭。"

"是啊。"

"知根知底吗？"

"我老婆休完产假就请来了，都是她张罗的，我也不知道。"

"哦，但是吧，你回头得跟你老婆说一声，中午的时候我看一个男的来找她，看着脾气不太好。跟她拉拉扯扯推推搡搡的，两人吵了半天，都是方言，咱也听不懂。"

"人家吵架，我告诉我老婆做什么？"

"欸，你这就不懂了，雇的人，你得知根知底呀！有人找上门，别有什么仇家之类的，连累到你们。"

"不至于吧。"郗爸爸还有些不屑。

"你听我的，回头别忘了跟你老婆说。"

"好,好,我知道了。"

郗爸爸回到家,保姆正哄着几个月大的妹妹,便安心回房间继续看书,做起了研究。

晚上郗妈妈回家,一起吃了饭,直到睡觉,郗爸爸也没再提起保姆的事情。

保姆见他们已经睡下了,独自下了楼。只见黑暗中一个男人一把拉住了她,用浓重的方言说道:"借了没有?"

保姆哭丧着脸说:"没有,人家给我工钱,我哪里好意思张口借钱?再说,2万啊,我就算张口,人家也不会借给我的。"

"那就明天下午,你把孩子带上,我带你们走!"

"不行,他们都是好人,对我真的很好,我不能这样。"

"那你就别怪我回去先砍死你全家,再等债主上门整死我。"

"你就不能不赌了吗?"

"这次你帮我还上,我肯定不赌了。"

"我想想吧。"

"明天下午2点,我在那边路口等你!敢不来,你就死定了。"

第二天中午,郗爸爸、郗妈妈吃过午饭都离开了,保姆抱着妹妹,又看了看这个家,含着泪下了楼。

男人在街口截住了他们,他打量着这个白白净净的婴儿,一看就是城里的孩子,养得颇为精细,笑着说:"看着挺金贵呀,肯定能找个好人家,卖个好价钱。"

"要不算了吧,这是城里,到处都是警察。这是个女娃,卖不上价!"

"你闭嘴!有人家专门买女娃养着,将来给儿子做媳妇。"说完男人就夺过女人怀中的孩子,推搡着女人,来到火车站离开了这座城市。

晚上,郗爸爸和郗妈妈一直不见保姆和妹妹回家,无比焦急,在家附近一直寻找也不见踪迹。

直到邻居们都出来帮忙寻找,报了警,也依然音信全无。

这时早前提醒过郗爸爸的邻居大妈来到夫妻两人身边说道:"郗老师,你说说你们两口子,我都告诉你了,你们那个保姆有问题,怎么都不注意呢?"

"什么问题?"郗妈妈诧异地看着郗爸爸。

"郗老师,你没跟你老婆说啊?昨天中午一个男的来找你家保姆,凶神恶煞的,两人用老家话吵了半天,那男人看着不太甘心地走了。"

"为什么你没有告诉我?"郗妈妈质问郗爸爸。

"我想着别人吵架,跟我们有什么关系?"

"她是独自带妹妹的,她的心情我每天都在关注,结果这么大的事情,你居然不告诉我!为什么呀?除了那些书,你心里还有什么?"郗妈妈像疯了一样捶打着郗爸爸。

"我错了,我真的错了!"

"现在说这些还有什么用?"郗妈妈哭着喊着,"妹妹,我的妹妹。"

从此,他们开始了寻找女儿的十年。

而保姆,则和她的男人抱着婴儿来到了一个小城市。两人在马路上走着,婴儿一直哭个不停。

"烦死了!一直哭、哭、哭!你就不会哄哄?!亏你还是给人家带娃的。再这样,真把警察都招来了。"男人吼着女人。

女人说道:"她大概是饿了。"

"你看着她!我去药店买点药,让她睡觉吧。"

男人离开后,保姆心疼地看着妹妹,抹着泪水。想了一会儿,她看了看四周,抱着婴儿就跑了起来……

郗爸爸继续回忆地说道:"后来我们找到保姆的老家,她老公已经进了监狱,在监狱里告诉我们保姆带着你姐姐跑了,谁也不知道她去了哪里。更不知道把你姐姐送到了哪里。"

郗同文问郗爸爸："所以妈妈说你年轻时也曾犯下错误,就是这个?"

郗爸爸点点头。

"妈妈竟然没有因为这个而离开你?"郗同文愤恨地看着郗爸爸。

"爸爸很自责,这辈子都很自责,很痛苦。"

郗同文第一次看到郗爸爸这副狼狈与痛苦的样子。她站起身来,走到病房门前,透过病房的玻璃,看着里面的妈妈,心中五味杂陈。

郗爸爸继续说道："现在她出现了,我不知道为什么她成了孤儿被美国人领养,可中文名字还叫姝姝？一定就是她,世上不会有那么多巧合的事情。"

"是利慎远告诉你们的?"

"嗯。"郗爸爸点了点头。

"那她现在在哪?"

"利慎远说她已经去世了。"

"什么?"

"所以你妈妈受不了,刚刚晕倒了。"

郗同文陷入了沉默,她对这个素昧平生、还没见过面就已经再也见不到的姐姐其实并没有带给她巨大的冲击,只是她不敢去想利慎远,不敢想利慎远刚刚那没落的背影,不敢想她与利慎远未来又将怎样。

郗爸爸走到同文身边,将手搭在了郗同文的肩膀上,说道："同文,我和你妈妈失去你的姐姐后,快40岁才有了你。这么多年来,我们对你没有要求,就希望你开心幸福,不再发生悲剧。所以我们不在乎你和他之间有年龄的差距,有财富的差距,有身份上的差距,可是他……他毕竟曾经是你姐姐身边的过客,这段关系太复杂了。你说呢?"

郗同文沉默了。现在她的脑子已经处于混沌状态,凭空多出的一个姐姐,竟还与她最爱的人有过过往,这都是些什么错综复杂的关系？一时间混乱到无法思考,她更不知道该如何处理这段关系。

翌日,郗爸爸将利慎远单独约了出来,两人在一间茶楼相向而坐。

"利先生,今天约你出来,是因为我想多知道一些关于姝姝的事情。"

利慎远对郗爸爸熟练地称呼"姝姝"这个名字似乎并不意外。

郗爸爸看到利慎远的表情,说道:"看来,你已经猜到了,姝姝是我们的女儿。"

利慎远轻轻地"嗯"了一下。虽然他依然面无表情,心中却再次抽疼了一下,这种可怕的猜测变成了现实,总归让他难受。

"你是怎么认识她的?"

"我在美国读书的时候认识她的,她是我的学姐,对我很照顾。"

"你知道她的过去吗?那些年她过得好吗?"

"她告诉我,她几个月大时被送到孤儿院,2岁时被一对白人夫妇领养到了美国,那对夫妇对她很好,她一直接受良好的教育。"

"那她怎么死的呢?"

利慎远顿了顿,缓缓地说道:"她在事业遭受重创的时候选择了轻生。那时候我还太年轻,没能保护和阻止她,我很抱歉。"

郗爸爸低下头,叹了口气,沉默许久,再次消化好了情绪才缓缓地说道:"关于同文,我觉得你们不要再见面了比较好,利先生,你觉得呢?"

利慎远紧锁着眉头,看着手中的茶杯,想了想,抬起头对郗爸爸说:"其实我们……"

这时候,郗妈妈跑了进来,打断了他们,她跑到利慎远身边,哭着说道:"利先生,求求你告诉我,姝姝那些年过得好不好?她的养父母对她好吗?有没有虐待她?她是怎么死的?"

利慎远愣在原地,还没想好怎么重复回答一遍,郗妈妈整个人却几近崩溃,大叫着:"姝姝,姝姝……"

郗爸爸见状,抱住郗妈妈,对利慎远说了句:"不好意思,我们先回去了。"说完就搀扶着郗妈妈离开了。

利慎远回到公司,恰巧遇到郗同文,她不敢直视他。利慎远正犹豫如何开口时,郗同文就已经离开了。接连几日,两人如同路人一般,即便擦肩而过也没有丝毫的眼神交流。

一日,郗同文突然收到了一封邀请邮件。写邮件的正是 Alice 的养父母,他们得知 Alice 的亲生父母找到了,邀请他们一家到美国做客,并表示很乐意分享 Alice 的过往。

郗同文看到邮件,她知道这一定是利慎远安排的,飞奔到了利慎远的办公室门口。此时利慎远正在和客户总监程鹏还有丽丽聊天,她在门口犹豫了许久,还是选择离开,却恰巧撞到了亓优优。

"同文?"

"优优。"

"你找利总?"

"也没什么事儿。一会儿他忙完,你帮我跟他说一声,我请个假,可能要一段时间,工作我会远程跟进,请他放心。"

"你请假还用我传话吗?"亓优优话一出口,就瞬间捕捉到了郗同文面露难色,她继续问道,"吵架了?"

"没有。"郗同文硬挤出些许笑容。

"好吧,看我怎么说说他。"

"优优,我先走了哈。"

说完,郗同文转身离开。亓优优看着她的背影,又看了看里面的利慎远,一脸无奈。

就这样,郗同文和父母坐上了去往美国的飞机。刚下飞机,一个金发碧眼的中年男人举着牌子"Miss Xi"(郗女士)等待在机场出口。

"Miss Xi!(郗女士!)"

郗同文等人刚走出机场口,只见那人冲着他们大声叫道,还摆着手。

郗同文有些诧异，她指了指自己，问道："Are you calling me？（你是在叫我吗？）"

"是的。"这人竟然用中文回答了郗同文。

"你会说中文？你怎么知道我是 Miss Xi？"

"我一看到你，就知道是你啦。我叫 Sam，我来接你们去 Mr. and Mrs. Wilson 的家吧。"

虽然有些迟疑，但郗同文一家还是上了 Sam 的车。一路上，Sam 不时地盯着郗同文看，这让郗同文有些尴尬和不适。Sam 也捕捉到了郗同文脸上的难色，解释道："Sorry，你真的太像 Alice 了。我从小就认识 Alice 了，跟她一直在一个街区，我们读同一所小学、中学，最后一起考到 MIT。真的没想到还能找到 Alice 的亲生父母和妹妹，真是很奇妙的感觉。"

"妹妹，哦，Alice 从小到大过得好吗？"郗爸爸问道。

"Alice 是我们所有人的女神，她非常非常优秀，成绩全 A，芭蕾舞跳得非常棒。我的好多作业都是她帮我写的，当时我们一群男生每天跟在 Alice 的身后。可是我们完全没有想到，她经历了一次失败的投资，居然会选择自杀。"

"你的中文很棒啊。"郗同文说道。

"我是跟 Alice 和 Lee 学的。"

"Lee？"

"是啊，我和利慎远是在 MIT 认识的，我们也很熟。今天也是 Lee 让我来接你们的。他没有告诉你们？我、Lee、Mark，在学校的时候经常跟着 Alice 混，Alice 对 Lee 尤其照顾，可能因为他们都是华裔吧。Lee 告诉我，从机场接上你们不去酒店了，直接去 Alice 家，没问题吧？"

"没问题。"郗爸爸立刻回答道。郗妈妈则是全程紧张地挽着郗爸爸的胳膊，试图镇定下来。郗爸爸听了 Sam 刚刚的一番话，看了看郗同文。

郗同文此刻凝望前方，思绪却十分复杂。她没想到，利慎远不仅帮他们联系了 Alice 的养父母，还贴心地安排了热情的 Sam。

说话间，车子驶过一个街区，从路边停放的车辆可以看出，这是一个非常高档的社区，两排房屋对称而建，每栋房屋的设计和建造都经过精心的考虑和规划，房屋的栅栏和窗户都非常精致。在街道的两侧，修剪整齐的草坪和色彩斑斓的花卉组成了美丽的景观。看得出每家院子也都经过精心设计，彰显着每个主人的品位和个性。

Sam 慢慢将车停在路边，说道："到了，这就是 Alice 的家。"

几人缓缓下车，郗爸爸、郗妈妈看了看周围的环境。

Sam 说道："我和 Alice 从小就在这里长大，这座院子，我们经常在这里玩。"

郗爸爸、郗妈妈想象着他们的女儿曾在这里嬉笑打闹的场景，热泪盈眶。

Sam 引着几人来到院子门前，他摁了摁门铃，过了一会儿，里面出来一对夫妇，他们热情地打着招呼："Hey! Sam."

"Hi!" Sam 回应。

对方又对郗爸爸、郗妈妈说道："Nice to meet you!（很高兴见到你们!）"

郗爸爸说道："Nice to meet you, too, Mr. Wilson!（我们也很高兴见到你们，威尔逊先生!）"

Wilson 先生看着郗同文，笑着说道："Nice to meet you!（很高兴见到你!）I seem to see Alice coming back.（我仿佛看到 Alice 回来了。）"

郗同文不知该如何回应，只得慢慢说道："Nice to meet you, too, Mr. Wilson!（我也很高兴见到你，威尔逊先生!）"

几人一起进了屋子，在 Wilson 女士的引导下，他们来到了一个房间，里面很整齐，也丝毫没有陈旧的迹象，大概是每天都打扫。在钢琴、书桌上面放满了 Alice 的照片，从 2 岁到大学毕业，从照片上的笑容可以看得出，她过得很幸福。

郗妈妈流着泪，一张一张拿起照片，一张一张抚摸着上面的人。

Sam 看看放在钢琴上 Alice 长大之后的照片,再看看郗同文,两人的确是惊人地相似,不禁让 Sam 感到不可思议。

"Alice has always been excellent, and she is very good at Chinese. Before, she often told us about her ideals and wanted to go back to China to find her parents. But…(Alice 一直非常优秀,而且她的中文学得非常好,以前她经常跟我们说她的理想,她想回到中国去,去找她的爸爸妈妈。只是……)"Wilson 夫人看着照片回忆着过往。

"Does she always remember her Chinese name?(她一直记得自己的中文名字?)"郗爸爸问道。

Wilson 夫人从书桌的抽屉里拿出一个本子,里面夹着一张字条,显然已经颇有年头。她将字条递给郗爸爸,郗爸爸接过字条,只见上面写着:"她叫姝姝,9月4日出生,我无力抚养,请收留她吧。"

Wilson 夫人继续说道:"We sent her to learn Chinese, and one day she excitedly told us with this note that her Chinese name was Shu Shu.(当初我们送她去学中文,有一天她拿着这张字条兴奋地告诉我们,她的中文名字是姝姝。)"

郗爸爸看了看郗妈妈,郗妈妈说道:"这是保姆的字迹,我肯定!她为什么不把姝姝还给我,为什么要送孤儿院?!"她越说越激动。

郗爸爸说道:"大概她后悔带走了姝姝,但是又不敢还回来。"

离开时,郗爸爸对 Wilson 夫妇说道:"We are also very glad to see Alice being very happy and excellent under your cultivation. Thank you all! Can we take those photos with us?(看到 Alice 在你们的培养下很幸福、很优秀,我们也很开心。谢谢你们!那些照片能不能让我们带走?)"

"I'm sorry, as this is also our memory with Alice, many photos are too old and we can't find the base film and electronic files.(很抱歉,因为这也是我们和 Alice 的回忆,很多照片时间太久我们也找不到底片和电子文件了。)"

"Okay, thank you all the same.（好吧，依然感谢你们。）"

离开了 Wilson 夫妇的家，天色已经很晚，Sam 说："我送你们去酒店吧，明天我再带你们去看看 Alice 的学校，嗯，再带你们去看看 Alice。"

听到这里，郗妈妈自顾自地流着泪，郗爸爸则一直在安抚着郗妈妈。

唯有郗同文此刻比较冷静，说道："谢谢！太感谢了。"

"不用客气。"

到了酒店，趁爸爸妈妈去办理入住，郗同文犹豫再三，问道："Sam，我有个问题想问你。"

"你问吧。"

"Lee 和 Alice 是什么时候开始交往的？"

"我们刚上大学就认识了呀！"

"他们刚认识就成为男女朋友了？"

"Are you kidding?（你开什么玩笑？）"

Sam 的这句反问让郗同文一时不知所措。

Sam 气愤地说道："Lee 这个家伙！他居然敢说 Alice 是他女朋友？Crazy！（疯狂！）"

"不是吗？"

"当然不是！Alice 是我们所有人的女神，但是她不是普通人，她不谈恋爱的，她只爱工作！我们都知道的呀。"

"那 Lee 追过她吗？"

"当然没有！Lee 和 Alice 一样，他们都是工作狂！"

晚上，郗同文躺在酒店的床上，回想着 Sam 的话，竟发现原来这么久，是自己误会他了。想到这里，她不禁更加想念利慎远。她想给利慎远发个信息，拿起手机虽有千言万语，可最后还是放下，等见面时再说吧。郗同文翻来覆去，无法入睡，过了许久，索性坐起来，打开电脑，看起国内的股票行情和研究报告。

利慎远刚到公司,眉头紧锁。陈凯满面焦急,立刻迎上前来,紧张地说道:"利总,不好了,笠饮集团出事了。"

"说说具体情况吧。"

"今早MY刚刚发布的一篇做空报告,直指笠饮集团,说他们的企业价值为0。主要是两大指控,首先是说他们虚假宣传。笠饮集团号称他们核心产品橙汁所需要的橙子均来自江州,因为江州的地形有利于橙子生长,甜度和口感都是最好的,所以笠饮的产品才能以高价稳稳占据国内橙汁高端市场一多半的份额。但是MY掌握了大量的素材,证明笠饮集团并没有全部在江州采购。然后还指出他们有财务造假的嫌疑。因为之前MY做空的几家公司,最后都被证实做空报告内容属实,所以这次市场好像完全相信了MY的报告。刚刚,笠饮集团开盘股价直接跳水,从51港币跌到30左右。"

"我们所有的基金加在一起有多少持仓?"

"3000万股,开盘一小时就亏了……"陈凯顿了顿,他深知利慎远脑子一定已经算出浮亏的金额,他也是在等利慎远算出来,这样再从口中说出也就不那么惊人,"亏了6亿多。"

"我知道了,马上约一下笠饮集团的董事长,然后订最近的航班,我们去江州。"

"好的,那我们现在要不要减仓做一下风险控制?"

"先不要有动作。"

利慎远停下脚步,思索片刻,没有到办公室,亓优优见状直接追了出来,说道:"利总,司机已经在楼下等您,马上送您去机场。最近飞江州的航班是11:30。"

"嗯。帮我约一下董事长白天路,一会儿我要跟他先电话连线。"

"好的。"

车上,利慎远拨通了笠饮集团董事长的电话。

他语气温和,先问道:"白总,什么情况啊?"

笠饮集团的董事长白天路也已经焦头烂额,吼道:"我不知道,报告里纯是扯淡!说的都不是真的。"

利慎远定了定神,没有着急,而是一字一句吐字清晰地说道:"先不管他说的真的还是假的,你必须立刻马上拟一份公告,对所有做空报告里的内容进行否认,并且下午开盘前必须发出去。"

"只有两个小时?这些工作需要时间。"

"市场不会给你时间。"

"但是……"

"不需要有理有据,先否认,然后告诉投资者,具体情况的解释,你们会在明天开盘前给出。"

"这不可能。"

"这必须可能!我下午会到江州,我们保持联系。"

挂了电话,陈凯问道:"利总,您相信他们吗?"

"我相信事实。"利慎远想了想,继续说道,"你不要跟我去江州了,你去海州,海州那里有笠饮集团的工厂,你去最大的农贸市场,所有的水果经销商,一家一家打听,看看他们到底有没有在海州本地采购橙子的情况。还有,去海州工厂的门口等着。据我所知,海州的工厂只生产橙汁,所以只要是拉水果的货车,不是江州或海州车牌的就一定有问题。如果他们确实在别地采购,应该还来不及取消今天的订单,再晚可能就真的看不到真相了。"

"好的。"

陈凯看着利慎远的侧颜,不禁从心中感慨,从事情发生到现在,几乎所有的人都乱了阵脚,公司也是一团乱,大家都坐立不安,只有利慎远泰然自若,头脑清晰,应对自如,一步一步安排着他们每个人的工作。这异常的冷静既让人心生敬畏,也让人感到阵阵寒意。如此冷静的人到底是没有了人性,还是真的经历得太多呢……

到了机场,两人分开后,利慎远拨通了柯文韬的电话。

"怎么才回我电话!"柯文韬接起电话就是一通抱怨。

"我在机场。"

"去江州?我记得你重仓了笠饮集团的股票,有多少?"

"3000万股。"

"那……现在你打算怎么办?"

"我先去看看能否帮笠饮稳住局面,你以最快的速度帮我看看MY是和谁联手做空的,这绝对不是MY的体量可以做到的。他们之前做空都是50亿左右市值的,像笠饮集团这种几百亿体量的公司他们自己肯定搞不定。我之所以最近将重仓放在笠饮上,就是笃定他们资金量不够。但现在看,显然是我小瞧他们了。"

"问题是他们用做空报告煽动其他机构和散户一起搞啊。"

"只是虚假宣传和有财务造假的嫌疑,不至于一开盘就跌这么多。我看过今天的盘口,卖盘是有组织的,这是蓄谋已久的做空,应该与散户的抛售关系不大。"

"好,我马上去打听。那你今天要不要适时止损一部分?"

"没有确定真相之前我不会。以现在的成交量,如果我再下场倾售股票,收盘恐怕只有5块钱了,与其这样,不如你死我活。"

"这么严重?"

利慎远笑呵呵地说道:"放心吧,我没那么疯狂。笠饮集团的股票差不多只占我所有仓位的20%,当然,截止到现在已经跌得不到10%了。"

"真不愧是你,这会儿了,还有心思开玩笑!"

"别废话了,赶紧去打听吧。"

挂了电话,利慎远立即登上了去江州的飞机。

郗同文翻看着研报,关于笠饮集团的新闻映入眼帘。

她慌忙掏出手机,拨打着利慎远的电话,却无论如何也拨不通。她只得拨陈凯的电话,依然无法接通。她又尝试拨通亓优优的电话。

"优优,什么情况?"

"你看到新闻了?"

"是,咱们……"

"截止到中午收盘,公司损失了7亿。"

"怎么会这样?!笠饮集团是个优质的国民品牌呀,而且体量这么大,一篇报告就可以做到这个程度?"

"还不知道具体情况。"

"利总呢?"

"他去江州了。"

"好,我现在订机票,马上回国。"

"不要着急,没事儿的,你要相信利总,这种事情他早司空见惯了,对他来说都是小事儿。再说港股也不是你负责的。你先处理好家事再说。"跟随利慎远多年,亓优优也跟着经历许多,面对现在的局面显得尤为淡定。

"那你有消息一定随时告诉我。"

"放心吧。"

利慎远下了飞机,迅速打开手机,看了看……

这时陈凯的电话打了进来:"利总,您着陆了?"

"嗯。"

"笠饮发布了公告,对所有MY做空报告中的事情都做了否认,并承诺明天给出正式的答复。"

"我看到了,我交代的事情,你盯住了。"

"您放心,我一定看住。"

利慎远来到笠饮集团董事长白长路办公室门口,此人虽然是一个几百亿企业的董事长,但是年纪很小,不过30多岁。此刻白长路正在怒斥下属。

"让你们出应对方案,一个个都哑巴啦?"

利慎远敲了敲门。

"利总,您来了。"白长路像是立刻变了个人。

"嗯,白总。"利慎远面无表情地说道。

"你们都先出去吧。"白长路用呵斥的语气让下属离开。

"利总,坐。股市这个东西,我们确实不懂。您是专家,给我们出出主意吧。"

"首先你必须跟我说实话,做空报告上指出的问题到底是否存在?"

"当然不存在。"

"你先不要着急回答,问清楚再回答。凡事也不是非黑即白,如果有,有多少,情况又有多严重,这些我都需要知道。"

"绝对没有!您是一路看着笠饮集团成长起来的。当年我大专毕业带着几个哥们儿创业,虽然做的规模不小,但多少人都不相信我们上市之后还能有增长,都觉得我们是上市骗钱的,是半岛做了我们上市的基石投资人,您对我和笠饮应该都很了解,我白长路绝不是那么短视的人。江州的橙子就是笠饮的内核,我要真从别的地方采购,搞鱼目混珠这种事儿,不是自毁武功吗?"

"好。白总你和你的家人一共持有51%的股份,江州政府持有15%,目前我持有5%,我们加在一起是71%,也就是说市场上还流通了剩余29%的股份。我预计,起码需要40亿才可能打赢这场仗。"

白长路面露难色地说道:"我这个老板看似身家很高,但其实资产都在公司里了。为了公司的发展,我的股票也都抵押换成资金投到了公司里。今天早晨大跌,他们让我必须立刻偿还贷款或者追加担保品。现在我只有10亿左右的资金,如果股票继续下跌,我还要继续增加担保品,否则我就是第一个出局的人。"

利慎远在不经意间轻轻叹了口气。

白长路看出利慎远有些泄气，连忙说道："利总，要不，我带您看看我们的果园和生产车间吧。"

"好。"

白长路自己开着车带着利慎远离开公司，两人来到了江州的郊区，漫山遍野的果树，有的结满了金灿灿的橙子，有的则已经采摘完。

白长路感慨道："您也知道，江州这个地方原来特别穷，是个贫困县，从小我就想着怎么逃离这个县。虽然我们江州自古橙子就很有名，但原来我们只是卖橙子，那东西不值钱，经过了经销商层层盘剥，真正到果农手里的少之又少。当时我爸是这里最大的果农，我也是走出这大山后，读了点书，这才想着我们其实可以做果汁饮料。城里人都讲究养生，鲜榨的橙汁很受欢迎。我带着一堆发小创业，才发展成了今天的笠饮集团。现在我们的橙汁已经稳稳占据了国内中高端市场。江州几乎六成以上的家庭，不是我们笠饮的人就是依靠笠饮集团活着。公司怎么就像那帮子老外说的不值钱了？再说，他们一篇破报告说我们股票不值钱就不值钱了吗？"

白长路虽然句句话掏心窝子，可不乏其中也有卖惨的成分，不过就是希望利慎远能够帮助他。他时不时看着利慎远，却见身旁这个人神色淡然，丝毫猜不出在想什么。

利慎远看着车窗外，正如白长路所说，街面上的车几乎都与笠饮集团有关，大都是运输水果或是运输果汁的货车。路边的产业除了日常的衣食住行外，也几乎都与果树种植相关。

这时一个搬运工将一箱橙子散落在马路上，白长路下意识地急刹车，险些让利慎远撞向挡风玻璃。车子停在那里，白长路下车快速走到马路中间，熟练地帮搬运工收拾好橙子，又熟练地放到货车上，显然对这种事情司空见惯。

白长路回到车上也没做解释，而是将车子开到一片果园门口，两人下了车。

"这片果园就是我当年起家的果园。"白长路解释道。两人慢慢走了进去，路过一棵果树，白长路伸手将橙子摘下，用手揉搓了几下，将皮剥下，然后递给利慎远，说道："您尝尝。"

利慎远接过橙子，也没客气，咬了一口，橙子的香气瞬间在口中爆裂开。这橙子肉质细嫩，甜津可口，看似吃的橙子，却像是喝了一口果汁般，香气浓郁，在口中久久不散。"味道不错。"利慎远这才嘴角微微上扬，今天以来第一次似有笑容。

两人又来到工厂，可以看出笠饮集团早已经发展成为全自动化的工厂，厂房大得惊人。透过参观通道的玻璃可以看到整个工厂。白长路看着这个场景，也不禁有些得意，他说道："我们光这一个生产车间就有10万平方米，并且全程无菌操作。这些年，厂房的升级改造也是最费钱的。"

利慎远倒是淡淡地说道："恐怕还不及市场营销费用的一半吧？快速消费品说到底，增长其实就靠营销，营销，还是营销。"

原本有些得意的白长路听到这句话，叹了口气，说道："利总果然是专家，确实如此。为了打开销路，我们当年就是靠一家一家的超市磕下来的。"

"当年的切入点不错，中高端定位。但市场给你这么高的估值，不仅仅是因为笠饮是高端品牌，溢价能力强，更是因为你们很懂互联网，在线的营销做得很到位。这短短几年，笠饮已经是国民新快速消费品中的领头羊了。"

几句话下来，利慎远直接指出了笠饮集团的价值所在，也是在告诉白长路，想要维持公司价值，就要维护住这些长板。

"嘿嘿，这不从小就喜欢网上冲浪吗？"

"痴迷网络的人很多，但是能把这些转化成自己能力的，不多。"利慎远确实是在夸赞白长路。因为当年看好他，所以他的基金才做了笠饮上市的基石投资人，而且这几年也不断加仓，才使得今天持仓规模如此之大。利慎远在夸赞白长路的同时，其实也是在坚定自己的选择没有错。

"所以利总当年愿意做我港股上市的基石投资人。"

利慎远没再回应，而是依然用那让人摸不透的淡淡的语气说道："走吧。"

回去的路上，利慎远看了看手机，说道："收盘了，20块6。"这意味着半岛基金一天之内损失了9亿，但比起旁边这位，他倒显得没那么惨烈了。

"你们这些金融的游戏，我真的不懂。我好好的企业，一切都没有改变，怎么就能一天之内跌这么多？"

利慎远没有理会白长路的抱怨。

两人回到办公室，利慎远说道："如果你相信我，就按照我说的来做吧。"

"您说！我们都听您的，您是专家。种橙子我会，但资本市场的事儿，我是真不懂。专业的人做专业的事儿。"

"叫上财务、市场、生产的人来一下吧。"

片刻间，会议室里，大家各就各位。

利慎远说道："今天晚上必须发出一个公告。首先是公布近期所有从江州果农手里采购橙子的清单和出入库记录，这个量必须和目前的收入基本吻合才说得过去。"

白长路说道："这个没问题！自从上市，我们的流程都是尽可能完善的。"

"还有，马上让审计师发布公告，表示你们的财务没有问题。"

"这个……"财务负责人有些迟疑。

"有问题？"白长路问道。

"刚刚审计师来电话，对我们也颇有微词，恐怕他们不会出这个公告。"

利慎远说道："跟他说，这件事谁也别想独善其身。他们过去几年出的报告，审计师签过字，事务所盖过章，都是一条船上的，如果想保住他们的声誉，这个公告必须出！如果他对他们审计过的财务报告没有信心，那作为股东我可以起诉他，股东聘请会计师就是为了让他们对经营层提供的财务报表进行审计,只收钱不干活,只干活不承担责任,这世上没这种好事儿。"

"好的,我去办。"

交代完这些,夜幕降临,利慎远看了看时间,说道:"白总,那我就先走了。"

"马上该吃饭了,一起吃个便饭吧,这个时候也没办法好好招待您了。"

"不必了,我得回公司,有事情我们随时联系,刚刚说的事情,你务必盯住了。"

"放心吧,这是我们自己的事情,一定办妥,也谢谢您在这个时候还愿意伸出援手。"

"客气。"

"但是抵御做空的资金,还并没有着落……"白长路说完,看着利慎远。

利慎远紧锁眉头地思索着,这时,他的电话响了起来,来电的是陈凯。利慎远走出了会议室,在角落里接起电话,用低沉的声音问道:"怎么样?"

"我去农贸市场挨家打听一圈,并没有人将产品销售给海州笠饮的工厂。"

"那就好。"

"今天下午我在笠饮工厂门口蹲了一下午,水果运输的车辆,几乎都是江州车牌,也有几辆海州车牌。"

"正常,这些车应该是往来两地专门运输笠饮原材料的。"

"但是,还是有一辆车并不属于这两个地区。我很确定,里面装的就是橙子。我记住了车牌,一直等这辆车出来,一路追他到了一个休息站,跟货车师傅攀谈了一下,他并不是从江州来的,而是从海州附近的城市过来的。可橙子却是从海州收的。"

利慎远叹了口气,既是惋惜,也是在压抑自己的愤怒:"有几车?"

"今天下午只有这一车,听他说,他与海州的厂长很熟悉,只要他能收满一车,给厂长一个电话,工厂那边就能顺利验收,还让我帮忙联系货源。"

"我知道了。"

挂了电话,利慎远看了看会议室里面愁眉不展的白长路,不禁冷笑,心想:"你心中的百亿企业,竟不如你手下眼中的一点点蝇头小利。"

利慎远回到会议室,沉默不语,低头收拾着东西。

白长路说道:"利总,明天如果还在继续下跌,怎么办?"

"你自己看着办吧。"说完利慎远就准备走。

白长路见利慎远一通电话之后态度竟有如此大的转变,心中顿感不妙,马上说道:"利总,发生什么了?"

"你没有对我说实话。我还是那句话,如果MY做空报告里的内容是真实的,我也无能为力。"

"我说的都是实话。"

"那你看看这是什么。"利慎远掏出手机,将陈凯发给他的外地车牌的照片展示给了白长路,然后继续缓缓说道,"这张照片,是我的员工在海州工厂门口拍到的,你应该认得。理论上,所有的原材料都长期来自江州,为什么会有别的车牌的货车?为了避免误会,我的员工找到这辆车的司机,司机长期从海州周边收购橙子,送到工厂,都能够顺利验收。所以……"

"妈的!"没等利慎远说完,白长路的脏话就已经飙出口,他立刻拨通了海州厂长的电话,可能是怕利慎远误会,特意使用免提,说道,"你是不是在海州收购了橙子?"

"没有!"对方矢口否认。

"还他妈的敢骗我!我已经派人调查了,你想清楚了再回答我。"

"长路,老白,我就是偶尔……偶尔……"

"你要害死我们所有人吗?"

"我不敢了,再不敢了!"

挂了电话,白长路显然非常不好意思,说道:"利总,这件事我也没想到。但是我是真不知道,您放心,我肯定严肃处理!但是现在您看,怎么办?我真的只能请教您了。"

利慎远站在原地,说道:"我想想吧。"

"这种事儿,我真的没遇到过,也不懂,就拜托您了,我那10亿如果你需要……"

"你还是做好继续下跌的准备吧,担保品随时可能需要追加。你持有的51%的股份,还有江州政府的,你必须向我保证不会出任何问题,更不可以在市场上抛售。"

"我保证!但真的会这么严重吗?今天跌了70%,市值蒸发了200多亿还没结束?"

"大概吧。"

深夜,利慎远到了北京,他坐在车上,十分疲惫。不知何时,他似乎已经习惯了郗同文的存在,以往这样的情形他都是独自面对,也没觉得想要找谁倾诉一下,但现在他很想她,哪怕只是随意地聊聊天也好。她此刻在做什么呢?利慎远拿起手机,翻到了郗同文的电话号码,犹豫间,柯文韬的电话打了进来,他赶紧接起电话。

"查到了?"

"没有,对方很隐蔽,我可能还需要点时间。但是下午的股价似乎有稳住的迹象。"

"希望吧,不知道为什么,我总觉得不太对。"

"那要不……咱们别跟着玩了?"

"从目前的情况看,还不至于。笠饮的确有他的问题,但哪个企业没有些许的问题呢?我没道理因为这点小事儿就收手离场。"

"你觉得哪里不对?"

"他们做空的标的选择不太对,卖盘的有组织性也不太对。再观望一下吧,或许是我过于谨慎了。"

利慎远虽然总觉得此事并不简单,但依然想不明白,原本小打小闹的MY,为什么会有如此大体量的资金?此刻他也并不知道,一场巨大的阴谋和危机已经悄然而至……

第二十五章

清晨,纽约的中央公园还远没有白天那么热闹,大都是遛狗或是晨跑的人。郗同文因为时差,早早地就醒了,也索性起来跑步。

当初在学校里,她是最懒得锻炼身体的,但随着工作强度的增加,对一个人的意志和精力的要求也变得很高,或许20岁出头还能靠年轻撑一撑,但是这种消耗谁都明白不可长久。所以这些年来,睡懒觉虽然还是她的爱好,时隔多年,她依然有自己的小倔强,不愿妥协,但每天雷打不动地跑步,如同很多金融人一样,已经成了她生命中的一部分,更是她工作中的一部分。

晨跑了10公里,郗同文已是大汗淋漓,刚回到酒店,恰巧遇到郗爸爸在门口散步。

"爸?这么早?"

"嗯,醒了就睡不着了。"

"我妈呢?"

"还在休息,昨晚她睡得太晚,我怕打扰她,就下楼遛遛弯。你什么时候开始知道锻炼身体了?"

"很早了。我们这行,工作强度太大,没有好的身体根本撑不下来,所以我只能随波逐流啦。"

"我就是不希望你这么辛苦,才一直鼓励你学社会学,将来跟着我做学术,保证你有碗饭吃。"

"我什么都不干,您也可以让我有碗饭吃呀。马斯洛需求层次理论也说过,人在满足了生理、安全、归属、爱、尊重、认知、审美这些需要之外,还有自我实现的需要和超越的需要。"

"每天早晨被自己的理想叫醒,这感觉不错吧?"

"所以,爸爸您的确最懂我了。"

"上去换件衣服吧,早晨太冷,出了汗站在这会着凉的。"

"嗯。"

白天,Sam 带着郗同文一家去了 Alice 的小学、中学,看得出她一直很优秀,学校里还收藏着她荣获各种荣誉时的照片,郗爸爸和郗妈妈都甚是欣慰。

傍晚,Sam 说道:"我带你们去看看 Alice 吧。"

三人默默地点了点头,Sam 驱车来到墓园,将他们带到了 Alice 的墓前,便独自回到车里等着。他远远看着,郗妈妈失声痛哭,郗爸爸一边安慰,一边默默流泪,郗同文则站在身旁陪伴。过了许久,三人才回到车中。

郗妈妈依然泣不成声,郗同文心疼地看着郗妈妈,从知道姐姐的消息,妈妈的眼泪几乎就没停止过。

"妈,别太难过了。以后还有我和爸爸陪着您呢!"

郗妈妈想到这里,似乎得到了些许安慰,擦了擦眼泪,点了点头。

"Sam。"郗同文看着 Sam。

"En..."Sam 回应了一声。

郗同文看了看郗妈妈,开始用英文和 Sam 聊天。

"Why did Alice commit suicide on earth?(Alice 到底为什么自杀?)"

"Lee didn't tell you before?(利没有和你说过?)"

"No.(没有。)"

"She lost all the funds she managed due to a failed operation. After the incident, we searched for her everywhere, and when we found her, she had already jumped off a building. It is said that Lee witnessed Alice fall from a high place, and since then, Lee seems to have changed. (她因为一次操作失败,把她管理的基金都赔了进去。事发后我们到处找她,等发现她时,她已经跳楼了。听说当时利亲眼看见 Alice 从高处坠落,自那之后,利就像变了一个人。)"

"Why did she choose to suicide when the company's money was lost but she didn't need to repay it by herself? (公司的钱赔了又不用她拿命偿还,为什么要选择死呢?)"

"Actually, this is what we have always been unable to understand. She is so sunny and beautiful, she has many friends, and she has us. Why did she choose to take on everything alone at that moment, without a word of explanation? I think Alice might feel that her unwavering beliefs had been destroyed. Work was everything for Alice, and perhaps she thought that without work, life had no meaning. (其实这也是我们一直无法理解的。她那么阳光那么美好,她有好多朋友,她有我们,为什么会在那一刻选择独自承担一切,竟没有一句交代? 我想可能 Alice 觉得自己一直笃定的信念都毁了吧。工作就是 Alice 的一切,或许她觉得没有了工作,生命就没有了意义吧。)"

"I still can't understand. Although I may be seemed like a workaholic, I still love life beyond work. I love my parents and those who love me. I care about the people who love me, and I will never make such a choice. Living well is also a responsibility. (我还是无法理解。虽然我在别人眼中也是一个工作狂,但是我除了工作也依然热爱生活,我爱我的爸妈,我爱那些爱我的人。我在乎爱我的人如何,我永远不会做出这样的选择,好好地活着也是责任。)"郗同文说得有些气愤,她知道虽然妈妈听不懂英文,但突然想起爸爸是听得懂的。她不禁回头看了看父亲,郗爸爸看着她,从那愁容中挤出了一丝丝微笑。虽然郗同文刚刚对姐姐进行了指责,却也让郗爸爸聊以安慰,至少他的另外一个女儿不会做出同样的选择。

"Life's choices are inherently different. Neither of us is Alice, who can understand her feelings at that moment illegally. Perhaps only by truly experiencing them can we be qualified to judge her.（人生的选择，本来就有所不同。我们都不是 Alice，也无法理解她那一刻的感觉。或许只有真的经历了，才有资格去评判她。）"

"Makes sense.（你说得有道理。）"郗同文也意识到逝者已逝，自己对 Alice 的指责或许有些不妥。

北京的清晨，利慎远如同往常一样，在跑步机上让汗水尽情挥洒。这时电话铃声响起，他看了一眼手机屏幕，见是 Charles 的电话，他调慢了跑步机，边慢走边接起了电话。

"Morning!（早晨好!）"

"Working out?（在健身?）"

"Yes.（是的。）"

"I seem to have heard some bad news.（我似乎听到了一个不好的消息。）"

"Are you referring to the affairs of the Li Yin Group?（你是指笠饮集团的事儿?）"

"Should you seriously consider reducing your holdings?（你是否应当认真考虑一下减持呢?）"

"The content in the short selling report is mostly fabricated. Although Li Yin Group has certain problems, the company's foundation is still good, and I don't think it's necessary.（做空报告里的内容大都是捏造的，虽然笠饮集团存在一定的问题，但公司的基础仍然是好的，我认为没有这个必要。）"

"But I want to remind you that MY's previous short selling was very successful. Are you sure you want to take this risk?（但是我要提醒你，MY 之前的做空都非常成功，你确定要冒这个险吗?）"

"I won't change my thoughts or decisions just because of someone else's report, and I think you will too.（我不会因为别人的一个报告就改变我的想法和决策,我想你也是的。）"

"This is my kind reminder as an investor.（这是我作为投资人善意的提醒。）"

"Thank you. I will keep an eye on it.（谢谢。我会关注。）"

利慎远来到公司,走进会议室,众人已经整齐地坐在里面等待着他。

他坐定后,像往常一样说道:"开始吧。"

陈凯说道:"昨天晚上笠饮集团公布了近半年所有从江州果农手里采购橙子的清单和出入库记录。我看了一下,与笠饮集团之前披露的销量基本可以吻合。另外,他们聘请的会计师事务所也发布了声明,承诺他们是按照程序执行审计工作的,他们认为笠饮的财务报告能够公允反映其真实的经营情况。也就是说,会计师事务所愿意再次给笠饮集团背书,有了这些支撑,我猜测今天的股价应该可以稳得住。"

"好,今天持续关注吧。"

散会之后,众人纷纷回到自己的办公室,几乎所有人不约而同地打开电脑,看着各自屏幕上笠饮集团的股价走势。半岛基金交易室里的大屏幕上也是切换到了笠饮的走势,来来往往的人也都时不时望向屏幕……

一天下来,终于熬过了收盘时间。

何思源来到陈凯的办公室,说道:"可以啊,笠饮刚刚收盘,价格上30块了。虽然交易很活跃,多空胶着,上蹿下跳,但还是强势的。还是咱们利总厉害,去了一趟江州,就能帮笠饮稳住局面。"

陈凯满眼崇拜地说:"我昨天看利总处理这个烂摊子,我就在想,他到底是经历太丰富了,觉得这些都是小 case？还是真的就是这么冷血,完全看不出有任何的心理波动？"

何思源摊开手,无奈地耸了耸肩,表示自己也不知道。

晚上,柯文韬与利慎远在居酒屋小酌。

柯文韬兴奋地说道:"还真稳住了!"

"时刻关注吧,我看了看上午的盘口,依然不乐观,空单似乎依然很多,你那边还是要尽快打听这次做空的主力到底是谁。"

"嗯,我尽力。不过可以确定的是,这次的对手的确不只有MY,并且我有感觉,对方似乎在有意隐藏身份。"

"越是这样,越让人不安。不过,你的资源和人脉,我相信。"

"嘁,你这种人,用我的时候才说点好听的。"柯文韬抱怨道,他看着利慎远,说道,"哥们儿,股价已经稳住了,就别愁眉苦脸了。"

利慎远苦笑了一下,其实他内心并不确定笠饮是否真的就这么稳住了。虽然大家似乎都松了口气,但从他的经验和专业判断,一种不安总是挥之不去。

柯文韬见状,索性就转移了话题:"你那个小女朋友呢?"

"在美国。"

"她跑去美国干什么?"

利慎远顿了顿,用十分平静的语气说出了这个惊人的信息:"她和她爸妈去看 Alice 的父母了。"

"等等,等等,什么情况?"柯文韬顿时惊掉了下巴。

利慎远沉默不语。

柯文韬激动地直接从凳子上站了起来,说道:"你别告诉我……她们俩是……"

"嗯,你知道就好了。"

"这是什么情况?"

柯文韬惊叹着,利慎远则默默地喝着酒,低头不语。柯文韬缓了半天,说道:"你不会想放弃吧?"

"完全没有这种想法。"

"没错！你和 Alice 又没有什么。不过老实说,我原来也怀疑你的动机。"

"最早关注到她当然是因为她像 Alice。后来我发现她有梦想,并且愿意为此付出努力,而我……帮她一步步实现梦想,这感觉不错。"提及郤同文,利慎远的愁容这才舒展开来。

"那你是什么时候沦陷的呢?"

"其实我也不知道。"利慎远笑了笑。

"不过我几次看到你和小丫头在一起,我就确定,你是真喜欢她。那眼神,和你看 Alice 那种崇拜的眼神完全不一样,妥妥地宠爱呀,看得我都受不了。"

"喝你的酒吧。"利慎远被柯文韬说得有些不好意思。

"还是让我缓缓。这消息太惊人了,如同我第一次见到小丫头那时候一样惊人。这世界太小了!"

"小吗?从美国到中国,认识的人和擦肩而过的路人,不计其数。只是我们大都不会记得。但是如果一个人酷似你的朋友,你自然会多驻足看一眼。"

"可你这一眼,我怎么感觉就是要奔着结婚去了啊?"

"羡慕?"

"羡慕你?你距离我还差好几步呢!我可是有老婆的人。"

这时,利慎远的电话响起,正是陈凯。

"怎么了?"

"利总,不好了,MY 发布了第二篇做空报告!"

"好,我看一下。"

挂了电话,利慎远从刚刚那轻松愉悦的情绪中瞬间抽离出来,紧锁眉头地看着手机。

柯文韬问道:"怎么了?"

利慎远没有回应，而是仔细看着 MY 的做空报告，看过之后，他将手机递给了柯文韬，柯文韬看了看，气愤地说道："还没完了！"

"如果只有之前那一篇，我倒是有点看不起 MY 了。"

"他们现在是在质疑笠饮集团有虚增收入和商业贿赂的行为。你看看，笠饮的这群傻子居然真的被人家拍到给超市高管送礼。"

"你怎么看？"利慎远问道。

"这种事儿虽然有时候就是行业潜规则，但你知道的，老外对这种商业贿赂是很难容忍的。你打算怎么办？"

利慎远微微叹了口气。

早晨，陈凯焦急地站在公司前台等着利慎远。电梯门打开，陈凯见是利慎远，赶紧迎了上去。

"昨晚笠饮连夜发声明要起诉 MY，理由是 MY 诽谤他们虚增收入，同时开掉了涉事的员工，反应倒是很迅速，很果断，利总，是您给出的主意吧？"

"嗯。"利慎远很随意地哼了一声，并不觉得这是什么了不起的事儿。

"这笠饮集团太不靠谱了，看着外表是个大企业，这怎么还跟小作坊一样？这次又是白长路的兄弟干的。咱们真的还要继续帮他们吗？"

"帮他是为了帮我们自己。"

"唉，现在股价跌成这样，我们想脱身也要承受巨大的损失。可是笠饮这些事儿，其实都不算是大事儿，为什么 MY 不肯收手？就算是做空，第一天从 51 亏到 20，他们已经有很可观的盈利了，何必非要给人家踩到泥里？这也太狠了吧？"

利慎远点了点头，说道："所以我们要知道 MY 的真实目的到底是什么。对了，我们其他股票怎么样？预计还有多少资金可以动用？"

"笠饮这拨被做空，带着几个新消费的股票都有所下跌，但也还好。您是想加仓，跟 MY 正面对抗？按照公司风控的要求，我们最多只能再动用 9 亿左右投到笠饮中。"

"好，我知道了。"

"利总，咱们这样会不会太冒险了？"

"笠饮的基本面没有问题，这或许是一个好的低价投资的机会。不过，笠饮也该做出点改变了……"

陈凯似懂非懂地看着利慎远。

上午开盘，利慎远盯着电脑屏幕。这时白长路的电话打了进来。

"我已经按照您说的做了，但是股价依然下跌。今天早晨，我就被要求追加担保品，如果不追加，我持有的股份就要被强制卖掉。"

"你现在能做的就是买股票，同时中午发布公告，表示你对公司的股价有信心，愿意花10亿买笠饮的股票。"

"好。可为什么他们就是盯着我不放呢？"

"我会知道原因的。"

利慎远刚挂了电话，陈凯和资深交易员 Kevin 来到了他的办公室。

Kevin 说道："利总，已经从30跌回到20块了，看样子昨天笠饮的反馈完全没有起作用，看买卖成交，真的不太对，空头似乎毫不犹豫，抛单非常大，我感觉做空报告是真是假不重要，重要的是他们就要让笠饮的股价跌到底。"

利慎远喃喃说道："白长路的股票做了抵押，如果股价跌破20块，他就要追加担保品。他只有10亿。"

"那怎么办？上午我们动用了5亿，但多空的资金量差异太大，杯水车薪。"

"我们买了多少了？"

"3000万股。总计已经持有笠饮全部股票的10%左右了。"

"好。"

陈凯问："那我们下一步……？"

"继续加仓。"

Kevin 说道:"已经快没有弹药了,我们在港股的其他股票也都不同程度地下跌,确定要卖掉吗?"

"先把与消费类无关的股票清掉吧。"

"好。"

这时,Charles 的电话再次打了进来。

利慎远看了一眼电话,对 Kevin 和陈凯说道:"我接个电话。"

两人便识趣地离开了办公室。

"Lee, your risk control has always been very good. Why don't you try to sell Li Yin's stock? The loss is only a small amount, and I believe it is also temporary. (一直以来你的风控都做得非常好,为什么不尝试把笠饮的股票卖掉? 损失只是少量的,而且我相信也是暂时的。)"

"Believe me, Li Yin Group is a very good company, and its brand has a very good reputation in the Chinese market. Its consumer customers are the vast middle class in China. Due to the unique origin of their raw materials, their scarcity is determined, and there is still a good future for them. (相信我,笠饮集团是一家非常好的公司,他的品牌在中国市场有着非常优质的口碑,消费客户是中国庞大的中产,由于他们原材料产地的独特性,决定了他们的稀缺性,未来依然有很好的前景。)"

"But what I see now is all about risk. As an investor, I am now asking you to reduce your holdings in the shares of Li Yin Group. (但是我现在看到的都是风险。作为投资人,我现在要求你减持笠饮集团的股票。)"

"Charles, according to the contract, you have no right to interfere with my investment decisions. After working together for so many years, you should choose to trust me unconditionally. (Charles,根据合约,你无权干涉我的投资决定。合作这么多年,你应该无条件地选择相信我。)"

挂了电话,利慎远抓了抓头发。这是他与 Charles 第一次发生冲突,狠话已经放了出去,自然就不能让投资人失望。思考了片刻,他拨通了柯文韬的电话。

"我看着笠饮的走势不太好啊。"柯文韬接起电话说道。

"一定得尽快知道对方是谁。"

"我明白,但是你确定还不收手?"

"不是我坚持,以我持有笠饮集团股票的数量,如果我现在退场,在我巨大的卖单之下,笠饮的股价可能就会跌到 2 块钱,结局就是我和整个笠饮都将损失惨重,而 MY 将大获全胜。笠饮是新消费的标杆,它值得百亿市值,这一点我依然深信不疑。所以,我别无选择。"

"他们背后会是谁呢?我去找我家老头,一定得尽快知道对方都是谁。现在我们在明,他们在暗,这仗确实没法打呀!"

"嗯,知道了对手是谁,才能知道他们背后到底有多大的资金量,我才能评估这场仗我还打不打得赢。"

时间来到下午 3 点,距离港股收盘还有 1 个小时,Kevin 再次来到利慎远的办公室。

"利总,我们现在总计持有 8000 万股,股价已经跌到 12 块了,我们所有可动用的资金已经全部用完。而且我们持有的其他新消费行业的股票都在快速下跌。笠饮集团是新消费的龙头,因此引发了行业跳水。从笠饮被做空以来,咱们的股资产已经从 95 亿跌到剩 40 亿了。"

"我知道了。"

这时,穆云国和其他几个基金经理面色沉重地走了进来。利慎远明白,这几乎是半岛这些年来最大的危机,即便是股灾,半岛都没有在短时间内经历如此大的回撤。

"坐吧。"利慎远抬手指了指沙发。

几个人没有立刻坐下，而是等待利慎远从办公桌走到沙发坐下后，其他人方才坐下。

潘建文作为半岛最资深最年长的基金经理，先开口说道："利总，咱们在港股产品的平均净值已经从2块多跌到1块以下了。这意味着很多投资人已经亏钱，我们过去几年的努力和投资人的信任恐怕都可能付之东流。"

客户总监程鹏说道："虽然按照合约，我们每十天向我们的投资人公布业绩，但是很多投资人都已经知道我们产生的巨额亏损，今天上午我接到了4个投资人的电话，我看情绪都有点不稳定。"

穆云国接着说道："过去几年我们在港股重仓新消费行业，这次由笠饮引发的整个行业崩溃，咱们损失太大，总归要想想对策。"

利慎远说道："目前笠饮是龙头，整个行业都在看笠饮集团，只要笠饮的股票能够止跌，其他就都好说。"

潘建文看了看其他人，说道："那就这样，一会儿我们分头联系一下其他关系好的基金，看看大家是不是都可以把重心放到笠饮上。"

利慎远说道："Kevin，继续加仓笠饮。"

"可是我们没有可用资金了。"

"把其他股票减持一部分，一定要把笠饮的股价维护住。目前白长路和江州政府持有66%，我们持有13%，也就是说市面上只有21%的股份了。从成交量上来看，显然MY埋了大量的空单。"

Kevin补充说道："我统计了一下，他们空单的比例不会低于6000万股，差不多相当于笠饮全部股票的10%。"

利慎远继续说道："那他就一定要在交割日收到足够的股票就平掉这些空单，只要我们能撑过他们的交割日……"

Kevin兴奋地说道："那局面就不一样了，到时候他们必须从市场买回6000万股用来平掉他们的空单，如果到时候市场上没有这么多股票了，那还不是我们说多少钱就多少钱？"

"逼空MY？"潘建文惊讶地问道。

众人听到"逼空"这词语,瞬间开始相视,很快大家都心照不宣。

"我现在去联系一下其他基金。"潘建文说道。

"我也去联系一下。"陈凯附和道。

穆云国说:"我也试试看,但是我的资源主要做境内A股市场,港股不多。"

程鹏说道:"我会尽力稳住投资人。"

利慎远中肯地说道:"我知道大家现在很忐忑,逼空MY风险巨大,即便成功,我们也可能面临危机。市场无情,如同以前一样,我不会保证半岛一定能顺利渡过危机,但是每一次,我都会全力以赴。"

众人离开后,利慎远走到窗前。金融街的外表永远那么平静,每天都在按部就班地进行。但一座座大厦里,总会有人在惊涛骇浪的市场中经历着枪林弹雨和生死考验。他曾无数次站在这里思考如何做出最正确的选择,他知道这一次的危机远比之前来得更加凶猛。接下来的每一分钟都可能让他陷入绝境,留给他思考和犹豫的时间并不多。

片刻的思索之后,他眼神坚毅,回到办公桌前,开始打起了电话……

半岛基金的每一间办公室里,大家都在努力着,这既是捍卫公司和投资者的利益,更是他们职业生涯的保卫战。

终于到了下午4点收盘,众人来到会议室中。

"Kevin先说一下目前的情况吧。"

"我们动用了所有可以释放的资金,到刚刚收盘,总计持有1亿股,大约占笠饮集团全部股权的17%。笠饮的白董事长为了增加担保品而增持了5%左右,现在持有56%,再加上江州政府的15%,已经有88%的股份。随着市场上流通股份越来越少,股价已经被拉回到30块。并且笠饮的股价稳住了,其他新消费行业也随之稳住了。而且,现在MY那帮人如果想平掉手里的空单,恐怕就要大量从市场上扫货,可大部分的股票都在我们手里,这次他们完了!"

众人听罢都纷纷松了口气,露出轻松的笑容。

利慎远却丝毫没有松口气的意思,问道:"咱们的资金还充裕吗?"

"我们的策略是集中火力,只针对笠饮一家,足够了!"

"嗯。程鹏,一定要稳住所有客户,不要在这个时候赎回。"

"好的,虽然目前我这边已经有部分客户有了止损的想法,但我还在争取,只要股价不再下跌,我有信心!"

"好,先这样吧,今天大家都辛苦了。"

晚上,柯文韬来到利慎远的办公室,他惊叹道:"你居然要逼空 MY!"

"如果不是被迫,我也不想走到这步,毕竟逼空对谁都没有好处,大量的股票在手里,将来要出货,也是巨大的风险。"

"好在你没加杠杆,还都是半岛的资金,当年 Alice……唉,算了,不提了。"柯文韬欲言又止,见利慎远沉默不语,转而说道,"我已经开始期待 MY 到时候来求你卖股票给他平仓了。"

"也不能太乐观。"

"你也别太紧张了,总归 Charles 暂时不会给你压力了。"

"希望吧,现在半岛依然有 40% 的资金来自 Charles,别人我都不担心,我只担心他。"

"放心吧,Charles 永远不会跟钱过不去。"

"但是我们到现在都不知道对手到底是不是只有 MY。"

"放心吧,最迟明天早晨,我一定能知道都是谁!"

"柯伯伯怎么说?"

"他本来是不想管我们,但是我跟他说了,笠饮是中国新兴消费品牌的领军企业,就这么被做空退市,恐怕也不是国家想看到的。"

"中国新兴消费品牌的领军企业,中国新兴消费品牌的领军企业……"利慎远原本是觉得柯文韬真能忽悠,可突然,他表情严肃,再次陷入沉思。

"想什么呢?"

"没什么,可能是我想太多了,MY只是个投机分子而已。"

清晨,郗同文从睡梦中醒来,看了看手机上的消息以及笠饮集团跌宕起伏的股价走势。天啊!她瞬间惊坐起来。昨天晚上,也就是中国的白天,利慎远和半岛都经历了什么?

她赶忙拨通了亓优优的电话。

"优优,都发生了什么?"

"说来话长了。利总不让我跟你说,还是等你回来自己问他吧,不过总算顺利过关,不要担心了。"

"我不该来美国的,这个时候,我不在……"

"本来你主要负责的也不是港股市场,别太自责,而且现在稳住了,对MY进行了反杀,估计过两天就变成MY哀鸿遍野了。"

"希望吧。"郗同文还是心有余悸。

早晨,郗同文和爸爸妈妈在酒店餐厅吃早饭。

郗同文边低头吃饭边说道:"我得回去了。"

"嗯,是该回去了。"郗爸爸说道。

郗妈妈自从来了美国就变得沉默寡言,没有吭声即表示不反对。

Sam将他们送到了机场。

"欢迎你们有机会再来美国!"

郗爸爸回应道:"一定会的,谢谢你,这几天你辛苦了。"

郗妈妈也说:"谢谢。"

"别客气。"

Sam将一个U盘交给了郗同文。

"这是什么?"郗同文问道。

"是Lee让我给你们的,进去再看吧。"

"好的,谢谢。"

几人登上了回国的飞机。郗同文这才打开电脑,插上U盘,只见里面竟是 Alice 从小到大的照片，还有 Wilson 夫妇给 Alice 拍摄的记录她成长的视频。

郗爸爸和郗妈妈热泪盈眶。

北京的清晨，层层灰云压得极低，狂风将大树吹得左摇右晃，城市覆盖在一片深邃的灰暗与动荡之中，利慎远依然在窗前的跑步机上晨跑。经历之前的危机重重，此刻利慎远本该是一身轻松，但他的直觉告诉他事情或许并没有想象中的那么简单。从头到尾，他竟不知对手除了明面上的 MY，到底还有谁。

当他将车子从地库中开出时，外面已经大雨倾盆，道路两旁的树枝在狂风中带着树叶摇曳，时不时还有大大小小的枝杈随风掉落。利慎远小心翼翼，不断躲闪，避开了满地掉落的树枝，短暂的路程走得格外曲折，终于将车子开到了盛泰大厦车库入口，却被从里面开出的一辆车撞个正着。

利慎远只得撑伞而下，对方骂骂咧咧地下车："会不会开车！"

刚一下车却看清了利慎远这辆豪华车，顿时有些退缩之意。

"我们报警，让警察来判断吧。"利慎远温和地说道。

"这么大的雨，等警察什么时候是个头？"对方依然语气尖锐。

利慎远拨通了司机的电话："我在公司楼下车库出入口，发生事故，你来处理一下吧。"

"您还真报警了？"

利慎远没有吭声，直到司机一路跑了过来。

"你来处理吧。"

说完，他就将车钥匙递给司机，对那肇事司机说道："车里有行驶记录仪，那里也有监控。"

几人顺着利慎远手指的方向看去，果然有一部监控。

利慎远继续说道："我就在 32 楼上班，他负责跟您协商，如果他处理得您不满意，依然可以随时来找我。"

说完就离开独自撑伞向公司走去,他思索着,这一路来他小心翼翼,但依然无法躲避最后的事故,这让他心中有说不出的不安。

虽然天气不好,公司的气氛显然比前几天好了许多,交易室里的交易员们摩拳擦掌跃跃欲试,期待着能将MY逼入绝境。基金经理和研究员们也都在聊着天,表情大都轻松愉悦。

利慎远走了进来,大家用崇拜的眼神看向他,就在昨天,老板正确而果断的决策将公司从绝境的边缘拉了回来。

利慎远看了看手表,8:20,距离港股开盘还有40分钟。

他回到办公室放下东西,对优优说道:"我看大家都到了,现在就开晨会吧。"

"好的。"

众人来到会议室坐好,利慎远问道:"MY主要空单的交割日是哪天?"

Kevin回道:"这个月的月底。只要我们能保证在此之前再收5%的股权,或者保证股价在51块以上,MY这次就亏惨了。利总您放心,我保证完成任务。"

利慎远不置可否,说道:"时刻关注,有问题随时报给我。"

"好的。"

"A股市场这两天怎么样?市场主流什么风向?"

穆云国说道:"也不太稳定,由于笠饮是新消费行业的龙头,它被做空,A股相关行业的几家公司也跟着下跌。但令人没有想到的是,还波及了部分传统消费类,要知道有一些传统消费是股指的权重股,所以他们下跌又会引发A股股指下跌。"

"嗯,穆总,你多关注一下,适当减持,规避风险,我们不能把所有资产都系到笠饮这一只股票上。"

"您放心,这边我会控制。"

"客户那边呢?"利慎远又看向了客户总监程鹏。

程鹏笑着说道:"股价稳住了,投资人目前也都很稳定,谁会跟盈利过不去呢?"

"嗯。"利慎远点了点头,此刻嘴角才微微上扬,似笑非笑。

"啊!"陈凯一声大叫,惊了会议室里的所有人。

"怎么了?"程鹏紧张地问道。

"MY还有第三拨!他们放出了江州二十年前和现在的对比照片。"说着陈凯将电脑转向给其他人,继续说道,"你们看,从照片上可以明显看出,江州有一片土地原来是化工厂,现在却变成了果园,他们质疑江州的橙子重金属超标。"

"他们选在开盘前20分钟公布这个报告,是故意的,为的就是打我们个措手不及!"

"那现在怎么办?"陈凯看向利慎远。

"你告诉白长路,马上申请紧急停牌。"

"好的。"说着陈凯立刻跑出会议室打电话去了。

"散会吧。"

MY第三篇做空报告如同一个直至中心的子弹一般,将所有人的防御击穿。

众人纷纷离去,潘建文来到利慎远身边,拍了拍他的肩膀说道:"我们是一个团队,不要总是独自挑起担子。当务之急要先确定化工厂的前因后果,我在江州也有点人脉,分头打听吧。"

"谢谢你,老潘。"

利慎远还没走到办公室,电话就响了起来,是Charles。他走回办公室,稍稍镇定才接起Charles的电话。

"I require you to sell all the stocks of Li Yin. Now! Immediately!(我要求你卖掉所有笠饮的股票。现在!立刻!)"

"Sorry, I can't do it right now. Firstly, I don't know the authenticity of the short selling report. Secondly, I currently hold too many stocks, even if I sell them all, it will drop the stock price below 1 yuan. Since that's the case, I have no reason to give up now. (抱歉,我现在做不到。首先,我并不知道做空报告的真实性;其次,我现在持有的股票太多,即便都卖了,也会将股价砸到1元以下。既然如此,我没有道理现在放弃。)"

"Lee, when did you become so arrogant? Have you forgotten Alice's lesson? (利,什么时候你变得如此傲慢。你忘了Alice的教训吗?)"

提起Alice,利慎远似乎格外激动:"This is China! Not United States! (这里是中国! 不是美国!)"

"Since you are so persistent, I regret to inform you that I request the redemption of all BD's investment shares in the Bandao Fund now. (既然你这么坚持,那我很遗憾地告诉你,我要求现在赎回BD在半岛基金的所有投资份额。)"

"Charles, I think it's not me who should let go of my arrogance, it's you. Redemption now, as you can imagine, you still can't get back much money. (Charles,我觉得该放下傲慢的不是我,而是你。此刻赎回,结果你可以想象,你依然拿不回去多少钱。)"

"I am an investor, I have my options, and you... you are just my manager. From now on, within ten days, I want to see my funds return to BD's account. (我是投资人,我有我的选择,而你……只是我的管理人。从现在开始,十天之内,我要看到我的资金回到BD的账户里。)"

柯文韬来到半岛基金,与往常八面玲珑的他不同,他没有跟任何人打招呼,一路飞奔到了利慎远的办公室,这一反常的举动也让路过的众人都在目送他。

他没有敲门,直接推门而入,紧张而激动地说道:"我查到了!"

"是谁?"

"你猜测得果然没有错,MY 背后确实有别人,并且 MY 只是个小鱼,真正操控的人……你认识。"

"难道是 Charles?"

"不是。"

"那……"

柯文韬顿了顿,缓缓吐出了一个人的名字:"David Johnson."

听到这个名字,利慎远像是被雷声震到,脸上的表情瞬间冻住。

他起身站在窗前,狂风卷着暴雨,狠狠地抽打着这座城市的万物,犹如利慎远此刻的内心一般,怒涛翻滚着,咆哮狂奔着……

他曾在资本市场披荆斩棘,跌跌撞撞,才有了如今的成就。仅仅几天,就巨浪翻滚,从四面八方而来,利慎远和他的半岛如同误入了海啸区的小船,已是摇摇欲坠,随时都可能被那巨浪吞噬。这是一种无法言说的绝望,像是有一把锋利的剑深深地刺入他的心脏。

就这样,利慎远站在窗前足足三个多小时,任凭办公室外的人们慌乱着,任凭电话疯狂地响着。柯文韬对利慎远这般反应好似早有预判,他就这么默默地望着他,阻止着那些要来打扰他的人,给他足够的空间。

终于,利慎远打破宁静,依然站在窗前没有回头,说了句:"Charles 已经正式通知我赎回他的份额。"

"开什么玩笑?!"柯文韬先是惊讶地站了起来,后想了想,他走到利慎远身边,转而轻松地说道,"他肯定还不知道吧?你马上就要逼空成功了,这一次一定把 David Johnson 打趴下!"

"他知道目前的情况。"

"那怎么可能?那他疯了啊?"

"Charles 的目的并不是要半岛赚钱。"

"那是什么?"

"他是在逼我卖掉手中笠饮的股票。"

"为什么?这对他有什么好处?"

"笠饮是这轮消费行业整体下跌的导火索,整个市场都在观望笠饮的走势,如果我卖掉笠饮,一定会引发笠饮暴跌,从而导致整个消费行业暴跌。但 Charles 的最终目的不是笠饮,更不是消费行业,而是让消费行业暴跌去引发整个股指下跌……"

"我怎么忘了!他一直和世辉在做空中国股指。他一定是提前埋了大量股指空单,如果股指下跌,他在海外就赚翻了!但是,Charles 和 David Johnson 又是什么关系?他们两个合作做空中国股指?Charles 也太没人性了,Alice 可是他当年最欣赏的学生呀。抱歉,我不该提 Alice,我知道,她的死你一直没有放下。"

利慎远没有回应关于 Alice 的话题,继续说道:"Charles 大概早就知道 MY 背后是 David Johnson,所以半年前他开始与世辉合作,做空 A 股和港股股指,为的就是能够通过 MY 的力量,降低他自己做空股指的成本。合作应该谈不上,螳螂捕蝉,黄雀在后倒是可能。"

"这只老狐狸!那按照合约你得十天之内卖掉股票回收资金?"

"嗯。"

"那你打算如何应对?"

利慎远转头看着柯文韬,就这么看着他,看得他有些瘆得慌。

"你看我干吗?"

利慎远表情凝重,缓缓说道:"这次我可能万劫不复,你应该选择现在离开……"

亓优优看着柯文韬和利慎远两人聊了许久,只见柯文韬气急败坏地从利慎远办公室里走出来时,刚走出几步又转回身,来到亓优优的面前,说道:"照顾好他。"

郗同文的飞机刚落地,打开手机,看到一条条推送的财经新闻,她顿时坐立难安。一边向机场外走,一边拨着利慎远的电话,然而并没有人接听。

她又拨通了亓优优的电话。

亓优优这次没有再安抚郗同文,而是上来便说道:"同文,公司这次恐怕真的遇到麻烦了……"

"那利总现在人在哪里?"

"早晨利总和柯总两人聊了一会儿,他就消失了。"

"你知道他去哪了吗?"

"你是知道他的,这种时候他不会跟任何人交代。不过可以确定的是,他还没有离开北京。"

"只要他回公司,就立刻告诉我。"

"好的。"

利慎远离开了公司,撑着伞独自游荡在金融街上,漫无目的地随意而行。他感到自己的世界正在分崩离析,他的自信正在被蚕食,他的理智正在被绝望淹没,他拼命地想办法自救,拼命地试图抓住救命稻草,却发现手中的稻草正在燃烧成灰烬。口袋里的电话不停地响着,他掏出来看了看,无数个来自四面八方的电话,但是他一眼看到了他最在乎的那个人——郗同文——来自她的十几通未接来电和信息。

"你在哪?"

"我要见你!"

"给我打个电话好不好?"

"我很担心你,回我一下好不好?"

然而他完全不想回应,只想独自承受着这份无助。他试图让自己再痛一点,再痛一点,或许痛苦能够把他彻底唤醒。他希望这份痛苦能够像刀子一样,割开他的皮肤,刺入他的心脏,让他永远记住这个感受。

第二十六章

郗同文疯狂地给利慎远打电话,虽然她知道,他此刻不会接,但是她要让他知道她的心。

郗爸爸和郗妈妈一路看着焦急的女儿,终于到了机场出口,郗同文转头对郗爸爸和郗妈妈说道:"公司出事儿了,我找不到他了,我得……"

还没等郗同文说完,郗妈妈用鼓励的眼神看着郗同文,说道:"去吧。"这次她完全没有要阻止她的意思。

郗爸爸也对郗同文点了点头。

郗同文用感激的眼神看着父母,毅然坐上了出租车。路上,她拨通了柯文韬的电话。

"柯总,您知道慎远在哪吗?"

"你回来了?"

"嗯,刚到。"

"公司的事情你都知道了?"

"是的,告诉我,他在哪?"

"抱歉,我也不知道他在哪。不过,同文,慎远这次恐怕真的……"

"我不在乎这些,我现在只想知道他人在哪。"

"我帮不了你。"

郗同文去了利慎远的公寓和别墅,可完全没有他回来过的痕迹。她如同当年利慎远找寻她一般,在金融街附近,在整个北京城,疯狂地寻找着,看着人来人往,她突然意识到,这些年自己竟然并不了解利慎远。当年他可以在偌大的北京找到自己,而她此刻却不知该去哪里找他。想想这些年他为她做的一切,为了她那目空一切的好胜心,小心翼翼地帮助她实现理想;为了她那莫名其妙的自尊心,悉心竭虑地守护他们的爱情。此刻她不在乎半岛,不在乎笠饮,她只在乎利慎远。

夜幕降临,她来到利慎远的公寓门前,她想着只要他还在北京,那她就在公寓等他回来。郗同文熟练地输入密码,却发现密码竟然更换了。试了两次,她意识到,利慎远一定就在里面。

她疯狂地敲门,里面却丝毫没有声音。

而此刻利慎远的确在里面,他在黑暗中瘫坐在地上,靠着沙发,双手紧紧握住一杯威士忌,他的眼神空洞地看向前方。

门外的敲门声打破了这份宁静,一下、两下、三下,有节奏而坚定。

"利慎远!我知道你在里面!为什么换密码?为什么不让我进去?"郗同文在外面叫嚷着。

利慎远除了皱了皱眉,丝毫没有其他反应。

敲了一会儿,郗同文知道,利慎远是不会给她开门的。

她走到楼道里拨通了亓优优的电话。

"优优,利慎远家的密码你知道吗?"

"是你生日呀!这你都不知道?"亓优优此刻还不忘嘲笑和挖苦一下郗同文。

"他换了,我现在要进去,你告诉我新的密码。"

"那这样,我把临时密码发你手机上。"

利慎远听外面没了声音,他跌跌撞撞地起身,走到门前,透过猫眼发现外面已经没有人,他靠在门口为郗同文的放弃而感到轻松。

过了一会儿,他正准备走回沙发,门却被突然打开,郗同文冲了进来,一把将利慎远从身后抱住。

利慎远愣住了,他试图挣脱开郗同文,她却死死抱着怎么也不肯松手。

利慎远看着郗同文那纤细的胳膊,怕弄伤她,并没有强硬地掰开郗同文,而是用镇定且命令般的语气说了句:"放手!"

声音不大,可语气冷得让人害怕。郗同文试图慢慢松开,可刚刚的语气让她感受到,如果松开他们就彻底完了。她反悔了,她继续紧紧抱住利慎远,说道:"我们结婚吧。"

以利慎远对郗同文的了解,如此迫切地找他,无非是要坚定地与他一起面对困难。但现在郗同文一上来就二话不说,斩钉截铁地求婚,并没有让利慎远感到宽慰,而有一种被怜悯的羞辱感瞬间涌了上来。

郗同文没有看到利慎远变化的表情,又再次强调一遍:"我们结婚吧。"

利慎远惊地一把将郗同文的手掰开,愤怒地瞪视着郗同文,仿佛要把一切都烧成灰烬一般,双手紧握成拳,指节因过度用力而变得发白。

利慎远凶狠地说:"你出去!"

郗同文被利慎远的语气吓坏了,却依然镇定地说:"你说过,我谁都不是,我就是你爱的郗同文。其实你在我心中也谁都不是,不是半岛的老板,不是华尔街的精英,你就是我爱的利慎远。我们结婚,我们一起面对所有。"

听了这话,利慎远的眼神变得温柔,可这温柔转瞬即逝,他转而冷笑一声,说道:"你以为你是谁!你凭什么跟我一起面对?!"语气充满轻蔑和不屑。

郗同文呆住了,她有点不认识眼前这个人了。她的眼睛盯着他,试图从他的眼神中找到一丝线索、一丝解释,或者只是一丝后悔,但什么也没有找到。郗同文想着"对啊,我凭什么?我曾因为各种原因而想要放弃他,我曾沉浸在自己的理想中而忽视他"。

郗同文没有再说什么,她又看了看利慎远转身离开。

门关上的瞬间,利慎远无比懊悔,她是那么骄傲的人,刚刚的话太伤人,这次他是真的失去她了。

郗同文失魂落魄地走到利慎远公寓楼下,她终于忍不住了,蹲在路边失声痛哭，身体抽搐着。利慎远在窗前看着心爱的女人在路边哭泣，身体颤抖着，他站在那里紧握拳头，指尖几乎要刺破掌心，他控制着自己跑下楼去抱住她的冲动。

过了许久，郗同文平复下来，她擦了擦眼泪，起身离开。

郗同文拨通了柯文韬的电话："他在公寓，喝了好多，你去看着他吧。"

"你……？"

"我先回家了。"

柯文韬来到利慎远的公寓，看着此刻已经烂醉瘫坐在沙发上的利慎远，说道："这样有意思吗？"

利慎远没有回应。

"何必伤害关心你的人？"

利慎远依然没有回应。

柯文韬在他身边的沙发上坐下，给自己也倒了一杯威士忌，喝了一口才缓缓说道："还记得 Alice 当年走的时候，你就问我，为什么她在遇到挫折的时候没有来找你们，而是将自己封闭，独自承受？那时候我也不知道，无法回答你。但是今天看到你这个样子，我倒是有点想明白了。你们都是那么优秀的人，以为自己可以掌握一切、承担一切。"

说到这里，柯文韬看了看利慎远，见他微微动了动，继续说道："但是，这在我看来，是一种傲慢。人之所以有情感这东西，就是因为人类生存至今，需要协作，要在欢乐时分享，痛苦时分担。"

说到这里，柯文韬又看了看利慎远，见他微微坐直了些，继续说道："我反正身家都在你手里了，我肯定不会收回去，这场仗你是输是赢，我都跟你绑死了，你看着办吧。"

利慎远这时转头看了看柯文韬有些无赖的表情，起身走回卧室，倒在床上，突然他睁开眼，眼神变得坚毅起来，他开始在心中梳理每一个细节、每一方势力、每一个可用的资源……

郗同文回到家中，立即开始查看资料，思索着整个事件。过了一会儿，她拨通了陈凯的电话。

陈凯接起电话,问道:"你回来了?"

郗同文没有回应他,而是用严肃的语气问道:"凯哥,咱们现在有多少笠饮的股票?"

陈凯也转而认真地说道:"大约17%的股权,之前的计划是逼空MY,而且几乎已经成功了。"

"为什么是几乎?现在市场上绝大部分股票都在白长路、江州政府和我们手里,其他流通在外的股票很少,即便他们有做空报告,只要我们三方都不卖,股票就不会跌,MY依然吸收不够筹码,坚持到交割日,不管什么做空报告,MY都要完蛋!"

"按理说是这样,但……今天早晨我听说Charles要求撤资,所以我们必须在九天之内卖掉很多股票才能套现……"

"什么?为什么?Charles是跟钱过不去吗?"郗同文一脸错愕。

"的确,难以理解,所以我也有点不太相信。但听说利总之后就消失了,恐怕这消息是真的。"

郗同文的大脑快速地思索着,沉默了片刻之后,她眉头突然紧皱,说道:"不对!Charles就是要我们卖掉笠饮。"

"为什么?"

"他要的是整个笠饮集团带动股指下跌!他是要牺牲半岛,去成全他在海外的巨量空单。"

"什么海外空单?"

"之前我听利总和柯总说过,世辉资本和Charles在合作做空中国股指。"

"原来是这样……"陈凯听了,顿时也紧张起来,"那我们该怎么办?利总知道吗?那要不要告诉利总?"

"他一定是知道的!"郗同文很坚信。说完她心中默念道:"所以他才这么崩溃,他觉得他斗不过Charles……"

"那现在该怎么办？"

"我想想吧，这件事还是保密，不要告诉其他人，以免造成其他恐慌。"

"放心吧。"

挂了电话，郗同文思考片刻，又拨通了亓优优的电话。

"优优，利总说过 Charles 为什么要撤资吗？"

"没有啊。"

"哦，你认识杜建民的秘书吗？"

"认识，怎么了？"

"你把他秘书电话给我吧。"

"你要做什么？我可以帮你联系。"

"给我吧。"

亓优优见状，也不好继续追问，只得说："好。利总还好吗？"

郗同文顿了顿，说道："你问他自己吧。"

清晨，利慎远像是昨天的事情没有发生一般，依然第一个出现在公司。众人来到公司不禁纷纷望向他，期待着他们的老板能够像过去的十几年一样带领他们在枪林弹雨中冲出重围，在逆境中绝地反击。

柯文韬来到利慎远的办公室，一进门便说道："下次再跟我说让我退出，我可真跟您绝交了啊。"

利慎远笑着说道："你没机会了。"

两人心照不宣，相视而笑。

柯文韬顺势开始分析着："现在我们的主要困难是要在八天之内找到能够替代 Charles 份额的资金，否则就得卖股票，那什么都完了。"

"嗯。"

"你给我交个底，需要多少钱？"

"大概……90 亿。"

柯文韬听了顿时感觉血压上升。

利慎远继续说道："我本人的资金几乎都已经在半岛里面,没办法承接 Charles 的份额。我估算了一下,现有的房产和资产应该只能抵押出 3 亿左右。今天上午我联系几家私募基金,有 2 家愿意接受一些份额,大概 10 亿。"

"我这边只有 2 亿左右可以动用,这加一起也就 15 亿。"

"你还是留着吧,如果半岛这次血本无归,好歹还有个养老钱,我养老也只能靠你了。"

"没关系,咱们俩就算倾家荡产了,还可以靠老婆嘛!"

"你是有的靠,嫂子正经的生物学专家。"

"你也有!就那个小丫头,你别看她被你气跑了,等你倾家荡产,到时候还是得管你!"

提起郜同文,利慎远的表情又变得低沉起来,他回想昨晚说的话,恐怕骄傲如她,一定是被伤到了。

柯文韬见状,只得转移话题,说道:"再说你又没加杠杆,最多就是亏掉 99%,破产还不至于哈。只是,这次比较难办,我家老头不相信我,不肯帮忙。唉,都怪我平时没给他留个靠谱的好印象。"

利慎远轻轻一笑。

"但是我可是柯文韬啊,我想想办法吧,看看哪个能跟我患难见真情吧!"

"希望你有点心理准备,别太失望。"

"我是成年人好吗?这点数我还能没有?有枣没枣总要打一竿子的。不就是低头求人吗?"

这时,亓优优端了两杯水果茶走了进来,分别放在两人面前。

"两位老板,工作这么苦,喝点甜的吧。"

柯文韬看了一眼,嫌弃地说:"也就你们利总喜欢这种小女生的东西。我可不喝。"

利慎远将柯文韬面前的水果茶端了过来,喝了一口茶,说道:"谢谢,我省了!"

这时,亓优优见气氛不错,这才说道:"老板,昨天是不是有美女相伴,所以,今天似乎心情不错?"

利慎远再次严肃起来,严厉地说道:"你是越来越过分了,我家的密码你敢随便告诉别人?我对你信任,不是让你替我做主!"

亓优优被利慎远那语气吓到。

"我是觉得同文她……"

"记住,你只是我的秘书!所以事情是我来判断,不是你。"

"那个,还有一个事儿,关于同文的,您要知道吗?"

"说吧。"

"同文昨天问我要了杜建民秘书的电话,她今天到现在都没来公司。"

"杜建民?"利慎远和柯文韬都有些惊讶。

利慎远突然站了起来,说道:"糟了!你怎么不早说?"

"我以为您知道。可刚刚看您的样子才觉得您可能不知道……"

"我要立刻知道杜建民在哪!"

"好,好的。"

郗同文来到了杜建民的私人会所。自从有了第一次见杜建民的经历,每每见他郗同文都带着一丝丝恐惧,她一边走一边给自己打气,强装镇定。

终于她来到了一个超大的会客厅,只见里面熙熙攘攘站着的、坐着的有十几人,不乏许多熟悉的面孔,华科基金的曹其、蒋飞扬也在其中,他们对郗同文的到来感觉有些惊讶,倒是杜建民没什么波澜,显然他早从秘书那里知道郗同文要来。他的眼睛不时地在她的身体上扫来扫去,这让郗同文很不舒服,可这些年在资本市场上打拼,也早已习惯了形形色色的人,郗同文大大方方地走到杜建民面前,说道:"杜总。"

"来了啊。"

"哟,同文来了啊。"蒋飞扬似有得意地来到郗同文面前,打了招呼。

"蒋总,好久不见。"

"是啊,我可听说你和利总的事儿了,但是现在利总这个情况,我竟然有点不知道该不该恭喜你了,你说说这事儿弄的……"

"蒋总随心就好。杜总,能否单独聊几句?"

"这都没外人。"杜建民看看周围,其他人大都识趣地走远了,只有蒋飞扬在身边。

蒋飞扬笑着附和道:"对啊,都没外人。听说利总最近在港股风生水起。"

郗同文笑着说道:"蒋总,做二级市场投资的,哪里不是风生水起、暗流汹涌呢?您说是不是?"

"无论是风生水起还是暗流汹涌,最重要的还是能帮投资人赚到钱。"

郗同文看着杜建民,奉承地说道:"杜总最近投资股指赚了不少吧?投资人一定是很满意的。"

杜建民笑眯眯地说:"其实呢,我们世辉和半岛的目标是一样的,都是让投资人满意。利总还是年轻,总想着做出什么惊天动地的大事儿,可要是跟钱过不去,这个思想可不好。你这个小姑娘就很聪明嘛,知道这个时候来找我。"

"杜总过奖了。恰恰相反,利总也是为了赚钱。逼空 MY,也是没办法的事,公司原本就有那么多笠饮股票,它被做空,我们只能自保,总得活下去呀!您说呢?"

"既然是为了赚钱,那我们就有共同话题了。"说着杜建民起身,想要搂一下郗同文的肩膀,郗同文下意识地躲闪开。杜建民笑了笑,显得不慌不忙。

郗同文虽然身体上退了一步,可依然笑脸相迎地说道:"要不,杜总说说看?"

"你让利慎远抛掉所有笠饮的股票,不管笠饮最后跌多少,我都按照笠饮的现价弥补半岛所有损失,或者直接按照现价把笠饮的股票协议转让给我,怎么样？我可是全都看在你的面子上才给出这种提议哦。"

"杜总真是诚意满满。"郗同文听得两眼放光,当然她也不全然相信杜建民的鬼话。

"做交易,就是要有诚意,省得浪费彼此的时间,你说是不是？"

"Charles 同意？"

"我和 Charles 现在是亲密的合作伙伴。虽然他对半岛基金最近的表现很不满意,可他是利慎远的导师,这点情谊还是要讲的。你劝利慎远放弃笠饮的股票,我保证半岛的收益,他们师徒也能够重归于好,皆大欢喜。"

"非常诱人的提议！那杜总可以消化我多少损失呢？总要有个上限吧。"

"50 亿怎么样？"

"好！"郗同文开心不已。

杜建民嘴角扬起得意的微笑,他的眼神中满是自信,似乎一切都在掌控之中。他笑着说道:"你看,我都这么给你面子了,我怎么记得,咱们俩还差一个交杯酒没有喝呢？"杜建民看向蒋飞扬。

蒋飞扬在一旁赶忙说道:"没错！上次我也在。同文,这次你可不能再驳了杜总的面子了。"

杜建民的眼睛像两只狼爪一般看着郗同文,让郗同文无比厌烦。

"杜总,您怎么还记得这事儿呢？"郗同文故作镇定,打趣地说道。

蒋飞扬此刻已经端来了两杯酒,众人纷纷侧目看着郗同文和杜建民两人。

"同文,杜总可不是谁的面子都给的。"说着将酒杯举到郗同文的面前。郗同文看着酒杯,再看看杜建民那丑恶的嘴脸,心中的愤怒与厌烦已经顶到了喉咙,她盯着那杯酒,踌躇着……

突然,会客厅的大门猛地打开,推门而入的正是利慎远。他喘着粗气,脸色铁青,眼神像是要杀人,让会客厅的人纷纷躲闪不敢直视。他快步走到郗同文身边,拉住她顺势十指紧扣,再次如几年前一般,与杜建民对视片刻,拉着郗同文头也不回地要走。

杜建民起身叫住了他:"利慎远!"

利慎远停下了脚步。

"利总这可是第二次从我这一声不吭地抢人了啊。既然来了,何不坐下聊聊?"

利慎远,转过身说道:"杜总,咱们俩好像现在没什么可聊的吧。"

"欸,刚刚我和郗总就相谈甚欢呀!给投资人赚钱嘛,咱们的目标是一致的。"

"感谢杜总的盛情,咱们的目标还真不一样!"

说完利慎远就拉着郗同文快步地走了。

利慎远一路没有说话,只是拉着郗同文快速走着,手上力气之大,让郗同文感到每个指关节都在疼着。来到车前,他直接摁着郗同文的脖子,将她推上了车,嘭的一声关上车门,好似与车有什么血海深仇。气氛压抑,过了许久,郗同文才敢斜眼看着利慎远。利慎远的呼吸声和胸前的起伏,让她知道自己的举动让他真的生气了。两人一路开车到了燕大校园。利慎远独自下车,郗同文紧跟着下车,像是个犯了错的小孩儿跟在利慎远身后,走到了岸芷零洲。

月色如水,悄然无声地洒满了校园。夜晚的大学校园,如同沉睡的孩子,静静地卧在城市的怀抱中。远离了白日的喧嚣和热闹,宁静而和谐。两人就这么沉默着,这种沉默让郗同文害怕。终于,她鼓起勇气看着利慎远,说道:"我错了。"

利慎远没有说话,似乎还在平复着他内心的愤怒。

"我错了。我知道,在所有人眼中我都是你的女朋友,刚刚的我让你颜面扫地。"

利慎远沉默着,过了许久,他才缓缓说道:"你不是一直想知道我在美国的事情吗?"

"嗯。"

"今天讲给你听。那会儿我还是小学生,到美国之后,就和妈妈住在叔公家。他们家在一个白人的高档街区,所以我读的也都是白人学校。你可以想象一个亚洲人,读着以白人为主的学校,那种压力。所以我非常非常努力,既是怕给叔公家丢人,也是怕叔公家看不起,毕竟我和妈妈是寄人篱下。终于我到了MIT,也遇到了Alice。她被Wilson夫妇收养,也成长在白人社区和学校里。她虽然是华人,可她就像一颗璀璨的星星,无论在哪里都能引人注目,闪闪发光。她的才华和智慧,无时无刻不照亮她周围的世界。她让我知道,其实即便是亚洲人,依然能够在尽是白人的社会里被万众瞩目……"

随着利慎远的讲述,郗同文也被带回利慎远那一直不愿提起的回忆之中。

时间回到十五年前,利慎远还是MIT的学生,Alice、Sam、Mark等人在一家超市里买东西,Sam和Mark两人推推搡搡,开着玩笑……

"Catch it!(接住!)"Sam突然将一包玉米片像投篮一样,扔向了Mark。

Mark接住了玉米片,又扔到了利慎远推着的购物车中。

"Be careful, it will break soon.(小心,一会儿碎了。)"Alice像个大姐姐一般提示着两个还像小朋友一样的大学生。

"It's okay, I'll eat.(没关系,我吃。)"Sam说道。

Mark抱怨道:"Tonight will be another sleepless night, with so many cases to complete every day. When will it be the end?(今晚又将是个不眠之夜,每天这么多Case要完成,什么时候是个头啊?)"

Sam说道:"What are we worried about when we have Alice? With her around, our case will definitely get an A+.(我们有Alice还担心什么?有她在,咱们的Case一定是A+。)"

"Alice, you are our goddess!(你就是我们的女神!)"Mark将手里拿着

的一个心形盒子糖果单膝跪地，举在 Alice 的面前。

Alice 没有回避，直接将糖果接了过来，对 Mark 说道："Thank you, but the literature section still needs to be handed over to you. Sam, you are responsible for data organization and analysis. Lee, you and the person in charge are working with me to develop strategies.（谢谢，但是，文献的部分还是要交给你。Sam，你来负责数据整理和分析。利，你和负责跟我一起制定策略。）"

只见 Sam 和 Mark 瞬间表示崩溃。

利慎远笑着说道："No problem.（没问题。）"此刻他的眼神和笑容都是那么清澈动人，他看着 Sam 和 Mark 说道："Charles once said, as investors, we will always maintain a high-intensity rhythm.（Charles 说过，作为一个投资人，我们将永远保持高强度的节奏。）"

几人就这样推着一车食物来到了收银台。

利慎远推着车，Sam 和 Mark 早已跑到超市外。

Alice 一边将购物车的东西递给收银员，一边回头对利慎远说道："你知道吗？大学以前我所有的周末和业余时间都是在 LB 超市打工的。这里充满了我的回忆，每次来这，我都还有职业病。"

"比如？"

"货品摆放得好不好，价签是不是都有，等等。"

"我家附近也有 LB 超市。"

"是啊，很棒的社区超市，价格亲民，又解决了居民的就业。"

不久后，Alice 和 Sam 毕业，利慎远和 Mark 参加了他们的毕业典礼。

利慎远对 Alice 说道："没想到，你竟然没有去 Charles 的公司，而是直接成立基金。"

"但是我拿了 Charles 的钱呀，他是我的基石投资人。"

"你一切都能做得很好，祝你成功！"

"谢谢！你也一样。相信我，我们一定能够在华尔街闯出一片天地！"

两年后，利慎远和 Mark 也毕业了，他们都顺利入职了 Charles 的公司。

"Welcome to join us.（欢迎你们的加入。）"在 Charles 的办公室，他们开启了自己的职业生涯。

几年的时间，利慎远也凭借自己的能力，成为晋升最快的基金经理。

他们四人彼此见证了成长，共同庆祝 Alice 在长岛拥有了自己的别墅。

一日，Alice 与利慎远等人吃饭。

Mark 问道："Alice, are there any good investment opportunities recently?（Alice，最近有什么好的投资机会?）"

"I am optimistic about the LB supermarket.（我看好 LB 超市。）"

"I have also noticed that there are many chain stores and good cash flow, making it a good investment target. It has risen to almost ＄30 per share.（我也关注到了，连锁店多，现金流好，是个不错的投资标的，已经涨到快 30 美元每股了。）"利慎远笑着说道。

"I have recently communicated with their founder. Though he is quite old, he is very ambitious. I am very optimistic about the future of LB.（最近我与他们的创始人交流过，他虽然年纪比较大，但很有野心，我很看好 LB 的未来。）"每每 Alice 谈论起投资标的时，总是如数家珍，充满了热情和自信。

利慎远返回公司后便打电话给他的交易员，说道："LB Supermarket, ＄30, 5 million shares.（LB 超市，30 美元，500 万股。）"

没过几日，LB 超市的股价已经涨到了 42 块，Charles 开会时也称赞道："Good job! Lee.（利，干得好!）"

为此，利慎远与 Alice 等人还一起喝酒庆祝。

直到有一天，LB 的股票突然一日之内跌了 15%。

Alice 给利慎远打电话。

"搞清楚原因了吗?"利慎远关切地问道。

"有人在恶意做空。"

"是谁?"

"David Johnson。"

"大投行 GM 的 David Johnson?"

"嗯。"

"那你要怎么应对? 其实如果现在退出,我们依然有很大的浮盈。"

"绝不,这次我偏要跟他们斗一次,你会支持我吗?"

"当然!"

Charles 找到利慎远,他问道:"What has Alice been busy with lately?(Alice 最近在忙什么?)"

"Recently, someone has been short selling LB, and she is probably paying attention to this matter.(最近有人在做空 LB,她大概都在关注这个事情。)"

"How much do we still have?(我们还有多少?)"

"Recently, in order to resist short selling, I have added some, currently 15 million shares.(最近为了抵御做空,我追加了一些,目前 1500 万股。)"

"What is the current price?(现在的价格是多少?)"

"Under our counterattack, the stock price has risen back to ＄40.(在我们的反击之下,股价已经涨回到 40 美元。)"

"I heard that not only GM, but also several other major investment banks have ended up short selling LB this time?(我听说,这次不仅是 GM,还有另外几大投行都下场做空 LB?)"

"It is said to be. But Alice has made very comprehensive preparations. She is now financially abundant, and the founder of LB has reached an agreement with her. They are confident that they can resist this malicious short selling.(据说是。但 Alice 做了非常完备的准备,她现在资金充裕,而且 LB 的创始人

已经与她达成一致。他们有信心可以抵御这次恶意做空。）"

"Wall Street is the territory of big investment banks. I told Alice that we can't take advantage of them by confronting them. We should ship as soon as possible, and you also advised Alice not to take risks.（华尔街是大投行的地盘，跟 Alice 说，与他们对抗，占不到便宜的，我们尽快出货，你也劝一下 Alice 不要冒险了。）"

"Get it.（明白。）"

利慎远与 Alice 一起在华尔街马路边的餐厅吃着午餐。

"Charles 要我尽快卖掉 LB 的股票，并且建议你也卖掉。"

"你怎么想？"

"我觉得 Charles 是懂华尔街的，他说我们与华尔街的几家大投行对抗一定占不到便宜的。他让我转告你，不要与几大投行作对。"

"Charles 一向很保守，风险意识很强，我能理解。"

"你知道的，我必须听 Charles 的。"

"他是你老板，你当然要听他的。但 Charles 只是我基金的投资人，按照合约，我没必要听他的。放心吧，你按照现在的收盘价，直接将所有股票转给我，我都接着，也算是我对 Charles 的诚意了。"

"只是，我有点担心你……"

"放心吧，即便没有你跟我一起，这次我也可以的，我和 LB 创始人已经筹集了大量的资金。华尔街是世界的金融中心，这里讲究的就是法治和公平，谁也别想占谁的便宜。LB 超市是我们所有人的回忆，我不能允许它沦落成为华尔街大投行们的棋子，这次我一定要让 David Johnson 长长记性。"

"LB 这么好的企业，David Johnson 为什么要做空？"

"老套路了。就是因为好，所以他们才要做空，把股价打下来，这样他们就可以低成本收购。"

"既然是老套路了，说明他们轻车熟路，你一定要注意风险！"

"嗯,知道啦!"此刻的 Alice 信心满满,而利慎远也笃定 Alice 一定能如她所愿。

"其实我本来还很期待能够与你一起阻击 David Johnson 这群人。"

"来日方长,以后有的是机会!"

十几日后,利慎远正在向 Charles 汇报工作进展……

Charles 问道:"Okay... I know. Also, how is Alice's situation?(好……我知道。另外,Alice 那边情况如何?)"

"Alice and the founder of LB have raised their stock prices to ＄110 per share and acquired 91% of the market's shares. David Johnson and his team are now unable to purchase enough stocks from the market to close their positions, and this time they will have nothing to lose.(Alice 和 LB 的创始人已经将股价拉至 110 美元每股,并且收购了市面上 91% 的股票,David Johnson 他们已经无法从市场上购买足够的股票平仓了,这次他们要血本无归了。)"利慎远说得很兴奋。

"David Johnson approached me, hoping to reconcile with Alice. Can you advise Alice to accept his proposal and agree to sell them some stocks to close his position? As for the price, I think ＄100 is reasonable.(David Johnson 找到我,希望能同 Alice 和解。你跟 Alice 建议一下,接受他的提议,协议卖给他们一些股票,让他平仓。价格嘛,100 美元我认为是合理的。)"

"How could that be? It's already ＄110 per share now. Alice told me that if David Johnson wants to buy stocks to close his position, he needs to acquire them from her for at least ＄150.(这怎么可能?现在都已经 110 美元每股。Alice 跟我说,David Johnson 想要买股票平仓,那至少要以 150 美元的价格从她手中收购。)"

"Short squeeze is never a good strategy. Forcing these big Wall Street investment banks out is not beneficial for anyone.(逼空永远不是一个好的策

略。逼空这些华尔街大投行对任何人都没有好处。)"

"But that's the game rule, David Johnson has to pay the price if he loses. (可是,这就是游戏规则呀,David Johnson 输了就要付出代价。)"

"You are too naive. Although Alice and the founder of BL hold a large amount of stocks, they have also borrowed a lot of funds, which have costs. If they cannot sell the stocks and repay the money at maturity, their losses are incalculable. It is better to accept David Johnson's proposal now, which is the way to survive on Wall Street. (你们太天真。Alice 和 BL 的创始人虽然持有大量股票,但是他们也借了大量资金,这些资金都是有成本的,如果到期不能卖掉股票还钱,她的损失也不可估量,不如现在接受 David Johnson 的提议,这才是在华尔街的生存之道。)"

Alice 接到了利慎远的电话,利慎远刚说完 Charles 的提议,Alice 就显得异常愤怒和激动。

"是 Charles 教我们的!我们每天都在钻研如何在华尔街的游戏规则之下获取利益。现在我就要打败 David Johnson,他却劝我收手!你告诉 Charles,我无法接受他的建议。"

"Alice,Charles 也是不想与整个华尔街为敌,其实你……"

"不用说了。我不在乎是否与大投行为敌,华尔街本来就是谁有本事谁赢的地方。这一次我必须要让 David Johnson 付出代价,否则未来还会有无数个像 BL 这样的企业,被他们恶意做空后,低价收购,这才是我最不想看到的。"

"好吧,我会转告他。"

突然有一天 Sam 来到公司找到利慎远。

"Lee,Alice 不见了,从前天开始我就无法找到她了。"

"为什么?"

"你知道的,前几天 BL 的股票被纽交所强制停牌了,还以 BL 创始人违规操作为由公开谴责和调查。这个调查是无限期的,同时交易所还帮助 David Johnson 和另外几家大投行的空单延长交割日,但是 Alice 和 BL 创始人为了逼空几大投行,在外面借了大量的资金,停牌就意味着无法卖掉股票,他们的钱根本还不上。"

利慎远愤怒地说道:"纽交所怎么可以这样?这是赤裸裸地偏袒几大投行!"

"所以,Charles 说过,华尔街是大投行的地盘。"

"那现在是否可以跟 David Johnson 他们商量协议转让?"

"不可能了。纽交所明显是偏袒几大投行的,现在几大投行的空单延期交割,他们一点都不着急了。可 Alice 和 BL 创始人的债主却都在要求他们还钱。他们的目的就是逼死 Alice 他们。"

利慎远忍不住飙了句脏话。

"现在我们要找到 Alice,再想解决办法。"

"我们分头找。"

利慎远走在华尔街上,拼命拨打着 Alice 的电话,突然不远处一人从楼顶一跃而下,身体在空中划过一道垂直线,然后重重地摔在地上。

利慎远被这一幕惊呆了,他的大脑一片空白,仿佛整个世界都突然静止了。他看着那人背影,确定又不敢确定那是 Alice。那人有一头亚洲人独有的乌黑长发,穿着的正是 Alice 最喜欢的衣服。他用力地摇头,想要清醒过来,但眼前的景象并没有改变。悲痛如潮水般涌上心头,心如刀绞一般,眼泪模糊了他的视线,他告诉自己这一切是假的,自己不必流泪,仰头向上抑制眼泪流出。此刻夕阳如血,余晖洒在那座高楼之上,却给它披上了一层金色的光辉,那光辉和泪水混作一团,刺得人睁不开眼。

利慎远感到无比愧疚和无助,他不知道为什么 Alice 会选择这样一条道路,他觉得他应该能做些什么来阻止这一切的发生。但他发现自己什么都没做，Alice 没有给任何人机会。

利慎远落寞地走回公司，却在公司楼下遇到 David Johnson，那人竟轻蔑地说道："Oh my god, Alice really wants to confront several big investment banks. She's so innocent and adorable.（上帝啊，Alice 竟然妄想对抗几大投行，她真是天真到可爱。）"

Alice 去世仅仅三天，利慎远在报纸上看到了一则新闻："GM acquired BL Company for ＄10 per share, becoming the largest shareholder of BL. The founder of BL declares bankruptcy...（GM 公司以 10 美元每股，收购 BL 公司，成为 BL 最大股东。BL 创始人宣告破产……）"。

利慎远来到 Charles 的办公室，问道："Did you anticipate early on that the New York Stock Exchange would favor these major investment banks?（您是不是很早就预料到纽交所会偏袒几大投行？）"

"Yes, but I don't know in what way.（是的，但是我不知道会以什么样的方式。）"

"You know? Alice firmly believes that Wall Street, throughout her life, is a place with rules and fairness. When she realized that all of this was her illusion, she lost faith, ideals, and the meaning of living.（您知道吗？Alice 一生笃定的华尔街是一个有规则的地方，是公平的地方。当她发现这一切是她的错觉时，她就没有了信仰，也就没有了理想，更加失去了活下去的意义。）"

"I am sorry for Alice's choice. However, this is still the most mature market in the world...（我为 Alice 的选择感到遗憾。但是这里依然是全球最成熟的市场……）" Charles 依然用那理所应当的语气解释着。

利慎远打断了他，说道："No! It only represents the interests of a few people, and it should not be respected.（不！它只代表了少数人的利益，它不该是被推崇的。）"

第二十七章

听了利慎远的讲述,郗同文不知不觉间已是泪流满面,她终于知道,姐姐的死并不仅仅是因为事业的挫折,而是因为她失去了笃定的信念,失去了对市场公平性的信任。郗同文擦干了眼泪,问道:"你选择回国是因为 Alice 的死?"

"我曾与 Alice 一样都笃信华尔街是一个成熟的尊重市场规则的地方。她从我面前一跃而下的那一刻,是她信仰消失的时候,也是我对华尔街彻底失望的时候。"

"失去了对华尔街的信任,所以你选择了回国。"

"当时我虽难过,可我并无法理解 Alice 所做出的选择。我买下 Alice 的资产,因为我不想让它流落到那些肮脏的人手里。然而,就在此时此刻,我竟有些理解 Alice 当时的绝望。这一战,如果我败了,我可能不单单倾家荡产,更可能负债累累,这辈子的职业生涯就此结束。这种情景下,我怎么能拉着你跳进深渊呢?"

"不,这里是中国,不是华尔街,我是郗同文,也不是 Alice。"

"还记得我跟你说的话吗?市场可以有情绪,不专业的散户可以有情绪,但一个优秀的基金经理不可以。你的理想是要做一个优秀的基金经理,那么首先就是要永远保持清醒冷静的头脑,做出最正确最理性的决策。你不该在这时候跳下这看不见底的深渊,回去吧。"

"所以我去找杜建民就是最理性的决定,我虽对他厌恶至极,可理性告诉我,我应该去!事实证明,杜建民的确可以,Charles 既然选择放弃半岛,就说明他们在海外的空单很大,大到足以覆盖半岛的损失。我们有股票在手,他要的不过就是希望我们跟着他一起做空而已。时刻保持理性,对吗?那你现在最应该做的不就是与 Charles 和杜建民谈判吗?但是你没有这么做,告诉我,为什么?"

利慎远不敢直视郗同文,因为那理由只有他知道。但他亦知道,如果告诉郗同文,她一定会更加奋不顾身地与他一起承担起这本不该由她承担的重任。

"你一定有别的理由!"

郗同文见利慎远依然不打算回应他,索性开始威胁地说道:"那我就只能继续找杜建民!"

"不可以!"

"我说到做到……"

利慎远看着寂静的校园,缓缓说道:"这一次,MY 的背后是 David Johnson。"

"不是 Charles……"郗同文沉默了,她在飞速分析着这个局面,突然她瞳孔瞬间放大,仿佛要将整个世界都吞噬进去,她不敢置信地看着利慎远说道,"David Johnson 的目标并不是做空笠饮,他是要像当年收购 LB 一样,低价收购笠饮!"

利慎远的脸上凝结成了石化般的僵硬,他的双唇微微张开,仿佛想要说什么,却又被郗同文惊人的分析力和洞察力惊得无从开口。片刻之后,利慎远心中的惊讶快速退去,代之而起的是一种深深的释然。他的嘴角微微上扬,带着一丝笑意。然而这不是苦涩的笑,也不是无奈的笑,而是一种欣慰的笑。他为她的成长感到高兴和骄傲。他的心中开始充满了喜悦,喜悦于她的成长和进步。

"你成长了。的确,当我知道 MY 背后是 David Johnson 的时候,我就意识到了,他要的不是做空收益,他要的是整个笠饮集团的控制权,甚至是中国的新兴消费行业的控制权!过去多少年,中国的消费行业充斥着外资品牌,超市里脍炙人口的品牌几乎都来自外国大集团。但是这些年互联网兴起,让笠饮这样的国民品牌开辟了全新赛道,对那些外国传统品牌产生了冲击。所以 David Johnson 出手的目的就是恶意做空,低价收购这些品牌。"

"让他们也成为那些大品牌的一部分。"

"不,是灭掉他们。"

"灭掉他们?"

"对。过去这些年,很多国民品牌在慢慢消失,并不是做得不好,而是他们有的被国外消费品集团高价收购,有的通过其他方式逼他们卖掉。可消费品牌的特点就是要营销,让他们不断在大众视野里出现,外国集团在拿下这些国民品牌后,会利用品牌的渠道去推广他们自己的产品,对原有的国民品牌不再投入营销费用,慢慢地,一个个国民品牌自然就消失了,他们就是依靠这种方式占据全球市场的。"

郗同文接着利慎远的话,继续分析道:"但是中国这些年互联网发达,消费品的玩法变了,滋养了笠饮在内的一批国产品牌,他们慌了。所以这是一次有蓄谋地做空,让整个新兴消费行业下跌,他们才能低价收购。"

"嗯。"

"而 Charles 是因为要做空中国股指,逼你卖掉只是顺水推舟而已。"

"你成长了,这让我突然觉得,即便这次我输了,这些年我依然是有成就的。"

"你要对抗的是美国几大投行,要捍卫的是中国品牌,作为一个基金经理,你是不理性的,但是作为一个中国人,你是有热血的。那为什么要将我拒之门外?是因为我不配与你并肩作战,还是因为觉得我没有捍卫中国品牌的情怀?"

"不,这只是我在感性的同时,最后残留的理性思考。"

"你对待我们的感情用理性思考,对待投资决策却用感性思考。利慎远,你告诉我,这是什么道理?"

利慎远竟被郗同文问得哑口无言。

郄同文继续说道:"现在在你面前有两条路。第一条,我们两个就此分手。无论你这次能否成功都与我无关,这辈子咱俩就是路人,我会离开这个行业,因为我的精神领袖告诉我我不配,我郄同文说到做到。第二条,就是让我跟你一起面对,真正成为你人生和事业的伴侣,而不是你庇护下弱不禁风的小女生。"

利慎远看着郄同文,喉咙仿佛被什么东西卡住了,一时间竟然说不出话来。他的心中充满了矛盾和纠结,要知道"矛盾""纠结"这两个词几乎很少出现在利慎远的人生中。一向果决的他竟不知道该如何面对这个突如其来的选择。如果他败了,郄同文与他深度捆绑,未来在行业里再难立足,也就再没有理想可言。可郄同文似乎看穿了他所顾虑的一切,直接将自己的职业生涯作为筹码与他谈判,而且他知道这个女人的确从来都是说到做到。他竟小看了她,她果然是他爱的郄同文,她聪慧、坚忍、果决,而今天他又在这些特质上看到了她已经成长为一个卓越的经理人。

郄同文走到利慎远面前,用期待的眼神看着利慎远,轻轻地说:"你当我是有民族信仰也好,想为 Alice 报仇也好,想与你并肩作战也好,每一条都让我有充足的理由去做这件不理性的事儿。"

利慎远终于放弃抵抗,内心那原本坚硬的屏障被郄同文瞬间击碎,他知道自己需要她,就像星星需要夜空,船舶需要港口,哪怕她什么都不做,只要站在他身边就好。那双明亮的眼睛中逐渐充满了坚定和决心,他靠近她,小心翼翼地用手慢慢地抚摸着她的手臂,感觉着她的肌肤,像是确认她的存在。终于,他轻轻地抱住了郄同文。

郄同文在利慎远的怀中,对这些天他对自己的冷漠感到委屈,流着眼泪说道:"利慎远,让我选择基金经理这条路是你,让我离不开的也是你!这辈子,你得为我负责。"

利慎远不停地抚摸着郄同文的头发,笑着说:"一定负责到底!好了好了,怎么还哭了?是我错了,我之前的话太伤人。"

"你也知道啊?"郄同文挣脱开利慎远,嘟着小嘴,继续说道,"这一战你胜与不胜对我来说,不过就是与你在深渊下行走还是在山顶上漫步的区别。在哪走不重要,和谁走更重要。"

刚想擦眼泪,利慎远却抢先一步帮她擦了擦,说:"早知道你这个小女人不光要强,还这么倔强和不管不顾,我何必这么费力?"

"你还怪我?!"

"我错了,错了。"利慎远再次将她搂入怀中,既是心疼又好似生怕自己再错过她。

两人回去的路上,郗同文说道:"我去找杜建民也不是全无收获,他居然可以承担你50亿股票的损失,我们是不是可以倒推出他们海外空单的体量?"

"那你也不能因此冒险!这点事儿,交给我就成。你要出了事儿,我才真的疯了!"

"我知道了。"

利慎远抚了抚郗同文的头,两人相视而笑。

清晨,阳光从地平线上冉冉升起,晨曦的柔光穿过轻飘的雾气,洒向大地。万物苏醒,世界仿佛重新获得了生命。郗同文走出家门,清晨的微风带着一丝清凉,轻轻吹过脸颊,让人精神为之一振。

利慎远正在健身,一束清晨的阳光洒入公寓,整个世界都仿佛变得明亮起来。慢慢地阳光洒在身上,温暖的感觉从皮肤渗透到心里。

大家陆陆续续来到办公室,气氛如临大敌,紧张感弥漫在空气中,每个人都埋头于自己的工作中,准备迎接场即将来临的暴风骤雨。

何思源来到陈凯的办公室,与其他人的紧张感不同,他面带笑容,显得尤为松弛。只是进门后,他欲言又止,显得有些扭捏。

"何哥,有好事儿?"陈凯问道。

"也不算吧。"

"什么事儿?"

"我辞职了。"

"辞职?"陈凯有些惊讶。

何思源支支吾吾,不好意思地说:"半岛现在这个情况你也知道哈。当然啊,你们都是基金经理,都是利总赏识的人。我吧,这么多年也就是混口饭吃,如今连郗同文都做基金经理了,我还是个研究员,本来没什么意思……"

"但是现在这个时候,你走……"本想吐槽的陈凯将话又咽了回去,转而说道,"也正常,人往高处走嘛。去哪家?"

"世辉资本。"

陈凯听到世辉资本,眉头紧锁,想起郗同文说起世辉正在联合 Charles 想要搞死公司,他半天才挤出一个字:"哦。"

何思源也看到了陈凯下沉的脸色,他知道虽然追逐利益是资本市场永恒的主题,也是人人都奉行的行事依据,但这个时候辞职,依然会有很多人觉得是他抛弃了公司。他亦不想与公司的人都闹僵,假惺惺解释道:"我这个年纪,如果再混不上去,也就没什么希望了,所以这次我降薪去世辉,没别的,就是要个基金经理的名头,你会理解的吧?"

"那恭喜你,得偿所愿。"

何思源听得出来陈凯的不满,再聊下去也是无趣,说道:"那……我走了哈。对了,今天公司好几个人都提交辞职报告了,趁市场上还不知道公司要出事,我劝你这几天还是尽快考虑考虑自己的事儿。"

"嗯,回见。"陈凯强忍着怒火,用平和的语言下了逐客令。

何思源刚一走,一向脾气很好的陈凯将桌面的一个摆件猛地推翻在地,这是何思源在他提升基金经理时送给他的。但成年人的任性或许只能有那么一瞬间,他又将摆件的残片快速收拾到了垃圾桶里。正收拾着,陈凯突然笑了,他在嘲笑自己。到底还是自己天真幼稚了,竟期待在资本市场上讲感情。

柯文韬兴冲冲地来到利慎远的办公室。

利慎远抬起头,不解地问:"你怎么来了?"

"当然是好事!还记得应致远吗?"

"之前介绍给我的那位'国家队'的领导?"

柯文韬诡笑着,点了点头。

利慎远没等他说,便抢先说道:"不可能!他们这种大机构不可能参与这种事情,这不符合他们的风控要求!如果不是 Charles 和 David Johnson 同时逼我,我也绝不允许半岛走到今天这个境地。"

"我把 Charles 和 David Johnson 这两拨人的目的以及现在的情况跟应总说了一下,他觉得这事儿必须反击,刚好他对你印象不错,相信你能搞定。所以,他联系了另外一家 FOF(基金中的基金),愿意给你投 20 亿。你说咱俩是不是珠联璧合?"

利慎远的眼睛顿时明亮了起来。

"看看看,你真是属狼的,看到钱,眼睛就放光。但是啊,我已经动用了我所有的关系了,就这些了,真的没了。"

"人之常情,我都不希望你掺和进来,何况别人?"

"剩下的只能交给你了。"

正说着话,利慎远的电话响起,来电的竟然是方奇杰。

"身体还好吗?"利慎远接起电话便问道。

"我才休假几个月,你就要把公司搞黄,看来你没有我这个事业的合作伙伴不行啊。"

利慎远苦笑了笑。

方奇杰继续说道:"我联系了一个人,愿意给我们投 10 亿。"

"李世伟?"

"他倒是想投,但毕竟半岛我也有份,他还是回避吧。"

"这倒是。"

"但是不靠他我就不能找到10亿?原来你这么小看我?"

"怎么会呢?你现在是特殊时期,我只是不希望你因为公司的事儿到处跑。"

"放心吧,几个电话的事儿。"

"谢谢。"

"你有什么资格谢我?别忘了我也是老板之一。"

挂了电话,李世伟在方奇杰身边说道:"几个电话的事儿?你不眠不休地打了两天电话,就差挺着大肚子去堵别人办公室门了。原来你都是这么嘴硬,在别人面前逞强的呀。"

方奇杰摆出一副要揍李世伟的架势,李世伟摆出求饶的姿态,说道:"老婆,以后别逞强了,有我呢,别让我心疼!"

利慎远与基金经理们讨论着如何应对这场危机。

陈凯陈述道:"目前,通过各方渠道已经找到了45亿,还有45亿的差距。现在距离MY的空单交割日还有七天,距离我们要给Charles回款还有六天……"众人相视,依然没有更好的解决方案。

郗同文、亓优优和林昊风三人坐在金融街的一家咖啡馆里聊着天。郗同文看着桌面的蛋糕,一言不发。虽然她想与利慎远并肩作战,但是几天下来她自己也没能真的给他什么帮助。

"这种事情,哪里是咱们这种级别的小咖能解决的?同文你也别有压力。"林昊风安慰着郗同文,但郗同文像是没听见一样,依然低头不语,思绪仍然在盘算着如何能够帮助利慎远走出困境。

突然郗同文起身,说道:"我出去一趟。"

"你去哪?"亓优优问道。

"云夏。"

林昊风立刻激动地拉住郗同文的胳膊说:"你不能去。云夏这种大公募基金风控严格,笠饮身陷负面舆论,云夏一定不会去冒这个险,你去了也白去。而且利慎远之前不让你蹚浑水是理智的。即便将来他失败了,你依然可以做你的基金经理,依然可以和他谈恋爱。但今天如果你去云夏,你就彻底将你的信用和利慎远捆绑在一起,如果利慎远这次失败,你也再难在金融圈混了。"

"如果有那么一天,我就离开这个圈子。"她说完便头也不回地走了。

郗同文在申照阳的办公室。

申照阳缓缓说道:"你们的事儿我也听说了。这事儿不好办,如果利慎远不按期给 Charles 兑付,未来谁还敢把资金交给他?这金融圈,什么都没有信用重要。但是兑付了,半岛也会承受巨大损失。"

"是的,但是就像刚刚我跟您说的,我们实在无法看着这些品牌被做空。"

"我想想,笠饮现在这个状态我们是没办法投了。其他消费行业的公司,我可以尽快调研看看,是否能够建仓一部分,至少也可以稳住一些指数。"

"太感谢您了!"

"我也只能从职责范围内给你们一些支持。但是,你这样凑,在这几天很难凑够这么多资金,还是要想想,有什么釜底抽薪的办法。"

"您说得是。"

郗同文从云夏回来,就钻到了办公室,研究着各类被做空的案例,寻找着应对之策。

柯文韬来到利慎远的办公室。

"怎么样了?还差多少?"

"已经凑够了 55 亿,还差 35 亿。刚刚申照阳帮我找了一家基金愿意出

10 亿。我估计是同文去求他了。"说着，利慎远看了看郗同文办公室的方向。

柯文韬说道："只有五天时间了？"

"嗯。"

"就没有什么别的办法吗？"

"有，但是希望渺茫。"

"说说看，总比坐在这等死要好吧？"

"我们在五天时间内，找到一家国内大公司愿意收购笠饮。笠饮的问题在于现在的管理和内控依然还是中小型企业的水平。白长路和他的兄弟们往往还是用兄弟义气考虑问题，即使今天没有被做空，这种管理未来依然会受到阻碍。所以需要一个具有完善管理体系的公司接手笠饮，才能够让笠饮走得长久。"

"如果能促成这笔交易，那笠饮肯定就稳住了啊。"

"是的，如果找到的收购方还能接手我手中一部分笠饮股票，这样 Charles 的赎回危机也会解除。只是在五天内找到这样一家公司，太难了。"

"是太难了，这需要多大的魄力，才能在此刻出手啊。Charles 这招釜底抽薪，真够狠。"

"这不就是这么多年我从他那里学到的吗？"

"也对。"柯文韬无奈地笑着说，"你说上次小丫头找杜建民，他居然能开价 50 亿。他们到底有多少空单啊？"

"估计他们在海外的空单不会少于 500 亿。"

"这么多！"

"如果股指不跌，世辉和 Charles 很可能被重创甚至破产。所以这次 Charles 是不会放过我的。"

"你怎么考虑的？要不要干脆接受杜建民的提议？"

郗同文破门而入，大声说道："不能接受。"

利慎远和柯文韬惊讶地看着郗同文。郗同文则淡定地走进房间关上门,来到两人面前。

"要解决笠饮的问题,最根本的方法就是我们要尽快找一家有规模有背景有资源的企业收购笠饮。"

柯文韬看了看利慎远,再看了看郗同文,笑着说道:"你们两口子还真是心有灵犀。"

郗同文疑惑地看着利慎远,利慎远则是眼中闪烁着爱意和欣慰的光芒,看得郗同文有些难为情。

柯文韬见状,赶紧将两人拉回现实:"你俩别互相欣赏了,说正事儿。问题来了,我们只有五天时间,找谁啊?"

"刚刚我整理了一份国内规模超过千亿,业务与消费行业有关的企业名单。"

郗同文将名单递给了利慎远,利慎远认真地翻看着。

"我们可以分一下工,看看谁能够联系这些名单上的企业。"

柯文韬看了看那长长的名单,抱怨道:"这工作量太大了吧?"

"不尝试,我们就彻底没有机会了。难不成,利总真的想让我再去找杜建民?"

利慎远果断地对柯文韬说道:"你少废话了,赶紧看看,哪家你熟?"

柯文韬看着清单说:"这个,这个,这个,还有这个,这个,这5家我试试吧。"

"你尽快,争取今天给我答复。"

"遵命,利总!"

说完,柯文韬就离开了。

只剩下郗同文和利慎远四目相对,利慎远刚想抱着郗同文亲吻一下,却被她推开。

"这是办公室!"

"那又怎么了?"

"这都什么时候了? 你真的不紧张吗?"

"本来紧张,但是我发现,只要有你在我就不紧张。"

郗同文故作满脸嫌弃地看着利慎远。

利慎远笑着无奈地说道:"好!工作!"说着拨通了优优的电话,转而严肃地说道,"优优,叫所有基金经理到会议室。"

会议室中,众人拿着郗同文提供的名单,忙碌着。他们知道,这将是一场艰苦的战斗,他们也清楚,这或许是公司生存的唯一希望。

郗同文也在逐一分析着名单上的企业,突然一个熟悉的名字映入眼帘——西涛集团,她陷入思索,大脑在飞速旋转着。

郗同文默念道:"西涛集团,国内知名实业集团,3000多亿资产,旗下包含了消费、地产、医药等板块,旗下有9家上市公司……"她看着西涛的资料,许久之后突然像发现了新大陆般,赶忙跑回办公室,拨通了电话。

"爸爸,我记得西涛集团的董事长任年是您学生吧?"

"是啊,上次你不是问过吗?"

"您帮我引荐一下呗,求您了!"

"说过多少次了,你的工作,不要打我的主意。"

"您听我说啊,事情是这样的……"郗同文便将外国投行做空中国消费品牌的事情讲给了郗爸爸,然而怕他担心,并没有提起David Johnson和她姐姐之间的恩怨,"您就帮帮我吧,我知道您肯定不会真的不管我的。"

"不知道你说的真的假的!嗯,我只帮你约,但是能不能说服任年,靠你自己了。再说,他都毕业二十多年了,未必给我面子。"

"这就够了!爱您哦,老爸!急!紧急!加急!"

"知道啦!"

次日,郗同文来到了西涛集团,在任年的办公室门口,她兴冲冲地敲了敲门。

"请进!"

郗同文推门而入,此刻任年的办公室内有几人坐在沙发处聊着工作,任年看着她有些迟疑地问道:"你是……?"

"任总您好,我是半岛基金的……"

"哦哦,郗教授的……"任年并没有说出郗同文的身份,而是说道,"这样吧,你先找一下秘书,在外面等我一会儿。我这边说完事儿再跟你聊。小马!小马!"

这时一个年轻的小伙子跑了过来,气喘吁吁地说道:"任总,不好意思,我刚刚去拿资料了。"

"哦,你让她在你那坐会儿吧。一会儿我这边忙完再说。"

"好的。"年轻人对郗同文说道,"您跟我来?"

两人来到任年办公室门口的一间小小的办公室。年轻人给郗同文倒了杯水。

郗同文说道:"谢谢!"

两人沉默了片刻,郗同文问道:"你们平时应该很忙吧?"

"还成吧。"

"任总任董事长以来西涛集团发展得很快,有目共睹呀。"

"任总是很有干劲,他可是我们公司历史上最年轻的董事长。"

"我看着他挺严肃的,他平时什么风格呀?一会儿进去我都有点害怕,你给传授点经验呗。"

"没事的!我们领导就是看着严肃,对工作要求高,但是他人非常好,很正直……"

一会儿工夫,郗同文已经和任年的秘书相谈甚欢,郗同文也从中知道了不少任年的脾气秉性。

这时电话响起,任年秘书接起:"好的。"挂了电话,任年的秘书说道,"任总现在有空了,你可以过去了。"

"好的,谢谢。"

郗同文再次来到任年的办公室,她定了定神才敲门而入。

"任总。"

"坐吧。"任年已经从沙发处走回了办公桌,示意郗同文坐在桌子对面的椅子上,显出一副公事公办的样子。

郗同文小心坐下。

"郗教授还好吗?身体还行吧?"

"他很好。"

"哦,那就好。郗教授这些年好几部著作在业内反响都很大。"

"他的生活就是学术。其实,我也是学社会学的。"

"哦?"

"但是我是在燕大,跟着韦老师。"

"那怎么去干基金了?"

"每个人都有自己的爱好嘛。原来我对社会学还是挺感兴趣的,后来机缘巧合接触了投资,觉得这个才是我想终身从事的。"

任年笑了笑,表情中透着似信非信。

郗同文赶忙说道:"我看您自从任西涛董事长后,西涛集团这几年很多产业链条突飞猛进,想必您也一定很热爱您现在的事业吧!"

任年完全没有听郗同文的这通彩虹屁,转而有些严肃地说:"郗教授其实大致跟我说了说你找我的目的,你说说看,需要我做什么?"

郗同文心中默想:"这个老头,嘴上说不管,其实还是关心我这个女儿的。"她笑着对任年说:"那我就开门见山了。笠饮集团是现在知名的饮料品牌,它溢价能力强,高端市场占有率高。正在被美国的资本做空,目的就是要低价收购它,甚至以此为契机收购其他被低估的品牌。我分析了西涛的产业布局,在快速消费品这块,西涛集团有好几个品牌,这些品牌和笠饮完全能够形成协同,共享市场,共享渠道。所以我这次来,就是希望西涛能够收购笠饮集团。"

"据我所知,笠饮产品现在存在重金属超标的问题,消费者大都对他持观望态度。"

"这个您放心,我们已经聘请了三家权威的检测机构,对土地、原材料以及果汁产品都做了检测,报告应该很快就能出来。"

"既然如此,那也无须我帮忙了,它自然能够渡过难关。更何况,笠饮现在的股价处于高位,在这个时候接盘,好像并不明智,也不划算。"

"在做空之前,笠饮的股价已经稳定在50元以上了,现在的股价只有40多块,我有信心,如果西涛能够收购笠饮,笠饮的股价一定可以到60以上。只要西涛收购,到时候立刻就会有盈利,价格上都可以谈。而且我们现在完全有能力逼空华尔街投行,只要我们不卖,他们在五天后需要大量股票平仓,到时候笠饮涨到100也是没问题的。只是……"郗同文欲言又止。

"继续说吧……"

"只是我也不得不提示,逼空是危险的行为,虽然我们可以短期从空方那里收获可观的收益,但我们不可能永远持有这么多股票不卖,只要卖就可能会下跌。"

"既然知道逼空很危险,为什么你们还这么做呢?"

她不禁想起了利慎远,一向冷静的他为什么逼空呢?郗同文似乎瞬间想明白了什么,说道:"再理性的人,有时候也会在程序正义和结果正义的问题上踌躇。"这既是对任年的解释,也是她对自己的解释。

"可是企业如果想要做大且做稳,程序正义和结果正义都很重要。我们既想要做对的事,也要求好的结果。"

"如果西涛能够收购笠饮,并且有信心将它整合,那么您既能够维护一个好的国民品牌,又能够在资本市场和实体市场上得到双重的收益。但一切还要看任总的信心够不够。"

"我在董事长的位置上,如果听你这么个小丫头的几句激将和劝说就做决策,那西涛集团大概率活不过三年。"

郗同文有些难为情,刚想要解释:"任总,我……"

"你先回去吧,我再想想。"

"任总,我们只有五天时间。"

"五天？开什么玩笑！上百亿的项目五天决策？我觉得你可以回去了。"

"任总,您再考虑一下……"

"你出去吧,我还有事。也帮我问候郗教授。小马！"任年直接叫来了秘书,对着秘书说,"送她出去吧。"

郗同文沉着脸回到公司,直接来到利慎远的办公室,柯文韬正在与利慎远说着工作。

利慎远见郗同文走进来的表情,故作轻松,微笑着说:"不顺利?"

"嗯。"

"西涛不想收购笠饮可以理解。我们接触了几家和西涛差不多的公司,目前都没有意向。"利慎远一边说着,一边半起身,拉起郗同文的手,将她拉到自己身边坐下。

柯文韬抱怨道:"时间太短了,无论是谁,都很难在这么短时间决定上百亿的收购案。更何况,笠饮现在这个状况,本来就很冒险。"

利慎远看了看郗同文和柯文韬,说道:"放心吧,有我呢。"

"你有办法?"柯文韬眼中一亮。

"嗯。"利慎远虽有难言之隐,但依然强撑着微笑,尽力不让其他人看出异常。

虽然利慎远表情镇定,笑容也好似没什么异常,郗同文依然有些担心地看着利慎远,她想不到利慎远还有什么其他的办法,问道:"你有什么办法?"

"交给我就好了！"利慎远故意有些得意地说道,似乎一切都胸有成竹。

"你知道我为什么喜欢他吗?"柯文韬看着郗同文,指着利慎远说道,"这么多年,甭管市场怎么跌宕起伏,大家怎么崩溃和疯狂,这哥们儿总能让我心安！小丫头,你就放心吧。"

郗同文看着利慎远,忐忑不安。

时间流逝，所有人依然忙碌着，交易员每天紧盯着市场的走势，基金经理们也都在奔走着，期待着出现一个白衣骑士，能够接手 Charles 的基金份额。

一日，潘建文和陈凯找到利慎远。陈凯说道："利总，潘总找到了江州政府退休的老人，他们从档案室找到了二十年前的档案，可以证明当时化工厂的土地是在整改合格之后才作为农业用地对外承包的。"

利慎远感激地看着潘建文，两人会心一笑。

陈凯继续说道："笠饮的白总也找了三家权威机构对土地进行采样，经过检测，江州那片土地没有问题！我已经让白总立刻发布公告公布结果。您看今天是不是也该复牌了？"

"嗯，让白总申请复牌吧。"

陈凯又开始担心地说道："距离 MY 空单交割日只有两天，按照合约，我们明天就得将资金转回给 Charles。经过这些天的努力，我们筹集到了 60 亿，距离 Charles 的 90 亿依然还有 30 亿的差距。所以，今天……"他边说边看向利慎远。

利慎远看了看大家，说道："今天我们继续收购笠饮的股票。"

"继续收？"陈凯惊讶地问道，"利总，您找到接手 Charles 全部份额的人了？"大家期待地看着利慎远。

"没有。"利慎远似乎说得很坦然。

"那，利总……"众人由期待转为担心。

"都去忙吧。"利慎远微笑着说，似乎一切尽在掌握，这倒是让众人松了口气。

众人纷纷离开，郗同文却不肯走。

只剩两人的时候，利慎远笑着将她搂过来，问道："怎么，不相信我？"

"我不知道该不该相信你。"

"我这么不值得信任？"利慎远半开玩笑地说道。

"你这个人,喜怒都不形于色。但是在爱你的人面前,你这样却会让人很担心。告诉我,你打算怎么办?我不相信 Charles 会放过你。"

利慎远正想着如何向郗同文解释,Charles 的电话却打了进来。

"Lee, today is the last day, and tomorrow I hope to see my funds appear in BD's account. Among all my students, I have the highest opinion of you, as you know. I know you won't disappoint me.(利,今天是最后一天了,明天我希望看到我的资金可以出现在 BD 的账户里。所有的学生中我最看好你,这你是知道的,我知道你不会让我失望的。)"

"Of course!(当然。)"

挂了电话,郗同文更加不解,问道:"你到底想怎样?别让我担心,告诉我好不好?"

"明天再说吧。"利慎远抚了抚郗同文的头发,轻松地说道。

郗同文回到办公室坐立难安,她想了想,拿起包包离开了办公室。

"你去哪?"亓优优担心地问道。

"出去一下!"她说完头也不回地走了。

利慎远和几个基金经理站在交易室里,眉头紧锁,看着笠饮和其他几家公司股价的走势。

Kevin 问道:"市场上的抛单已经很少了,还接吗?"

"统统接下。"

"好!"

这时,亓优优敲了敲交易室的门,她推门进来,对利慎远说:"利总,您的电话一直在响。"

"好。"

利慎远走出交易室,接过亓优优手中的电话,一个陌生号码,但是直觉告诉他,这正是他在等待的电话。

"Hi, Lee, I guess you know who I am.（你好,利,我猜你知道我是谁。）"

"Of course. Long time no see... David Johnson.（当然。好久不见……David Johnson。）"

"I know it's you who's acquiring the shares of Li Yin.（我知道是你在收购笠饮的股票。）"

"That's right.（没错。）"

"As far as I know, you should sell your stocks today and repay Charles.（据我所知,今天你应该卖掉股票,还钱给 Charles。）"

"You are very well informed.（你的消息很灵通嘛。）"

"So what? Are you planning to break faith with Charles? I don't think you will! If that's the case, Charles will kill you.（所以呢?你打算失信于Charles?我想你不会！如果是那样,Charles 会亲手宰了你。）"

"I think at this moment, you shouldn't worry about me, but rather think about how your short positions should be closed.（我觉得现在此刻,你不该操心我,而是该想想你的空单要如何平仓。）"

"I bet you dare not do this. You will definitely sell your stocks before the closing today, and then I can still buy them at a low price.（我赌你不敢这么做。今天收盘之前你一定会卖掉股票,到时候,我依然可以低价收购。）"

"Well, then... see you later!.（好,那么……再见。）"

郗同文堵在西涛集团的门口,任年正准备出门,她赶紧迎了上去,说道:"任总,您再考虑和争取一下吧。笠饮是一家好的公司,您也看到了,江州的土地没有任何问题！而且时间上,我们可以再争取。相信我,半岛基金拼掉身家也会撑到足够您和西涛集团决策的时间。"

任年面无表情地瞥了一眼郗同文,并没有回应,而是坐上车离开了。郗同文留在原地六神无主。

晚上，郄同文回到家中，打开房门，刚一走进房间，一双大手就从身后将她环抱住。她先是吓一跳，但那人身上熟悉的气味让她瞬间又平静下来。利慎远将头耷拉在郄同文的肩膀上，整个人几乎有一半的重量都压在了郄同文的身上。她虽然感觉有些沉，但依然挺着身体，让他依靠，两人就这样沉默片刻后，郄同文才缓缓说道："你怎么在这？"

"想你了。"

郄同文笑了笑，说道："今天怎么样？"

"笠饮的股价涨到了80多元，市场上除了白长路、江州政府和我，在外流通的只有8%。"

"明天就是空头的交割日，你应该很高兴吧。"

利慎远松开了郄同文，从身后拉起郄同文的手，慢慢走到郄同文的面前。

他看着郄同文说道："同文，要是我什么都没有了，也不能再从事这个行业了，你……"还没等利慎远说完，郄同文便说道："那太好，终于可以让我养你，换我带你飞。"

利慎远笑了笑。

郄同文嘟着小嘴说道："怎么，你还不愿意？"

"到时候你不嫌弃我这个一无是处的老人家，我当然愿意。"

"我期待这一天很久了！哎呀，想一想，无所不能的利总，如果有一天可以依靠我，那我可太有成就感了。"郄同文也是故作轻松，开着玩笑地说。

"成！也许上天就给你一次这样的机会。"

"利总什么时候开始信上天了？"

利慎远无奈地笑了笑，说道："你今天去哪了？"

"不告诉你。"

利慎远没有再多问，只是再次将郄同文抱在怀中，两人在昏暗的灯光中，彼此找寻温暖。利慎远的电话在他的车中不停地响着，急促的铃声就像是 Charles 在索命般地怒吼……

第二十八章

早晨,郗同文帮利慎远整理西装。

利慎远笑着说:"好期待……"

"期待什么?"

"没什么,不过不知道以后还有没有机会了。"

"什么?"

"或许过了今天我就成了社会闲散人员,不必再穿西装了!"

郗同文很默契地没有多问,而是笑着说道:"那你这些名贵的西装我就挂到二手网站,还能回收不少成本。"

两人来到公司,柯文韬已经坐在了利慎远的办公室。

"大哥,你的电话怎么一直打不通?"

"哦,我昨晚落在车里了。怎么了?"

"Charles 已经疯了,Mark 已经把电话打到我这里了,你赶紧给 Charles 回电,据说律师函已经在路上了。"

利慎远笑了笑,他轻松地拨通了 Charles 的电话,并打开免提。

"Lee, you have disappointed me so much!(利,你太让我失望了!)"

"I have already transferred 6 billion to BD's account, and the remaining amount cannot be redeemed.(我已经将 60 亿打到 BD 的账户里,剩余的部分,我只能告诉你无法赎回。)"

"Lee, you're gambling. Do you still remember what I told you? Credit is the core of finance, and by doing so, you lose your credibility with investors. You should be very clear about this!（利，你是在赌，还记得我告诉过你什么吗？信用是金融的核心，你这样做就失去了对投资人的信用，这一点你应该很清楚！）"

"Yes, so I bet you that the remaining 3 billion will give you a 30% profit in one month.（是的，所以我跟你对赌，剩余的30亿，1个月之后给你30%的收益。）"

"Arabian Nights!（天方夜谭！）"

"If I can't do it, I'll compensate you with all my assets.（如果我做不到，我就用我的全部身家赔给你。）"

"I don't want any profit!（我不要收益！）"

"You have no choice.（你没的选。）"

"Lee, believe me, doing this will make it impossible for you to stand on Wall Street. I guarantee that you will receive the redemption application from RK Capital in 10 minutes（利，相信我，这么做，我会让你在华尔街无法立足的，我保证你10分钟之后就会收到RK资本的赎回申请。）"

"I believe you can do it, but I don't have a choice either.（我相信你做得到，但是我也没的选。）"

"Lee…（利……）"

利慎远不再听Charles说什么，而是直接挂断了电话。他看着柯文韬和郗同文，一副无所谓的样子。

"你疯了。"柯文韬看着利慎远说道。

利慎远依然自顾自地笑着。

柯文韬继续说道："Charles一定有办法让所有华尔街的投资人不再信任你！你以后很难再找到华尔街的投资了。"

"我无所谓，本来我也没打算回华尔街。"

"一个月30%收益啊！就算是你逼空成功，在MY身上的收益也未必有多少,最后你手里的大量股票还是要倾售的,如果一旦有什么人继续做空,你确定你会全身而退?你是拿你身家在赌!"

"我没的选,我必须这么做。"

"你有的选,你可以和Charles谈。"

郜同文说道:"如果跟Charles谈合作,就是将这些优质的中国公司推给David Johnson,推给GM那些大投行!"说完,郜同文看了看利慎远,利慎远用眼神对郜同文的想法给予了肯定。

柯文韬被这两人说得无言以对,一脸无奈,他对着窗外的景色说道:"多美的景色呀,我得多看看,以后怕是没机会了。"

过了一会儿,郜同文的电话响起。

"您好!是我……马秘书,您好!嗯嗯,好!好!好的!谢谢您!"

挂了电话,郜同文看着手机,激动得有些说不出话。

利慎远淡定地问:"怎么了?"

郜同文看着利慎远和柯文韬,说道:"西涛对笠饮感兴趣,让我们现在叫上白总以及律师过去谈意向!"

柯文韬激动地说道:"太好了!叫上律师,那就是打算谈好直接签协议呀!"

利慎远的脸上也展现出轻松的笑容,他低声对郜同文说道:"你昨天是去西涛了吧?"

郜同文低声回应道:"其实,我把那张清单上来得及跑的公司都跑了一遍。"说完,郜同文看着利慎远笑了。她的笑容如同阳光,照亮了利慎远的整个世界,温暖了他心中的每一个角落。

利慎远、郜同文在机场接上了飞奔而来的白长路,几人一起来到了西涛。他们与任年等人在西涛集团的会议室里从中午谈到了深夜,从深夜谈到了清晨,终于各方达成了一致,任年、利慎远和白长路签署了股权转让的意向协议。

众人走出会议室时,郏同文对任年说道:"任总,感谢您在这个时候出手,帮助我们所有人渡过难关。"

任年一脸严肃地说:"不需要谢我,我做的一切决定一定是有利于西涛集团的。"

郏同文有些不好意思。

这时,任年又突然地笑了,说道:"但是,我本来觉得时间可能来不及,昨天你的坚持至少给我再尽力争取一下的信心。其实昨天你来的时候,我正准备去向股东汇报。"

"那您当时……"

"大局未定,岂能随意流露?"

众人笑作一团。

白长路和利慎远走在一起说道:"利总,不知道该怎么感谢你。"

"一直以来,笠饮的问题就在于管理仍停留在初创阶段。而西涛集团有完善的管理体系,正好能够弥补笠饮管理体系缺失的短板。你作为未来的新笠饮的董事长和小股东,可要按照西涛的管理体系照章办事,不能再总想着兄弟义气。"

"那是当然!其实原来我是老板,一切都是我说了算,面对兄弟的要求,也是没办法拒绝。现在有西涛这个大股东在后面监督着,我也有借口和兄弟们有理说理了。"

"希望你们整合顺利,西涛可以带领笠饮走得更远。"

"一定会的!"

说话间,人们已经走到了西涛集团的门口。清晨的第一缕阳光如丝般细腻,穿过楼宇间的缝隙,洒在利慎远等人的身上。微风吹过,带来了花朵的香气,让人心旷神怡。

郏同文深呼吸,伸了伸懒腰,微笑着看向利慎远,四目刚好相对。

利慎远转头对白长路和任年说道:"剩下的交给我们吧。"

利慎远回到公司,陈凯和几个人迎了上来,兴奋而激动地说道:"利总,我们都看到笠饮的公告了,西涛集团以50元的价格协议收购白长路和咱们手中笠饮51%的股权。"

利慎远笑了笑。

陈凯继续说道:"所以目前是西涛持有51%,白长路和江州政府各持有15%,咱们持有11%,市场上还流通8%。"

潘建文感慨道:"这股票,被我们买得几乎没有流动了。"

Kevin说道:"其实我们压力也不小,毕竟我们这段时间不计成本地扫货,很多股票的成本都在50元以上。"

陈凯笑着说道:"没关系,别忘了,还有那群空头呢！他们空单超过10%,今天就要平仓了,只能从我们这里天价收购！"

利慎远看了看郗同文,说道:"走吧,去香港,是该见见老熟人了。"

利慎远、郗同文和陈凯来到香港的一间写字楼的会议室中,几个穿着精致的白人已经在会议室里等待着。

中间坐着的人,金发碧眼,外表英俊,穿戴得体,但仔细观察,他的嘴角似乎挂着一丝微笑,但那微笑中充满了冷漠和傲慢。

"Hi,Lee."

"Hi,David."

利慎远看似友善地与他握了握手,郗同文从言语间明白了此人正是David Johnson。

David Johnson看了看郗同文和陈凯,然后率先做了一下介绍:"This is my team.(这是我团队的成员。)"

利慎远也顺势介绍了一下:"These two are fund managers of Peninsula Fund, Ms. Xi and Mr. Chen.(这两位是半岛基金的基金经理,郗女士和陈

先生。)"

David Johnson 看了看两人,礼貌地微笑了一下,但笑容依然带着不屑和轻蔑。他对三人说道:"Have a seat, please.(请坐!)"

利慎远等人大大方方坐下后,利慎远如 David Johnson 一样,将身体向后一靠便看着他,等待他说话,就这样双方陷入了有些尴尬的宁静之中。

David Johnson 见状不得不先开口,说道:"Lee, you know? you chose the wrong path.(利,你知道吗?你选择了一条最错误的道路。)"

"So what about the outcome?(所以结果呢?)"

"You have betrayed Charles, and if you go against us, you will definitely pay a price. Have you forgotten Alice?(你失信于 Charles,并且你与我们作对,一定会付出代价,你是不是已经忘了 Alice?)"

利慎远像是听不懂一般,继续看着 David Johnson。

David Johnson 只好继续说道:"You have lost your credibility, and it will be difficult for you to find investors and partners on Wall Street in the future. You should know that Wall Street is the most mature market in the world, and this is the main battlefield for every financial person.(你失去了信用,以后很难再在华尔街找到投资人和合作伙伴了,要知道华尔街才是这个世界最成熟的市场,这里才是每个金融人的主战场。)"

"You look down on everything from above, make rules, influence rules, change rules, but bend down and shout at me. This is right, is good, and is mature. What is this truth? I haven't lost my credibility because in my contract with Charles, I forbade him from redeeming, but I also took out all my assets and promised him a high return. Even for the greediest investors on Wall Street, this proposal is very reasonable and tempting. But you, David, put down your stance. What we should discuss at this moment is, under fair game rules, how much should you bid to protect the credit of you and the major investment banks behind you.(你们高高在上俯瞰一切,制定规则,影响规则,改变规则,却在

俯身对我呼喊,这是对的,是好的,是成熟的。这是什么道理?我没有失去信用,因为在我和 Charles 的合约中,我禁止他赎回,可也拿出了我全部身家承诺他高额收益。即便是对待华尔街最贪婪的投资人,这个提议也非常合理且诱人。而你,David,放下姿态吧,我们此刻应该谈的是,在公平的游戏规则下,你该出价多少保住你和你身后几大投行的信用。)"

David Johnson 和利慎远四目相对,剑拔弩张,空气里弥漫着紧张和严肃的气氛。利慎远的眼神如同寒冬中的湖面,冷峻而深邃。

慢慢地,David Johnson 的手微微松开,放在了桌面上,摆正了姿势,说道:"OK,Lee,since you can sell to Xitao Group for HKD 50 per share, how about I offer HKD 55?(好的,利,既然你以 50 港币每股卖给西涛集团,那么我出 55 港币如何?)"

"Are you joking?(你在开玩笑吗?)"利慎远冷笑道。

"OK,HKD 80, is it very reasonable at the current price?(好吧,80 港币,按照现在的价格,非常合理了吧?)"

利慎远看着 David Johnson 没有说话,就这么看着他,等待着更高的价码。

David Johnson 看着利慎远不满足的眼神,吼道:"You know, I can move my position to another month, postpone the delivery date, and continue to short!(你知道,我可以移仓换月,把交割日推迟,继续做空!)"

"Of course you can. But unless you go crazy, or a few big investment banks go crazy, let you drag them down. As long as Xitao's funds are in place, I can redeem Charles's fund shares and all my income commitments to him. At that time, I can always hold onto the stock and not sell it. Then you will never be able to complete the delivery, with paying interest and handling fees forever. You are seeking your own death. David, this time I am the friend of time. This should have been clear before you came here today.(你当然可以。但除非你疯了,或者几大投行疯了,任由你把他们拉下水。只要西涛的资金到位,我就

可以兑付 Charles 的基金份额以及我对他的所有收益承诺。到时候,我就可以一直拿着股票永远不卖。而你,将会永远无法完成交割,永远支付利息和手续费。你是在自寻死路。David,这一次我才是时间的朋友。这一点在你今天来到这里之前就应该很清楚。)"

David Johnson 按捺住自己的情绪:"OK, you can quote the price.(好吧,你开价吧。)"

利慎远微微一笑,坐直了身体,淡淡地说道:"HKD 200.(200 港币。)"

David Johnson 拍案而起:"Get out of my face!(从我面前消失!)"

利慎远不慌不忙地站起身来,陈凯和郗同文也站了起来,三人向门外走去,就当他们走向门外时,David Johnson 还是从身后轻声说了句:"Deal.(成交。)"

利慎远与 David Johnson 签署了协议,握了握手。

David Johnson 失落地说道:"This may be our last meeting.(这或许是我们最后一次见面。)"

"I think so too.(我想也是。)"

临走时,利慎远顿了顿,回身走到 David Johnson 面前,不再是那一直谦逊和严谨的姿态,颐指气使地说道:"By the way, there's something I've been forgetting to remind you of.(对了,有件事儿我一直忘了提醒你。)"

"Remind of what?(什么?)"

"I'm not Alice, and this is not Wall Street either.(我不是 Alice,这里也不是华尔街。)"利慎远看了看窗外维多利亚港的风景,说道,"This is China.(这里是中国。)"说完几人转身离开。

利慎远等三人走到香港中环的街道上,郗同文好似刚从梦中醒来一般,问道:"我们胜利了?"

利慎远的脸上布满了疲惫,眼中闪烁着一丝不易察觉的泪光,说道:"我们胜利了。"

"我们胜利了！"陈凯欢呼雀跃，继续问道，"可为什么是最后一次见面？"

利慎远带着眼角的鱼尾纹，笑着说道："因为坐在旁边的是GM投行总部的2号人物，他们怎么可能放过David Johnson？所以我们不会再在华尔街见到这个人了。"

陈凯惊讶道："什么？这一次动静居然这么大？不过，我算了算，这一次仅在笠饮这一只股票上，David Johnson这帮人的损失就超过了100亿港币。笠饮上涨带动了整个新兴消费行业上涨，也不知道他们在其他股票上损失多少。但是为什么GM的大佬不自己出来谈？"

"因为他知道，他来谈，就证明了GM对此事的重视程度。露出了底牌，那我就可以漫天要价了。"

郗同文激动地说："刚刚你叫出200港币的时候，我都吓死了，我以为肯定谈崩了。"

"不会的，这里不是华尔街，除非他们彻底放弃亚太市场，否则GM也得讲规则。"

"那你刚刚为什么不叫价500？"

"你还真是小财迷呀！"利慎远故意抚乱了郗同文的头发，有些无奈地笑着说道，"事适其度，度之在人。这道理你总知道吧？"

陈凯一脸蒙地问道："那是什么意思？"

郗同文整理好头发，对陈凯解释道："咱们老板是说，做事要有个度，而这个度呢，是由他这厉害的人物来掌握的。"说话间，她故作不以为然地看着利慎远。

利慎远气得再次故意抚乱了郗同文的头发。几人说笑着，走在香港中环的街道上，如释重负，步调轻松，在来来往往行色匆匆的金融白领间穿行。

利慎远等人走后，在刚刚的会议室中，坐在角落里的一个不起眼的白人走到David Johnson面前，说道："You are fired! What we wanted were those companies, but you didn't get anything with great costs of HKD 30 billion！（你被解雇了，我们要的是那些公司，而你什么都没有拿到，却让我们损失了300亿港币！）"

晚上，利慎远和郗同文两人漫步在香江边。郗同文问道："你还记得那天晚上吗？你陪我在这看维多利亚港的夜景，那是我第一次来香港。"

"终生难忘！你顶着粉红头发，穿着一身美少女造型服装，搞得别人以为我有什么独特的癖好，跟你是那种买卖。"

"啊？原来你当时是那么想的？你怎么不告诉我？"

"不然呢？"

"那你为什么还跟着我出来？"

"废话，我是没有独特的癖好，谁知道这一路上有没有人就好这口？"

"原来那个时候你就对我图谋不轨？"

"怎么可能？那时候你就是个黄毛丫头。"利慎远又习惯性地故意抚乱了郗同文的头发。

这时，利慎远电话响起，郗同文瞄了一眼屏幕上的来电，正是Charles，利慎远轻松地接起电话，说道："Hi, Charles.（你好，Charles。）"

Charles非常愤怒地说道："You made a very very wrong decision!（你做了一个非常非常错误的决定！）"

"Really? Many people have been saying this to me lately. But I thought you were calling to say thank you. I kept my promise, and within a month, I had already cashed out all your funds to you, along with a 30% bonus.（是吗？最近的确很多人都对我说这句话。可我以为你来电话是为了要说谢谢呢。我信守承诺，没有到一个月，我就已经将你所有的资金兑现给你，并且附赠了30%的收益。）"

"I am your teacher and I know you the best. You must know that in Singapore...（我是你的老师，我最了解你。你一定知道，在新加坡……）"

利慎远没有让 Charles 继续说下去,抢先说道:"What's wrong with Singapore? Charles, you are my teacher and the person I trust the most. I always welcome you to stand on my side instead of against me.(新加坡怎么了? Charles,你是我的老师,是我最信任的人。我永远都欢迎你站在我这边而不是对立面。)"

挂了电话,郗同文问道:"为什么你不让 Charles 说出他在新加坡的空单,然后抨击他背叛你?"

利慎远看着郗同文,说道:"你说呢?"

郗同文想了想,突然明白了什么,笑了。

这时,手机有消息推送而来:"世辉资本海外投资损失 200 亿,宣布破产。"

利慎远突然严肃认真地看着郗同文,问道:"你知道这次我们胜在哪里吗?"

郗同文想了想,说道:"嗯,我们没有加杠杆,没有融资去做这件事,而是找到了志同道合的人合作,所以我们做了时间的朋友。而 David Johnson 却成了时间的敌人。"

利慎远继续说道:"更是因为我们彼此信任,我知道我们一定可以找到白衣骑士,即便没有西涛,也一定会有其他人。但最最重要的是,这一次,我有你。"

说完利慎远从裤兜中掏出一枚连盒子都没有的戒指,造型简单,钻石也很小,他举在郗同文面前,说道:"我们结婚吧。"

"就这?你就这么求婚?这钻石对于利总来说,看着很没诚意。"郗同文嘟着嘴,故作嫌弃。

利慎远笑呵呵地看着郗同文说道:"大钻戒买到手就贬值,不符合我的投资理念,也不适合你。"

郗同文自然是认同利慎远的这套说法,憋着笑,说道:"就算这样,那我也拒绝。"

"为什么?"

"我求婚没求成,你一求成了,那我多没面子,以后家里还能有地位吗?"

"家庭地位嘛,一定是最高的。我有一份礼物已经在路上。而且,现在所有人都知道你是我的人,由不得你不答应。"利慎远托起郗同文的下巴,吻了下去。

几个月后,盛泰大厦的楼下,几个年轻人聚集在一起,他们走进电梯上了32楼,电梯打开时,"同远基金"四个大字映入眼帘。

亓优优将他们引进会议室,微笑着说道:"欢迎各位同学来到同远基金……"

(本故事属虚构,不构成任何投资建议。)